周本淳集

第四卷

诗话总龟 前集

[宋] 阮阅 编撰

周本淳 校点

人民文学出版社

目 录

前言 …………………… 1
凡例 …………………… 1

集一百家诗话总目 ………… 1

增修诗话总龟卷之一 甲集
  圣制门 ………………… 1
  忠义门 ………………… 3
  讽谕门 ………………… 5

增修诗话总龟卷之二
  达理门 ………………… 13
  博识门 ………………… 16
  幼敏门 ………………… 19

增修诗话总龟卷之三
  志气门 ………………… 24
  知遇门 ………………… 27
  狂放门 ………………… 29

增修诗话总龟卷之四
  诗进门 ………………… 32
  称赏门 ………………… 33

增修诗话总龟卷之五
  自荐门 ………………… 41
  投献门 ………………… 43
  评论门一 ……………… 46

增修诗话总龟卷之六
  评论门二 ……………… 53

增修诗话总龟卷之七
  评论门三 ……………… 66

增修诗话总龟卷之八
  评论门四 ……………… 77

增修诗话总龟卷之九 乙集
  评论门五 ……………… 88

增修诗话总龟卷之十
  雅什门上 ……………… 100

1

增修诗话总龟卷之十一
　　雅什门下 ……………… 111
　　苦吟门 ………………… 118
增修诗话总龟卷之十二
　　警句门上 ……………… 121
增修诗话总龟卷之十三
　　警句门中 ……………… 135
增修诗话总龟卷之十四
　　警句门下 ……………… 146
　　唱和门 ………………… 151
增修诗话总龟卷之十五
　　留题门上 ……………… 157
增修诗话总龟卷之十六
　　留题门下 ……………… 167
增修诗话总龟卷之十七
　　纪实门上 ……………… 177
增修诗话总龟卷之十八　丙集
　　纪实门中 ……………… 185
增修诗话总龟卷之十九
　　纪实门下 ……………… 193
增修诗话总龟卷之二十
　　咏物门上 ……………… 201
增修诗话总龟卷之二十一
　　咏物门下 ……………… 209
增修诗话总龟卷之二十二
　　宴游门 ………………… 218

增修诗话总龟卷之二十三
　　寓情门 ………………… 224
增修诗话总龟卷之二十四
　　感事门上 ……………… 233
增修诗话总龟卷之二十五
　　感事门下 ……………… 241
增修诗话总龟卷之二十六
　　寄赠门上 ……………… 248
增修诗话总龟卷之二十七
　　寄赠门中 ……………… 256
增修诗话总龟卷之二十八
　　寄赠门下 ……………… 262
增修诗话总龟卷之二十九
　　书事门 ………………… 269
增修诗话总龟卷之三十　丁集
　　故事门 ………………… 278
　　诗病门 ………………… 284
增修诗话总龟卷之三十一
　　诗累门 ………………… 287
　　正讹门 ………………… 290
增修诗话总龟卷之三十二
　　道僧门 ………………… 297
增修诗话总龟卷之三十三
　　诗谶门上 ……………… 304
增修诗话总龟卷之三十四
　　诗谶门下 ……………… 310

增修诗话总龟卷之三十五
纪梦门上……………… 317

增修诗话总龟卷之三十六
纪梦门下……………… 324

增修诗话总龟卷之三十七
讥诮门上……………… 331

增修诗话总龟卷之三十八
讥诮门中……………… 339

增修诗话总龟卷之三十九
讥诮门下……………… 347

增修诗话总龟卷之四十
诙谐门上……………… 356

增修诗话总龟卷之四十一
戊集
诙谐门下……………… 366

增修诗话总龟卷之四十二
乐府门………………… 376

增修诗话总龟卷之四十三
送别门………………… 382

增修诗话总龟卷之四十四
怨嗟门………………… 389

增修诗话总龟卷之四十五
伤悼门………………… 397

增修诗话总龟卷之四十六
隐逸门………………… 404
神仙门上……………… 409

增修诗话总龟卷之四十七
神仙门中……………… 419
神仙门下……………… 421

增修诗话总龟卷之四十八
艺术门………………… 432
俳优门………………… 434
奇怪门上……………… 436

增修诗话总龟卷之四十九
奇怪门下……………… 441
鬼神门上……………… 445

增修诗话总龟卷之五十
鬼神门下……………… 451
佞媚门………………… 456
琢句门………………… 457

3

前　言

今存宋人编辑的诗话总集,主要有三大部:《诗话总龟》、胡仔的《苕溪渔隐丛话》和魏庆之的《诗人玉屑》。《丛话》和《玉屑》都成于一人之手,《诗话总龟》的情况要复杂得多。它的第一位编者是阮阅,书原名《诗总》,成于北宋徽宗宣和五年(1123),大约没有刊刻。到南宋高宗绍兴年间,在闽中有了刻本,改名《诗话总龟》。从此,《诗总》就为《诗话总龟》所代替,各书著录就只有《诗话总龟》了(如尤袤《遂初堂书目》)。宋代刻的《诗话总龟》,宋末元初的方回见到过七十卷本,没有流传下来。明代的传钞本是一百卷的。到了嘉靖年间,明朝宗室月窗道人刻了一个九十八卷本,这是《诗话总龟》流传到今天的唯一刻本。

阮阅字闳休,自号散翁,亦号松菊道人,舒城人。元丰八年(1085)中进士,榜名美成。做过钱塘幕官,后来以户部郎官出为巢县知县。宣和中做郴州知州(依《诗总序》及《郴江百咏序》,始官为宣和二年,《郴州志·秩官表》"知军"作政和七年"由朝散大夫任"),曾用七绝作《郴江百咏》(《四库》著录,实存九十二首)。因为擅长绝句,所以有阮绝句之称。南宋建炎元年(1127)以中奉大夫作袁州知州,致仕后定居宜春。明钞本

"绍兴辛巳(1161)长至日散翁序"说"戊辰(1148)春余宦游闽川",就阮阅生平、仕历观察,序文显系伪托。阮阅的著作有《松菊集》五卷(今佚)、《郴江百咏》、《诗总》十卷(即《诗话总龟》之前身)、《巢令君阮户部词》一卷(见《皕宋楼藏书志》),《全宋词》存词六首。正德本《袁州志》有《重修郡城记》、《无讼堂诗序》及《宣风道上》、《题春波亭》两首七绝。《诗话总龟》后集的《阮户部诗》,疑即阮阅,所引仅七绝一首。

胡仔《苕溪渔隐丛话》著录《诗总》为十卷四十六门,元初方回已见不到《诗总》旧本,他在《桐江集》中说:"今所谓《诗话总龟》者,删改阆休旧序,合《古今诗话》与《诗总》,添入诸家之说,名为《总龟》,标曰益都褚斗南仁杰纂集,前后续刊七十卷,麻沙书坊捏合本也。"今本《诗话总龟》前集,总卷数不同,门类仍为四十六,其中估计也有后人增补,一般当仍为阮阅原本之旧。而后集五十卷,基本上是《苕溪渔隐丛话》、《碧溪诗话》、《韵语阳秋》三书的杂凑,决为"书坊捏合",非阮氏所有。因此,《诗话总龟》的价值,主要是在前集中。有关《诗话总龟》的版本源流,可以参看本书附录前人的著录和序跋。

《诗话总龟》和《苕溪渔隐丛话》先后成书,《诗人玉屑》最为晚出。黄升为了抬高《诗人玉屑》的地位,贬抑《总龟》和《丛话》说:"诗话之编多矣,《总龟》最为疏驳。其可取者惟《苕溪丛话》,然贪多务得,不泛则冗。"此论未妥。《四库全书总目》评《苕溪渔隐丛话》时这样说:

其书继阮阅《诗话总龟》而作,前有自序,称阅所载者皆不录。二书相辅而行,北宋以前之诗话,大抵略备矣。然阅书多录杂事,颇近小说,此则论文考义者居多,去取较为谨严。阁书分类编辑，多立名目；此则唯以作者时代为先后，能成家者列其名，琐闻轶句则或附录之，或类聚之，体例亦较为明晰。阁书惟采撷旧文，无所考正；此则多附辨证之语，尤足以资参订。故阁书不甚见重于世，而此书则诸家援据多所取资焉。

这段议论，大体平允。同书在阮阅的《郴江百咏提要》里也说到《诗话总龟》，还强调它内容丰富："而阅素留心吟咏，所作《诗话总龟》，遗篇旧事，采撷颇详，于兹事殊非草草。"

《天禄琳琅书目》认为《诗话总龟》"在诗话中荟萃最为繁富"，我以为如从资料丰富这一点来评论《诗话总龟》，其价值似不在《苕溪渔隐丛话》之下，远非《诗人玉屑》所能及。今天看来，也是《诗话总龟》值得整理重印的主要理由。《苕溪渔隐丛话》以人为纲，如果研究一位大诗人，它提供材料系统而集中，当然很方便。《诗话总龟》以类编排，如果研究同一题材的不同内容，那末分类编排的优点就不能抹杀。事实上细考《渔隐丛话》全书，它以杜甫、苏轼为两大宗，一百卷中两人共占二十七卷之多。但同时也辅以以类相从的方式。比如在玉川子的名下，集中了咏茶的诗篇；用《长短句》一目集中有关词的论述；用《丽人杂记》集中妇女创作。可见以人为纲和以类相从的办法，不应互相排斥。从内容来说，《渔隐丛话》着眼大家，多附议论考辨；《诗话总龟》广收小家，但录其诗其事，排比异说，很少论辨。《四库提要》说"二书相辅而行，北宋以前之诗话大抵略备"，是符合事实的。今天论述《诗话总龟》的价值，我以为首先在于它保存了相当丰富的资料。可以从诗话、诗作和说部几方面来看：

从诗话说,《诗话总龟》前集共引书近一百种,其中诗话或与诗话相关的书占大半,而多数都已散佚。从事宋代及以前诗话辑佚工作,离不开这部书。今人郭绍虞先生的《宋诗话辑佚》大量取材于《总龟》及《丛话》,就是最好的证据。

从作品来看,可以补集部漏收的诗句还不少。如前集卷七:

> 刘孝标《舞诗》曰:"转袖随歌发,顿履赴弦馀。度行过接手,回身乍敛裾。"

这首诗丁福保和逯钦立辑的《全梁诗》都漏收了。又如五代诗人翁宏,《全唐诗》仅收诗三首,另有断句三联。而《总龟前集》卷十一引翁宏的诗就多出六联断句:

> 《塞上曲》云:"风高弓力大,霜重角声干。"《海中山》云:"客帆来异域,别岛落蟠桃。"《中秋月》云:"寒清万国土,冷辟四维根。"……《南越行》云:"因寻买珠客,误入射猿家。"《细雨》云:"何处残春夜,和花落古宫。"《途中逢故人》云:"孤舟半夜雨,上国十年心。"

《诗话总龟》多采小说家言,而所采之书,今天多所亡佚,即使今日仍存之书,也有亡佚部分,或者本来就不是足本,也可根据《总龟》加以补充。以孙光宪《北梦琐言》为例,原著录三十卷,今本为二十卷。缪荃孙《云自在龛丛书》本多辑了四卷,但都只取自《太平广记》。《诗话总龟》中就多出好几条。如《神仙门》下有王仙柯事一条,其中有"葆光子曰",末注《北梦琐言》,必为孙书无疑。另如《南部新书》也和上例相同。至于《冷斋夜话》本非全书,《苕溪渔隐丛话》和《诗话总龟》都有多条不见于今本的。可见如从事说部的辑佚工作,《诗话总龟》应该算是可供开掘的宝藏。

《诗话总龟》今日易见的是《四部丛刊》影印的明月窗道人刊本,清朝一代无人翻刻过。这次校点,就是以《四部丛刊》第二次影印本为底本。前人批评月窗本"讹舛特甚",的确中肯。从卷数说,《前集》少了《寄赠门》中下两卷;从出处说,漏注和错注的要以百数。更严重的,有时两条不相干的截尾去头凑成一条。至于字句讹脱的可谓触目皆是。所幸的是,南京图书馆、北京图书馆都藏有一百卷的明代钞本,可以补月窗本的脱漏,但两部钞本,抄手都很拙劣。《天禄琳琅书目》著录的"抄手极工"的明钞本不知所在,无法借校。北京图书馆另有缪荃孙校的《诗话总龟》,给校勘工作带来很大便利。月窗本和钞本编序大同小异,文字小有出入者至夥。这次整理,原则上尽量不改动底本,并力避繁琐,目的在于为读者提供一个较可信的本子,具体方式见"凡例"。这是一种尝试,未必尽善,希望广大读者予以批评指教。

整理时凡遇疑难,则多方求索,力求会通。如《前集》卷一:

夏侯嘉正好炉火,仍以不得两制为恨……尝曰:"使我得水银半两,知制诰一日,平生足矣。"

我先怀疑水银半两有何难得,然而两个钞本皆如此。检《知不足斋丛书》本《玉壶清话》卷七作"干得水银半两",一个"干"字表示炼水银为真银(药银)。后见缪校本作"水银银半两"。魏泰《东轩笔录》也记此事作"水银银一钱",而明刻曾慥《类说》卷五十五引《玉壶清话》正作"水银银半两",于是依缪校本补一"银"字。

5

由于资料不足,特别是《天禄琳琅》著录之本未能寓目,主观上见闻不周,校勘工作难如人意。出处漏误虽补正二百条左右,但未查考出者尚近百条,其中如卷八"蜀沙门尔鸟"条,底本无出处,钞本作"同前",而前条为《北梦琐言》,今本《北梦琐言》未见此条,只能仍告缺如。尚祈海内鸿博,多所匡补。

后集最后的校核工作是由人民文学出版社编辑部陈新同志做的。

此书校点工作除原单位及出版社大力支持外,南京图书馆和北京图书馆善本特藏部的同志借阅善本,不惮其烦,使校点工作得以顺利进行,谨此致谢。但愿他日能得《天禄琳琅书目》著录之本重加校定,使臻完善。"中心藏之,何日忘之。"

周本淳记于淮阴师范专科学校　癸亥春节

凡　例

一、以《四部丛刊》第二次影印之月窗本为底本,校以北京图书馆藏明钞本(简称"明钞本")、清钞本(简称清钞本)、缪荃孙校本(简称"缪校本"),南京图书馆藏明钞本、上海图书馆藏杭州王氏校本。

二、编排次序一依底本,前集"寄赠门"底本缺中下两卷,据校本补入,卷次顺推。

三、凡据校本补入之条目,均后正文二格,附于每门或每卷之末,以示区别。校本重出者径行删除。底本文字有讹脱者,据校本校补,加校语。

四、字词歧异无关内容者,如"也矣"、"如似"、"云曰"之类,率依底本,不出校。

五、各本歧异涉及文义理解及修辞效果者,择善而从。其有各本均扞格难通,则参校他书。凡此皆列校语。

六、避讳字径改本字。底本字体极不规范,缪校本悉改从正体。现采用规范化简体字定稿,个别易致讹误之专名,间用繁体。原本同音混用如"尤犹由",偏旁笔划小讹如"日目月"、"扌木"、"艹竹"、"彳亻"、"阝卩"、"文欠"、"束朿"、"衤礻"、"己已巳"、"贏贏羸"之类,径就文义改正,不出校。

七、底本漏注出处，据校本补出者，于出处上加（　）；各本均缺，据他书校出者，加〔　〕。底本原注出处有误者则加补正，仍以（　）〔　〕别之；出处中个别明显误字，径改。均不另出校。

八、底本后集体例紊乱，舛误累累，钞本、校本虽间有订正，罣漏仍多。经详核内容，后集条目的百分之八十以上，文字的百分之九十以上，出自《苕溪渔隐丛话》、《韵语阳秋》、《碧溪诗话》三书。为保持底本原貌并方便读者阅读计，一律不改底本，各按出处用（　）订正误字，〔　〕增补夺字，［　］刊落衍字，并在条末注明出处卷次。校订所用的《苕溪渔隐丛话》为清耘经楼刊本，《韵语阳秋》为《历代诗话》本，《碧溪诗话》为《历代诗话续编》本。此外，各书大多据《四部丛刊》本，个别尚未查明出处的条目，则校钞本。

九、本书采用新式标点。

集一百家诗话总目

陶岳《零陵总记》　　毕田《湘中故事》　　曹衍《湖湘故事》
《韩魏公别录》　　　赵璘《因话录》　　　李康靖《见闻录》
吴感《大定录》　　　《搜神秘览》　　　　胡戢《泗上传》
金华《瀛洲录》〔一〕　《卢氏杂说》　　　　《南部新书》
《唐李石别传》　　　《江邻几杂志》　　　刘约《拾遗》
《明皇杂记》　　　　《雍洛灵异记》　　　卢瓌《抒情》
郑棨《开元传信记》〔二〕《洛阳缙绅旧闻》　　《大业拾遗记》
王凡《通勉志》〔三〕　《广卓异记》　　　　西安虞介《唐宋遗史》
欧阳靖《掇遗》　　　宋舍人《春明退朝录》《东观奏事》
蔡宽夫《诗史》　　　《金陵语录》　　　　张固《幽闲鼓吹》
《刘禹锡嘉话》〔四〕　《御史台记》　　　　钱思公《逢辰录》
《启颜录》　　　　　《谈薮》　　　　　　《国史杂记》
文莹《玉壶清话》　　张靓《雅言杂载》　　王举《雅言系述》
刘忠叟《乐府集》　　钱思公《金坡馀事》〔五〕《世说》
《野人闲话》　　　　张鷟《朝野佥载》　　《鉴戒录》
《洛阳旧闻》　　　　《闲居诗话》　　　　范内翰《东斋录》
《唐史拾遗》　　　　柳公权《小说旧闻》　《有宋佳话》
刘斧《翰府名谈》　　钱希白《洞微志》　　王子年《拾遗记》

1

赵叔平《见闻录》	《灵异录》	沈汾《续仙传》
朱定国《续归田录》	《博异志》	郑工部《南唐近事》
卢肇《遗史》	《郡阁雅谈》	《桂堂闲话》
《曾龙图诗话》	《洛阳诗话》	《杨妃外传》
《古今诗话》	《刘贡父诗话》	《欧阳公诗话》
《玉堂闲话》	《脞说后集》	张君房《脞说》
《北梦琐言》	《青琐后集》	龙衮《江南野录》
李文元《云斋广录》	《桂苑丛谈》	周后人《摭言》〔六〕
葛稚川《西京杂记》	范摅《云溪友议》	《杨文公谈苑》
孟棨《本事诗》	文莹《湘山野录》	吴处厚《青箱杂记》
沈存中《笔谈》	刘斧《摭遗》	《倦游录》
《太平广记》	《幽怪录》	《青琐集》
《异闻集》	《百斛明珠》	《王直方诗话》
《遁斋闲览》	《玉局文》〔七〕	《杂志》
《纪诗》	《大唐记》	《志逸》
《冷斋夜话》	《碧溪诗话》〔八〕	

〔一〕"华",明钞本作"莘"。
〔二〕《四库提要》作郑綮《开天传信记》。
〔三〕"勉志",明钞本作"志勉"。
〔四〕"嘉",原作"佳",依缪校本改。
〔五〕"思公",原作"公思",依清钞本乙。"馀",清钞本作"录"。
〔六〕按,《摭言》为王定保作,此云"周后人",未知所据。
〔七〕明钞本"玉"上有"东坡"二字。
〔八〕按《碧溪诗话》,前集中一条未引,或由《谈薮》与《国史杂记》误混为一,而以此凑数。

增修诗话总龟卷之一　甲集

龙舒散翁阮阅宏休编
皇明宗室月窗道人刊
鄱阳亭梧程珫舜用校

圣制门[一]

　　太宗好文，进士及第赐闻[二]喜宴，常作诗赠之，景祐朝因以为故事。仁宗在位四十二年，赐诗尤多，然不必尽上所作。景祐元年赐诗，落句云："寒儒逢景运，报德合如何？"论者谓质厚宏壮，真诏旨也。《贡父诗话》
　　〔一〕"门"字依南京图书馆藏《明》钞本校补。北京图书馆藏明钞本（简称明钞本）清钞本及缪荃孙手校本（简称缪校本）均先列"圣制门"，次行低一字标"圣制"二字。
　　〔二〕"闻"，原作"文"，依明钞本校改。
　　李文正昉，太祖在周朝已知其姓，及即位，用以为相。尝语文正曰："卿在周朝，未曾倾陷人，可谓善人君子。"故太宗遇之亦厚。年老罢相，每内宴，必先[一]赴坐。尝献诗曰："微臣自愧头如雪，也向钧天侍玉皇。"太宗和之以赐，曰："珍重老臣纯不已,我惭寡昧继三皇。"为时之美传。《青箱杂记》 又《谈苑》《玉壶清话》皆谓扈蒙应制。

〔一〕"先",上海图书馆藏杭州王氏校本作"宣",似胜。

吕正惠端,太宗朝为参知政事,多独对便殿,语必移刻。因宴后苑,上《钓鱼》诗断句〔一〕云:"欲饵金钩殊未达,磻溪须问钓鱼人。"意已属公矣。公和诗进曰:"愚臣钩直难堪用,宜用濠梁结网人。"不数日,拜平章事。《诗史》 又《古今诗话》谓正惠已作户部侍郎平章事。时吕文穆蒙正告老甚切,因此诗遂冠台席。

〔一〕"句",明钞本及《玉壶清话》卷五均作"章",似胜。

福唐蔡伯禧,四岁,对真宗诵书,授校书郎春宫伴读,齿犹未三周,故曰三岁神童。赐之诗曰:"七闽山水多才俊,三岁奇童出盛时。家世应传清白训,婴儿自得老成资。初尝学步来朝谒,方及能言解诵诗。更励孜孜图进益,青云千里有前期。"《续归田录》

苏易简在翰林,太宗一日召对,赐酒,甚欢畅,曰:"君臣千载遇。"苏应声曰:"忠孝一生心。"太宗大悦,以所御金器尽席赐之。《掇遗》

夏侯嘉正好炉火,仍以不得两制为恨。太宗御楼观灯,进诗十韵,末句云:"两制诚堪羡,青云侍玉舆。"太宗和赐曰:"薄德终难举,通才例上居。"嘉正尝曰:"使我得水银银〔一〕半两,知制诰一日,平生足矣。"二愿俱不遂而卒。《玉壶清话》

〔一〕下"银"字依缪校本补。《知不足斋丛书》本《玉壶清话》作"干得水银半两",《类说》卷五十五引《玉壶清话》作"水银银半两",《稗海》本魏泰《东轩笔录》卷二作"水银银一钱"。

李廷臣官于琼管〔一〕,有夷人携锦臂𫌨,上织成一联云:"恩袍草色动,仙籍桂香浮。"乃仁庙赐进士及第举人诗也。廷臣以

千金易之,藏为珍宝。《青琐集》

〔一〕"管",原作"馆",今本《青琐高议》未见此条。王辟之《渑水燕谈录》卷一《帝德》纪此事作"琼管"。

忠义门[一]

张巡守睢阳,明皇已幸蜀。胡羯方炽,城孤势促,人食竭,以纸布切煮而食之,时以茶汁和食,而意自如。其《谢金吾将军表》曰:"想峨眉之碧峰,游豫西蜀;追绿耳于玄圃,保寿南山。逆贼禄山,戮辱[二]黎献,膻腥阙廷。臣被围四十九日,凡三千二百馀战。主辱臣死,乃臣致命之时;恶稔罪盈,是贼灭亡之日。"忠勇如此,激厉壮士。尝赋诗曰:"接战春来苦,孤城日渐危。合围侔月晕,分守效鱼丽。屡厌黄尘起,时将白羽挥。裹疮犹出阵,饮血更登陴。忠信应难敌,坚诚自不移。无人报天子,心计欲何施?"又《夜闻笛》曰:"岧峣试一临,虏骑附城阴。不辨风尘色,安知天地心!营开星月近,战苦阵云深。旦夕更楼上,遥闻横笛音。[三]"《有宋佳话》

〔一〕"门"字依明钞本补。

〔二〕"辱",原作"杀",依明钞本、缪校本改。

〔三〕"音",原作"声",依明钞本、缪校本改。《唐诗纪事》卷二十五作"吟"。

赵师旦潜叔,皇祐中守康州,侬贼犯城,死。于是士大夫作诗者众,而元厚之李择思中诗最佳。元诗云:"转战谯门日再晡,空拳[一]犹自冒戈殳。身垂虎口方安坐,命弃鸿毛更疾呼。柱下杲卿存断节,袴间杵臼得遗孤。可怜三尺英雄气,不愧西山士大夫。"李诗云:"贼壮兵孤众胆惊,忠臣此日见专城。负君罪

大宁如死，守土诚[二]坚不问生。报国存心惟自愧，呼天壮气几时平！潺湲多少英雄泪，千古封江不断声。"《云斋广录》

〔一〕"眷"，原作"拳"依缪校本改。

〔二〕"诚"，原作"城"，依明钞本改。

王维字摩诘。天宝末，禄山陷两京，明皇出幸，维扈从不及，为贼所得。维服药取利，伪称喑病。禄山素怜之，遣人迎置洛阳，拘于普施寺，迫以伪命。禄山宴其徒于凝碧宫，其乐乃梨园弟子、教坊工人。维闻之悲恻，潜为诗曰："万户伤心生野烟，百官何日再朝天！秋槐花落空宫里，凝碧池头奏管弦。"贼平，陷贼官者三等定罪。维以《凝碧诗》闻于行在，肃宗嘉之，特宥之，授太子中允。维诗名盛于开元、天宝间。[一] 刘约《拾遗》

〔一〕以上十字依明钞本、缪校本补。

晋天福三年与戎和。晋祖曰："当遣辅相为使。"赵莹桑维翰同堂，皆未言，以戎虽通好而反复难测，咸惧于将命。冯道与诸公中书食讫，分厅堂吏前白道言北使事，吏人色变手颤。道索纸一幅，书云："道去。"即遣写敕。属吏泣下。道遣人语妻子，不复归家，舍都亭驿，不数日即行。晋祖饯，语以家国之故，烦耆德使远，自酌卮酒饮之。虏以道有重名，欲留之，命与其国相同列，所赐皆等。戎赐臣下以牙笏，及腊月赐牛头，皆为殊礼，道皆得之。以诗谢云："牛头偏得赐，象笏更容持。"戎甚喜，潜谕留之。道曰："两朝皆臣，岂有分别？"赐悉市薪炭，云："北地寒，老年不堪。"及还京师，作诗五章以述北使之意。其首章云："去年今日奉皇华，只为朝廷不为家。殿上一杯天子泣，门前双节国人嗟。龙荒冬往时时雪，兔苑春归处处花。上下一行如骨肉，几人身死掩风沙！"房中大寒，赐锦袄、貂袄、羊狐貂衾各一。每入谒，悉服四袄衣；宿馆中，并覆三衾。诗曰："朝披四袄专藏手，

夜盖三衾怕露头。"《丛苑》

刘吉，江左人，有膂力，尚气，事李煜为传诏承旨。以忠于所奉，归朝〔一〕供奉官；以知河渠利害，委以八作务。太平兴国中，河大决，吉护之，与工夫同甘苦。使者至，访吉不获，甚怒。乃着皂短布褐，独负二囊土为先导，从吏无敢言，使者密访得之。归奏太宗〔二〕，厚赐之。内侍石全振领河堤，甚苛急，自谓"石爆裂"。尝侮吉，吉不与校。一日，吉乘小艇督役，至中流，语石曰："公恃贵近，见凌甚；不畏死，当与公同见河伯。"遂荡舟覆之。全振乞命号泣，乃止。不复敢侵吉。吉本燕蓟人，自受李氏恩，常分禄以济其子孙，朔望必拜李煜真，虽童幼必拜之，执臣僚之礼。后为崇仪使。其刺字谒吴中亲旧，题僧寺驿亭，皆自称以南人，不忘本也。有诗三百首，目为《钓鳌集》，徐铉为序。其首篇《隐者》诗曰："一箭不中鹄，五湖归钓鱼。"人多诵之。以塞河有方略，人目为"刘跋河"，名震河上。同前

〔一〕"朝"，《宋朝事实类苑》卷五十五记此事作"补"。

〔二〕"太宗"，原作"仁宗"，依上文太平兴国改。《宋朝事实类苑》亦作"太宗"。

讽谕门

太平兴国中，李继迁以西夏叛，朝廷兴师剪伐，迨十年馀。至咸平末，猖獗愈盛，寇陷边境。章圣以西民疲于输挽，有厌兵之意，而无名以罢师伐；议者益纷纭未决。事固秘密，未闻于外。处士种放山中有诗云："胡雏负恩信，圣主耻干戈。"章圣闻之叹美，且惬素志，即遣使赍诏召至，授左司谏，直昭文馆。会景德初，边臣奏李继迁死，其子阿移，即德明也，愿纳款，遂罢兵。放

隐终南山，累诏不起，至拜官复归。终于工部侍郎。《志逸》

淳化中，合州贡桃花犬，甚小而性急，常驯扰于御榻之侧。每坐朝，犬必掉尾先吠，人乃肃然。太宗不豫，此犬不食。及上仙，号呼涕泗，瘦瘠。章圣初即位，左右引令前导，鸣吠徘徊，意若不忍。章圣令谕以奉陵，即摇尾饮食如故。诏造大铁笼，施素裀，置卤簿中。行路见者流涕。李至作《桃花犬歌》以寄史官钱若水，末句云："白麟赤凤且勿喜，愿君书此惩浮俗。"《古今诗话》

章圣幸汾阴回，望林岭间亭槛幽绝，意非民俗所居。时魏野方教鹤舞，俄报有中使至，抱琴逾垣而走。后寇莱公镇洛，凡三邀，不至。莱公暇日写刺访之，野葛巾布袍，长揖莱公，礼甚平简。顷之，议论《骚》、《雅》，相得甚欢。将别，谓莱公曰："盛刺不复还，留为山家之宝。"莱公再秉钧轴，野常游门下，顾遇之礼，优异等伦。一日，献诗曰："好去上天辞富贵，却来平地作神仙。"莱公得诗不悦，自是，礼日益薄，即辞去。后二年，贬道州，每题前诗于窗，朝夕吟哦之。《古今诗话》

王文正公旦，在中书仅二十年。魏野赠诗曰："圣朝宰相年年出，公在中书十四秋。西祀东封今已毕，可能来伴赤松游？"公袖书以进，累表求退，不许。《青箱杂录》

别本云："昔时宰相年年出，公在中书十一秋。西祀东封俱已了，如今好逐赤松游。"〔一〕

〔一〕明钞本无此条，疑为夹注。

治平中，有吉州吉水令，忘其姓名，治邑严酷。有野人马道为《啄木》诗讽之曰："翠翎迎日动，红嘴响烟萝。不顾泥丸及，唯贪得食多。才离枯朽木，又上最高柯。吴楚园林阔，忙忙争奈何！"令见其诗，稍缓刑，时人目曰"马啄木"。《翰府名谈》

蔡君谟守福唐，政尚严肃。陈烈先生过福唐，维舟溪亭，留诗于亭上曰："溪山龙虎蟠,溪水鼓角喧。中宵乡梦破,六月夜衾寒。风雨生残木,蛟螭喜怒澜。殷勤告舟子,放棹过前滩。"亭吏录以呈公,公遽令追之,已不及矣。公自此为之少霁威明。同前

范希文有《赠钓者》诗曰："江上往来人,尽爱鲈鱼美。君看一叶舟,出没风涛里。"《观竞渡》诗曰："小艇破涛去,旁观亦损神。他年在平地,无忽险中人。"皆不徒作也。同前

宜春王从谦,李璟之第九子,好学,善为诗。璟于苑中与宰相弈棋,从谦在焉。令赋《观棋》诗,曰："竹林二君子,尽日意沉吟。相对虽无语,争先各有心。恃强知易失,守分固难侵。若算机筹处,沧溟想未深。"(《江南野录》)

杨玢靖夫,虞卿之曾孙也。仕伪蜀王建至显官,随王衍归后唐[一],以老,得工部尚书致仕,归长安。旧居多为邻里侵占,子弟欲诣府诉其事,以状白玢。玢批纸尾云："四邻侵我我从伊,毕竟须思未有时。试上含元殿基望,秋风禾黍正离离。"子弟不复敢言。《谈苑》

〔一〕"唐"字原空,依明钞本补。

舒王得请金陵,门下有人卖鱼。一日放鱼,有门生献诗云:"直须自向池边看,今日谁非郑校人?"公诵久之。《诗史》

蒋贻恭《蚕诗》云:"辛勤得茧不盈筐,灯下缫丝恨更长。着处不知来处苦,但贪身上绣衣裳。"《古今诗话》

华山郑云叟有《伤时》一绝云:"帆力劈开沧海浪,马蹄踏尽乱山青。浮名浮利浓如酒,醉得人心死不醒。"又《赠霍山秦道士》云:"老鸦啼猿伴采芝,有时长叹独移时。翠蛾红粉婵娟剑,杀尽世人人不知。"同前

宋齐丘,江南二世为宰相,璟尤爱其才,然知其不正。一日,

于华林园试小妓羯鼓,召齐丘同宴。齐丘献诗曰:"切断牙床镂紫金,最宜平稳玉槽深。因逢淑景开佳宴,为出花奴奏雅音。掌底轻璁孤鹤噪,枝头干快乱蝉吟。开元天子曾如此,今日将军好用心。"同前

唐李日知为黄门侍郎。安乐公主池馆新成,中宗临幸,从官预宴赋诗,日知尤存规戒,其卒篇云:"所愿暂思居者佚,莫使时称作者劳。"(《古今诗话》)

卢汪〔一〕门族甲于天下,举进士,二十上不第,为一绝云:"惆怅兴亡系绮罗,世人犹自选青娥。越王解破夫差国,一个西施已是多。"同前

〔一〕"卢汪",明钞本作"卢任",《唐摭言》、《全唐诗》作"卢注"。

范文正公言劲节,知无不言,仁庙朝数出外补。梅圣俞作《啄木》诗以见意,曰:"啄尽林中蠹,未肯出林飞。不识黄金弹,双翎堕落晖。"同前

夏英公,庆历中欲真拜,以言者罢,除使相知南京。到任,以二诗寄执政云:"造化平分荷大钧,腰间新佩玉麒麟。南湖不住栽桃李,拟狎沙鸥过十春。""海雁桥边春水深,略无尘土到花阴。忘机不取人知否,自有江鸥信此心。"复徙西都。张升〔一〕知谏院,作《青雀》诗寄之曰:"弱羽伤弓尚未完,孤飞谁敢拟鹓〔二〕鸾!明珠自有千金价,莫为游人作弹丸。"升卒不敢言及之。同前

〔一〕"升",原作"昇",依明钞本及本条后文改。

〔二〕"鹓",原作"鸳",据《中山诗话》校改。底本"鹓鸾"均作"鸳鸾",以下径改。

于濆为诗,颇干教化,《对花》诗云:"花开蝶满枝,花谢蝶还希。惟有旧巢燕,主人贫亦归。"又有唐备者,与濆同声,咸多比

讽。有诗曰:"天若无雪霜,青松不如草;地若无山川,何人重平道!"《题道傍木》云:"狂风拔倒树,树倒根已露。上有数枝藤,青青犹未悟。"又曰:"一日天无风,四溟波尽息。人心风不吹,波浪高百尺。"又[一]《别家》曰:"蝉鸣槐穗落。"又有《离家》诗曰:"兄弟惜分离,拣日皆言恶。"皆协《骚》《雅》。卢瓌《抒情》

〔一〕"又"字起依明钞本、缪校本补。

西京端正木,去马嵬一驿。德宗幸奉天,观其蔽地,锡以美名。后有文士题之曰:"昔日偏沾雨露恩,德皇西幸赐佳名。马嵬此去无多地,好向杨妃冢上生。"同前

罗邺工诗,《春游郁然有怀》云:"芳草如烟处处青,闲门要地一时生。年来检点人间事,惟有春风不世情。"《春雨》诗云:"兼风飒飒洒皇州,能带轻寒阻胜游。昨夜五侯池馆里,佳人惊觉为花愁。"同前

僖宗幸蜀,词人题于马嵬驿云:"马嵬烟柳正依依,重见銮舆幸蜀归。泉下阿蛮应有语,这回休更泥杨妃。"或云狄侍郎归昌诗。同前 《鉴戒录》云是罗隐诗。

卢常侍钰牧庐江日,郡职曹先生悦营妓丹霞者,卢沮不许。会饯客短亭,曹献诗曰:"拜玉亭间送客忙,此时孤恨感离乡。寻思往岁绝缨事,肯向朱门泣夜长!"卢演为长句,和而勉之曰:"桑扈交飞百舌忙,祖亭闻乐倍思乡。樽前有恨惭卑宦,席上无聊爱艳妆。莫为狂花迷眼界,须求真理定心王。游蜂采掇何时已,只恐多言议短长。"卢瓌《抒情》

李羽能诗,五十方擢第。尝献江淮郡守诗曰:"塞诏东来浥水滨,时情惟望秉陶钧。将军一阵为功业,忍见沙场百战人!"盖郡守卢公一举及第。《南唐近事》

景祐中,羌人叛,西方用兵,朝廷求草泽遗逸;士多献方略自炫鬻,率皆得官。其下材无能,往往过望;亦有挟持颉颃觖望不服者。尝有人题关西驿舍,为诗曰:"孤星荧荧照寒野,汉马萧萧五陵下。庙堂不肯用奇谋,天下徒劳聘贤者。万里危机入燕蓟,八方杀气冲灵夏。逢时还似不逢时,已矣吾生真苟且。"《东斋录》

汪自能为文章,有《平巢词》,诗意高古,刺讥中时病,云:"穴垣补墙缺,墙成垣已隳;断屦补穿履,履成屦已亏[一]。"汪氏宦不达,其他著述,不甚留[二]传。(《贡父诗话》)

〔一〕此十字原作"断屦穿履完屦亦亏"八字,依缪校本补。

〔二〕"留",明钞本、缪校本作"流",似胜。

唐文宗曰:"尝观晋君臣以夷旷致倾覆,当时卿大夫过耶?"李石曰:"然。古诗有之,'人生不满百,常怀千岁忧',畏不逢也;'昼短苦夜长',暗时多也;'何不秉烛游',劝之照也。臣愿捐躯命济国家,惟陛下鉴照不惑,则安人强国,其庶几乎!"《鉴戒录》

余在黄州,与陈慥季常往来。每过往之际,辄作泣字韵诗一篇。季常不禁杀,故以此讽之。季常既不复杀,而里中皆化之,至有不食肉者。皆云:"'未死神已泣',此语使人凄然。"《百斛明珠》

卢承丘[一],长沙人,披褐居吴芙蓉山,常著文为《芙蓉集》。作落韵诗,虽一时讽骂,闻者亦可为戒。《题花钿》云:"傅粉销金剪翠霞,黛烟浓处贴铅华。也知曾伴姮娥笑,将来村里卖谁家?"又《题渡头船》云:"刳木功成济往还,古溪残照下前山。看看向晚人来少,犹自须来[二]觅见钱。"年八十,卒于所居。《雅言系述》

〔一〕"丘",明钞本、缪校本作"立"。

〔二〕"来",明钞本作"求",似胜。

东坡云:在颍时,陈无己赵德麟辈适亦守官于彼,而欧阳叔弼与季默亦久〔一〕居闲,日相唱和。而二欧颇不作诗,东坡以句挑之云:"君家文律冠西京,旋筑诗坛按酒兵。袖手莫欺真将种,致师须得老门生。明朝郑伯降谁受?昨夜条侯壁已惊。从此醉翁天下乐,还须一举百觥倾。"盖为文忠公昔有诗赠梅圣俞苏子美云"我亦愿助勇,鼓旗噪其旁,快哉天下乐,一嚼宜百觥"也。《王直方诗话》

〔一〕"久",原作"又",依缪校本改。

景祐中,华州张源作绝句云:"太公年登八十馀,文王一见便同车。如今若向江边钓,也被官中配看鱼。"吟此诗毕,入夏州。其后元昊反,关中有兵者六七年不解。源作是诗以叛去,亦足为戒。《东斋录》

李清臣,北都人,方束发,则才俊,词句惊人,老儒辈莫不心服〔一〕。一日薄游定州〔二〕,时韩公为帅,因往见其大祝。吏报曰:"大祝方寝。"遂求笔,为诗一绝书于刺,授其吏曰:"大祝觉则投之。"诗云:"公子乘闲卧彩厨,白衣老吏慢寒儒。不知梦见周公否,曾说当年吐哺无?"《青琐集》

〔一〕七字依缪校本补。

〔二〕"定州",原作"郑州",依缪校本改。

聂夷中《公子》诗云:"种花于西园,花发青楼道。花下一禾生,去之为恶草。"有《三百篇》之旨。(《北梦琐言》)

章子厚谪雷州,过小贵州南山寺,有僧奉忠,子厚见之。已而倚槛看层云,曰:"'夏〔一〕云多奇峰',真善比类。"忠曰:"曾记《夏云》诗甚奇,曰:'如峰〔二〕如火复如绵,飞过微阴落槛前。大

地生灵干欲死,不成霖雨谩遮天。'"〔《冷斋夜话》〕[三]

〔一〕"夏"字原脱,依明钞本、缪校本补。

〔二〕"峰",原作"风",依明钞本改。

〔三〕出处据《苕溪渔隐丛话前集》卷五七补。

太祖问罪江南,李后主用谋臣计欲拒王师。法眼禅师观牡丹于大内,作偈讽曰:"拥毳对芳丛,由来趣不同。发从今日白,花是去年红。艳曳随朝露,馨香逐晚风。何须待零落,然后始知空?"后主不省,王师渡江。〔《冷斋夜话》卷一〕

增修诗话总龟卷之二

达理门

　　世传冯瀛王诗曰："穷达皆由命,何劳发叹声。但知行好事,莫要问前程。冬去冰须泮,春来草自生。请公观此理,天道甚分明。"又曰："莫为危时便怆神,前程往往有期因。须知海岳归明主,未必乾坤陷吉人。道德几时曾去世,舟车何处不通津！但教方寸无诸恶,狼虎丛中也立身。"达者之言也。《青箱杂记》

　　张文定公齐贤尝作诗自戒并贻子孙曰："慎言浑不畏,忍事又何妨？国法须遵守,人非莫举扬。无私仍克己,直道更和光。此个如端的,天应降吉祥。"余广为八诗:其一曰："慎言浑不畏,言出患常随。须信枢机发,宁容驷马追！三缄事可见,两舌业当知。言是起羞本,凭公且再思。"其二曰："忍事又何妨,勿令心火扬。火扬犹可灭,心忿固多伤。堪叹波罗密,可怜阿[一]利王。从心更从刃,字意好精[二]详。"其三曰："国法须遵守,金科尽诏条。一毫如有犯,三尺不相饶。岂用夸奸黠,何须恃贵骄！自然逢吉庆,神理亦昭昭。"其四曰："人非莫举扬,万事且包藏。殿上涎须掩,车中吐不妨。在他诚所短,于己有何长！须是常拘检,回头自忖量。"其五曰："无私仍克己,克己又无私。二事兼修饬,终身在省思。公清多敛怨,高亢易招危。更切循卑退,方应履坦夷。"其六曰:"直道更和光,双修誉乃彰。直须和辅助,和乃直交相。恃直终多忤,偏和又少刚。能和又能直,行己自芬芳。"其七曰:"此个真端的,除非六句修。永为几杖戒,更遗子孙谋。本立方生道,农勤乃有秋。兹诗虽〔三〕浅近,至理可推求。"其八曰:"天应降吉祥,天理本茫茫。舒惨虽无定,荣枯却有常。益谦尤效验,福善更昭彰。笼络无疏漏,恢恢四网张。"同前

〔一〕"阿",原作"波",依缪校本改。

〔二〕"精",原作"消",依明钞本改。

〔三〕"虽",原作"须",据《青箱杂记》卷二校改。

王文惠公随深悟性理,临终作诗曰:"画堂灯欲灭,弹指向谁说!去住本寻常,春风扫残雪。"同前

谢谏议临捐馆,作诗云:"平生功业数张纸,千古英雄一窖尘。何似从来周孔教,解将仁义浸生民!"《见闻录》

皎然禅师赠吴冯处士诗云:"世人不知心是道,只言道在他方妙。还如瞽者望长安,室在东南向西笑。"东坡代答曰:"寒时便具热时风,饥汉那知食药功?莫怪禅师向西笑,缘师身在长安东。"《百斛明珠》〔一〕

〔一〕"百斛明珠",原作"百斛文",依明钞本改。后同,不另出校。

陶渊明《饮酒》诗云:"善养千金躯,临化消其宝。"宝不过躯,躯化则宝亡矣。人言靖节不知道,吾不信也。

余与郭生游寒溪,主簿吴亮置酒。郭生善作挽歌,酒酣发声,座为凄然。郭生言恨无佳词,因为略改乐天《寒食诗》歌之,坐客有泣者。其词曰:"鸟啼鸦噪昏乔木,清明寒食谁家哭?风吹旷野纸钱飞,古墓累累春草绿。棠梨花映白杨路,尽是死生离

别处。冥漠重泉哭不闻,萧萧暮雨人归去。"每句杂以散声。

"人间无漏仙,兀兀三杯醉〔一〕;世上无眼禅,昏昏一觉睡。虽然无交涉,其奈略相似。相似尚如此,何况真个是!"予奉使关西见邸店壁上书此数句,爱而诵之〔二〕。故海上作《浊醪有妙理赋》曰:"尝因既醉之适,方识此心之正。"此老〔三〕言心之正,与孟子言人之性善何异。并同前

〔一〕"醉",原作"酒",依明钞本改。

〔二〕"店""上""数句"四字依明钞本补。"爱而诵之"四字,南图藏明钞本作"因为记之"。

〔三〕"老"下原有"氏"字,据《冷斋夜话》卷一校删。前为惠洪引东坡语。"此老"以下为惠洪之评论。

舒王当位,多进用文士。苏台卢中甫作诗以见志云:"青衫白发病参军,旋粜官粮买〔一〕酒尊。但得有钱留客醉,何须骑马傍人门?"《雅言杂载》

〔一〕"买",明钞本作"置"。

杜祁公致政后,作《林下书怀》诗曰:"从政区区到白头,一生宁肯顾恩仇!双凫乘雁常深愧,野马黄羊亦过忧。岂是林泉堪侘傺?只缘蒲柳不禁秋。始终幸会承平日,乐圣唯能击壤讴!"《青箱杂记》

李建勋,年八十,谒宋齐丘于洪州,题一绝于信果观壁云:"春来涨水流如活,晓出〔一〕西山势似行。玉洞主人经劫在,携竿步步就长生。"归高安,无病而卒。《青琐后集》

〔一〕"出"字原缺,依明钞本补。下"主人",明钞本作"有人"。

东坡游庐山,至东林,作二偈曰:"溪声便是广长舌,山色岂非清净身!夜来八万四千偈,他日如何举似人!""横看成岭侧成峰,远近看山了不同。不识庐山真面目,只缘身在此山中。"

山谷曰:"此老于《般若》,横说竖说,了无剩语;非笔端有口,安能吐此不传之妙?"《冷斋夜话》

博识门

徐锴仕江左,至中书舍人。时吴淑为校理,古乐府中掺[一]字者,淑多改为操字,盖章草之变。锴曰:"非可一例言。若《渔阳掺》者七鉴切,三挝鼓也。祢衡作《汉阳掺》挝,古歌云:'边城晏闻《汉阳掺》,黄尘萧萧白日暗。'"淑叹服。《谈苑》

〔一〕"掺",原作"惨",依明钞本改。

商汝山中多麝,绝爱其脐。每为人所逐,势且急,即自投高岩,举爪裂出其香,就縶而死,犹拱四足,以保其脐。李商隐诗曰"投岩麝[一]退香",许浑诗云"猎[二]麝采生香"是也。狖类鼠而大,尾长,金色,川峡深山中,人以药箭射之,取其皮为卧褥鞍被坐毯之用。甚爱其尾,既中毒,即啮断其尾以掷之,恶为身患。杜甫诗云"狖掷寒条马见惊",盖轻捷善缘木,猿猱之类也。氂牛出西域,尾长而劲[三],中国以为缨。人或射之,亦自断其尾。《左氏》所谓雄鸡自断其尾。同前

〔一〕"麝",原作"射",依明钞本改,下同。

〔二〕"猎"字依明钞本、缪校本补。

〔三〕"劲",原作"动",依明钞本、缪校本改。

李义山诗:"小鼎烹茶面曲池,白须道士竹间棋。何人书破蒲葵扇,记着南窗移树时[一]。"蒲葵扇出《谢安传》,然人不知其何名蒲葵。苏子容云:棕榈也,出《广雅》,今衢信宣歙间扇是也。谓彩[二]似蒲葵尔。《诗史》

〔一〕"南窗",《李集》作"南塘"。"移树时",明钞本作"树影移"。

〔二〕"彩",《说诗乐趣》作"形",似胜。

梅圣俞《河豚》诗云:"春岸飞杨花。"永叔谓河豚食杨花则肥。韩偓诗:"柳絮覆溪鱼正肥。"大抵鱼食杨花则肥,不必河豚。(《诗史》)

陇西地名鱼龙,出石鱼。掘地得石,破其中有鱼痕,鳞甲纤悉皆具,烧之有鱼气。盖鱼蛰泥而变为石。衡州亦有,无异陇西者。故杜云:"水落鱼龙夜,山空鸟鼠〔一〕秋。"正陇州诗。(《诗史》)

〔一〕"鼠",原作"水",依明钞本、缪校本改。

《南部烟花录》文理极俗,又载陈叔宝诗云:"夕阳如有意,偏傍小窗明。"此乃唐人方棫诗,非叔宝作,兼六朝人大抵不如此〔一〕。唐《艺文志》载《烟花录》乃记广陵行幸事,此本已无,唐末人伪作此书尔。《诗史》 又《大业拾遗记》载"夕阳如有意,偏傍小窗明"是叔宝作,兼有全篇。〔二〕

〔一〕"兼",南图藏明钞本作"盖"。"如",原作"知",依明钞本改。

〔二〕以上二十五字依明钞本补。

欧阳文忠爱林逋诗"草泥行郭索,云木叫钩辀",以谓语新而属对亲切。钩辀,鹧鸪声也;郭索,蟹行貌。《太玄》曰:"蟹之郭索,用心躁也。"《古今诗话》

古诗云:"博山炉中百和香,郁金苏合及都梁。"又:"氍毹吾水香〔一〕,迷迭〔二〕艾纳及都梁。"尝按《广志》〔三〕:都梁香出交广,形如藿。迷迭出西域。魏文帝又有《迷迭赋》。信乎,不行一万里,不读万卷书,不可看老杜诗也。《王直方诗话》

〔一〕此句乐府作"氍毹毾𣰆五木香"。

〔二〕"迷迭",原作"迷迷",据《苕溪渔隐丛话前集》卷二校改,下同。

〔三〕"《广志》",原作"《唐志》",据《渔隐丛话》校改。

前世所称驱佋,驱子党切,今人谓之牙。韩文公赠玉川诗曰:

"水北山人得名声,去年去作幕下士;水南山人又继往,鞍马仆从塞闾里;少室山人索价高,两以谏官招不起。"又云:"先生抱才须大用,宰相未许终不仕。"王向子直谓韩公与处士作牙。牙,商度物价也。驵侩为牙者,世不晓所谓。道原云:"本谓之互,即互市事尔。唐人书互字作乐,乐字似牙字,因转读为牙。"其理如可信。或云:何得举世同辞?盖不足怪。今人以萬为万,以千为丿,亦人人道之也。《贡父诗话》

杨大年因奏事论及《比红儿诗》,大年不能对,甚以为恨。访《比红儿诗》,终不可得。忽一日,鬻书者有小编,视之,乃《比红儿诗》也。自此,士大夫始传之。此诗乃罗虬所为,凡百首。盖当时但传其诗,不载名氏,大年偶不记尔。《笔谈》

余靖尚书使虏,为胡诗,契丹爱之;再往,情益亲。余诗云:"夜筵设罗侈盛也臣拜洗受赐也,两朝厥荷通好也情干勒[一]厚重也。微臣雅[二]鲁拜舞也祝若统福祐也,圣寿铁摆嵩高也俱可忒无极也。"虏举大杯谓余曰:"能道此,余为卿饮。"复举之,虏大笑,遂为醋觞。汉史记槃木、白狼诗,汉语则协,夷语则否。其实夷人先作诗,反用夷语译出,不如余真胡语也。《诗史》

〔一〕"勒",原作"勤",依明钞本改。

〔二〕"雅",原作"椎",依明钞本改,《津逮》本《中山诗话》同。

山谷云:"余读《周书·月令》云:'反舌无[一]声,佞人在侧。'乃解老杜《百舌》诗'过时如发口,君侧有谗人'之句。"《王直方诗话》

〔一〕"无"当依《汲冢周书》作"有"。

《永明禅师记》曰:有禅师夜经行,误践瓜皮,意其虾蟆也,死堕恶道。又有山行人为蛇螫,而意触树桩。行三十里,遇筮医识之,告曰:"蛇螫也。"发毒而死。使行人不遇筮医,毒遂不发;

比丘知是瓜皮，不堕恶道。古德偈曰："恶境自虚不须畏，终朝照瞩元无对。设使住[一]持浮幻身，任运都无舌身意。"《冷斋夜话》

〔一〕"住"，原作"任"，依明钞本改。

幼敏门

杨文公，年十一岁，建州送入阙下，章圣亲试一赋二诗，顷刻而成。令送中书再试。参政李至状："臣等言：押送建州十一岁习进士杨亿到中书，其人来自江湖，对天陛殊无震慑，盖圣祚承平，神童间出。臣等令赋《喜朝京阙诗》五言六韵，顷刻而成。"诗曰："七闽波渺漠，双阙势岧峣。晓登云外岭，夜渡月中潮。"断句："愿秉清忠节，终身立圣朝。"

又，杨文公数岁不能言，一日，家人抱登楼，忽触其首，便能语。家人曰："既能言，可为诗乎？"曰："可。"遂吟《登楼诗》云："危楼高百尺，手可摘星辰。不敢高声语，恐惊天上人。"《古今诗话》

夏文庄试制科，廷对，出殿门，杨徽之见其年少，遽邀与语曰："老夫它则不知，唯喜吟诗，愿丐贤良一篇，以卜他日之志。"忻然为书曰："殿上衮衣明日月，砚中旗影动龙蛇。纵横礼乐三千字，独对丹墀日未斜。"《青箱杂记》

明皇御勤政楼，大张音乐。教坊王大娘善戴竿，于百尺上为木山，状瀛洲方丈，命小儿持绛节出入其间，舞亦不辍。刘晏以神童为秘书省正字，年十岁，慧悟过人。召于帷中坐贵妃膝上，为施粉黛与戴巾栉。问晏："汝为正字而来，正得几[一]字？"曰："天下字皆正，唯有[二]朋字未正。"贵妃令咏王大娘戴竿，晏曰：

"楼前百戏竞争新,惟有长竿妙入神。谁谓绮罗翻有力,犹自嫌轻更着人。"《明皇杂录》

〔一〕"几",原作"何",依明钞本改。

〔二〕"有"字依明钞本补。

苏瓌未知男颋,有人献兔,挂于廊庑间。召颋咏诗:"兔子死阑弹,将来挂竹竿。试将明镜照,何异月中看?"由是称为小许公。《开元传信记》

京兆尹访苏瓌,既去,瓌令男颋咏尹字。乃曰:"丑虽有足,甲不成身。见君无口,知伊少人。"其敏捷如此。明皇问瓌:"草书难其人,谁可?"瓌曰:"臣不知其他。臣男颋,为文甚速,可备使令。然性嗜酒,幸免沉醉,足以了事。"令召至,则酒未解,犹呕殿下。命中贵人扶卧御幄前,明皇亲举衾覆之。既醒,援笔立就。明皇抚其[一]背曰:"知子莫若父。"《明皇杂录》

〔一〕"其"字依明钞本补。

徐锴字楚金,年十馀岁,群从宴集,分题赋诗,令为《秋词》,援笔立成,其略曰:"井梧分堕砌,塞雁远横空。雨久莓苔紫,霜浓薜荔红。"《诗史》

林杰字智周[一],五岁,与父同游王仙君坛。父曰:"能诗乎?"杰曰:"羽客已登云路去,丹砂草木尽凋残。不知千岁归何日,空使时人扫旧坛。"又谒唐中丞,作《七夕》诗曰:"七夕今朝看碧霄,牵牛织女渡河桥。家家乞巧望秋月,穿尽红丝几万条。"唐公曰:"真神童也。"年十七[二],方秋初,忽有双鹤盘空而下,忻然下阶,抱得一只,父恐非祥,令放之,鹤升堂而去。是夕,得疾而卒。郑立之以诗哭之曰:"才高未及贾生年,何事孤魂逐逝川?萤聚帐中人已去,鹤离台上月空圆。"《古今诗话》

〔一〕"周",原作"用",依明钞本改。

〔二〕"七",原作"岁",依明钞本改。

李琪,十岁通《六经》,父佐王铎滑州幕,闻而异之。会府燕,铎遣人以《三杰赋》试之。琪作赋,尾句云:"得士则昌,非贤罔共。龙头之友斯贵,鼎足之臣可重。宜哉项氏之所以亡,有一范增而不能用。"铎曰:"大器也。"他日谒帅,帅谓琪曰:"蜀中诏到,用夏州拓跋思恭为北京收复都统,可作诗否?"琪曰:"飞骑日边来,何时玉辇回?早平关右贼,莫待诏书催。"铎益异之。

王元之内翰,五岁已能诗。因太守赏白莲,倅言元之能与,语于太守,因召而吟一绝云:"昨夜三更后,姮娥堕玉簪。冯夷不敢受,捧出碧波心。"又云:"佳人方素面,对镜理新妆。"守曰:"天授也。"

丘璿十岁,谒陈州太守曰:"前日寺中闻射,因成诗云:'殿宇时闻燕雀喧,虚庭尽日少人行。孤吟独坐情何限?时喜风传中鹄声。'"守喜,令对"弱柳丝丝搓绿线",曰:"春云片片揭新绵。"

蒋堂侍郎,方六岁,父令作《栀子花诗》,曰:"庭前栀子树,四畔有椏杈。未结黄金子,先开白玉花。"

崔铉相为童时,随父谒韩滉,指架上鹰令作诗,曰:"天边心胆架头身,欲拟飞腾未有因。万里碧霄终一去,不知谁是解绦人?"

李贺字长吉,唐诸王孙。七岁,以长短之制名动京师。韩文公、皇甫湜过其父晋肃〔一〕,见其子,总角荷衣而出。二公不之信,因而试一篇。贺承命欣然,操觚染翰,旁若无人,仍目曰《高轩过》:"华裾织翠青如葱,金环压辔摇玲珑。马蹄隐耳声隆隆,入门下马气如虹。云是东京才子文章巨公,二十八宿罗心胸。殿前作赋声摩空,笔补造化天无功,元精炯炯贯当中。庞眉书客感秋蓬,谁知死草生华风!我今垂翅附冥鸿,他日不羞蛇作龙。"二公大惊,以所乘马联镳而还所居,亲为束发。年未弱冠,丁内艰〔二〕。他日,举进士,或谤贺不避家讳,韩文公特著《讳辩》〔三〕一篇,不幸未壮室而终。并同前

〔一〕"晋"字依缪校本补。

〔二〕"艰",原作"难",依清钞本改。

〔三〕《讳辩》,原作"辩讳",依《韩集》乙。

寇元弼言:徐州通判李绚有子七岁,不善诗,忽咏《落花诗》云:"流水难穷目,斜阳易断肠。谁同研光帽,一曲舞《山香》。"父惊问之,若有物凭者,自云是谢中舍。问研光帽事,云〔一〕:西王母宴群仙,有舞者戴研光帽,帽上簪花,舞《山香》,曲未终,花皆落。《百斛明珠》

〔一〕"云"字依明钞本补。

贾黄中〔一〕乃唐相造《华夷图》丞相耽之远孙。七岁童子举关头及第,李昉赠之〔二〕诗云:"七岁神童古所难,贾家门户有衣冠。七人科第排头上,五部经书诵舌端。见榜不知名字贵,登筵未识管弦欢。从兹稳上青霄路,万里谁能测羽翰!"太平兴国中参大政。《玉壶清话》

〔一〕"黄中",原作"文元",依明钞本及《玉壶清话》卷七改。

〔二〕四字原作"李文贺赠",依明钞本改。《玉壶清话》作"李文正昉以诗赠之"。

苏州童子刘少逸,年十一,文辞精敏,有老成体。其师潘阆携以见长洲宰王元之、吴县宰罗思纯,以所作贽二公。二公名重当时,疑所贽假手,未之信,因试之;与之联句,略不淹思。思纯曰:"无风烟焰直。"少逸曰:"有月竹阴寒。"又曰:"日移竹影侵棋局。"少逸曰:"风递花香入酒尊。"元之曰:"风雨江城暮。"少

逸曰:"波涛海寺秋。"元之曰:"一回酒渴思吞海。"少逸曰:"几度诗狂欲上天。"凡数十联皆敏[一],二公惊异,至闻于朝,赐进士及第。官止尚书员外郎。《续归田录》

〔一〕六字依明钞本补。

孙周翰精敏,亦少逸之流。其父穆之,携以见郡侯。时赏春作会,座客簪花。郡侯属周翰曰:"口吹杨叶成新曲。"翰曰:"头戴花枝学后生。"郡侯笑曰:"何遽便戏老夫!"赐童子出身。

马希振为鼎州节度使,马氏诸子中白眉也。与门下客何致雍、僧贯徽联句。希振曰:"青蛇每用腰为力。"贯徽曰:"红苋时将叶作花。"又见蚁子缘砌,希振曰:"蚁子子衔虫子子。"雍曰:"猫儿儿捉雀儿儿。"实一代之隽。并同前

黄鉴学士,七岁而不言,其祖爱之,以谓风骨之美,当大吾门,不宜如是也。每遇景物,必道其名达其理以指教之;然终不言。一日,又谓之曰:"杨文公幼而不言,文公之父告之曰:'后园梨落篱,神童知不知?'文公发声曰:'不是风摇树,便是鹊惊枝。'汝风骨若此,何为不言?"鉴竟不对。后携行河上,其祖曰:"水马池中走。"鉴曰:"游鱼波上浮。"后任馆阁。《李康靖见闻录》[一]

〔一〕"见闻",原作"闻见",依明钞本改。

增修诗话总龟卷之三

志气门

丞相李文正公昉,少年时尝以诗呈叔侍中,览而喜,赠之诗曰:"反观西里盛,世世秉钧衡。"后文正果大用,诏赐所居为谢元卿秉钧里;是知李氏自五代至本朝世居将相,非一日也。《翰府名谈》

陈文惠未达时,作《偶成》诗曰:"千里好山云乍敛,一楼明月雨初晴。"观此诗者曰:"意与李觏'碧山更被暮云遮'者异矣。"《青箱杂记》

宋莒公守颍昌,开西湖,作诗曰:"凿开鱼鸟忘情地,展尽江湖极目天。"观者知其必大用。

丞相刘公沆,以义气自许,尝作《牡丹》诗曰:"三月内方有,百花中更无。"又《述怀》诗曰:"虎生三日便窥牛,猎食宁能掉尾求!若不去登黄阁贵,便须来伴赤松游。奴颜婢舌诚堪耻,羊狠狼贪自合羞。三尺太阿星斗焕,何时去取魏齐头?"皇祐初,出镇豫章,漕使潘夙以《小孤山》四十字示公,公即席和之曰:"擎天有八柱,此柱一焉存。石笋千寻势,波流四面痕。江湖中作镇,风浪里蟠根。平地安然者,饶他五岳尊。"览者皆知有宰相器。

蒋概,治平中登第后,久不调官,游河朔,登雄州北门楼,有诗曰:"壮士未酬志,乘秋感慨多。幽燕新种落,唐汉旧关河。塞月沉青冢,边声入暮河。如何得万骑,玉垒夜经过?"不幸早死,观其志亦有为者也。并同前

长安旧以不历台省便出镇兼军[一]节镇者为粗官,大率重内而轻外。今东都乾元门,旧宣武军鼓角门,节度王彦威有诗刻其上云:"天兵十万勇如貔,正是酬恩报国时。汴水波涛喧鼓角,隋堤杨柳拂旌旗。前驱红旆关西将,坐间青娥赵国姬。寄语长安旧冠盖,粗官到底是男儿。"彦威自太常博士出辟使府至兹镇,故有是句。至今不知所在。薛能亦有《谢寄茶》诗云:"粗官寄与真抛掷,赖有诗情合得尝。"《谈苑》

[一]"兼军",原作"廉车",依明钞本、缪校本改。

李昇《竹诗》曰:"栖凤枝梢犹软弱,化龙形状已依稀。"唐宣宗《瀑布诗》曰:"溪涧岂能留得住,终归大海作波涛。"王霸之意可见也。河中府逍遥楼有唐太宗诗曰:"昔乘四马去,今驱万乘归。"气象尤可见。《诗史》

唐子方谪官渡淮,至中流,风作,舟欲覆,作诗曰:"圣宋非狂楚,清淮异汨罗。平生仗忠信,今日任风波。"日暮,泊舟岸,续云:"舟楫颠危甚,鼋鼍出没多。斜阳幸无事,沽酒听渔歌。"真诗无谄,可以格鬼神。《云斋广录》

景祐五年,苑试进士,以《鹍化为鹏》为诗题,吕济叔诗云:"九霄离海峤,一夕过天池。"论者以此诗当为第一人。同前

沙门文莹尝谓,为文老而不衰者惟元厚之。在禁林时,有《怀荆南旧游》云:"去年曾醉海棠丛,闻说新枝发旧红。昨夜梦回花下饮,不知身在玉堂中。"其辞气不少衰。[一]〔《玉壶清话》卷七〕

〔一〕六字依明钞本补。

乐天典杭日，江东学子奔杭取解。张祜〔一〕自负诗名，而徐凝亦至，燕于郡中。乐天讽二子矛盾，祜曰："仆宜为解首。"凝曰："有何佳句？"祜曰："《甘露寺诗》曰：'日月光先到，山河势尽来。'《金山寺诗》曰：'树影中流见，钟声两岸闻。'"凝曰："善则善矣，奈无野人《瀑布诗》曰'千古长如白练飞，一条界破青山色'？"祜愕然，一座尽倾。《古今诗话》

〔一〕"祜"，原作"祐"，本书各卷"祜祐"错出。依《唐音癸签》定为"祜"，后不另出校。

王沂公布衣时，以《梅花诗》献吕文穆公云："雪中未问和羹事，且向百花头上开。"文穆曰："此生已安排状元宰相也。"后果然。(《古今诗话》)

姚嗣宗诗云："踏碎贺兰石，扫清西海尘。布衣能效死，可惜作穷鳞！"韩魏公安抚关中，荐试大理评事。同前

高越游河朔，有州牧欲以女妻之。越作《鹘子诗》云："雪爪星眸众鸟归，摩空专候整毛衣。虞人莫谩张罗网，未肯平原浅草飞。"

孙给事仅及孙暨，皆咸平初省试放状元，后各应制举。给事与兄何齐名，有声场屋。何，淳化中魁多士。给事下第，有诗曰："前春再就天阶试，应被人呼小状元。"次举中甲科。王元之以诗赠曰："病中何事忽开颜？忆得诗称小状元。粉壁已悬龙虎榜，锦标争属鹡鸰原。"并同前

高言，京师人，字明道，好学有志义，以诗干友人曰："昨夜阴风透胆寒，地炉无火酒瓶干。男儿慷慨平生事，时复挑灯把剑看。"〔一〕

〔一〕本则和下一则未注出处，郭绍虞《宋诗话辑佚》据《说诗乐趣》定

为《古今诗话》。

秦少游谪雷州，有诗曰："南土四时都热，愁人日夜俱长。安得此心如石，一时忘了家乡？"黄鲁直谪宜州，作诗曰："老色日上面，欢情日去心。今既不如昔，后当不如今。""轻纱一幅巾，短簟六尺床。无客日自静，有风终夕凉。"少游钟情，故诗酸楚；鲁直学道，故诗闲暇。至东坡南中诗曰："平生万事足，所欠唯一死。"则英特之气，不受折困。〔《冷斋夜话》卷三〕

知遇门

杨徽之侍读，太宗闻其名，索所著数百篇奏御，献诗云："十年牢落今何幸，叨遇君王问姓名。"太宗选十联书于御屏间。梁周翰诗曰："谁似金华杨学士，十联诗在御屏间？"僧文莹尝谓杨公，必以天池浩露涤笔于冰瓯雪碗中，则方与公诗神骨相副。《古今诗话》

夏文庄守安陆，宋莒公兄弟尚皆布衣。文庄异待之，命作《落花诗》，莒公曰："汉皋佩解临江失，金谷楼危到地香。"子京曰："将飞更作回风舞，已落犹成半面妆。"是岁诏下，兄弟皆应举。文庄曰："咏落花而不言落，大宋须状元及第；又风骨秀重，异日作宰相。小宋非所及，然亦须登严近。"后皆如其言。故文庄在河阳，闻莒公登庸，以别纸贺曰："昔年安陆，已识台光。"盖谓是也。《青箱杂记》

杜荀鹤谒梁高祖，与之坐，忽无云而雨，祖曰："无云而雨，谓之天泣，不知何祥？请作诗。"荀鹤曰："同是乾坤事不同，雨丝飞洒日轮中。若教阴显都相似，争表梁王造化工！"高祖喜之。《洞微志》

真宗末年，尝游禁中，见翰林学士王禹偁倚宫木若咏吟，命宫使亟探之，果预作《赏花钓鱼诗》。明日，百官赴宴，迨题出，乃《千叶石榴花》，百官皆失所拟。禹偁首进一绝云："王母庭中亲见栽，张骞偷得下天来。谁家巧妇残针线，一撮生红熨不开。"上称赏，谓真才。《桂堂诗话》

唐文宗夏日与诸学士联句："人皆苦炎热，我爱夏日长。"柳公权续曰："薰风自南来，殿阁生微凉。"时丁袁[一]五学士皆属继，文宗独讽公权两句，辞清意足，不可多得。乃令公权题于殿壁，字方员五寸。文宗视之，叹曰："钟王复生，无以加焉。"《广卓异记》

〔一〕"袁"，原作"表"，据《旧唐书》《柳公权传》校改。

刘景文作饶州监酒，得一诗题芝山寺壁云："数声燕语落檐间，底事惊回梦里闲！说与旁人都未信，杖藜携酒看芝山。"舒王作本路宪，见之，爱甚，遂令权州学。《古今诗话》

蜀人雍陶，以进士第为简州牧，自比谢宣城柳吴兴也，宾至折挫。忽有冯道明下第，请谒，告阍者："道明与员外有旧。"及见，呵曰："与公昧平生，何方相识？"道明曰："诵员外诗，仰员外德。"遂吟曰："立当青草人先见，行傍白莲鱼未知。"又曰："江声秋入寺，雨气夜侵楼。"又曰："闭门客到常疑病，满院花开不似贫。"闻之，欢狎如曩昔之友。《云溪友议》

王文公凝，清族重德，冠绝当时。每就寝息，必叉手而卧，虑其寝寐中见先灵。食馎饦不过十八片。曾典绛州，时司空图侍郎方应进士举，自别墅到郡谒见后，更不访亲知。阍吏遽申：司空秀才出郭。后入郭访亲知，即不造郡斋。琅琊知之，谓其专敬，愈重之。及知举日，司空一捷，列第四人登科。同年讶其姓名甚暗，所图太速，有鄙薄者号为"司徒空"。琅琊知有此说，因召一榜门生开筵，宣言于众曰："某叨忝文柄，今年榜帖，全为司空先辈一人而已。"由是声彩益振。尔后为御史分司，旧相卢公携酒访之，留诗曰："氏族司空贵，官班御史雄。老夫如且在，未可叹途穷。"其为名德重也如此。《北梦琐言》

狂放门

钟传镇南昌，有李梦符者，放荡酣饮，好事者与语，应口成诗。后桂州刺史李琼遣人谓传曰："梦符吾弟，请遣归。"钟令求于市邸，人曰："夜来不归，不知所之。"有《回常学士诗》云："罢修儒业罢修真，养拙藏愚春复春。到老不疏林里鹿，平生难见日边人。洞桃深处千株锦，岩雪铺时万草新。深谢名贤远相访，求闻难博凤为邻。"《诗史》

朱鳁，仕江南为县令，甚疏逸，有诗云："好是晚来香雨里，担簦亲送绮罗人。"李璟闻之，处以闲曹。又有僧庭实献诗云："吟中双鬓白，笑里一生贫。"璟闻云："诗以言志，终是寒薄。"以束帛遣之。同前

李澣登科，在和凝榜下，同为学士。会凝作相，澣为承旨，当批诏。次日，于玉堂旧阁悉取图书器玩，留一诗于榻云："座主登庸归凤阙，门生批诏立鳌头。玉堂旧阁多珍玩，可作西斋润笔否？"人皆笑其疏纵。《古今诗话》

杜牧之登科后，三年纵放，为诗曰："落魄江湖载酒行，楚腰纤细掌中情。十年一觉扬州梦，赢得青楼薄幸名。"又曰："觥船一棹百分空，十载青春不负公。今日鬓丝禅榻畔，茶烟轻飏落花中。"

杜牧自御史分司洛阳，李司徒罢镇闲居，声妓为当时第一。

因会朝士，以牧之尝任风宪，不敢邀置。牧之讽坐客达李，李遽驰书以招；而牧之遂来。谓李曰："闻有紫云者孰是？"因指示，牧之作诗曰："华堂今日绮筵开，谁唤分司御史来？忽发狂吟惊满座，两行红粉一时回。"意气闲逸，旁若无人。

裴忠谦状元登科，作纸笺名纸谒平康里妓，因宿于里中，作诗曰："银缸斜背解鸣珰，小语低声唤玉郎。从此不知兰麝贵，夜来新惹桂枝香。"

郑谷登第后，宿平康里，作诗曰："春来无处不闲行，楚闰相看别有情。好是五更残酒醒，耳边闻唤状元声。"

杨汝士尚书镇东川，其子及第。汝士开筵，营妓咸集。汝士命人与绫一端，诗曰："郎君得意正青春，蜀国将军又不贫。一曲高歌绫一匹，两头娘子拜夫人。"

潘逍遥与许洞钱易为友，狂放不羁，尝作诗云："散拽禅师来踘蹴，醉拖游女上秋千。"此其自序之实也。后坐卢多逊党亡命，捕之甚急，乃易姓名为僧，入中条山。许洞赠诗曰："潘逍遥，平生志意如天高。仰天大笑无所惧，天公嗔尔口呶呶。罚教临老投补衲，归中条。我愿中条山神镇长在，驱雷逐电依前赶出这老怪。"后会赦，以四门助教招之，送信州安置。复舞于市曰："出砒霜，价钱可。赢得拨灰兼弄火，畅杀我。"以此士人不齿，放弃终身。并同前

姚岩杰，梁国元崇之裔。弱冠通《坟典》，以诗酒游江左，凌忽前达，旁若无人。乾符中，颜标典鄱阳，初创鞠场，请岩杰纪其事。文成千馀言，标欲刊去一两字，岩杰大怒。既而标已睚眦，而已勒石，遂令覆碑于地，以车拽之磨去。岩杰以一篇寄之曰："为报颜公识我么？我心唯只与天和。眼前俗物关情少，醉后青山入梦多。田子莫嫌弹铗恨，宁生休唱《饭牛歌》。圣朝若为

苍生计,也合公车到薜萝。"卢肇牧歙州,岩杰在婺源,先以著述寄肇。肇知好使酒,以手书褒美之,赠以束帛,迎至郡斋,馆谷如公卿。既而日肆傲睨,轻视子发。子发尝以诗咤岩杰曰:"明月照巴山。"岩杰笑曰:"月照天下,奈何独照巴山?"子发惭,不乐。无何,会于江亭,时蒯希逸在坐,子发改令,目前取一联象。子发曰:"远望渔舟,不阔尺八。"岩杰遽饮一器,凭阑呕哕,须臾即席,遂答曰:"凭阑一呕,已觉空喉。"有集二十卷曰《象馂子》。逆旅豫章,不知所终。《摭言》〔一〕

〔一〕"空喉",原作"喉空","《摭言》",原作"《杂言》",并依明钞本改。

钟山公镇临川,赏牡丹。有小吏手捧砚,举止有士人风。公曰:"学诗乎?"曰:"粗亲笔砚。"因令口占一篇,其警句云:"三月莫辞千度醉,一生能得几回看!"公曰:"他日定成器。"因勉令就学。明年,谒岭南李国老,大加称赏,赍数百缣,于金陵酒楼,数日而尽。醉中挂帆数百里,至落星湾,半醒,烟雨中登水心寺,题诗于水轩曰:"分飞南渡春风晚,却返家林事业空。无限离情似杨柳,万条垂向楚江东。"

李白才思不羁,有《醉吟》诗曰:"天若不爱酒,酒星不在天;地若不爱酒,地应无酒泉。天地既爱酒,饮酒不愧天。三杯通大道,一斗合自然。但得醉中趣,勿为醒者传。"忆贺知章曰:"欲向江东去,定将谁举杯?稽山无贺老,却棹酒船回。"《郡阁雅谈》

韩魏公出镇中山,有门客夜逾墙出宿娼家。公知,作《种竹诗》以警之:"殷勤浇〔一〕灌加培植,莫遣狂枝乱出墙。"门客自愧,作诗云:"主人若也怜高节,莫为狂枝赠斧斤。"公置一女奴赠之。《青琐集》

〔一〕"浇",原作"洗",依明钞本改。

增修诗话总龟卷之四

诗进门

　　杨允元,年二十一岁,为光禄寺丞,太宗极爱之。三月,后苑曲宴,未得贴职,不得与。以诗贴寄馆中诸公曰:"闻说宫花满鬓红,上林丝管侍重瞳。蓬莱咫尺无由到,始信仙凡迥不同。"诸公进呈,太宗讶有司不召,左右以未得贴职为奏。即日直集贤院,与晚宴。《古今诗话》

　　翰林学士李宗谔,以京官带馆职,赴内宴,阁门拒之。献诗曰:"戴了宫花赋了诗,不容重睹赭黄衣。无聊独出金门去,恰似当年下第归。"公尝举进士,御试下,因及之。太宗览诗,即宣赴坐。后遂为例,虽选人带馆职,亦同赴宴。《青箱杂记》

　　周世宗幸广陵,孟贯能诗,以一集献之。世宗见首卷《贻栖隐洞谭先生》诗云:"不伐有巢树,多移无主花。"谓贯曰:"伐叛吊民,何有巢无主之有?献朕则可,他人卿将不免。"遂释褐授官。《江南野录》

　　太宗收并门,凯旋日,范杲[一]叩回銮进诗曰:"千里版图来浙右,一声金鼓下河东。"赐一官。《古今诗话》

　〔一〕"杲",原作"果",依缪校本改。

太宗征辽〔一〕,师还,途中御制诗有"銮舆临紫塞,朔野阵云飞"之句。遂宁令何象〔二〕进《銮舆临塞赋》《朔野云飞诗》,召对,嘉赏,授赞善大夫。诗有"塞日穿痕断,边鸿背影飞。缥缈浮黄屋,阴沉护御衣"之句。同前

〔一〕"太宗"上原有"唐"字,据缪校本删。
〔二〕"何象"《玉壶清话》作"何蒙"。

吴越司宾使沈韬文,湖州人。有《游西湖》诗云:"菰米蘋花似故乡。不是不归归未得,好风明月一思量。"武肃悯其思乡,授以湖州刺史。遗一句　同前

世传琴曲宫声十小调,皆隋唐贺若弼制,最妙。一、《不博金》,二、《不换玉》,三、《泛峡吟》,四、《越溪吟》,五、《越江吟》,六、《孤愤吟》,七、《清夜吟》,八、《叶下闻蝉》,九、《三清》,十、亡其名,琴家名《贺若》而已。太宗改《不博金》曰《楚泽涵秋》,《不换玉》曰《塞门积雪》,命词臣采调制词。苏易简得《越江吟》,词曰:"神仙,神仙,瑶池宴。片片碧桃,零落春风晚。翠云开处,隐隐金舆挽。玉麟背冷清风远。"又本云:"非云,非烟,瑶池宴。片片碧桃,零落黄金殿。虾须半卷天香散。春云知,孤竹清婉入霄汉。红颜醉态,烂漫金舆转。霓旌影乱箫声远。"不知孰是。〔《冷斋夜话》〕〔一〕

〔一〕《苕溪渔隐丛话前集》卷十六引作《冷斋夜话》。

称赏门

太宗留意艺文,好篇咏。淳化中,春日苑中有赏花钓鱼小宴,宰相至三馆毕预坐。咸命〔一〕赋诗,中字为韵,上览以第优劣。时姚铉诗先成,曰:"上苑烟花迥不同,汉皇何必幸回中!

花枝冷溅昭阳雨,钓线斜牵太液风。绮尊惹衣朱槛近,锦鳞随手玉波空。小臣侍宴惊凡目,知是蓬莱第几宫?"赐白金百两,时辈荣之,以比夺袍赐花等故事。

〔一〕"命",原作"从",依缪校本改。

薛道衡为《人日诗》曰:"入春才七日,离家已二年。"南人嗤之曰:"是底言语?谁谓此房会作诗?"及云:"人归落雁后,思发在花前。"乃喜曰:"名下无虚士。"《小说旧闻》

江为能诗,少游庐山白鹿洞,题诗一联于壁曰:"吟经萧寺旃檀阁,醉倚王家玳瑁筵。"李璟见之,谓左右曰:"吟此诗者,大是贵族。"遂为时辈所称。《江南野录》

成都周式作《春诗》题廉逊驿云:"珠帘绣户迟迟日,柳絮梨花寂寂春。"王拱辰甚爱之。后式以诗献之,王曰:"予以为晏元献诗也。"〔一〕《云斋广录》

〔一〕"后"起十六字依明钞本、缪校本补。

白昊《秋日郊步诗》云:"鹤盘远翅投孤屿,蝉曳残声过别枝。"欧阳公称为佳句。同前

冯太傅端尝书云:"鸣髇直上一千尺,天静无风声更干。碧眼胡儿三百骑,尽提金勒向云看。"谓坐客曰:"可图于屏障。"乃柳如京《塞上》诗也。《倦游录》

何涓,襄阳人,少为《潇湘赋》,为时所称。潘纬以《古鉴诗》著名。或曰:"潘纬十年吟《古鉴》,何涓一夜赋《潇湘》。"《零陵总记》载何涓《潇湘赋》云:"镜敛残色,霞披晓光。"亦无全篇。《古今诗话》

杨大年同陈恕读李义山诗,酷爱一绝云:"珠箔轻明覆玉墀,披香新殿斗腰肢。不须看尽鱼龙戏,终遣君王怒偃师。"叹曰:"古人措意如此深妙!"各叹服。

李太白初自蜀到京师，贺知章闻其名，见之，请为文，出《蜀道难》示之，知章曰："公非人间人，岂太白星精耶？"于是解金貂换酒，醉而归。及见《乌夜啼》，曰："此诗可以泣鬼神。"其词曰："姑苏台上乌飞时，吴王宫里醉西施。吴歌楚舞欢未毕，青山欲衔半边日。金壶丁丁漏水多，起看秋月坠江波。东方渐明奈乐何？"又曰："黄云城边乌欲栖，归飞哑哑枝上啼。机中织锦秦川女，碧纱如烟隔窗语。停梭向人问故夫，欲说辽西泪如雨。"（俱同上）

宪宗时，北房数寇边，大臣议：和亲有五利而无千金之费。宪宗曰："比闻一士人，能为诗，而姓字稍僻。其诗曰：'山上青松陌上尘，云泥岂合得相亲！举世尽嫌羸马瘦，唯君不弃卧龙贫。千金未必能移姓，一诺从来许杀身。莫道书生无感慨，寸心还是报恩人。'"侍臣曰："此戎昱诗也。京兆李銮欲以女妻之，令改姓，昱辞焉。"宪宗悦曰："又记得《咏史》诗云：'汉家青史上，计拙是和亲。社稷归明主，安危托妇人。若能将玉貌，便欲静胡尘。地下千年骨，谁为辅佐臣？'"宪宗笑曰："魏绛，何其懦也！此人如在，可与鼎州，武陵桃源，足称其吟咏。"士林荣之。又苏郁有诗云："关月夜悬青冢鉴，塞云愁薄汉宫罗。君王莫信和亲策，生得胡雏房更多。"〔《云溪友议》卷下〕

裴庆馀，咸通末佐李北门为淮南幕。尝同游船，舟师误以船篙水溅侍女衣，公[一]变色。庆馀请为诗曰："满额鹅黄金缕衣，翠翘浮动玉钗垂。从教水溅罗裙湿，知道巫山行雨归。"公喜，令歌者传之。《古今诗话》　又《唐贤抒情》谓李蔚守淮南日，布衣孙处士作。

〔一〕"公"，原作"上"，依清钞本改。

张祜有《观猎诗》并《宫词》，白傅称之。《宫词》云："故国三千里,深宫二十年。一声《河满子》,双泪落君前。"小杜守秋浦,与祜为诗友,酷爱祜《宫词》,赠诗曰:"如何'故国三千里',虚唱歌词满六宫?"又诗寄祜云:"睫在眼前人不见,道非身外更何求?谁人得似张公子,千首诗轻万户侯?"

杨祭酒尝见江表士人项斯诗,赠之诗云:"度度见君诗最好,及观标格过于诗。平生不解藏人善,到处相逢说项斯。"由是四方知名。

乐天初举,名未振,以歌诗投顾况。戏之曰:"长安物贵,居亦不易。"及读至《原上草》云:"野火烧不尽,春风吹又生。"叹曰:"有句如此,居亦何难!老夫前言戏之耳。"

丁晋公、孙何齐名。翰林学士王元之延誉,尝言二人可使白衣充修撰。尝赠之诗曰:"三百年来文不振,直从韩柳到孙丁。如今便合教修史,二子文章似《六经》。"

杜紫微览赵渭南《早秋诗》云:"残星几点雁横塞,长笛一声人倚楼。"因目之为"赵倚楼"。赠诗曰:"今代《风》《骚》将,谁登李杜坛?霸陵鲸海动,秦苑鹤天寒。今日访君还有意,三条冰雪借令看。"

卢延逊献太宗诗卷中,有"栗爆烧毡破,猫跳触鼎翻"之句。后与潘美枢密在内殿议事,令宫人煨栗。俄有数栗爆出,烧损绣褥;又尝烧金鼎,宫猫相戏触翻。因举前诗曰:"词人作诗,信无虚语。"(并同前)

武后游龙门,命群臣赋诗,先成者赐锦袍。左史东方虬诗成,设拜赐坐,未安,宋之问诗后成,文理兼美,左右莫不称善,乃就夺锦袍衣之。其词曰:"宿雨霁氛埃,流云度城阙。河堤新柳翠,苑上花初发。洛阳花柳此时浓,山水楼台映几重。群公拂雾朝翔凤,天子乘春幸凿龙。凿龙近出王城外,羽从淋漓拥轩盖。

云跸才临御水桥,天衣已入香山会。山壁崭岩断复连,清流澄澈俯伊川。塔影遥遥绿波上,星龛奕奕翠微边。层峦旧长千寻水,远壑初飞百丈泉。彩仗红旗绕香阁,下辇登高望河洛。东城宫阙拟昭回,南陌沟塍殊绮错。林下天香七宝台,山中春酒万年杯。微风一起祥花落,仙乐初鸣瑞鸟来。花落纷纷更无已,称觞献寿烟霞里。歌舞淹留景欲斜,石间犹驻五云车。鸟旗翼翼流芳草,龙骑骎骎映晚花。千乘万骑銮舆出,水静山空严警跸。郊外喧喧引看人,倾城南望属车尘。嚣声引飐开黄道,王气周回入紫宸。先王定鼎三河固,宝命乘周万物新。吾君不是瑶池乐,时雨来观农扈春。"《广卓异记》

郭元振为通泉县尉,前后掠所部千馀人遗宾客,百姓苦之。武后使籍其家,有书数百卷。令问其资财所在,知皆已济人,于是奇而免之。召见,大称旨。令口占《古剑歌》进,天后奇之,命缮写赠诸学士。歌曰:"君不见,昆吾铁冶飞炎烟,红光紫雾俱赫然。良工锻炼经几年,铸得宝剑名龙泉。龙泉颜色如霜雪,良工咨嗟叹奇绝。琉璃匣里吐莲花,错镂金环生明月。正逢天下无飞尘,幸得同防君子身。精光黯黯青蛇色,文章片片绿龟鳞。非直结交游侠子,亦尝亲近英雄人。何言中道连弃捐,零落湮沦古狱边。虽复沉埋无所用,犹能夜夜气冲天。"同前

杨少卿凝式有材自负,既不大用,多佯狂自秽。游寺观,遇水竹幽胜之地,吟咏忘归;墙壁之上,笔迹多满。僧道爱护,莫不粉壁光洁,以俟挥扫。游客叹赏。故冯瀛王次子少吉题壁下曰:"少卿真迹满僧居,只恐钟王也不如。为报远公须爱惜,此书书后更无书。"安鸿渐题曰:"端溪石砚宣城管,王屋松烟紫兔毫。更得孤卿老书札,人间无此五般高。"《洛阳旧闻》

张翼善诗,尝投诗两峡于宫[一]师王相溥,王谕之以诗云:

"清河诗客本贤良,惠我清吟六十章。词格宛同罗给事,工夫深似贾司仓。登山始觉天高广,到海方知浪渺茫。好去蟾宫是归路,明年应折桂枝香。"

〔一〕"宫",原作"京",依南图藏明钞本、缪校本改。

廖图字赞禹,虔州人。文学博赡,为时辈人所服。湖南马氏辟幕下,奏天策府学士,与刘昭李宏皋徐仲雅蔡昆韦鼎释虚中齐己俱以文藻知名,更唱迭和,今有集行于世。《赠泉陵上人》云:"暂把枯藤倚壁根,禅堂初创楚江濆。直疑松小难留鹤,未信山低住得云。草接寺桥牛笛近,日衔村树鸟行分。每来共忆曾游处,万壑泉声绝顶闻。"又和人赠沈彬诗云:"冥鸿迹在烟霞上,燕雀休夸大厦巢。名利最为浮世重,古今能有几人抛?逼真但使心无着,混俗何妨手强抄。深喜卜居连岳邑,水边松下得论交。"僧齐己寓渚宫,与图相去千里,而每有书往来。临终有绝句寄图兄弟云:"僧外闲吟乐最清,年登八十丧南荆。《风》《骚》作者为商榷,道去《碧云》争几程?"《雅言杂录》

江南韩熙载称左偓能诗,有集千馀首。偓不仕,居金陵,《寄庐山白上人》云:"潦倒门前客,闲眠岁又残。连天数峰雪,终日与谁看?万丈高松古,千寻落水寒。仍闻有新作,懒寄入长安。"又《昭君怨》云:"胡笳闻欲死,汉月望还生。"《寄韩侍郎》云:"谋身谋隐两无成,拙计深惭负耦耕。渐老可堪怀故国,多愁翻觉厌浮生。言诗幸偶明公许,守朴甘遭俗者轻。今日况闻搜草泽,独悲憔悴卧升平。"韩见诗感叹"厌浮生"不喜。不逾月,果病卒,年二十四。王操有诗哭之曰:"堂亲垂白日,稚子欲行时。"

温庭筠,彦博之裔孙,本名岐,字飞卿。少敏悟,薄行,无检幅,多作侧词艳曲,与贵胄裴诚令狐滈等饮博。与李商隐皆有名,号温李。醉为逻卒击折齿,由污行,诉不得理;连举不第。徐商镇襄阳,辟官,不得志,归江东。纪唐夫赠诗曰:"凤凰诏下虽沾命,《鹦鹉》才多却累身。"人多讽之。庭筠既以才废,引长沙之事,自云:"岂司命重文章而轻爵禄,虚有授焉?"浮于行者,必有怨尤,不自咎也。并同前

长安三月五日两街看牡丹,奔走车马。慈恩寺元果院牡丹半月开,故裴兵部《怜白牡丹诗》〔一〕自题于佛殿东头䲡壁之上。大和中,敬宗自夹城出芙蓉园,路幸此寺,见所题诗,吟玩久之,因令宫嫔讽念,及暮,此诗满六宫矣。诗曰:"长安豪贵惜春残,争赏先开紫牡丹。别有玉杯承露冷,无人肯就月中看。"《南部新书》

〔一〕人名裴潾,若校改即属上为人名。《南部新书》:"元果院牡丹先于诸牡丹半月开;太真院牡丹后诸牡丹半月开。"此有脱误。

李昪〔一〕移镇金陵,旁罗隐逸。沈彬赴辟,知其欲取杨氏,因献《山水图诗》曰:"须知手笔安排定,不怕山河整顿难。"览之而喜。

〔一〕"昪",原作"升",依史校改。

任涛,豫章人,诗名早著,有"露溥沙鹤起,人卧钓船流",他皆仿此。数举,败于垂成。李常侍骘廉问江西时,与放乡里之役,民俗互有论列。骘判:江西界内,凡有诗得似涛者,即与免役。《摭言》

郭祥正,自梅圣俞赠诗有"采石月下访谪仙",以为李白前身,缘此有名。又有《金山行》云:"鸟飞不尽暮天碧,渔歌忽断芦花风。"大为王荆公所赏。秦少章尝云:郭功父过杭州,出诗一轴示东坡,先自吟诵,声振左右。既罢,谓坡曰:"祥正此诗几分?"坡曰:"十分诗也。"祥正问之,坡曰:"七分来是读,三分来

是诗,岂不是十分也?"《王直方诗话》

徐俯字师川,忠愍公之子,有"平生功名心,夜窗短檠灯"之句,大为山谷所赏。山谷,其舅也。

苏伯固之子名庠,字养直,作《清江曲》云:"属玉双飞水满塘,菰蒲深处浴鸳鸯。白蘋满棹归来晚,愁看芦花一片霜。扁舟系岸依林樾,萧萧两鬓吹华发。万事不理醉复醒,长占烟波弄明月。"坡曰:"若置在《李太白集》中,谁疑其非?"

秦觏字少仪,好为诗。初亦不甚工,既而以献山谷。山谷赠之曰:"乃能持一镞,与我箭锋直。"又云:"自我得此诗,三日卧向壁。""才难不其然,有亦未易识。"当时交游以此言为过,然少仪缘此思[一]大发,交游亦刮目视之。并同前

〔一〕《苕溪渔隐丛话前集》卷五十"思"上有"诗"字,胜。

增修诗话总龟卷之五

自荐门

曹武毅公翰,江南归,环卫数年不调。一日内宴,侍臣皆赋诗,翰以武人独不预。乃陈[一]曰:"臣少亦学诗,乞应诏。"太宗曰:"卿武人,以刀字为韵。"因以寄意曰:"三十年前学《六韬》,英名常得预时髦。曾因国难披金甲,不为家贫卖宝刀。臂健尚嫌弓力软,眼明犹识阵云高。庭前昨夜秋风起,羞见蟠花旧战袍。"太宗为迁数官。《青箱杂记》

〔一〕明钞本"陈"上有"讽"字。

唐李义府初召见,太宗令咏《飞乌诗》,曰:"日里飏朝彩,琴中闻夜啼。上林多少树,不借一枝栖。"太宗曰:"我当全林借汝,岂惜一枝耶?"左右羡之。《小说旧闻》

本朝知制诰待制,止服皂鞓犀带,迁龙图直学士始赐金带。燕肃为待制,十年不迁,作诗上时宰云:"鬓边今日白,腰下几时黄?"遂迁直学士,赐带。(《青箱杂记》)

唐庄宗时,禁旅王庆乞叙功赏,曰:"侍从济河日,臣系第一队;入汴,臣属前锋:乞迁补。"庄宗颔之。他日又言,亦不纳。庄宗好乐,乐工子弟至有得官者,谓庆曰:"子何不学我吹管?"

稍稍能之，亦不获用。后事李嗣源，亦言其劳。庄宗曰："知庆薄有功，但每见庆则心愤然，安得更有赐与之意？"因举唐太宗诗曰："待余心肯日，是汝命通时。"人主握天下生灵赏罚之柄，若言如此，则进退诚有命也。《翰府名谈》

苏麟为杭州属县巡检，范文正镇钱塘，城中兵官往往皆获荐书，独麟在外邑，未见收录。因公事入府，献诗曰："近水楼台先得月，向阳花木易逢春。"文正荐之。同前

褚载字厚之，家至贫，客梁宋间，困甚，以诗投襄阳节度使邢君牙云："西风昨夜坠红兰，一宿邮亭事万般。无地可耕归不得，有恩堪报死何难？流年怕老看将老，百计求安未得安。一卷新书满怀泪，频来门馆诉饥寒。"君牙赠绢十匹，荐于郑滑，辟支使，不行。明年，裴贽知贡举，君牙荐之，擢第。《诗史》

胡恢坐法失官，困于京师，上韩魏公诗曰："建业江山千里远，长安风雪一家寒。"公令篆《石经》[一]得复官。《古今诗话》

[一] 上五字依明钞本补。

南唐烈祖，在徐温家作《灯诗》云："一点分明值万金，开时惟怕冷风侵。主人若也勤挑拨，敢向尊前不尽心！"同前

伍乔张泊，少相友善。张为翰林学士，眷宠优异。伍为歙州通判，作诗寄张，戒去仆曰："张游宴时投之。"一日，张与僚友近郊会燕，欢甚，仆投诗。诗曰："不知何处好消忧，公退携壶即上楼。职事久参侯伯幕，梦魂长绕帝王州。黄山向晚盈轩翠，黟水含春绕郡流。遥想玉堂多暇日，花时谁伴出城游？"得诗动容久之，为言于上，召还，为考功员外郎。《诗史》

孟宾于献主司诗云："那堪雨后更闻蝉，溪隔重湖路七千。忆昔故园杨柳岸，全家送上渡头船。"主司得诗，自谓得宾于之晚，当年中第。兴国中致仕，归连上，过庐陵，吉守赠诗曰："曾

闻洛浦缀神仙,火树南栖几十年。白首自忻丹桂在,诗名已得四方传。行随秋渚将归雁,吟傍梅花欲雪天。今日还家莫惆怅,不同初上渡头船。"《雅言系述》

孙集贤冕,天禧中直史馆,几三十年。晚守苏,已及引年,大书诗于厅曰:"人生七十鬼为邻,已觉风光属别人。莫待朝廷差致仕,早谋泉石养闲身。去年河北曾逢李,今日淮西又见陈。李见素陈庄皆差致仕。寄语姑苏孙太守,也须抖擞旧〔一〕精神。"题毕,拂衣而往,诏下,公已归矣。《湘山野录》

〔一〕"旧",明钞本作"老"。

投献门

太宗棋品第一,待诏有贾玄者,臻于绝格,时人以为王积薪之比也。杨希粲、蒋元吉、李应昌、朱怀璧皆国手,然非玄之敌。玄嗜酒病死。晚有李仲元,年甚少,棋绝胜,可侔于玄。岁余亦卒。朝士有蒋居中、潘慎修亦善棋,至三品。内侍陈好元四品,多得侍棋。自玄而下皆受三道,慎修受四道,好元受五道。慎修献诗曰:"如今纵得仙翁术,也怯君王四路饶。"《谈苑》

魏仲先献寇莱公生日诗曰:"何时生上相?明日是中元。"谓七月十四日。又赠莱公诗曰:"有官居鼎鼐,无宅〔一〕起楼台。"播传漠北。章圣朝,北使至,问那个是"无宅起楼台"相公。莱公时方居散地,因召还,授北门管钥。《青箱杂记》

〔一〕"宅",缪校本作"地",下同。

杜荀鹤字彦之,遇知于朱梁高祖,送名于春官,于裴贽侍郎下第八人登科,乃大顺三年正月十日,荀鹤生日也。九华王希羽以诗献曰:"金榜晓悬生世日,玉书潜记上升时。九华山色高千

尺，未必高于第八枝。"《洞微志》

沈彬，高安人，早有诗名。先主镇金陵，知其欲伐[一]杨氏，献《山水图诗》云："须知手笔安排定，不怕山河整顿难。"览而喜之。临终，指葬处以示家人，穴之乃一冢，未尝葬人。石灯台上有漆灯一盏，圹头有一铜牌，镌篆文云："佳城今已开，虽开不葬埋。漆灯犹未灭，留待沈彬来。"《江南野录》

〔一〕"伐"，原作"代"，依南图藏明钞本改。

李吉甫之父微时，以一绝投维扬都护朱甄大夫，朱殊无意。李后生吉甫。吉甫节判青州，有举子吴武陵诣府投刺，并不礼之。武陵遂书前诗以献，吉甫厚赂之，请为寝默。其[一]诗曰："十处投人九处违，家乡万里又空归。严霜昨夜侵人骨，谁念高堂未授衣！"《鉴戒录》

〔一〕"其"字依明钞本补。

施肩吾上礼部陈侍郎诗曰："九重城里无亲识，八百人中独姓施。弱羽飞时攒箭险，蹇驴行处薄冰危。晴天欲照盆难及，贫女如花镜不知。却向从来受恩地，再求青律变寒枝。"同前

钱穆尹天府，遇生日，杨次公作小诗并画《老子出关图》以献，曰："秘藏函谷关中子，将献蓬莱阁上仙。愿得须眉如此老，却教龟鹤羡长年。"《云斋广录》

戴思举进士，未第，为江淮郡守所知，因献《丛兰阁环清池诗》曰："兰榭环池景象融，乍疑鳌背路才通。雕龙雅句曹刘比，画鹢舟仙李郭同。歌裛浦渔疑暮雨，管吹湘竹怨秋风。秉钩从此朝天去，难恋小山芳草丛。"《答友人》曰："衡门闻道子猷来，吟向蓬蒿兴自回。今日尚怀珍重意，玉壶偏寄两三杯。"

吕申公镇河阳府，府属投诗曰："渭川重得吕，嵩岳再生申。"由是获知。《洛阳诗话》

鲍当善为诗,景德二年登进士第,为河南法掾。薛映尚书知府,尝失其意,初甚怒之。献《孤雁诗》云:"天寒稻粱少,万里孤难进。不惜充君庖,为带边城信。"薛大称赏,自是不复以掾属之礼待,时人谓之鲍孤雁。薛公暑月诣其舍,当方露顶,狼狈入,易服把版而出,忘其幞头。薛公严重,左右莫敢言。坐久之,月上,当顾见发影,大惭,以公服袖掩头而走。《司马太师诗话》

平曾献金陵牧薛大夫《白马诗》曰:"白马披丝练一团,今朝被绊欲行难。雪中放去唯留迹,月下牵来只见鞍。向北长鸣天外远,临风斜坠耳边寒。自知毛骨还应异,更请王良[一]仔细看。"特以献诗为薛所留。《云溪友议》

[一]"良",原作"郎",依明钞本改。《云溪友议》作"孙阳"。

剧燕,蒲坂人,工为雅正诗。王重荣镇河中府,燕投诗曰:"只向国门安四海,不离乡里拜三公。"荣礼重之。为人纵诞,多凌轹同辈,果取正平之祸。《摭言》

孙愿,唐贞元之后,三代为池阳刺史。有戟门子朱元迎于道左,献诗曰:"昔日郎君今刺史,朱元依旧守朱门。今朝竹马儿童子,尽是当时竹马孙。"《郡阁雅谈》

罗隐尝以诗投郑畋相国。郑有女,喜诗什,读隐诗至"张华谩出如丹语,不及刘侯一纸书",大爱其才。隐一日至,畋女于帘隙见其污陋,遂不复咏其诗。《鉴戒录》

令狐楚自翰林学士中书舍人拜相,子绹自湖州召充翰林学士,周岁拜相。渭南尉赵嘏献诗云:"鹗在卿云冰在壶,代天材业奉讦谟。荣同伊陟传朱户,秀比王商入画图。昨夜星辰回剑履,前年风月满江湖。不知机务时多暇,犹许诗家属和无?"《广卓异记》又见《寄赠门》

吴士矩牧大郡,因时相论置军倅,饮后献诗曰:"一夕心期

一种欢,那知疏散负杯盘。尊前数片朝云在,不许冯公仔细看。"《南部新书》

吕许公,一日有张球献诗云:"近日厨中乏短供,孩儿啼哭饭箩空。母因低语告儿道:爷有新诗谒相公。"公以俸钱百缗遗之。《青琐集》

评论门一

白乐天诗云:"无事日月长,不羁天地阔。"此达者之词也。孟东野诗曰:"出门即有碍,谁谓天地宽?"此偏狭者之词,然则天地何尝碍,郊自碍耳。《青箱杂记》

袁夏过永,见何仙姑曰:"吾乡有故人亭,全亦有故人亭,何是非也?"仙曰:"此亭名因《选》诗有'洞庭值归客,潇湘逢故人'而得之,彼亭非也。"仙作诗曰:"全永从来称旧郡,潇湘源上构轩新。门前自古有流水,亭上如今无故人。风细日斜南楚晚,鸟啼花落东湘春。因公问我昔日事,江左亭名不是真。"《摭遗》

欧阳文忠曰:"诗,原乎心者也,富贵愁怨见乎所处。江南李氏据富,有诗曰:'帘日已高三丈透,佳人次第添香兽。红锦地衣随步皱,美姬〔一〕舞彻金钗溜。酒渥时拈花蕊嗅,别殿微闻箫鼓奏。'与'时挑野菜和根煮,旋斫生柴带叶烧'异矣。"《摭遗》

〔一〕"美姬",原作"佳人",依明钞本改。

刺史县令故事尤多,士子以诗投献,难得佳句。方谔有上广州太守诗曰:"鳄去恶溪韩吏部,珠还合浦孟尝君。"虽善用故事,议者未许。赠邑令诗云:"琴弹永日得古意,印锁经秋生薜痕。"句虽佳,但印上不是生薜处,不若"雨后有人耕绿野,月明无犬吠花村",意清句雅,又见令之教化仁爱,民乐于丰年之耕

耨且无盗贼之警,不见治术之迹。《翰府名谈》

刘梦得有《望洞庭》诗,雍陶有《咏君山》诗,语意异[一]同。刘诗曰:"湖光秋月两相和,潭面无风鉴似磨。遥望洞庭山水色,白银盘里一青螺。"雍诗曰:"烟波不动影沉沉,碧色全无翠色深。疑是水仙梳洗罢,一螺青髻鉴中心。"李山甫秦韬玉皆有《贫女吟》,意亦相类。李诗曰:"平生不识绣衣裳,闲把金针亦自伤。鉴里只应谙素貌,人间多是信红妆。当年未嫁还忧老,终日求媒即道狂。两意定知无说处,暗垂珠泪滴蚕箱。"秦诗曰:"蓬门未识绮罗香,拟托良媒益自伤。谁爱风流高格调,共夸时世䰀[二]梳妆。敢将十指夸纤巧,不把双眉斗画长。苦恨年年厌[三]针线,为他人作嫁衣裳。"李山甫又有《石头城故事》,韦庄有《咏南国英雄》,用意亦同。李诗曰:"南朝诸国爱风流,尽守江山不到头。总是战争收拾得,却因歌舞破除休。尧将道德终无敌,秦把金汤可自由,试问繁华何处有,雨莎烟草石城秋。"韦诗曰:"南朝三十六英雄,各逐[四]兴亡自此中。有国有家皆是梦,为龙为虎亦成空。残花旧宅悲江令,落日青山吊谢公。事竟霸图何物在,石麒麟没卧秋风。"王维摩诘《云母帐子》、胡令能《绣障》亦佳句。王诗曰:"君家云母帐,持向野庭开。自有山泉入,非关彩笔来。"胡诗曰:"日日堂前花蕊娇,争携小笔上床描。绣成挂向春园里,引得黄莺下柳条。"李绅、郑云叟《伤农诗》,意亦皆同。李诗曰:"锄禾日当午,汗滴禾下土。谁知盘中飧,粒粒皆辛苦。"郑诗曰:"一粒红稻饭,几滴牛颔血。珊瑚枝下人,衔杯吐不歇。"《鉴戒录》

〔一〕"意异"二字疑倒当乙。

〔二〕"䰀",原作"俭",依清钞本改。今本"夸"作"怜"则当用"俭"字,作"夸"则当用"䰀"字。

〔三〕"厌",清钞本作"握",此诗通行作"压金线"。

〔四〕《韦庄集》此诗题曰《上元县》,"各逐"作"角逐",似胜。

诗之作也,穷通之分可观:王建诗寒碎,故仕终不显;李洞诗穷悴,故竟不[一]第;韦庄诗壮,故至台辅;何瓒[二]诗愁,未几而卒。王建寄贾岛曰:"尽日吟诗坐忍饥,万人中觅似公希。僮眠冷榻朝犹卧,驴放秋田夜不归。傍暖旋收红落叶,觉寒犹着旧生衣。曲江池畔时时到,为爱鸬鹚雨里飞。"李洞《上曹郎中》曰:"闲坊宅枕穿宫水,听水分衾盖[三]蜀僧。药杵声中捣残梦,茶铛影里煮孤灯。刑曹树荫千年井,华岳楼开万里冰。诗句变风官渐紧,夜涛春尽海边腾[四]。"韦庄《感怀》曰:"长年方悟少年非,人道新诗胜旧诗。十亩野塘留客钓,一轩春雨对僧棋。花间醉任黄鹂语,池上吟从白鹭窥。大道不将炉冶去,有心重立太平基。"何瓒《书事》云:"果决生涯向洛中,西投知己话匆[五]容。云遮剑阁三千里,水隔瞿塘十二峰。阔步文翁坊里月,闲寻杜甫宅边松。到头须卜林泉隐,自愧无能继卧龙。"《鉴戒录》

〔一〕"不",原作"下",依明钞本改。

〔二〕"瓒",原作"赞",依明钞本改,下同。

〔三〕"盖",原作"尽",依缪校本改。

〔四〕"春",《明校本》缪校本作"春"。"腾",明钞本作"藤"。

〔五〕"匆",原作"恩",依明钞本、缪校本改。

王建《宫词》:"黄帕盖鞍呈了马,红罗缠项斗回鸡。"晏元献改"呈了马"、"斗鸡回"为顺语。《诗史》

晚唐人诗多小[一]巧,无《风》、《骚》气味,如崔鲁《山鹊[二]诗》云:"一林寒雨吹巢冷,半朵山花咽嘴香。"张林《池上》云:"菱叶乍翻人采后,荇花初没舸行时。"《莲花》云:"何人解把无尘袖,盛取清香尽日怜。"皆浮艳无足尚,而昔人爱重佳作。《诗

史》

〔一〕"小",原作"少",依明钞本改。

〔二〕"鹊",原作"鹤",依清钞本缪校本改。

沈存中谓乐天诗不必皆好,然识趣可尚。章子厚谓不然,乐天识趣最浅狭,谓诗中言甘露事处,几如幸灾,虽私仇可快,然朝廷当此不幸,臣子不当形歌咏也。如"当公白首同归日,是我青衫独往时"之类。(《诗史》)

卢延逊诗自为容易,如:"每过私第邀看鹤,长着公裳送上驴。""高僧解语牙无水,老鹤能飞骨有风。"此等之语其殆庶几,又如"栗爆烧毡破,猫跳触鼎翻",而杨文公爱之,不知何谓。《诗史》

江淹云"蝴蝶飞南园",李白云"春园绿草飞蝴蝶"〔一〕,语意大〔二〕相似。(《王直方诗话》)

〔一〕原作"春园绿花蝴蝶飞"依明钞本改。《李白集》题名《思边》,句作"南园绿草飞蝴蝶"。

〔二〕"大"字依明钞本补。

聂夷中,河南人,有诗曰:"二月卖新丝,五月粜新谷。医得眼前疮,剜却心头肉。"孙光宪谓有《三百篇》之旨,此亦为诗史。《诗史》

梅圣俞爱严维诗有"柳塘春水慢,花坞夕阳迟",善矣。"夕阳迟"固系花,而"春水慢"不系柳也。如杜诗:"深〔一〕山催短景,乔木易高风。"此了无瑕颣。又曰:"萧条九州内,人少虎狼多。人少慎莫投,虎多信〔二〕所过。饥有易子食,兽犹畏虞罗。"如此等句,含蓄深矣,殆不可模仿。《古今诗话》

〔一〕"深",原作"空",依明钞本改。

〔二〕"虎多信",原作"多信虎",依明钞本乙。

凡诗以意义为主,文词次之。退之古诗高卓,至律诗虽可称

49

善，要之未有工者。有云："老翁真个似童儿，汲井埋盆作小池。"此直谐语耳。永叔江邻几评退之"随车翻缟带，逐马散银杯"为工，而谓"凹中初盖底，凸处遂成堆"为胜，未知真得意否？（《古今诗话》）

　　杜子美诗云："红豆啄余鹦鹉粒，碧梧栖老凤凰枝。"此语反而意奇。退之诗云："舞鉴鸾窥沼，行天马度桥。"亦效此体。（《古今诗话》）

　　退之《城南联句》云："竹影金锁碎。"乃日光，非竹影也。（《古今诗话》）

　　唐人作富贵诗，多纪其奉养服器之盛，乃贫眼所惊耳。如贯休云："刻成筝柱雁相挨。"此下里鬻弹者皆有之。韦楚老云："十幅红绡围夜玉〔一〕。"十幅红绡，为帱不及四五尺，如何伸足？所谓不曾近富家儿。

　　〔一〕"玉"字原空，据《唐诗纪事》卷五十六校补。下文"富家儿"，《梦溪笔谈》卷十四作"富儿家"，似胜。

　　杨大年不喜杜子美诗，谓之村夫子。有乡人以子美诗强大年，不服，因曰："公试为我续'江汉思归客'一句。"大年亦为属对。乡人曰："乾坤一腐儒。"大年似少屈。

　　李习之称〔一〕东野诗"食荠肠亦苦，强歌声无欢。出门即有碍，谁谓天地宽！"可谓知音矣。今世传郊诗五卷百馀篇。又有《咸池集》三百篇，其语句尤多蹇涩，疑前五卷曾经名士删改。东野与退之联句，宏博壮辨，似若不出其一手，王深父云："退之有润色也〔二〕。"

　　〔一〕"称"上原有"诗"字，据《中山诗话》校删。此则及前后两则均见该书。

　　〔二〕原文只一"也"字，上二十七字依明钞本补。

张文昌《谢裴司空马诗》云："乍离华厩移[一]蹄涩,初到贫家举眼惊。"乃一迟钝不能行多惊马也。诗人之辞微而显,亦少其比。

〔一〕"移",原作"疑",依清钞本改。

古人有"风定花犹落"之句,无人能对。舒王对以"鸟鸣山更幽",本宋王籍诗,元对"蝉噪林逾静,鸟鸣山更幽",上下句只是一意,若对"风定花犹落",则上句静中有动,下句动中有静。同前

刘梦得每吟张籍诗云："新酒欲开期好客,朝衣才脱见闲身。"又吟[一]王维诗云："兴阑啼鸟唤,坐久落花多。"尝言："乐天苦好余《秋水咏》曰:'东屯沧海阔,南漾洞庭宽。'又《石头城下作》云:'山围故国周遭在,潮打空城寂寞回。'自知不及韦苏州'春潮带雨晚来急,野渡无人舟自横。'又杜少陵《过洞庭》诗云:'白蘋愁杀白头人。'鄙夫之言,亦愧杜公。"(《古今诗话》)

〔一〕"吟"字依明钞本补。

刘梦得言茱萸更三诗人道之,而有能否。杜子美云："醉把茱萸子细看。"王维云："遍插茱萸少一人。"朱仿云："学他年少插茱萸。"子美为优[一]。同前

〔一〕此则明钞本除引句外,文字不同,内容无别。

刘梦得曰："柳八驳韩十八《平淮西碑》云:'"左餐右粥",何如我《平淮西雅》之云"仰父俯子"?'柳云:'韩《碑》兼有帽子,使我为之,便说用兵伐叛矣。'"刘曰:"韩《碑》柳[一]《雅》,予为诗云:'城中晨[二]鸡喔喔鸣,城头鼓角声和平。'美李愬入蔡,贼无觉者。落句云:'始知元和十二载,四海重见升平时。'言十二载以见平淮西之年。"

〔一〕"柳",原作"刘",径改。

〔二〕"晨",原作"早",依清钞本改。

刘梦得云:"为诗用僻字须有来处。宋考功〔一〕云:'马上逢寒食,春来不见饧。'尝疑之。读《诗》郑笺云吹箫处云即今卖饧人家物。《六经》唯此有饧字〔二〕。吾重阳欲押一糕字,思索《六经》无糕字,遂不敢为之。尝讶老杜诗有'巨颡折老拳'无出处,及读《石勒传》云:'孤亦厌卿老拳,卿亦饱孤毒手。'〔三〕岂虚言哉?"

〔一〕"宋",原作"朱",据《刘宾客嘉话录》校改。

〔二〕以上二十三字依明钞本、缪校本补。

〔三〕二句原作"卿既遭孤老拳,孤亦遭卿毒手",依明钞本改。

毗陵士人李氏,有女十六岁,能诗,有《破钱诗》云:"半轮残月掩尘埃,依稀犹有开元字。想得清光未破时,买尽人间不平事。"又《弹琴》诗云:"昔年刚笑卓文君,岂信丝桐解误身!今日未弹心已乱,此心元自不由人。"虽有情致,非女子所宜。

崔护作《城南诗》,其始云:"去年今日此门中,人面桃花相映红。人面不知何处去,桃花依旧笑春风。"以意未完谓未工,改云"人面只今何处在",至今所传有两本,惟《本事诗》云"只〔一〕今何处在"。唐人工诗,大率如此,虽重一今字,不恤也。俱同前

〔一〕"只",原作"抵",依上文径改。

增修诗话总龟卷之六

评论门二

　　王右丞好取人诗,如"行到水穷处,坐看云起时",此《华英集》中句也。"漠漠水田飞白鹭,阴阴夏木啭黄鹂",此李嘉祐句。僧惠崇有诗云:"河分岗势断,春入烧痕青。"士大夫奇之,然皆唐人旧句。崇有师弟,学诗于崇,赠崇诗曰:"河分岗势司空曙,春入烧痕刘长卿。不是师偷古人句,古人诗句似师兄。"大都诵古人诗多,积久或不记,则往往用为己有。如少陵诗云:"峡束沧江起,岩排石树圆。"见苏子美颂诗,全用"峡束沧江""岩排石树"作七[一]言诗两句。子美岂窃人诗者?《古今诗话》

　〔一〕"七",原作"五",依清钞本改。苏舜钦句云:"峡束沧渊深贮月,岩排红树巧装秋。"上文"颂"字疑衍,《中山诗话》亦无"颂"字。

　　元和中,长安有沙门善病人文章,尤能捉[一]人语意相合,张籍喜之。或得句曰:"长因送人处,忆得别家时。"谓"似应不与前辈合"也。僧曰:"此有人道来。"籍曰:"何人?"僧曰:"见他桃李树,忆着后园枝。"籍大笑。

　〔一〕"捉",原作"提",依明钞本改。

　　舒王云:"梨花一枝春带雨","桃花乱落如红雨","珠帘暮卷西山雨",皆警句也;然不若"院落深沉杏花雨"为佳。

宋莒公好玉谿诗,不爱韦苏州。晏元献取少陵多,取太白少;又取裴说"幸无偏照处,刚有不明时"为佳[一]。

[一]钞本无此条。

咏牡丹诗甚多。罗邺云:"落尽春红始见花,喔笼轻日护香霞。买栽池馆恐无地,看到子孙能几家?"此诗中之虎也。俱同前

此诗《续本事诗》有全篇云:"落尽春红始见花,花时比屋事豪奢。买栽池馆恐无地,看到子孙能几家?门倚长衢攒绣轭,喔笼轻日护香霞。歌钟满坐争欢赏,岂信流年鬓有华!"《续本事诗》

李太白才逸气豪,与陈拾遗齐名。其论诗云:"梁陈已来,艳薄殊极,沈休文又尚声律。将复古道,非我而谁?"故陈、李二集,律诗全少。尝言:"兴寄深微,五言不如四言,七言又其靡也;况使束于声调俳优哉?"故戏杜子美曰:"饭颗山头逢杜甫,头戴笠子日卓午。借问别来太瘦生,总为从前作诗苦。"《古今诗话》

宋武帝咏谢庄《月赋》,称叹久之,谓颜延之曰[一]:"希逸作此,可谓前不见古人,后不见作者。陈思王何足尚也!"延之曰:"诚如其言,然[二]云'美人迈兮信音绝,隔千里兮共明月',知之不亦晚乎?"武帝以为然。及见希逸,希逸对曰:"延之诗云'生为长相思,死为长不归',岂不更加于臣耶?"武帝抚掌。

[一]"曰"字依明钞本补。
[二]"然",原作"又",依清钞本改。

谢学士吟《蝴蝶诗》三百首,人呼为谢蝴蝶,其间绝有佳句,如:"狂随柳絮有时见,舞入梨花何处寻?"又曰:"江天春晚暖风细,相逐卖花人过桥。"古诗有"陌上斜飞去,花间倒翅回"。又

云:"身似何郎贪傅粉,心如韩寿爱偷香。"终不若谢句意深远。

孙少述《栽竹诗》曰:"更起粉墙高百尺,莫令墙外俗人看。"晏临淄曰:"何用粉墙高百尺,任教墙外俗人看。"处士之节,宰相之量,各言其志。

李洞为吴子华所知。子华尝出百篇示洞,洞曰:"大兄百篇中一联最佳,《西昌新亭》曰:'暖漾鱼遗子,晴游鹿引麑〔一〕。'"子华亦不怒其所鄙,而喜其所许。

〔一〕"麑"下原重一"子"字,依清钞本删。

苏子美坐进奏赛神事谪官,死于皋桥之居。江邻几有诗吊之曰:"郡邸狱冤谁与辩?皋桥客死世同悲。"用事精审而当。又有云:"五十践衰境,加我在明年。"论者谓人莫不用事,使事如己出,天然浑成,乃可言诗。

江外有石,人破之,其形色皆类月。欧阳文忠有《月石诗》云"二曜分为三",固为佳句,尚念未快。子美见之,作诗寄之云:"我疑此山石,久为月昭著。老蚌吸月月降胎,水犀望星星入角。肜霞烁石变丹砂,白虹贯岩生美璞。"永叔见之,曰:"此奇才,精通物理者也。"

说者谓王右丞《终南诗》皆讥时宰。诗云"太乙近天都,连山接海隅",言势位盘据朝野也;"白云回望合,青霭入看无",言徒有表而无内也;"分野中峰变,阴晴众壑殊",言恩泽偏也;"欲投人〔一〕处宿,隔水问樵夫",言畏祸深也。

〔一〕"人",原作"何",依明钞本改。

杜荀鹤尝有"旧衣灰絮絮,新酒竹篘篘";或称于相国韦庄。庄曰:"我道'印将金锁锁,帘用玉钩钩。'"其皆可见。〔一〕俱同前

〔一〕《北梦琐言》卷七"韦庄"作"韦说"。末四字作"即京兆大拜气概"。"皆"疑当为"谐"。

55

唐人赓和诗,有次韵,依其次用韵,同在一韵中耳;有用韵,用彼之韵,亦必次之。韩吏部《和皇甫湜陆浑山火》是也。今人多不晓。刘长卿《馀干旅舍》云:"摇落暮天迥,丹枫霜叶稀。孤城向水闭,独鸟背人飞。渡口月初上,邻家渔未归。乡心正欲绝,何处捣征衣?"张籍《宿江上馆》云:"楚驿南渡口,夜深来客稀。月明见潮上,江静觉鸥飞。旅宿今已远,此行殊未归。离家久无信,又听捣寒衣。"两诗偶似次韵,皆奇作也。〔《中山诗话》〕

张迥少年苦吟,未有所得;梦五色云自天而下,取一团吞之,遂精雅道。有《寄远》诗曰:"锦字凭谁达,闲庭草又枯。夜长灯影灭,天远雁声孤。蝉鬓凋将尽,虬髯白也无?几回愁不语,因看《朔方图》。"携卷谒齐已,点头吟讽无斁,为改"虬髯黑在无",迥遂拜作一字师。《郡阁雅谈》

郑谷幼负名誉,司空图见而奇之。问之,答曰:"大夫《曲江晚望》断篇云'村南斜日闲回首,一对鸳鸯落渡头',意深矣。"司空抚背曰:"当为一代《风》《骚》主。"同前

苏子容爱元、白、刘宾客辈诗,如《汝洛唱和》,皆往往成诵;苦不爱太白辈诗。曾诵《汝洛集·九日送人》云:"清秋方落帽,子夏正离群。"以为假对工夫无及此联。又举刘梦得《送李文饶再镇浙西》诗,以为最着题。《诗史》

谢赫云:"卫协之画,虽不该备形妙,而有气韵,凌跨群雄,诚旷代绝笔。"欧阳文忠《盘车图》云:"古画画意不画形,梅诗咏物无隐情。忘情得意知者寡,不若见诗如见画。"此真识画也。《古今诗话》

曹唐罗隐同时,有诗名。罗曰:"唐有鬼诗。"或曰:"何也?"曰:"树底有天春寂寂,人间无路月茫茫。"唐曰:"隐有牡丹诗。"或曰:"何也?"曰〔一〕:"若教解语应倾国,任是无情也动人。"卢瓌

《抒情》

〔一〕"曰"字依明钞本补。"牡丹诗",《韵语阳秋》卷二作"咏子女障子",似较胜。

杜子美诗:"映阶碧草自春色,隔叶黄鹂空好音。"此正咏武侯庙,而托意在其间。《金陵语录》

"暝色赴春愁"下得赴字好,若下起字,便是小儿语也。"无人觉来往,疏懒兴何长",下得觉字大好。足见吟诗要一字两字工夫。同前

国朝浮屠,以诗名于世九人,故有集号《九僧诗》,今不复传。余闻人多称其一曰惠崇,馀八人忘其名字。余亦记其诗云:"马放〔一〕降来地,雕盘战后云。"又云:"春生桂岭外,人在海门西。"其佳句类此,其集已亡,人多不知所谓九僧者矣,可叹也〔二〕。当时有进士许洞,俊逸士也。会诸僧分题,出一纸,约曰:"不得犯此一字。"其字乃山水风云竹石花草雪霜星日禽鸟之类,诸僧阁笔。洞,咸平三年进士及第,无名子嘲曰"张康浑裹马,许洞闹装妻"是已。九僧谓希昼宝通守恭行肇简长尚能智仁休复,惟崇〔三〕有集行于世。《谈苑》亦有诗。《欧公诗话》

〔一〕"放"字原空,依明钞本补。

〔二〕以上十七字依明钞本、缪校本补。

〔三〕"崇",原作"凤",依缪校本改,《六一诗话》无"九"字以下数语。

唐之晚年,诗人无复李杜豪放之格,然亦务以精意相高。如周朴者,构思尤艰。每有所得,必极雕琢。故时人称朴诗月锻季炼〔一〕,未及成篇,句已播人口。其名重当时如此。今不复传。余少时犹见其集,其句〔二〕有云:"风暖鸟声碎,日高花影重。"又云:"晓来山鸟闹,雨过杏花稀。"诚佳句也。(同前)

〔一〕"季炼"二字依明钞本、缪校本补。

〔二〕以上六字原作"见集中"三字,依明钞本补。

"风暖鸟声碎,日高花影重",《杜荀鹤集》有全篇。尝有云:"杜诗三百首,妙在一联中。风暖鸟声碎,日高花影重。"今文忠乃以为周朴诗,何也〔一〕?(《隐居诗话》)

〔一〕二字依明钞本补。

圣俞尝语余曰:"诗家虽率意,造语亦难,若意新语工得前人所未道者,斯为善也。必能状难写之景,如在目前,含不尽之意,见于言外,然后为至。贾岛云'竹笼拾山果,瓦瓶担石泉',姚合云'马随山鹿放,人逐野禽栖'等句,是山邑荒僻,官况萧条,不如'县古槐根出,官清马骨高'为工。"余曰:"工者如是,状难写之景,含不尽之意,何诗为然?"圣俞曰:"作者得于心,览者会以意,殆难指陈以言也。虽然,亦可略道其仿佛〔一〕。若严维'柳塘春水慢,花坞夕阳迟',则天容时态,融和骀荡,岂不如〔二〕在目前乎?又若温飞卿'鸡声茅店月,人迹板桥霜',贾岛'怪禽啼旷野,落日恐行人',则道路辛苦,羁愁旅思,岂不见于言外乎?"(《欧公诗话》)

〔一〕"殆"起十九字依明钞本、缪校本补。

〔二〕"如"字依明钞本补。

杨大年与钱刘数公唱和,自《西昆集》出,时人争效之,诗体一变。而先生老辈患其多用故事,至语僻难晓,殊不知自是学者之弊。如子仪《新蝉》云:"风来玉宇乌先觉,露下金茎鹤未知。"虽用故事,何害为佳?如大年云:"峭帆横渡官桥柳,叠鼓惊飞海岸鸥。"其不用故事,岂不佳乎?盖其雄文博学,笔力有余,故无施不可。非如前世号诗人者,区区于风雪〔一〕草木之类为许洞所困也。

〔一〕"雪",缪校本作"云"。

退之才力，无施不可，而常〔一〕以诗为文章末事，其诗曰："多情怀酒伴，馀事作诗人。"然其资谈笑，助谐谑，叙人情，状物态，一寓于诗而曲尽其妙。此在雄文大手，固不足论。而余独爱其工于用韵，盖得韵宽则波澜横溢，泛入旁韵，乍合乍离〔二〕，出入回合，殆不可拘以常格，如《此日足可惜》之类是已。得韵窄，则不复旁出而因见其巧，愈险愈奇，如《病中赠张十八》之类是也。余尝与圣俞论此，以谓譬诸善驭良马者，通衢广陌，纵横驰逐，惟意所之。至于水曲〔三〕蚁封，疾徐中节，而不蹉跌，乃天下之至工也。圣俞戏曰："前史言退之为人木强，若宽韵可自足，而辄旁出，窄韵难独用，而拗反不出，岂非其拗〔四〕强而然欤？"坐客皆为之〔五〕笑。俱同前

〔一〕"而常"二字依明钞本补。

〔二〕二"乍"字依明钞本补。

〔三〕"水曲"，原作"曲水"，依明钞本乙。

〔四〕"岂"、"其拗"三字依明钞本补。

〔五〕三字依明钞本、缪校本补。

欧阳永叔不甚爱杜诗，而谓韩吏部绝伦。吏部于唐世文章，未尝屈下，独于李杜，称道不已。欧阳贵韩而不悦子美，所不可晓。然于李白则又甚赏爱，将由太白腾捍〔一〕飞动易为感动也？《贡父诗话》

〔一〕"捍"，明钞本作"趚"，《中山诗话》二字作"超趚"，与卷五"杨大年"通为一条。

唐文人李习之不能为诗，《韩吏部集》有习之两句云"前知讵灼灼，此去信悠悠"，殊无可取。郑州尝掘地得石刻刺史李翱《戏赠诗》云："县君爱砖渠，绕水恣行游。鄙性乐山野，掘地便成沟。两岸植芳草，中间漾清流。所向既不同，砖凿名〔一〕自修。

从他后人见,景趣谁为幽。"此别一李翱,非习之。《唐书》习之传不记为郑州。王深甫编次习之诗,乃收此诗。皇甫湜诗亦无闻。退之有《读公安诗》讥其"掎摭粪壤间"。国朝尹师鲁以古文自名,而不能为诗,吾尝见梅圣俞云然。同前

〔一〕"砖凿名"三字,原作"傅监还",据《中山诗话》校改。

许浑诗格清丽,然不干教化,又有李远以赋名,伤于绮靡,不涉道,故当时号浑诗远赋。虽然,诗要干教化,若似聂夷中辈,又太拙直矣。《诗史》

古人文章,自应律度,未尝以音韵为主。自沈约增崇韵学,其论文则曰:"欲使宫羽相变,低昂殊节。若前有浮声,则后须切响。一篇之内,音韵尽殊;两句之中,轻重悉异。妙达此旨,始可言文。"自后浮巧之语,体制渐多。如旁犯、蹉对、假对、双声、叠韵之类,诗又有正格偏格,类例极多,故有三十四格、十九图、四声八病之类。今略举数事:如徐陵云:"陪游驳娑,聘纤腰于结风〔一〕;长乐鸳鸯,奏新声于度曲。"又云:"厌长乐之疏钟,劳中宫之缓箭。"虽两"长乐",义不同,不为重复,此为旁犯。如《九歌》云:"蕙肴蒸兮兰藉,奠桂酒兮椒浆。"蒸蕙肴对奠桂酒,今倒用之,谓之蹉对。如"自朱耶之狼狈,致赤子之流离,"不惟朱对赤,耶对子,兼狼狈流离,乃兽名对鸟名。又如"厨人具鸡黍,稚子摘杨梅",以鸡对杨〔二〕,如此之类,皆为假对。如"几家村草里,吹唱隔江闻",几家村草、吹唱、隔江皆双声。如"月影侵簪冷,江光逼屐清",侵簪、逼屐皆叠韵。诗第二字侧入,谓之正格,如"凤历轩辕纪,龙飞四十春"之类。皆第二字平入,谓之偏格。如"四更山吐月,残夜水明楼"之类。唐名辈诗多用正格,如杜甫诗用偏格者十无二三〔三〕。(《笔谈》)

〔一〕"风"字原空,依明钞本补。

〔二〕"杨",原作"羊",依明钞本改。《笔谈》卷十五同。

〔三〕十二字依明钞本、缪校本补。

乐天看牡丹于钱塘开元寺,同徐凝醉归;张祜榜舟而至,各〔一〕希首荐。乐天曰:"二公论文,在于一战。"遂试《长剑倚天外赋》、《馀霞散成绮诗》,以凝为首,祜次之。曰:"'地势遥高岳,河流侧让关',多士谓陈叔宝曰'日月光天德,山河壮帝居'徒有前名;又祜《题金山寺》云'树影中流见,钟声两岸闻',虽綦毋潜云'塔影挂清汉,钟声和白云',此句未为佳。"祜《观猎》四韵及《宫词》,乐天曰:"张三作猎诗,比王右丞,予则未敢优劣。"王摩诘诗曰:"风劲角弓鸣,将军猎渭城。草枯鹰眼疾,雪尽马蹄轻。忽过新城戍,还归细柳营。回看落雁处,千里暮云平。"祜诗曰:"晓出禁城东,分围浅草中。红旗开向日,白马骤迎风。背手抽金镞,翻身控角弓。万人齐指处,一雁落寒空。"白公云:"人〔二〕谓《宫词》之中皆数对,何足奇也!然无徐生'千古长如白练飞,一条界破青山色'。"祜遂行歌而迈,凝亦鼓枻而去。二生终身偃蹇,不随乡试。前此,李林宗补阙、杜牧之舍人与乐天辇下较文,具言元白诗体舛杂,而为清苦者见嗤,因兹恨之。乐天为河南尹,李为河南令,相遇于道。尹乘马,令肩舆,乖趋走之礼。亦曾谓乐天为"嗫嚅公",闻者皆笑,乐天名减矣。尹曰:"李直木林宗字也,吾视之,猘子也,其锋不可当。"后牧之守秋浦,与祜为诗酒之交,酷吟祜《宫词》,亦知钱塘之试,自有是非之论,怀不平之色。为诗二章以高之曰:"谁人得似张公子,千首诗轻万户侯?"又云:"如何'故国三千里',虚唱歌词满六宫?"祜诗曰:"故国三千里,深宫二十年。一声《何满子》,双泪落君前。"此诗宫娥讽念思乡,起长门之悲。祜复游甘露寺,观卢肇题诗,曰:"不谓三吴经此诗人也!"祜曰:"日月光先到,山河势

尽来。"卢曰：'地从京口断，山到海门回。'"因而仰伏，愿交于此士矣。〔三〕《云溪友议》

〔一〕以上二十三字原脱并与上文末混为一条，依明钞本、缪校本补。两本此条在"刘长卿"条后。

〔二〕"人"，原作"又"，依明钞本改。

〔三〕"回"起十一字依明钞本、缪校本补。

圣俞、子美齐名于一时，而二家诗体特异。子美笔力豪俊，以超迈横绝为奇；圣俞覃思精微，以深远闲淡为意。各极其长，虽善论者不能优劣。余尝于《水谷夜行诗》〔一〕略道其一二云："子美气方雄，万窍号一噫。有时肆颠狂，醉墨洒滂霈〔二〕。譬如千里马，已发不可杀。盈前尽珠玑，一一难拣汰。梅公事清浅，石齿漱寒濑。作诗三十年，视我犹后〔三〕辈。文词愈清新，心意虽老大。有如妖娆女，老自有馀态。近诗尤苦硬，咀嚼苦难嘬。又如食橄榄，真味久愈在。苏豪以气轹，举世徒惊骇。梅穷独我知，古器今难卖。"语虽非工，谓粗得仿佛，然不能优劣之。《欧公诗话》

〔一〕"尝于水"三字依明钞本、缪校本补。

〔二〕"霈"，原作"濡"，依缪校本改。

〔三〕"我犹后"，原作"犹后我"，依清钞本乙。

昔苏子美言乐天《琵琶行》中云："夜深忽梦少年事，觉来粉泪红阑干。"此联真〔一〕佳句。余谓梦得《武昌老人吹笛歌》云："如今老去语犹迟，音韵高低耳不知。气力已无声尚在，时时一曲梦中吹。"不减乐天。《诗史》

〔一〕"真"，原作"有"，依清钞本改。

梅圣俞于范希文席上赋《河豚鱼诗》云："春洲生荻芽，春岸飞杨花。河豚于此时，贵不数鱼虾。"河豚出春暮，游水上，食柳絮而肥，南人多与荻芽为羹而食之。故知者谓只破题两句已道

尽河豚好处。圣俞平生苦于吟咏,以闲为〔一〕意,故其诗思极艰。此诗于尊俎笑谈间顷刻而成,遂为绝唱。《东斋录》

〔一〕"为",缪校本作"局",似胜。

司马相如《上林赋》〔一〕叙上林诸水曰:丹水紫渊,灞浐泾渭,八川分流,相背而异态。灏溔潢漾〔二〕,东注太湖。《李善注》:太湖所谓震泽。按:八水皆入大河。大河去太湖数千里,中间隔泰山及淮济,大河〔三〕焉得东注震泽?又曰:乐天《长恨歌》云:"峨嵋山下少人行,旌旗无光日色薄。"峨嵋在嘉州,与幸蜀路全无交涉。杜甫《武侯庙柏诗》云:"霜皮溜雨四十围,黛色参天二千尺。"四十围乃径七尺,无乃太细长也!防风氏身广九亩长三丈,姬室亩广六丈,九亩乃五十四丈〔四〕,如此,防风之身乃一饼饻耳。此文章之病也。《笔谈》

〔一〕三字依明钞本补。

〔二〕"漾"字依明钞本补。

〔三〕以上十八字依明钞本补。

〔四〕以上十三字原作"案广六尺九亩,乃五十丈四尺",依明钞本改。

晏元献公喜为诗,多称引后进,一时名士往往出其门。圣俞作诗多矣,公独爱其二〔一〕联云:"寒鱼犹着底,白鹭已飞前。"又:"絮暖鲨鱼繁,波〔二〕添莼菜紫。"余尝见圣俞家公〔三〕自书手简,再三称赏此二联。余问之,圣俞曰:"此非我之极致,岂公偶自得意于其间乎?"乃知自古文士不独知己难得,而知人亦难也〔四〕。《欧公诗话》

〔一〕"二",原作"一",依明钞本改。

〔二〕"波",缪校本作"露",《六一诗话》同,《宛陵集》卷二十九作"敢"。

〔三〕"家公"二字依明钞本补。

63

〔四〕"乃"起十八字依明钞本、缪校本补。

淇州杨轩《咏牡丹》曰:"杨妃歌舞态,西子巧谗魂。利剑砍不断,馀妖钟此根。光华日已盛,栏槛岂长存?寄语寻芳者,须知松柏尊。"罗隐曰:"若教解语应倾国,任是无情也动人。"二人用意不同如此。轩诗虽捻〔一〕风花,而有警戒。《云斋广录》

〔一〕"捻",明钞本作"然"。

世传卢绛梦女子唱《菩萨蛮》云:"眉黛远山攒,芭蕉生暮寒。"此词人能道之。杨大年云:"独自凭阑干,衣襟生暮寒。"未知孰是。《古今诗话》

刘长卿尝谓:"前有沈、宋、王、杜,后有钱、郎、刘、李。李嘉祐、郎士元,焉得与余齐称。"每题诗不言姓,但曰长卿,以海内合知之耳。士林讥之。宋雍初无令名,及瞽,诗名乃彰。卢纶员外作《拟僧诗》,清江作《七夕诗》,刘随州有眼作无眼句,宋雍无眼作有眼句,流传〔一〕以为四背,或云四倒。卢纶诗曰:"愿得远公知姓字,焚香洗钵过馀生。"清江上人诗曰:"惟愁更漏促,离别在明朝。"刘随州诗曰:"细雨湿衣看不见,闲花着地听无声。"宋雍诗曰:"黄鸟不堪愁里听,绿杨宜向水中看。"《云溪友议》

〔一〕"传"字依清钞本补,缪校本作"转"。

"心事数茎白发,生涯一片青山。空林有雪相待,古路无人自还。"李王好书神仙隐遁之术,非遭罹多故,欲脱世网而不得者耶?《百斛明珠》

旧说陶渊明不知音,畜无弦琴以寄意,曰:"但得琴中趣,何劳弦上声!"东坡尝言:刘伯伦以锸自随曰"死便埋我"。予以谓伯伦非达者,棺椁衣衾不害为达;苟为不然,死则已矣,何必更埋?至于渊明,亦非忘琴者也。五音六律不害为忘琴;苟为不然,无琴可也,何独弦乎?以是知旧说之妄也。渊明自云"和以七弦",岂得为不知音?当是有琴而弦弊坏,不复更张,但抚弄以寄意。如此为得其真。《自祭文》出妙语于纩息之馀,岂死生之流哉!但恨其犹以生为寓以死为真耳。嗟夫,先生岂非真死,得非寓乎?同前

　　孟郊贾岛皆以诗穷至死。而平生尤自喜为穷苦之句。孟有《移居》诗云:"借车载家具,家具少于车。"乃是都无一物耳。又《谢人惠炭》云:"暖得曲身成直身。"人谓非其身备尝之,不能道此句。贾云:"鬓边虽有丝,不堪织寒衣。"就令堪织,得能几何?《朝饥》又云:"坐闻东床琴,冻折两三丝。"人谓其不止忍饥而已,其寒亦何可忍也!《欧公诗话》

增修诗话总龟卷之七

评论门三

南岳李岩老好睡,众人食罢下棋,岩老辄就枕。阅数局乃一展转,云:"我始一局,公几局矣?"东坡曰:"岩老常用四脚棋盘,只着一色黑子。昔与边韶敌手,今被陈抟饶先。着时自有输赢,着了全无一物。"欧阳公诗云:"夜凉吹笛千山月,路暗迷人百种花。棋罢不知人换世,酒阑无奈客思家。"殆类是也。《百斛明珠》

"竹径通幽处,禅房花木深。"常建诗也。文忠公最爱赏,以为不可及。此语诚可人意,然于公何足道?岂非厌饫刍豢反思螺蛤耶?

予在都下,有传太白诗者,其略曰"朝披云梦泽",又曰"笠泽青茫茫",此非世人语也,盖有见太白在酒肆而得此诗者。神仙之道,真不可度。绍圣元年九月,过广州,访崇道大师[一]何德顺。有神仙降其室,因言女仙也,赋诗立成,有超逸绝尘语。或以其托于箕帚如世之紫姑神者疑之,然味其言,非紫姑所能至。有入鬼狱群鸟兽者,而托于箕帚,岂足怪哉!崇道好事喜客,多与士大夫游,其必有以致哉!

〔一〕"大",原作"太",依缪校本改。

七言之伟丽者：杜子美云："旌旗日暖龙蛇动，宫殿风微燕雀高。""五更鼓角声悲壮，三峡星河影动摇。"尔后寂寥无闻。直至永叔云："苍波万古流不尽，白鹭双飞意自闲。""万马不嘶听号令，诸蕃无事乐耕耘。"可以并驱争先矣。小生云："令严钟鼓三更月，野宿貔貅万灶烟。"又云："露布朝驰玉关塞，捷书夜到甘泉宫。"亦庶几焉。

乐天为王涯所诬，谪江州司马。甘露之祸，乐天在洛，适游香山寺，有诗云："当君白首同归日，是我青山独往时。"不知者以乐天为幸之，乐天岂幸人之祸者？盖悲之也。

俗传书生入官库，见钱不识。或怪而问之，生曰："固知其为钱，但怪其不在纸裹中耳。"予读渊明《归去来辞》云："幼稚盈室，瓶无储粟。"乃知俗传可信。使瓶有储粟，亦甚微矣。此翁平生只于瓶中见粟也。马后夫人见大练乃为异物，晋惠帝问饥民何不食肉糜，细思之，皆一理也。聊为好事一笑。永叔尝言："孟郊[一]诗'鬓边虽有丝，不堪织寒衣'，纵使堪织，能成几何？"

〔一〕"孟郊"二字当作"贾岛"，此贾岛《客喜》诗句。

渊明诗："采菊东篱下，悠然见南山。"采菊之次偶见南山，初不用意而景与意会，故可喜也。今皆作"望南山"。子美云："白鸥没浩荡，万里谁能驯！"盖灭没于波间耳。而宋敏求[一]谓予曰"鸥不解没"，改作波字。改此觉一篇神气索然。

〔一〕"宋"，原作"朱"，依清钞本改。

唐末[一]五代文章衰尽。诗有贯休，书[二]有亚栖，村俗之气大率相似。如苏子美家收藏张长史书云："隔帘歌已俊，对面貌弥精。"语[三]既凡恶，而字画真亚栖之流。近见曾子固编李太白诗，自谓颇获遗亡，而有《赠怀素草书歌》及《笑矣乎》数百篇，皆贯休以下词格。二人者皆号有识，故知者深可怪。如白乐天

《赠徐凝》、韩退之《赠贾岛》之类,皆世俗无知者所托,此不足怪。

〔一〕"末",原作"宋",依清钞本改。
〔二〕"书"字依缪校本补。
〔三〕"语"字依清钞本缪校本补。

杜子美诗云"自平宫中吕太一",世莫晓其义,而妄者至以为唐时有"自平宫"。偶读《明皇实录》有中官吕太一叛广南,此诗故云,而下文有南海收珠之语。见书不广,而轻改文字,鲜不为笑也。

"秋菊有佳色,裛露掇其英。泛此忘忧物,远我遗世情。一觞难独进,杯尽壶自倾。日入群动息,归鸟趋林鸣。啸傲东轩下,聊复得此生。"靖节以无事自适为得此生,则见役于物非失此生耶?

贵公子雪中饮醉,临槛向风曰:"爽哉,此风!"左右皆泣下,贵公子惊问之,曰:"吾父昔日以爽亡。"楚襄登台,有风飒然而至,王曰:"快哉,此风!寡人与众共者耶?"宋玉讥之曰:"此独大王之风,庶人安得而共之?"不知者以为谄也;知之者以为风也。唐文宗诗曰:"人皆苦炎热,我爱夏日长。"柳公权续之曰:"薰风自南来,殿阁生微凉。"惜乎,宋玉不在旁也。

"湘中老人读《黄老》,手挼紫蘂坐碧草。春至不知湖水深,日暮忘却巴陵道。"唐末有人见作是诗,其辞气殆是李谪仙。予都下见有人携一纸文书,字则颜鲁公也。墨迹如未干,纸亦新健。其首两句云:"朝披云梦泽,笠钓青茫茫。"此语非太白不能道。

南都王谊伯书江滨驿垣谓:子美诗历五季兵火,多舛缺奇异,虽经其祖父公所理,尚有疑阙者。谊伯谓"西川有杜鹃,东川无杜鹃，涪万无杜鹃，云安有杜鹃"，盖是题下注，断自"我昔游锦城"为首句。谊伯误矣。盖子美诗备诸家体，非必率合程度侃侃者然也。是篇句处凡五杜鹃，岂可以文害辞辞害意耶〔一〕？原子美之意，类有所感托物以发者也。亦六义之比兴、《离骚》之法欤？按《博物志》：杜鹃生子，寄之他巢，百鸟为〔二〕饲之，今江东所谓"杜宇曾为蜀帝王，化禽飞去旧城荒"是也。且禽鸟之微，知有所〔三〕尊，故子美诗云"重是古帝魂"，又"礼若奉至尊"，子美盖讥当时之刺史有不禽鸟若也。唐自〔四〕明皇已后，天步多棘，刺史能造次不忘于君者，可得而考：严武在蜀虽横敛刻薄，而实资中原，是"西川有杜鹃"耳。其不虔王命，负固以自抗，擅军旅，绝贡赋，如杜克逊在梓州为朝廷西顾忧，是"东川无杜鹃"耳。至于涪万云安刺史，微不可考。凡其尊君者，为有也，怀贰者为无也，不在夫杜鹃真有无也。谊伯以为来东川，闻杜鹃声烦而急，乃始疑子美诗跋毫纸上语。又云子美不应叠用韵。子美自我作古，叠用韵无害于为诗。仆见如此，谊伯博学强辨，殆必有以折衷之。

〔一〕"耶"，原作"即"，依清钞本改。

〔二〕"为"字依明钞本补。

〔三〕"所"字依明钞本补。

〔四〕"唐自"，原作"自唐"，依明钞本乙。

《悲陈陶》云"四十万人同日死"，此房琯之败也。《唐书》作陈涛，不知孰是。时琯既败，犹欲持重有所伺；而中人邢延恩促战，遂大败。故此次篇《悲长坂》〔一〕云："焉得附书于我军，忍待明年莫仓卒！"

〔一〕《杜集》题为《悲青坂》。

《后出塞》云："我本良家子，出师亦多门。将骄益愁思，身贵不足论。跃马三十年,恐辜明主恩。"云云,"恶名幸脱免,穷老无儿孙。"味此诗,盖禄山反时,其将帅有脱身归国而禄山尽杀其妻子者,不知其姓名,可恨也。

《忆昔》诗云"关中小儿坏纪纲",谓李辅国也。"张后不乐上为忙",谓肃宗张皇后也。"为留猛士守未央",谓郭子仪夺兵柄入宿卫也。

子美自许稷与契,人未必许也。然其诗云:"舜举十六相,身尊道更高。秦时用商鞅,法令如牛毛。"自是稷、契辈人口中语也。又云:"知名未足称,局促商山芝。"又曰:"王侯与蝼蚁,同尽随丘墟。愿闻第一义,回向心地初。"乃知子美诗尚有事在。

玉川子作《月蚀诗》云:"岁星坐福德,官爵奉董秦。忍使黔娄生,覆尸无衣巾。"详味此诗,则董秦当是无功而享厚禄。董秦,李忠臣也,天宝末骄将,屡立战功,虽粗官亦颇知忠义。代宗时,吐蕃犯阙,征兵,忠臣即日赴难。或劝择日,忠臣怒曰:"君父在难,乃择日也?"后卒污朱泚伪命诛。考其始终,非无功而享厚禄者,不知玉川子何以有此句。

诗人有写物之功,"桑之未落,其叶沃若",他木殆不可以当此。林逋《梅花诗》云,"疏影横斜水清浅,暗香浮动月黄昏",决非桃李诗。皮日休《白莲诗》云,"无情有恨何人见,月冷风清欲坠时",决非红莲诗。此乃写物之功。若石曼卿《红梅诗》云,"认桃无绿叶,辨杏有青枝",此村学中至陋语也。

王焘集《外台秘要》,有《代茶饮子》一首云:"格韵高绝,惟山居野人,乃当作之。"予尝依法治服,其利膈调中,信如所云;而其气味乃一服煮散耳。与茶了无干涉。薛能诗云:"粗官乞与真抛掷,赖有诗情合得尝。"又作《鸟嘴》诗曰:"盐损添宜戒,

姜宜煮更夸。"乃知唐人之于茶,盖有河朔脂麻气也。并同前

老杜云:"张公一生江海客,身长九尺须眉苍。"谓张镐也。萧嵩荐之,云:"用之为帝王师,不用则穷谷一叟尔。"同前

长沙天策府诸学士所著文章擅名者,惟徐东野李洪皋耳。然其诗皆浮脆轻艳,铅华歌舞,一时尊俎间语。独东野《赠江处士》一篇可采,曰:"门在松阴里,山僧几度过。药灵丸不大,棋妙子无多。薄雾笼寒径,残风恋绿萝。金乌兼玉兔,年几[一]奈公何?"《玉壶清话》

〔一〕"几",《玉壶清话》作"岁"。

《将进酒》,魏谓之"《平关中》",吴谓之"《章洪德》",晋谓之"《因时运》",梁谓之"《石首局》",齐谓之"《破侯景》",周谓之"《取巴蜀》"。李白所拟,直劝岑夫子丹丘生饮耳。李贺深于乐府,至于此作,其辞亦曰:"琉璃钟,琥珀浓,小槽酒滴珍珠红。"嗟乎,作诗者摆落鄙近以得意外趣者,古今难矣。《乐府集》

《君马黄》古词云:"君马黄,臣马苍,二马同逐臣马良。"终言:"美人归以南,归以北,驾车驰马令我伤。"李白拟之,遂有"君马黄,我马白,马色虽不同,人心本无隔"。其末云,"相知在急难,独好亦何益"。自能驰骋,不与古人同圈模,非远非近,此可谓善学诗者欤!

《日出东南隅行》古词曰:"日出东南隅,照我秦氏楼。"旧说邯郸女子姓秦名罗敷,为邑人千乘王仁妻。仁为赵王家令。罗敷出采桑陌上,赵王登楼见而悦之,置酒,欲夺焉。罗敷弹筝,作《陌上桑》以自明不从。今其词乃罗敷采桑陌上,为使君所邀,罗敷盛夸其夫为侍中[一]郎以拒之。论者病其不同。大抵诗人感咏,随所命意,不必尽当其事,所谓不以辞害意也。且"发乎情,止乎礼义",古诗之风也。今次是诗,盖将体原其迹,而以辨

71

丽是逷,约之以义,殆有所未合。而卢思道、傅縡、张正见复不究明,更为祖述,使若其夫不有东方骑,不为侍中郎,不作专城居,乃得从使君之载欤?如刘邈、王筠之作,蚕不饥,日未暮,亦安得彷徨为使君留哉!萧㧑、殷谋曾不足道,而沈君攸所谓"看金怯举意,求心自可知"者,庶几焉。故秋胡妇曰:"妇人当采桑力作以养舅姑,亦不愿人之金。"此真烈之辞耳。余尝拟古作一篇,以著罗敷所以待使君之当然者,直欲规诸子以就雅正,岂固与古人争驱哉?其词曰:"罗敷十五六,采桑城南道。脸媚夺朝霞,蛾眉淡初扫。桑枝间桃树,不见桃花好。采桑未盈筐,春寒蚕欲老。使君从南来,黄金络马脑。调笑一不顾,东风摇百草。"

〔一〕"中"字依缪校本补。

《玄云》,《周礼》保章氏以五云之物辨吉凶水旱丰荒之祲。云黑为水。魏刘桢诗曰:"玄云起高岳,中朝弥八方。"《春秋孔演图》曰:"黄帝之将兴,黄云升于堂。文命之候,玄龙冲云。"汉曲名岂谓是乎!

《陇头吟》,陇州有大陇小陇二山,即天水大坂也。古词云:"陇头流水鸣幽咽,遥望秦川肠欲绝。"作是诗者,著征役之思耳。

《关山月》,《木兰诗》:"万里赴戎机,关山度若飞。朔气传金柝,寒光照铁衣。"

《济黄河》,《援神契》:"黄河者,水之伯,上应天河。"郦元《水经》云:"河源出昆仑之墟。"《山海经》:"昆仑纵横万里,高万有一千里,有青白赤黑河环其墟,其泉出东北陬,屈向东南流为中国河,百里一小曲,千里一大曲,发源乃入中国常然。"《尔雅》:"河出昆仑墟,色白。"由此言之,今之黄河,所谓白河也。而《物理论》乃云河色黄赤。

《渡易水曲》，荆轲去燕入秦，渡易水，为之歌曰："风萧萧兮易水寒，壮士一去兮不复还。"其后如吴均所作，虽叙征虏事，盖亦取轲感激之意。

《董逃行》，言神事，傅休奕《九秋篇》十二章，乃叙夫妇别离之思。梁简文赋《行幸甘泉宫歌》复云"董桃律金紫，贤妻侍禁中"，疑若引董贤及子瑕残桃事；终云"不羡神仙侣，排烟逐驾鸿"，皆所未详。按《汉武内传》：王母觞帝，命侍女索桃，剩桃七枚，大如鸭子形，色正青。以四枚啖帝，因自食其三。帝收馀核。王母问何为，帝曰："欲种之。"王母曰："此桃三千岁一生实，奈何？"帝乃止。于是数过，命侍女董双成吹云和笙觞。作者取诸此耶？

《桃叶歌》，桃叶，王献之爱妾名也。其妹曰桃根。词云："桃叶复桃叶，桃叶连桃根。"今秦淮口有桃叶渡，即其事也。古人载桃叶答献之，乃《团扇》辞，盖传者误也。

《团扇歌》，晋中书令王珉好持白团〔一〕扇，其侍人谢芳歌之，因以为名。一说：珉与嫂婢有情好甚笃，嫂鞭挞过苦，婢素善歌，而珉好持白团扇，其婢故制《白团扇歌》以赠珉〔二〕，云："团扇复团扇，许持自遮面。憔悴无复理，羞与郎相见。"

〔一〕"团"字依明钞本补。"持"，明钞本作"捉"。

〔二〕以上十一字原文仅作一"故"字，依明钞本补。

《大垂手》，舞貌也，《楚辞》曰："二八齐容起郑舞，衽若交竿舞案下。"梁刘孝标《舞诗》曰："转袖随歌发，顿履赴弦馀。度行过接手，回身乍敛裾。"〔一〕

〔一〕此诗，《艺文类聚》卷四十三作刘孝仪。

《胡姬年十五》，李白乐府有《白鼻䯀》，其词曰："银鞍白鼻䯀，绿地障泥锦。细雨春风花落时，挥鞭且就胡姬饮。"

《豫章行》,豫章,邑名,汉南昌县,隋为豫章,有豫章江,江连九江,有钓矶。陶侃少时尝宿此,夜闻人唱声如量米者;访之,吴时有度支于此亡。今考傅玄、陆士衡辈所作,多叙别离怨恨思,即知豫章昔为华艳盛丽之区耳。至唐,杜牧诗尚过称其侈靡焉。

　　《走马引》,樗里牧恭所作也。为父报怨杀人,亡匿山下。有天马夜降,围其室而鸣。觉,闻其声以为吏追,乃奔去。旦观乃天马迹。因惕然大悟曰:"吾之所处将危乎!"遂荷杖去入沂泽中,援琴而鼓之,为天马声,曰《走马引》。而张敞为京兆尹,无威仪,时罢朝会过走马章台街。风俗曰:"杀君马者,路旁儿也。"言长吏马肥,观者快之;乘者[一]喜其言,驱驰不止,至于死。故张率作此引曰:"敛辔且归去,吾畏路旁儿。"

　〔一〕"乘者"二字依明钞本补。

　　《乌夜啼》,宋临川王义庆所造。时为江州刺史,闻命而哭,文帝怪之,召还家,大惧。妓妾夜闻乌啼,叩斋阁云:明日应有赦。及改为南州,因作此歌,词云:"笼窗窗不开,夜夜忆郎来。"今所传非义庆本旨。词曰:"歌舞诸少年,娉婷无种则。菖蒲花可怜,闻名不相识。"

　　《雀乳空城中》,晋傅玄诗曰:"鹊巢立城侧,雀乳空井中。居不附龙凤,尝思蛇与虫。"今集所载作"空城中"者非也。故刘孝威词云:"辘轳丝绠绝,橘槔金薜稠。"并同前

　　陶靖节诗云:"平畴交远风,良苗亦怀新。"古[一]之耦耕植杖者,不能此语;非余老农,亦不识此语之妙。《王直方诗话》

　〔一〕《东坡题跋》"古"上有"非"字,胜。

　　陈无己有《除官》一篇云:"扶老趋严诏,徐行及圣时。端能几字正,敢恨十年违!肯著金根谬,宁辞乳媪讥!向来忧畏断,

不尽鹿门期。"临川饶次守云:"此诗不作可也,才得一正字,亦未须云趋严诏。"无己后作谢启复曰:"名虽文字之选,实为将相之储。"又云:"头童齿豁,敢辞乳媪之讥;闻浅见轻,益畏金根之谬。"

沈存中云:如"厨人具鸡黍,稚子摘杨梅",盖以鸡对杨,皆为假借。田承君曰:"鸡黍两事,那得似杨梅耶?"

晁美叔秘监尝因谒先君曰:"昔人有一联云,'平生不到处,落日独行时',惟公家使诗着此。"盖崔涂诗也。余后见李阳冰所题《阮客旧居》云:"阮客身何在,仙云洞口横。人间不到处,今日此中行。"亦相类。

潘邠老作《洪氏励〔一〕壳轩》云:"封胡羯末谢,龟驹玉鸿洪。千载望四谢,四洪天壤同。"为龟父驹父玉父鸿父也。时人以为急口令。

〔一〕"励",《苕溪渔隐丛话前集》卷五十二作"勒"。

欧阳知贡举日,有诗云:"无哗战士衔枚勇,下笔春蚕食叶声。"绝为奇妙。故圣俞作诗云:"食叶蚕声句偏美,当时曾记赋初成。一云将成"

田承君云:"池塘生春草",盖是病起忽然见此为可喜,而能道之,所以为贵。

李希声云:见文潜外生言:文潜每作诗,其有用得妙处,必自记录。如《法云会中怀无咎》云"独觉欠此翁",自以"欠"字颇佳。并同前

有周知微者,字明老,为晋州县尉。到官不数月,不告于州而径来京师。人问其故,云:"我欲求教授。"至京求知己不得,大醉,一夕而卒。然为诗有可喜者,如《观临淮双头白莲图》云:"既不学叔隗季隗南归晋,又不学大乔小乔东入吴。一种桃根

与桃叶，若为化作双芙蕖？临淮政成有馀暇，坐令华屋生潇洒。鹅溪一幅万里宽，移得断江入图画。天空水阔江茫茫，想见女英与娥皇。九疑云深苍梧远，冰姿泣露不成妆。苦心抱恨何年了？香骨应甘没秋草。不如回首谢秋风，分作尹邢来汉宫。"又作《上巳日寒食》云："疾风暮雨悲游子，峻岭崇山非故乡。"亦可赏，而其狂未见其比。《古今诗话》

晁以道云："王禹玉诗，世号至宝丹，以其多使珍宝，如黄金必以白玉为对。有人云："诗能穷人，且试强作些[一]富贵语看，如何？"其人数日搜索，云止得一联，云："胫胫化为红玳瑁，眼睛变作碧琉璃。"余为之绝倒。

〔一〕"些"，原作"此"，依明钞本改。

舒王有诗云，"箨龙将雨绕山行"，而周次元有《游天竺观》诗亦云"竹龙驱水转山鸣"，余以为当与秦少游同科。

欧阳文忠公云：唐人有"姑苏台下寒山寺，夜半钟声到客船"之句，说者云："句则佳也，其如三更不是撞钟时？"于鹄《送宫人入道诗》云："定知别后宫中伴，遥听缑山半夜钟。"而白乐天亦云："新秋松影下，半夜钟声后。"温庭筠亦云："悠然旅榜闲回首，无复松窗半夜钟。"岂唐人多用此语耶？倘非递相沿袭，恐必有说。并同前

增修诗话总龟卷之八

评论门四

韦苏州云:"谁知风雨夜,复此对床眠。"最为世所称重。而白乐天招张司业云:"能来同宿否,听雨[一]对床眠。"意亦相类,然不为人知。老杜云:"眼前无俗物,多病也身轻。"而乐天有"眼前无俗物,身外即僧居"之句,世亦独称老杜。《王直方诗话》

〔一〕"雨",原作"此",依清钞本改。

梁简文云:"早知半路应相失,不若从来本独飞。"李义山云:"无事交渠更相失,不及从来莫作双。"而近时乐府亦云:"早知今日长相忆,不及从来莫作双。"此最为诗之大患。

乐天云:"哺歠眠糟瓮,流涎见曲车。"杜甫有"路逢曲车口流涎"。而张文潜有寄予诗云:"须看远山相对蹙,莫欺病齿恼衰翁。"自注云:"黄九《谢人遗梅子》诗有'远山对蹙'之句。"乃知诗人取当时作者之语便以为故事;此无他,以其人重也。

舒王诗云:"投老归来供奉班,尘埃无复见钟山。何须更待黄粱熟,始信人间是梦间?"又云:"黄粱欲熟日[一]流连,谩道春归莫怅然。蝴蝶岂能知梦事,蘧蘧先[二]堕晚花前。"又云:"客舍黄粱今始熟,鸟残红柿昔分甘。"盖三用黄粱,而意义皆妙。

〔一〕《临川集》卷二十七"日"作"且",义长。

〔二〕"先",明钞本作"舞",《临川集》作"飞",并较"先"字义似长。

老杜《对雪》诗云"有待至昏鸦",乃〔一〕引何逊"城阴度堑黑,昏鸦接翅归"之句。余疑昏鸦亦常语,何必引逊句。后作绝句,却云:"钓艇收缗尽,昏鸦接翅归。"

〔一〕"乃"上疑脱"注"字。

秦少游始作蔡州教授,意谓朝夕便当入馆,步青云之上,故作《东风解冻诗》云:"更无舟楫碍,从此百川通。"已而久不召用,作《送张和叔》云:"大梁豪英海,故人满青云。为谢黄叔度,鬓毛今白纷。"谓山谷也。说者以为意气之盛衰一何容易!

舒王《送吴仲庶待制守潭》云:"自古楚有材,醲醁多美酒。不知樽前客,更得〔一〕贾生否?"贾谊初为河南吴公召置门下,而谪死长沙。其用事之精,余以为可诗法〔二〕。

〔一〕"得",原作"待",依明钞本改。

〔二〕"诗法",《诗人玉屑》卷七作"师法",上有"为"字,似胜。

余最爱苏黄门《送文潞公》云:"遍阅后生真有道,欲谈前事恐无人。"盖潞公官爵年德难为形容,非此两句,不能优游而自见。

张文潜病中作七言诗,苏黄门和之云:"长空雁过疑来〔一〕答,虚幌萤飞坐恐烧。"秦觏云:"文潜读至此不乐。"余曰:"何也?"觏云:"虚幌坐烧近于死,病人所讳。"

〔一〕"来",明钞本作"求"。

欧阳文忠最爱林和靖云:"疏影横斜水清浅,暗香浮动月黄昏。"山谷以为不若"雪后园林才半树,水边篱落忽横枝"。余以为其所爱者,便是优劣耶?此句于前所称真可处伯仲耳。而和靖又有诗云:"池水倒窥疏影动,屋檐斜入一枝低。"

欧阳文忠《送张至秘校归庄诗》云："鸟声梅店雨,柳色野桥春。"此"茅店月"、"板桥霜"之意。老杜云："天阙象纬逼,云卧衣裳冷。"舒王云"当作天阅",谓其可对云卧也。

古今人作《昭君词》多矣。余独爱乐天一绝云："汉使却回传寄语,黄金何日赎蛾眉?君王若问妾颜色,莫道不如宫里时。"其意优游而不迫切。乐天赋此时年甚少。

李秉彝,字德叟,尝〔一〕寄诗一卷与李希声云："此余近所作。"希声读至"朋也老无能,淡如云水僧",为之抚掌。盖洪龟父名朋,善作诗;德叟欲资其名,失于点勘故耳。

〔一〕"尝"字依缪校本补。

老杜云："何时一尊酒,重与细论文?"而孟浩然亦有"何时一尊酒,重与李膺倾"之句。

唐张子容作《巫山诗》云："巫岭岩峣天际重,佳期夙昔愿相从。朝云暮雨连天暗,神女知来第几峰?"近时晏叔原作乐府云："凭君问取归云信,今在巫山第几峰?"最为人所称,恐出于子容。

李贺《高轩过》中有"笔补造化天无功"之句,余每击节,此诗人之所以多穷也。老杜云："文章憎命达。"恐亦出此。

陈无己云："石池随处数游鱼。"余以为不若李希声云："绿净随时看上鱼。"

邵尧夫《咏牡丹》云："施朱施粉色俱好,倾国倾城艳不同。"可谓言工,殊无高致。

张嵱,字子望,作《洛阳观花》云："平生自是爱花人,到处寻芳不遇真。只道人间无正色,今朝初见洛阳春。"盖托意邵尧夫。尧夫和云："造化从来不负人,万般红紫见功真。满城车马空撩乱,未必逢春尽得春。"岂非欲使之有所行耳?

邵尧夫集平生所作为十卷,号曰《击壤》。富丞相作诗题其后云:"黎民于变似尧时,便字尧夫德可知。更览新诗名《击壤》,先生全道略无遗。"为伟人所重如此。

郭功父少时,喜诵文忠公诗。一日过圣俞。圣俞曰:"近得永叔书云,作《庐山高》诗送刘同年,效杜牧《晚晴赋》,自以为得意。恨未见此诗。"功父诵之,圣俞击节叹赏曰:"使吾更学作诗三十年,不能道其中一句。"功父再诵,不觉心醉。遂置酒,又再诵,数行,凡诵十数遍,不交一言而罢。明日,圣俞赠功父诗曰:"一诵《庐山高》,万景不可藏。设如古画师,极意未能忘。"或云"不及忘"。

癸未三月三日,徐师川、胡少汲、谢夷季、林子仁、潘邠老、吴君裕、饶次守、杨信祖、吴迪吉见过,会饮于赋归堂,亦可为一时之盛。潘一作诗历数其人云:"胡子云中白鹤,林生初发芙蓉。吴十九成雅奏,饶三百炼奇锋。南州复见高士,东山行起谢公。信祖真成德祖,立之无愧行中。吴生可共南郡,老夫宁附石崇?闲雅已倾重客,说〔一〕谈仍得王戎。冠盖城南高会,山阴未扫馀风。客散日衔西壁,主人不道尊空。"徐师川辈皆言此诗殊不工。又六字,无人曾如此作,想为五言亦可。遂去一字,句皆可读,至"老夫附石崇",坐客无不大笑。

〔一〕"说",明钞本作"高",似胜。

刘咸临醉中尝作诗话数十篇,既醒,书四句于后曰:"坐井而观天,遂亦作《天论》。客问天方圆,低头惭客问。"盖悔其率尔也。

参寥云:旧有一诗寄少游,少游和云:"楼阁过朝雨,参差动霁光。衣冠分禁路,云气绕宫墙。乱絮迷春阁,嫣花困日长。平康何处是?十里带垂杨。"孙莘老读此诗至末句曰〔一〕:"这小子又贱相发也。"少游后编《淮海集》,遂改云:"经旬率酒伴,犹未厌《长杨》。"

〔一〕"曰"字依清钞本补。

宗室士暕,字明发,喜作诗与画。尝为《高轩过图》,张嘉甫题云:"顾长康善画而不能诗,杜子美善作诗而不能画。从容二子之间者,王右丞也。若明发,盖右丞之季孟云。"晁无咎亦题云:"嘉甫谓顾长康善画而不能诗,杜子美能诗而不能画。明发兼此二胜,可在摩诘季孟间。余以画及诗,信嘉甫之知言。"晁以道见之,谓余:能画而不能诗,乃可以为病,岂有能诗而必又能画耶?"夏云多奇峰",乃长康句,谓不能诗,可乎?嘉甫既易于立论,而无咎又便抑〔一〕之,大抵皆读书少之过。

〔一〕"抑",明钞本作"仰",似胜。

洪龟父有诗云:"胡生画山水,烟雨山更好。鸿雁书远汀,马牛风雨草。"潘邠老爱其第二句,余爱其第三句,山谷爱其第四句,徐师川爱其第三第四句。"远汀"后又改为"远空"。余云:"向上一句,莫是公未有所得否?何众人之皆不好也!"龟父大笑。

刘壮舆云:欧阳公自谓"吾畏慕不及者,圣俞子美",及赠诗,云:"文会忝予盟,诗坛推子将。"又曰:"维持于文章,泰山一浮尘。"既曰"郊死不为岛,圣俞发其藏";又曰"堪笑区区郊与岛,萤飞露湿凝秋草":是其自谓不如者,乃所以过之也。

欧阳公云,李白云:"落日欲没岘山西,倒着接䍦花下迷。襄阳小儿齐拍手,大家争唱《白铜鞮》。"此常言也。至于"清风明月不用一钱买,玉山自倒非人推",然后见太白之横放,所以警动千古者,顾不在于此乎?甫之于白,得其一节,而精强过之。余以为以此警动之耳。

田承君云：欧阳公晚年最喜陈知默诗，至云"修方且欲学之"。陈诗不多见，承君但见其两联云："平地风烟横白鸟，半山云木卷苍藤。""云埋山麓藏秋雨，叶脱林梢带晚风。"

张文潜作《虎图》诗云："烦君卫吾寝，振此蓬荜陋。坐令盗肉鼠，不敢窥白昼。"潘邠老云："却是猫儿诗。"

文潜作《输麦行》，有云："场头雨干场地白，老稚相呼打新麦。半归仓廪半输王，免教县吏相煎逼。""输王"乃老农语，若时享、岁贡、纳王、勤王之类，其语古矣。

秦少游晚出左掖门，有诗云："金雀觚棱转夕晖，飘飘宫叶堕秋衣。出门尘涨如黄雾，始觉身从天上归。"识者以为少游作一黄本校勘，而炫耀如此，必不远到。

洪驹父见陈无己《小放歌行》，云："'不惜卷帘通一顾，怕君着眼未分明'，此为奇语，盖通字未尝有人道。"余曰："子岂不记老杜云'帘户每宜通乳燕'耶？"

舒王有云："却忆金明池上路，红裙争看绿衣郎。"欧公谓舒王曰："谨愿者亦复为之耶？"

赵德麟[一]有诗云："冥冥小雨不成泥。"参寥言："冥冥之雨，却是作泥者，不若霏霏也。"以道以为然。

〔一〕"麟"字依明钞本补。

荆公尝作一绝题张文昌诗后云："苏州司业诗名老，乐府皆言妙入神。看似寻常最奇崛，成如容易却艰辛。"文昌平生所得，荆公两句言尽。

诗云："壁门金阙倚天开，五见宫花落古[一]槐。明日扁舟沧海去，却将云气望蓬莱。"此刘贡父诗也。自馆中出知曹州时作。旧云"云表"，荆公改作"云气"，又云："'五见宫花落古槐'，此作诗法也。"

〔一〕"古",原作"石",依明钞本改,下同。

王仲至〔一〕召至馆中,试罢,作一绝题于壁云:"古木森森白玉堂,长年来此试文章。日斜奏赋《长杨》罢,闲拂尘埃看画墙。"旧云"奏罢《长杨赋》",亦荆公所改。

〔一〕"仲",原作"中",依明钞本改。

石守道作《三豪诗》,谓曼卿豪于诗,永叔豪于文,杜默豪于歌。故诗云:"师雄二十二,笔距猛如鹰。玉川《月蚀》句,意欲相凭陵。"而欧公亦有诗云:"南山有鸣凤,其音和且〔一〕清。鸣于有道国,出则天下平。杜默东土秀,能吟凤凰声。作诗数百篇,长歌仍短行。"杜默,濮州人,师雄其字。谓豪于歌者,有送守道六字〔二〕诗云"圣人门前大虫"及"推倒杨朱墨翟,扶起仲尼周公"之句。默诗谓之豪者,岂在是耶?余尝得师雄全集观之,余作皆不及此。

〔一〕"且",原作"自",依明钞本改。

〔二〕"字",原作"子",据后则明钞本、缪校本改。

陈无己有寄晁以道诗云:"子较东方生,自视何益损!人言不当价,一钱万金产。"其后,无己又赋《高轩过》云:"滕王蛱蝶江都马,一纸千金不当价。"以道云:"陈三两度不当价。"

司空表圣自论其诗以为得味外味,如"绿树连村暗,黄花入麦稀",此句最善。又云:"棋声花院闭,幡影石坛高。"吾尝独游五老峰白鹤观,松阴满庭,不见一人,惟闻琴磬之音,然后知此句之工;但恨其寒俭有僧态。若子美诗云:"暗飞萤自照,水宿鸟相呼。""四更山吐月,残夜水明楼。"则才力富健,过表圣远甚。

柳仪曹诗,忧中有乐,乐中有忧,妙绝古今。然老杜云:"王侯与蝼蚁,同尽随丘墟。"仪曹何忧之深也!

有人云,陈无己"闭门十日雨",即是退之"长安闭门三日

雪"。余以为作诗者容有意思相犯，亦不必为病，但不可太甚耳。并同前

古有《早行诗》云："主人灯下别，羸马月中行。"又王若云："旅人心自急，公子梦犹迷。"惟江东逸人王举裒诗曰："高空有月千门闭，大道无人独自行。"最为绝唱。《青琐集》

范文正有《采茶歌》，天下共传。蔡君谟谓希文："公歌脍炙人口，有少未完，盖公才气豪杰，失于少思。"希文曰："何以言之？"谟曰："昔《茶》句云：'黄金碾畔绿尘飞，碧玉瓯中翠涛起。'今茶之绝品，其色贵白，翠绿乃茶之下者耳。"希文曰："君善鉴茶者也，此中吾语之病也。公意如何？"君谟曰："欲革公诗二字，非敢有加焉。"公曰："革何字？"君谟曰："翠绿二字。可云'黄金碾畔玉尘飞，碧玉瓯中素涛起。'"希文曰："善。"又见君谟之精茶，希文之伏于义。

濮州杜默，当年目之为三豪，谓默豪于歌。石守道赴诏作太学直讲，默作《六字歌》〔一〕送之。今举其豪句云："仁义途中驰骋，《诗》《书》府里从容。头角惊杀虾蟹，学海波中老龙。爪距逐出狐兔，圣人门前大虫。推倒杨朱墨翟，扶起仲尼周公。一条路出瓮口，几程身在云中。水浸山影倒碧，春着花梢半红。"因此歌得在三豪之列。又上《永叔诗》云："一片灵台挂明月，万丈词焰飞长虹。乞取一杓凤池水，活取久旱泥蟠龙。"其豪例皆此类。并同前

〔一〕"六"，原作"大"，依明钞本、缪校本改。

薛许州能，以诗道为己任。还刘得仁卷，有诗云，"百首如一首，卷初如卷终"，讥刘不能变态，陆希声之比。《北梦琐言》

蜀沙门僧尔鸟，慕李白歌，鄙贾岛寒涩，乃自讽其词云："鲸目光烧半海红，鳌头浪蹙掀天白。"而云："我不能致思于藩篱蹄

溆之间。"人咸服之。仍精于《周易》佛经,为歌行掩之。贾岛尝为僧,洛阳令不许僧午后出寺,贾有诗云:"不如牛与羊,犹得日暮归。"诗思迟涩,杼轴方得。如"鸟从井口出,人自岳阳来",乃经年方遂偶句。(同前)

　　开元中,有儒士登终南山〔一〕,得句云:"野迥云根阔,山高树影长。"私心自负,吟讽之际,忽闻空中语云:"未若'天河虽有浪,月桂不闻香'。"儒士不胜喜,以为己有。归夸于僧,智潜掩鼻笑曰:"臭气可掬,何足多也!"儒士惊愕,遽以实告,自此又号为鉴文大师,有《浮沤篇》行于世。《零陵总记》

　　〔一〕"终",原作"钟",依缪校本改。

　　卢延逊诗浅近,人多笑之,惟吴融独重其作,盛称于时,且云:"此公不寻常,后必垂名。"延逊诗至今传之,亦有绝好者。《宿东林》云:"两三条电〔一〕欲为雨,七八个星犹在天。"《旅舍言怀》云:"名纸毛生五门下,家僮骨立六街中。"《赠元上人》云:"高僧解语牙无水,老鹤能飞骨有风。"《蜀路》云:"云间闻铎骡驮去,雪里残骸虎拽来。"《怀江上》云:"饿猫临鼠穴,馋犬舐鱼砧。"《寄人》云:"吟成一个字,捻断数茎髭。"又云:"树上咨諏批颊鸟,窗间壁驳叩头虫。"余在翰林,尝召对,上举延逊诗云:"臂鹰健卒悬毡帽,骑马佳人卷画衫。"虽浅近,亦自成一体。《谈苑》

　　〔一〕"电",原作"霓",依缪校本改。

　　东坡尝与人书,言:"味摩诘之诗,诗中有画;观摩诘之画,画中有诗。"诗〔一〕云:"蓝田白石出,玉关红叶稀。山路元无雨,空翠湿人衣。"此东坡诗,非摩诘也。《诗史》

　　〔一〕"诗"字依明钞本补。

　　吾诗云:"日日出东门,步步东城游。城门抱关卒,怪我此何求。我亦无所求,驾言写我忧。"章子厚谓参寥曰:"前步而后驾,何其上下纷纷也?"仆闻之,曰:"吾以气为轮,以神为马,何曾上下乎?"参寥曰:"东坡文过有理,似孙子荆曰,'枕流欲洗其耳'。"《东坡诗话》

山谷作《渔父词》,清新佳〔一〕丽,闻其得意,自言以水光山色,替却玉肌花貌〔二〕,乃真得渔父家风〔三〕。然"才出新妇矶,又入女儿浦",此渔父无乃大澜浪也?《百斛明珠》

〔一〕"佳"字原空,依明钞本补。

〔二〕"花貌"二字原空,依明钞本补。

〔三〕"风"字据《苕溪渔隐丛话前集》卷四八校补。

文与可尝云:"老僧墨竹一派,近在彭城。吾竹虽不及,石似过之。此一卷公案,不可无山谷下一句。"山谷因次其韵云:"东坡虽是湖州派,竹石风流过一时。前世画师今姓李,不妨还作辋川诗。"或言东坡不曾目伯时为前身画师,俗人不便是语病。伯时一丘一壑,风流未减古人,谁当作此痴计?东坡此语是真相知。又作二诗云:"秋山风雨石骨瘦,法窟寂寥僧定时。李侯有句不肯吐,淡墨写作无声诗。""龙眠不似虎头痴,妙笔无机可并驰。苏仙咒墨作石竹,应解种花闻此诗。"

石曼卿《咏红梅》云:"认桃无绿叶,辨杏有青枝。"东坡云:"诗老不知梅格在,更看绿叶与青枝。"荆公云:"北人初未识,浑作杏花看。"又能尽红梅之妙处也。有单叶梅、千叶梅、腊梅,故余作《四梅诗》。《王直方诗话》

山谷见东坡《和渊明饮酒诗》,读至"前山正可数,后骑且勿驱"云,"此老未死,在。"

山谷尝谓余曰:"凡作赋,要须以宋玉贾谊相如子云为师格,略依放其步骤,乃有古风。老杜咏吴生画云:'画手看前辈,吴生远擅场。'盖古人于能事,不独求夸前辈,要须前辈中擅场耳。"

东坡言:"渊明云,'但恐多谬误,君当恕醉人',此未醉时说;若醉,何暇忧误哉!"然世人言"醉时是醒时",此语最名言。

荆公始为集句,多至数十韵,往往对偶亲切〔一〕,盖以其诵古人诗多,或坐中率然而成,始可为贵。其后多有人效之者,但取数部诗,集诸家之善耳。故东坡《次韵孔毅夫集句见赠》云:"羡君戏集他人诗,指呼市人如使儿。天边鸿鹄不易得,便令作对随家鸡。退之惊笑子美泣,问君久假何时归。世间好事世人共,明月自满千家墀。"

〔一〕"切",明钞本、缪校本并作"于本初"三字。

山谷云:"谢师厚,方其为女择对,见山谷诗,曰:'吾得婿如是足矣。'庭坚欲求之,然庭坚之诗,卒从谢公得句法。"故山谷有诗曰:"自往见谢公,论诗得濠梁。"

文忠公《盘车图》诗云:"古画画意不画形,梅诗咏物无尽情。忘形得意知者寡,不若见诗如见画。"东坡作《韩干画马图》诗云:"韩生画马真是马,苏子作诗如见画。世无伯乐亦无韩,此诗此画谁当看!"又云:"论画以形似,见与儿童邻。赋诗必此诗,定非知诗人〔一〕。诗画本一律,天工与清新。"又云:"少陵翰墨无形画,韩干丹青不语诗。此画此诗今已矣,人间驽骥谩争驰。"余每诵数过,殆以为法。并同前

〔一〕两句原作"君看赋诗者,定知非诗人",依明钞本改。

增修诗话总龟卷之九　乙集

评论门五

东坡作《蜗牛诗》云:"中弱不胜触,外坚聊自郛。升高不知疲,竟作黏壁枯。"后改云:"腥涎不满壳,聊足以自濡。升高不知回,竟作黏壁枯。"余亦以为改者胜。《王直方诗话》

山谷惠余诗两篇,一云"多病废诗仍止酒",一云"醉馀睡起怯春寒"。观者以为疵。余曰:"说诗者不以文害辞,岂非谓此耶?"

东坡爱韦苏州诗云:"谁知风雨夜,复此对床眠。"向在郑西《别子由》云:"寒灯相对记畴昔,夜雨何时听萧瑟。"又有《初秋寄子由》云:"买田秋已议,筑室春当成。雪堂风雨夜,已作对床声。"又子由与坡相从彭城赋诗云:"逍遥堂后千寻木,长送中霄风雨声。误喜对床寻旧约,不知飘泊在彭城。"子由使虏,在神水馆赋诗云:"夜雨从来相对眠,兹行万里隔胡天。"此其兄弟所赋。坡在御史狱有云:"他年夜雨独伤神。"在东府有云:"对床定悠悠,夜雨今萧瑟。"其同转对有云:"对床贪听连宵雨。"又云:"对床欲作连夜雨。"又云:"对床老兄弟,夜雨鸣竹屋。"可谓无日忘之。

诗云:"读书头欲白,相对眼终青。""身更万事已头白,相对百年终眼青。""看镜白头知我老,平生青眼为君明。""故人相见尚青眼,新贵即今多白头。""江山万里尽头白,骨肉十年终眼青。""白头逢国士,青眼酒尊开。"此坡谷所为,用"青眼"对"白头"者非一,而工拙亦各有差。老杜亦云:"别来头并白,相见眼终青。"

山谷有诗云:"小立伫幽香,农〔一〕家能有几?"韵联与荆公诗颇相同,当是暗合。

〔一〕"农",《山谷诗注》卷十三作"侬",是。

方时敏言,荆公言鸥鸟不惊之类,如何作语则好?故山谷有云"一鸥同一波"。

谢朓尝语沈约曰:"好诗圆美流转如弹丸。"故东坡《答王巩》云"新诗如弹丸",及《送欧阳弼》云"中有清员句,铜丸飞柘弹"。盖谓诗贵圆熟也。余以谓圆熟多失之平易,老硬多失之干枯。不失于二者之间,可与古之作者并驱。

东坡为温公作《独乐园》诗,只从头四句便已都说尽,云:"青山在屋上,流水在屋下。中有五亩园,花竹秀而野。"此便可以图画。

东坡尝为余书荆公诗云:"径暖草如积,山晴花更繁。纵横一川水,高下数家村。倦憩鸡鸣午,荒寻犬吠昏。归来向人说,恐是武陵源。"坡云:"武陵源不甚好。"又云:"也是此韵中别无韵也。"

山谷每与余言,谢师厚七言绝类老杜,但少人知之耳。如"倒着衣裳迎户外,尽呼儿女拜灯前",编入《杜集》无愧。

赵德甫云:"东坡为程筠作《归真亭诗》云:'会看千栗〔一〕记,木杪见龟趺。'是碑坐,不应见木杪。"

〔一〕"粟"，明钞本作"字"。

秦少章云："世上事绝有理会不得者。余前日见孙莘老大笑东坡《谢御赐书诗》云：'有甚道理，后面更直说至陕西奏捷。'"

东坡跋米元章所收书云："画地为饼未必似，要令痴儿出馋水。"又云："锦囊玉轴来无趾。"山谷和之云："百家传本略相似，如月行天见诸水。"又云："拙者窃钩辄斩趾。"皆谓元章患净病及好夺取人话〔一〕。

〔一〕明钞本无"话"字，《苕溪渔隐丛话前集》卷三九作"书画"二字，义长。

东坡平生最慕乐天之为人，故有诗云："我甚似乐天，但无素与蛮。"又云："我似乐天君记取，华颠赏遍洛阳春。"又云："他时要指集贤人，知是香山老居士。"又云："定似香山老居士。"又云："渊明形神似我，乐天心相似我。"东坡在杭，又与乐天所留岁月略相似。

东坡送李公择云："有如长庚星，到晓烂不收。"赠道潜云："故人各在天一角，相望落落如晨星。"《任师中挽辞》云："相看半作晨星没，可怜太白与残月。"而黄门《送退翁守怀安》亦云："我怀同门友，势如晓天星。友或作客"学者尤多用此。

晁以道言，近见东坡说凡人作文字，须是笔头上挽得数万斤起，可以言文字已。余谓，欧公岂不云"兴来笔力千钧重"。

谢玄晖最以"澄江净如练"得名，故李白云："解道'澄江净如练'，令人却忆谢玄晖。"山谷诗云："凭谁说与谢玄晖，莫道'澄江净如练'。"则其人之优劣，于此亦可以见。

《摭言》载：白乐天在江东，进士多奔往。时张祜负时名，既而徐凝至，二子相矛盾。祜称其佳句云："树影中流见，钟声两岸闻。"凝以为奈无野人"千古长如白练飞,一条界破青山色"?祜愕然不对,于是一座尽倾。其后,东坡云世传徐凝《瀑布诗》,至为尘陋,又伪作乐天诗称美此句,有"赛不得"之语,乐天虽涉浅易,岂至是哉?乃作绝句〔一〕云:"帝遣银河一派垂,古来惟有谪仙词。飞流溅沫知多少,不与徐凝洗恶诗。"余以为此之相去,何啻九牛一毛也。

〔一〕"句"字依明钞本补。

韩存中云:"东坡尝云:人言卢杞是奸邪,我见郑公但妩媚,好作一对,请诸人将去作一篇诗。"

崔中〔一〕云:"山谷称晏叔原'舞低杨柳楼心月,歌尽桃花扇底风',定非穷儿家语。"

〔一〕《诗人玉屑》卷十"崔中"作"存中"。

韩存中云:"东坡作'渔蓑句好真堪画,柳絮才高不道盐',只'不道盐'与'真堪画',自合是一对。"

陈无己云:"山谷最爱舒王'扶舆度阳焰,窈窕一川花',谓包含数个意。"

韩存中云:"家中有山谷写诗一纸,乃是'公有胸中五色笔,平生补衮用功深'。此诗本用小杜诗中'五色线',而却书云'五色笔'〔一〕,此真所谓笔误。"

〔一〕原本重"若却书云五色笔"七字,依明钞本删。

贺方回初作《青玉案》词,遂知名,其间有云"彩笔新题断肠句"。后山谷有诗云:"少游醉卧古藤下,谁作诗歌送一杯!解道江南断肠句,只今唯有贺方回。"盖载《青玉案》事。

东坡作《藏春坞》,有云,"年抛造物甄陶外,春在先生杖屦中";而秦少游作俞充哀〔一〕词乃云"风生使者旌旄上,春在将军俎豆中"。余以为依仿太甚。

91

〔一〕"哀",原作"衮",据《苕溪渔隐丛话前集》卷五十改。

"陶潜避俗翁,未必能达道。观其著诗集,颇亦恨〔一〕枯槁。达生岂是足,默识盖不早。生子贤与愚,何其系怀抱!"山谷云:"杜子美困穷于三蜀,盖为不知者诟病,以为拙于生事,又往往讥议宗文宗武失学,故聊托之渊明以解嘲耳。其诗名曰《遣兴》,可解也。俗人便为讥病渊明,所谓痴人前不得说梦也。"余以为安得山谷将工部诗篇如此训释,以成一集乎?

〔一〕"恨",原作"根",依缪校本改。

"日月老宾送"〔一〕,山谷诗也;"日月马上过",文潜诗也:其工拙有能辩之者。老杜云:"厨人语夜阑。"东坡云:"图书跌宕悲年老,灯火青荧语夜深。"山谷云:"儿女灯前语夜深。"余为当以先后分胜负。

〔一〕"宾"下原有"客"字,据《山谷诗注》卷一校删。

山谷与余诗云:"百叶缃〔一〕桃苦恼人。"又云:"欲作短歌凭阿素,丁宁夸与落花风。"其后改"苦恼"作"触拨",改"歌"作"章",改"丁宁"作"缓歌"。余以为诗不厌多改。

〔一〕"缃",原作"湘",依缪校本改。

东坡作《百步洪诗》云:"有如兔走鹰隼落,骏马下注千丈坡。"当在黄时,有人云:"千丈坡岂注马处?"及还朝,其人云:"惟善走马,方能注坡。"闻者谓之〔一〕"注坡"。

〔一〕"谓之",原作"以为",依明钞本改。

山谷有茶诗押肠字韵,和者已数四,而山谷最后有"曲几团蒲听煮汤,煎成车声入羊肠"之句。东坡云:"黄九怎得不穷?"故晁无咎复和云:"车声出鼎细九盘,如此佳句谁能识!"

文潜先与李公择辈来余家作长句,后再同东坡来,坡读其诗,叹息云:"此不是吃烟火食人道底言语。"盖其间有:"漱井消午醉，扫花坐晚凉。众绿结夏帷，老红驻春妆。"山谷次韵云："张侯笔端势，三秀丽芝房。扫花坐晚吹，妙语亦难忘。"

乐天有诗云："醉貌如霜叶，虽红不是春。"东坡有诗云："儿童误喜朱颜在，一笑那知是酒红。"郑谷云："衰鬓霜供白，愁颜酒借红。"老杜云："发少何劳白，颜衰肯更红！"无己出此一联，大为诸公称赏〔一〕。

〔一〕"无己"上《苕溪渔隐丛话前集》卷五一有"无己诗云：'发短愁催白，颜衰酒醉红。'皆相类也，然"十九字，文气始完。

宋景文云："诗人必自成一家，然后传不朽。若体规画圆，准方作矩，终为人之臣仆。"故山谷诗云："文章最忌随人后。"又云："自成一家始逼真。"诚不易之论。

东坡送江公著云："忽忆钓台归洗耳。"又云："亦念人生行乐耳。"注云"二'耳'义不同"，故得重用。

陈淳〔一〕，字子真，南昌人也。尝以诗呈山谷云："作诗须要开广，如老杜'日月笼中鸟，乾坤水上萍'之类。"子真云："淳辈那便到此？"山谷曰："无亦只是初学诗一门户也。"〔二〕

〔一〕《苕溪渔隐丛话前集》卷十四作"潘惇"，无"字"起七字。

〔二〕"学"起六字依明钞本补。

洪龟父有诗云："琅玕严佛界，薜荔上僧垣。"山谷改云"琅珰鸣佛屋"。以谓薜荔是一声，须要一声对，琅珰即一声也。余以为然。

龟父云："朋见张文潜，言鲁直《楚词》诚不可及。晁无咎言，鲁直《楚词》固不可及，而律诗，补之终身不敢近也。"余尝闻龟父前后诗有"一朝厌蜗角，万里骑鹏背"一联，最为妙绝。龟父云："山谷亦叹赏此句。"

山谷谓龟父曰："甥最爱老舅诗中何等篇？"龟父举"蚁穴或

梦封侯王,蜂房各自开户牖"〔一〕及"黄尘不解浣明月,碧树为我生凉秋",以为绝类工部。山谷云:"得之。"

〔一〕按此为山谷《落星寺》七律中一联,此处上下句互倒,当乙。

古诗云:"公道世间惟白发,贵人头上不曾饶。"而元祐初,多用老成,故东坡有云:"此生自断天休问,白发年来渐不公。"陈无己答邢敦夫云:"今代贵人须〔一〕白发,挂冠高处不宜弹。"其后秦少游谓李端叔复有"白发偏于我辈公"之句,则是白发有随时之义。

〔一〕"须",原作"头",依明钞本改。

东坡云:"为〔一〕我周旋宁作我一句,只是难对。"时王平甫在坐,应声云:"只消道因郎憔悴却羞郎。"

〔一〕"为",明钞本作"与"。

秦少游尝和黄法曹《忆梅花诗》,东坡称之,故次其韵有"西湖处士骨应槁,只有此诗君压倒"之句。此诗初无妙处,不知坡所爱者何语,和者数四。余独爱坡两句云:"江头千树春欲暗,竹外一枝斜更好。"后必有能辩之者。

陈无己作《小放歌行》两篇,其一云:"春风永巷闭娉婷,长使青楼误得名。不惜卷帘通一顾,怕君着眼未分明。"其二云:"当年不嫁惜娉婷,映白施朱作后生。说与旁人须早计,随宜梳洗莫倾城。"山谷云:"无己他日作语极高古,至于此篇,则顾影徘徊,炫耀太甚。"

荆公有诗云:"端能过我论奇字,亦复令君见异书。"东坡亦云:"未许中郎〔一〕得异书,且共杨雄说奇字。"陈无己又以"奇字"对"异方"。

〔一〕"中郎",原作"郎中",据《苕溪渔隐丛话前集》卷三三校乙,盖用蔡中郎事。

东坡题李秀才《醉眠亭》诗云："君且归休我欲眠,人言此语出天然。醉中对客眠何害,须信陶潜未若贤。"山谷题无咎《卧陶轩》亦云："欲眠不遣客,佳处更难忘。"意极相类。

秦少游尝以真字题"月团新碾瀹花瓷,饮罢呼儿课《楚词》,风定小轩无落叶,青虫相对吐秋丝"于邢敦夫扇上。山谷见之,乃于扇背复作小草,题："黄叶委庭观九州,小虫催女献功裘。金钱满地无人费,百斛明珠薏苡秋。"皆所自作也。少游后见之云："逼我太甚。"邢敦夫云："'扫地烧香闭阁眠,簟纹如水帐如烟。客来梦觉知何处,挂起西窗浪接天。'此〔一〕东坡诗,尝题于余扇,山谷初读以为是刘梦得所作也。"

〔一〕"此"字依明钞本补。

陈留市中有一刀镊工,随所得为一日费。醉吟于市,负其子以行歌。江端礼以为达者,为作传,而要无己赋诗。无己诗有"闭门十日雨,冻作饥鸢声",大为山谷所爱。山谷后亦拟作,有云："养性霜刀在,阅人清镜空。"无以复加。

潘邠老云："陈三所谓'学诗如学仙,时至骨自换',此语为得之。"然余见山谷有"学诗如学道"之句,陈三所得,岂苗裔耶?并同前

山谷谓余言："吾少年时作《渔父词》曰:'新妇矶头眉黛愁,小姑堤畔眼波秋。鱼儿错认月沉钩。青箬笠前无限事,绿蓑衣底一时休。斜风细雨转船头。'以示坡,坡笑曰:'山谷境界乃于青箬笠前而已耶?'独谢师直一读知吾用意,谓人曰:'此郎〔一〕能于水容山光、玉肌花貌无异见,是真解脱游戏耳。'"《冷斋夜话》

〔一〕"郎",原作"即",依明钞本改。

舒王诗曰："红梨无叶庇华身,黄菊分香委路尘。晚岁苍官才自保,日高青女尚横陈。"又云："木落冈峦因自献,水归洲渚

得横陈。"山谷谓余曰:"自献、横陈,见相如赋。荆公不应全用耳[一]。"余曰:"《首楞经》亦曰:于横陈时,味如嚼蜡。"

〔一〕七字原作"荆用不应全耳",依明钞本、缪校本改。

山谷云:"诗意无穷,人之才有限。以有限之才,追无穷之意,虽少陵渊明,不得工也。然不易其意而造其语,谓之换骨法;规模其意而形容之,谓之夺胎法。"如郑谷《十日菊》曰:"自缘今日人心别,未必秋香一夜衰。"此意甚佳,而病在气不长。西汉文章,雄深雅健,其气长故也。曾子固曰:"诗当使人一览语尽而意有馀,乃古人用心处。"所以舒王《菊诗》曰:"千花百卉凋零后,始见闲人把一枝。"坡则曰:"万事到头都是梦,休休。明日黄花蝶也愁。"李翰林曰"鸟飞不尽暮天碧",又曰"青天尽处没孤鸿",其病如前所论。山谷《登达览台诗》曰:"瘦藤拄到风烟上,乞与游人眼界开。不知眼界开多少,白鸟去尽青天回。"凡此之类,皆换骨法也。顾况诗曰:"一别二十年,人堪几回别?"其诗简缓而立意精确。舒王与故[一]人诗曰:"一日君家把酒杯,六年波浪与尘埃。不知乌石江边路,到老相寻得几回!"乐天曰:"临风杪秋树,对酒长年身。醉貌如霜叶,虽红不是春。"东坡南中诗曰:"儿童误喜朱颜在,一笑那知是酒[二]红。"凡此皆夺胎法。唐诗曰:"长因送人处,忆得别家时。"又曰:"旧国别多日,故人无少年。"舒王东坡用其意作古今不经人道语。王诗曰:"木末北山烟冉冉,草根南涧水泠泠。缲成白雪桑重绿,割尽黄云稻正青。"坡曰:"桑畴雨过罗纨腻,麦陇风来饼饵香。"如《华严经》举果知因。譬如莲花,方其吐花而果具蕊中。造语之工,至于舒王东坡山谷尽古今之变。舒王曰:"江月转空为白昼,岭云分暝与黄昏。""一水护田将绿绕,两山排闼送青来。"坡《海棠诗》曰:"只恐夜深花睡去,故烧高烛照红妆。"又曰:"我携此石归，袖中有东海。"山谷曰："此皆谓之句中眼。"李格非尝曰："老杜谓之诗史者，其大过人在诚实耳。"如玉川子《醉归》诗曰："昨夜村饮归，健倒三四五。摩挲青莓苔，莫嗔惊着汝。"舒王用其意作《扇子诗》曰："玉斧修成宝月圆，月边仍有女乘鸾。青冥风露非人世，鬓乱钗横特地寒。"谢公有"池塘生春草，园柳变鸣禽"，谓之神助。古今文士多称之。李元膺曰："此句未有过人处。古人意所至则见于情，诗句盖寓也。谢公喜惠连，梦中当论情意，不当泥句。"吾弟超然曰："陈叔宝绝无肺肠，诗语有警[三]绝者，如：'午醉醒来晚，无人梦自惊。夕阳如有意，长傍小窗明。'王摩诘山中小诗曰：'荆溪白石出，天寒红叶稀。山路原无雨，空翠湿人衣。'舒王百家衣体曰：'相看不忍发，惨淡暮潮平。欲别更携手，月明洲渚生。'此得天趣。"问曰："何以识其天趣？"曰："能知萧何所以识韩信，则天趣可解。"余竟不能诘。

〔一〕"故"，原作"古"，依明钞本改。

〔二〕"酒"，原作"醉"，依明钞本、缪校本改。

〔三〕"警"，原作"惊"，依明钞本改。

东坡曰："渊明诗初看若散缓，熟读有奇趣。如曰：'日莫巾柴车，路暗光已夕。归人望烟火，稚子候檐隙。'又曰：'蔼蔼远人村，依依墟里烟。犬吠深巷中，鸡鸣桑树颠。'才高意远，造语精到如此。"如曰："一千里色中秋月，十万军声半夜潮。""蝴蝶梦中家万里，子规枝上月三更。""深秋帘幕千家雨，落日楼台一笛风。"皆寒乞相，初如秀整，熟视无神气，以字露故也。东坡则曰："山中老宿依然在，案上《楞严》已不看。"细味之，无龃龉态，对甚的而字不露，得渊明遗意耳。对句法，人不过以事以意出处备具谓之妙。荆公曰："平昔离愁宽带眼，迄今归思满琴心。"又曰："欲寄荒寒无善画，赖传悲壮有能琴。"不若东坡特奇，如曰：

"见说骑鲸游汗漫,亦曾扪虱话酸辛。"又曰:"龙骧万斛不敢过,渔舟一叶从掀舞。"以鲸为虱对,龙骧为渔舟对,大小气焰之不等,其意若玩世,谓之秀杰之气,终不可没。夫富贵中不得言贫贱事,少壮中不得言衰老,康强不得言疾病死亡,或犯之,谓之诗谶。是大不然。诗者妙观逸想,岂限绳墨哉!王维作雪中画芭蕉,诗眼见已知其神情,意寓于物,俗则讥其不知寒暑。荆公方大拜,忽书其壁曰:"霜筠雪竹钟山寺,投老归欤寄此生。"东坡诗曰:"平生万事足,所欠惟一死。"岂可与俗论!余作诗曰:"东坡醉墨浩琳琅,千首空馀万丈光。雪里芭蕉失寒暑,眼中骐骥略玄黄。"句法欲老健有英气,当间用方言为妙。奇男子行人群中,自然有颖脱不可干犯之韵。老杜《八仙诗》序李太白曰"天子呼来不上船",船,方言也,所谓襟纽是已。"家家养乌鬼,顿顿食黄鱼。"川峡路民多供事乌蛮鬼,以临江故顿顿食黄鱼耳。俗人不解,便作养畜字读,遂使沈存中自差以乌鬼为鸬鹚也。

诗云:"夜阑更秉烛,相对如梦寐。"更互秉烛照之恐是梦也。作更字读,则失意甚矣。山谷每用之,所谓"一霎社[一]公雨,数番花信风"是也。江左风流久已零落,士大夫人品不高,故音韵绝灭。东晋韵人胜士,无出谢安石之右,烟霏空翠间,乃携娉婷登之。与夫雪夜访山阴故人兴尽而反,下马据胡床三弄而去者异矣。诗有句含蓄者,老杜曰:"勋业频看镜,行藏独倚楼。"郑云叟曰:"相看临远水,独自上孤舟。"是也。有意含蓄者,如《宫词》曰:"银烛秋光冷画屏,轻罗小扇扑流萤。天街夜色凉如水,卧看牵牛织女星。"又嘲人诗曰:"怪来妆阁闭,朝下不相迎。总向春园里,花间笑语声。"是也。有句意俱含蓄者,如《九日》诗曰:"明年此会知谁健,醉把茱萸仔细看。"《宫怨》曰:"玉容不及寒鸦色,犹带昭阳日影来。"是也。并同前

〔一〕"社",原作"杜",以山谷有"花发社公雨"句,故径改。

田承君云:"王居卿〔一〕在扬州,同孙巨源、苏子瞻适相会。居卿置酒曰:'"疏影横斜水清浅,暗香浮动月黄昏",此林和靖《梅花诗》,然而为咏杏与桃李皆可。'东坡曰:'可则可,但恐杏李花不敢承当。'一座大笑。"《王直方诗话》

〔一〕"王居卿",《侯鲭录》作"王君卿","居"字形近而误作"君"。

增修诗话总龟卷之十

雅什门上

王安国平甫作诗多使酒楼。语宋次道曰："杨文公诗有酒楼：'江南堤柳拂人头，李白题诗遍酒楼。'钱昭度亦有一酒楼：'长忆钱塘江上望，酒楼人散雨千丝。'今子诗有几酒楼？"次道曰："吾诗有二酒楼：《九江琵琶亭》云：'夜泊浔阳宿酒楼，琵琶亭畔荻花秋。云沉鸟没事已往，月白风清江自流。'又《送客西陵》云：'若耶溪畔醉秋风，猎猎船旗照水红。后夜钱塘酒楼上，梦魂应绕浙江东。'"《青箱杂记》

西方虩，东州人，郑毅夫榜登第。期集处，告毅夫曰："榜中虩最少年，乞作探花郎。"毅夫云："已差二人。"虩曰："此无定员，添一员何损？"公吏曰："前日虩第三甲，合出铺地钱二十缗，若作职事，则不出钱。"虩曰："愿出钱。"毅夫从其请。虩已受符，不出缗钱[一]，毅夫切责之，而倍其罚。虩白毅夫曰："晚进未尝工诗，愿状元先为之，以为楷式。"毅夫曰："绿袍不怕露痕湿，直入闹花深处来。"他日复见毅夫曰："一见雅诗，不敢下笔，翌日当再进诗，愿公代之。"毅夫复云："朝来已与碧桃约，留住春风不放归。"闻者叹服。《翰府名谈》

〔一〕"钱"字依明钞本补。

成都慈光寺尼《乘舟夜行》一篇亦佳,云:"水色连天色,风声益浪声。旅人归思苦,渔父梦魂惊。举棹云先到,移舟月遂行。旅吟诗句罢,犹自远山横。"〔《鉴戒录》卷十〕

京师曹氏,家藏《阮步兵诗》一卷,唐人所书,与世所传多异,有数十首集中所无。其一篇云:"放心怀寸阴,羲和将欲冥。挥袂抚长剑,仰观浮云行。云间有立鹄,抗首扬哀声。一飞冲青天,强世不再鸣。安与鹑鷃徒,翩翩戏中庭。"又云:"嘉木不成蹊,东园损桃李。秋风吹飞雀,零落从此始。〔一〕繁华有憔悴,堂上生荆杞。驱马舍之去,去上西山址。一身不自保,况复恋妻子。零霜被野草,岁暮亦云已。"诗语皆类此,非后人明矣。孔宗翰亦有本,与此多同。(《诗史》)

〔一〕此下原文俱缺,而与下条末尾相混,依明钞本、缪校本补。

海州东海县临海悬崖上,有隋王谟摩崖题名并诗,字方数寸,诗云:"因巡来到此,瞩海看波流。自兹一度往,何日〔一〕更回眸。"孙巨源云:"此诗工夫不少。"刻之石。

〔一〕以上四十三字原缺,依明钞本、缪校本补。各本未注出处,疑亦出《诗史》。

吴人方子通作《古柏诗》云:"四边乔木尽儿孙,曾见吴宫几度春。若使当时成大厦,也应随例作埃尘。"又作《滟滪堆诗》:"湍流怪石碍通津,一一操舟若有神。自是世间无妙手,古来何事不由人!"舒王见而奇之。《云斋广录》

舒王得请金陵,寓定力院,题一绝于壁间云:"溪北溪南水暗通,隔溪遥见夕阳春。思量诸葛成何事,只合终身作卧龙。"〔一〕

〔一〕出处待考。《苕溪渔隐丛话前集》卷三四胡仔辨此诗乃薛能诗。

天圣中,礼部郎中孙冕记[一]三英诗:刘元载妻、詹茂光妻、赵晟之母《早梅》《寄远》《惜别》三诗。刘妻哀子无立,詹妻留夫侍母病,赵妻惧子远游。孙公爱其才以取之。《早梅诗》云:"南枝向暖北枝寒,一种春风有两般。凭仗高楼莫吹笛,大家留取倚阑干。"《寄远诗》云:"锦江江上探春回,消尽寒冰落尽梅。争得儿夫似春色,一年一度一归来?"《惜别诗》云:"暖有花枝冷有冰,惟人没后却无凭。预愁离别苦相对,挑尽渔阳一夜灯。"《金华瀛洲集》又《摭遗》记《梅花诗》是女仙题蜀州江梅阁

〔一〕"记",原作"咏",依缪校本改。

王元字文元,桂林人,苦吟风月,终于贫病。妻黄氏,共持雅操,每遇得句,中夜必先起然烛,供具纸笔,元甚重之。有《听琴诗》曰:"拂琴开素匣,何事独颦[一]眉!古调俗不乐,正声公自知。寒泉出涧涩,老桧倚风悲。纵[二]有来听者,谁堪继子期?"好事者画为图。《郡阁雅谈》

〔一〕"颦",原作"频",依缪校本改。

〔二〕"纵",原作"复",依明钞本改。

僧虚中,宜春人,游潇湘山,与齐己颜栖蟾为诗友,住湘江西宗成寺。潭州马氏子希振侍中,好事,每出,即延纳于书阁中,好烧柴火,烟昏彩翠。去后复节《题马侍中池亭》云:"嘉鱼在深处,幽鸟立多时。"集首《寄华山司空图侍郎》云:"门径放莎垂,往来投刺希。有时开御札,特地挂朝衣。岳信僧传去,天香鹤带归。他时周召作,无复更衰微。"司空侍郎有诗言怀云:"十年华岳峰前住,只得虚中一首诗。"同前

唐大清宫使翰林学士钱起,多作佳篇。人收起诗不过百首。有钱蒙仲得《江行无题》一百绝,皆人家藏本所无。有云:"霁云疏有叶,雨浪细无声。稳放扁舟去,江天自有程。"又:"憔悴异

灵均，非谗作逐臣。如逢渔父问，未是独醒人。"又："烟渚复烟渚，画屏还〔一〕画屏。引惹〔二〕天末去，数点暮山青。"又："堤坏漏江水，地拗成野塘。晚荷从不折，留取作秋香。"《诗史》

〔一〕"还"字原空，据《说诗乐趣》卷三校补。

〔二〕"惹"，《全唐诗》作"愁"，似胜。

权常侍《题山寺》曰："万叶风声利，一山秋气寒。晓霜浮碧瓦，薄日度朱栏。"又："得即高歌失即休，多悲多恨漫悠悠。今朝有酒今朝醉，明日愁来明日愁。"

王驾，大顺中擢第，为礼部员外郎，弃官，号守素先生。与司空图郑谷为诗友，所为诗少传者。《晴景》一篇最佳，云："雨前不见花间叶，雨后全无叶底花。蜂蝶飞来过墙去，应疑春色在邻家。"

柳彦涂《塞上》云："鸣髇直上几千尺，天静无风声更干。碧眼胡儿三百骑，尽提金勒向云看。"都下好事者画为图。

欧阳文忠公酷爱鲍溶诗，《山中寒思》一篇最佳，云："山深多悲风，败叶与秋齐。门径非世路，何人念穷栖！哀风破山起，夕雪误鸣鸡。巢鸟侵旦出，饥猿无声啼。晨〔一〕兴动烟火，开云伐冰溪。老木寒更瘦，阴云晴亦低。我负自力求〔二〕，颜色常低迷。时想灵台下，游子正凄凄。"文忠晚得，恨见之迟。今人少爱溶诗者。

〔一〕"晨"，原作"辰"，依缪校本改。

〔二〕"求"，原作"永"，依明钞本、缪校本改。

闽人谢伯初，字景山，天圣、景祐之间以诗知名。余谪夷陵，景山为许州法曹，以长韵见寄，颇多佳句，有云："长官衫〔一〕色江波绿，学士文华蜀锦张。"余答曰："参军春思乱如云，白发题诗愁送春。"盖景山有"多情未老头先白，野思到春如乱〔二〕云"之句,故余以〔三〕此戏之。景山诗颇多,如"自种黄花添野景,旋移高竹听秋声";"园林换叶梅初熟,池馆无人燕学飞":皆无愧唐贤。仕宦不偶,终以困穷而卒。其诗今已不见于世,其家亦流落不知所在。其寄余诗,迨今三十五年矣,余犹能诵之。盖其人不幸既可哀,其诗沦弃亦可惜〔四〕,因录于此云:"江流无险似瞿塘,满峡猿声断旅肠。万里可堪人谪宦?经年应合鬓成霜。长官衫色江波绿,学士文华蜀锦张。异域化为儒雅俗,远民争识校雠郎。才如梦得多为累,情似安仁久悼亡。下国难留金马客,新诗传与竹枝娘。典辞吏待修青史,谏草当留集皂囊。莫为明时轻遣谪,便将缨足濯沧浪。"《欧阳公诗话》

〔一〕"衫",原作"山",据《六一诗话》校改,下同。

〔二〕"如乱",原作"乱如"。依明钞本乙。

〔三〕"以"字依明钞本补。

〔四〕从"今已"至此四十六字原脱,依明钞本、缪校本补。

郑相肇牧庐州,日以诗酒为娱。《题郡斋》曰:"九衢尘里一书生,多幸逢时拥旆旌。醉里眼开金使字,紫旗风动耀昆〔一〕明。"后代者薛沆郎中到郡,《题藏舟浦花》一联云:"也知别有风光主,蓓蕾枝枝似去年。"又《别后寄席中三兰》三人名中并曰兰:"淮泗两水不相通,隔岸临流望向东。千颗泪珠无寄处,一时弹与渡前风。"郑多佳句,如"冻瓶粘柱础,宿火陷炉灰",人皆称之。《南部新书》

〔一〕"昆"字原空,依明钞本补。

廖凝字熙绩,善吟讽,有学行,隐居南岳三年。江南受伪官为彭泽令,迁连州刺史,与升州〔一〕李建勋为诗友相善,有集,盖见行于世。咏《中秋月》与《闻蝉》为绝唱。《中秋月》云:"九十日秋色,今宵已半〔二〕分。孤光吞列宿,四面绝微云。众木排疏影,寒流叠细纹。遥遥望丹桂,心绪正纷纷。"《闻蝉》云:"一声初应候,万木已西风。偏感异乡客,先于离塞鸿。日斜金谷静,雨过石城空。此处不堪听,萧条千古同。"凝居南岳,韦鼎有诗赠曰:"居与白云邻,生涯久忍贫。姓名高雅道,寰海许何人!岳气秋来早,亭寒果落新。几回吟石畔,孤鹤自相亲。"初宰彭泽,有句云:"风清竹阁留僧宿,雨湿莎庭放吏衙。"解印有句云:"五斗徒劳谩折腰,三年两鬓为谁焦?今朝官满重归去,还挈来时旧酒瓢。"江左学诗者,竞造其门。

〔一〕"州",原作"平",依明钞本改。
〔二〕"半",原作"平",明钞本作"中",据《全唐诗》校改。

刘昭禹[一]字休明,婺州人。少师林宽,为诗刻苦,不惮风雪。诗云:"句向夜深得,心从天外归。"言不虚耳。《怀萧山隐者》云:"先生入太华,杳杳绝良音。秋梦有时见,孤云无处寻。神清峰顶立,衣冷瀑边吟。应笑干名者,六街尘土深。"尝与人论诗曰:"五言如四十个贤人,乱着一字,屠沽辈也。觅句者若掘得玉匣,有底有盖,但精求,必得其宝。"在湖南,累为宰,卒于桂府幕。有诗行于世。《郡阁雅谈》

〔一〕"昭禹",原作"禹昭",据本书卷十三及他书校乙。

廖融字元素,隐于衡山,与逸人任鹄、王正己、凌蟾、王元皆一时名士,为诗[一]相善。湘守杨徽之代归阙,枉道出南岳,宿融山斋,留诗曰:"清和春尚在,欢醉日何长!谷鸟随柯转,庭花夺酒香。初晴岩翠滴,向晚树阴凉。别有堪吟处,相留宿草堂。"融《赠天台逸人》云:"移桧托禅子,携家上赤城。拂琴天籁寂,欹枕海涛生。雪白寒峰晚,鸟歌春谷晴。又闻求桂楫,载月十洲行。"又《题寺古桧》云:"何人见植初,老对梵王居。山鬼暗栖托,樵夫难破除。声高秋汉迥,影倒月潭虚。尽日无僧绕,清风长有馀。"《梦仙谣》云："琪木扶疏系辟邪,麻姑夜宴紫皇家。银河旌节摇波影,珠阁笙箫吸月华。翠凤引游三岛路,赤龙齐别五云车。星稀犹倚虹桥立,拟就张骞搭汉槎。"《退宫妓》云："神仙风格本难俦,曾从前皇翠辇游。红踯躅繁金殿暖,碧芙蓉笑水宫秋。宝车钿剥阴尘覆,锦帐香消画烛幽。一旦色衰归故里,月明犹梦按《梁州》。"左司谏张观过衡山,留诗曰："未向漆园为傲吏,定应明代作征君。家传奕世无金玉,乐道经年有典坟。带雨小舟横别涧,隔花幽犬吠深云。到头终为苍生起,休恋耕烟楚水濆〔二〕。"融卒,刺史何承矩葬之,进士郑铉表其墓。(《雅言杂载》)

〔一〕明钞本"诗"下有"友"字。

〔二〕"濆",原作"滨",依明钞本改。

刘相公邺,因白令公维持,方入翰苑,仍赐及第,为同列所轻。因作诗曰："曾是江波垂钓人,自怜深厌九衢尘。浮生渐老年随水,往事曾闻泪满巾。已觉远天秋色动,不堪闲夜雨声频。多惭不是相如笔,虚直金銮接侍臣。"《待漏院吟》曰:"玉堂帘外烛迟迟,明月初沉〔一〕契勘时。闲听景阳钟尽处,两莺飞上万年枝。"才调清高,终秉钧衡。卢瓌《抒情》

〔一〕"沉",原作"时",据《全唐诗》校改。

薛尚书钊,为河东从事,乞假归宁,《题候馆》曰："仆带雕弓马似飞,老莱衣上着戎衣。邮亭不暇吟山水,塞外经年皆未归。"后镇徐州,《咏柳》曰："高出军营远映桥,曾逢兵火一时烧。风流性在终难挫,暖日还生万万条。"又有雅句:"坐久仆头出,语多僧齿寒。"《南部新书》

吴门陆畅郎中尝和人《雪诗》,落句曰："天人宁底巧,剪水作花飞。"又《山斋玩月》云:"野性平生惟好月,新晴半夜睹婵娟。起来自擘书窗破,恰漏清光落枕前。"后因云安出降,百僚举畅为傧相，奉诏作《催妆诗》云："云安公主贵，出降五侯家。天母看调粉，日兄怜赐花。催铺百子帐，待障七香车。借问妆成未？东方欲晓[一]霞。"《古今诗话》

〔一〕"晓"，原作"晚"，依清钞本改。

潘浪《归钱塘》云："久客见华发，孤棹桐庐归。新月无朗照，落日有馀辉。渔浦风水急，龙山烟火微。时闻沙上雁，一一皆南飞。"人谓不减刘长卿。同前

韦承贻，咸通中策试夜潜纪长句于都堂南壁，云："褒[一]衣博带满尘埃，独上都堂纳卷回。蓬巷几时闻吉语，棘篱何日却[二]重来。三条烛尽钟初动，七转丹成鼎未开。残月渐低人扰扰，不知谁是谪仙才。"又云："白莲千朵照廊明，一片升平雅韵声。才唱第三条烛尽，南宫风月画难成。"同前

〔一〕"褒"，原作"衰"，据《唐摭言》卷十五校改。

〔二〕"却"，《摭言》作"免"，义长。

徐休雅，长沙人，因马希范夜宴迎四仪夫人，赋诗云："云路半开千里月，洞门斜掩一天春。"又作《宫词》云："内人晓起怯春寒，轻揭珠帘看牡丹。一把柳丝收不得，和风搭在玉栏干。"曾献《家宴堂十首》，时称冠绝。《郡阁雅谈》

文宗诏礼部侍郎高锴作贡举，试《霓裳羽衣曲诗》，时宗子李肱诗最佳，诗曰："开元太平时，万国贺丰岁。梨园献旧曲，玉座流新制。凤管递参差，霞衣竞摇曳。宴罢水殿空，辇馀芳草细。蓬壶事已久，仙乐功无替。讵肯听馀音，圣明知善继。"

抚州蔡牧尝作《责四皓诗》云："秦末家家思逐鹿，商山四皓独忘机。如何鬓发霜相似，更出山来定是非？"及假节交邕，道经湖口，零陵太守郑史，同年也，远以酒乐相迎。坐有琼枝者，守之所爱，夺而之去。泊《中兴颂》下，偲偲不前久之。到邕，御制

失律,伏法。湘川权厝,二子延近,终丧而逝。论者谓妄责四皓而欲买山于浯溪之间,不徒言哉!诗曰:"停桡积水中,举目孤鸿外。借问浯溪人,谁家有山卖?"《云溪友议》

举子尉迟正,梗概士也。献诗于右坐李林甫,有《暮行潼关》云:"明月飞出海,黄河流上天。"《观内人楼上踏歌》云:"芙蓉初出水,桃李忽无言。"《塞上曲》云:"夜夜月为青冢镜,年年雪作黑山花。"右坐鉴此句云:"得非才子乎?"〔《云溪友议》卷中〕

徐安正侍郎,久居中书堂,参李右丞之论。恐罪累,乃隐衡山,为东林掇菜行者。李北海邕,游岳,过寺,观其题诗处,曰:"不知徐公乃在此!"握手言曰:"朝列于公,论已息矣。"遂解布褐而释以簪裳,谓徐曰:"曾吟《岘山诗》曰:'岘山思驻马,汉水忆回舟。'又云:'暮雨船犹湿,春风帆正开。'"徐曰:"喑[一]哑之日,尝亦默诵之。"遂同载归长沙。〔《云溪友议》卷中〕

〔一〕自"马"至"喑"二十一字依明钞本、缪校本补。

贞元五年置中和节,德宗制诗,朝臣奉和,诏写本赐戴叔伦于容州,天下美之。诗云:"中和变梅柳,万汇生春光。中和纪月令,方与天地长。耽乐岂不尚,懿兹时景良。庶遂亭育恩,同致寰海康。君臣永终始,交泰符阴阳。曲沼水新碧,华池桃稍芳。胜赏信多欢,戒之在无荒。"《广卓异记》

唐黄损,龙德二年登进士第,喜作诗吟。《读史》云:"逐鹿走红尘,炎炎火德新。家肥生孝子,国霸有谋臣。帝道云龙合,民心草木春。须知烟阁上,一半老儒真。"《雅言杂载》

李洞,唐诸王孙。游西川,慕浪仙为诗,作铜像其仪,事之如神。为《终南诗》二十韵,有"残阳高照蜀,败叶远浮泾"。复曰:"砍竹烟岚冻,偷湫雨雹腥。远看丹凤阙,冷射五侯厅。"全篇皆绝唱。又《赠司空侍郎》云:"马饥餐落叶,鹤病晒残阳。"又曰:

"卷箔青溪月,敲松紫阁书。"《送僧》云:"越讲迎骑象,蕃斋忏射雕。"《赠高仆射》云:"征南破虏汉功臣,提剑归来万里身。闲傍凌烟金柱看,形容消瘦老于真。"《送人归日本》云:"岛屿分诸国,星河共一天。"但诮其僻涩而不知贵其奇[一]峭。惟吴子华深知之。子华才力浩大,八面受敌。以百篇示洞,洞曰:"大兄所示百篇中有一联绝唱。《新亭》曰:'暖漾鱼遗子,晴游鹿引麛。'"子华不怨所鄙而喜其所许。洞三榜裴公,第二榜策夜帘献曰:"公道此时如不得,昭陵恸哭一生休。"寻卒于蜀。裴公无子,人谓屈洞所致。《摭言》

〔一〕"奇"字原在"贵"字上,依缪校本乙。

周贺少从浮屠,法名清鉴,遇姚合而返初。与贾岛无可齐名。岛《哭柏岩禅师》曰:"苔覆石床新,师曾占几春?写留行道影,焚却坐禅身。塔院关松雪,房廊露隙尘。自怜双泪下,不是解空人。"贺诗曰:"林径西风急,松枝讲妙馀。冻须亡夜剃,遗偈病时书。地燥焚身后,堂空着影初。此时频下泪,曾省到吾庐。"同前

孟宾于《蟠溪怀古》云:"良哉吕尚父,深隐始归周。钓石千年在,春风一水流。松根盘藓石,花影卧沙鸥。谁更怀《韬》术?追思古渡头。"又《怀连上旧居》云:"闲思连上景难齐,树绕仙乡路绕溪。明月夜舟渔父唱,春风平野鹧鸪啼。城边寄信归云外,花下倾杯到日西。更忆海阳垂钓侣,昔年相遇草萋萋。"《雅言系述》

曹邺字业之,桂林人,为《四怨三愁五情》诗。其《怨》云:"庭花已结子,岩花犹弄色。谁令生处远,用尽春工力!"其《愁》云:"别家鬓未生,到城须似发。朝朝临水望,灞水不入越。"其《情》云:"空城野雀饥,咬咬复飞飞。忽见官仓粟,官仓无空

时。"为舍人韦悫所知。力荐于主司,乃中第。看榜日,谢主司云:"一辞桂岩猿,九泣都门月。年年孟春至,看花不如雪。"《杏园宴上呈同年》云:"贤路非在天,十年行不至。一旦公道开,青云在平地。"又云:"故衣未及换,尚有去年泪。"又云:"永持共济心,莫起胡越意。"

刘章字[一]克明,江左人,事湖南马氏。有《蒲鞋诗》云:"吴江浪浸白蒲[二]春,越女初挑一样新。才自绣窗离玉指,便随罗袜上香尘。石榴裙下从容久,玳瑁筵前整顿频。今日高楼鸳瓦上,不知抛掷是何人。"

〔一〕"字",原作"子",据《全唐诗》校改。
〔二〕"蒲",原作"莆",依清钞本、缪校本改。

黄损,连山人。作《公子行》云:"春草绿绵绵,骄骢骤暖烟。微风飘乐韵,半日醉花边。打鹊抛金弹,招人举玉鞭。田翁与蚕妇,平地看神仙。"又《出山吟》云:"来书初出白云肩,乍蹑秋风马足轻。远近留连分岳色,别离鸣咽乱泉声。休将巢许争喧杂,自共伊皋论太平。昨夜细看云色里,进贤星座甚分明。"并同前

增修诗话总龟卷之十一

雅什门下

张瀛,碧之子也,事广南刘氏,官至曹郎。尝为歌赠琴棋僧,同列见之,曰:"非其父不生其子。"诗云:"我尝听师法一说,波上莲花水中月。不垢不净是色空,无法无空亦无灭。我尝听师禅一观,浪溢鳌头蟾魄满。河沙世界尽空空,一寸寒灰冷灯畔。我又听师琴一抚,长松唤住秋山雨。弦中雅弄若铿金,指下寒泉流太古。我又听师棋一着,山顶坐沉红日脚。阿谁称是国手人,罗浮道士赌却鹤,输却药。法怀斟下红霞丹,束手不敢争头角。"《雅言系述》

翁宏字大举,桂岭人,常寓居韶贺间,不仕进,能诗。《宫词》云:"又是春残也,如何出翠帷?落花人独立,微雨燕双飞。寓目魂将断,经年梦亦非。那堪向秋夕,萧飒暮蝉辉。"《秋风曲》云:"又是秋残也,无聊意若何!客程江外远,归思夜深多。岘首飞黄叶,湘湄走白波。仍闻汉都护,今岁合休戈。"《塞上曲》云:"风高弓力大,霜重角声干。"《海中山》云:"客帆来异域,别岛落蟠桃。"《中秋月》云:"寒清万国土,冷斗[一]四维根。"《晓月》云:"漏光残井甃,缺影背山椒。"《送人下峡》云:"万木残秋里,孤舟半夜猿。"《南越行》云:"因寻买珠客,误入射猿家。"《细雨》云:"何处残春夜,和花落古宫。"《途中逢故人》云:"孤舟半夜雨,上国十年心。"开宝中,衡山处士廖融南游,宏有诗云:"病卧瘴云间,莓苔渍竹关。孤吟牛渚月,老忆洞庭山。壮志潜消尽,淳风竟未还。今朝忽相遇,执手一开颜。"宏以百篇示融,融谢宏云:"高奇一百篇,见造化工全。积思游沧海,冥搜入洞天。神珠迷罔象,瑞玉匪雕镌。休叹不得力,《离骚》千古传。"王元怀云:"独夜思君切,无人知此情。沧洲归未得,华发别来生。孤馆木初落,高空月正明。远书多隔岁,犹念没前程。"皆佳句也。

〔一〕"斗",明钞本作"辟"。

张子明,攸县人,居凤巢山。有诗名,《孤雁》一篇最佳,云:"只影翩翩过〔一〕碧湘,旁池鸳鹭下银塘。虽逢夜雨迷深浦,终向晴天着旧行。忆伴几回思片月,蜕翎多为系繁霜。江南塞北俱关念,两地归飞似故乡。"

〔一〕"过",原作"下",依缪校本改。《全唐诗》此处作"下",下句"下"作"宿"。

路洵美,唐相岩之玄孙,有《夜坐诗》云:"帘卷竹轩清,四邻无语声。漏从吟里转,月自坐来明。草木露华湿,衣裳寒气生〔一〕。难逢知鉴者,空悦此时情。"竟传于湖南。

〔一〕"生"字原空,依明钞本、缪校本补。

伍彬,邵阳人,初事马氏,王师下湖湘,授官为安邑簿,秩满归隐。《题全义分水岭》云:"前贤功及物,禹后杳难俦。不及古今色,平分南北流。寒冲山影岸,清绕荻花洲。尽是朝宗去,潺湲早晚休。"《夏日喜雨》云:"稚子出看莎径没,渔翁来报竹桥流。"《辞解牧》云:"踪迹未辞鸳鹭客,梦魂先到鹧鸪村。"泊居隐,廖融书其屋曰:"圆塘绿水平,鱼跃紫莼生。要路贫无力,深村老退耕。犊随原草远,蛙傍堑篱鸣。拨棹茶川去,初逢谷雨晴。"路振赠诗云:"考终秋鬓白,归隐旧峰前。庭树鸟频啄,山房人尚眠。寒岩落桂子,野水过茶烟。已绝劳生念,虔心向竺乾。"

王元字文元,桂林人。有《登祝融峰》诗云:"草叠到孤顶,身齐高鸟翔。势疑撞翼轸,翠欲滴潇湘。云湿幽崖滑,风梳古木香。晴空聊纵目,杳杳极穷荒。"又《听琴》云:"拂尘开素匣,有客独伤时。《郡阁雅谈》记第二句"何事独颦眉"。古调俗不乐,正声君自知。寒泉出涧涩,老桧倚风悲。纵有来听者,谁堪继子期?"《题邓真人遗址》云:"三千功满轻升去,留得山前旧隐基。但见白云长掩映,不知浮世几兴衰!松梢风触霓旌动,棕叶霜沾鹤翅垂。近代无人寻异事,野泉喷月写[一]秋池。"与廖融为诗友,赠之云:"伴行唯瘦鹤,寻寺入深云。"终于长沙。

〔一〕"写",明钞本作"泻"。

李韶,郴州人,苦吟固穷。《题司空山观》云:"梁代真人上紫微,水盘山脚五云飞。杉松老尽无消息,犹得千年一度归。"识者谓韶必无名,果如其言。王元有诗悼之云:"韶也命何奇!生前与世违。贫栖古梵刹,终着旧麻衣。雅句僧抄遍,孤坟客吊稀。故园今孰在,应见梦中归。"

陆蟾,不知何许人,居攸县司空山。《闻子规》云:"后夜入清明,游人何处听!花残斑竹庙,雨歇岘山亭。树罅月欲落,窗间酒正醒。众禽方在梦,谁念尔劳形!"

王操字正美,江左人。太平兴国上《南郊赋》,授太子洗马。奉使陇右,至石濠驿,作《黄葵诗》于壁云:"昔年南国看黄葵,云鬓金钗向后垂。今日林容篱落下,秋风寂寞两三枝。"李相国昉，自延安人觐，见诗爱之，后《赠相国》云："袖中谏草朝天去，头上宫花侍宴归。"《赠刘将军》云："三十悬钩事圣朝，功名常爱霍嫖姚。锦衣香重花垂足，玉带光寒雪绕腰。秣马暖思秦地草，弦弓秋忆雁门雕。清时闲却英雄兴，醉听笙歌掷酒瓢。"《寒食》云："马摇金勒嘶村墅，人抢花球落野田。"《夜宴》云："彩笺分卷碧云薄，蜡烛对烧红泪干。"同前

卞震，蜀人，尝吟《即事》云："雨壁长秋菌，风枝落病蝉。"又云："老筇揩瘦影，寒木凭吟身。"《春日偶题》云："诗债到春无处避，离愁因醉暂时无。"《即事》云："茶香解睡磨铛煮，山色牵怀着屐登。"并同前

郭功父方与荆公坐。有一人展刺，云诗人龙太初。功父勃然曰："相公前敢称诗人，其不识去就如此。"荆公曰："且请来相见。"既坐，功父曰："贤道能作诗，能为我赋乎？"太初曰："甚好。"功父曰："只从相公请个诗题。"时方有一老兵以沙擦[一]铜器。荆公曰："可作《沙诗》。"太初不顷刻间诵曰："茫茫黄出塞，漠漠白铺汀。鸟去风平篆，潮回日射星。"功父阁笔，太初缘此名闻东南。余后于乔希圣家见太初诗一轴，皆不及前所作。《王直方诗话》

〔一〕"擦"，原作"撩"，依明钞本改。

东坡作彭门守时，过齐州李公择，中秋席上作一绝云："暮云收尽溢清寒，银汉无声转玉盘。此生此夜不长好，明月[一]明年何处看？"其后，山谷在黔南，令以《小秦王》歌之。

〔一〕"月"，原作"日"，依明钞本改。

韩持国《酴醾》一绝云："平生为爱此香浓，仰面常迎落絮风。每到春归有遗恨，典刑犹在酒杯中。"

诗云："春阴垂野草青青，时有幽花一树明。晚泊孤舟古祠

下,满川风雨看潮生。"此苏子美诗也。《双同集》 并同前

贺方回题一绝于定林,云:"破冰泉脉漱篱根,坏衲遥疑挂树猿。蜡屐旧痕寻不见,东风先为我开门。"舒王见之,大称赏,缘此知名。

诗云:"欲挂衣冠神武门,先寻水竹渭南村。却将旧斩楼兰剑,买取黄牛教子孙。"不知何人作。

石曼卿以书名世,然愈大愈妙,尝书三佛名,最为雄俊。张文潜有诗云:"煌煌三佛名,榜铁金石钮。开张宫室上,浑质山岳厚。井水骇龙吟〔一〕,蚁封观骥骤。"余爱能道其妙处。

〔一〕"吟",明钞本作"跧"。

诗曰:"蛟室围青草,龙堆隐白沙。护江盘古木,迎棹舞神鸦。破浪南风正,收帆畏日斜。云山千万叠,何处上仙槎!"此老杜《过洞庭诗》也。李希声云:"得之于江心一小石刻。""人生烛上花,火灭巧妍尽。春风饶树头,日与化工进。只知雨露贪,不闻零落近。昔我飞骨时,惨见当涂坟。青松霭朝霞,缥缈山下村。既死明月魄,无复玻璃魂。念此一脱洒,长啸登昆仑。醉着鸾凤衣,星斗俯可扪。"又曰:"朝披梦泽云,笠钓青茫茫。寻缘〔一〕得双鲤,中有《三元章》。篆字若丹蛇,绕势如飞翔。归来问天老,奥义不可量。金刃割青紫,灵文烂煌煌。咽服十二环,奄有仙人房。暮跨紫鳞去,海气侵肌凉。龙子善变化,化作梅花妆。赠我叠叠珠,靡靡明月光。劝我穿络缕,系作裙间珰。捐〔二〕予以词去,谈笑闻馀香。"元祐八年,东坡帅定武,李方叔王仲弓别于惠济,出示南岳典宝东华李真人象,又出此二诗曰:"此李真人作也。近有人于江上遇之,得此,云即李太白也。"并同前

〔一〕"缘",原作"绿",依缪校本改。

〔二〕"挦",原作"挹",依明钞本改。

杨大年、钱文僖、晏元献、刘子仪,以文章立朝,为诗皆宗李义山,号"西昆体"。后进效之,多窃取义山语。御尝赐百官宴,优人有装为义山者,衣服败裂,告人曰:"为诸馆职挦扯至此。"闻者大噱。然大年《汉武诗》云:"力通青海求龙种,死讳文成食马肝。待诏先生齿编贝,忍令乞米向长安!"义山不能过。《古今诗话》

王贞白,唐末大播诗名,尝作《御沟诗》云:"一派御沟水,绿槐相荫青。此波涵帝泽,无处濯尘缨。鸟道来虽险,龙池到自平。朝宗心本切,愿向急流倾。"示贯休,休曰:"剩一字。"贞白扬袂而去。休曰:"此公思敏。"书一中字于掌。逡巡,贞白回曰:"此中涵帝泽。"休以掌中示之,不异所改。《青琐后集》

史青,零陵人。其先名籍秦随。幼而聪敏,博闻强记。开元初,上上表自荐:"臣闻曹子建七步成章,臣愚以为七步太多。若赐召试,五步之内,可塞明诏。"明皇试以《除夜》、《上元观灯》、《竹火笼》等诗,惟《除夜》最佳,云:"今岁今宵尽,明年明日催。寒随一夜去,春逐五更来。气色空中改,容颜暗里摧。风光人不觉,已入后园梅。"《唐宋诗》以为王湮作。明皇称赏,授左监门卫将军。(《零陵总记》)〔一〕

〔一〕"监"字起九字依明钞本、缪校本补,又钞本无附注八字。

僧乾康,零陵人。齐己在长沙,居湘西道林寺,乾康往谒之。齐己知其为人,使谓曰:"我师门仞,非诗人不游。大德来非诗人耶?请为一绝,以代门刺。"乾康诗曰:"隔岸红尘忙似火,当轩青嶂冷如冰。烹茶童子休相问,报道门前是衲僧。"齐己大喜,日与款接。及别,以诗送之。乾康有《经方干旧居诗》云:"镜湖中有月,处士后无人。荻笋抽高节,鲈鱼跃老鳞。"为齐己所称。乾德中,左补阙王伸知永州,康捧诗见,伸睹其老丑,曰:"岂有状貌如此,能为诗乎?宜试之。"时积雪方消,命为诗。康曰:"六出奇花已住开,郡城相次见楼台。时人莫把和泥看,一片飞从天上来。"伸惊曰:"其旨不浅,吾岂可以貌相人也?"待以殊礼。

贾岛诗有影略〔一〕句,韩退之喜之。《渡桑乾》诗曰:"客舍并州已十霜,归心日夜忆咸阳。如今又渡桑乾水,却望并州是故乡。"《赴长江道中》诗曰:"策杖驰山驿,逢人问梓州。长江那可到,行客替生愁。"《冷斋夜话》

〔一〕"略",原作"落",依明钞本改,《津逮》本《冷斋夜话》卷四亦作"略"。

韩子苍曰:"丁晋公海外诗云:'草解忘忧忧底事,花名含笑笑何人?'世以为工。及读东坡诗曰:'花非识面常含笑,鸟不知名时自呼。'便觉才力相去如天渊。"

余自并州还江南,过都下,蔡子因约相见相国寺,问余有诗,且曰:"觉范有《寒岩上元怀京师诗》曰:'上元独宿寒岩寺,卧看青灯映薄纱。夜久雪猿啼岳顶,梦回清月上梅花。十分春瘦缘何事,一掬归心未到家。却忆少年行乐处,软红香雾喷东华。'今能作《京师上元怀山中》,可乎?"余为之曰:"北游烂漫看并门〔一〕,重到皇州及上元。灯火风光记前事,管弦音律试新番。期人未至情如海,穿市归来月满轩。却忆寒岩曾独宿,雪窗残夜一声猿。"

〔一〕"门'原作"州",依缪校本改,明钞本作"川"。

世徒知文与可扫墨竹,不知其高才兼诸家之妙。诗尤精绝。《戏作鹭鸶六言》曰:"颈细银钩浅曲,脚高绿玉深翘。岸上水禽无数,有谁似汝风标!"并同前

苦吟门

　　李昇受禅之初,忽半夜寺僧撞钟,满城皆惊,召将斩之。对曰:"夜来偶得《月诗》。"乃曰:"徐徐东海出,渐渐上天衢。此夕一轮满,清光何处无!"喜而〔一〕释之。《江南野录》

　　〔一〕"而"字依明钞本、缪校本补。

　　潘阆自号逍遥子,作《苦吟》诗曰:"发任茎茎白,诗须字字清。"同前

　　方干为诗,练句字字有功。《寄人》云:"鹤盘远势投孤屿,蝉曳残声过别枝。"《鉴戒录》

　　唐人为诗,常积思数十年,然后各自名家。杜少陵云:"更觉良工用心苦。"岂特我哉!《古今诗话》

　　陈舍人从易,当时文方〔一〕盛之际,独以醇儒古学见称,诗类白乐天。盖自〔二〕杨刘唱和《西昆集》行,后进学者争效之。风雅一〔三〕变,谓之《昆体》。由是,唐贤诸集几〔四〕废而不行。陈公时偶得《杜集》旧本,文多脱误。至《送蔡都尉》诗云"身轻一鸟",其下脱一字,陈公与数客各用一字补之。或云疾、去、落,或云下,莫能定。后得一善本,乃是"身轻一鸟过"。陈公叹服,以为虽一字,诸君亦不能到。《欧公诗话》

　　〔一〕"方"字据明钞本补。

　　〔二〕"盖自",原作"自称",据明钞本改。

　　〔三〕"一",原作"之",依清钞本改。

　　〔四〕"几"字依明钞本补。

　　庞颖公喜为诗,虽临边典郡,文案委前,日不废三两篇,以此为适。及疾甚,余时为谏官,以十馀篇相示,手批其后曰:"欲令

吾弟知老夫疾中尚有此思耳。"字已惨淡难识，数日薨。《闲居诗话》

寇莱公延僧惠崇于池亭分题为诗。公探得《池上柳》青字韵，崇探得《池鹭》明字韵。自午至晡，崇忽点头曰："得之矣，此篇功在明字，凡五压不倒。"公曰："试口占。"曰："雨歇方塘溢，迟回不复惊。暴翎沙日暖，引步岛风清。照水千寻迥，栖烟一点明。主人池上凤，见尔忆蓬瀛。"公笑曰："吾柳之功在青字，而四压不倒，不如且已。"贯休《怀武昌故楼》云："风清江上寺，霜洗月中砧。得句先呈佛，无人知此心。"〔《湘山野录》卷中〕

贾岛初赴举，在京师。一日于驴上得句云："鸟宿池中树，僧敲月下门。"又欲推字，炼之未定，于驴上吟哦，引手作推敲之势。观者讶之。时韩退之权京兆尹，车骑方出，岛不觉行至第三节，尚为手势未已。俄为左右拥至尹前。岛具对所得诗句推字与敲字未定，神游象外，不知回避。退之立马久之，谓岛曰："敲字佳。"遂并辔而归，共论诗道，留连累日，因与岛为布衣之交。有赠岛诗曰："孟郊死葬北邙山，日月风云顿觉闲。天恐文章声断绝，故生贾岛在人间。"自此名著。后因不第，乃为僧，改号无本，居于法乾寺，与无可唱和。一日，宣宗微行至寺，闻钟楼上有吟声，遂登楼，于岛案上取诗卷览之。岛不识，乃攘臂睨之，遂于手内取诗卷曰："郎君何会此耶？"宣宗下楼而去。既而，岛知之，亟谢罪，乃赐御札除遂州长江簿，后迁普州司仓卒。故程锜以诗悼之曰："倚恃诗难继，昂藏貌不恭。骑驴冲大尹，夺卷忤宣宗。驰誉超前辈，居官下我侬。司仓旧曹署，一见一心忡。"王元赠诗曰："江城卖药常将鹤，古寺看碑不下驴。"《唐宋遗史》

僧齐己往袁州谒郑谷，献诗曰："高名喧省闼，《雅》《颂》出吾唐。叠巘供秋望，飞云到夕阳。自封修药院，别下着僧床。几话中朝事,久离鸳鹭行。"谷览之云:"请改一字,方得相见。"经数日再谒,称已改得诗,云:"别扫着僧床。"谷嘉赏,结为诗友。《郡阁雅谈》

贾岛,元和中尝跨驴张盖,横截天街。时秋风正厉,黄叶可扫。岛吟曰:"落叶满长安。"求一联不可得,不知身之所从,因冲京兆尹刘栖楚节,被系一夕,释之。又尝遇武宗于定水精舍,岛尤肆慢,武宗讶之。他日,令与一官[一],授长江尉,至普州司仓卒。(《摭言》)

〔一〕"令与一官",原作"另与一日",依明钞本改。

永叔言苦吟句云:"一句坐中得,片心天外来。"兹所谓苦吟破的之句。《青琐集》

增修诗话总龟卷之十二

警句门上

太祖尝顾近侍曰:"五代干戈之际,犹有诗人。今太平日久,岂无之也!"中官宋永图于僧寺园亭中得诗百篇以进。有丞相李文正公昉《僧阁闲望》〔一〕一联云:"水光先见月,露气早知秋。"《古今诗话》

〔一〕"僧"上原有"宰相"二字,依明钞本删。

杨朴字契元,郑州人。善为诗,少尝与毕文简公士安同学,文简荐之,太宗召见,面试《蓑衣诗》,云:"狂脱酒家春醉后,乱堆渔舍晚晴时。"除官不受,听归山,以其子从政为长水尉。朴又尝〔一〕为《七夕诗》云:"年年乞与人间巧,不道人间巧已多。"〔《温公续诗话》〕

〔一〕"又尝"二字依明钞本补。

魏野,陕人,字仲先。少时未知名,《题河上寺柱》云:"数声离岸橹,几点别州山。"时有幕僚,本江南文士,见之大惊,邀与相见,赠诗曰:"怪得名称野,元来性不群。"仍为延誉,由是,人始重之。真宗西祀,遣中使召之,野闭户逾垣而遁。〔《温公续诗话》〕

熙宁六年，有司言四月一日当蚀。上为损膳[一]彻乐避正殿，一夕微雨，不见日食，是日有皇子之庆。蔡子正为枢密，献诗云："昨夜薰风入《舜韶》，君王方避正衙朝。阳晖已得前星助，阴沴潜随夜雨销。"其叙四月一日避正殿、皇子庆诞、阴云不见日食已尽矣。当时无能过云。〔《倦游杂录》〕

〔一〕"损膳"二字原空，依明钞本补。

成都妓单氏赠陈希夷诗云："帝王师不得，日月老应难。"名士多称之。《唐宋遗史》

晏元献览李庆《富贵曲》云："轴传曲谱金书字，树记花名玉篆牌"，曰："此乃乞儿相[一]，未尝谙富贵者。"故公每言富贵，不及金玉锦绣，惟说其气象。若"楼台侧畔杨花过，帘幕中间燕子飞"；"梨花院落溶溶月，柳絮池塘淡淡风"是也。公自以此句语人曰："穷人家有此景否？"宋莒公见公佳句皆书于斋壁，如"无可奈何花落去，似曾相识燕归来"；"静寻啄木藏身处，闲看游丝到地时"；"楼台冷落收灯夜，门巷萧条扫雪天"；"已定复摇春水色，似红如白野棠花"之类。后人不可及。《青箱杂记》

〔一〕"相"，明钞本作"口中语"三字。

苏为知吴兴日，多作诗。内一篇最佳，云："野艇闲撑处，湖天景亦微。春波无限绿，白鸟自由飞。柳色浓垂岸，山光冷照衣。时携一壶酒，恋到晚凉归。"又在宣城作十首，以宣城为目，内《宣城花》一篇首出[一]，曰："宣城花叠嶂，楼前簇绮霞。若非翠露陶潜宅，即是红藏小谢家。"又在邵武有诗曰："爱重八九月，登临高下楼。林红云白处，寒濑泊渔舟。"

〔一〕"首出"，南图藏明钞本作"尤为清丽"。

丞相王文惠有《宫词》云："一声啼鸟禁门静，满院落花春日长。"《野步》云："桑斧科春色，渔歌唱夕阳。"皆佳句也。

122

楚僧惠崇工于诗。《题杨云卿郊居》云:"河分岗势断,春入烧痕青。"《长信词》云:"阴井生秋早,明河彻晓迟。"《江行晚泊》云:"岭暮清猿急,江寒白鸟稀。"《上谷相公池上作》[一]云:"归禽动疏竹,落果响寒塘。"《赠陈少府》云:"野人传相鹤,山叟[二]学弹琴。"《夜坐》云:"春浅水生井,宵分月上檐。"《赠凝上人》云:"掩门青桧老,出定白髭长。"《送逐客》云:"浪经蛟浦阔,山入鬼门寒。"《经缘公旧寺》云:"遗偈传诸国,留真在一峰。"《塞上》云:"河冰坚渡[三]马,塞雪密藏雕。"《喜长公至》云:"久别年颜改,相逢夜话长。"《隐者》云:"多年不道姓,近日旋移家。"《宿东林寺》云:"鸟归山堕雪,僧去石沉云。"《上杨内翰》云:"露寒金掌重,天近玉绳低。"《柳氏书斋》云:"著书惊日短,弹剑惜春深。"《上王太尉》云:"探骑通番垒,降兵逐汉旗。"《田家秋夕》云:"露下牛羊静,河明桑柘空。"《舟行》云:"林断城隍出,江分岛屿回。"《寄梅苏州》云:"锁城山月上,吹角海鸥惊。"《宿杨侍郎东亭》云:"卷幔来风远,移床得月多。"《送程至》云:"白浪分吴国,青山隔楚天。"《宿隐静寺》云:"空潭闻鹿饮,疏树见僧行。"《送钱供奉巡警》[四]云:"剑戟明山雪,旌旗湿海云。"《梅鼎臣河亭》云:"旷野行人少,长河去鸟平。"《宿肇公山斋》[五]云:"月高山舍迥[六],霜落石门深。"《送卢经西归》[七]云:"雪[八]多秦木迥,云尽汉山孤。"《濠梁夜泊》云:"夜阑潮动舸,天迥月临城。"《崔仰秋居》云:"叶影风中静,虫声月下多。"《赠裴使君》云:"行县山迎舸,论兵雪绕旗。"《早行》云:"繁霜衣上湿,残月马前低。"《秋夕》云:"磬断虫声出,灯回鹤影沉。"《书韩退之屋壁》云:"移家临丑石,租地得灵泉。"《秋夕怀长公》云:"秋近草虫乱,夜遥霜月低。"《观宴乡老》云:"海鸥听舜乐,山老泛尧觞。"《赠素上人》云:"午食下林鸟,夜禅移冢狐。"《夏夜》

云:"扇声犹泛暑,井气忽生秋。"《江行早发》云:"残月楚山晓,孤烟江庙春。"《翻经馆靖少卿房》云:"梵容分古像,唐语入新经。"《题太保道院》云:"鹤传沧海信,僧和白云诗。"《秋夕怀汪白》云:"寒禽栖古柳,破月入微云。"《赠白上人》:"花漏沉山月,云衣起海风。"《喜陈助教至》云:"楼中天姥月,座上杜陵人。"《冬日野望》云:"人归岗舍近,雁过渚田遥。"《送人知荣州》云:"山色临巴迥,江流入汉清。"《春深道中》云:"湘云随雁断,楚路背人遥。"《赠李道士》云:"松风吹发乱,岩溜溅棋寒。"《栖霞寺》云:"境闲僧渡水,云尽鹤盘空。"《林逋河亭》云:"古路随岗起,秋帆转浦斜。"《杨秘校池上》云:"禽寒时动竹,露重忽翻荷。"《魏仲先山亭》云:"岚重琴棋湿,风长枕簟寒。"《塞上》云:"离碛雁冲雪,渡河人上冰。"《寄白阁上人》云:"夜梵通云窦,秋香漏石丛。"《陕西道中》云:"关河双鬓白,风雪一灯青。"《送防秋杨将军》:"杀气生龙剑,威风动虎旗。"《瓜洲亭子》云:"落潮鸣下岸,飞雨暗中峰。"《贺刘舍人》云:"日躔黄道迥,春入紫微深。"《除夜》云:"寒灯催腊尽,晓角唤春归。"《幽并道中》云:"雁行沉古戍,雕影转寒沙。"《送僧归天台》云:"景霁云回合,秋风林动摇。"《过陈希夷旧居》云:"乱水僧频过,荒松鹤不还。"《宿横江馆》云:"露馆涛惊枕,空庭月伴琴。"《维邢道中》云:"马渡冰河阔,雕盘碛日高。"《报国寺秋居》云:"惊蝉移古柳,斗雀堕寒庭。"《书早上人房》云:"松风传夕磬,溪雾拥春灯。"《观南郊天仗》云:"霓旌摇晓色,凤吹绕春云。"《赠义上人》云:"坐石云生衲,添泉日入瓶。"《升平词》云:"万国无形[九]治,三边不战平。"《国清寺》云:"暝鹤栖金刹,秋僧过石桥。"《吕氏西斋》云:"雪残僧扫石,风动鹤归松。"《刘参幽居》云:"风暖鸟巢木,日高人灌园。"《杨都官池上》云:"竹风惊宿鹤,潭月戏春鱼。"《书方峤壁》云："圭窦先知晓,盆池别见天。"《送陈舍人巡抚》云："月露疏寒桥,云涛闪画旗。"《宿齐上人禅斋》云："鹤盘金刹露,龙蛰玉瓶泉。"《春日寇宣赞池上》云："暄风生木末,迟景入泉心。"《七夕》云："河来天上阔,云度月边轻。"《赠王道士》云："海人来相鹤,山狖下听琴。"《送孙荆州》[一〇]云："画鹢浮秋浪,金铙响夕云。"《江城晚望》云："丹枫映郭迥,绿屿背江深。"《题王太保山亭》云："危溜含清瑟,飞花点玉觞。"《送李秦州》云："朱旗临雪卷,画角入云吹。"《昼上人西斋》云[一一]："孤云还静境,远籁发秋声。"《李太傅山庄》云："围棋分雪石,汲井动金沙。"《宫中词》云："井含春气碧,楼转夕阴清。"《送吴袁州》云："鸟暝风沉日,天清月上旗。"《寄肇公》云："斜吹鸣金锡[一二],归云拥石床。"《塞上》云："古戍生烟直,平沙落日迟。"《赠嗣上人》云："拂石云离[一三]帚,烹茶月入铛。"《舟行》云："远屿迎樯出,寒林带岸回。"《送来上人》云："来时云拥衲,别后[一四]月随筇。"《马塘淮亭》云："路横冈烧断,风转浦帆斜。"《赠戴殿前》云："剑静龙归匣,旗开虎绕竿。"《高谭书斋》云："品画逢名客,横琴忆古贤。"《太乙山》云："云阴移汉塞,石色入晴天。"《塞上送人》[一五]云："地遥群马小,天阔一雕平。"《范溶园池》云："江花凌霰发,山溜入池深。"《猎骑》云："长风跃马路,小雪射雕天。"《高略书院》云："古木风烟尽,寒潭星斗深。"《送段工部河北漕》云："渡河风动旆,巡部雨沾车。"《题高生山阁》云："对酒淮潮起,题诗楚月新。"《经明大师房》云："门掩前朝树,心垂别郡峰。"《送李堪》云："秋声动群木,暮色起千[一六]山。"并同前

〔一〕"公"字依明钞本补。

〔二〕"叟",明钞本作"吏"。

〔三〕"渡",原作"瘦",依明钞本改。

〔四〕"巡警"二字依南图藏明钞本补。

〔五〕"山"字依明钞本补。

〔六〕"迥",原作"过",依明钞本改。

〔七〕"送"字依南图藏明钞本补。

〔八〕"雪"字南图藏明钞本作"霜",似胜。

〔九〕"形",明钞本作"刑"。

〔一〇〕"孙"字依明钞本补。

〔一一〕原重一"云"字,依明钞本删。

〔一二〕"锡",南图藏明钞本作"铎"。

〔一三〕"离",南图藏明钞本作"生",似胜。

〔一四〕"后",明钞本作"夜"。

〔一五〕"塞"字依明钞本补。

〔一六〕"千",原作"秋",依明钞本改。

欧阳文忠公守滁,见王元之《谢上表》云:"诸县丰登,绝少公事;全家饱暖,共[一]荷君恩。"因成诗曰:"诸县丰登少公事,全家饱暖荷君恩。"《摭遗》

〔一〕"共",明钞本作"尽"。

杨轩字公远,衡州人。尝有《灯诗》曰:"解照日月不照处,独明天地未明时。"同前

李煜作诗,大率都悲感愁戚,如"青鸟不传云外信,丁香空结雨中愁";"鬓从今日添新白,菊是去年依旧黄"之类。然思清句雅可爱。《翰府名谈》

陈亚大卿,士大夫徒传其谐谑之语,不知其作诗甚佳。如"浪平天影接,山尽树根回",得作者之格。

赵师民龙图,有《春日即事》诗云:"委地露花啼晓泪,拂堤烟柳弄春容。"又如:"麦天晨[一]气润,槐夏午阴清。""晓莺林外

126

千声啭,芳草阶前一尺长。"皆佳句。并同前

〔一〕"晨",原作"辰",依明钞本改。

太常博士黄孝先字子忠,为《咏怀诗》曰:"日者未知裴令贵,时人争笑祢生狂。"又作《重五》诗曰:"风檐燕引五六子,露井榴开三四花。"《春明退朝录》

孟宾于子名归唐,寓庐山学,得《瀑布》一联云:"练色有穷处,寒声无尽时。"邻房有人,亦得此联,互诵其句;助教不能理,因送江州以全篇定之,而归唐胜焉,大为时贤所知。

夏宝松,庐陵人,与刘洞唱和,为节度使陈德诚所知。德诚赠诗曰:"建水旧传刘夜坐刘洞有《夜坐诗》,螺川新有夏江城。"宝松有《江城诗》曰:"雁飞南浦钟初动,月满西楼酒半醒。"又云:"晓来羸驷依前去,雨后遥山数点青。"皆佳句。《江南野录》又《雅言系述》别有宝松《宿临江驿》全篇并刘洞《宿宝松山斋诗》,以"宝松"为"保松"。

唐仁杰,全州人,苦吟〔一〕,陈德诚出守池阳,仁杰以诗贻之云:"红旆渡江霞蘸水,青蛇出匣雪侵衣。"德诚善之,勉之入金陵。会休沐,朝达集于升元寺,召之坐,酒行,请仁杰赋《登阁诗》,立谈而成。其中有句云:"云散便宜千里望,日长斜占半城阴。"其馀亦可观。《赠嘉禾峰僧》云:"只住此山能有意,向来求佛本无心。"时论与之。并《江南野录》〔二〕

〔一〕"苦",明钞本作"善"。

〔二〕明钞本、缪校本均注《鉴戒录》,按《知不足斋丛书》本未见。

施肩吾好作诗〔一〕,著《山居百韵》,如:"荷翻紫盖摇波面,蒲莹青刀插水湄。""烟粘薜荔龙鳞软,雨压芭蕉凤尾垂。"

〔一〕"诗"上原有"诸"字,依明钞本删。

钱邓帅尝举《思贾谊》两句云:"'可怜夜半〔一〕虚前席,不问

苍生问鬼神.'后人何可及!"《谈苑》

〔一〕"夜半",原作"半夜",依清钞本乙。"邓帅",原作"邓师",径改。

潘逍遥《贫居诗》曰:"长喜诗无病,不忧家更贫。"《峡中闻猿》曰:"何须三叫绝,已恨一声多。"《哭高舍人诗》曰:"生前是客曾投卷,死后何人与撰碑?"张乖崖赠逍遥诗云:"莫嗟黑鬓从头白,终见黄河到底清。"宋白尚书赠云:"宋朝归圣主,潘阆是诗人。"《退朝录》

蜀僧希昼《游雁荡山》云:"天长来月正,木末度猿稀。"《答黄桂州》云:"束书逢岁嗣,去梦历峰危。"《送广漕》云:"春生桂岭外,人在海门西。"《送僧东归》云:"帆影先寒雁,经声隐暮潮。"《宋承旨林亭》云:"雪溜垂危石,棋灯射远林。"《赠僧》云:"漱齿冰溪远,闻蝉雪屋深。"《送人》云:"玉绳天阙近,金柝海城秋。"《赠勾学士》云:"晓天金马路,晚岁石霜心。"《寄人》云:"山日秋光短,江虹晚影低。"《送新津尉》云:"剑月啼猿苦,江沙濯锦寒。"《北宫书亭》云:"花露盈虫穴,梁尘堕燕泥。"《赠关上人》云:"寄禅关树老,乞食塞城羌。"《送僧归新安》云:"风泉旧听僧窗改,云穴曾行鸟径残。"《春山》云:"芳树侵云老,孤泉落石危。"《送人归南海》云:"落日横秋岛,寒涛兀夜船。"浙僧宝通《题相国寺》云:"下朝人带天香出,入定僧迎御杖头。"僧守恭《题佛迹峰》〔二〕云:"市发人来绝,衔花鹿去多。"僧行肇《送僧》云:"定锡樵停斧,窥人鸟立槎。"《送人之鄞江》云:"江声鳌背出,帆影斗边飞。"僧简长《送人归宁州》云:"烟垒沉寒角,霜空击怒雕。"尚能《送僧归浙右》云:"霜洲枫落尽,水馆月生寒。"《送僧归四明》云:"古寺山光重,孤〔二〕城海气围。"《送人》云:"西风随雁急,寒柳向人疏。"《送孙大谏知永兴》云:"关河虎符重,殿阁兽樽闲。"僧知仁《溪居》云:"寒声病叶落,晓色冻云开。"《送僧归天台》云:"路遥无去伴,山叠有啼猿。"《冬夕》云:"风窗灯易灭,雪屋夜偏寒。"僧休复《送道士西游》云:"日暮长安道,秋深太白峰。"僧惟凤《秋日送人》云:"去路正黄叶,别君堪白头。"《哭度禅师》云:"海客传遗偈,林僧写病容。"《谈苑》

〔一〕"题"字依明钞本补。

〔二〕"重、孤",原作"后、重",依南图藏明钞本改。

杨文公言:自雍熙初归朝,迄今三十年,所阅士大夫多矣。能诗者甚鲜。如侍读兵部宿擅其名,而徐铉、梁周翰、范宗、黄夷简皆前辈。郑文宝、薛映、王禹偁、吴淑、刘师道、李宗谔、李建中、李维、姚铉、陈尧佐悉当时侪流。后来著声者,如路振、钱熙、丁谓、钱易、梅询、李拱、苏为、朱严、陈越、王曾、李堪、陈诰[一]、吕夷简、宋绶、邵焕、晏殊[二]、江任、焦宗古。布衣有林逋、周启明,钱氏诸子有封守惟济、供奉钱昭度,郎典[三]有今南郑殿丞杨黎州,家居及高官簿觉宗人字牧之,并有佳句,可以摘举。而钱惟演、刘筠特工于诗。

〔一〕"诰",原作"诂",依明钞本、缪校本改。下同。

〔二〕"殊",原作"洙",依南图藏明钞本、缪校本改。

〔三〕"郎典",原作"即曲",依南图藏明钞本改。

杨徽之侍读《春望》云:"杳杳烟芜何处尽,摇摇风柳不胜垂。"《寒食》云:"天寒酒薄难成醉,地迥台高易断魂。"《塞上》云:"戍楼烟自直,战地雨长腥。"《僧舍》云:"偶题岩石云生笔,闲绕庭松露湿衣。"《湘中[一]舟行》云:"新霜染枫叶,皓月借芦花。"《哭江为》云:"废宅寒塘水,荒坟宿草烟。"《嘉璟川》云:"青帝已教春不老,素娥何惜月重圆!"又云:"浮花水入瞿塘峡,带雨云归越巂州。"《元夜》云:"云归万年树,月满九重城。"《宿东林》云:"开尽菊花秋色老,落迟桐叶雨声寒。"

〔一〕《渑水燕谈录》卷七作"江"。《宋诗纪事》从之。

徐铉《游木兰亭》云："兰桡破浪城阴直,玉勒穿花苑树深。"《观习水战》云："千帆日助阴山势,万里风驰下濑声。"《病中》云："向空咄咄频书字,忘世〔一〕滔滔莫问津。"《谪居》云："野日苍茫悲鹍舍,水风阴湿弊貂裘。"《陈秘监归泉州》〔二〕云："三朝恩泽冯唐老,万里江山贺监归。"《宿山寺》云："落月依楼阁,归云拥殿廊。"

〔一〕"忘世",南图藏明钞本作"避地"。

〔二〕"陈"上,南图藏明钞本上有"送"字。

梁周翰《应制》云："百花将尽牡丹拆,十雨初晴太液春。"黄夷简〔一〕《题人山居》云："宿雨一番蔬甲拆,春山几焙茗旗香。"

〔一〕"简"字依明钞本补。

郑文宝《郊居》云："百草千花路,斜风细雨天。"《重经贬所》云："过关已跃摴蒱马,误喘犹惊顾兔屏。"《洛城》云："星沉会节歌钟早,天半上阳烟树微。"《赠张灵州》："《越绝》晓残蝴蝶梦,单于秋引画龙声。"《长安送别》云："杜曲花光〔一〕浓似酒,灞陵春色老于人。"《送人归湘中》云："满帆西日催行客,一夜东风落楚梅。"《南行》云："失意惯中迁客酒,多年不见侍臣花。"《栖灵隐寺》〔二〕云："旧井霜飘仙界橘,双溪时落海边鸥。"《送人知韶州》云："碧落春风老,朱陵〔三〕古渡头。"永熙陵云："承露气清驹送日,觚棱人静鸟呼风。"《边上》云："鬓间相似雪,峰外寂寥烟。"

〔一〕"光",明钞本、缪校本作"香"。

〔二〕"灵隐",明钞本无"隐"字。

〔三〕"朱陵",南图藏明钞本作"黄陵"。

薛映《送人知鄂州》云："黄鹤晨霞旁楼起,陀头秋草绕碑荒。"

吴淑〔一〕《送朱致政》云:"洛殿夜凉初阁笔,渚宫岁晚得悬车。"

〔一〕"淑",原作"俶",依前径改。

刘师道《寄别》云:"南浦未伤春草碧,北山仍愧晓猿惊。"《与张泌》〔一〕云:"久师金马客,勍敌玉溪生。"《荷花》云:"有路期奔月,无媒与嫁春。"《残花》云:"金谷路尘埋国艳,武陵溪水泛天香。"《寄陈龙图》云:"晨瞻北斗天何远,梦断南柯日未沉。"《叹世》云:"野马飞窗日,醢鸡舞瓮天。"《春雪》云:"青帝翠华沉物外,素娥孀影吊云端。"《咏雪》云:"三千世界银成色,十二楼台玉作层。"《湘中》云:"逝波帝子魂何在,梦草王孙怨未归。"

〔一〕"泌",原作"必",依明钞本、缪校本改。

李宗谔《春郊》云:"一溪晓绿浮鹨鹅,万树春红叫杜鹃。"《赠苏承旨》云:"金銮后记人争写,玉署新碑帝自书。"

李建中《送人》云:"山程授馆闻鸿夜,水国还家欲雪天。"

李维《渚宫亭》云:"故宫芳草在,往事暮江流。"《送朱致政》〔一〕云:"清朝纳禄犹狂健,白首还家正太平。"《和人赠马太保》云:"转盼回岩电,分髯磔猬毛。"《寄洪湛》云:"谪去贾生身健否?秋来潘岳鬓斑无?"

〔一〕"送"字依明钞本、缪校本补。

姚铉《钱塘郡》云:"疏钟天竺晓,一雁海门秋。"

陈尧佐《潮州召还》云:"君恩来万里,客路出千山。"《送种放》云:"供帐开天苑,传呼度国门。"《送人越州》云:"风樯若耶路,霜橘洞庭秋。"《送朱荆南》云:"部吏百函通爵里,从兵千骑属鞬橐。"

钱熙《送人金陵拜扫》有云:"鹤归已改新城郭,牛卧重寻旧墓田。"

丁谓《和钱易》曰:"珊瑚新笔架,云母旧屏风。"《送章安南》云:"梅花过岭路,桃叶渡江船。"《送章明州》云:"泣珠泉客通关市,种玉仙翁寄版图。"《送陈荆南》:"楚子梦云铃阁密,郢人歌雪射堂开。"

钱易《昼景》云:"双蜂〔一〕上帘额,独鹊袅庭柯。"《芭蕉》云:"绿章封事缄初启,青凤求凰尾乍开。"

〔一〕"蜂",原作"峰",依缪校本改。

梅询《阴陵》云:"千里汉围合,一夜楚歌声。"

李拱《春题村舍》云:"犬眠花影地,牛牧雨声坡。"

苏为《送刘端州》云:"夜浪珠还浦,春泥象印踪。"

朱严《赠徐常侍》云:"寓直有谁同骑省,立班独自戴貂冠。"

陈越《侍宴》云:"千钟人既醉,九奏凤来仪。"《与刘惨》云:"莫哀城下酌,不废洛中吟。"《送李秦州》云:"拥路东方骑,悬腰左顾龟。"

王曾《送李驸马拜陵》云:"人畏轩台久,春归雨泽多。"

李堪《哭韩黎州》云:"桐乡留语葬,铭路在生悲。"《送周建州》云:"海月随帆落,溪花绕驿流。"《送人行》云:"雷风有约青虬起,霜露无情紫蕙枯。"《退居》云:"雨密丝桐润,潮平钓石沉。"

陈诰《闲居》云:"笼鸡对窗语,罗雀绕门飞。"

吕夷简《早春》云:"梅无驿使飘零尽,草怨王孙取次生。"《九日呈梅集仙人》〔一〕云:"人归北阙知何日,菊映东篱似去年。"《寒食》云:"人为子推初禁火,花愁青女再飞霜。"

〔一〕明钞本无"人"字,义长。

宋绶《送人知江陵》云:"奇才剑客当前队,丽赋骚人托后车。"《送人知洪州》云:"江涵帝子翚飞阁,山际真君鹤驭天。"《送周贤良》云:"楚泽伤春怨鹧鸪,长安索米愧侏儒。"

赵复《送晏集贤南归》云:"船官风破浪,关吏鼓通晨。"

晏元献《与张临川》云:"篱边菊秀先生醉,桑下雏娇稚子仁。"又云:"东阳诗骨瘦,南浦别魂销。"《送章明州》云:"骚客登山知有助,秦源鸡犬更相闻。"《送人知洪州》云:"干斗气沉龙已化,置邑人去榻犹悬。"并同前

江任《送人》云:"珠盘临路露[一],斗印入乡提。"《玉堂诗话》

〔一〕"露"字原空,依明钞本补。

焦宗古《送人游蜀》云:"芳树高低啼蜀魄,朝云浓淡极巴天。"《赠周贤良》云:"南阳客自称龙卧,东鲁人应叹凤衰。"

林逋《湖山》云:"片月通萝径,幽云在石床。"

周启明《近臣疾愈》云:"一丸童子药,五返使人车。"《送皇甫提刑》云:"鸥夷江上畬田稔,牛斗星边贯索空。"

钱惟济《太一宫醮》云:"林下焚香连宿雾,树间鸣佩起栖鸾。"《从驾西巡》云:"晓陌壶浆满,春风骑吹长。"《故主第》云:"凤箫通碧汉,星斗辩灵源。"

钱昭度《村居》云:"黄蜂衙退海潮上,白蚁战酣山雨来。"《大寒》云:"雨被北风吹作雪,水愁东海亦成冰。"《金陵》云:"西北高楼在,东南王气销。"《梅花》云:"东北风吹大庾岭,西南日映小寒天。"《雁》云:"三年别馆风吹入,万里长沙月照来。"《秋游华山》云:"人间路到三峰尽,天下秋随一叶来。"

南郑殿丞云:"青鸟几传王母信,白鹅曾换右军书。"《将至京》云:"近阙已瞻龙虎气,思乡犹望斗牛星。"

杨黎州《赦至》云:"山川百蛮国,雨露九天书。"《寄远》云:"胡越自为迢递国,参商元是别离星。"《自遣》云:"天上羲轮都

易识,人间尧历自难逢。"《哭储屯田》云:"部中车雨春无润,天上星郎[一]夜损光。"《感悟》云:"顿缨狂走鹿,吐沫倦游鳞。"《心知》云:"远别苦惊云聚散,相逢多悟月盈亏。"《自咏》云:"刚肠欺竹叶,衰鬓怯芦[二]花。"《泪》云:"一斑早寄湘川竹,万点空遗岘首碑。"《竹簟》云:"若非琥珀休为枕,不是琉璃莫作屏。"《春昼》云:"人归汉后黄金屋,燕在卢家白玉堂。"并同前

〔一〕"星郎",南图藏明钞本作"郎星"。

〔二〕"芦",明钞本作"菱",似胜。

牧之《寄人》云:"世味嫌为枳,时光怨落蕣。"《闲居》云:"歌怀饭牛起,书愤抱麟成。"《蝉》云:"二子自不食,三闾何独清!"《登楼》云:"远水净林色,微云生夕阳。"《尘》云:"已伤花榻满,休妒画屏飞。"《谈苑》

西洛古都,荒台废沼,遗迹依然,见于诗多矣。惟钱文僖公一联最为警策,云:"日上故陵烟漠漠,春归空苑水潺潺。"裴晋公绿野堂在午桥南,往时属张相齐贤家,罢相归洛,日与宾客吟宴于[一]其间。惟郑文宝工部一联为警绝,云:"水暖凫鹥行哺子,溪深桃李卧开花。"人谓不减王维、杜甫。钱诗好句尤多,而郑句不惟当时人莫及,虽其集中若[二]及此者亦少。《欧公诗话》

〔一〕"洛",原作"终","宾""吟""于"三字原无,依明钞本改补。

〔二〕"若",明钞本作"有"。

增修诗话总龟卷之十三

警句门中

　　杨文公云："钱惟演、刘筠首变诗格,学者慕之,得其格者,蔚为佳咏。二公丽语颇多,如惟演《奉使途中》云:'雪意未成云着地,秋声不断雁连天。'又云:'客亭厌见名长短,村酒那能辨圣贤!'《送僧游楚》云:'宿舍孤烟起,行衣梦雨凉。'《张弁州》云:'戈矛巡雾[一]夕,铙鼓宴萧晨。'《章衢雨诗》云:'平槛晓波吴榜渡,绕城春树越禽飞。'《章南安》云:'离人南浦多春草,越鸟栖[二]枝有早梅。'《刘潭州》云:'坐激鲜飙湘竹晓,树含凉雨越禽归。'《李太仆北使》云:'汉帜随移帐,燕鸿半[三]解鞍。'《何袁州》云:'疏钟静起军城晚,华表双高水国秋。'《陈江陵》云:'深沉蛛网通归梦,紫翠春山接去舟。'《太乙宫》云:'神庭古柏啼乌起,斋室虚帘宿雾通。'《送人》云:'思满离亭酒,魂惊客舍乌。'《高泉州》云:'东南地迥宵烽息,西北楼高晚望迷。'《章分宁》云:'小雨郊原连苦雾,夕阳楼阁照丹枫。'《东封应制》云:'羽毛襄野驾,宴喜鲁郊民。'送予知处州云:'轻飙使车远,明月直庐空。'《张仆射判河阳》云:'绿野桑麻连四水,黄堂歌吹拥千兵。'《孙永兴》云:'鱼尾故宫迷草树,龙鳞平隰自风烟。'《汉

135

武》云:'立候东溟邀鹤驾,穷兵西极待龙媒。'《公子》云:'歌番南国桃根曲,马过章台杏叶鞯。'《槿花》云:'欲作飞烟散,犹怜返照迟。'《荷花》云:'泪有鲛人见,魂须宋玉招。'《禁中鹤》云:'天渊风雨多秋思,辽海烟波失旧期。'《留题》云:'有时盘马看犹懒,尽日投壶笑未回。'又云:'春瘦已宽连理带,夜长谁有辟寒金!'《元夜》云:'九枝火树连金狄,万里霜轮上璧珰。'《马延州》云:'沃野桑麻涵细雨,严城鼓角送斜阳。'刘筠《直禁中》云:'雨势宫城阔,秋声禁树多。'《陕州从事》云:'角迥含秋气,桥长断洛尘。'《周贤良》云:'崎岖一乘传,憔悴五羊皮。'《南郑》云:'渝舞气豪传汉俗,丙鱼味美敌吴乡。'《李太仆》云:'推[四]月卿曹重,占星使者贤。'《送僧》云:'卷[五]衲城钟断,揩筇岳雨寒。'《僧惠崇》云:'醉令难同社,仙鹅肯换书。'《叶金华》云:'柔桑蔽野鸣雏雉,高柳含风变早蝉。'《刘潭州》云:'坐席久虚温树老,心旌无奈楚风长。'又云:'沙禽两两穿铃阁,江草依依接射堂。'《九陇》云:'溪笺未破冰生砚,炉酒新烧雪满天。'又《周贤良》云:'春风乱莺啭,夕雾一鸿冥。'《张岭南》云:'山月愁狌子,风涛怒鳄鱼。'《西巡》云:'龙驾昌明御,天旗太乙神。'《张婺神》云:'大野几星分婺女,清风万古感颜乌。'《章南安》云:'岭云夏变梅蒸早,越雨秋藏桂蠹多。'《西京首坐》云:'荥河带绕中天阁,空乐星悬大士居。'《题雪》云:'刘伶醉席梅花地,海客仙槎粉水天。'《利州转运》云:'鸥蹲野芋谁为尹,雪积泉盐久置官。'《章分宁》云:'鹤伴鸣琴公事晚,乌惊调角戍城秋。'《杨处州》云:'朱饰两輶巡属邑,案留双笔在中台。'《阁》云:'三壤月临承露掌,九雏乌绕守宫槐。'又云:'酒供砚滴濡毫冷,火守更筹添漏长。'《雪月》云:'已回邻面三年粉,又结寒丝几许冰。'《汾阳道中》云:'鼓音记里绳阡远,舞节鸣鸾玉步随。'《相洪州》云：'桃叶横波人共醉，剑光冲斗狱常空。'《李秦州》云：'右城独登温树密，前旌双抗岭云高。'《刘潭州》云：'洛田荒二顷，楚浪涨三篙。'《槿花》云：'吴宫何薄命，楚梦不终朝。'《宫词》云：'难消守宫血，易断舞鸾肠。'又曰：'虹跨层台晚，萤飞夏苑凉。'《夏日》云：'云容倏变千峰险，草色相沿百带长。'《新蝉》云：'翼薄乍舒宫女鬓，蜕轻全解羽人尸。'《公子》云：'行庖爨蜡雕胡熟，永埒铺金血汗骄。'《明皇》云：'梨园法部兼胡部，玉辇长亭更短亭。'《荷花》云：'湔裙无限水，障袂几多风。'《留题》云：'荷心出水终无定，萝蔓从风莫自持。'又云：'藻井风高蛛坏网，杏园春暖燕争泥。'《咏梨》云：'先时樱熟烦羊酪，远信梅酸损瓠犀。'《洞户》云：'密锁香风深处户，乱飘梨雪晓来天。'《赠希昼》云：'吟馀云散叶，坐久麈遗毛。'《夕阳》云：'塞迥横垣紫，江清照叶丹。'《圉中》[六]云：'笼禽思陇树，洞犬识秦人。'《柳絮》云：'平沙千里经春雪，广陌三条尽日风。'《高属疾》云：'风帘鸥笑厨烟绝，月树乌惊药杵喧。'《灯夕》云：'金徒抱箭当壶水，玉宇风来满砌蓂。'《禁中》云：'万年宫省树，五色帝家禽。'"

〔一〕原本"州"下有"诗"字，依明钞本删，"巡雾"，明钞本作"延露"。"弁"疑为"并"。

〔二〕"栖"，南图藏明钞本作"西"，似胜。

〔三〕"半"疑当为"伴"。

〔四〕"推"，原作"惟"，依明钞本改。

〔五〕"卷"，南图藏明钞本作"补"。

〔六〕"圉"，明钞本作"关"，似胜。

晚唐诗句尚切对，然气韵甚卑。郑綮《山居》云："童子病归去，鹿麑寒入来。"自谓铢两轻重不差。有人作《梅花》云："强半瘦因前夜雪,数枝愁向晓〔一〕来天。"对属虽偏,亦有佳处。

〔一〕"晓",明钞本作"晚"。

李廷老家有李揆《与饶州刺史封渐仲容叔霁联句》。揆笔力遒劲,诗亦大佳,略云:"光践蓬瀛阁,卧疴淮海滨。偶逢鄱阳守,宛是鄱阳人。"又云:"共仰新侯伯,同瞻旧宰臣。"又云:"乡路辕思北,客〔一〕林巷喜南。"

〔一〕"客",明钞本、缪校本作"家"。

王爽字季明。王孝伯问曰:"古诗中何句为最佳?"爽未对。孝伯曰:"'所遇无故物,安得不速老。'此为佳。"

杨巨济诗曰:"炉烟添柳重,宫漏出花迟。"当以下句为试举人诗题。济本作源。

晏元献称国初待诏云:"醉轻浮世事,老重故乡人。"张安道亦称:"红尘三尺险,中有是非波。"

晏临淄宴集诗最多,有一联云:"春风任花落,流水放杯行。"

惠崇《游长安》云:"人游曲江少,草入未央深。"不减"马放降来地,雕盘战后云"。

景祐三年,后苑生双竹,宣宰相从臣赋诗。知制诰李绚有诗云:"日回龙并影,风过凤联声。"众嗟赏之。前并《诗史》

尝和杜祁公《致仕诗》云:"收得桑榆归物外,种成桃李满人间。"亦佳。《云斋广录》

李元膺《游春诗》云:"夹道桃花三月暮,马蹄无处避残红。"其标致如此。

陈台杜默预东平郡宴。太守请赋《海棠诗》,默云:"倚风莫怨唐工部,后裔宁知不解诗。"坐客叹服。《诗史》

臧谋《梅花诗》云:"绿杨解语应相笑,漏泄春光却是谁?"人皆诵之。

淇川人杨万毕,字通一,作《闻梧桐夜雨》诗云:"千[一]里暮云山已黑,一灯孤馆酒初醒。"索寞之意尽于此。

〔一〕"千",明钞本作"十"。

华州华阴县宰许弋,于县廨辟一轩,名曰"增明",取韩文公"遥岑出寸碧,远目增双明"之意。羽客姚太虚谒许公,因书云:"遥岑寸碧尚增明,何况云峰三十六!"

杨茂卿诗云:"河势昆仑远,山形菡萏秋。"诚佳。

钱昭度《灯诗》云:"绣帙梦惊中酒处,朱门人语上朝时。"未若"船中闻雁洞庭夜,床下有蛩长信秋",意格清远。

昭度又有《闻角诗》云:"风欲抛高雨压沉,黄昏前后五更深。"议者云,此亦句之优者。

王文穆罢相帅,朝士皆有诗,陈从易诗最佳,云:"千重浪里平安过,百尺竿头稳下来。"

景祐末,昊叛,夏郑公守长安,梅圣俞[一]送诗云:"亚夫金鼓从天落,韩信旌旗背水陈。"郑公独刻此诗于石。

〔一〕按卷四十三作"梅昌言",是。

范景仁喜为诗,年六十三致仕。一朝思乡里,遂轻行入蜀。故人李才元知梓州,枉道过之。归至成都,日与乡人乐饮,散财于亲旧之贫者。遂游峨嵋青城,下巫峡,出荆门,岁暮乃还京师。在道作诗二百五篇,有云:"不学乡人夸驷马,未饶吾祖泛扁舟。"此二[一]事,他人所不能用也。

〔一〕"二"上原有"一"字,依明钞本删。

范希文于江上见一渔父,意其有德隐者也。问姓名,不对。但留一绝云:"十年江上无人问,两手今朝一度叉。"并同前

闽岭孟贯,为性疏野,不以名宦为意,喜篇章。大谏杨徽之

称之,如《寄张山人草堂》云:"扫叶林风后,拾薪山雨前。"

韩襄客者,汉南女子,为歌诗,知名襄汉间。孟浩然赠诗曰:"只为阳台梦里狂,降来教作神仙客。"襄客《闺怨诗》曰:"连理枝前同设誓,丁香树下共论心。"先公熙宁中迓房使成尧锡,见遗衣服,刺此联于裹肚上,其下复刺丁香、连理、男女设誓之状。房人重此句为佳制。《诗史》

开元中,将军宋清有神剑,后为瓜州牧李广琛所得。哥舒翰求之,广琛不与,赠诗曰:"刻舟寻已化,弹铗未忘酬。"《南部新书》

庐阜人陈沆[一],立性僻野,不接俗士,黄损熊皎虚中师事之。《寒食后》云:"罢却儿女戏,放他花木生。"《闲居》云:"扫地雪粘帚,耕山鸟怕牛。"《题水》云:"点入旱云千国仰,力浮尘世一毫轻。"齐己赠沆云:"四海方磨剑,深山自读书。"并《雅言杂载》[二]

〔一〕"沆",原作"沉",依明钞本、缪校本改,下同。

〔二〕"并"字难解,疑前"闽岭孟贯"条在此条前。

张观,性沉静,未尝草书,《自咏》曰:"保心如止水,为行见真书。"以为着题。《桂苑杂录》

太上隐者,人莫知其本末。好事者从问其姓名,不答,留诗一绝云:"偶来松树下,高枕石头眠。山中无历日,寒尽不知年。"《古今诗话》

宋之问贬黜放还,至江南,游灵隐寺,夜月极明,长廊行吟曰:"鹫岭郁岧峣,龙宫锁寂寥。"未得下联。有老僧烛灯坐禅,问曰:"少年不寐而吟讽甚苦,何耶?"之问曰:"欲题此寺,而思不属。"僧曰:"试吟上联。"之问诵之,曰:"何不道'楼观沧海日,门对浙江潮'?"之问终篇曰:"桂子月中落,天香云外飘。扪萝登塔远,刌木取泉遥。云薄霜初下,冰轻叶未凋。待入天台路,看余渡石桥。"僧一联乃篇中警策也。迟明访之,已不见。寺僧曰:"此骆宾王也。"

张俞,成都人,蜀以贤良称之,有诗行于世。《题武侯庙》云:"高光如有嗣,吴魏岂胜诛!"又《题御爱山》云:"可胜亡国恨,犹有爱山心!"《题洞庭湖》云:"万顷碧波看不尽,一拳孤岫望中明。"皆佳。

刘梦得有《独吟》[一]曰:"巴人泪逐猿声落,蜀客舟从鸟道回。"

〔一〕"独",原作"蜀",依明钞本、缪校本改。

姚合《道旁亭子》诗云:"南陌游人回首去,东林道者杖藜归。"不言亭,亦佳。

王摩诘酷好画山水,其画山耸谷邃,云浮水飞,意出尘外。尝自题云:"宿世谬词客,前身应画师。"李璟定为妙品上上。同前

李益诗名早著,征人早行篇,好事者画为图障。如"回乐峰前沙似雪,受降城下月如霜",天下歌之。

胡擢诗善状花木鸟兽,飘然有物外意。尝谓人曰:"吾思苦于三峡闻猿。"吟曰:"瓮中每酝逍遥乐[一],笔下闲偷造化工。"

〔一〕"乐",明钞本作"药"。

唐南蛮侵轶西川,僖宗幸蜀,虑为患,以女下降。蛮喜其姻联大国,遣宰相赵隆眉杨奇鲲段义宗来朝行在。高骈自淮海飞章云:"南蛮心膂,唯此数人,请留而鸩之。"迄僖宗还京无虞,用骈计也。杨赵辈各有词藻,《途中》云:"风里浪花吹更白,雨中山色洗还青。海鸥聚处窗前见,林狖啼时枕上听。"

自唐以来,试进士诗号省题,时有佳句。如梓州进士杨谞,

天圣八年省试《蒲车诗》，云："草未惊皇辙，山能护帝舆。"是岁下第。景祐元年省试《宣室受厘诗》云："愿前人主席，一问洛阳人。"是岁及第。未几卒[一]。庆历二年，韩钦试《勋门赐戟诗》云："凝锋画翻转，交镞采文繁。"范景仁曾见真本云："迎锋画翻转，映日采文繁。"姑两存之。苏州进士王偃试《迩英延讲艺诗》，云："白虎前芳掩，金华旧事轻。天心非不悟，垂意在苍生。"有古讽谏意，是年奏名甚高，御前下第。二十年始第，寻卒。滕元发皇祐五年御试《吹律听军声诗》，云："万国休兵外，群生奏凯中。"又作《西旅来王诗》云："寒日边声断，春风塞草长。传闻汉都护，归奉万年觞。"极为场屋所称。杨谔有《题骊山》云："行人问宫殿，耕者得珠玑。"

〔一〕"卒"字依明钞本补。

孟蜀王时，花蕊夫人能诗而世不传。王平甫于馆中得七言三十馀篇，大约似王建。诗云："厨船进食簇时新，列座无非侍从臣。日午殿头宣索脍，隔花催唤打鱼人。"又："月头分给买花钱，满殿宫娥尽十千。遇着唱名多不语，含羞急过御床前。"并同前

杨文公在馆阁时，占城进狮子，例进诗。文公云："渡海鲸波息，登山豹雾清[一]。"《杂说》

〔一〕"清"，明钞本作"消"。

章献太后挽辞数百首，唯石曼卿一联首出，曰："《震》出《坤》柔变，《乾》成太极虚。"太后称制日久，仁宗端拱，至是始亲万机。曼卿诗切合时宜，又不卑长乐也。《古今诗话》

嘉祐中，刘讽都官，简州人，方年六十三，致仕。夫妇徙居赖山。谢景山有诗送云："移家尚恐青山浅，隐几唯知白日长。"朱公绰诗云："谏草焚来应见史，橐金散尽只留书。"〔《温公续诗话》〕

潘天锡员外与沈郎中,宅相邻,同游古观分题。天锡云:"风便磬声远,日斜楼影长。"沈彬云:"松欹晚影离坛草,钟撼秋声入殿风。"《郡阁雅谈》

唐宣宗《重阳赐群臣宴诗》曰:"款塞旋征骑,和戎委庙贤。倾心方倚注,协力共安边。"魏谟《应制》云:"四方无事去,神豫杪秋来。八水〔一〕寒光动,千山霁色开。"宣宗嘉之。《南部新书》

〔一〕"水",原作"月",依明钞本改。

魏野《啄木》云:"千林啄〔一〕如尽,一腹馁何妨!"有诗人规戒之风。《闲居》云:"妻喜栽花活,童夸斗草赢。"得野人趣,非急务故也。又云:"烧叶炉中无宿火,读书窗下有残灯。"有嫌"烧叶"贫寒太甚,改"叶"为"药",不惟坏此一句,并下句亦减气味,所谓求益反损也。《赠司马君实》云:"文虽如古道,貌不似贫家。"〔二〕公监安丰酒税,赴官,有《行色》诗云:"冷于陂水淡于秋,远陌初穷见渡头。犹赖丹青不能画,画成应遣一生愁。"非状难写之景乎?〔《温公诗话》〕

〔一〕"啄",明钞本作"蠹"。

〔二〕明钞本作"文虽如貌古,道不似家贫",按《续诗话》云:"仲先赠先公诗……先公监安丰……"此处误司马池为司马光。

寇莱公,年十九进士及第,知东巴县,诗云:"野水无人渡,孤舟尽日横。"又为《江南春》诗云:"波渺渺,柳依依,孤村芳草远,斜日杏花飞。江南春尽离肠断,蘋满汀洲人未归。"脍炙人口。《古今诗话》

李长吉歌云"天若有情天亦老",以为奇怪无对。石曼卿云:"月如无恨月长圆。"〔《温公续诗话》〕

九华山人熊皎能诗,《早行》云:"山前犹见月,陌上未逢人。"《山居》云:"果熟秋先落,禽寒夜未栖。"《闲居》云:"深逢

野草皆为药,静见樵人恐是仙。"又云:"厌听啼鸟梦醒后,慵扫落花春尽时。"《雅言杂载》

李范,关中人,善章句。为《道旁木》云:"虽当南北路,不碍往来人。"《经王山人旧居》云:"鹤归秋汉远,人去草堂空。"《秋日江干远望》云:"清猿啼远木,白鸟下前滩。"《暮秋怀故人》云:"天涯故友无来信,窗外拒霜空落花。"《江寺闲书》云:"钓叟无机沙鸟睡,禅师入定白牛闲。"同前

丁晋公在朱崖,有诗数十篇,号《知命集》,有曰:"草解忘忧忧底事,花名含笑笑何人?"《古今诗话》

陆子履《言怀》云:"薄有田园归去好,苦无官况莫来休。"士君子莫不赏味其意。《青琐集》

湘南诗僧文喜为《失鹤诗》,云:"一向乱云寻不得,几番临水待归来。"上潭州刘相,大称许。

河外僧清晤《春日即事》云:"宿鸟归花影,潮鱼没浪痕。"《郊外晚菊》云:"叠浪支层汉,残阳补断霞。"上贾侍中,遂褒称之。〔一〕

〔一〕"之"字据明钞本补。

范摅有子,七岁能诗。《夏景》云:"闲云生不雨,病叶落非秋。"方干曰:"必不享寿。"未十岁而终。

刘昭禹,字休明,婺州人。为诗刻苦,不惧风雨。有云:"句向夜深得,心从天外归。"言不虚耳。并同前〔一〕

〔一〕按此条亦见卷十,作《郡阁雅谈》,较此为详。自"丁晋公"至此明钞本均入下卷。

廖凝字熙绩,十岁《咏棋》诗云:"满汀鸥不散,一局黑全输。"识者见之曰:"必垂名于后。"《郡阁雅谈》

裴说裴谐俱有诗名。说官至补阙,谐终于桂岭假官宰。同

作《湘江吟》,说诗云:"吟馀潮入浦,坐久烧移山。"谐诗云:"风回山火断,潮落岸冰高。"《经杜甫坟》,说云:"拟掘孤坟破,重教大雅生。"谐曰:"名终埋不得,骨且朽何妨!"景同而语意俱别。

吕文穆公未第时,尝游一县,忘其县名。胡大监旦方随其父宰是邑,遇吕甚薄。客有誉曰:"工于诗,宜少加礼。"胡问其警句,客举一篇,卒章云:"挑尽寒灯梦不成。"胡笑曰:"乃一渴睡汉耳。"吕恨而去。明年,首中甲科,因人寄语胡曰:"渴睡汉状元及第。"胡答曰:"待我明年第二人及第,输君一筹。"既而次榜亦中首选。《欧公诗话》

许致殿丞及第后,忽心恙,为诗乱题房壁,云:"有漏难求佛,无机好学禅。"又《江上对月》云:"江使不来秋练净,月娥长在夜珠寒。"(《贡父诗话》)

增修诗话总龟卷之十四

警句门下

　　石曼卿以诗酒豪爽得名。尝独行京师,倏有豪士揖曼卿语,已而曰:"公幸过我家。"曼卿语诺。豪士顾从骑载曼卿同行,入委巷,前抵大第,三四门乃至内堂。庭户宏丽,施设锦绣,侍女珠翠,延饮,求曼卿书字。曼卿醉后书其诗《筹笔驿》等数篇,豪士甚珍爱之,赠曼卿金帛可值数十百千,使从骑送归。初不知其谁何。后日寻访[一],迷不省所居闾里,人不能知。他日,复遇之途,又以金数十两赠曼卿云:"《筹笔驿》诗'意中流水远,愁外旧山青'最佳。"〔《中山诗话》〕

　　〔一〕"访"字依南图藏明钞本补。

　　欧阳詹,乾德中献《野史》,授黄岗宰,有诗行于世。《闻猿》云:"啼猿非有恨,行客自多悲。"《闻笛》云:"不知吹者意,何似听人心!"《卧屏》云:"横琴遮远洞,举手出高峰。"《公宇芦》云:"渔家分[一]得两三茎,公退徐吟思倍清。官满不将归旧隐,萧萧留与后人听。"《雅言杂载》

　　〔一〕"分",原作"合",依南图藏明钞本改。

　　缪岛云少从浮屠,诗尚奇险,如"抛芥子降颠狒狒,折杨枝

洒醉猩猩",复出前辈。《摭言》

湖南日试万言王璘,与李群玉校书相遇于岳麓寺。群玉揖之曰:"公何许人,日试万言?"璘曰:"然。"[一]群玉曰:"与公联句,可乎?"璘曰:"惟子之命。"群玉破题授之曰:"芍药花开菩萨面。"璘继之曰:"棕榈叶散夜叉头。"《摭言》

〔一〕三字原作墨钉,依明钞本、缪校本补。

东坡云:"儿子迈幼尝作《林檎》诗云:'熟果无风时自脱,半窗迎日斗先红。'于等辈中亦号有思致者。今已老,无他技,但时出新句。作酸枣尉,有诗云:'叶随流水归何处?牛载寒鸦过别村。'"《百斛明珠》

眉山矮道士李伯祥好为诗,格亦不能高,往往有奇语。如"夜过修竹[一]寺,醉打老僧门",皆可爱。予幼时,学于道士张易简观中,伯祥与易简往来,尝叹曰:"此郎君,贵人也。"不知何以知之。同前

〔一〕"竹",原作"行",依缪校本改。

狄焕《南岳石楼晓望》云:"数点当秋霁,不知何处峰。"《题岳路松》云:"一嶂雨声归洞壑,两条翠色下潇湘。"《雅言系述》

曾弼,长沙人,依逸人王元为诗友。《宿玉泉寺》云:"山偷半庭月,池印一天星。"《君山》云:"翠压鱼龙窟,寒堆波浪心。"

蒋钧字不器,营道人,与刘洞、陈甫为诗友。寄柳宣云:"因借梦书过竹寺,学耕秋粟绕茅原。"戎昱诗有"一夜不眠孤客耳,主人门外有芭蕉",钧代答云:"芭蕉叶上无愁雨,自是多情听断肠。"

史虚白,嵩洛人。廖凝寄之诗曰:"饭僧春岭蕨,醒酒雪潭鱼。"终于溆浦。

林楚才,贺州富川人。《赠致仕黄损》诗云:"身闲不恨辞官

147

早,诗好常甘得句迟。"

陈甫字惟吉,吉水人。《赠黄岩》云:"清时不作登龙客,绿鬓闲梳傍草堂。"《漳江感怀》云:"一雨洗残暑,万家生早凉。"《村居》云:"暮鸟归巢急,寒牛下陇迟。"《诗》云:"算吟千百首,方得两三联。"

高元矩,宣城人。《赠宣城宰》云:"砚贮寒泉碧,庭堆败叶红。"《赠徐学士》云:"鸾掠琴弦穿静院,吏收诗草下闲庭。"

杨凫字凫之,闽人。《山中即事》云:"背日流泉生冻早,逆风归鸟入巢迟。"

李平,关右人,《读武帝内传》云:"龙髯已断嫔嫱老,豹尾不来歧路长。"《闲书》云:"至人无梦梦不到,天道恶盈盈有馀。"

曹嵩,衡阳人,《题衡山寻仙观》云:"千年松引东陵鹤,三级芝田草木香。"《赠陈先生》云:"读《太玄经》秋醮罢,注《参同契》夜灯微。"《经罗大夫故居》云:"鹿眠荒圃寒芜白,鸦噪残阳败叶飞。"

秘馆以上巳日会西池,王仲至有二诗,张文潜和之最工,云:"翠浪有声黄帽动,春风无力彩旗垂。"秦少游云:"帘幕千家锦绣垂。"仲至笑曰:"此语又待入《小石调》也。"少游有"已〔一〕烦逸少书陈迹,更属相如赋《上林》"之句,诸人亦为难及。〔《王直方诗话》〕

〔一〕"已"字依南图藏明钞本补。

山谷曰:"余作两句云:'清鉴风流归贺八,飞扬跋扈付朱三。'未知可赠谁,不能成章。"《王直方诗话》

有以长韵诗上王仲至,其一联云:"狗监传新赋,鸡林购近诗。"属对颇工,而终篇无若此者,言辞鄙陋,几可绝倒。岂所谓寸有所长耶?

舒王和人歌曲,有暖字韵一篇,余清老[一]云:"更有一篇,只记一句云'夕阳到处花偏暖'。"及尝代一小儿赋《花糕诗》一绝。恨不得见。

〔一〕"余"当为"俞"。

荆公在金陵,尝指壁上所题两句云:"一水㢲一云护田将绿绕,两山排闼送青来。"

张埙字叔和,谓余曰:"埙一日到洛中谒潞公,方饭后,坐于一亭,亭边皆兰。既见,不交一谈。对坐几时,公方曰:'香来也。'叔和以为平生所未闻。潞公云:'凡香嗅之则不佳,须待其因风自至。'"余始悟山谷诗云:"披拂不盈怀,时有暗香度。"

韩持国有云:"青烟人几家,绿野山四合。"当时无不传诵。

东坡云:"参寥善绝句,有云:'隔林仿佛闻机杼,知有人家在翠微。'每为人诵。后来黄州,相聚半年。京师故人以书相遗曰:'知有僧在彼,非"隔林仿佛闻机杼"和尚耶?'仆谓参寥曰:'此吾师七字师号也。'"

梅圣俞在礼部考校时,和欧阳文忠公《春雪》诗云:"有梦皆蝴蝶,逢袍只纻麻。"用事如此乃可贵。

余爱张文潜《过宋都》诗云:"白头青鬓有[一]存没,落日断霞无古今。"不减老杜。

〔一〕"有",明钞本作"隔"。

山谷有光山道中雪诗云:"山衔斗柄三星没,雪共月明千里寒。"都尉王晋卿足成《鹧鸪天》云:"才子阴风度远关,清愁曾向画图看。山衔斗柄三星没,雪共月明千里寒。新路陌,旧江干。崎岖谁叹客程难。临风更听昭华笛,簌簌梅花满地残。"

舒王《与吴彦律》云:"含风鸭绿鳞鳞起,弄日鹅黄袅袅垂。"自云:"此几凌轹造物。"

张文潜谓余曰:"黄九云:'桃李春风一杯酒,江湖夜雨十年灯。'真奇语。"并同前

诗云:"千山送客东西路,一树照人南北枝。"王康功推官作。〔《王直方诗话》〕[一]

〔一〕《苕溪渔隐丛话前集》卷五一引此与"张文潜《过宋都》"共为一条。

牛丞相奇章公初为诗,矜奇特语,至有"地瘦草丛短"句。明年秋卷成呈之曰:"有求色必靦,凭酒意乃伸。"益加能矣。明年乃上第。因曰:"杨茂卿云:'河势昆仑远,山形菡萏秋。'此过华阴山下作。初用'莲峰',作'菡萏'的当而暗尽矣。"刘禹锡《佳话录》

蜀王建时,杨义方能文词,为《春日诗》云:"海边红日半离水,天外暖风轻到花。"《赠王枢密》云:"两声鞭自禁门出,一簇人从天上来。"《异闻录》

唐求、刘郇伯有诗名。唐求《临池洗砚》诗云:"恰似有龙深处卧,被人惊起黑云生。"又:"渐寒沙上路,欲暝水边村。"《早行》云:"沙上鸟犹睡,渡头人已行。"诗思不出二百里间。刘郇伯为范郑郎中诗友,范得句云"岁尽天涯雨",久而难对,以问于刘郇伯,曰:"何不道[一]'人生分外愁'。"范赏之。然老于新津之东渡,非隐非吏。二子亦可凌厉名场,而死丘樊,所谓蜀人无志怀土,正此也。《北梦琐言》

〔一〕"以问于"、"何不道"六字依明钞本补。

余问山谷:"今之诗人谁为冠?"曰:"陈无己。""其佳句可得闻乎?"曰:"吾见其作《温公挽辞》一联,便知其才不可敌。曰:'政虽随日化,身已要人扶。'"〔《冷斋夜话》〕

盛次仲、孔平仲同在馆中,雪夜论诗,平仲曰:"当作不经人

道语。"曰："斜拖阙角龙千尺，淡抹[一]墙腰月半棱。"次仲曰："甚佳，其未大。"乃曰："看来天地不知夜，飞入园林总是春。"平仲乃服。[二]〔《冷斋夜话》〕

〔一〕"抹"，原作"秣"，依清钞本缪校本改。
〔二〕此处原注"并同前"三字，依明钞本删。

舒王尝《寄蒋山元禅师》诗曰："不与物违真道广，每随缘起自禅深。"《冷斋夜话》

唱和门

熙宁间，初作东西府，望气者云有天子气。及府成，车驾果幸，张掞以诗庆二府诸公。荆公和云："曾留上主经过迹，更费高人赋咏才。"《倦游录》

唐路德延有《孩儿诗》五十韵，传于世。侍郎张公师锡次韵成《老儿诗》，曰："鬓发尽皤然，眉分白雪鲜。周回延客话，伛偻抱孙怜。无病常供粥，非寒亦衣绵。假温衾拥背，借力杖搘肩。貌比三峰老，年过四皓仙。唤方离枕上，扶始到门前。每爱烹山茗，尝嫌打石莲。耳聋如塞纩，眼暗似笼烟。宴坐羸扶几，乘骑困箠鞭。头摇如转旋，唇动若抽牵。骨冷愁离火，牙疼怯漱泉。形骸将就木，囊橐尚贪钱。胶睫干眵缀，粘髭冷涕悬。披裘腰懒系，濯手袖慵揎。抬举衣频换，扶持药屡煎。坐多茵易破，行少履难穿。喜婢裁裙布，嗔妻买粉钿。房教深下幕，床遣厚铺毡。琴听怜三乐，图张笑七贤。看经嫌字小，敲磬喜声圆。食罢羹流袂，杯馀酒带涎。乐来须遣罢，医到久相延。裹帽纵横[一]掠，梳头取次缠。长吁思往事，多感听哀弦。气注腰还重，风牵口更偏。墓松先遣种，志石预令镌。客到唯求药，僧来忽问禅。养茶悬土灶,曝艾晒檐椽。怒仆空睁眼,嗔童谩握拳。心惊嫌蹋蹴,脚软怕秋千。局缩同寒狄,摧颓似饿鸢。观瞻多目眩,举动即头旋。女嫁求红烛,男婚乞彩笺。已闻颁几杖,宁更佩韦弦!宾客身非与,儿孙事已传。养和屏作伴,如意佛相连。久弃登山履,惟存负郭田。呻吟朝不乐,展转夜无眠。呼稚临床伴,看书就枕边。冷怀疑贮水,虚耳讶闻蝉。束帛非无分,安车信有缘。伏生甘坐末,绛老让行先。拘急将风夜,昏沉欲雨天。鸡皮尘旋溃,儿齿食频填。每忆居郎省,常思钓渭川。喜逢迎佛会,羞赴赏花筵。径远令移槛,阶危索减砖。好生焚鸟网,恶杀拆〔二〕鱼船。既感桑榆日,常嗟蒲柳年。长思当弱冠,悔不剩狂颠。"《青箱杂记》

〔一〕"横",原作"模",依明钞本改。

〔二〕"拆",原作"杵",依明钞本、缪校本改。

牛僧孺将赴举时,投贽于刘梦得,对客展读,飞笔涂窜其文。居三十年,梦得守汝,牛出镇汉南,枉道汝水,驻旌信宿。酒酣,赠诗于梦得曰:"粉署为郎二十春,向来名辈更无人。休论世上升沉事,且斗尊前见在身。珠玉会应成咳唾,山川犹觉露精神。莫嫌恃酒轻言语,曾把文章谒后尘。"梦得方悟往年改文卷之事,和答云:"昔年曾忝汉朝臣,晚岁空馀老病身。初见相如成赋日,后为丞相倚门人。追思往事咨嗟久,幸喜清风语笑频。犹有当时旧冠剑,待公三日拂埃尘。"《古今诗话》

长庆二年,王起自中书舍人知举,放进士周墀及第。后同在翰林。会昌三年,起自仆射再发榜,时周墀任华州,因寄诗贺,叙同在翰林曰:"文场三化鲁诸生,二十馀年振重名。曾忝木鸡夸羽翼,又陪金马入蓬瀛。虽欣月桂居先折,更羡春兰最后荣。欲到龙门看风水,关防不许暂离营。"答曰:"贡院离来二十霜,谁知更忝主文场。杨叶纵能穿旧的,桂枝何必爱新香。九重每忆同仙禁,六艺初吟得夜光。莫道相知不相见,莲峰之下有龚黄。"人以为绝唱。《广卓异记》

韦中宪蟾廉问鄂州,春日除替[一],祖筵上题《文选》两句云:"悲莫悲兮生别离,登山临水送将归。"以毫笺授宾从,请续其句,坐中怅望,皆不属。有酒妓泫然曰:"某不知[二],欲口占两句。"乃曰:"武昌无限新栽[三]柳,不见杨花扑面飞。"坐客嘉叹。韦有《赠聋僧》诗云:"吁岭东西烟霭合,两间茅屋一溪云。"师云:"耳重谁解知师意,人是人非不欲闻。"《雅言杂载》

〔一〕"替"字原空,依明钞本补。

〔二〕"知"下疑脱"书"字。

〔三〕"栽",原作"开",依缪校本改。

曹相确镇浙西日,会湖中,郡判官王枢举进士严恽诗曰:"春光冉冉归何处,更向花前把一杯。尽日问花花不语,为谁零落为谁开?"王仰其才调,和曰:"花落花开人世梦,衰荣闲事且持杯。春风底事轻摇落,何似从来不要开。"同前

龚颖自负文学,少许可,又谈论多所折难。知鼎州,士罕造其门;独丁晋公赍文求见,颖倒屣迎迓,酬对终日,至于忘食,曰:"自唐韩柳后,今得子矣。"翌日,丁献诗于颖,颖次韵和酬曰:"胆怯何由戴铁冠,只缘昭代奖孤寒。曲肱未遂违前志,直指无闻是旷官。三谏每传朝客说,五溪闲凭郡楼看。祝公早得文场隽,况值天阶正舞干?"《青琐杂记》

江西韦丹大夫与僧灵彻为忘形之契。寄彻诗云:"王事纷纷无暇日,浮生冉冉只如云。已为平子归休计,五老峰前必共论。"彻酬曰:"年老身闲无外事,麻衣草坐只容身。相逢尽道休官去,林下何曾见一人?"《云溪友议》

白中令镇荆南,杜蕴常侍问[一]长沙。诸从事卢发致聘焉。发酒酣傲睨,公少不怿,因改著词令曰:"十姓胡中第六胡,也曾金阙掌洪炉。少年从事夸门地,莫向尊前喜气粗。"卢答曰:"十姓胡中第六胡,文章官职胜崔卢。暂来关外分忧寄,不称宾筵语气粗。"公极欢。《摭言》

(一)"问"上《摭言》卷十三有"廉"字,胜。

梅圣俞客欧阳晦夫,使工画茅庵,己居其中,一琴横床而已。曹子方作诗四韵,仆和云:"寂寞王子猷,回船剡溪路。超遥戴安道,月夕谁与度!倒披王恭氅,半掩袁安户。应调折弦琴,自和捻须句。"《百斛明珠》

东坡云:"余在广陵,与晁无咎、昙秀道人同舟送客山光寺,客去,余醉卧舟中,秀作诗云:'扁舟乘兴到山光,古寺临流胜气藏。惭愧南风知我意,吹将草木作天香。'予和云:'闹里清游似隙光,醉时真境发天藏。梦回拾得吹来句,十里南风草木香。'余昔对文忠公诵文与可诗云:'美人却扇坐,羞落庭下花。'公曰:'此非与可诗,世间元有此句,与可拾得耳。'后五年,秀来惠州见予,偶道其事。"《王直方诗话》

邓洵美,连山人,乾祐二年中进士第,与司空昉、少保溥同年。谒刘氏,不礼,归武陵。时周氏有其地,且辟在幕府。未几,司空氏自禁林出使武陵,与洵美相遇,赠诗曰:"忆昔词场共着鞭,当时莺谷喜同迁。关河契阔三千里,音信稀疏二十年。君遇已知依玉帐,我无才藻步花砖。时情人事堪惆怅,天外相逢一泫然。"洵美和云:"词场几度让长鞭,又向清朝贺九迁。品秩虽然殊此日,岁寒终不改当年。驰名早已超三院,侍直仍忻步八砖。今日相逢番自愧,闲吟对酒倍潸然。"相国归阙,率偕载,而辞以疾不行。相国语同年少保公。公时在黄阁,洵美在武陵,又为诗寄之云："衡阳归雁别重湖，衔到同人一纸书。忽见姓名双泪落，不知消息十年馀。彩衣我已登黄阁，白社君犹茸旧居。南望荆门千里外，暮云重叠满晴虚。"周氏疑洵美漏泄密谋，急追捕易俗场官而遇害〔一〕。建隆初，王师下湖湘，相国复收衡阳，道经易俗场，作诗吊曰："十年衣染帝乡尘，踪迹仍传〔二〕活计贫。高掇桂枝曾遂志，假拖蓝绶至终身。侯门寂寞非知己，泽国恓惶似旅人。今已向公坟畔过，不胜怀抱暗酸辛。"《雅言系述》

〔一〕《说郛》卷四十三《三楚新录》记此事较详，盖先贬为易俗场官，后使人诈为山贼杀之。疑"捕"当为"补"。

〔二〕"仍传"，明钞本作"伶俜"。

山谷云："金华俞清老名子中，三十年前与予共学于淮南。元丰甲子相见于广陵，自云荆公欲使之脱缝披着僧伽黎，奉香火于半山宅寺，所谓报宁禅院者，予之僧名紫琳，字清老。无妻之累，去作半山道人，似为不难事。然生龟脱筒，亦难堪忍。后数年见之，儒冠自若。因尝戏和清老诗曰：'索索叶似雨，月寒遥夜阑。马嘶车鸣铎，群动不遑安。有人梦超俗，去发脱儒冠。平明视清镜，政尔良独难。'子瞻屡哦此诗以为妙。"《王直方诗话》

乾祐元年，户部侍郎王仁裕放王溥状元及第。溥不数年拜相。仁裕时为太子少保，有诗贺曰："一战文场拔赵旗，便携金鼎赞无为。白麻骤降恩何厚，黄阁初闻喜可知。跋敕案前人到少，筑沙堤上马行迟。押班长幸遥相见，亲狎争如未贵时！"溥和曰："挥毫文战偶搴旗，待诏金华亦偶为。白社遽当宗伯选，赤心旋遇圣人知。九霄得路荣虽极，三接承恩出每迟。职在台司多少暇，亲师不及舞雩时。"《广卓异记》

鲁直使余对句，曰："呵镜云遮月。"对曰："啼妆露着花。"鲁直罪余于诗深刻见骨，不务含蓄，余竟不晓此论，当有知者。《冷

斋夜话》

东坡自岭外回,有七言一篇,末句用毵毵字,李端叔和云:"再见门生应不识,霜髭雪鬓两毵毵。"时以为绝着题,盖端叔年未甚老而白毛满领故也。陈三又云:有一明眼人,能见人前后世。忽一恶少见之,其人云:"头上已有剥剥之声,腰间欲作毵毵之势。"无己曰:"我欲和云:莫教腰下见毵毵。"闻者大笑,恨终不能成耳。《王直方诗话》〔一〕

〔一〕明钞本此条在"乾祐"条前,注"同前"二字。故改注出处于末。

增修诗话总龟卷之十五

留题门上

吕申公累乞致仕,仁宗不允。他日复叩便坐,度其不可留,因询曰:"卿去,谁可代者?"申公曰:"知臣莫如主,陛下自择。"坚问之,乃引陈文惠曰:"陛下必欲得英俊经纶之臣,则臣所不知。若图任老臣,镇安百度,周知天下事,无如陈尧佐。"仁宗然之,文惠遂大拜。极怀荐引之德,因作《燕词》,携酒过之。申公使之歌焉。词云:"二社良辰,千家庭院。翩翩又见新归燕。凤凰巢稳许为邻,潇湘烟暝来何晚!乱入红楼,低飞绿岸。画梁时拂歌尘散。为谁归去为谁来?主人恩重朱帘卷。"申公笑曰:"自恨卷帘人已老。"文惠曰:"莫愁调鼎事无功。"老于廊庙,而酝藉不减。昔任浙漕,有《吴江诗》曰:"平波渺渺烟苍苍,菰蒲才熟杨柳黄。扁舟系岸不忍去,秋风斜日鲈鱼乡。"又《碧澜堂诗》云:"苕溪清浅霅溪斜,碧玉寒光照万家。谁与月明终夜听,洞庭渔笛隔芦花。"《古今诗话》

徐州汉兴歌风台,诗虽多,张安道诗最绝,云:"落魄刘郎作帝归,樽前一曲《大风词》。才如信越犹菹醢,安用思他猛士为!"《青箱杂记》

临潼朝元阁,诗虽多,惟陈文惠二韵首出,曰:"高阁[一]高阁迥,秋毫无隐情。浮云忽一蔽,不见渔阳城。"

〔一〕"高阁",《青箱杂记》卷五作"朝元",《宋朝事实类苑》卷三八同。

张退傅宰邵武时,多游僧舍,至则吟咏忘归。《题西庵寺》曰:"西庵深入西山里,算得当年少客游。密密石丛蟠小径,涓涓云窦泻寒流。松皆有节垂青盖,僧尽无心也白头。欲刷粉碑书好字,调卑官冗不堪留。"《题宝盖岩寺》云:"身为冠冕流,心是云泉客。每到云泉中,便拟忘归迹。况此宝盖岩,天造清凉宅。税车官道边,谁知愿言适?"《过建宁县洛阳村》曰:"金谷花时醉几场,旧游无日不思量。谁知万水千山里,枉被人言过洛阳!"并同前

张伯玉过姑熟[一],见太白十咏不及明月泉,因题一绝曰:"至今千古松,犹伴数峰雪。不见纤尘飞,寒泉湛明月。"

〔一〕"熟"上原有"苏"字,依清钞本删。

陈文惠至古寺,作诗曰:"殿古寒炉空,流尘暗金碧。独坐偶无人,又得真消息。"《春明退朝录》

颜谢,鲁公之后,所居有泉石松竹,创亭延客。孟宾于留题诗曰:"园林潇洒闻来久,欲往因循二十秋。今日开襟吟不尽,碧山重叠水长流。"《江南野录》

陈颖,南昌人,业进士,《题汉祖庙》曰:"项羽英雄犹不惧,可怜容得辟阳侯!"得狂病而卒。同前

长安慈恩寺浮屠,前后题诗多矣。唐文宗朝,元微之、白乐天到塔下,见章八元所留诗,悉令除去诸家牌,惟留章诗。诗云:"十层突兀在虚空,四十门开面面同。却怪鸟飞平地上,自惊人语半天中。回梯暗踏如穿洞,绝顶初攀似出笼。落日凤城佳气合,满城香树雨濛濛。"《鉴戒录》

雍陶[一]典雅州,送客至情尽桥,改为折柳桥,题诗曰:"从来只有情难尽,何事名为情尽桥?自此改名为折柳,从他离恨一条条。"

〔一〕"雍陶",原作"陶雍",据《唐诗纪事》卷五十六校乙。

施肩吾《题友人闲居》诗曰:"花眼绽红斟酒看,药心抽绿带烟锄。"

夫差庙拆姑苏台木创成。陈羽题诗曰:"姑苏台畔千年木,刻作夫差庙里神。幡盖寂寥尘土满,不知箫鼓乐何人!"并同前

陈羽姑苏台诗云:"忆昔吴王争霸日,歌谣满路上苏台。三千宫女看花处,人尽台空花自开。"(《古今诗话》)

程贺[一]《咏君山》诗曰:"曾游方外见麻姑,说道君山此本无。云是昆仑山顶石,海风吹落洞庭湖。"《鉴戒录》

〔一〕"程贺",原作"贺程",据《唐诗纪事》卷六十七校乙。

刘象《咏仙掌》诗曰:"万古亭亭倚碧霄,不成擎亦不成招。何如掬取莲池水,洒向人间救旱苗?"同前

砌台即今拨擦台[一]也。王侯家作以为临观之戏。唐张素诗云:"写望临香阁,登高下砌台。林间踏青去,席上意钱来。"即知唐来有之。太祖朝大王都尉家其子承裕幼时,其父戏补"砌台使"。《谈苑》

〔一〕"擦拨",清钞本作"擦擦"。

杨文公罢处州[一],过饶州馀干县,登干越亭,前瞰琵琶洲,后枕思禅寺,天下绝境,古今留题百馀篇。张祜诗云:"扁舟亭下驻烟波,十五年游重此过。洲嘴露沙人渡浅,树梢藏竹鸟啼多。层澜涨水痕犹在,古板题诗字已讹。况是高秋正圆月,可堪闻唱异乡歌!"刘长卿云:"天南愁望绝,亭下柳条新。落日独归鸟,孤舟何处人!生涯投越峤,世业陷胡尘。草色迷征路,莺啼

傍逐臣。秦台悲白首,楚渚怨青蘋。杳杳钟陵暮,悠悠鄱水春。独醒翻取笑,直道不容身。得罪风霜苦,全生天地仁。青山数行泪,沧海一穷鳞。流落机心尽,空怜鸥鸟亲。"《谈苑》

〔一〕"处",原作"虔",依明钞本改。

江遵《咏史》云:"秦筑长城比铁牢,蕃戎不敢过临洮。虽然万里连云际,不及尧阶三尺高。"何光远称此诗卓绝,千百集中无以加。《诗史》

桂州左右,山皆平地拔起数千百丈,石如染黛,阳朔县尤佳。沈彬有诗云:"陶潜彭泽五株柳,潘岳河阳一县花。两处争如阳朔好,碧莲峰里住人家?"观此,山水可知。同前

淮阴庙题者甚多,惟钱谏议昆诗最佳:"筑坛拜日恩虽厚,蹑足封时虑已深。隆准早知同鸟喙,将军应有〔一〕五湖心。"《青箱杂记》

〔一〕"有",明钞本作"起"。

歙州问政山,聂道士所居。尝有人涉险攀萝至绝壁,于岩下嵌空处见题诗一首,虽苔藓昏蚀而文尚可辩,题云黄台词,不知台何人也。"千寻练带新安水,万仞花屏问政山。自少云霞居物外,不多尘土到人间。壶悬仙岛吞舟罢,碗浸星宫沉水闲。宝篆箧垂金条〔一〕带,绛囊绦锁玉连环。静张棋势铺还打,默考仙经补又删。床并葛鞋寒兔伏,窗横桂几老龙跧。溪童乞火朝敲竹,山鬼听琴夜撼闩。草暗碧潭思句曲,松昏紫气度深关。龟成浅甲毛犹绿,鹤化幽翎顶更殷。阮洞神仙分药去,蔡家兄弟寄书还。黄精苗倒眠青鹿,红杏枝低挂白鹇。容易煮茶供客用,辛勤栽果与猿攀。常寻灵穴通三岛,拟过流沙化百蛮。新隐渐开侵月窟,旧林犹悦枕沙湾。手疏俗礼慵非傲,肘护灵方臂不悭。海上使频青鸟黠,箧中藏久白驴顽。筇枝健杖菖蒲节,笋栉高簪玳

瑠斑。花气熏心香馥馥,涧声聆耳冷潺潺。高坟自掩浮生骨,短晷难穷不死颜。早晚重逢萧坞客,愿随芝盖出尘寰。"台,国初时任屯田员外郎。世有全篇。

〔一〕"条",原作"绦",依清钞本改。

荆门军玉泉山寒泉亭题者甚多,有一篇最佳,而忘其姓名。诗云:"朔风凛凛雪漫漫,未是寒时分外寒。六月火云天不雨,请君来此倚阑干。"《云斋广录》

张宗尹为长安令,时郑州陈相尹京兆。宗尹尝以事忤公意。公有别业在鄠杜间,宗尹书一绝于壁云:"乔松翠竹绝纤埃,门对南山尽日开。应是主人贪报国,功成名遂不归来。"有人录以告,公览而善之,待之如初。宗尹尝有诗云:"大书文字堤防老,剩买田园准备闲。"亦佳〔一〕。《倦游录》

〔一〕"亦佳"二字依明钞本补。

临潼县灵泉观,唐华清宫〔一〕也。自唐迄今,题咏不可纪。小杜五言长韵并三绝,洎郑嵎《津阳门诗》外,惟陈文惠张文定及进士杨正伦诗最佳。文定诗云:"当时不是不穷奢,民乐升平少叹嗟。姚宋未亡妃子在,尘埃那得到中华!"文惠诗云:"百首新诗百意精,不尤妃子只尤兵。争如一句伤时事,只为明皇悻太平。"正伦诗曰:"休罪明皇与贵妃,大都衰盛两相随。惟怜一派温泉水,不逐人心冷暖移。"又郑文宝诗云:"只见开元无事久,不知贞观用功深。"皆为知音所赏。

〔一〕"华清宫",原作"清华宫",依明钞本乙。

鄜州东百里,有水名相思河,传舍曰相思铺。令狐楚诗曰:"谁把相思号此河,塞垣车马往来多。只应自古征人泪,洒向空洲作碧波。"并同前

韩魏公自中书出相州,于居第作狎鸥亭。永叔以诗寄曰:

"岂止忘机鸥鸟信,钧陶万物本无心。"魏公喜曰:"余在中书,进退升黜,未尝置心于其间。永叔可谓知我。"《古今诗话》

吕文靖诗曰:"贺家池上天花寺,一一轩窗向水开。不用闭门防俗客,爱闲能有几人来!"贺家池即贺监所赐之湖。诗后为风雨所损,惜乎寺僧不留。《杂志》

唐人徐凝多吟绝句,曾吟《庐山瀑布》诗云:"瀑泉瀑泉千丈直,雷奔入江无暂息。今古长如白练飞,一条界破青山色。"《题处州缙云山鼎湖》诗云:"黄帝旌旗去不回,空遗片石碧崔嵬。有时风卷鼎湖浪,散作青天雨点来。"后无题者。《郡阁雅谈》

权审常侍著诗千首。常《题山院》曰:"万叶风声利,一山秋气寒。晓霜浮碧瓦,落日度朱栏。"《贡父诗话》

江南道士任右元能篆,见人《题常州忠烈王庙诗》一绝云:"松竹萧萧野笛悲,寂寥冰雪对旌旗。前山月夜阴风起,神去神来人不知。"时人不会其意,寻毁其碑。元厚之篆于石,后愈无识者,因此漫灭。《郡阁雅谈》

邓仙客死葬麻姑山,人谓尸解。游人题诗多矣。有一少年一绝不言姓名,但云天峤游人。诗曰:"鹤老芝田鸡在笼,上清那与世尘同!既言白日升天去,何事人间有殡宫?"邓名稍减。《云溪友议》

《三乡题》不知谁氏,题云:"余本家若耶溪东,从良人西入函关,寓居新昌里第。不幸,良人已矣,邈然无依。东迈,历渭川,涉浐水,背终南,涉太华,经虢略,抵陕郊,皆曩昔宴游之地,命笔辄题,终不能涤其怀抱。翰墨非女子事,故隐其名而不书,为诗曰:'昔逐良人西入关,良人身没妾空还。谢娘卫女不相待,为雨为云过此山。'"和诗十一首。陆正洞云:"惆怅残花怨暮春,孤鸾舞鉴倍伤神。清词好个千人事,疑是文姬第二身。"

王祝云:"女几山前岚气低,佳人留恨此中题。不知云雨归何处,空使王孙见即迷。"刘谷云:"兰蕙芬芳见玉姿,路旁花笑景迟迟。苎萝山下无穷意,并在三乡惜别时。"王条云:"浣沙游女出关东,旧迹新词一梦中。槐陌柳亭何限事,年年回首向东风。"李昌邺云:"红粉萧娘手自题,分明幽怨发云闺。不应更学文君去,泣向残花归剡溪。"王硕[一]云:"无姓无名越水滨,芳词空怨路旁人。莫教才子偏惆怅,宋玉东家是旧邻。"李绘云:"会稽王谢两风流,王子沉沦谢女游。归思若随文字在,路旁空为感千秋。"张碕云:"洛川依旧好风光,莲帐无因见女郎。云雨散来音信断,此生遗恨寄三乡。"高衢云:"南北千山与万山,轩车谁不念乡关!独留芳翰悲前迹,陌上恐伤桃李颜。"章冰云:"来时欢笑去时哀,家国迢迢向越台。待写百年幽思尽,故宫流水莫相催。"贾驰五言云:"壁古字未灭,声长响不绝。蕙质本如云,松心应耐雪。耿耿离幽谷,悠悠望瓯越。杞妇哭夫时,城摧无此说。"《云溪友议》

〔一〕"硕",原作"顾",缪校本作"颛",据《云溪友议》及《全唐诗》校改。

吴门女郎真娘死葬虎丘山,时人比之苏小小。行客题墓多矣。举子谭铢题云:"虎丘山下冢累累,松柏萧条尽可悲。何事世人唯重色,真娘墓上独留诗!"后人无复题者[一]。〔《云溪友议》卷中〕

〔一〕六字依明钞本补。

郑仁表经沧浪峡,憩于长亭,亭吏持牌乞诗。题曰:"分陕东西路正长,行人名利火然汤。路旁看个沧浪峡,真是将闲搅搅[一]忙。"《摭言》

〔一〕"搅搅",清钞本作"搅扰",《唐摭言》卷十三作"搅撩"。

163

蜀道有飞泉亭，留诗甚多。薛能佐李公过蜀道，题云："贾掾曾经去，题诗岂易哉！"悉打去诗板，独留李端《巫山高》一篇。同前

元祐五年，同景文羲伯圣徒次元题竹上云："结根岂殊众，修柯独出林。孤高不可恃，岁晚风霜侵。"《百斛明珠》

余初谪岭南，过田氏小园东门。一峰丰下锐上，俚人谓之鸡笼山，余更名曰独秀峰。今过之，留诗云："倚天巉绝玉浮图，肯与彭郎作小姑。独秀江南如有意，要三二别四方壶。"《玉局文》

慈恩寺塔有唐人卢宗回一诗云："东来晓日上翔鸾，西转苍龙拂露盘。渭水冷光摇荡井，玉峰晴气压阑干。九重城阙参差见，百二山河表里看。暂辍去蓬悲不定，一凭〔一〕金界望长安。"《古今诗话》

〔一〕自"城"至"凭"二十一字依明钞本、缪校本补。

江州琵琶亭题者，惟夏郑公、梅公仪诗佳。夏诗曰："年光过眼如车毂，职事羁人似马衔。若遇琵琶应大笑，何烦涕泪满青衫！"梅诗云："陶令归来为逸赋，乐天谪宦起悲歌。有弦应被无弦笑，何况临弦泣最多！"又叶氏女郎诗云："乐天当日最多情，泪滴青衫酒重倾。明月满船无处问，更闻商妇琵琶声。"《古今诗话》

河中鹳鹊楼，唐人题咏〔一〕极多，唯王之涣、李益、畅当〔二〕诗最佳。王云："白日依山尽，黄河入海流。欲穷千里目，更上一层楼。"李云："鹳鹊楼前百尺墙，烟汀云树共茫茫。汉家箫鼓沉流水，魏国山河半夕阳。事去千年犹恨短，愁来一日即知长。风烟并在相思处，满目非春亦自伤。"畅诗云："天势围平野，河流入断山。"同前

〔一〕"题咏"二字依明钞本补。

〔二〕"当"字依缪校本补,《梦溪笔谈》作"诸"。

李建中恬退,作诗清淡。《望湖楼诗》云:"小艇闲撑处,湖天景亦微。春波无限绿,白鸟自由飞。落日孤鸿远,轻烟古寺稀。时携一壶酒,恋到晚凉归。"《西湖诗》云:"涨烟春气重,贮月夜痕深。"皆此类。《古今诗话》《青箱杂记》谓《望湖楼诗》是苏为在湖州作。

潘邠老有《登汉阳江楼》诗云:"两屐上层楼,一目略千里。"说者以为着屐岂可登楼。《王直方诗话》

陆蟾寓居潭州攸县司空山,好神仙事,多辟谷累月。《题庐山瀑布》云:"正源人莫测,千尺挂云端。岳色染不得,神功裁亦难。夏喷猿鸟浴,秋射斗牛寒。流到沧溟日,翻涛更好看。"又《春暮经石头城》云:"六朝多少事,搘肘思悠悠。落日空江上,子规啼渡头。蒹葭侵坏垒,烟雾接沧洲。今古分明在,那堪向九秋!"雍熙中服药卒。《雅言杂载》

李宏皋,唐末八座善夷之子。善夷左迁武陵宰,卒于官。宏皋舁榇归故园,途中值兵革,为马氏拥入湖湘,文昭王,有功授学士,至刑部侍郎。每笺奏至京,词臣降叹,李嵩相国器之。后马氏兄弟结隙,与弟宏节俱弃市。宏皋〔一〕少攻诗,《题桃源》云:"山翠参差水渺茫,秦人昔在楚封疆。当时避世乾坤窄,此地安家日月长。草色几经坛杏老,岩花犹带涧桃香。他年倘遂平生志,来着霞衣侍玉皇。"

〔一〕"宏皋"二字依明钞本、缪校本补。

任鹄字射已,富有学问,《题君山》云:"不碍扬帆路,盘根压洞庭。波涛四面白,云外一堆青。鱼跃晴波动,龙归石窦〔一〕腥。终〔二〕期托名画,为我簇为屏。"《送王正己归山》云:"五峰青挂天,直下挂飞泉。琴鹤同归去,烟霞到处眠。鼯跳霜叶径,虎啸

165

夕阳川。独酌应怀我,排空树影连。"并同前

〔一〕"窦",原作"洞",依明钞本改。

〔二〕"终",原作"才",依明钞本改。

韩常侍为郎吏日,宣宗问曰:"卿有好诗,如何得见?"韩稽首曰:"容至私第录进。"乃选八十首进。后以眼疾,辞拜珥貂。为御史,衔命出关谳狱。道中看华山,有诗曰:"野麋蒙象暂如犀,心不惊鸥角骇鸡。一路好山无伴看,断肠烟景寄猿啼。"御史出使,不得与人同行,故云无伴。《时补衮谢病归山更寄织锦篇与薛郎中》云:"锦字龙梭《织锦篇》,凤凰文采间非烟。并他时世新花样,虚费工夫不值钱。"《和人忆鹤》云:"拂拂云衣冠紫烟,已为丁令一千年。留君且伴居山客,幸有松梢明月天。"又《和忆山泉》云:"情多不似家山水,夜夜声声旁枕流。"《古今诗话》

少游在横州,饮于海棠桥〔一〕,桥南北多海棠。有老书生家海棠丛间。少游醉卧宿于此。明日题其柱曰:"唤起一声人悄。衾枕梦寒窗晓。瘴雨过,海棠晴,春色又添多少。社瓮酿成微笑。半破瘿〔二〕瓢共舀。觉健到,急投床,醉乡广大人间小。"东坡爱之,恨不得其腔。《冷斋夜话》

〔一〕"横",原作"黄","棠"原缺,依缪校本改补。少游曾"编管横州",未尝至"黄州",而黄州实无"海桥"。

〔二〕"瘿"上原衍一"共"字,据《苕溪渔隐丛话前集》卷五十校删。

增修诗话总龟卷之十六

留题门下

松江新作长桥,制度宏丽,前世所未有。苏子美《长桥对月》云:"云头焰焰开金饼,水面沉沉卧彩虹。"时谓此桥非此句雄伟不能称也。子美兄舜元,字才翁,诗律遒劲,而独罕传。与子美紫阁寺〔一〕联句,无愧韩孟,恨不尽见之。〔《六一诗话》〕

〔一〕"寺",原作"等",依明钞本改。

李古,少贫贱,一举成名。不二十年,自副枢密除本州岛刺史,有《登祝融峰》云:"欲上祝融峰,先登古石桥。凿开巉嶮处,取路到丹霄。"《南唐近事》

陈谊,吉州人,《题螺江庙》云:"庙里杉松萧飒风,庙前江水碧溶溶。凭阑不见当时事,落日远山千万重。"太平兴国中,史馆学士张齐贤出为本道转运使,至其庙,觅留题诗牌甚多,俱打去,独留谊诗,方知名。《郡阁雅谈》

鄑中寺壁有郑文宝诗亲笔,《寒食访僧舍》云:"客舍愁经百五春,雨馀溪寺绿无尘。金花何处秋千鼓,粉颊谁家斗草人?水上碧桃流片段,梁间归燕语逡巡。高僧不饮客携酒,来劝先朝放逐臣。"《古今诗话》

章碣《题焚书坑》云："竹帛烟销帝业虚，昔年曾是祖龙居。坑灰未冷山东乱，刘项元来不读书。"

舒州三祖山，因芟薙萝蔓，峭壁间得诗，乃杜牧之《金陵怀古》云："《玉树》歌残王气终，景阳兵合戍楼空。揪梧远近千官冢，禾黍高低六代宫。石燕拂云晴亦雨，江豚吹浪夜还风。英雄一去豪华尽，惟有青山〔一〕似洛中。"

〔一〕"青山"，原作"江声"，依明钞本改。

范文正谪睦州，过严陵钓台，作诗曰："汉包六合网英豪，一个冥鸿惜羽毛。世祖功臣三十六，云台争似钓台高？"

繁知一闻乐天将过巫山，先于神女祠粉壁大书曰："忠〔一〕州太守今才子，行到巫山必有诗。为报高唐神女道，速排云雨待清词。"白公见诗，邀知一曰："刘梦得理白帝，欲留一诗于此，怯而不敢。罢郡经过，悉去诗千馀首，只留四篇。沈佺期曰：'巫山高不极，合沓状奇新。暗谷疑风雨，幽崖若鬼神。月明三峡晓，潮落九江春。为问阳台客，应知入梦人。'王无竞曰：'神女向高唐，巫山下夕阳。徘徊作行雨，婉娈逐荆王。电影江前落，雷声峡外长。霁云无处所，台馆峙苍苍。'李端曰：'巫山十二峰，皆在碧虚中。回合云藏日，霏微雨带风。猿声寒渡水，树色远连空。愁向高唐去，千秋见楚宫。'皇甫冉曰：'巫峡见巴东，迢迢出半空。云藏神女馆，雨到楚王宫。朝暮泉声落，寒暄树色同。清猿不可听，偏在九秋中。'"

〔一〕"忠"，明钞本作"苏"，与《云溪友议》同。

金陵赏心亭，丁晋公建也，秦淮绝致。公以家藏《袁安卧雪图》张于其屏，乃唐周昉笔。经十四守无敢觊觎者，后为太守窃去，以凡笔画芦雁易之。王密学琪来作守，登临赋诗曰："千里秦淮在玉壶，江山清丽壮吴都。昔人已化辽天鹤，旧画难寻《卧

雪图》。冉冉流年去京国，萧萧华发老江湖。残蝉不会登临意，又噪西风入座隅。"此诗乃窃画[一]者萧斧也。同前

〔一〕"画"上原重一"窃"字，依明钞本、缪校本删。

苏州昆山县惠聚寺殿基，乃鬼神一夕砌成。殿中有僧繇画龙，每因风雨夜，腾趋波涛，伤田害稼，乡人患之。僧繇再画一锁锁之，仍画一钉钉其锁。至今人扪其钉头尚隐隐。唐乾宁初，吴都崔融善五言，《题惠聚》云："人莫嫌山小，僧还爱寺灵。殿高神气力，龙活客丹青。"同前

丁晋公旧有园在保康门外，园内有仙游亭仙游洞。与道士刘遁往来。遁作《仙游亭诗》赠公云："屡在仙游亭上醉，仙游洞里杳无人。他时鸣鹤归沧海，同看蓬莱岛上春。"公莫晓其诗。后公南迁，遁往见公于崖，方思其诗，知为异人也。《古今诗话》

洪州西山与滕王阁相对，过客多留诗。有僧览之，告郡守曰："诗无佳者，何不去之？"守愕然曰："能作佳句乎？"因为诗曰："洪州太白方，积翠倚穹苍。几夜碍新月，半江无夕阳。"《杂言杂载》《古今诗话》：此陈文亮诗，亮因天下既定，作诗云："草铺春□阔，兵偃塞垣操。"或谓陈希夷作。

真州即扬州之杨子县，古白沙镇也。祥符中，丁晋公铸圣祖天尊象，遂为真州，有仪真观。西一水萦回，南入大江，号曰胥浦。一日三潮，俗云子胥解剑渡江之所。观之记载，使者以象在舟，日方午，潮水忽至。今有午潮。张芸叟有诗云："闻说仙乡接濑乡，闲邀诗侣礼虚皇。三潮宝派通前浦，万叶灵杉蔽蜀岗。天地杳冥供泻象，江山回合助灵祥。五云送入蓬莱岛，留与人间作道场。"（《古今诗话》）

金陵升元寺即瓦棺寺也。在城西隅，前瞰江面，后踞崇岗，最为古迹。累经兵火，略无仿佛。李氏时，升元阁犹在，乃梁时

故物，高二百四十尺，太白所谓"日月隐檐楹"也。

瓜州渡扬子桥，介于江淮之冲，南之潇湘，北走秦陇，咸此取道。古诗云："扬子江头杨柳春，杨花愁杀渡江人。数声羌笛离亭晚，君向潇湘我向秦。"

元稹相廉问东浙七年。因题东武亭曰："役役闲人事，纷纷碎簿书。功夫两衙尽[一]，留滞七年馀。病痛梅天发，亲情海岸疏。因循归未得，不是恋鲈鱼。"卢简夫侍御曰："丞相不恋鲈鱼，为好鉴湖春色。"春色谓刘采春。并同前

〔一〕"尽"字依明钞本、缪校本补。

陈希夷《题西峰》云："为爱西峰好，吟头尽日昂。岩花红作阵，溪水绿成行。几夜碍新月，半江无夕阳。寄言嘉遁客，此处是仙乡。"《翰府名谈》

陈希夷《题华山》云："半夜天香入岩谷，西风吹落岭头莲。空爱掌痕侵碧汉，无人曾叹巨灵仙。"同前

王仲仪镇真定，惠爱在人，罢日，攀辕卧辙不得去。《题村寺》曰："宽猛三年无枉理，公私兼济不欺心。如今受代朝天去，遮路人人泪满襟。"同前

裴晋公赴敌淮西，题名于华岳之阙门。大顺中，户部侍郎司空图以一绝纪[一]之云："岳前大队赴淮西，从此中原息鼓鼙。石阙莫教苍藓上，分明认取晋公题。"《古今诗话》

〔一〕"纪"字依明钞本补。

开元初，郑瑶经慈恩寺题云："岸与恩同广，波将慈共深。涓涓劳日夜，长似下流心。"《南部新书》

郴州城东有山高秀，神仙苏眈修真之所，唐封为苏仙山。观有泉，名曰橘泉。元结诗曰："灵橘无根井有泉，世间如梦又千年。乡关不见重归鹤，姓字今为第几仙？风冷露坛人悄悄，地闲

荒径草绵绵。如何蹑得苏君迹,白日霓旌拥上天。"沈彬诗曰:"眼穿林罅见郴州,井里相逢侧局楸。味道不来闲处坐,劳生更欲几时休?苏仙宅古烟霞老,义帝坟荒草木愁。千古是非无处问,夕阳西去水东流。"《摭遗》

郑毅夫《题吴江长桥》云:"插天蝃𬟽玉腰阔,跨海鲸鲵金背高。"《青琐集》

祝融留题甚多,谢元云:"云湿幽岩滑,风梳古木香。"僧栖岩云:"闲云四边近,浮世一齐低。"卢载之云:"五千里地内望见,七十二峰中最高。"全楚地五千里,南岳七十二峰,祝融最高。[一](同前)

〔一〕以上三十四字依明钞本、缪校本补。

罗隐《题金山》云:"老僧斋罢关门睡,不管波涛四面生。"孙山云:"结宇孤峰上,安禅巨浪间。"亦可亚张祜诗。(《青琐集》)

润州甘露寺有三贤亭,乃刘备孙权曹操微时尝会此。罗隐诗云:"汉鼎未分聊把手,楚醪虽美肯同心。"过者心服焉。同前

衡州耒阳有杜甫祠,过客题诗多矣。欧阳文忠公独称徐介之诗云:"来接汨罗水,天心知所存。故教工部死,来伴大夫魂。流落同千古,《风》《骚》共一源。消凝伤往事,斜日隐颓垣。"(同前)

畿邑扶沟有白鹤观,苏才翁子美壁间留题二绝。周元郎中知是邑,爱之,作诗纪其美,公卿和者,韩卫公诗最佳。诗云:"二苏遗迹匿仙局[一],贤宰重来为发明。字久半随风雨驳,气豪犹入鬼神惊。直疑鸾凤骞云去,不假江山到地清。人对盛时须自勉,酒豪颠草尚垂名。"(同前)

〔一〕"局",缪校本作"扃"。

三闾大夫屈平,字灵均,沉沙之处汨罗江在岳州境内。正庙

以渔父配享。唐末,有洪州衙前军将,忘其姓名,题一绝云:"苍藤古木几经春,旧祀祠堂小水滨。行客谩陈三酹酒,大夫元是独醒人。"自后,能诗者不敢措手。

唐东京政平坊安国观,明皇朝玉真公主所建。女冠多上阳退宫嫱。卢尚书有诗云:"夕照纱窗起暗尘,青松绕殿不知春。请看白发诵经者,半是宫中歌舞人。"《剧谈录》

唐相段文昌家江陵,少以贫窭修进,常患口食不给。每听曾口寺[一]钟,辄诣谒食[二],为寺僧所厌,自此乃斋后扣钟,冀其晚届而不逮食。后入登台座,出连大镇,拜荆南节度使,诗《题曾口寺》云"曾遇阇黎饭后钟",盖为此。《北梦琐言》《古今诗话》载此诗是唐相王播题扬州佛寺,有全篇云:"上堂已了各西东,惭愧阇黎饭后钟。三十年前尘土面,而今始得碧纱笼。"今言段文昌,乃江陵人所传误。

〔一〕"曾",明钞本、缪校本作"罾",下同。

〔二〕"食",明钞本作"飡",《北梦琐言》卷三亦作"飡"。

怀素台在郡东五里横陇之上,唐开元中,有僧怀素居是台,学者因谓之怀素台,有墨池笔冢存焉。裴说有《题怀素台歌》云:"我呼古人名,鬼神侧耳听。杜甫李白与怀素,文星酒星草书星。永州东郭有奇怪,笔冢墨池遗迹在。笔冢低低高似山,墨池浅浅深如海。我来恨不已,争得青天化为一张纸,高声唤起怀素书,搦管研朱点湘水。欲归家,重叹嗟,眼前有,三个字:枯树槎,乌梢蛇,墨老鸦。"《零陵总记》

白沙驿在永州一百二十里祁阳县,下临湘水西岸,门外有亭,以形胜尽在此也。开宝初,左补阙刘能奉诏之九嶷,维舟于此,留诗云:"窗外秋声湘瑟怨,槛前竹色楚帆飞。"又云:"懒向九嶷岐路望,渡头云雨正霏霏。"

法华寺在永州东南一里高阜之上,城郭岗峦,交相掩映。唐咸通中有头陀〔一〕蒋氏爱其地,乃拖钳行丐,获金帛巨万以创寺焉。名士无不留咏。沈彬云:"地隈一水巡城转,天约群山附郭来。"又孟宾于:"匝地人家凭槛见,远山秋色卷帘看。"可谓尽其状。

〔一〕"头陀",原作"陀头",依明钞本乙。

朝阳岩在永州城西南一里馀,元结所名也,以其东向,日先照故名。杜陵有歌云:"朝阳岩下潇水深,朝阳洞中寒泉清。零陵城郭夹潇岸,岩洞幽奇当郡城。荒芜自古人不见,零陵徒有《先贤传》。水石为娱安可忘,长歌一曲留相劝。"又有牛丛诗云:"蹑石攀萝路不迷,晓天风好浪花低。洞名独占朝阳号,应有梧桐待凤栖。"

潇水在永州西三十步,自道州营道县九嶷山中,亦名营水。湘水在永州北十里,出自桂林海阳山中,经灵渠北流,至零陵北与潇水合。二水皆清泚一色。高秋八九月,虽丈馀可以见底。自零陵合流,谓之潇湘。经衡阳,抵长沙,入洞庭。秦韬玉有诗云:"女娲罗裙长百尺,搭在湘江作山色。"又云:"岚光楚岫和空碧,秋气湘江到底清。"沈彬《湘江行》云:"数家渔网疏云外,一岸残阳细雨中。"僧齐己《潇湘诗》云:"二水远难论,从《离》到《坎》奔。冷穿千嶂脉〔一〕,清过几州门。"又云:"月来无夜底,云度见秋痕。"何涓有诗云:"雁影数行秋半逢,渔歌一声夜深发。"皆曲尽其妙。

〔一〕"脉",原作"陌",依明钞本改。

浯溪在永州北百馀里,流入湘江。溪水石奇绝。唐上元中容管经略使元结罢任居焉。以所著《中兴颂》刻之崖石,颜真卿书。结复为《浯台石堂西峰四厌亭铭》,皆刻于石崖上。皇朝乾德中左补阙王伸知永州,维舟于此,留诗云:"湘川佳致有浯溪,元结雄文向此题。想得后人难以继,高名长与白云齐。"

淡塘在永州北三十里,其水有九十九源。昔有居人文潭,好农务谷,乃筑塘以灌田,百姓利之,立碑纪其功。霸国时碑犹在塘中。长兴初,黄损为永州团练副使,取为别业。有诗曰:"傍水野禽通体白,饤盘山果半边红。"损去,为居民刘氏所有。并同前

鹅羊山在长沙县北二十里,本名东华山,亦谓之石宝山。上有仙坛、丹灶。《湘中别记》云:"昔郡人成君平年十五,兄使牧鹅羊,忽遇一仙翁,相将入此山。兄后寻至山中,见君平,因问所牧鹅羊何在。弟指〔一〕白石曰:'此是也。'遂驱起,令随兄去。旬日却还山下,复化为石。今犹存焉。因名此山为鹅羊山。"毕田诗云:"羽客何年此炼丹?尚留空灶镇孱颜。云中鸡犬仙应远,山下鹅羊石转顽。湘渚几因沧海变,辽城无复令威还。何年仙驭还来此,尽遣飞腾上九关。"《幽闲鼓吹》

〔一〕"指",原作"拍",依明钞本改。

醉乡,《湘中别记》云:"后汉时,有人在此乡,忽然醉,经三昼夜始醒,犹有酒气。言与天神共饮乃尔。后任阳羡令,每言岁之丰俭无不验。俄亦仙去。"毕田诗云:"三宿酣神酎,乡名因此呼。山中千日者,自合是仙都。"同前

水帘,朱陵洞口有泉,自洞而去,巨石横峻,壁立千仞,一派飞下如纹帘之状。毕田诗云:"洞门千尺挂飞流,玉碎珠联冷喷秋。今古不知谁卷得,绿萝为带月为钩。"《湘中故事》

凝碧在南岳石桥上。毕田诗云:"四面山屏叠万重,古岚浓翠锁寒空。清秋独倚危阑立,身在琉璃世界中。"

掷钵峰,《湘中山水记》云:"昔惠思禅师居般若台,尝掷钵乘之,赴陈帝召。"毕田诗云:"应将钵渡斗神通,掷去乘将赴帝

宫。争似岭头提不起,于今相续阐真风。"

石霜山,寺在〔一〕溜阳县南八十里,有崇胜禅寺。昔普会禅师居众千馀,名其堂曰枯木,盖取其晏寂也。廉使丞相裴公尝亲枉大旆诣之,尽留玉环象笏在此,迄今存焉。毕田诗云:"石上泉华喷猛霜,境奇因此辟禅坊。使君环笏留何用?枯木千馀满一堂。"

〔一〕"在"上原有"南"字,依明钞本删,"寺"字疑衍。

大哀洲在湘阴县西三十里,《图经》云:"昔舜南狩,二妃寻之至此,而闻舜葬于九嶷。"《博物志》云:"舜崩于苍梧,二女以涕挥竹,竹尽成斑。"毕田诗云:"玉辇南巡去不还,翠娥望断楚云间。波寒剩写哀弦怨,露冷偏滋泪筱斑。一水盈盈伤远目,九峰巀嶪惨愁颜。荒洲千古凄凉地,半掩空祠向暮山。"

神鼎山在湘阴县东北,绝顶有丹井,于此获药鼎及巨人迹,云神仙所履之迹,因此名为神鼎。故毕田诗云:"玉趾分明印绝巅,药成仙去几千年。深藏宝鼎今方出,合得丹经与世传。"

香水,《湘中别记》云:在县郭内,其水甚香,若合馀水即变。昔年尝贡此水,民多困弊。至齐末以来,因废罢,以板覆之,上起塔,今犹存。湘乡本谓之湘香,盖由此而名。《列子》曰:"壶顶有口,名曰滋穴,其水涌出,名曰神瀵,臭过椒兰,味过醪醴。"毕田诗云:"坎上浮图已拂天,椒兰遗馥尚依然。九重无复修常贡,空有香名与邑传。"并同前

邓峰永庵主,南禅师法子,鲁直恨不识。有自庆者,事永甚久,即以庆主黄龙,丛林于庆改观。及与语,多解体。山谷过永庵题曰:"夺得胡儿马便休,休嗟李广不封侯。当时射杀南山虎,仔细看来是石头。"《冷斋夜话》

东坡爱西湖,诗曰:"若把西湖比西子,淡妆浓抹也〔一〕相

宜。"余宿孤山下，读林和靖诗，句句皆西湖写生，特天姿自然，不施铅华耳。作诗书壁曰："长爱东坡眼不枯，解将西子比西湖。先生诗妙真如画，为作《春寒出浴图》。"

〔一〕"也"，明钞本作"总"，此则疑亦出《冷斋夜话》。

前辈访人不遇不书壁，东坡作行说不肯书牌，恶其特地，只书壁耳。候人未至则扫墨竹。荆公访一高士不遇，题曰："墙角数枝梅，凌寒独自开。遥知不是雪，为有暗香来。"〔《冷斋夜话》〕

潘大临工诗，山谷尤喜之。谢无逸以书问有新作否，答曰："秋来景物，件件是佳句，恨为俗气所蔽。昨日满林风雨，起题壁曰：'满城风雨近重阳。'忽催租人至，遂败意。止此一句奉寄。"闻者笑其迂阔。〔《冷斋夜话》〕

增修诗话总龟卷之十七

纪实门上

仁宗正月十四日御楼,遣中使传宣从官曰:"朕非好游观,盖[一]与民同乐。"翌日,蔡君谟献诗云:"高列千峰宝炬森,端门方喜翠华临。宸游不为三元夕,乐事还同万众心。天上清光留此夜,人间和气阁春阴。要知尽庆华封祝,四十馀年惠爱深。"《东斋录》

〔一〕"盖"字依明钞本补。

李参少有吏材,仁宗奇之,殿柱题其名,有繁剧人所避者,必用参。自将作监簿擢至右丞、枢密直学士。元丰中卒。李师中以诗吊之曰"当年殿柱题名处",盖为是也[一]。《诗史》

〔一〕四字依明钞本、缪校本补。

岭南谓村市为墟,柳子厚诗云:"青箬裹盐归洞客,绿荷包饭趁墟人。"《青箱杂记》

夏文庄谪守黄州时,庞颖公为郡掾,文庄识之,优待。颖公有病,意谓不起,文庄亲视之,曰:"异日当为贫宰相,亦有年寿,疾非所忧。"颖公曰:"宰相岂得贫耶?"文庄曰:"一等人中贫尔。"故颖公后[一]作《退老诗》曰:"田园贫宰相,图史富书生。"

盖记此也。[二]〔《青箱杂记》〕

〔一〕"后"字依明钞本补。

〔二〕四字依明钞本补。《青箱杂记》卷四作"为是故也"。

张侍郎师锡年八十,有《喜子登第》诗曰:"御榜今朝至,见名心始安。尔能俱中第,吾遂可休官。贺客留连饮,家书反复看。世科谁[一]不继,得慰二亲难。"张氏常有中甲科者,故有世科之语。〔《青箱杂记》〕

〔一〕"谁",原作"虽",依清钞本改,《青箱杂记》同。

张退傅文懿士逊、赵少保叔平概、张枢相升皆寿八十六,陈丞相文惠尧佐寿八十二,杜丞相正献衍寿八十一,富丞相文忠弼寿八十。文惠致政,退傅诗曰:"青云歧路游将遍,白发光阴得最多。"〔同前〕

天圣中李康靖公若谷、庆历中邯郸公淑,皆知滑州。后八年,审言又知。前此,邯郸公迎康靖公到滑,康靖题诗于州廨曰:"滑守如今是世官,阿戎出守自金銮。郡人莫讶留题别,孙息期同住此看。"后审言刊石纪其事。同前

元丰初,王伸效王建作《宫词》百首献之,颇有意思,诗云:"太皇生日最尊荣,献寿宫中未五更。天子捧觞仍再拜,宝慈侍立到天明。"宝慈,皇太后宫名。太后幸景灵宫,驾前露面双童女,诗曰:"平明彩仗幸灵宫,紫府仙童下九重。整顿珑璁时住马,画工暗地貌真容。"《古今诗话》

张九龄在相位[一],有謇谔匪躬之诚。明皇怠于政事,李林甫阴中伤之。方秋,明皇令高力士持白羽扇赐焉。九龄作《归燕诗》贻林甫曰:"海燕何微眇,乘春亦暂来。岂知泥滓贱,只见玉堂开。绣户时双入,华轩日几回。无心与物竞,鹰隼莫相猜。"林甫知其必退,恚怒稍解。《明皇杂录》

〔一〕"位"字依明钞本补。

段文昌，广都县人，父以卖油为业。生〔一〕而多智，长亦有文。常跨驴行，乡里笑之。三十年间，衣锦归蜀。蜀人赠诗曰："昔日骑驴学忍饥，今朝忽着锦衣归。等闲画虎驱红旆，可畏登龙入紫微！富贵不由公祖解，文章生得羽毛飞。广乡再去应惆怅，犹有江边旧钓矶。"《鉴戒录》

〔一〕"业。生"，明钞本作"生。少"，似胜。

罗史君向，庐州人，不事产业，以至困穷。常投福泉寺随僧饭而已，其学未尝废。二十年间持节归乡里，及境，至僧房书壁曰："二十年前此布衣，鹿鸣西上虎符归。行时宾从过前事，到处松杉长旧围。野老共遮官路拜，沙鸥遥认隼旗飞。春风一宿琉璃殿，惟有泉声惬素机。"同前

雷州及海外琼崖多香木，夷民以为槽饲鸡犬。郑文宝诗曰："沉檀香植在天涯，贱等荆衡水面槎。何必为槽饲鸡犬，不如煨烬向豪家。"《谈苑》

建州山水奇秀，创寺落落相望。伪唐建安寺三百五十一，建阳二百五十二，浦城一百七十八，崇安八十五，松溪四十一，关隶五十二，仅千区。杜牧《江南》绝句云"南朝四百八十寺"，谓是也。

刘经为庬政事舍人，来奉使，路中有野韭可食，味绝佳，作诗云："野韭长犹嫩，沙泉浅更清。"并同前

张弘靖三世掌纶诰，秉钧轴，杨巨源赠〔一〕诗云："伊陟无闻祖，韦贤不到孙。"时称其善与张家说家门。巨源燕居吟咏，年老得疾，头数摇，人言吟咏习成。《诗史》

〔一〕"赠"字依明钞本补。

张镐少有大志，游京师，未始知名。嗜酒跌宕，人有邀之，策

杖而往,大醉即归,言不及世务。杨国忠荐为右拾遗,不二年,由谏议大夫擢中书侍郎平章事。杜少陵云:"张公一生江海客,身长九尺须眉苍。召起遐遇风云会,扶颠始知筹策良。"正谓镐。

王元之出守黄州,时苏易简榜下放孙何等三百五十八人,奏曰:"禹偁禁林宿德,累为迁客,飘泊可念。臣欲令榜下诸生罢集,缀马送于郊。"奏可。送过四短亭。诸生列拜于官桥。元之口占一绝付状元曰〔一〕:"为我深谢苏公。"其诗曰:"缀行相送我何荣,老鹤乘轩愧谷莺。三入承明不知举,看人门下放诸生。"时诸亲友观望不敢私近,惟窦元宾执手于阁门曰:"天乎,天乎,得非命欤!"公以诗谢,其略曰:"唯有南宫窦员外,为余垂泪阁门前。"〔《玉壶清话》〕

〔一〕"曰"字依明钞本补。

文潞公居伊洛日,年七十八,同时中散大夫程珦〔一〕、朝议大夫司马旦、司封郎中致仕席汝言,皆年七十八,尝为同甲之会,各赋诗。潞公诗曰:"四人三百十二岁,况是同生甲〔二〕午年。占得梁园为赋客,合成商岭采芝仙。清谈亹亹风生席,素发飘飘雪满肩。此会从来诚未有,洛中应作画图传。"〔《梦溪笔谈》卷十五〕

〔一〕"珦"字依明钞本补。《梦溪笔谈》卷十五同。

〔二〕"甲"当依《梦溪笔谈》作"丙"。

荆公罢相知金陵,有诗曰:"投老归来一幅巾,君恩犹许备藩臣。芙蓉堂下疏秋水,聊与龟鱼作主人。"再罢相,以会灵观使居钟山,又作诗曰:"乞得胶胶扰扰身,江湖波浪替埃尘。只同凫雁为闲侣,不与龟鱼作主人。"〔《东轩笔录》卷六〕

荆公初拜相,以未谢,坐阁中不见客,一二门生侍坐,但见颦蹙不言,徐题诗于窗曰:"霜筠雪竹钟山寺,投老归欤寄此生。"放笔而起,人莫测其意。〔《东轩笔录》〕

国朝内相服金带，朱衣一名前引。两府则金球文带佩鱼，朱衣二人，谓之重金。望两制久者，则曰："眼前何日赤，腰下几时黄？"望两府久者，则曰："眼赤何时两，腰黄甚日重？"

熙宁中，高丽使人至京师求王平甫诗，有旨令京尹元厚之钞录以赐。厚之自诣平甫求新著。平甫以诗戏之曰："谁使诗仙来凤沼？欲传贾客过鸡林。"

福唐有老妪当垆，有举子谓妪曰："吾能与尔致数十千。"乃令妪作酒帘，题曰："下临广陌三条阔，斜倚危楼百尺高。"太守王祠部逵见之大喜，呼妪，与钱五千、酒一斛。盖诗乃王公《咏酒旗诗》，平生最得意者。

大社二祭多差近臣。王禹玉在两禁二十年，熙宁间为翰林学士，复被差，题诗于斋[一]宫曰："邻鸡未动晓骖催，又向灵坛饮福杯。自笑治聋知不足，明年强健更重来。"〔《倦游杂录》〕

〔一〕"斋"，原作"齐"，依明钞本改。

关右人或作京师语音，俗谓之獠语，士大夫亦然。有太常博士杨献民，河东人。时鄜州修城，差望青砍木，作诗寄僚友曰："县官伐木入烟萝，匠石须材尽日磨。"盖以乡音呼忙为磨也。士人而狥俗不典，可笑。〔《倦游录》〕

魏仲先《赠莱公诗》曰："有官居鼎鼐，无宅起楼台。"仁宗即位，北使至，赐宴，惟两府预焉。北使历视坐中，问译者曰："孰是'无宅起楼台'相公？"丁晋公令译者曰："南方须大臣镇抚，寇公抚南夏，非久即还。"《古今诗话》

元微之自会稽拜尚书左丞，到京未逾月，出武昌，诗赠夫人裴氏曰："穷冬到乡国，正岁别京华。自恨风尘眼，看他远地花。碧幢还照耀，红粉莫咨嗟。嫁得浮云婿，相随即是家。"夫人答曰："使门初拥节，御苑柳丝新。不是悲殊命，惟愁别近亲。黄鹏啼古木,朱履从清尘。想到千山外,沧江正暮春。"

贞元中,李挚以宏词振名,与李行敏同姓,同年登第,又同岁及同门。挚答行敏诗曰:"因缘三纪异,契分四般同。"

武宗怒一宫嫔,谓柳公权曰:"得学士一诗,当释之。"遂进诗曰:"不忿前时误主恩,已甘寂寞守长门。今朝却得君王顾,重入椒房拭泪痕。"

柳公权从事未央宫,文宗谓曰:"有一喜事。边上赐衣久不时,今年二月已给。公可贺我以诗。"公权进诗曰:"去岁虽无战,今年未得归。皇恩何以报,春日得春衣?"

严续仆射请韩熙载为父撰神道碑。珍货外,仍缀一姬为润笔。韩受姬。及文成,但叙谱系品秩及薨葬哀赠之典而已。续嫌之,乃封还,意其改窜。熙载亟以歌姬并珍赠还之。姬登车,书一绝于泥金双带云:"风柳摇摇无定枝,阳台云雨梦中归。他年蓬岛音尘断,留取尊前旧舞衣。"同前

雄州安抚都监称宣事云:"房中好乐天诗。闻房有诗云:'《乐天诗集》是吾师。'"

白乐天一举登第,作诗曰:"慈恩塔下题名处,十九人中最少年。"时年二十七。

大和二年,崔郾侍郎东都发榜,西都过堂。杜紫微第五人登第,作诗曰:"东都发榜未花开,三十三人走马回。秦地少年多酿酒,却将春色入关来。"

宝历中,杨嗣复相,具庆下继放甲榜。时先[一]仆射自东洛入觐,嗣复率生徒迎于潼关,宴于新昌里第,元白在焉,皆即席赋诗。杨汝士诗后成,元白览之失色。诗曰:"隔座应须赐御屏,尽将仙翰入高冥。文章旧价留鸾掖,桃李新阴在鲤庭。再岁生徒陈贺宴,一时良史尽传馨。当时疏傅虽云盛,讵有兹筵醉醑

醺!"汝士是日大醉,归谓诸子曰:"今日压倒元白。"

〔一〕"先",原作"无",依明钞本改。

何扶,大和元年登第,明年再捷,以一篇寄同年曰:"金榜题名墨尚新,今年依旧去年春。花开每被红妆问:何事重来只一人?"并同前

紫阁山老僧文聪说,晏相来游山,猕猴万数遍满山谷。僧言未尝如此之多。晏诗寻添猕猴之句。《杂志》

王沂公与李文定公连榜取殿魁,又相继秉钧轴。文定镇并门,公均劳逸本乡,作诗寄之,略曰:"锦标得隽曾相继,金鼎调元亦荐更。并土儿童公再见,会稽幢绂我先荣。"或曰:"如此名实,何由企及!"《续归田录》

潘阆在舒州潜山寺为行者,题诗钟楼云:"绕寺千千万万峰,忘第二句顽童趁暖贪春睡,忘却登楼打晓钟。"孙仅为郡官,见诗曰:"此潘逍遥也。"告寺僧呼行者,潘已亡去。《贡父诗话》

越州鳗井在应天寺。井在一盘石上,高数丈,井才方数寸,乃一石窍也,深不可知。徐浩诗云:"深泉鳗井开",即此也。其来亦远。鳗时出游,人取之置衣袖间,了无惊猜,如鳗而有鳞耳。其大尾有刃迹,相传黄巢曾以剑砍之。凡鳗出,必有水旱疫疠之疾,乡人以此候之。(《笔谈》)

学士院有双鹊,尝栖于西轩海棠枝上。每学士会食,必徘徊翔集于玉堂之上,略无惊畏,因谓之灵鹊。时或鸣噪,必有大诏令或宣召之事。故晁公见和诗云"却闻灵鹊心应喜",并予宿直诗云"灵鹊先依玉树栖"。二诗出〔一〕《枢庭集》。《金坡遗事》

〔一〕"出",明钞本作"在",似胜。

鼎州甘泉寺介官道之侧,泉甚佳,便于漱酌,行客无不留者。寇莱公南迁,题东槛曰:"平仲经此,望北阙,黯然而行。"未几,

丁晋公又过,题西槛曰:"谓之酌泉礼佛而去。"后范讽补之安抚湖北,题诗曰:"平仲酌泉方北望,谓之礼佛向南行。烟岚翠锁门前路,转使高人厌宠荣。"《古今诗话》

退傅张文懿[一]晚春乘安舆出南薰门,缭绕都城,游金明池,抵宿诣宜春门入。关吏捧牌请官位。书云:"闲游灵沼送春回,关吏何须苦见猜!八十老翁无品秩,三曾身到凤池来。"同前

〔一〕"张文懿",原作"张懿",依本卷校补。

增修诗话总龟卷之十八　丙集

纪实门中

赵平叔客涟水军，郡守召置门下，数年，平叔以馆职守涟水。后守以所居为豹隐堂。石曼卿有诗云："熊非〔一〕清渭逢何暮，龙卧南阳去不还。年少客游〔二〕今郡守，蔚然惟在立谈间。"士大夫留诗甚多，莫可偕者。《古今诗话》

〔一〕"非"，《中山诗话》同，明钞本作"飞"。

〔二〕四字依明钞本补。

炀帝好食蛤，忽有一蛤，椎击不破，异之，置于几下。一夜有光，肉乃自脱，有一佛、二菩萨象，悔之，乃不食蛤。段成式有诗云："虽因雀变化，不逐月亏盈。纵有天中象，神功讵可成！"又云："相好全如梵，端严只为谁？宁同蚌顽恶，且与鹬相持。"

西洛上清宫混元后有吴生画五圣，杜甫诗云："五圣联龙衮，千官列雁行。"谓是也。

刁纯使契丹诗曰："押燕移离毕，看房贺跋支。饯行三匹裂，密赐十貔狸。"皆纪实也。移离毕，官名，如中国执政官；贺跋支如执衣防阁；匹裂，小木罂〔一〕，以色绫木为之，如黄漆；貔狸，形如鼠而大，穴居，食谷粱，嗜肉，狄人为珍膳，味如豚肉而脆。

〔一〕"罾",原作"瞿",依南图藏明钞本改。

川陕呼梢工篙手为三长。老杜诗云:"长年三老歌声里,白马滩前白浪中。"

土气有早晚,天时有愆伏,如平地三月花者,深山四月方花。乐天《游大林寺》云:"人间四月芳菲尽,山寺桃花始盛开。"同前

张乖崖镇宛丘,邸报王文正大拜,不悦,谓坐客曰:"朝廷肯用经纶康济人乎?余少以直节自誓,束发登用,无两府心。"幕中杜寿隆曰:"固知公无两府意。"公曰:"吾胸中事,尔安得知?"杜曰:"尝见公《柳诗》云:'安得辞荣同范蠡,绿丝和雨系扁舟!'"

雍陶知简州,自比谢宣城柳吴兴,宾至则挫辱,投贽者少得见之。冯道明下第请谒,给阍者曰:"与太守故旧。"及见,呵责曰:"与公昧平生,何故旧之有?"道明曰:"诵公诗,得相见,何隔平生?"遂吟雍诗曰:"立当青草人初见,行近白莲鱼未知。""闭门客到常如病,满院花开未是贫。""江声〔一〕秋入峡,雨叶夜侵楼。"雍厚之。〔二〕

〔一〕"声",原作"楼",据《云溪友议》卷上校改。

〔二〕按此则已见卷三"知遇门",文小异。

元和十一载,李源公榜三十三人皆取寒素,时有〔一〕诗曰:"元和天子丙申年,三十三人同得仙。袍似烂银文似锦,相将白日上青天。"(并同前)

〔一〕"有"字依明钞本补。

抚州有放生池,禁采捕。忽有乘小舟钓于其上,太守蔡大夫令人捕之。钓者为诗曰:"投却长竿卷却丝,手携蓑笠献新诗。明知太守清如镜,不是渔人下钓时。"乃野人张项。同前

薛能尚书镇彭门,时溥刘巨容周岌俱在麾下。未数年,溥领徐,巨容镇襄,岌领许,俱假端揆。故能诗:"旧将已为三仆射,病身犹是六尚书。"(同前)

王拱辰守长安日,初礼上理掾口号云:"人间合作大丞相,天下犹呼小状元。"梅挚知钱塘,有一掾官撰礼上曲子云:"黄合方开,金鼎调羹只待梅。"皆着题。(同前)

孟宾于字国仪,连州辅国乡人。天福中,自湖湘越京洛应举。远人无援,遂卜命于华山神珓,有如一年乞一珓,凡六掷,得上上大吉。每年下第有诗,今略举一联用表其第:一年云:"蟾宫空手下,泽国更谁来!"二年云:"水国二亲应探榜,龙门三月又伤春。"三年云:"仙岛却回空说梦,清朝未达自嫌身。"第四年云:"失意从他桃李春,嵩阳经过歇行尘。云僧不见城中事,问是今年第几人。"五年云:"因逢日者教重应,忍被云僧劝却归。"天福九年礼部侍郎符蒙下及第,果六举。后往江南,官至水部郎中,致仕,居吉州玉笥山。复知丰城县,年七十余卒。《郡阁雅谈》

炀帝时,洛阳进合蒂迎辇花,得之嵩山坞中,人不知名,采者异之,因以名迎辇花。浓艳芬馥,或惹襟袖,移时不散,嗅之令人不睡。命宝儿持之,号司花女。宝儿姓袁,长安进御车女,年十五,腰肢纤弱。时诏虞世南草《征辽德音》于侧,宝儿注视久之。炀帝谓世南曰:"旧传飞燕可掌上舞,今得宝儿,方昭前事。注目于卿,卿才人,可便嘲之。"世南应诏为绝句曰:"学画鸦儿半未成,垂肩大袖太憨生。缘憨却得君王惜,长把花枝傍辇行。"帝悦。龙舟凤舸,每舟择妙丽长白女子千人,执雕檀金楫,号殿脚女。一日,炀帝凭殿脚女吴绛仙肩,喜柔丽不与群辈齿。爱绛仙善画长眉,将拜婕妤,适早嫁万郎,故不克。顾内谒者云:"古人云秀色若可餐,如绛仙真可乐饥矣。"因吟《持楫篇》赐之曰:

"旧曲歌《桃叶》，新妆艳落梅。将身倚轻楫，知是渡江来。"诏殿脚女千辈唱之。越溪进耀花绫，绫文突起，有光彩。越人乘樵风泛舟石帆山下，收野茧。缫丝女夜梦神人告云："禹穴三千年一开，所得茧，即《江淹文集》中壁鱼所化，丝织为裳，必有奇文。"织成，果得所梦。独赐司花女泪绛仙。萧妃恚怒不怿，由是稍稍不亲幸。炀帝尝醉游宫中，偶戏宫婢罗罗，畏妃，不敢迎帝，辞有程姬之疾，不可荐寝。帝嘲曰："个人无赖是横波，黛染龙颅簇小娥。幸有留依伴成梦，不留依住意如何！"炀帝往往为妖祟所惑，游鸡台，恍惚与陈后主相遇，唤帝为殿下。后主戴单纱皂帻，绰袖长裾，绿锦纯缘，紫文方平履。舞女数十侍左右，一人迥美，炀帝累目之。后主云："殿下不识此[一]人！即丽华也。"以绿文测海蠡酌红梁新酝劝帝饮。因请丽华舞《玉树后庭花》，丽华辞以抛掷岁久，自井中出，腰肢旅拒，无复往时。再三索起，终一曲。后主咏十数篇，炀帝不记，独爱《小窗诗》及寄《侍儿碧玉诗》。云："午醉醒来晚，无人梦自惊。后二句《诗史》谓是唐人宋咸作夕阳如有意，偏傍小窗明。"《碧玉诗》云："离别肠应断，相思骨合销。愁魂若飞散，凭仗一相招。"丽华拜求帝一章，辞以不能。丽华笑曰："尝闻'此处不留侬，自有留侬处'，安可言不能！"炀帝强为之操觚曰："见面无多事，闻名尔许时。坐来生百媚，实个好相知。"丽华赧然不怿。后主问："龙舟之游乐乎？始谓殿下致治尧舜之上，今日复此逸游！人生各图快乐，曩时何见罪？三十六封书，使人至今怏怏。"炀帝叱之，不见。帝幸月观，清景晴明，左右皆寝，凭萧妃肩说东宫时事。适黄门映蔷薇丛调宫婢，衣胁[二]蔷薇，吃吃声笑。帝望腰肢纤弱，意望宝儿，披单衣亟擒，乃雅娘。萧妃喟然不止。帝曰："往年幸妥娘时，情态正如此。曾效刘孝绰为《离忆诗》，尝念与妃，记之否？"萧妃即念云:"忆睡时[三],待来刚不来。卸妆仍索伴,解佩更相催。博山思结梦,沉水永成灰。""忆起时,投签初报晓。被惹香黛残,枕隐金钗袅。笑动[四]上林春,除却司晨鸟。"炀帝云:"日月遄迈,今已几年事矣。"《大业拾遗》

〔一〕自"十"起二十一字依明钞本补。

〔二〕"朒"清钞本缪校本作"背",《说郛》卷七八引《隋遗录》作"骂",宜从。

〔三〕"睡时",原作"往来",依明钞本改。

〔四〕"动",原作"观",依明钞本改。

襄王僭伪,逼李拯为伪官。拯尝吟曰:"紫宸朝罢缀鹓鸾,丹凤楼前驻马看。惟有终南山色好,晴明依旧满长安。"拯终为乱兵所杀。《南部新书》

裴皞官至礼部尚书,放三榜,四人拜相:桑维翰、窦正固、张砺、马裔孙。清泰二年,马裔孙知贡举,才放榜,谢恩,引诸生诣座主宅谒拜,裴公以诗示云:"宦途最重是文衡,天与愚夫著盛名。三主礼闱年八十,门生门下见门生。"未开宴,裔孙登庸。《郡阁雅谈》

吴长文使虏诗云:"夐车一牛驾,朝马两人骑。"《杂志》

昔执政有诗云:"躁因修贺刺,懒为答空书。"又有省判者云:"省府旧例不答空书。"同前

文德殿,百官常朝之殿。宰相奏事毕乃来押班,常至日旰。守堂卒好以厚朴汤饮朝士。朝士有久无差遣厌苦常朝者,戏为诗曰:"立残庭下梧桐影,吃尽阶头厚朴汤。"《古今诗话》

李德诚加司空,守临川。殷文圭草麻。德诚濡毫之赆,久而未至,以诗督之曰:"紫殿西头月欲斜,曾草临川上相麻。润笔已曾关奏谢,更飞章句问张华。"时皆少之。〔《南唐近事》〕

189

冯延鲁公出讨闽中,催督军粮,急于星火。李建勋以诗寄之曰:"粟多未必全为计,师老须防有伏兵。"既而福州之兵,果为越人所败。及归,迁司空,累表乞致政,自称钟山公,诏授司徒,不起。学士殷悦致状贺之,建勋以诗答曰:"司空犹不作,那敢作司徒。幸有山公号,如何不见呼?"先是,宋齐丘自京口求退于青阳,号九华先生。未周期,一诏而起,时论薄之。建勋年德未衰,时望方隆重,或有以比宋公者,因为诗曰:"桃花流水虽相似,不学刘郎去又来。"《南唐近事》

化度寺内有无尽藏院。京城施舍,日渐崇盛。武德、贞观后,钱帛金玉,积聚不可胜计。常使名僧监藏,为等分:一分供天下伽蓝修理之用,一分施天下饥饿,一分充旧供无遮之会。城中士女奔走舍施,争次不得,至暮收获亦巨万。有大车载钱帛舍了弃去,不知姓名者多矣。藏内物,天下寺院许容来取供给,亦不可胜数不阻。贞观年中,有裴元智戒行修谨,宛是修行高人。入寺洒扫十年有馀。寺中观其行无玷缺,使之守藏。不觉被盗去黄金极多,将去[一]不可知数。寺众见潜走去后不还,众僧惊异,遂于元智寝房内看,壁上有诗四句曰:"将肉遣狼守,置骨向狗头。自非阿罗汉,焉能免得偷!"后莫知所之。武后遂移藏东都福光寺。日久,钱物渐耗,却移归旧寺。至开元九年,发散钱帛于京师诸寺。《二京灵异小录》

仆在吴兴游诸寺卿诗[二]曰:"微雨止还作,小窗幽更妍。盆山不见日,草木自苍然。"非至吴越,不见此景。《百斛明珠》

〔一〕"诸寺",明钞本、缪校本作"记元"二字,皆费解。《东坡题跋》卷三此句作"仆为吴兴,有《游飞英寺》诗"。然诗中无此四句。此四句见诗集《端午遍游诸寺得禅字》诗中。

旧读苏子美《六和寺诗》云:"沿桥待金鲫,竟日独迟留。"初不喻此语。及倅钱塘，乃知寺后池中有此鱼如金色。复游池上，投饼饵，久之，略出不食，后人不可见。自子美作诗至今四十年，已有迟留之语。苟非难进易退而不妄食，安能如此寿耶？同前

京师风物繁富，士大夫牵于事役，良辰美景，罕宴游之乐，其诗至有"卖花担上看桃李，拍酒楼前听管弦"之句。《玉堂闲话》

张乔，九华人。咸通末，取京兆府解。李建州时为京兆府参军主试。同时有许棠及乔，俞坦之、剧燕、任涛、吴罕、张蠙、周繇、郑谷、李栖远、温宪、李昌符，谓之十哲。〔一〕其年府试《月中桂诗》，乔擅场，诗曰："与月长洪濛，扶疏万古同。根非生下土，叶不坠秋风。每向圆时足，还随缺处空。影高群木外，香满一轮中。未种丹霄日，应虚白兔宫。何当随羽化，细得问元功。"其年以许棠在场屋多年，为荐首。乔许〔二〕坦之在许下，薛能尚书深知，以诗唁二子云："何事尽参差，惜哉吾子诗。日令销此道，天亦负明时。有路当重振，无门即不知。何当见尧日，重与啜浇漓。"《摭言》

〔一〕胡震亨《唐音癸签》卷二十八《谈丛四》录诗人同此，谓"实十二人"。《唐才子传》卷九《郑谷传》录十哲，无剧燕、吴罕；卷十《张乔传》无温宪、李昌符。

〔二〕"许"字清钞本无，《唐摭言》卷十作"与"，义长。

仆初入庐山，山谷奇秀，平生所未见，殆应接不暇，遂发意不作诗。已而，见山中僧俗皆言"苏子瞻来矣"，不觉作一绝云："芒鞋青竹杖，自挂百钱游。可怪深山里，人人识故侯。"既自悔前言之谬，又作两绝云："青山若无素，偃蹇不相亲。要识庐山面，他年是故人。"又云："自昔怀清赏，神游杳霭间。如今不是梦，真个在庐山。"是日，有以陈令举《庐山记》见寄者，且行且读，见其中云徐凝李白之诗，不觉失笑。旋入开先寺，僧求诗，因

作一绝云：":帝遣银河一派垂,古来惟有谪仙辞。飞流溅沫知多少,不为徐凝洗恶诗。"往来南北山十馀日,以为胜绝不可胜谈。择其尤者莫如漱玉亭三峡桥,故作此二诗。最后与总老游西林作一绝云：":横看成岭侧成峰,到处看山了不同。不识庐山真面目,只缘身在此山中。"余庐山诗尽于此。《百斛明珠》

余在岐下,见秦州进一马,鬃如牛项垂胡,侧立颠倒,毛生肉端。蕃人云：":此肉鬃马也。"乃知《邓公骢马行》云"肉骏硍磒连钱动",当作"肉鬃"。

唐人煎茶用姜,故薛能诗云：":盐损添常戒,姜宜着更夸。"据此,则又有用盐者矣。近世有用此二物者,辄大笑之。然茶之中等者,用姜煎信佳,盐则不可。

安定郡王以黄柑酿酒,谓之"洞庭春色",色香味三绝,以饷其犹子德麟。德麟以饮予,为作诗,醉后信笔,颇有沓拖风气,云：":去年洞庭秋,香雾长噀手;于今洞庭春,玉色疑非酒。贤王文字饮,醉笔龙蛇走。既醉念君醒,远饷为我寿。瓶开香浮坐,盏凸光照牖。方倾安仁醽,潘岳赋云：'披黄苞以授甘,倾缥瓷以酌酃'。莫遣公远嗅。要当名字奇,未可论升斗。应呼钓诗钩,亦号扫愁帚。君知葡萄恶,正是嫫母丑。须君滟海杯,浇我谈天口。"并同前

增修诗话总龟卷之十九

纪实门下

世人画山水竹石,不假五色而成,未有以画花者。汴解[一]独能之,因赋诗云:"造物本无物,忽然非所难。花心起墨晕,春色散毫端。缥缈形才就,扶疏态自完。莲风[二]悉颠倒,杏雨半披残。幸有狂居士,求为黑牡丹。兼书平子赋,归去雪堂看。"《百斛明珠》

〔一〕"汴解",诗集《墨花》并序作"汴人尹白",当据改。

〔二〕"风",原作"花",依明钞本改。

十一月三日,与几先自竹西来访庆老不见,与君卿供奉蟾知客东阁道话久之,作诗云:"卷卷长廊走黄叶,席席垂地香烟歇。主人待来终不来,红火消尽灰如雪。"

岭南气候不常,吾尝云:"菊花开时乃重阳,凉天佳月即中秋,不须以日月为断。"今岁九月,残暑方退。既望之后,月出愈迟。余尝夜起登合江楼,或与客游丰湖栖禅寺,扣罗浮道院,登逍遥堂,逮晓乃归。杜子美云:"四更山吐月,残夜水明楼。"此古今绝唱,因其句作五首,仍以"残夜水明楼"为韵云:"一更山吐月,玉塔卧微澜。正似西湖上,涌金门外看。冰轮横海阔,香雾入楼寒。停鞭且莫上,照我酒杯残。""二更山吐月,幽人方独夜。可怜人与月,夜夜江楼下。风枝久未停,露草不可藉。归来掩关卧,唧唧幽夜话。""三更山吐月,栖鸟夜惊起。起寻梦中游,清绝正如此。驱云扫泉溜,俯仰迷空水。幸可饮我牛,不须违洗耳。""四更山吐月,皎皎为谁明。幽人赴我约,坐待玉绳横。野桥多断板,山寺有微行。今夕定何夕,梦中游化城。""五更山吐月,窗迥室幽幽。玉钩还挂户,江练却明楼。星河淡欲晓,鼓角冷知秋。不眠翻五咏,清切变蛮讴。"

海南有五色雀,常以两绛者为长,进止必随,俗谓之凤凰,云久旱而见辄雨,潦则反是。吾卜居儋耳城南,尝一至庭下。今又见之黎子云及其弟威家。洎既去,吾举酒祝之曰:"若为吾来者,当再集也。"已而果然,乃为赋诗云:"粲粲五色羽,炎方凤之徒。青黄缟玄服,翼卫两绥朱。仁心知闵农,常告雨霁符。我穷惟四壁,破屋无占乌。惠然此粲者,来集竹与梧。锵鸣如玉佩,意欲相嬉娱。寂寞两黎生,食菜真臞儒。小圃散春物,野桃陈雪肤。举杯得一笑,见此红鸾雏。高情如飞鸿,未易握粟呼。胡为去复来,眷眷岂属吾一作予。回翔天壤间,何必怀此都。"并同前

元丰五年十二月十九日东坡生日,置酒赤壁矶下,踞高峰,俯鹊巢,酒酣,笛声起于江上。客有郭尤二生,颇知音,谓坡曰:"笛声有新意,非俗工也。"使人问之,则进士李委闻坡生日,作南曲曰《鹤南飞》以献。呼之使前,则青巾紫裘腰笛而已。既奏新曲,又快作数弄,嘹然有穿云裂石之声,坐客皆引满醉倒。委袖出嘉纸一幅曰:"吾无求于公,得一绝句足矣。"坡笑而从之。诗云:"山头孤鹤向南飞,载我南游到九嶷。下界何人也吹笛,可怜时复犯龟兹。"《玉局文》

秦少章不见十年,忽一日见访,书一篇为惠云:"不到王家

近十年,子猷风韵亦依然。旧时朋友今何在,别后新诗谁与传?"余戏曰:莫太犯老杜,所谓:"不见旻公三十年,封书寄与泪潺湲。旧来好事今能否,老去新诗谁与传?"

张嘉甫云:"余少年见人诵一诗,所谓'但存方寸地,留与子孙耕',不知何人语。元符三年过毗陵汪迪家,出所藏水部贺公手书,乃知此诗贺所作,世俗以为他人,非也。贺天圣中为郎,真宗东封,谒于道左。元祐初,其二弟逾乔者来京师云,贺尝于泰山望见东坡,意甚喜之,欲上元至龟蒙,东坡为作诗。亦赋五篇。"余爱嘉甫一章云:"方寸平田便有馀,子孙无复废耕锄。已将不死为嘉种,更向无何筑隐居。"《王直方诗话》

吕申公在扬州日,因中秋令秦少游作口号,少游有"照海旌幢秋色里,激天鼓吹月明中"之句。是夜却微阴,公云:"不着也。"少游乃别作一篇,末云:"自是我公多惠爱,却回秋色作春阴。"参寥与余言如此。余曰:"此真所谓'翻手作云'也。"

李希声云:"舒王罢政事时居州东刘相宅,于东院小厅题'当时诸葛成何事,只合终身作卧龙'者数十处,至今尚有三两处在。"希声,刘氏婿,故知其详。云曾见数纸屏,亦只写此两句。

"滕王蛱蝶江都马,一纸千金不当价。异材天纵非力能,画工不见甘为下。今代风流数十年,含毫落笔开山川。忽忘朽老压尘眼,却怪凫鸿堕目前。迩来八骏复秀出,万里山河才咫尺。眼边争[一]得有突兀?复似天地初开辟。明窗写出《高轩过》,便逐沦混[二]闻吟哦。晚知书画真有益,却悔岁月来无多。官禁修严绝过访,时于僻寺聊脱[三]靰。秀润如行琮璧间,清明似别星辰上。忧悲惆怅百不行,河鞏太华东南倾。平生秀句寰区满,掇拾弃置成丹青。平湖远岫开精神,陡觉文字生清新。未许两豪来角立，要知旁有卫夫人。"此无己所赋宗室士暕《高轩过图》诗也。初，无己谓余曰："近宗子节使使余作一诗，皆挂名其间，得百千以为女子嫁资，可乎？"余曰："诗未成，则钱不可授；诗已成，则钱不可来。"数日，无己卒，士暕赠以十缣。并同前

〔一〕"争"，原作"事"，依明钞本改。

〔二〕"逐"，原作"遂"，依明钞本改。"沦混"当依诗注卷十二作"愈湜"。

〔三〕"脱"，缪校本作"税"，与诗集同。

卢多逊与赵普睚眦，太宗践阼，凡对即倾之。普出守河阳日朝辞，面诉曰："臣以无状之迹，获事累圣。曩日与先帝面受昭宪皇后命，遣臣亲写二书，令大宝神器传归陛下，以二书合缝批之，立臣衔为证。其一书先后纳于柩，一书先帝手封禁中，乞陛下寻之，庶几少雪。此行身移则事起，豺狼在途，危如累卵，谁肯为臣辨者？"后果得书于宫中，帝〔一〕疑遂决，多逊窜崖州。太宗谓普曰："几误斩卿。"王元之《赵韩王挽词》有"鸿勋书册府，遗训在金縢"之句，乃谓是也。《古今诗话》

〔一〕"帝"字依明钞本补。

方勉字及甫，娶许虞部女，好学能诗。勉尝同妻夜看《晁错传》，许氏有诗云："匣剑未磨晁错血，已闻刺客杀袁丝。到头昧却人心处，便是欺他天道时。痛矣一言偷害正，戮之万段始为宜。邓公坟墓知何处，空对斯文有泪垂。"勉后与故人饮于市，醉犯夜禁，囚于府庭。时郑毅夫作尹，许氏献书援其夫，并投诗云："明时乐事输〔一〕诗酒，帝里风光剩占春。况是白衣重得侣，不堪青旆自招人。早知玉漏催三鼓，不把金貂换百巡。大抵仁人怜气类，不教孤客作囚身。"遂释其夫。勉死，许氏居陋巷，教子为学登科，贤哉！同前

〔一〕"输",原作"偷",依明钞本改。此条前明钞本有《青琐高议》"衡州"一条,故当为《青琐高议》之文。

唐相国孙公偓,宽裕通简,曾乘轺至蜀,诣杜光庭受箓,乃日尝遇至人。话及时事,每有高栖[一]之约。后登庸二府,竟出官南岳,《寄杜先生诗》,其要曰:"蜀国信难遇,梦乡心更愁。我行同范蠡,师举效浮丘。他日相逢处,多应在十洲。"唐末,朝廷罹谷水白马驿之祸,惟孙获免。《北梦琐言》

〔一〕"栖",原作"楼",依明钞本改。

温庭筠字飞卿,或作云,旧名岐。与李商隐齐名,时号温李。才思艳丽,工于小赋。每入试,押官韵作赋,凡八叉手而八韵成,多为邻铺假手,日救[一]数人。而士行有缺,搢绅薄之。李义山谓曰:"今得一联句云,'远比邵公,三十六年宰辅',未得偶句。"温曰:"何不云'近同郭令[二],二十四载中书'?"药名有白头翁,温以苍耳子为对。皆此类。宣宗爱唱《菩萨蛮》词。令狐相国假其新撰,密之,戒令勿泄,而遽言于人。由是疏之。温亦有言云"中书堂[三]内坐将军",讥相国无学也。宣宗微行,遇于逆旅,温不识,傲然诘之曰:"公非司马、长史之流乎?"又曰:"得非文参、簿尉之类?"帝曰:"非也。"谪为方城县尉,其制辞曰:"孔门以德行为先,文章为末。尔既德行无取,何以补焉!徒负不羁之才,罕有适时之用。"竟流落而死。杜郯公自西川除淮海,温诣韦曲杜氏林亭留诗云:"卓氏炉前金线柳,隋家堤上锦帆风。贪为两地行霖雨,不见池莲照水红。"郯公遗绢一千匹。

〔一〕"救",原作"拔",依明钞本、缪校本改。
〔二〕"令",原作"辅",依明钞本、缪校本改。
〔三〕"堂"字依缪校本补。

沈询侍郎,清粹端美,神仙中人。制除山东节旄,京城咸诵曹唐《游仙诗》:"玉诏新除沈侍郎,便分茅土领东方。不知今夜游何处,侍从归骑白凤凰。"其风采可知。

唐求言:成都距长安才二千里,每岁随计求名者甚鲜。建安之贡,无岁无之。故曰:"龙门一半在闽川。"信斯言矣。并同前

韩魏公尝从容议及养兵事,慨然曰:"某有所思而得之者,未尝以语人,人未必信。养兵虽非古,然积习已久,不可废。又自有利处,不为不深者。昔发百姓戍边无虚岁,父子兄弟有生离死别之苦,议者但云不知汉唐调兵于民。独不见杜甫《石壕吏》诗云:'暮投石壕村,有吏来捉人。老翁逾墙走,老妇出门看。吏呼一何怒,妇啼一何苦!听妇前致词:三男邺城戍。一男附书至,二男新战死。存者且偷生,死者长已矣。室中更无人,惟有乳下孙。孙有母未去,出入无完裙。老妪力虽衰,请从吏夜归。急应河阳役,犹得备晨炊。夜久语声绝,如闻悲幽咽。天明登长途,独与老翁别。'调兵于民,弊乃如此。后世收拾强而无赖者养之以为兵,良民虽税敛良厚,而终一身保骨肉相聚之乐。故兵能练习战阵而豪勇可使,岂可与农夫同日而语!"《韩魏公别录》

刘巴字子初,零陵人。有名于乡间,诸葛亮荐于蜀,用为将军曹掾,后为尚书令。巴恭行节俭,不治产业,非公事不言,策命皆巴所为。张飞尝与巴宿,巴不与言,飞甚怒之。诸葛亮谓曰:"张飞虽武夫,甚慕足下声望;足下虽天资高亮,宜少降意。"巴曰:"大丈夫当交四海英雄,如何与兵子语耶?"巴建武二年,出镇荆州,卒于岳阳,葬于郡西。后因巴坟,遂号岳阳为巴陵。时人语曰:"生居三湘头,死葬三湘尾。"同前〔一〕

〔一〕出处疑误。姚氏藏明钞本无出处,疑出《零陵总记》。

苏子由谪高安,云安时时相过,有聪禅师亦蜀人。一夕,云安梦同子由聪迓五祖戒禅师。既觉,语子由,聪亦至。子由曰:

"方与洞山说梦,子今来同说梦乎?"聪曰:"夜来梦吾三人迎戒和尚。"子由曰:"世间果有同梦者。"久之,东坡书至曰:"已至奉新,且夕相见。"三人喜,出城而坡至,则以语坡。坡曰:"轼七八岁,常梦是僧。又先妣方孕时,梦一僧来托宿。"及谪英州,云遣书至南昌,坡引纸大书曰:"戒和尚又错脱也。"后监玉局观,作偈答南华长老曰:"恶业相缠四十年,常行八棒十三禅。却着衲衣归玉局,自疑身是五通仙。"《冷斋夜话》

退之诗曰:"唤起窗全〔一〕曙,催归日未西。无心花里鸟,更与尽情啼。"余〔二〕儿时每哦此诗,了不解其意。自出陕〔三〕,吾年五十八。年时春晓,偶忆此诗,方悟唤起、催归二禽名也。催归,子规也。唤起,声如络丝,圆转清亮,偏于春晓鸣,江南谓之春唤。

〔一〕"全",原作"前",依明钞本改。

〔二〕《苕溪渔隐丛话前集》卷十七"余"字前有"山谷曰"三字,当据补。

〔三〕"出陕",《苕溪渔隐丛话》作"谪峡川"三字,当据改。

老杜《谒玄元庙》诗曰:"凤笙吹玉柱,露井冻银床。"许彦周云:"嘉祐中〔一〕,河滨渔网得一小石刻,诗曰:'雨滴空阶晓,无心换夕香。井梧花落尽,一半在银床。'银床,井栏也。莫知谁作。"

〔一〕"中"字依明钞本、缪校本补。

王仲至言老杜诗曰:"江莲摇白羽〔一〕,天棘梦青丝。"天棘自是一种物。高秀实曰:"天门冬也。一曰颠棘,非天棘也。"王元之诗曰:"水芝〔二〕卧玉腕,天棘舞金丝。"则天棘盖柳也。

〔一〕"羽",原作"扇",依明钞本改。

〔二〕"芝",原作"肢",依缪校本改。

韦应物《琥珀诗》曰："曾为老茯苓，元是寒松液。蚊蚋落其中，千年从可觌。"尝见琥珀中有物，形如蜂。此物自外国来，地有茯苓处皆无琥珀，不知韦公何以知之。

东坡《海棠》诗曰："只恐夜深花睡去，更烧银烛照红妆。"事见《太真外传》，曰：上皇登沉香亭，召太真妃子，时卯醉未醒，命力士使侍儿扶掖而至。妃子醉匀残妆，不能再拜。上皇笑曰："岂醉，是海棠睡未足耳。"作《尼童诗》曰："应将白练作仙衣，不许红膏污天质。"事见则天诏书曰：天下尼童用白练为衣。

《橄榄》诗曰："待得微甘回齿颊，已输崖蜜十分甜。"崖蜜，事见《鬼谷子》，曰：照夜清，萤也；百花酿，蜜也；崖蜜，樱桃也。《赠举子》诗曰："平生万事足，所欠惟一死。"事见《梁僧史》，曰：世祖宴东府，诏跋陀罗至。跋陀罗皤然，世祖戏曰："摩诃衍不负远来，唯有一生。"应曰："贫道客食陛下三十载，恩德厚矣。所欠者一死耳。"并同前

衡州天庆观蒋道士能[一]有《春日泛舟》云："石压笋斜出，岸悬花倒生。"后因太守怒不扫地，辱之，意盖见于前诗。守见诗，爱而召之，乃上诗曰："春来不是人慵扫，为惜苍苔衬落花。"刺史[二]悔焉，欲招之饮，蒋有诗谢曰："敲开败[三]箨露新竹，拾上落花妆旧枝。"其诗尤为湘人所慕爱。
〔《青琐高议》〕

〔一〕"能"下疑脱"诗"字。
〔二〕钞本"惜"至"史"字缺，据《青琐高议》卷九校补。
〔三〕钞本自"败"字下缺，据《青琐高议》校补。

增修诗话总龟卷之二十

咏物门上

王承之云:太祖一夕玩月,命学士卢多逊曰:"可以作诗。"多逊曰:"请用何韵?"太祖曰:"用儿字韵。"多逊奏诗曰:"太液池边月上时,好风吹动万年枝。谁家玉匣开新鉴,露出清光些子儿。"《王直方诗话》

王文康公,性质重厚,尝作诗曰:"枣花至小能成实,桑叶虽粗解吐丝。堪笑牡丹如斗大,不成一事又空枝。"《青箱杂记》

方干咏《击瓯》诗曰:"白器敲来曲调成,腕头匀细自轻清。随风摇曳有馀韵,测水浅深多泛声。春漏丁当相次发,寒蝉计会一时鸣。从今已得佳声出,众乐无由更擅名。"

李贞白,江南人,不仕,号处士,善嘲咏,曲尽其妙。《咏刺猬》云:"行似针毡动,卧若栗[一]球圆。莫欺如此大,谁敢便行拳!"尝谒一贵公子,不甚礼,厅有一格子屏风,题其上曰:"道格何曾格,言糊又不糊。浑身总是眼,还解识人无。"《咏狗蚤》云:"与虱都来不较多,攛挑筋斗太喽啰。忽然管着一篮子,有甚心情那你何!"《咏月》云:"当涂当涂见,芜湖芜湖见。八月十五夜,一似没柄扇。"建师晦[二]之子得诚罢管沿江水军,掌禁卫,颇

201

患拘束,方宴客,贞白在坐,食蟹,得诚顾贞白曰:"请咏之。"贞白曰:"蝉眼龟形脚似蛛,未曾正面向人趋。如今钉上盘筵上,得似江湖乱走无!"众客皆笑。《咏罂粟子》云:"倒排双陆子,希插碧牙筹。既似牺牛乳,又如铃马兜。鼓槌并瀑箭,直是有来由。"《谈苑》

〔一〕"粟",原作"粟",依明钞本改。

〔二〕"建师晦",《全唐诗》作"建帅陈晦",当据改。

汝阳溪穆清叔因寒食纵步郊外,会数年少同饮于〔一〕梨花下,以"香轮莫辗青青破,留与愁人一醉眠"各赋《梨花诗》。清叔得愁字,诗曰:"共饮梨花下,梨花插满头。清香来玉树,白蚁泛金瓯。妆靓青娥妒,光凝粉蝶羞。年年寒食夜,吟绕不胜愁。"众客阁笔。《云斋广录》

〔一〕"于",原作"松",依明钞本改。

大庾岭上有佛塔庙,往来题诗多矣。有妇人题云:"妾幼年侍父任英州司寇,既代归,父以大庾本有梅岭之名而反无梅,遂植三十株于道之右,因题诗于壁。今随夫之任端溪,复至此寺,前诗已污漫矣,因再书之云:'英江今日掌刑回,上得梅山不见梅。辍俸买将三十本,清香留与雪中开。'"好事者因以夹道植梅矣。《倦游录》

刘昭禹《闻蝉》诗云:"一雨一番晴,山林冷落青。莫侵残日噪,正在异乡听。孤馆宿漳浦,扁舟离洞庭。年年当此际,那免鬓凋零!"《雅言杂载》

李建枢《咏月》云:"昨夜圆非今夜圆,却疑圆处减婵娟。一年十二度圆缺,能得几多时少年!"《抒情集》

谢逸《谢人惠琴材》云:"风撼桐丝带月明,羽人乘醉截秋声。七弦妙制饶仙品,三尺良材称道情。池小未闻春浪泛,岳低犹欠暮云生。何妨乞与元中术,临化无妨膝上横。"《谢僧寄拄杖》云:"峭壁猿啼采处深,一枝奇异出孤岑。感师千里寄来意,发我片云归去心。窗外冷敲檐冻折,溪边闲点戏鱼沉。他年必借相携力,蹇步犹能返故林。"

刘希夷《闻砧》云:"秋天瑟瑟夜漫漫,月白天清玉露寒。始向松中萦素练,闲来机上制齐纨。"又《落花》云:"洛水城东桃李花,飞来飞去落谁家。洛阳女儿惜颜色,行逢花落长叹惜。"《题御柳》云:"花萼楼前初种时,美人楼上逗腰肢。如今抛掷长街里,露染如啼欲恨谁!"

曾庶几,吉州人。一《猿诗》甚切,云:"孤猿锁槛岁年深,放出城南百丈林。绿水任从连臂饮,青山不用断肠吟。"《雅言杂载》

李烈祖为徐温养子,年九岁,《咏灯》诗云:"主人若也勤挑拨,敢向尊前不尽心!"〔一〕温叹赏,遂不以常儿遇之。《诗史》

〔一〕诗已见卷五"自荐门"。

《惜竹诗》,独陈亚少卿最佳,诗曰:"出槛亦不剪,从教长瘦丛。年年到朱夏,叶叶是清风。"《古今诗话》

李义山游长安,投宿旅店,适会客,因召与坐,不知为义山也。酒酣,客赋《木兰花诗》,众皆夸示,义山后成诗曰:"洞庭波冷晓侵云,日日征帆送远人。几度木兰舟上望,不知船是此花身。"〔一〕坐客大惊,询之,方知是义山。《古今诗话》《零陵总记》载《木兰花诗》是陆龟蒙所作。

〔一〕原作"花是此船身",依明钞本、缪校本改。

钱太初《惜剑诗》曰:"得自袁公手,屠奸血未干。玉龙乘夜泣,秋水带寒霜。愿对英雄舞,羞教妇女看。太平无处用,抚匣泪汍澜。"《盆池》云:"一撮浮萍盖蛙黾,不知容得卧龙无?"

吕文靖公守宦海陵,西溪手植牡丹一本,有诗刻石。后范文正亦官此，题云："阳和不择地，海角亦逢春。忆得上林色，相看如故人。"后以二公有诗，题者亦多，而花大为人所爱重。岁久繁茂，覆地数丈。每春花开数百朵，为海陵奇观。

陈标《咏葵花》诗云："能共牡丹争几许，得人嫌处只缘多。"

咸阳郭氏，富室也。有苍头曰捧剑，《咏牡丹》云："一种芳菲出后庭，却输桃李得佳名。谁能为向天公说，从此移根近太清。"

白乐天初到杭州，令访牡丹。会开元寺惠澄近自都下得之。时花初开，徐凝自富春来谒公，先题牡丹云："唯有数包红幞在，含芳只待舍人来。"

裴诚郎中与举子温岐为友，好作歌曲。周德华乃刘香女[一]女子，善歌《杨柳词》，有以温裴歌词令德华唱，则音韵所陈，为浮艳之美，德华终不取，二公恨焉。所唱者七八篇乃近日名流之词。滕迈郎中云："三条陌上拂金羁，万里桥边映酒旗。近日令人肠断处，不堪将向笛中吹。"贺知章秘监云："碧玉妆成一树高，万条垂下绿丝绦。不知细叶谁裁出，二月春风是剪刀。"杨巨源员外云："江边杨柳曲尘丝，立马凭君剪一枝。惟有春风最应惜，殷勤更向手中吹。"刘禹锡尚书云："春江一曲柳千条，二十年前旧板桥。曾与美人桥上别，恨无消息至今朝。"韩琮舍人云："枝斗纤腰叶斗眉，春来无处不如丝。灞陵原上多离别，多少长条拂地垂。"又云："梁苑隋堤事已空，万条犹舞旧春风。那堪更想千年后，谁见飞花入汉宫！"云溪子曰："有《艳歌行》，非为桑间濮上之音也。偕以雪月松竹，杂咏杨柳，作者虽多，鲜见其妙。杜牧之云：'巫娥庙里低含雨，宋玉门前斜带风。'滕郎中云：'陶令门前惹接䍦，亚夫营里拂朱旗。'不言杨柳最佳。"《古今诗话》《鉴戒录》载贺知章事不同，谓韩琮诗乃韩偓诗。

〔一〕"刘香女",明钞本作"刘采春",《全唐诗话》卷四同。

幽蓟数州,自石晋赂戎后,怀中华不已。有使北者,见燕京传舍画墨鸦甚精,旁题诗曰:"星稀月明夜,皆欲向南飞。"

僧居宁,毗陵人,妙工画草虫。尝见水墨草虫有长四五寸者,题云:"居宁醉笔。"虽大失真,然笔力遒劲可爱。梅圣俞诗云:"草虫有纤意,醉笔得正熟。"

张文懿家有《春江钓叟图》,上有李煜《渔父词》二首,其一曰:"浪花有意千里雪,桃花无言一队春。一壶酒,一竿鳞。世上如侬有几人!"其二曰:"一棹春风一叶舟,一轮茧缕一轻钩。花满渚,酒满瓯。万顷波中得自由。"

相国于兢善画牡丹,幼年从学,见牡丹盛开,乃落笔仿之,不浃旬夺真。有人赠诗曰:"看时人出涩,展处蝶争来。"有全本《折枝图》传于世。

白乐天以诗名与元微之同,时号元白。诗词多比〔一〕图画,如《重屏图》,自唐迄今传焉,乃乐天《醉眠诗》也。诗曰:"放杯书案上,枕臂火炉前。老爱寻思睡,慵便取次眠。妻教卸乌帽,婢与展青毡。便是屏风样,何劳画古贤!"且诗之所以能尽〔二〕人情物态者,非笔端有口,未易到也。诗家以画为无声诗,诚哉是言!

〔一〕"比",明钞本作"见"。
〔二〕明钞本"尽"上有"画"字。

德宗西幸,有二马,一号神智骢,一号如意骝,进退缓急,皆如其意,因谓之功臣。乘幸诸苑,驭者进瑞鞭,因语近臣曰:"昔者西幸,有二骢,谓之二绝;今得此鞭,可谓三绝。"因吟韩翃〔一〕诗曰:"鸳鸯赭白齿新齐,晚日花开〔二〕放碧蹄。玉勒乍回初喷沫,金鞭欲下不成嘶。"并《古今诗话》

205

〔一〕"韩翊",《唐诗纪事》卷三十作"韩翃"。

〔二〕"开",明钞本作"间",似胜。

狄涣字子炎,唐相国梁公之后,寄于南岳,以林泉自适。《题柳》云:"天南与天北,此处影婆娑。翠色折不尽,离情生更多。雨馀笼灞岸,烟暝夹隋河。自有佳名在,秦松继得么?"《雅言系述》

崔鲁慕杜牧之为诗,尤能咏物。如《梅花》云:"强半瘦因前夜雪,数枝愁向晚来天。"又曰:"初开已入雕梁画,未落先愁玉笛吹。"《山鹊》曰:"一番春雨吹巢冷,半朵山花咽觜香。"又曰:"云生柱础降龙地,露洗林峦放鹤天。"《莲花》曰:"何人解把无尘袖,盛取残香尽日怜。"此颇形迹。《摭言》

苏子瞻、李伯时为李仲远作《松石图》。仲远取杜子美"松根胡僧憩寂寞,庞眉皓首无住着,偏袒右肩露双脚,叶里松子僧前落"之语,复求伯时画此四句,目为《憩寂图》。子由题云:"东坡自作苍苍石,留取长松待伯时。只有两人嫌未足,兼收前世杜陵诗。"《百斛明珠》

子瞻归自道场何山,遇大风雨,因憩耘老溪亭,命官奴秉烛捧砚,写风雨竹一枝,题诗云:"更将掀舞势,把烛书风筱。美人为破颜,恰似腰肢袅。"

刘仲几饯饮东坡,中觞,闻笙箫声杳杳在云霄间,抑扬往返,粗中音节。徐而察之,则出于双瓶,水火相搏,自然吟啸,食顷乃已。坐客惊叹,请作《瓶笙诗》以记云:"孤松吟风细泠泠,独茧长缫女娲笙。陋哉石鼎逢弥明,蚯蚓窍作苍蝇声。瓶中宫商自相赓,昭文〔一〕无亏亦无成。东坡醉熟呼不醒,但云作劳吾耳鸣。"并同前

〔一〕"昭",原作"招",依明钞本、缪校本改。

湖口人李正臣蓄异石九峰，玲珑宛转若窗棂然。予欲以百金置之，与仇池石为偶，方南迁未暇也。名之曰壶中九华，以诗识云："我家岷蜀最高峰—作"清溪电转失云峰"，梦里犹惊翠扫空。五岭莫愁千嶂外，九华今在一壶中。天池水落层层见—作"石泉影落涓涓滴"，玉女窗明处处通。念我仇池太孤绝，百金归买小玲珑。"《玉局文》

器之喜谈禅而倦游山，山中笋出，戏语器之同去参玉版和尚去来，乃作此句云："丛林真百丈，法嗣有横枝。不怕石头路，来参玉版师。聊凭柏树子，与问箨龙儿。瓦砾犹能说，此君那不知。同前

西南地温少雪，余及壮年，只一二年见之。自退居天国溪堂，山深气严，阴岭丛薄，无冬而不雪。每一赏玩，必命诸子赋诗为乐，既而蹈袭剽掠，不免涉前人馀意，因戏取声色气味富贵势力数字，离为八，章止四句，以代一日之谑，且知余之好不在于世俗所争而在于雪也。仍仿欧阳公体，不以盐玉鹤鹭为比，不使皓白洁素等字，《声》："石泉冻合竹无风，夜色沉沉万境空。试向静中闲侧耳，隔窗撩乱扑春虫。"《色》："闲来披氅学王恭，姑射群仙邂逅逢。只为肌肤酷相似，绕庭无处觅行踪。"《气》："半夜欺凌范叔袍，更兼风力助威豪。地炉火暖犹无奈，怪得山村酒价高。"《味》："儿童龟手握轻明，渐碾枪旗入鼎烹。拟欲为人修水记，惠山泉冷酿泉清。"《富》："天公呈瑞足人心，平地俄[一]闻一尺深。此为丰年报消息，满田何止万黄金！"《贵》："海风吹浪去无边，倏忽凝为万顷田。五月京尘渴人肺，不知价值几多钱。"《势》："高下斜横薄又浓，破窗疏户若相攻。莫言造物浑无意，好丑都来失旧容。"《力》："万石千钧积累成，未应忽此一毫轻。寒松瘦竹本[二]清劲，昨夜分明闻折声。"《玉局文》

〔一〕"俄"字原空,依明钞本补。
〔二〕"本",原作"水",依明钞本改。

欧阳文忠守颍日,因小雪,会饮聚星堂,赋诗,约不得用玉月梨梅练絮〔一〕白舞鹅鹤等事,欧公篇略云:"脱遗前言笑尘杂,搜索万象窥溟漠。"自后四十馀年,莫有继音。元祐六年,东坡在颍,因祷雪于张龙公获应,遂复举前令。篇末云:"汝南先贤有故事,醉翁诗话谁能说?当时号令君听取,白战不许持寸铁。"《王直方诗话》

〔一〕"絮",原作"紫",依明钞本改。

山谷有"蕨芽已作小儿拳"之句。张阁云:"此忍人也。"时阁方为河内推官,而通判葛繁最喜蔬食诵经,故阁亦断荤而有此语。同前

荆公作相,苑中有石榴一丛,枝叶甚茂,止发一花,题诗云:"浓绿万枝红一点,动人春色不须多。"

荆公过东坡,见案上有石研,甚爱赏,因曰:"当集句赋之。"唱曰:"巧匠斫山骨。"沉吟久之,不能成,因命驾去。

腊梅,山谷初见之,作二绝。一云:"金蓓销春寒,恼人香未展。虽无桃李红,风味极不浅。"一云:"体熏山麝脐,色染蔷薇露。披拂不盈怀,时有暗香度。"缘此,腊梅盛于京师。然交游间亦有不甚喜之者。余尝作《解嘲》云:"纷纷红紫虽无韵,映带园林却要渠要或作见。谁遗一枝香最胜,故应有客谓何如!"

高致虚云:"东坡言过温泉壁上见诗云:'直待众生总无垢,我方清冷混常流。'问人云,可遵作。因作一绝云:'石龙有口口无根,自在流泉谁吐吞。若信众生本无垢,此泉何处觅寒温?'可遵缘此知名。后来京师,每有宾客,必出数十篇,读者无不绝倒。"并同前

增修诗话总龟卷之二十一

咏物门下

东坡《橄榄诗》云:"纷纷青子落红盐,气味森森苦且严。待得微甘回齿颊,已输崖蜜十分甜。"范景仁言橄榄木高大难采,以盐擦木身,则其实自落,所以有"落红盐"之语。南人夸橄榄,河东人夸枣。《王直方诗话》

李公择种竹馆中,语同舍曰:"后人指此竹,必云李文正所植。"刘贡父笑曰:"文正不独系笔,亦知种竹耶?"时有笔工李文正,故云。后贡父〔一〕西省种竹,东坡有诗云:"旧德终呼名字外,后生谁续笑谈馀。"谓此也。又一本云:尔后贡父种竹,坡有诗云"旧德言忘久,新材得再培。"

〔一〕"贡"上原有"到"字,依明钞本删。

"亭亭思妇石,下阅几人代。荡子长不归,山椒久相待。微云荫发彩,初月辉蛾黛。秋雨叠苔衣,春风舞罗带。宛然姑射姿〔一〕,矫首尘冥外。陈迹遂云穷,佳期从莫再。脱如鲁秋氏,妄结桑下爱。玉质委泥沙,悠悠复安在。"此贺方回作《望夫石》诗也,交游间无不爱者。余谓田承君云:"此诗可以见方回得失,其所得者渐〔二〕磨之功;所失者太粘着皮骨耳。"承君以为然。

209

〔一〕"姿",明钞本作"子"。
〔二〕"渐",明钞本作"斫"。

杨蟠字公济,为《莼菜诗》云:"休说江东春水寒,到来且觅鉴湖船。鹤生嫩顶浮新紫,龙脱香髯带旧涎。玉割鲈鱼迎刃滑,香炊稻饭落匙圆。归期不待秋风起,漉酒调羹任我年。"时人以为读其诗,不必食莼羹然后知其味。余以为可以言咏物,未可以语诗耳。

陈君节字明信,言炼句不如炼韵。余以为若只觅好韵,则失于首尾不相贯穿。〔一〕参寥云:东坡在徐州日,尝为秦少游置酒。少游饮罢,拥一官妓,从参寥,书其裙带云:"寄语巫山窈窕娘,好将闲梦恼襄王。禅心已作沾泥絮,不逐春风上下狂。"并同前

〔一〕以下似另为一条,然各本皆未分,故仍之。

鞠蹴惟柳三复能之,丁晋公亦好焉。晋公诗曰:"背装花屈膝,白打大廉斯。进前行两步,跷后〔一〕立多时。"《古今诗话》

〔一〕"后",原作"去",依清钞本、缪校本改。

郭希声《纸窗诗》曰:"偏宜酥壁称闲情,白似溪云薄似冰。不是野人嫌月色,免教风弄读书灯。"《闻筝诗》曰:"愁杀离家未达人,一声声到枕前闻。苦吟莫入朱门里,满耳笙歌不听君。"《青琐后集》

巴蜀三纪以来,艺能之士,精于书画者众矣。沙门昙或学李阳冰篆,昙或则神大师门人也。道士张昭嗣效柳公权书,昭嗣则传直天师杜光庭门人也。工部元员外昭嘏仿韩择八分书,昭嘏亦光庭门人。僧晓峦攻张芝草书,晓峦则归梦弟子。皆超其本而差其肩。独黄少鉴筌边鸾崔〔一〕竹,处士滕昌祐拟梁广花草,野人张道隐张藻松石〔二〕。道隐不事论谈,不与人交往,不冠带,不拜跪,人谓之"猱头",相国李昊为著名,道隐常在绵竹山中。

李司议文才继阎立本写真。书画八人,皆妙绝当代。野人平生读庄老之书,有暇则性好图龙之真形。兴思忽至,即画百尺之状,纵意挥画,苟不称意,则涂抹之,不啻千馀躯而已。飘飘然云阴雨气,似蜿蜒之势,掷笔抚掌,以为怡逸。常以此为适意之作。亦曾撰集《龙证笔诀》三卷,传于家。丁未年,彭州倅郑昭请图真龙于州城之西门太山府君之祠,为民致雨。于是,与二道士、数仆夫秉烛以画,使人槌鼓喷笛,掌祠者顿足起舞。其夕三更,风雨大沛。奈何一时之戏亦济农事!有蒋贻恭《留题》诗曰:"世人空解效丹青,惟子通玄得墨灵。应有鬼神看笔下,岂无风雨助成形!威疑喷浪归沧海,势欲拿云上杳冥。静闭绿堂深夜后,晓来帘幕似闻腥。"《野人闲语》

〔一〕"崔"疑当为"雀"。

〔二〕"藻"或作"璪",字文通,善画松石,曾使毕宏搁笔。

僧齐己《松诗》云:"雷电不敢伐,灵势蠹万端。麋依干节死,蛇入朽根蟠。影浸僧禅湿,风吹鹤梦寒。寻常风雨夜,疑有鬼神看。"《小松》云:"发地才盈尺,蟠根已有灵。严霜百草死,深院一株青。后夜萧骚动,空阶蟋蟀听。谁于千岁外,吟倚老龙形?"《续本事诗》

白傅《柳诗》二首云:"青青一树伤心色,会入几人离恨中。为道都门多送别,长条折尽减春风。"又:"一树春风万万枝,嫩于金色软于丝。永丰西角荒烟〔一〕里,尽日无人属阿谁?"又顾云诗云:"灞岸晴来送别频,相偎相倚不胜春。自家飞絮犹无定,争把长条绊得人!"《唐宋诗》云罗隐作。《续本事诗》

阴铿《石诗》云:"天汉支机罢,仙人捧膊馀。零陵旧是燕,昆明本学鱼。还当谷城别,自下解兵书。"

罗邺《水诗》云:"漾漾悠悠几派分,中浮短棹与鸥群。遥天带雨淹芳草，玉洞飘花下白云。静称一竿持处见，急流孤馆觉来闻。隋家柳色还堪恨，东入长淮日又矄。"郑谷云："竹院松廊分数派，晴空清碧亦逶迤。落花相逐向何处，幽鹭独来无限时。洗钵老僧临岸久，钓鱼闲客卷纶迟。晚来一片连莎绿，悔与沧浪有旧期。"韩喜云："方员不定性空柔，东注沧溟早晚休。高截碧塘长耿耿，远飞青嶂更悠悠。潇湘月浸千年色，梦泽灯含万古愁。别有岭头呜咽处，为君更作断肠流。"并同前

唐高相国崇文，本蓟门将校，讨刘辟有功，授西川节度。一旦雪下，诸从事吟赏有诗。渤海鄙言多呼人为髇〔一〕儿。此日筵上谓宾客曰："某虽武夫，亦有一诗。"乃口札云："崇文崇武不崇文，提戈出塞号将军。那个髇儿射落雁，白毛空里乱纷纷。"其诗着题，皆谓北齐敖曹之比。太尉骈即其曾孙也。镇蜀日，以蛮蛋侵暴，乃筑罗城四十里。朝廷虽加恩赏，亦疑其固护。或一日奏乐，闻乐声，知有改移，乃《题风筝》寄意曰："夜静弦声响碧空，宫商信任往来风。依稀似曲才堪听，又被风吹别调中。"旬日，果移镇渚宫。《北梦琐言》

〔一〕"髇"，原作"髇"，依明钞本、缪校本改。

冯涓分符眉州，不得之任，踽踽于陈田之间，羁愁六年，徒步湘湖，著《怀秦赋》，有《南冠》、《梁川》歌诗集，皆伤蹭蹬也。有《蜀驼引》，其要云："自古皆传蜀道难，尔何能过拔蛇山？忽惊登得鸡翁碛，又恐碍着鹿头关。昂藏大步蚕丛国，曲颈微伸高九尺。卓女窥窗莫我知，严仙据案何曾识！"《题支机石》云："不随俗物皆成土，只待良时却补天。"《苦雨行》云："釜鱼化作池中物，木履浮为天际船。"皆惜己之不遇也。蜀城拆体之际，几至殍殕，因投鬻米家活，有诗云："取水郎中何日了，破柴员外几时休？早知蜀地区娅与乃训如此与也，悔不长安大比丘即收足大坐

也!"同前

徐仲雅《题合欢牡丹》云:"平分造化双包去,拆破春风两面开。"《湖湘故事》

蒋维东字孟阳,零陵人。《旅中书怀》云:"未有一夜梦,不归千里家。"《落花》云:"流水从将去,春风解送来。"《零陵总记》

东华观在邵州城下江岸,俗谓之水北观。有松偃亚数枝,凡八面。上有一枝中折,搭在半树间,复生垂下扫坛。游人以手扳而撼之,则千万枝皆动。霸国时,天策府学士徐东野坐事谪居于郡,见其魁异,赏玩无已,因为诗,有序,序略云:"摇一枝则万枝动,看一面则八面同。白犬出其根,青羊入其腹。汉高祖琥珀枕、虚真君〔一〕茯苓人,疑其孕也。"诗云:"半已化为石,有灵通碧湘。生逢尧雨露,老值汉风霜。月滴蟾心水,龙遗胸骨香。粗〔二〕于毫末后,曾见几兴亡!"同前

〔一〕"虚",明钞本作"卢"。

〔二〕"粗",原作"鹿",依缪校本改。

裴说《鹭鸶》云:"却为分明极,翻令所得迟。"雍陶云:"立当青草人初见,行近白莲鱼未知。"同前 又《古今诗话》所载冯道明举此诗,不知其为鹭鸶也。〔一〕

〔一〕"又"字以下,明钞本无。"道明",原作"明道",依前卷乙。

鸬鹚色黑而头长,能没水捕鱼,其疾如飞。栖宿之处,其下虽水深鱼多,未尝犯。谚云:"鸬鹚不打脚下塘。"杜荀鹤诗云:"深水有鱼衔得出,看来却是鹭鸶饥。"

鹦鹉,居人多养之。五月五日去其舌尖,则能语,声尤清越,虽鹦鹉不能过也。僧虚中有诗云:"菖蒲花不艳,鹦鹆性多灵。"

相思树,其状尤佳,子员而红,故老云:"昔有人北没于边,其妻追思之,泣于树下而卒,因号相思树。"黄损《鹧鸪诗》云:

213

"而今世上多离别，莫向相思树下啼。"盖采其意也。

柘树多丛生，干疏而直，叶丰而厚，春蚕食之，其丝以冷水缫之，谓之冷水丝，可以瑟弦，盖糯丝之类。蒋密《咏桑柘》诗云："绮罗因此木，桃李谩同时。"

杨桐，叶细冬青，临水生者尤茂。居人遇寒食，采其叶染饭，色青而有光，食之资阳气，谓之杨桐饭。道家所谓青饲饭。郑畋《二十八宿诗》云："员明青饲饭，光润碧霞浆。"谓此也。〔一〕

〔一〕"也"字依明钞本补。

栎树多生冈阜之上，大则偃亚，小则耸歧疏旷，而性直，伐为薪，锻为炭，其力倍于常木。王正诗云："未可轻樗栎，尤能济雪霜。"

木兰花枝叶俱疏，花即里白表紫，或有四季开者。生于深山者尤大，可以为船。陆龟蒙《木兰花诗》云："曾向木兰船上望，不知船是此花身。"《古今诗话》载全篇，谓是李义山作。

映山红，生于山坡欹侧之地，高不过五七尺，花繁而红，辉映山林，开时杜鹃始啼，又名杜鹃花。成干诗云："杜鹃花与鸟，怨艳两何赊！疑是口中血，滴成枝上花。一声寒食夜，数朵野僧家。谢豹出不出？日迟迟又斜。"并同前

罗汉绦，后洞有草，蔓结如带，长丈馀，附木而生，相传谓之罗汉绦。毕田诗云："五百移栖绝洞深，空留辙迹杳难寻。绿丝绦带何人施，长到春来挂满林。"《湘中故事》

舒王与薛处士棋，赌《梅花诗》输一首，曰："华发寻春始见梅，一枝临路雪培堆。凤城南北他年忆，杳杳难寻驿使来。"与俞秀老至报宁，王假寐，秀老私跨王驴谒宝觉禅师。有顷，秀老至，王曰："为士子敢盗跨吾驴！"秀老愿自赎其罪。王曰："罚《松声诗》一首。"秀老立就，词极佳，人忘之。余补曰："万

掣摇苍烟,百滩度流水。下有跨驴人,潇潇吹醉耳。"《冷斋夜语》

前辈花诗多用美女比状,如云:"若教解语应倾国,任是无情也动人。"俗哉！山谷《酴醾诗》曰:"露湿何郎试汤饼,日烘荀令炷炉香。"乃是以丈夫比之,若出类。而吾叔彭渊材作《海棠诗》又不然,曰:"雨过温泉浴妃子,露浓汤饼试何郎。"尤工也。

曾子宣夫人魏氏作《虞美人草行》云:"鸿门玉〔一〕斗纷如雪,十万降兵夜流血。咸阳春殿三月红,霸业已随烟烬灭。刚强必死仁义王,阴陵失道非天亡。英雄本学万人敌,何用屑屑悲红妆！三军散尽旌旗倒,玉帐佳人坐中老。香魂夜逐剑光飞,青血化为原上草。芳菲寂寞寄寒枝,旧曲闻来似敛眉。哀怨〔二〕徘徊愁不语,恰如初听楚歌时。滔滔逝水流今古,汉楚兴亡两丘土。当时遗事久成空,慷慨樽前为谁舞！"

〔一〕"玉",原作"刁",依清钞本改。
〔二〕"怨",原作"语",依明钞本改。

舒王在钟山,有道士来谒,因与棋,辄作数语曰:"彼亦不敢先,此亦不敢先；惟其不敢先,是以无所争；惟其无所争,故能入于不死不生。"舒王曰:"此特棋隐语也。"〔一〕

〔一〕"特",清钞本作"持"。"也"字依明钞本补。

东坡诗曰:"客来茶罢浑无事,卢橘杨梅尚带酸。"张嘉甫曰:"卢橘何种果也？"曰:"枇杷是矣。事见相如赋。"嘉甫曰:"'卢橘夏熟,黄柑橙楱；枇杷橪柿,亭柰厚朴。'卢橘果枇杷,不应重用。应劭注曰:《伊尹书》曰:'箕山之东,青鸟之所,卢橘常夏熟。'不据之,而何也？"坡笑曰:"不欲尔。"

余游儋耳,见黎氏,出东坡别海北诗曰:"我本儋耳民,寄生西蜀州。忽然跨海去,譬如事远游。平生生死梦,三者无劣优。知君不再见,欲去且少留。"又登望海亭,柱间有擘窠大字曰:"贪看白鸟横秋浦,不觉青林没暮潮。"又谒姜唐佐,见其母,余问:"识苏公乎?"曰:"然,无奈好吟诗。尝杖而至,有包灯心纸,公以手拭开,书满纸。"余索读之,醉墨欹倾,曰:"张睢阳生犹骂贼,嚼齿穿龈;颜平原死不忘君,握拳透爪。"

余至琼州,有长短句《赋灯蛾》曰:"蜜烛花光[一]清夜阑,粉衣香翅绕团圞。人皆认假为真实,蛾岂将灯作火看。方叹息,为遮拦。也知爱处实难拚。忽然性命随烟焰,始觉从前被眼瞒。"

〔一〕"蜜",原作"密","光",原作"犹",依明钞本、缪校本改。

老杜诗曰:"笋根稚子无人见,沙上凫雏傍母眠。"世不解"稚子无人见"何等语。唐人《食笋诗》曰:"稚子脱锦绷,骈头玉香滑。"则稚子为笋明矣。赞宁《杂记》:"竹根有鼠大如猫,色类竹,名竹豚,亦名稚子。"余问韩子苍,子苍曰:"笋为稚子,老杜之意,不用《食笋诗》亦可。"

老杜[一]《北征》诗曰:"惟昔艰难初,事与前世别。不闻夏商衰,中自诛褒妲。"意者明皇鉴夏商之败,畏天悔过,赐妃子死也。而刘禹锡《马嵬诗》曰:"官军诛佞幸,天子舍妖姬。群吏伏门屏,贵人牵帝衣。"白乐天《长恨歌》曰:"六军不发无奈何,宛转蛾眉马前死。"乃官军迫使杀妃子,歌咏禄山叛逆耳。孰谓刘白能诗哉!《北征》诗识君臣大体,可贵也。

〔一〕此条原连上条,依明钞本分,《冷斋夜话》亦分。

衡州花光仁老,以墨写梅花,鲁直叹曰:"如嫩寒春晓行孤山篱落间,但欠香耳。"余赋长短句曰:"碧瓦笼晴香雾绕,呵手西偏,小驻闻啼鸟。风度女墙吹语笑,南枝破腊应开了。道骨不凡江瘴晓。春色通灵,医得花重小。抱瓮〔一〕酿寒春杳杳。一声画角光残照。"又曰:"入骨风流国色,透尘种性真香。为谁风鬟浣啼妆!〔二〕半树水村春暗。雪压枝低篱落,月高影动池塘。高情数笔寄微茫,小寝初开雾帐。"并同前

〔一〕"瓮"字原脱,据《苕溪渔隐丛话前集》卷五十六校补。

〔二〕此句原作"为谁风流鬓啼妆",依明钞本、缪校本改。

增修诗话总龟卷之二十二

宴游门

李文正公言:少保王仁裕与诸门生饮,出一诗板挂于坐次,曰:"二百一十四门生,春风初长羽毛成。掷金换得天边桂,凿壁偷将榜上名。何幸不才逢圣世,偶将疏网罩群英。衰翁渐老儿孙小,异日知谁略有情!"公知举时年已老,诸子皆亡,惟有幼孙。又与诸门生春日会饮于繁台,赋诗曰:"柳阴如雾絮成堆,又引门生饮吹台〔一〕。淑景即随风雨去,芳樽宜命管弦催。谩夸列鼎鸣钟贵,宁免朝乌夜兔摧。烂醉也须诗一首,不能空放马头回。"《摭遗》

〔一〕"吹"字原作墨钉,依明钞本、缪校本补。

寇莱公有妾曰茜桃,公因会,赠歌者以束绫,茜桃作二诗呈公曰:"一曲清歌一束绫,美人犹自意嫌轻。不知织女萤窗下,几度抛梭织得成!""风劲衣单手屡呵,幽窗轧轧度寒梭。腊天日短不盈尺,何似燕姬一曲歌!"公和曰:"将相功名终若何,不堪急景似飞梭。人间万事何须问,且向尊前听艳歌。"《翰府名谈》

刘辉为金陵小倅,摄府事。一日,邀郡僚泊宾客仅百人游蒋山,就太平僧舍开宴赋诗,辉诗曰:"两道翠阴迎骑合,四围清气逼人来。林端有路云千级,物外忘机酒一杯。"杨蟠诗曰:"猿惊鹤怨不知处蒋山有猿惊鹤怨二谷,虎踞龙蟠空见山。芳草路随流水远,老僧心共白云闲。"同前

施肩吾《夜宴》云:"兰缸如昼买不眠,玉炉夜起沉香烟。青蛾一行十二仙,欲笑不笑桃花燃。碧窗弄娇梳洗晚,户外不知银汉转。被郎嗔罚琉璃盏,酒入四肢红玉软。"《鉴戒录》

桑门仲殊赴润州,郡宴于北固楼,太守命坐客赋诗,殊先成,曰:"北固楼前一笛风,碧云飞尽建康宫。江南二月多芳草,春在濛濛烟雨中。"《云斋广录》

赵叔平退居睢阳,欧阳永叔致政居颍,叔平来访永叔。时吕晦叔知颍,开宴召二公。永叔自为作致语曰:"欲知盛席继荀陈,请看当筵主与宾。金马玉堂三学士,清风明月两闲人。红芳已过莺犹啭,青杏初尝酒正醇。好景难逢良会少,乘欢举白莫辞频。"《倦游录》

范镇自给事中谪官,数年方归济南。城西有张聪寺丞园亭,甲于历下。张邀公饮于园中,因作诗云:"园林再到身犹健,官职全抛梦乍醒。惟有南山与君眼,相逢不改旧时青。"同前

郭暧,升平公主婿也。盛会文士,即席作诗,公主自帷中观之。李端中宴诗成,有"薰香荀令偏怜小,傅粉何郎不解愁"之句,众皆称妙。或谓宿思,端自愿赋一篇,钱起曰:"请以起姓为韵。"遂有"金埒""铜山"之句。暧出名马金帛为赠。《古今诗话》

正月十五日夜,许三夜夜行,金吾巡禁,察其寺观及前后街巷,会要盛造灯笼,烧灯光明若昼,山堂高百馀尺。神龙已后,复加严饰,士女无不夜游,罕有居者。车马塞路,有足不蹑地,被浮行数十步者。王公之家,皆数百骑行歌。苏味道诗曰:"火树银花合,星桥铁锁开。暗尘随马去,明月逐人来。游妓皆秾李,行

歌尽《落梅》。金吾不禁夜,玉漏莫相催。"郭利正诗曰:"九陌连灯影,千门度日华。倾城出宝骑,匝路转香车。烂漫惟愁晓,周游不问家。更闻清管发,处处《落梅花》。"崔液诗曰:"今年春色胜常年,此夜风光正可怜。鹊鹊楼前新月满,凤凰台上宝灯燃。""玉漏铜壶且莫催,铁关金锁彻明开。谁家见月能闲坐,何处闻灯不看来!""神灯佛火百轮张,刻象图容七宝妆。影里惟闻金口悦,空中疑散玉毫光。""金勒银鞍控紫骝,玉轮青盖驾青牛。骖驔始散东城外,倏忽远逢南陌头。""公子王孙意气骄,不论相识也相邀。最怜长袖风前袅,更赏新弦暗里调。""星回汉转月将微,露洒烟飘灯渐稀。犹惜路旁歌舞处,踟蹰相顾不能归。"《雍洛灵异记》

　　杭州辩才老师退居龙井,不复出入。子瞻往见之,常出至风篁岭。左右惊曰:"公复过虎溪矣。"辩才笑曰:"杜子美不云乎:'与子成二老,来往亦风流。'"因作亭岭上,名过溪,亦名二老。《纪诗》

　　荆南高从诲字遵圣,季兴嫡子也。久事戎间,及至继立,颇叶众望。始则饰车服,尚鲜华,远市驵骏,广招伶伦。荆渚乐籍间,多有梁园旧物。季兴先时建渚宫于府庭西北隅,延袤十馀里,亭榭鳞次,舻舰翼张,栽种异果名花修竹。从诲绍立,尤加完葺。每月夜花朝,会宾客。从诲明音律,僻好弹胡琴。有女妓数十,皆善其事。王仁裕使荆渚,从诲出十妓弹胡琴。仁裕有诗美之曰:"红妆齐抱紫檀槽,一抹朱弦四十条。湘水凌波惭鼓瑟,秦楼明月罢吹箫。寒敲白玉声何婉,暖逼黄莺语自娇。丹禁旧臣来侧耳,骨清神爽似闻《韶》。"《杂咏》[一]

〔一〕"咏",南图藏明钞本作"谈",两名均不见于卷首所列百家之目。俟考。

《天下大定录》载王仁裕两篇,一篇已载于此,今录所遗一篇云:"玉纤挑落断冰声,散入秋空韵转清。三五指中勾[一]塞雁,十三弦上啭春莺。谱从陶室偷将妙,曲向秦楼写得成。无限细腰宫里女,就中偏惬楚王情。"

〔一〕"勾",原作"遗",依清钞本改。

崔公佐牧名郡,日宴宾僚。有一客,巾屦不完,衣破肘见,突筵而入。崔喜其来,令下牙筹,引满数觥,神色自若。歌妓骇其蓝缕,因大噱。客献诗曰:"破额幞头衫也穿,使君犹许对华筵。今朝幸倚文章守,遮莫青蛾笑揭天。"崔令掩口,无哈贤士。《郡阁雅谈》

杜悰司空牧澧阳,宏辞李宣古数陪宴饮,戏谑侮慢,杜不能容,使辱之。长林公主出而救之,云:"尚书不念诸子学文,待士如此,那得平阳之誉?"遣易衣而赴,中坐,长林请为诗,冀弥缝也。宣古诗云:"红灯初上月轮高,照见堂前万朵桃。觱篥夜深抛耍令,舞来挼去使人劳。"杜公赏之。后二子裔休儒休皆登第。人谓之曰:"非其母贤,不能成其子。"《云溪友议》

白乐天致仕时,裴晋公夜宴诸致仕官,乐天赋诗云:"九烛台前十二姝,主人留醉任欢娱。飘飘舞袖双飞蝶,宛转歌喉一索珠。坐久欲醒还酩酊,夜深临去更踟蹰。南山宾客东山妓,此会人间曾有无。"《古今诗话》

裴令公守东洛,夜宴半酣,公索联句,元白有得色,公为破题,至杨侍郎曰:"昔日兰亭无艳质,此时金谷有高人。"白知不能加,遽裂纸曰:"笙歌鼎沸,勿作此冷淡生活。"元顾白曰:"乐天可谓全其名也。"(同前)

李相国蔚镇淮南,布素孙处士来谒。李敦旧分,待之殊礼。将行,祖送,游河桥下。舟人回篙,水溅近坐饮妓,李公大怒。孙

221

献《杨柳词》曰:"半额鹅黄金缕衣,玉搔头袅凤双飞。从教水溅罗裙湿,知道巫山行雨归。"舟子获免罪。又有李嵘献相国诗云:"鸡树烟含瑞气深,凤池波待玉山澄。国人久倚东关望,拟筑沙堤到广陵。"后果入相。同前

双井黄叔达字知命。初自江南来,与陈履常俱谒法云禅师于城南,夜归过龙眠居士李伯时。知命衣白衫,骑驴,缘道摇头而歌,履常负杖挟囊于后,一市皆惊,以为异人。伯时因画为图,而邢敦夫为作歌曰:"长安城头乌夜栖,长安道上行人稀。浮云卷尽暮天碧,但见明月流清辉。君独骑驴向何处,头上倒着白接䍦。长吟搔首望明月,不学山翁醉似泥。到得城中灯火闹,小儿拍手拦街笑。道旁观者那得知,相逢疑是商山皓。龙眠居士画无比,摇毫弄笔长风起。酒酣闭目〔一〕望穷途,纸上轩昂无乃似!君不学长安游侠夸年少,臂鹰挟弹章台道。君不能提携长剑取灵武,指挥猛士驱貔虎。胡为脚踏梁宋尘,终日飘飘无定所!武陵桃花春欲暮,白水青山起烟雾。竹杖芒鞋归去来,头巾任挂三花树。"惇夫时年未二十。《王直方诗话》

〔一〕"闭目",明钞本作"闲自"。

林迥与黄秘教同游连江玉泉,有诗曰:"泉山好翠微,权尹讼庭希。晓马破云去,夜船乘月归。妓歌珠不断,人醉玉相依。薄宦自拘者,咄哉多少非!"《青琐集》

蜀后主自裹小巾,卿士皆同之。宫妓多衣道服,簪莲花冠,每侍燕酣醉,则容其同辈免冠,鬒然其髻,别为一家之美。因施胭脂,粉颊莲额,号曰醉妆。国人效之。又作歌词云:"这边走,那边走,只是寻花柳。那边走,这边走,莫厌金樽酒。"又〔一〕嬖佞韩昭顾珣潘迎等为狎客,竞抆手摇头。令唐师入境,遏其报而游幸,师至利州方知。将士纷然曰:"且打抆手摇头。"念周宣帝作

歌曰:"自知身命促,把烛夜行游。"令宫女连臂踏脚而歌,亦前歌之类。〔二〕《北梦琐言》

〔一〕"又"字以上据明钞本、缪校本补。

〔二〕五字依明钞本补。今本《北梦琐言》未见此条,《类说》卷四十三引亦作《北梦琐言》。

湖南马氏作会春园,开宴,徐东野作诗,有数联为当时所称,云:"珠玑影冷偏粘草,兰麝香浓却损花。""山色远堆〔一〕罗黛雨,草梢春戛麝香风。""衰兰寂寞含愁绿,小杏妖娆弄色红。""旁搜水脉湘心满,遍揭泉根楚底通。""水□滴残青□瘦,石脂倾尽白云空。""深浦送回芳草日,急滩牵断绿杨风。""藕梢逆入银塘里,蓣迹潜来玉井中。""败菊篱疏临野渡,落梅村冷隔江枫。""剪开净涧分苗稼,划破涟漪下钓筒。"《湖湘故事》

〔一〕"堆",明钞本作"喷"。

增修诗话总龟卷之二十三

寓情门

曹修古立朝謇谔,尝见池上有一所似者,作小诗曰:"荷叶罩芙蓉,员青映嫩红。佳人南陌上,翠盖立春风。"《青箱杂记》

唐僖宗朝,自内制袍千领,赐塞外吏士。神策将士马直于袍中絮得金锁一枚、诗一首,云:"玉烛制袍夜,金刀呵手裁。锁情寄千里,锁心终不开。"直货锁于市,为人告其将,并得诗奏闻。僖宗令马直赴阙,以宫人赐直为妻。有情者为《金锁曲》流于世。《翰府名谈》

蜀人皆呼营妓为校书,韦南康镇成都罢之。故胡曾有诗赠薛涛曰:"万里桥边薛校书,枇杷花下闭门居。扫眉才子知多少,管领春风总不如[一]。"涛再为连帅所喜,因事获怒而远之,作《五离诗》以献,遂复喜焉。一曰《犬离家》:"出入朱门四五年,为知人性足人怜。只因咬着亲情脚,不得红丝毯上眠。"二曰《鱼离池》:"一入池中四五秋,常将朱尾玩银钩。近缘戏触红莲折,不得随波自在游。"三曰《鹦鹉离笼》:"惯向侯门养此身,飞来飞去羽毛新。近缘言语无方便,不得笼中再唤人。"四曰《竹离丛》:"翁郁栽成四五行,常持坚节待秋霜。近来春笋钻阶破,不得垂枝对画堂。"五曰《珠离掌》:"一颗明珠内外通,分明皎洁水晶宫。近缘一点瑕相累,不得朝朝在掌中。"《鉴戒录》《摭言》谓此是薛书记上元微之,未知孰是。

〔一〕"如",原作"知",依明钞本改。

成都女郎张窈窕,上任事者诗曰:"昨日买衣裳,今朝卖衣裳。衣裳都卖尽,羞见嫁时箱。有卖愁应缓,无时心转伤。故园胡虏隔,何处是蚕桑!"亦可观也〔一〕。《鉴戒录》

〔一〕四字依明钞本补。

郑还古博士东都闲居,与柳将军往还。柳富有家姬,郑与笑语,柳知不怪也。郑将入京,柳饯之,郑赠姬诗曰:"冶艳出神仙,歌声杂管弦。眼看《白苎曲》,欲上碧云天。未拟生裴秀,如何知郑玄?莫教金谷水,横过坠楼前。"柳见诗,曰:"俟荣归,当为遣充贺礼。"及除国子博士,柳遣姬入京师,至嘉祥驿而郑已物故,柳甚悼之。《古今诗话》

张祜客淮南幕中,赴宴,时杜紫微为支使,座中有属意处,索骰子赌酒。牧之微吟曰:"骰子逡巡裹手抬,无因得见玉纤纤。"祜应声曰:"但知报道金钗落,仿佛还应露指尖。"同前 《南部新书》谓此诗乃李义山作。

封特卿〔一〕为湖州军倅。与同年李大谏诗酒唱酬。以疾阻欢,及愈,有诗曰:"已负数条红画烛,更辜双带绣香球。白蘋洲上风烟好,扶病须拚到后筹。"后有《离别难词》:"佛许众生愿,心坚石也穿。今朝虽送别,会却有明年。"一座无不凄怆。《杂志》

〔一〕"特",明钞本作"时"。

李翱尚书牧江淮郡日,进士卢储投卷来谒,李礼待之。置文卷几案间,赴公宇视事。长女及笄,见文,寻绎数四,谓小青曰:

225

"此人必为状头。"李公闻之,深异其语,乃慕为婿。来年,果状头及第,才过殿试,径赴佳姻,《催妆诗》曰:"昔年将去玉京游,第一仙人许状头。今日已成秦晋会,早教鸾凤下妆楼。"卢止官舍,迎内子入庭,花开,乃题诗曰:"芍药斩新栽,当庭数朵开。东风与拘束,留待细君来。"《南部新书》

房千里初上第,游岭徼,有韦滂自海南邀赵氏,十九岁,而许为房妾。房迫于游从,暂与赵别,后寄诗曰:"鸾凤分飞海树秋,忍听钟鼓越王楼。只应霜月明君意,缓抚瑶琴送我愁。山远莫教双泪尽,雁来空寄八行幽。相如[一]若返临邛市,画舸朱轩万里游。"万里桥也。房君至襄州,逢许浑侍御赴弘农公番禺之命,[二]千里以情托焉。到府访之,赵氏已适韦秀才矣。许与房韦,俱有布衣之旧,不陈之,则负房之言;欲陈之,则伤韦之义:作诗寄千里曰:"春风白马紫丝缰,正值蚕娘来采桑。五夜有心随暮雨,百年无节抱秋霜。重寻绣带朱藤合,却认罗裙碧草长。为报西游减[三]离恨,阮郎才去嫁刘郎。"《云溪友议》

〔一〕"如",原作"知",据《云溪友议》卷上《南海非》校改。
〔二〕自"房"起十八字据《云溪友议》校补。
〔三〕"游减"二字原空,依明钞本补。

薛宜僚,会昌中为左庶子,充新罗册礼使。青州泛海船,船阻恶风雨,至登州却漂回,淹泊青州邮传一年。节度使乌汉正尤加待遇。有席中饮妓东美者,薛颇多情,连帅置于驿中。薛发日,祖筵呜咽流涕,东美亦然。乃于席中留二诗曰:"经年邮驿许安栖,衔[一]命他乡别恨迷。今日海帆飘万里,不堪肠断对含啼。""阿母桃芳方似锦,王孙草长正如烟。行云行雨今辞梦,惆怅欢情却一年。"薛到国,未行册礼,旌节晓夕有声。旋染疾,谓判官苗用曰:"东美何频在梦中乎?"数日致卒。苗摄大使行礼。

旅櫬回青州,东美乃请假至驿,素服致奠哀号,拊柩一恸而卒。情缘[二]相感,颇为奇事。《唐贤抒情》

〔一〕"衔"字原空,依明钞本补。

〔二〕"缘",原作"绿",依清钞本改。

赵嘏颇有诗名,不拘小节。饮中赠歌者曰:"倚风无处避梁尘,雅唱清歌日日新。来值汉亭花欲尽,一声留得万家春。"[一]后因酒失,悔过以诗上歙州守曰:"叶覆清溪滟滟红,路横秋色马嘶风。犹携一榼郡斋酒,倾对青山忆谢公。"

〔一〕"避",缪校本作"遏"。"雅唱"、"汉亭"《全唐诗》作"虞姹"、"渚亭",诗题为《淮南丞相坐赠歌者虞姹》。

敬相牧庐州,有朝客留意饮妓,祖送短亭,妓车后至,相赠之曰:"望断苏娘小小坡,竹堙金雁展轻莎。客卿幸有凝情意,何必临尊始转波!"同前

大中年,有江淮郡守名郎[一],登楼纵饮,见二游女,罗衣飘飘,目送久之,因咏曰:"两朵红英值万金,教人不负看花心。高楼日晚东风急,吹落千家何处寻。"在省日,宣宗顾问称旨,摄中郎将,有诗曰:"宫娃引入玉为行,金殿齐趋近御床。不见圣明亲顾问,如何得摄汉中郎!"风神俊迈,后拥节旄。《南部新书》

〔一〕"郎",明钞本作"节",则为人名。

李尚书擢罢歙州,吴员交代。有佐酒录事名媚川,颇留意缘,以纳籍中妓韶光,托于替人令存恤。酒酣临发洪饮,不胜离情,有诗曰:"经年理郡少欢娱,为习干戈间饮徒。今日临行更交割,分明留取媚川珠。"吴答曰:"曳履长裾日日欢,须言违德泪汍澜。韶光今已输先手,领取蠙珠掌内看。"同前

郑详纵情诗酒,至庐江谒郡守,留连吟醉,因赠妓曰:"台盘阔狭才三尺,似隔中当有阻艰。若不骑龙与骑凤,乐营门是望夫

山。"同前

江陵有士子,游于交广间,而爱姬为太守所取,纳于高丽坡底。及归,寄诗曰:"惆怅高丽坡底宅,春风无复下山来。"守见诗遣还。

白乐天任杭州刺史,携妓还洛,后却遣回钱唐。刘禹锡有诗曰:"其奈钱唐苏小小,忆君泪点石榴裙!"

越水李主簿游广陵,迨春未返,其姬寄诗曰:"去时盟约与心违,秋日离家春不归。应是维扬风景好,恣情欢笑到芳菲。"答曰:"偶到扬州悔别家,亲知留滞不因花。尘侵宝镜虽相待,长短归时不及瓜。"

会昌中,张暌防戎有功,勒留蕃徼十年。妻侯氏绣锦回文诗作龟形献进,曰:"暌离已是十秋强,对镜那堪重整妆。闻雁灯前修尺素,见霜心痛裂衣裳。开箱叠练先垂泪,拂杵调砧更断肠。绣作龟文献天子,愿教夫婿早还乡。"

崔左辖瑾牧江外郡,祖席夜阑,一营妓先辞归。崔与诗曰:"寒檐寂寂雨霏霏,候馆萧条烛尽微。只有今宵同此宴,翠娥佯醉欲先归。"并同前〔一〕

〔一〕按上列《南部新书》八条,仅"江陵"条见丁部,"白乐天"条见戊部,其馀六条,今本均未见。

朱滔括兵,不择士族,悉令赴军,自阅于球场。有士子,进趋闲雅,因问曰:"何业?"曰:"学诗。""有妻否?"曰:"有。"即令作《寄内诗》,曰:"握笔题诗易,荷戈征戍难。惯从鸳被暖,怯向雁门寒。瘦尽宽衣带,啼多渍枕鸾。试留青黛着,回日画眉看。"又令《代妻答》,曰:"蓬鬓荆钗世所稀,布裙犹是嫁时衣。胡麻好种无人种,正好归时又不归。"滔怜之,遗束帛遣归。《古今诗话》

韩晋公镇浙西,戎昱为郡刺史,有郡妓美而善歌,公召置籍中。昱作诗以遣〔一〕之,且曰:"至彼令歌,必首唱是词。"既至,公持杯,妓歌昱诗。公曰:"使君于汝寄情耶?"对曰:"然。"赠百缣而遣之归。〔二〕其词曰:"好去春风湖上亭,柳条藤蔓系人情。黄莺久住浑相识,欲去频啼四五声。"(同前)

〔一〕"遣",原作"送",依明钞本改。

〔二〕自"公曰"至"归"十九字明钞本在条末,下文无"其"字,文气较贯。

韩翃〔一〕少负才名,邻居有姓李者,每将倡妓柳氏至其居,必邀韩同饮。愈熟,柳每窥所往来皆名人,因乘暇语李曰:"韩秀才甚贫,然所与游必时贤,是必不久困,宜假倚之。"李深然之,具酒,邀韩至,谓韩曰:"公,当今名士;柳,当今名色:名色配名士,不亦可乎?"遂命柳与韩,韩恳辞。李曰:"大丈夫相遇杯酒间,一言道合,尚相许以死,一妇人何足辞?夫子贫,柳资数万,可以取济。"长揖而去。韩辞之,柳曰:"此豪达者,昨暮具言之矣。"俄就柳归。来岁成名,淄青节度使辟为从事。韩以世方扰,不敢以柳同行,置之都下,期至而迓之。三岁不果,寄之诗曰:"章台柳,章台柳,昔日依依今在否?纵使长条拂地垂,如今〔二〕攀折他人手。"柳答曰:"杨柳枝,芳菲节,可惜年年赠离别。一叶随风忽报秋,纵使归来不〔三〕堪折!"(《异闻集》)

〔一〕"翃",原作"翊",依缪校本改,后文径改。

〔二〕"昔日依依"、"拂地"、"如今",明钞本作"往日青青"、"似旧"、"也应"。

〔三〕"不",明钞本作"岂"。

卢渥舍人应举京师。偶临御沟,见一红叶,上有一绝云:"流水何太急,深宫尽日闲。殷勤谢红叶,好去到人间。"卢得

之,藏于巾箧。及宣宗有旨许宫人从人,卢所获人,因睹红叶而吁怨久之,曰:"当时偶题,不谓君得之。"(《古今诗话》)

顾况在洛,乘间游苑中,水上得大桐叶,有诗曰:"一入深宫里,年年不见春。聊题一片叶,寄与有情人。"明日,于上游亦题于叶,泛之波中,曰:"花落深宫莺亦悲,上阳宫女断肠时。帝城不禁东流水,叶上题诗寄与谁!"十日馀,有客寻春苑中,又于叶上得诗,以示况,云:"一叶题诗出禁城,谁人酬和独含情。自嗟不及波中叶,荡漾乘春取次行。"〔《名贤诗话》〕〔一〕

〔一〕见《苕溪渔隐丛话后集》卷十六,《本事诗》文小异。

开元中,赐边将军士纩衣,制于宫中〔一〕。有兵士短袍中得诗曰:"沙场征戍客,寒苦若为眠!战袍经手作,知落阿谁边?留意多添线,含情更着绵。今生已过也,重结后生缘。"兵士以诗白帅,帅进呈。明皇以诗遍示宫中曰:"作者勿隐,不汝罪也。"有一宫人,自言万死。明皇深悯之,遂以嫁得诗者,谓之曰:"吾与尔结今生缘。"边人感泣。(《翰府名谈》)

〔一〕"中"字依明钞本补。

张又新郎中尝为广陵从事,有歌妓常致情,而终未果纳。二十年后,妓犹在籍中。张罢江南郡,道由广陵,时李绅镇淮南,宴饮极欢。张以指染酒,书一绝于盘上,相府命妓歌以侑张酒,其词曰:"云雨分飞二十年,当时求梦不曾眠。今来头白重相见,还上襄王玳瑁筵。"酒罢,令妓侍张归。(《古今诗话》)

大和初,有御史分务洛都,有姬善歌。时李逢吉留守,欲一见。既不可辞,遂往焉。李有姬四十馀辈,皆在其下。既入,不复出。作诗两篇投李曰:"三山不见海沉沉,岂有仙踪尚可寻!青鸟去时云路断,姮娥归处月宫深。纱〔一〕窗暗想春相忆,书幌谁怜夜独吟。料得此时天上月,只应偏照两人心。"一首已失。李

但含笑曰:"大好诗。"〔二〕

〔一〕"纱",原作"仙",依明钞本改。

〔二〕八字依明钞本补,又明钞本上文无"两篇""一首已失"六字。

陈太子舍人徐德言尚叔宝妹乐昌公主。陈政衰,谓其妻曰:"国破,必入权豪家,倘情缘未断,尚慕相见。"乃破镜,各分其半,约他日以正月望日卖于都市。及陈亡,其妻果为杨越公得之,乃为诗曰:"镜与人俱去,镜归人不归。无复姮娥影,空留明月辉。"乐昌得诗,悲泣不已。越公知之,怆然,召德言至,还其妻,因与德言乐昌饯别,令乐昌为诗,曰:"今日甚迁〔一〕次,新官对旧官。笑啼俱不敢,方信作人难。"

〔一〕"迁",明钞本作"造"。

乐天姬樊素善歌,小蛮善舞。尝为诗曰:"樱桃樊素口,杨柳小蛮腰。"樊素年既长,小蛮方丰艳,因为《杨柳词》曰:"一树春风万万枝,嫩于金色软于丝。"

唐戎昱守零陵,妓籍中有善歌者,湘帅于公颐遽索之,昱乃遣行。比至,令歌,乃昱送妓辞也。其辞曰:"宝钿香娥翡翠裙,妆成掩泣欲行云。殷勤好向襄王道,莫向瑶台梦使君。"公曰:"大丈夫不能立功业为异代所称,岂可夺人爱姬为己之娱!"遂赠以帛,送归零陵。

《玉溪论事》〔一〕云:蜀尚书侯继图,本儒士。一日秋风四起,偶倚栏于大慈寺楼,有大桐叶,飘然而坠。上有诗云:"拭翠敛双蛾,为郁心中事。搦管下庭除,书成〔二〕相思字。此字不书石,此字不书纸。书向秋叶上,愿逐秋风起。天下有心人,尽解相思死;天下负心人,不识相思意。有心与负心,不知落何地。"侯贮小帖,凡五六年,方卜任氏为婚。尝讽此事。任氏曰:"此是妾书叶时诗,争得在公处?"曰:"向在大慈寺阁上倚栏得之。即知

今日聘君非〔三〕偶然也。"侯以今书较之,与叶上无异。并同前

〔一〕"玉",原作"五",依明钞本、缪校本改。
〔二〕"成",明钞本、缪校本作"作"。
〔三〕"君非",原作"非君",依明钞本乙。

李茂复为会府从事,出逢一小青衣,有色,马上目之,作诗曰:"行尽疏林见小桥,绿杨深处有红蕉。无端眼界无分别,安置心头不肯销。"其内子甚妒,晚年牧泗州,有诗云:"落日西山近一竿,世间恩爱极难拚。近来不作颠狂事,免被冤家恶眼看。"《南部新书》

谢郎中有女,数岁能吟咏,长嫁王元甫。元甫调官京师,送别云:"此去惟宜早早还,休教重起望夫山。君看湘水祠前竹,岂是男儿泪染斑?"《青琐集》

增修诗话总龟卷之二十四

感事门上

　　高力士谪巫州,山谷多荠,而人不食,感之,因作诗以寄意曰:"两京作斤卖,五溪无人采。夷夏虽有殊,气味都不改。"《明皇杂录》

　　李适之在相位,每退朝则邀宾客谐谑赋诗,曾不备林甫之害。尝为诗曰:"朱门长不闭,亲友恣相过。年今将半百,不乐复如何!"及罢相,又为诗曰:"避权仍罢相,乐圣〔一〕且衔杯。借问门前客,今朝几个来!"及死非其罪,时人冤之。〔《本事诗》〕

　　〔一〕"圣",原作"胜",据《本事诗》《怨愤》校改,清酒为圣。

　　明皇幸蜀回,至剑门,谓侍臣曰:"剑门天险,自古及今,败亡相继,岂非在德不在险也!"因作诗曰:"剑阁横空峻,銮舆出狩回。翠屏千仞合,丹嶂五丁开。灌木萦〔一〕旗转,仙云拂马来。乘时方在德,嗟尔勒铭才。"至德二年,普安郡太守贾深勒于石。《开元传信记》

　　〔一〕"萦",原作"索",依明钞本、缪校本改。

　　明皇将幸蜀,登花萼楼。使楼前善《水调》者登楼而歌曰:"山川满目泪沾衣,富贵荣华得几时!不见而今汾水上〔一〕,惟有

年年秋雁飞。"顾侍者曰："谁为此？"对曰："宰相李峤辞也。"明皇曰："真才子！"不待曲终而去。《明皇传信记》

〔一〕"水上"，原作"上水"，依明钞本乙。

唐曲江，开元天宝中尝有殿宇，因安史之乱遂尽圮废。文宗览杜甫诗云："江头宫殿锁千门，细柳新蒲为谁绿！"因建紫云楼落霞亭，岁时赐宴，及于〔一〕两岸建亭馆焉。《春明退朝录》

〔一〕"于"字依明钞本补。《春明退朝录》作"又诏百司"。

刘洞尝以诗百馀首献李煜，首篇乃《石城怀古》云："石城古岸头，一望思悠悠。几许六朝事，不禁江水流！"煜览之，掩卷改容。金陵将危，为七言诗，大榜于路旁曰："千里长江皆渡马，十年养士得何人！"又云："翻忆潘郎章奏内，惜惜日暮好沾巾。"盖潘祐表云"家国惜惜，如日将暮"也。《江南野录》

韩熙载，高密人，显仕江南，晚年奉贡入梁，都绝知旧。乃题于馆壁云："未到故乡时，将谓故乡好。及至亲得归，争如身不到！目前相识无一人，出入空伤我怀抱。风雨潇潇旅馆秋，归来窗下和衣倒。梦中忽到江南路，寻得花中归旧处。桃脸蛾眉笑出门，争向前头拥将去。"又云："仆本江北人，今作江南客。再去江北行，举目无相识。金风吹我寒，秋月为谁白。不如归去来，江南有人忆。"《江南野录》

《后庭花》，亡陈之曲也。杜牧之诗曰："烟笼寒水月〔一〕笼沙，夜泊秦淮卖酒家。商女不知亡国恨，隔江犹唱《后庭花》。"故胡曾诗曰："陈国机权未可涯，如何后主恣骄奢！不知即入宫前井，犹自听吹《玉树花》！"〔《鉴戒录》〕

〔一〕"水月"，原作"月水"，依明钞本乙。按此条及下二条《鉴戒录》卷七《亡国音》通为一条。

《思越人》，亡吴之曲也。胡曾诗曰："吴王恃霸弃贤才，贪

向姑苏醉醕醯。不觉钱塘江上月,一宵西送越兵来。"〔《鉴戒录》〕

《柳枝歌》,亡隋之曲也。胡曾诗曰:"万里长江一旦开,岸边杨柳几千栽。锦帆未落干戈起,惆怅龙舟去不回。"韩偓诗曰:"梁苑隋堤事已空,万条犹舞旧春风。那堪更想千年后,谁见杨花入汉宫!"《古今诗话》谓此诗是韩琮作。又贺知章诗曰:"碧玉妆成一树高,万条垂下绿丝绦。不知细叶谁裁出,二月春风是剪刀。"罗隐诗曰:"袅袅和烟映玉楼,半垂桥上半垂流。今年渐见枝条密,恼乱春风卒未休。"李涉诗曰:"锦池江上柳垂桥,风引蝉声送寂寥。不必如丝千万缕,只禁离恨两三条。"《鉴戒录》

天成初,明宗召亡蜀旧宰臣王锴〔一〕等赋《蜀王降唐诗》,惟牛希济为佳,诗曰:"满城文武欲朝天,不觉邻师犯塞烟。唐主再悬新日月,蜀臣还却旧山川。非干将相扶持拙,自是君臣数尽年。古往今来亦如此,几曾欢笑几潸然!"

〔一〕"锴",原作"错",依缪校本改。

元微之、刘梦得、韦楚客会于乐天之居,因论南朝兴废事,各赋《金陵怀古诗》。梦得方在郎省,元公已居北门。梦得骋其才,略无逊意,满引一觞,请为首唱,挥而成。白公览诗,曰:"四人探骊龙,而子先得其珠,其馀鳞甲将何为?"三公于是罢吟。梦得诗曰:"王濬楼船下益州,金陵王气黯然收。千寻铁锁沉江底,一片降幡出石头。荒苑至今生茂草,古城依旧枕寒流。如今四海归皇化,两岸潇潇〔一〕芦荻秋。"

〔一〕十一字,南图藏明钞本作"今逢四海为家日,故垒萧萧"。

杜荀鹤,朱梁时作《时世吟》十首,今录其两首云:"夫因兵乱〔一〕守蓬茅,麻苎裙衫鬓发焦。桑柘废来犹纳税,田园荒尽尚征苗。时挑野菜和根煮,旋砍生柴带叶烧。前虽见于评论,所载事固不同,姑存其作。任是深山更深处,也应无计避征徭。""八十衰翁[二]住破村,村中牢落不堪论。因供寨木无桑柘,为点乡兵绝子孙。还似平宁催赋税,未曾州县略安存。至今鸡犬皆星散,日落西山哭倚门。"并同前

〔一〕"乱"当依《唐风集》作"死"。

〔二〕"翁",原作"公",依明钞本改。

内侍张继常为镇戎军钤辖,因题诗于厅事曰:"夜闻碛外铃声苦,晓听城头角调哀。不是感恩心似铁,谁人肯向此中来!"继常能读书,有识,好谈论,知治体。中间入内都知,领郡。《谈苑》

翠微寺在骊山绝顶,旧离宫也。唐太宗避暑于此,后寺亦废。有游人题云:"翠微寺本翠微宫,楼阁亭台几十重。天子不来僧又去,樵夫时倒一株松。"

钟谟,建安人,为李璟奏表称臣于周。孙晟遇害,独赦谟为耀州司马。有诗与州将云:"翩翩归尽塞垣鸿,隐隐寒闻蛰户虫。渭北离愁春色里,江南家事战尘中。还同逐客纫兰佩,谁听缧囚奏土风!多谢贤侯振吾道,免令搔首泣途穷。"后画江为界。世宗诏谟为卫尉卿,放还国。作诗献,其略云:"三年耀武群雄伏,一日回銮万国春。南北通欢永无事,谢恩归去老陪臣。"世宗览而悦之。并同前

元厚之昔随侍在荆南,从学于龙安寺僧舍。后三十年,以龙图阁帅荆州,昔之老僧犹在。一日,访旧斋,而门径池台如昔,怅感久之,因创巨堂,榜曰碧落,题诗于堂曰:"九重侍从三明主,四纪乾坤一老臣。"未几,召还翰林,参熙宁大政,真可谓乾坤老臣也。《古今诗话》

王播,少游扬州惠照寺木兰院,随僧饭,僧颇厌之。后二纪,出镇广陵,因访旧游,向书字已为碧纱笼矣。题二诗曰:"二十年前此院游,木兰初发院初修。而今再到经行处,树老无花僧白头。""上堂已了各西东,惭愧阇黎饭后钟。二十年前〔一〕尘扑面,而今始得碧纱笼。"《古今诗话》 《北梦琐言》载后篇段文昌《题江陵佛寺》。

〔一〕"前",明钞本作"来",义长。

李翱尚书于潭州,席上有舞《柘枝》者,颜色惨沮,侍御殷尧藩即席赠诗曰:"姑苏太守青蛾女,流落长沙舞《柘枝》。满坐绣衣皆不识,可怜红脸泪双垂。"因问之,乃苏州韦中丞爱姬所生女也,因相为之呼叹,即命更其舞衣,于宾榻中择士嫁之。舒元舆侍郎闻之,赠李公诗曰:"湘江舞罢忽生悲,便脱蛮靴出绛帏。谁是蔡邕琴酒客,魏公怀旧嫁文姬。"《古今诗话》

杜甫开元〔一〕中流寓秦越,有《秦州诗》二十首。其首叙曰:"有弟皆羁旅,无家问死生。寄书多不达,况乃未休兵!"后殁衡州耒阳县。杜牧之常览其集,有诗曰:"杜诗韩笔愁来读,似倩麻姑痒处搔。天外凤凰谁得髓,无人解合续弦胶。"罗隐〔二〕《题杜甫集》曰:"楚水悠悠浸耒亭〔三〕,楚南天地两无情。忍教孙武重泉下,不见时人说用兵。"《南部新书》

〔一〕"开元"疑为"乾元"之误。

〔二〕"罗隐"原提行,依明钞本合。

〔三〕"耒"字原空,明钞本作"未",《杜诗详注》作"耒",与"未"形近,故据改。今本《南部新书》未见此条。

诗云:"昔日青楼对歌舞,今日黄埃聚荆棘。山川满目泪沾衣,富贵荣华能几时!不见而今汾水上〔一〕,惟有年年秋雁飞。"李峤作也,明皇深赏之。当时未有太白、子美,故峤辈得称雄尔。

意其遭罹世故,不得不尔。雨中闻铃,且犹涕下,峤诗可不如撼铃也?以此论工拙,殆未可也。《苏公诗话》

〔一〕"水上",原作"上水",依明钞本乙。

李士元尝为僧[一],有《登单于台诗》云:"悔上层楼望,翻成极目愁。路沿葱岭去,河背玉关流。马散眠沙碛,兵闲倚戍楼。残阳三会角,吹白旅人头。"《登华阁诗》云:"乱后独来登大阁,凭阑举目尽伤心。长堤过雨行人少,废苑经秋草自深。破落侯家通永巷,萧条宫树接疏林。总输释氏青莲馆,依旧重重布地金。"《雅言杂录》

〔一〕"僧"下原有"游初"二字,依明钞本删。

张祜素藉诗名,凡知己者皆当世英儒。故杜牧之云:"谁人得似张公子,千首诗轻万户侯。"祜有《华清宫诗》,为世所称,云:"龙虎旌旗雨露飘,凤池歌断玉山遥。明皇上马太真去,红杏满园香自销。"《郡阁雅谈》

李朱崖平泉庄佳景可爱,洛中士人诧于汪遵[一],遵有诗曰:"平泉风景好高眠,水色风光满目前。刚欲平他不平事,至今惆怅满南迁。"[二]汪过杨相宅,有诗云:"倚伏从来事不遥,无何平地起青霄。才到青霄却平地,门对古槐空寂寥。"《唐贤抒情》

〔一〕"汪",原作"江",依清钞本改,下"江"字径改。

〔二〕"迁",明钞本、缪校本作"边"。《全唐诗》字句多异,且无第二首。

陈乔、张俄,重阳日登高于北山湖亭,不奏声乐,因吟杜工部《九日宴蓝田崔氏庄》诗,其末句云:"明年此会知谁健,醉把茱萸仔细看。"员外郎赵宣父时亦在集,感慨流涕者数四,举坐异之。未几,赵卒。《南唐近事》

僖宗幸蜀,有北省官忘其名[一],避地江左,元昆扈跸在蜀,因寄诗曰:"涉江今日恨偏多,援笔长吁欲奈何! 倘使泪流西去得,便宜添作锦江波。"后有朝士,同在外地,《睹野花,追思京师旧游》云:"曾过街西看牡丹,牡丹才谢便心阑。如今变作村园眼,古子花开也喜欢。"《杂志》

〔一〕"其"字依明钞本补。

钱思公谪汉东,作一曲曰:"城上风光莺语乱,城下烟波春拍岸。绿杨芳草几时休? 泪眼愁肠先已断。年华〔一〕渐变成衰晚,鸾鉴朱颜惊暗换。昔年多病厌芳尊,今日芳尊唯恐浅。"每歌之,酒阑则泪下。时后阁尚有一白发姬,乃邓王俶歌鬟惊鸿也:"吾忆先王挽铎中歌此声,相公其亡乎?"〔二〕果毙于随。邓王旧曲曰:"帝乡烟雨锁春愁,故国山川空泪眼。"颇相类。《湘山野录》

〔一〕"年华",原作"年年",依明钞本改。《渔隐丛话》作"情怀"。

〔二〕"吾"字上当据《苕溪渔隐丛话》后集卷三九补"遽言"二字,下"毙"字当依《丛话》作"薨"。

胡汾,不知何许人,尝隐庐山,《桑落洲》一篇云:"莫问桑田事,但看桑落洲。数家新住处,昔日大江流。古岸摧将尽,平沙长未休。想应百年后,人世更悠悠。"又《月诗》云:"轮中别有物,光外更无空。"《摭言》

元和十三年进士陈标献诸先辈诗曰:"春官南院院墙东,晓色初明月色红。文字一千重马拥,喜逢〔一〕三十二人同。眼看鱼变辞凡水,心逐莺飞出瑞风。莫怪云泥从此别,总曾怅惘去年中。"同前

〔一〕"逢",明钞本作"欢"。

余昔在钱唐,一日昼寝宝山僧房,起题其壁云:"七尺顽躯走世尘,十围便腹贮天真。此中空洞浑无物,何止容君数百

239

人?"其后有数小子,亦题名壁上,见者乃谓余诮之也。周伯仁所谓君者乃王茂弘之流,岂此等辈哉!吾尝作《太白真赞》云:"生平不识高将军,手污吾足乃敢嗔!"吾今复此者,欲使后之小人少知自揆也。《百斛明珠》

仆在徐州,王子立子敏皆馆于官舍,而蜀人张师厚来过。二王方年少,吹洞箫,饮酒杏花下。明年,予谪黄州,对月独饮,尝有诗云:"去年花落在徐州,对月酣歌美清夜。今夜[一]黄州见花发,小院闭门风露下。"盖忆与二王饮时也。张师厚久已死,今年子立复为古人,哀哉!

〔一〕"夜",明钞本作"日",当依本集作"年"。

予素不解棋,因独游庐山白鹤观[一],观中人皆阖户昼寝,独闻棋声于古松流水之间,意欣然喜之,自尔欲学,然终不解也。儿子过乃粗能者。儋守张中从之戏,予亦隅坐竟日,不以为厌也。诗曰:"五老峰前,白鹤遗址。长松映庭,风日清美。我时独游,不逢一士。谁为棋者,户外屦二。不闻人声,时闻落子。纹枰坐对,谁究此味?空钩意钓,岂在鲂鲤!小儿近道,剥啄信指。胜固欣然,败亦可喜。优哉游哉,聊以卒岁。"并同前

〔一〕"鹤"字依清钞本补。

增修诗话总龟卷之二十五

感事门下

西蜀杨耆,数年前见之甚贫,今见之亦贫;所异于昔者,苍颜[一]华发耳。女无美恶富者妍,士无贤不肖贫者鄙。使其逢时遇合,岂减当世之士哉!顷宿长安驿,闻泣者甚怨,问之,乃昔富而贫者。乃作一诗,今以赠杨君:"孤村渐雨逐秋凉,逆旅愁人怨夜长。不寝相看唯枥马,愁吟互答有寒螀。天寒滞穗犹横亩,岁晚空机尚倚墙。劝尔一杯聊复睡,人间贫富海茫茫。"《玉局文》

〔一〕"颜",原作"头",依明钞本改。

予十八年前中秋,与子由观月彭城,作一诗,以《阳关》歌之。今复遇此夜,宿于赣上,方南北岭表,独歌此曲,聊复书之,以识一时之事。虽未觉有今夕之悲,但悬知为他日之喜也。"行歌野哭两堪悲,远火低星渐向微。病眼不眠非守岁,乡音无伴苦思归。重衾脚冷知霜重,新沐头轻感发稀。多谢残灯不嫌客,孤舟一夜苦相依。"[一]同前

〔一〕按此诗题为"《除夜野宿常州城外二首》",此第一首,与"彭城""中秋""子由"均无涉,不知何故。

赞皇公再贬朱崖,道中有诗云:"十年紫殿掌洪钧,出入三朝一品身。文帝宠深陪雉尾,武皇恩重宴龙津。黑山永破和亲虏,乌岭全坑扈从臣。自是功高临尽处,祸来名减不由人。"又《登朱崖郡城》云:"独上高楼望帝京,鸟飞犹是半年程。青山似欲留人住,百匝千遭绕郡城。"世传赞皇公崖州诗皆仇人所作,只此二首是真。《古今诗话》

明皇友悌,古无有者,尝以书赐弟宪等:"魏文帝诗曰:'西山一何高,高高殊无极。上有两仙童,不饮亦不食。赐我一丸药,光辉有五色。服之四五日,身体生羽翼。'朕每言服药而生羽翼,宁如兄弟天生之羽翼乎?陈思王之才足以经国,绝其朝谒,卒使忧死。魏祚未终,司马氏夺之,岂神丸效耶?"《雍洛灵异记》

唐元和十三年[一],士人下第,多为诗刺试官,独章孝标作《归燕诗》献庾承宣侍郎曰:"旧垒危巢泥已落,今年故向社前归。连云大厦无栖处,更傍谁家门户飞!"[二]全无讥刺意[三]。欧阳澥亦作《燕诗》献郑愚侍郎云:"翩翩飞燕画堂开,送古迎今几万回。长向春秋社前后,为谁归去为谁来?"《古今诗话》

〔一〕"十三年",《云溪友议》卷下同。明钞本、缪校本作"中"。

〔二〕"旧垒",原作"积累","大厦",原作"楼阁",依明钞本改。

〔三〕五字依明钞本补。

卢氏子,垂拱[一]中不中第,步出都门。其日寒甚,投宿旅舍。一客续至附火,吟曰:"学织丝绫功未多,漫临机杼错抛梭。莫教宫锦行家见,把此文章笑杀他。"卢忆前诗,乃白尚书者。因问其姓氏,曰:"姓李氏,世业织绫,前属东宫锦坊[二]。近以薄艺投本行,皆云如今花样与前不同。不谓伎俩儿以文采求售,不重于世如此。"(《古今诗话》)

〔一〕按"垂拱"为武则天年号,疑有误。

〔二〕明钞本无"东"字。

元稹奉使东川,于褒城题《黄明府诗》,序曰:"昔年曾于解县饮酒,余为录事。有客后至,数犯酒令,并飞数杯,逃席而去。醒后问其人,曰:前虞卿黄丞也。尔后绝不复知所在。元和四年三月奉使东川,十六日至褒城驿,有黄明府见迎,问其前衔,即曩日逃席者〔一〕也。因问坐隅山川,则褒女所奔之城在其左,诸葛所征之地在其右。感今怀古,作《赠黄明府诗》。"曰:"昔年曾痛饮,黄令困飞觥。席上当时走,马前今日迎。依稀迷姓字,积渐识平生。故友身皆远,他时眼暂明。便邀连坐叙,兼共摘船行。酒思临风乱,霜鬃拂地平。不看深浅酌,贪怆古今情。迤逦七盘路〔二〕,坡陀数丈城。花疑褒姒笑,栈想武侯征。一种埋幽石,空闲千古情。"同前

〔一〕"者"字依明钞本补。

〔二〕"路",原作"洛",依明钞本改。

魏瓘侍郎知广州,子城一角忽颓,一古砖有四大字云"委于鬼工",是魏字。公感其事,大筑新之。罢而召还。仲简待制代之。未几,侬贼寇广州,外城一击而圮,独子城坚完,民赖以生。贼平,朝廷以公有前知之备,加谏议大夫,再知五羊二年,公以筑城之功自论,久不报,作《感怀》诗曰:"羸羸霜发一衰翁,踪迹年来类断蓬。万里远归双阙下,一身还在众人中。螭头赐对恩虽厚,雉堞论功事已空。淮上有山归未得,独挥清泪洒春风。"又《五羊书事诗》云:"虽云岭外无霜雪,何事秋来亦满头?"文潞公采其诗进呈,加龙图阁学士,尹天府。

南唐元宗割江之后,金陵对岸,即是敌境,因迁都豫章。每北望,忽忽不乐,有诗曰:"灵槎思浩荡,老鹤忆崆峒。"又庐山百

花亭刊石云:"苍苔迷古道,红叶乱朝霞。"皆佳句也。

隋炀帝迷于声色,高昌荐浙人项升进《新宫图》,览之大悦。即日召有司具材役夫,经岁而成,帑库为之一空。幸之,喜谓左右曰:"使真仙游其中,亦当自迷也,可目之曰迷楼。"每一幸,即经月。宫女无数,后宫多不得进。有侯夫人者有美色,忽自缢于栋下。臂悬锦囊,左右取进,有《自感诗》三首。其一曰:"庭绝玉辇迹,芳草渐成窠。隐隐闻箫鼓,君恩何处多!"其二曰:"欲泣不成泪,悲来翻强歌。庭花方烂漫,无计奈春何!"其三曰:"春阴正无际,独步意如何?不及闲花草,翻承雨露多。"又云:"妆成多自恨,梦好却成悲。不及杨花意,春来到处飞。"又《遣意》云:"秘洞扃仙卉,雕房锁玉人。毛君真可戮,不肯写昭君。"炀帝见诗,反复伤感。视其尸,已死颜色尚尔,厚礼葬之。

宁王宪宅左有卖饼人,妻有色,王欲之,厚遗其夫取之,宠嬖逾等。阅岁,因问云:"尚思饼汉否?"默然不对。因呼令见,其妻注眼泪下,若不胜情。时坐客十馀,无不凄然。王请客赋诗,王摩诘先成,诗曰:"莫以今朝宠,宁忘旧日恩。看花满眼泪,不共楚王言。"

东海北岩畔有大石龟,俗云鲁般所造,夏则入海,冬复止此山涯。有诗云:"石龟尚怀海,我宁忘故乡!"

刘虚白昔与裴令公同砚席,及公主文,虚白犹是举子。试杂文日,帘前献一绝云:"二十年前此夜中,一般灯烛一般风。不知岁月能多少,犹着麻衣待至公。"并同前

余自夏历秋,毒热七八十日不衰,炮灼理极,意谓不复有清凉之时。今日复凄风微雨,遂御夹衣。顾念兹岁,屈指可尽。彭泽云:"我今不为乐,知有来岁不?"此言真可为惕然也。《王直方诗话》

僧可隆善诗,高从诲阅其卷,有《观棋》句云:"万般思后得,一失废前功。"从诲谓可隆曰:"吾师此诗,必因事而得。"隆答曰:"某本姓慕容,与桑维翰同学。少负志气,多忤维翰。维翰登第,以至入相,某犹在场屋。频年败衄,皆维翰所挫也。因削发为僧,其句实感前事而露意焉。"从诲识鉴多此类也。《大定录》

廖齐父爽直,尝为永州刺史。齐后游零陵,于民间见父题壁,感而成诗曰:"下马连声叩竹门,主人何事感遗恩!回头泣向儿童道,重见《甘棠》旧子孙。"《青琐后集》

杜牧,大和三年佐吏部沈公传师幕,在江西,时好好年十三,始以善歌,来入乐籍中。后一年,公镇宣城,复置好好于宣城籍中。后三岁,为沈著作述师纳之。后三岁,于洛阳城重睹[一]好好,感旧伤怀,故题三[二]十韵以赠之。"尔为豫章姝,十三才有馀。翠茁凤生尾,丹叶莲合跗。高阁倚天半,晴江联碧虚。此地试尔唱,特使华筵铺。主公顾四座,始讶来踟蹰。吴娃引赞起,低回映长裾。双鬟可高下,才过青罗襦。盱盱乍垂袖,声同雏凤呼。繁弦迸关纽,塞管裂寒芦。[三]众音不能逐,袅袅穿云衢。主公再三叹,为言天下姝。赠之天马锦,副以水精珠。龙沙看秋浪,明月游东湖。自此每相见,三日以为疏。玉质随月满,艳态逐春舒。修唇渐轻巧,云步转虚徐。旌旆忽东下,笙歌随轴舻。霜凋谢庭树,沙暖句溪蒲。身外任尘土,樽前极欢娱。飘然集仙客著作堂合集宾校理[四],讽赋欺相如。聘之碧瑶佩,载以紫云车。洞户水声远,月高蟾影孤。尔来未几岁,散尽高阳徒。洛阳重相见,婥婥为当垆。怪我苦何事,少年垂白须?朋游今在否?落魄更能无?门馆恸哭后,水云秋景初。斜月挂衰柳,凉风生坐隅。洒尽满襟泪,短歌聊一书。"

245

〔一〕"睹"上原有"见"字,依清钞本删。

〔二〕"三",原作"二",依清钞本改。

〔三〕"纽",原作"组",依明钞本改。"塞",原作"寒",据《杜樊川集》校改。

〔四〕明钞本无此注。《杜樊川集》作"著作尝任集贤校理",当据改。

蜀王衍俘系入秦,至剑阁,阅山水之美,诗云:"不缘朝阙去,好此结茅芦。"时人笑之。至咸阳,又作曲子云:"尽是一场赢得。"与夫无愁入井者,所校无多也。《北梦琐言》

廖图在永州,有《江干感兴》诗云:"正悲世上事无限,细看水中尘更多。"甚为识者所称。(《零陵总记》)

种放在章圣朝,累章乞归,赐买山银百两。放少时有《潇湘感事》诗曰:"离离江草与江花,往事洲边叹复嗟。汉傅有才终去国,楚臣无罪亦沉沙。凄凉野浦寒飞雁,牢落汀祠晚聚鸦。无限清忠沉浪底,滔滔千顷属渔家。"亦先兆也。《古今诗话》

开元时,乐工李龟年承恩遇,于东都道通里〔一〕创堂,甲于都下。其后流落江南,每为人歌,则坐客掩泣罢酒。杜子美尝赠诗曰:"岐王宅里寻常见,崔九堂前数度闻。正是江南好风景,落花时节又逢君。"崔九即涤,中令湜之弟也。《明皇杂录》

〔一〕"道通",明钞本作"通远"。

明皇初自巴蜀回,夜阑登勤政楼,倚栏南望,烟月满目,因歌曰:"庭前琪树已堪攀,塞北征人尚未还。"盖卢思道之诗也。歌毕,里中隐隐如有歌者,谓力士曰:"得非梨园旧人乎?迟明为我访来。"翌日,力士潜求于里中,召至,果梨园弟子也。其夜,复乘月登楼,左右惟力士及妃侍者红桃在焉。遂命歌《凉州》,《凉州》即贵妃所制,亲御玉笛为《倚楼曲》。曲罢,无不掩泣,因广其曲,传于人间。

明皇在南内,耿耿不乐,每自吟太白《傀儡诗》曰:"刻木牵丝作老翁,鸡皮鹤发与真同。须臾弄罢浑无事,还似人生一世中。"并同前

东坡在惠州,尽和渊明诗思州〔一〕。鲁直在黔南闻之,作偈曰:"子瞻谪海南,时宰欲杀之。饱吃惠州饭,细和渊明诗。渊明千载人,子瞻百世士。出处固不同,风味亦相似。"

〔一〕"思州",《冷斋夜话》卷七作一"时"字,属下句。

邹志完过永州淡山岩,岩有驯狐,凡贵客至则鸣。志完将至而狐鸣,僧出迎,以驯狐为言。志完作诗曰:"我入幽岩亦偶然,初无消息与人传。驯狐戏学仙伽客,一夜飞鸣至老禅。"并《冷斋夜话》

杜牧之绰有诗名,纵情雅逸,累分守名郡。罢任,于金陵舣舟,闻倡楼歌声,有诗曰:"烟笼寒水月笼沙,夜泊秦淮近酒家。倡女不知亡国恨,隔江犹唱《后庭花》。"风雅偏缀,不可胜纪,与杜甫齐名,时人呼为大杜小杜。《唐贤抒情》

增修诗话总龟卷之二十六

寄赠门上

吕文穆公蒙正,尝与温恭肃仲舒及一友人,忘其姓名,读书于洛阳龙门山,誓不作状元不仕。及唱第,文穆为状头,温已不意,然尚中甲科。其友人随[一]拂衣归隐。后文穆大用,太宗问昔与谁友,文穆即以归隐者对。遂以著作郎召,不起。故文穆罢相归洛作诗赠之曰:"昔作儒生谒贡闱,今提相印出黄扉。九重鹓鹭醉中别,万里烟霄达了归。邻叟尽垂新白发,故人犹着旧麻衣。洛阳谩说多才子,自叹遭逢似我稀。"故人,盖指归隐者也。《青箱杂记》

〔一〕"随",南图藏明钞本作"遂"。

梁周翰,太宗朝为馆职,真宗即位,除知制诰。柳开赠诗曰:"九重城阙新天子,万卷诗书老舍人。"《古今诗话》

五代末,濠梁人南楚材游陈颍间。颍守欲以[一]子妻之。楚材已娶薛氏,以受颍守之恩,遣人归取琴书之属,似无还意。薛氏善书画,能属文,自对鉴图其形,并作诗寄之曰:"欲下丹青笔,先拈玉鉴端。已惊颜寂寞,渐觉鬓凋残。泪眼描将易,愁肠写出难。恐君浑忘却,时展画图看。"楚材见而惭焉,与之偕老。

《唐宋遗史》

〔一〕"以"字依南图藏明钞本、缪校本补。

韦应物为苏州太守,尝有诗赠米嘉荣曰:"吹得《凉州》意外声,旧人惟有米嘉荣。近来年少欺前辈,好染髭须学后[一]生。"又尝赴扬州司马[二]杜鸿渐宴,醉宿驿亭,醒见二佳人在侧,惊而问之,乃曰:"郎中席上与司空诗,因令乐妓侍寝。"问:"记其诗否?"一妓强记,乃诵之曰:"高髻云鬟宫样妆,春风一曲《杜韦娘》。司空见惯浑闲事,断尽苏州刺史肠。"同前 《古今诗话》刘梦得诗

〔一〕原重"后"字,径删。

〔二〕"扬州",明钞本作"本州"。"司马"据诗当为"司空"。

唐末士子崔郊,姑有婢端丽,郊窃爱之。他日,鬻婢于襄阳司空于頔,得钱四十万。因寒食出游,婢见郊,立于柳阴下,郊因作诗随以赠之曰:"公子王孙逐后尘,绿珠重[一]泪滴罗巾。侯门一入深如海,从此萧郎是路人。"疾郊者录诗以示頔。頔召郊,执其手曰:"诗,公所作也。四十万小哉,何不早言!"因以婢赠之。《唐宋遗史》

〔一〕"重",明钞本作"垂",似胜。

雷德逊、有终父子二人并命为江南淮南漕。王元之赠诗二首,其一曰:"江南江北接王畿,漕运帆樯去似飞。父子有才同富国,君王无事免宵衣。屏除奸吏魂应丧,养活疲民肉渐肥。还有文场受恩客,望尘情抱倍依依。"其二曰:"当时豪气压朱云,老作皇家谏诤臣。章疏罢封无事日,朝廷犹指直言人。题诗野馆光泉石,讲《易》秋堂动鬼神。棘寺下僚叨末路,斋心犹祝秉洪钧。"元之尝出德逊门下,而德逊深于《易》,酷于诗也。《青箱杂记》

枢密邵公尧谓余诗似乐天。一日,阅相蓝书肆,得冯瀛王诗集归,公与余语曰:"子诗似乐天,又爱冯集,将来拈取个豁达李老。庆历中,京师有人号豁达李老,每好吟诗而辞多鄙俚,以此戏之。"遂皆大笑。熙宁中,余辟定武帅幕,公自郓附所作诗一轴并寄余诗曰:"流年真似隙中驹,别后情怀懒更疏。天上又颁新历日,床头未答故人书。殷勤羔雁功曹檄,狼藉杯盘上客鱼。好在仲宣家万里,从军苦乐定何如!"

李文正昉、吕正惠端,同践文馆,后皆登台辅。李赠吕诗曰:"忆昔儌居明德坊,官资俱是校书郎。青衫共直昭文馆,白首同登政事堂。佐国庙谟公已展,避贤荣路我犹妨。主恩至重何时报,老眼相看泪两行。"并同前

向文简敏中、寇忠愍准,二相同以太平兴国五年登第。后文简秉钧,忠愍以使相守长安。文简作诗寄忠愍,忠愍酬之曰:"玉殿登科四十年,当时僚友尽英贤。岁寒惟有公兼我,白首犹持将相权。"《唐宋遗史》

刘昌言,泉州人,常侍陈洪进为幕客,入朝为副枢。尝作《下第诗》,落句云:"唯有夜来蝴蝶梦,翩翩飞入刺桐花。"后为商丘记室,王元之赠诗曰:"年来复落事堪嗟,载笔商丘鬓欲华。酒好未陪红杏宴,诗狂多忆刺桐花。"盖为是也。同前

钱塘林逋处士,有高节。范文正赠诗曰:"巢由不愿仕,尧舜岂遗人!风俗因公厚,文章到老醇。"

张乖崖公为布衣时,与陈希夷善。因夜话,谓希夷曰:"欲分先生华山一半,住得无?"希夷曰:"馀人不可,先辈则可。"及旦相别,希夷以宣毫[一]中笔一枝、白云台墨一剂、蜀笺一角赠之。公曰:"会得先生意,驱某入闹处去。"曰:"珍重,珍重。"希夷送公回,谓门弟子曰:"此人无情于物,达则为公卿,不达则为

帝王师。"公尝感之。后尹蜀,过华阴,寄希夷诗曰:"性愚不肯林泉住,强要清时拟致君。今日星驰剑南去,回头惭愧华山云。"

〔一〕"毫",原作"和",依缪校本改。

曹修司封守邵武,以竹簟赠僧仁晓,并惠小诗曰:"翠筠织簟寄禅斋,午夜秋从枕底来。若也此时人问道,寒天卷却暑天开。"并同前

孟宾于,湖湘连上人。少修儒学,好诗,有百篇,名《金鳌集》,献于李若虚侍郎。因采集中佳句可取者记之于书,使宾于驰诣洛阳,献诸朝达〔一〕,其誉蔼然。明年春,与李昉同擢进士第。后事李后主为滏阳令。因抵法,当死。会昉迁翰林学士,闻在缧绁,以诗寄宾于曰:"初携书剑别湘潭,金榜标名第十三。昔日声尘喧洛下,近来诗价满江南。长为邑令情终屈,纵处郎曹志未甘。莫学冯唐便休去,明君晚事未为惭。"主见其诗而宥之,复官,未几,归老连上,号群峰叟。吉守马致恭以诗送,其末章云:"今日还家莫惆怅,不同初上渡头船。"《江南野录》《雅言系述》记吉守送宾于诗有全篇,及宾于诗。

〔一〕"达",原作"延",依明钞本改。

李频,方干高第也。登第后,干寄诗曰:"弟子已攀桂,先生犹卧云。"《鉴戒录》

罗隐以讽刺之深,久而不第。刘赞赠之诗曰:"人皆言子屈,我独以为非。明主既难谒,青山何不归?年虚侵白鬓,尘土污麻衣。自古逃名者,至今名岂微!"隐见之,遂起归欤之兴,作《五湖》诗曰:"江头日暖花又开,江东行客思悠哉。高阳酒徒半凋落,终南山色空崔嵬。圣代也知无弃物,侯门未必用非才。一船明月一竿竹,家在五湖归去来!"

施肩吾《赠边将》诗曰:"轻生奉国不为难,战苦身多旧箭瘢。玉匣锁龙鳞甲冷,金铃系鹘羽毛寒。皂貂拥出花当背,白马骑来月在鞍。却恐犬戎临虏塞,柳营时把阵图看。"

杜荀鹤苦于诗,有赠僧句云:"安禅不必须山水,灭得心头〔一〕火自消。"又云:"利门名路两何凭,百岁风前短焰灯。只恐为僧心不了,为僧心了是输僧。"

〔一〕"头",明钞本作"时",似胜。

翁承赞,唐末为谏议大夫,使福州,至剑浦县,见旧识僧亚齐,赠诗云:"萧萧风雨建阳溪,溪畔维舟见亚齐。一轴新诗剑潭北,十年旧识华山西。吟魂昔向江村老,空性元知世路迷。应笑乘轺青琐客,此时无暇听猿啼。"

唐陆希声以双钩写字法授僧誓光。誓光入长安,为翰林供奉,而希声尚未达,以诗寄誓光曰:"笔下龙蛇似有神,天池雷雨变逡巡。寄言昔日不龟手,应念江湖洴澼人。"誓光感其言,荐希声,后至宰相。并同前

兴国中,潘若冲罢桂林,经南岳,留鹤一只与廖融,赠诗一章云:"峭格数年同野兴,一官才罢共船归。稻粱少饲教长瘦,羽翼无伤任远飞。侧耳听吟侵静烛,衔花作舞带斜晖。朝天万里不将去,留伴高人向钓矶。"若冲到京,授维扬通理,临行,复有诗寄融曰:"曾经别墅住行踪,春浪和烟撼钓筒。共步幽亭连石藓,寄眠静榻带松风。秋来频梦岳云白,别后应添鹤顶红。又泛汴舟随汴水,不堪南望思忡忡。"后至维扬,闻融与鹤相继而亡,若冲感而又为一绝云:"南岳僧来共叹吁,风亭月榭已荒芜。先生去世未十日,留伴高吟〔一〕鹤亦徂。"融卒未久,潘有泉陵之命,经隐居有诗哭云:"天丧我良知,无言双泪垂。惟求相见梦,永绝寄来诗。应有异人吊,从兹雅道衰。春风古原上,新冢草离

离。"《雅言杂载》

〔一〕"吟",明钞本作"岑"。

杜羔妻刘氏善为诗。羔累举不第,将至家,妻即先寄诗曰:"良人的的有奇才,何事年年被放回!如今妾面羞君〔一〕面,君到来时近夜来。"羔见诗即时回去,寻登第。妻又寄诗云:"长安此去无多地,郁郁葱葱佳气浮。良人得意正年少,今夜醉眠何处楼?"《南部新书》

〔一〕"君",明钞本作"郎",下同。

张介以命术游公卿门,寓居钱塘西湖上。尝自京师南归,士大夫率为诗赠之。吕许公王沂公时方执政,亦皆有诗。夏郑公留守南京,为诗继二公曰:"上公诗笔千金重,逋客归装一舸轻。莫到青山更招隐,且留明哲为苍生。"〔《中山诗话》〕

郑谷《雪诗》云:"乱飘僧舍茶烟湿,密洒歌楼酒力微。江上晚来堪画处,渔人披得一蓑归。"有段赞善善画,因采其诗为图,曲尽潇洒之意,持以赠谷,谷为诗以谢之云:"赞善贤相后,家藏名画多。留心于绘素,得意在烟波。属兴同吟咏,功成更琢磨。爱余风雪句,幽绝写渔蓑。"《古今诗话》

欧阳价攻传神,杨次公赠之诗曰:"国手曾烦写几回,无人仿佛醉颜开。青铜鉴里寻常见,不谓今从笔下来。"奉职刘秘亦赠诗曰:"笔妙今为第一人,心期造化夺天真。精神形骨从来一,移入青缣似〔一〕两身。"《古今诗话》

〔一〕"似",原作"椎",明钞本作"惟",清钞本作"推",依南图藏明钞本改。

唐相郑棨《赠老僧》诗曰:"日照西山雪,老僧门未开。冻瓶粘柱础,宿火隐炉灰。童子病归去,鹿麋寒入来。"自云此诗可以衡称,重轻不偏也。尝有人问:"相国近有新诗否?"曰:"诗在

灞桥风雪中驴子上,此中安可得之?"同前[一]

〔一〕自此条起,明钞本、缪校本入下卷。"荣"当为"繁"。

王定保,唐光化三年李渥侍郎下及第。吴子华侍郎脔为婿。子华即世,定保南游湖湘,无北归意。吴假缞服,自长安来,明日访其良人,白于马武穆王,令引见定保于定林寺。吴隔帘诮[一]之曰:"先侍郎重先辈以名行,俾妾侍箕帚。侍郎没,虑先辈以妾改适,是以不远千里来明侍郎之志。"定保不胜惭赧,致书武穆乞为婿。吴确乎不拔,定保为盟毕世不婚矣。吴归吴中外家。沈彬有诗赠定保云:"仙桂曾攀第一枝,薄游湘水阻佳期。皋桥已失齐眉愿,萧寺行逢落发师。废苑露寒兰寂寞,丹山雪断凤参差。闻公已有平生约,谢绝女萝依兔丝。"定保后为马不礼,奔五羊依刘氏,官至卿。《郡阁雅谈》

〔一〕"诮",明钞本作"谓"。

贾岛为普州司仓,方干寄诗曰:"乱山重复叠,何路见先生。岂料多才者,空垂不第名。闲曹曾得醉,薄俸亦胜耕。莫问为诗苦,年年芳草生。"《鉴戒录》

稷山驿吏王金,作吏五十六年,称有道术,往来多赠篇什。李义山有诗赠云:"过客不须询岁代,唯书乙亥与时人。"

令狐绹自湖州刺史拜翰林学士,因夜召对坐,从容语及,文宗大称之,由是眷遇有加,未几拜相。因郊禋侍,祠还,赵硍赠诗云:"鹗在卿云冰在壶,代天才业共讦谟。荣同伊陟传朱户,秀比王商入画图。昨夜星辰回剑履,前年风月落江湖自湖州入相才二年。不知机务时多暇,犹许诗家属和无?"《诗史》

李赞皇颇开寒素之路,及南迁,或人赠诗曰:"八百孤寒齐下泪,一时南望李崖州。"

徐铉谪居舒州,赠彭芮云:"贾生去国已三年,短褐闲吟玩

水边。终日野云生砌下,有时京信到门前。无人与和投湘赋,愧子来浮访戴船。醉里新诗好归去,莫随骚客赋林泉。"并同前

　　陈文惠尧佐退居郑下,张退傅知西京,以姚黄魏紫及酒惠文惠,答诗曰:"有花无酒头慵举,有酒无花眼倦开。正向西园念萧索,洛阳花酒一时来。"《云斋广录》

增修诗话总龟卷之二十七　前集

寄赠门中

　　馀杭洪浩,熙宁间游太学,十年不归。父已年七十,寄浩诗曰:"大学何蕃久不归,十年甘旨误庭闱。休辞客路三千远,应念人生七十稀。腰下虽无苏子印,座中幸有老莱衣。归期定约春前后,免使高堂赋《式微》。"浩得诗,翌日南归,因而归者十有三人。《云斋广录》〔一〕

　　〔一〕原注"同前",改注出处。二十七、二十八两卷月窗本佚,依明钞本补。

　　梅圣俞试馆阁,只得赐进士出身,改屯田员外郎依前国子监直讲。内相胡宿以圣俞不得馆职,赠之诗曰:"赋就《甘泉》客荐雄,独攀仙桂向松风。抽毫同预三英士,换骨才争第一功。瞥见灵鳌居水下,恍闻〔一〕仙犬吠云中。姮娥应有怜才意,惟许诗人朝月宫。"时与陆诜、张师中、胡镛同亲试。同前

　　〔一〕"闻",南图藏明钞本作"疑"。

　　张退傅与陈文惠同时秉政。张既以帝傅致政,有诗寄文惠曰:"赭案当年并命时,蒹葭衰飒倚琼枝。皇恩乞与桑榆老,鸿入高冥凤在池。"《倦游录》

周世宗征淮南，王师围寿春。翰林学士陶縠使吴越，学士惟王著而已。李相时为主客郎中知制诰，遂有北门之召，迁屯田正郎。丞相范质、端明殿学士窦仪俱作诗贺之，曰："翰苑重求李谪仙，词锋颖利胜龙泉。朝趋建礼霞烘日，夜直承明月印天。圣主重知缘国士，相公多喜为同年。青春才子金门贵，蜀锦袍新夺日鲜。"此范诗也。"厩马牵来哆哆嘶，马蹄随步蹑云梯。新街锦帐达三字，旧制星垣放五题。视草健毫从席选，受降恩诏待公批。仙才已在神仙地，逢见刘晨为指迷。"此窦诗也。《古今诗话》

谏议窦禹锡有子五人，俱登科。禹锡云："仪俨已归华显。"冯瀛王赠之诗曰："燕山窦十郎，教子有义方。灵椿一株老，丹桂五枝芳。"仪翰林学士、礼部尚书，俨翰林学士、吏部尚书，侃起居郎，偁谏议大夫、参知政事，僖左补阙。时论荣之。同前

冯当世秋试于乡里，主司坚欲黜落，已而缀之榜末。时鄂倅南宫诚监试，诚当拆封，太不平，力主之，遂至魁选。明年庭试第一，除荆南倅，诚迁长沙倅。当世以诗贺诚曰："常思鹏海隔飞翻〔一〕，曾得天风送羽翰。恩比丘山何以戴？心同金石欲移难。经年空叹音书绝，千里长思道义宽。每向江陵访遗迹，邑人犹指县题看。"盖江陵县额诚所书也。同前

〔一〕"隔"，南图藏明钞本作"翮"。

王贞白寄诗谷曰："五百首新诗，缄题寄去时。只应夫子鉴，不要俗人知。火鼠重烧毳，冰蚕乍吐丝。直须天上手，裁作领头披。"同前

苏子美赠秘演大师诗曰："垂颐孤坐若痴虎，眼吻开合无光精。"演颔额方厚，瞻视徐缓，常若睡。演以浓墨涂去"无"字，改为"犹光精"，子美诘之，演曰："吾见活，岂得无光精耶？"又云："卖药得钱只沽酒，一饮数斗犹惺惺。"又抹去。子美曰："吾诗

何人敢点窜？"演曰："公之诗出则传四海，吾不能断荤酒，为浮屠罪人，何堪更为公暴之也？"《古今诗话》

唐中丞南卓、詹事崔棐因谏事出，崔支江令，卓松滋令，矫翼翩翩，无所拘束。南尝以诗赠副从事曰："翱翔曾在玉京天，堕落江南地几千。从事不须轻县宰，满身犹带御炉烟。"《古今诗话》

元微之为御史，鞫狱梓潼。时白乐天尚书在都下，与名辈游慈恩寺，花下小酌，作诗寄微之曰："花时同醉破春愁，醉把花枝当酒筹。忽忆故人天际去，计程今日到梁州。"〔一〕元果至褒城，亦寄《梦游诗》曰："梦公兄弟曲江头，又向慈恩寺里游。驿吏唤人驱马去，忽惊身已在梁州。"千里神游，若合符节。朋友之道，不其至欤！同前

〔一〕"梁"，原作"凉"，依缪校本改，下同。

张渍，会昌中陈商状元下及第，翰林覆考，落渍等八人，赵渭南赠诗曰："莫向春风诉〔一〕酒杯，谪仙个个是仙才。犹堪与世为祥瑞，曾到蓬莱顶上来。"同前

〔一〕"诉"，南图藏明钞本作"滞"，疑当为"殢"。

开成中，杨汝士以户部侍郎检校尚书镇东川，白乐天即其妹婿也。时乐天以太子少傅分洛，戏代内子贺兄嫂曰："刘纲与妇共升仙，弄玉随夫亦上天。何似沙歌领崔嫂，碧油幢引向东川。"沙歌，汝士小字。又云："金花银碗饶兄用，彩画罗裙任嫂裁。嫁得黔娄为妹婿，可能空寄蜀笺来？"同前

元载末年纳薛瑶英为姬，以金丝帐、却尘褥卧之，以红绡衣衣之，无一两。载以瑶英体轻，不胜重衣，于异国求此服也。惟贾至杨公南与载友善，往往潜见其歌舞。贾至赠诗曰："舞怯铢衣重，笑宜桃脸开。方知汉武帝，虚筑避风台。"公南亦作歌曰："雪面淡蛾天上女，凤箫鸾翅欲飞去。玉钗碧翠步无尘，楚腰如

束不胜春。"《古今诗话》

　　高士杨蘷尝著《冗书》三卷，驰名于士大夫间。唐末下第，优游江左，郑谷赠之诗曰："三复兄书高且奇，不妨仍省百篇诗。江湖休洒东风泪，十字香于一桂枝。"同前

　　皇祐中，馆中诗笔惟石昌年最得唐人风格。有僧携琴来访，赠以诗曰："郑卫堙俗耳，正声追不回。谁传《广陵散》，斫尽峄阳材。古意为师复，清风寻我来。幽阴竹轩下，重约月明开。"同前

　　何逊字仲言，八岁能诗。沈约尝曰："吾读公诗，一日三复，犹不已。"故李义山诗曰："寄言何逊休联句，瘦尽东阳姓沈人。"同前

　　南屏谦师妙于茶事，自云：得之于心，应之于手，非可以言传学到者。师偶于寿星院远来谒苏语诗，因以诗论[一]之曰："泻汤旧得茶三昧，觅句还窥诗一斑。清夜漫漫困搜搅，斋肠那得许坚顽！"《记诗》

　　〔一〕"论"，南图藏明钞本作"谕"。

　　道人张无梦善摄生。梅昌言知苏州，无梦未见之，先与诗曰："壶中一粒长生药，待与姑苏太守分。"好为大言，处之不疑。无梦年九十死。语人：少时将绝欲，屏居山中十岁，自以为不动，及出见妇人美色，乃复慊然，又入山十馀年，乃始寂定。劝人饮食无用盐煮饼，淡食更有天然味。无梦老病耳聋，其他亦无他异。《贡父诗话》

　　右舍人扬休，屡拔乡里魁荐，然常屈春官氏。蜀人谓牙校部土贡入京为纲官，蜀人云：人以舍人频魁诸彦，行间多成名而己常空归，若纲官然，戏以目之。景祐末，厌默[一]辱之数，欲罢进取。同辈苦勉之，又拔首荐。明年第四人登第。咸平元年放进

士榜,自状元而下十人,皆天府解。时张文景以古文驰名,第四人登第,不厌众望,有诗曰:"惊天动地张文景,只得南宫第四人!"前榜丁晋公亦第四人,以诗赠文景曰:"若校前来登第者,文章声价不相过。"《续归田录》

〔一〕"默"疑当为"黜"。

白乐天洛中高退十有馀年,度日娱情,惟诗与酒。追游唱和一辈名流,著在文籍,不复备载。《醉后寄裴晋公》诗云:"抖擞尘缨捋白须,半酣扶起问司徒:不知诏下悬车后,醉倒狂歌有例无?"又云:"绿泼新醅酒,红泥小火炉。晚来天欲雪,能饮一杯无?"《雅言杂载》

元白交道臻至,酬唱盈编。微之为御史,奉使往蜀,路傍见山花,吟寄乐天曰:"深红山木艳彤云,路远无由摘寄君。恰似牡丹如许大,浅深看取石榴裙。"又曰:"向前已说深红木,更有轻红说向君。深叶浅花何所似,薄妆愁坐碧罗裙。"白因南迁回,过商山层峰驿忽睹元题迹,寄元诗曰:"与君前后多迁逐,七度曾过此路隅。笑问阶前老桐木:这回归去免来无?"后微之镇浙东,乐天牧杭州,更迭唱和,末句有云"任添铛脚作三人",逸趣如此。"铛脚"事见《国史》。《唐贤抒情》

李冠善吹中管,元宗欲召对,以淮甸多故未果。李建勋赠诗曰:"韵如古涧长流水,怨似秋枝欲断蝉。可惜人间容易听,新声不到御楼前。"《南唐近事》

李约为兵部员外郎,勉子也。与主客员外郎张谂同官。二人每单床静话,达旦不寐。故约赠韦况诗曰:"我有心中事,不向韦郎说。秋夜洛阳城,明月照张八。"

黄觉善诗,梅昌言出镇并州,赠诗曰:"五马雍容出镇时,都人争看好风仪。文章一代喧高价,忠直三朝受圣知。帐下军容森剑戟,门前行客拥旌旗。云笼古戍黄榆暗,雪落长江白草衰。出去暂开龙虎幕,归来须占凤凰池。鬓间未有一茎白,陶铸苍生固不迟。"梅雅自修饰,容状伟如,得诗大悦。《贡父诗话》

增修诗话总龟卷之二十八　前集

寄赠门下

　　唐矩平生狂于歌酒，不事羁检，凡为诗章，颇著意思。《听亮上人话旧诗》云："岩房高处万缘休，往岁抛来忆旧游。叶落独归临海寺，风生几上看潮楼。遥空去鸟乘烟没，曲岸征帆带雨收。今日相逢喜无事，烹茶为我汲泉流。"《寒食寓目》云："也应泉下骨，能醉路傍花。"《旅中书怀》云："客思千峰雪，梅香一夜春。"淳化中游五羊，卒于旅舍。

　　雍陶，蜀人，登第后，薄于亲党。其舅云安刘钦之罢举归三峡，寄诗云："地近衡阳虽少雁，水连巴蜀岂无鱼？"陶得诗愧赧。《云溪友议》

　　渚宫李令，本狡狯之徒。有归评事者，掌江陵蹉院，常怀恤士之心。李令既识归，累求救贷而皆允诺，又云：欲往湖外寻亲，辄假舍以安妻妾。归许之。李旦乘舟而去。不旬日，其妻告糇粮于归，而拯其乏绝。李忽寄书于归，有赠其家室一绝，意于组织归，归怏恨不能自明，与江陵之务以糊其口。李寄妻诗曰："有人教我向衡阳，一度思归一断肠。为报艳妻并少女，为余觅取鼎州场。"同前欧阳文忠公不喜游浮屠，《送僧文莹》云："孤闲乾竺客，平淡少陵才。"及断句有"林间著诗就，应寄日边来"，人皆怪之。《湘山野录》

小归尚书榜裴起部，与李博先辈旧友，博以诗贺庭裕云："铜梁千里晓云开，仙箓先从紫府来。天上已张新羽翼，世间无复旧尘埃。嘉祥果中君平卜，贺客须斟卓氏杯。应笑戎藩刀笔吏，至今泥滓暴鱼腮。"既而复以二十八字谑之曰："曾随风水化凡鳞，安上门前字字新。闻道蜀江风景好，不知何似杏园春？"裴有六韵答曰："何劳问我成都事，一报公知便纳降。蜀柳笼堤烟矗矗，海棠当户燕双双。富春不并穷师子，濯锦全胜旱曲江。高卷绛纱杨氏宅，半垂红袖薛涛窗。浣花泛鹢诗千首，静众寻梅酒百缸。若说弦歌与风景，主人元是碧油幢。"《摭言》

何泽，曲江人，有文。乾宁中随计至三峰行在，永乐崔公即泽之同年丈人也，闻泽来举，以一绝寄之云："四十九年前及第，同年犹有老夫存。今日殷勤送吾子，稳将髫鬌上龙门。"《摭言》

罗浮有野人，山中隐者或见之，相传葛稚川之隶也。道士邓守安，有道者也，尝于庵前见其足迹长二尺许。余偶读韦苏州《寄全椒山中道士诗》云："今朝郡斋冷，忽念山中客。涧底束荆薪，归来煮白石。遥持一杯酒，远慰风雨夕。落叶满空山，何处寻行迹。"味其风度，则全椒道士其亦邓君之流乎！因以酒往问，且依苏州韵作诗以寄之，诗曰："一杯罗浮春，远饷采薇客。遥知独酌罢，醉卧松下石。幽人不可见，清啸闻月夕。聊戏庵中人，飞空本无迹。"《玉局文》

昔在九江，与苏伯固唱和，其略曰："我梦扁舟浮震泽，雪浪横江千顷白。觉来满目是庐山，倚天无数开青碧。"盖实梦也。昨日又梦伯固手持乳香婴儿视余，觉而思之，盖南华赐物也。岂复与伯固相见于此耶？得来书已知在南华待数日矣。感叹不已，故先寄此诗云："扁舟震泽定何时？满眼庐山觉又非。春草池塘惠连梦，上林鸿雁子卿归。水香知是曹溪口，眼静同看古佛衣。不向南华结香火，此身何处是真依？"《玉局文》

东坡居士过龙光求大竹作肩舆，得两竿。时南华珪首座方受请为北山长老，乃留一偈院中，须其至授之，以为他时语录中第一问云："斫得龙光竹两竿，䯻归岭上万人看。竹中一滴曹溪水，涨起江头十八滩。"《玉局文》

章质夫手书送酒六壶，书至而酒不达。问之使者，初不闻命，其偶忘之耶？戏作小诗督之云："白衣送酒舞渊明，急扫风轩洗破觥。岂意青州六从事，《饮说》谓醇酒为青州从事，云可以至齐下；醨为潞府督邮，云鬲上，注出《晋史》。化为乌有一先生。空烦左手持新蟹，谩绕东篱嗅落英。南海使君今北海，定分百榼饷春耕。"同前

余发虔州，江水清涨丈馀，赣石三百里无一见者，不觉至永和。游清都观，见谢道士鹤发童颜，自言丙子生，六十六岁矣。求诗，为赋一首云："鉴湖敕赐老江东，未似西归玉局翁。羁枕未容春梦断，清都宛在默存中。每逢佳境携儿去，试问行年与我同。自笑馀生消底物，半篙清涨百滩空。"同前

孟宾于归隐，赵晟赠诗曰："上国登科建业游，鼎分踪迹便淹留。江干旅梦三千里，海内诗名四十秋。华表柱边人不识，烂柯山下水空流。自从叔宝朝天后，赢得安闲养白头。"《雅言系述》

黄损《赠剑客》云："杯酒会云林，扶邦志亦深。晶莹三尺剑，决烈一生心。见死寻常事，闻冤即往寻。荆轲不了处，扼腕到如今。"同前

黄损牧零陵日，衡山廖民先兄弟皆有诗赠之。廖图七言寄

损云:"庄周指我悟荣生,买得衡山十里青。却许野禽栖竹径,不教凡客扣柴扃。横琴独坐泉围石,倚棹长吟月满汀。珍重零陵旧知己,菱花时把照星星。"同前

王正己寓衡州,不以仕进为意。介起一室,不与尘俗往来。四十未娶,随行唯筇竹杖、鹤羽扇而已。与廖融、任鹄、王元交游。虽诗笔不及鹄,而辞藻亦擅一时。《赠蕴上人》云:"佛法诗名谁更继,未闻随分谒侯王。洗盂秋涧日华动,捣药夜堂云气香。苔藓乱青封叠石,杉松浓影过空墙。若非火岳□□地,那得吾师住久长!"又《赠廖融》曰:"湖南虽不就卑官,高卧深云道自安。病起坐当秋阁逈,酒醒吟对夜涛寒。炉中药熟分僧服,榻上琴闲借我弹。幸遇清朝有良鉴,退身争忍似方干!"潘若冲《赠正己》诗云:"两捧歌诗寄,公馀即展开。无时惟北望,何日逐南来?梦里得芳草,笛中闻《落梅》。终朝一携手,江上有楼台。"廖融赠诗云:"吟高鄙俗流,傲逸访巢由。古寺寻僧饭,寒岩衣鹿裘。园桃山鼠啮,崖蜜猎人偷。遂这个清性,浮生不苟求。"

廖融《赠狄涣》诗曰:"高卧白云乡,崖泉对阁凉。守贫无属道,多病数求方。耕犊惊雷毙,寒芜入圃荒。如何帝未梦,吟若顶铺霜。"并同前

荆公有集句云:"可惜昂藏一丈夫,从来〔一〕不读半行书。子云识字终投阁,幸是元无免破除。"

〔一〕"从来",南图藏明钞本作"十年"。

赵德父曰:"明诚得叶涛校本,此篇是赠一要人者,今集中所题非也。"《王直方诗话》

山谷言:"韦苏州诗云:'怜君卧病思新橘,试摘犹酸色未黄。书后欲题三百颗,洞庭须待满林霜。'余往时以谓盖取《右军帖》中'赠子黄柑三百颗'者,比见右军一帖云:'奉橘三百枚,

霜未降，未可多得。'苏州盖取诸此。"同前

丹阳陈辅，浙西佳士也。每岁清明过金陵上冢，事毕则至蒋山，过谒湖阴先生之居，清谈终日而去，岁率为常。元丰辛酉、癸亥，频岁访之不遇，因题一绝于门，曰："北山松粉未飘花，白下风吹麦脚斜。身似旧时王谢燕，一年一度到君家。"湖阴归见其诗，吟赏久之。曾称于舒王，闻之，辄笑曰："此正戏君为寻常百姓尔。"湖阴亦大笑。盖古诗云："旧时王谢堂前燕，飞入寻常百姓家。"向前

余最爱苏黄门奉使朔方寄东坡一绝云："谁将家集过幽都，每见胡人问大苏。莫把文章动蛮貊，恐妨谈笑卧江湖。"同前 苏黄门该作苏子由。

王庆源以恩榜得官，居于青神，来从东坡求红带。坡为作长篇，要山谷与少游同赋。坡诗云："香衫半作霜叶枯，遇民如儿吏如奴。吏民莫作官长看，我是识字耕田夫。妻啼儿号刺史怒，时有野人来挽须。拂衣自注下下考，芋魁豆饭吾岂无！"山谷云："庭坚最爱此韵。"同前

晁以道有诗寄余，余最喜其两句云："怀抱故人云外尽，交游今日眼前稀。"同前

晁以道尝以诗寄田承君云："百事古人能卤莽，一钱今日试商量。"注拜张司业诗云："此生已是蹉跎去，百事从他卤莽休。"商量，京师旧俚语。余以谓商量两字，古今人用之多矣，岂独为京师旧俚语耶？同前

丹阳陶宏景，永平中谢职，隐居茅山，性爱林泉，尤好著述。齐高祖曰："山中何所有？"宏景赋诗以答曰："山中何所有？岭上多白云。只可自怡悦，不堪持赠君。"《诗薮》[一]

〔一〕《诗薮》疑为"《谈薮》"。

吴郡陆龟蒙字鲁望，父宾虞，中进士甲科，浙东从事。家于苏台，与颜荛、皮日休、罗隐、吴融为益友。性高洁，家贫，思养亲之禄，与张抟为庐江灵兴二郡倅，丞相李蔚重之。罗隐《寄龟蒙诗》云："龙楼李丞相，昔岁仰高文。黄卷今无主，青山竟不焚。夜船乘海月，秋寺伴江云。只恐尘埃里，浮名点污君。"《南部新书》

诗云："意气百年内，平生一寸心。欲交天下士，未面已虚襟。君子重名义，直道冠衣簪，风云何可托，怀抱自然深。落霞净霜景，坠叶下风林。若上南登岸，希傍北山岑。"此贺遂亮赠韩思彦诗也。《成都学馆记》，遂亮撰，颇有意书，书辞皆奇雅。常意不见遂亮文辞，偶读《国史谱》得此诗，遂录之。《纪诗》

张燕公《寄姚司马》云："共公春种瓜，本期清夏暑。瓜成人已去，失望将何语。"《古今诗话》

蒋堂侍郎告老归姑苏，有僧谒云求书往谒杭帅吕济叔。公曰："无书，有诗一绝饯师行。"云："告老于君惟掩户，年来无事老江干。吾师莫讶无书去，闲慢缄题必不看。"僧得诗遂行。济叔得诗，厚遇其僧，而以书谢公。《青琐集》

丹崖在永州北一百里零陵泷下，其石赤色，故曰丹崖。永泰中，有唐节者曾为龙水令，去官，家于崖下，自称丹崖翁。元结为道州刺史，路出崖下，见节，甚重之，因为之作诗云："扁舟欲到泷口湍，春水滩陇上水难。投竿来访丹崖下，得与崖公尽一欢。崖上之亭当石颠，破竹半山引寒泉。泉林掩映在木杪，时有白鸟飞其间。往往随风作雾雨，湿人衣屦满亭前。丹崖公，爱丹崖，弃官几年崖下家。儿棹孙船抱酒瓮，醉里长歌挥钓车。吾将求退与公游，学君沉醉卧鱼舟。官吏随人往未得，却望丹崖惭复羞。"

舒王女,吴安持之妻蓬莱县君,有诗寄舒王曰:"西风不入小窗纱,秋气应怜我忆家。极目江山千里恨,依然和泪看黄花。"舒王以《楞严经新释》寄之,和之曰:"青灯一点映窗纱,好读《楞严》莫念家。能了诸缘如幻梦,世间唯有《妙莲花》。"《冷斋夜话》

邹志完归常州,余在蒋山,以书见招,有长短句曰:"慧眼舒光无不见,尘中一一藏经卷。闲话大千摊已遍。门方便,法轮尽向毛端转。月挂烛笼知再见,西方可履休回盼。要与老岑同掣电。新与岑禅师游。酬所愿,欣逢十二观音面。"余未相识,作偈答之曰:"知有道乡何处是?邹自号道乡居士。个中归路滑于苔。方机罢后见城郭,一念不生金锁开。""丹霞未见彭居士,已有言词满四方。何似他时亲面识,不劳语默强遮藏。"同前

温关西,解州人。余渡丹阳,温荷布囊,如世所画布袋和尚,其丰硕如此。来附舟,好谈苏黄,大讶之。余住临汝景德,温来谒曰:"吾食荔子于闽,饱饫而还。过此,舂白粳米,欲入西川看未见碑。"余赠诗曰:"铁面关西气送勤,平生踪迹付浮云。瓜洲渡口曾同载,石廪峰前又见君。荔子招邀闽岭外,白粳留滞汝江渍。拄藤更欲西川去,要读丰碑未见文。"余谪海外,中间传余死,温诵《华严经》泣拜荐福。已而闻未死,又喜余还自南荒,馆石门山寺,温来省,余作诗曰:"雀罗门巷榻凝尘,千里相寻骇四邻。好事真诚虹贯日,照人情气水含春。忽言我净今无比,高笑君痴亦绝伦。此别遥知对标格,断云残处拥冰轮。"同前

增修诗话总龟卷之二十九

书事门

唐高宗承贞观之后，天下无事，上官仪侍郎独持国政，尝凌晨入朝，巡洛水堤，步月徐辔，咏诗云："脉脉广川流，驱马入长洲。鹊飞山月晓，蝉噪野风秋。"音韵清亮，群公望之，如神仙焉。《小说旧闻》

长和国使人布燮《听蜀妓洞云歌》诗云："嵇叔夜，鼓琴饮酒无闲暇。若使当时闻此歌，抛掷广陵都不藉。刘伯伦，虚生浪死过青春。一饮一石犹自醉，无人为尔卜深尘。"又《思乡》诗曰："胪北行人绝，云南信未还。庭前花不扫，门外柳谁攀。坐久销银烛，愁多减玉颜。悬心秋夜月，万里照关山。"《鉴戒录》

江南人多畲田，先燎炉，燎音饩，纵火燎草也。炉，火烧山界也；俟经雨乃下种。历三岁，土脉竭，不可复种艺，但生草木，复燎旁山。宋西阳王子尚所部鄞县有畴田音嘤[一]留，畲田也，子尚言山湖之俗燎山封水泽，山须燎炉后种。刘禹锡谪连州，作《畲田诗》云："团团缦山腹。钻龟得两卦，上山烧卧木。"又云："下种暖灰中，乘阳拆芽蘗。苍苍一雨后，苕颖如云发。"白乐天《子规歌》云："畲田有粟何不啄？石楠有枝何不栖？"畲音羊诸反，

269

《尔雅》云:"一岁曰菑,二岁曰新,三岁曰畬。"《易》曰:"不菑畬。"皆同音。凡三岁而不可复种,盖取畬之义也。《谈苑》

〔一〕"音嘟",明钞本作"嘟音",疑当作"嘟音"。

进士科始隋大业〔一〕中,盛于贞观永徽之际。搢绅虽位极人臣,不由进士者不以为美。其推重谓之白衣卿相,又曰一品白衫。其不利者,谓之三十老《五经》,五十少进士。有老于文场者亦无恨焉。故有诗云:"太宗皇帝真长策,赚得英雄尽白头。"《摭言》

〔一〕"业"字原夺,据《唐摭言》卷一校补。

浮玉老师元公欲为〔一〕,吾昔有诗云:"江山如此不归山,山神见怪惊我顽。我谢江神岂得已,有田不归如江水。"今有田矣而不归,无乃食言于神耶?《百斛明珠》

〔一〕"为"下据《东坡志林》夺"吾买田京口,要与浮玉之田相近者,此意殆不可忘"二十字。

世常传云:"欲人不知,莫若不为。"以谓既为之也,安得人之不知。夫至隐至密者,莫若中冓之事,岂欲人之知耶?然而不能使人不知。以此,凡事之不循理者,虽毛发之细,不可为也。明皇旧制五王帐,长枕大被,与兄弟同处于其间。无何,妃子辄窃宁王笛吹之。始亦不彰,因张祜诗云:"梨花静院无人处,闲把宁王玉笛吹。"妃因此忤明皇,不怿,乃遣中使张韬光送归杨铦宅。妃子涕泣谓韬光曰:"托以下情缴奏。妾罪固当万死,衣服之外,皆圣恩所赐。惟发与肤,生从父母尔。今当即死,无以谢上。"乃引刀剪发一结附韬光以献。自妃之放逐,皇情憮然;妃发至,张韬光取搭之肩上。明皇见之,大惊愧。遂令高力士就召以归。嗟乎,道路之言,亦可畏也。使张祜不为此语,事亦何由彰显之如此!然张亦何从得此为之说?以此可验其"欲人不

知,莫若不为"亦名言也。同前

唐末,有宜春人王毂者,以歌诗擅名于时。尝作《玉树曲》云:"碧月夜夜琼树春,莲舌泠泠词调新。当时狎客尽丰禄,直谏犯颜无一人。歌〔一〕未阕,晋王剑上粘腥血。君臣犹在醉乡中,面上已无陈日月。"此词大播于人口。毂未第时,尝于市廛中忽见同人被无赖辈殴打。毂前救之,扬声曰:"莫无礼,识吾否?吾便是解道'君臣犹在醉乡中,面上已无陈日月'者。"无赖辈闻之,敛衽惭谢而退。噫,无赖者,乃小人也,能为此等事,亦可重也。方其倚力恃势,勃然以发凶暴之气,将行殴击,视其死,且无悔矣;及一闻其名人,则惭谢之色形于外,斯亦难矣。有改悔之耻,向善之心,得不谓之君子哉!《百斛明珠》

〔一〕"歌"下缪校本补"舞未终乐"四字。

戚纶密学,初仕为吉州太和令。里俗顽悍,喜结诬讼。公至,以术渐磨,先设巨械,严固狴犴,其棰梃组索,比他邑数倍,民已自悚骇。次作《谕民颂》五十绝,不事风雅,皆风俗易晓之语,俾之讽诵,以申规警。立限日诵,半年,顽心不悛,一以苛法治之。果因此狱讼大减。其诗有云:"文契多欺岁月深,更将疆界强相侵。官中检出真兼伪,枷锁鞭笞痛不禁。"大率类此。江南往往有本。《玉壶清话》

今时市语答人真实事则称见来,此语盖已久矣。坡《赠黄山人》诗云:"面颊照人元自白,眉毛覆眼见来乌。"《王直方诗话》

罗虬、罗邺、罗隐齐名,号三罗。李孝恭籍中有红儿,善肉声,尝为二车属意,聘邻道,虬请红儿歌而赠之缯彩,孝恭以副车所贮,不令受所贶。虬怒,拂衣而起。诘旦,为绝句百篇,号《比红儿诗》,盛行于时。《摭言》

卢仝诗云"何时得去禁酒国",今吾谪岭南,万户酒家有一

婢,昔尝为酒肆,颇能伺候冷暖。自今当不乏酒,可以日饮之,何其去禁酒国矣。《玉局文》

上元夜登楼,贵戚例有黄柑相遗,谓之传柑。东坡有《扈从端门观灯》诗云:"老病行穿万马群,九衢人散月纷纷。归来一盏残灯在,犹有传柑遗细君。"盖谓此也。《王直方诗话》

前辈戏语有"西湖风月,不如东洛软红香尘"之语,故东坡《和钱穆父蒋颖叔从驾景灵宫》诗云:"半百不嗟垂项[一]发,软红犹恋属车尘。"

〔一〕"项",清钞本作"领"。

李方叔为坡公客,坡公知贡举而方叔下第,有诗云:"平生谩说古战场,过目还迷日五色。"山谷和之云:"今年持橐佐春官,遂失此人难塞责。"盖是时山谷亦在贡院中也。同前

舟人占云,若炮车云起,辄急避,云乃大风候也。东坡有云:"今日江头天色恶,炮车云起风欲作。"文潜有云:"喜逢山色开眉黛,愁对山云起炮车。"

冰厅事见《因话录》云。欧阳有诗云:"独宿冰厅梦帝阙。"

余疑李贺云"酒滴珍珠红",夏彦刚云:"江南人造红麴酒。"

白乐天云:"羌管吹《杨柳》,燕姬酌葡萄。"谓太原出葡萄酒也。然此乃律诗,用平声读则太不律,用侧声读则近俗耳。

京师芡实最盛于会灵观之凝祥池,故文忠诗曰:"凝祥池锁会灵园,仆射荒村安可比!"而东坡又云:"忽忆尝新会灵观,滞留江海得加餐。"仆射坡在郑州,世亦称其芡实也。同前

老杜有"坐开桑落酒"句。《世说》谓桑落河多美酒,而庾信有《从蒲州刺史乞酒诗》云:"蒲城桑落酒,灞岸菊花秋。"

诗云:"年老身闲无外事,麻衣草坐亦容身。相逢尽道休官去,林下何曾见一人?"盖载于《云溪友议》,而欧阳文忠以谓相

传作俚谚。庆历中天章阁待制许元为江淮发运使，因修江岸，得此石于池阳[一]江水中，始知为灵澈诗，何耶？同前

〔一〕"阳"，原作"汤"，依明钞本改。

宾护尚书言，来禽，以味甘众禽也，而东坡和舒王诗云"青李扶疏禽自来"，何耶？

醾醿，本酒名也，新开花，本以其颜色似之，故以取名。山谷所以有"名字因壶酒，风流付枕帏"之句。又云："风流彻骨成春酒，梦寐宜人入枕囊。"宜或作疑。

京师旧无鸭脚，李文和自南方来，移植于私第，因而著子，自后稍稍蕃多，不复以南方者为贵。欧阳文忠作诗云："鸭脚生江南，名实未相浮。绛囊因入贡，银杏贵中州。致远有馀力，好奇自贤侯。因令江上根，结实夷门秋。始摘才三四，金奁献凝脵。公卿不及识，天子百金酬。岁久子渐多，累累枝上稠。玉人名好客，赠我比[一]珠投。博望昔所徙，葡萄安石榴。想其初来时，厥价与此侔。今也遍中国，篱根及墙头。物性久虽在，人情逐时流。惟当贵其始，后世知来由。是亦史官法，岂徒续君讴？"

〔一〕"比"，原作"此"，依缪校本改。

刘太真《与韦苏州书》云："顾著作来，以足下《郡斋燕集》相示，云何情致畅茂遒逸之如此！宋齐间，沈、谢、吴、何始精于理意，缘情体物，备诗人指。后之传者，甚失其源。惟足下制其横流。'师挚之始，《关雎》之乱'，于足下之文见之矣。"则知苏州诗为当时所贵如此。燕集所作乃"兵卫森画戟，宴寝凝清香"也。

昔文潞公来朝，裕陵待以殊礼，禁从三省皆为赋诗。李籍云："三公历拜荣无敌，二府更居贵莫伦。"毕仲游云："十年三册命，四海一师臣。"皆为能叙其官爵。钱长卿云："三陪藻燕簪裾

273

上,五对龙颜日月边。"又云:"黼座劝觞钧乐逸,云章属韵侍貂传。"此为叙其恩礼。盖公自初觐至出关,赐特燕者三,登对者五,上亲劝以御觞而后复和其所赋,故长卿云尔。

诗云:"白藕作花风已愁或作秋,不堪残睡[一]更回头。晚云带雨归飞急,去作西窗一夜秋或作愁。"此赵德麟[二]细君王氏所作也。德麟既鳏居,因见此篇,遂与之为亲。余以为乃二十八字媒也。

〔一〕"睡",明钞本作"梦",似胜。

〔二〕"德"字依明钞本补。

秦少游为黄本校勘[一],钱穆父为户部,皆居于东华门之堆垛场。少游春日尝以诗遗穆父云:"三年京国鬓如丝,又见新花发故枝。日典春衣非为酒,家贫食粥已多时。"穆父以米二石送之,复为二十八字云:"儒馆优贤盖取《颐》,校雠犹自困朝饥。西邻俸禄无多少,希薄才堪作漳糜[二]。"时人以少游有如此才而亦食粥,似不相称耳。

〔一〕"校勘"二字依明钞本补。

〔二〕"糜",原作"縻",依明钞本改。

东坡寄柳子玉云:"闻道床头惟竹几,夫人应不解卿卿!"又送竹几与谢秀才云:"留我同行木上座,赠君无语竹夫人。"盖俗谓竹几为竹夫人也。山谷云:"竹夫人乃凉寐竹器,憩臂休膝,非夫人之职。而冬夏青青,竹之所长,故为名曰青奴[一]。"尝作诗曰:"秾李四弦风拂席,昭华三弄月侵床。我无红袖堪娱夜,正要青奴一味凉。"秾李昭华,贵人家两女奴也。张文潜后作《竹夫人传》。

〔一〕"青",原作"竹",依明钞本、缪校本改。

"宣劝"字东坡数使之:其一《和王仲至喜雪御筵诗》曰:"宣

劝不多心自醉";其一《和蒋颖叔端门观灯诗》云"十分宣劝恐难胜"。

东坡谪黄州,居于定惠院之东,杂花满山而独有海棠一株,土人不知贵,东坡为作长篇,其中最警策者"朱唇得酒晕生脸,翠袖卷纱红映肉"〔一〕。平生喜为人写,盖人间刊石者自有五六本,云:"吾平生最得意诗也。"

〔一〕自"其"起二十字依南图藏明钞本补。

杭州有西湖,而颖亦有西湖,皆为游赏之胜。而东坡连守二州。其初得颖也,有颖人在坐云:"内翰只消游湖中,便可以了郡事。"盖言其讼简也。秦觏少章因作一绝以献云:"十里荷花菡萏初,我公所至有西湖。欲将公事湖中了,见说官闲事已〔一〕无。"后东坡到颖有《谢执政启》亦云:"入参两禁,每玷北扉之荣;出典二邦,辄〔二〕为西湖之长。"并同前

〔一〕"已",清钞本作"亦"。

〔二〕"辄",明钞本作"迭"。

唐德州刺史王倚家有笔一管,粗于常笔,刻《从军行》,人马毛发,亭台山水,无不精绝,刻两句曰:"亭前琪树已堪攀,塞北征人尚未还。"《古今诗话》

北方白雁,似雁而小〔一〕,色白,秋深乃来。白雁至则霜降,河北人谓之霜信。杜甫诗云"故国霜前白雁来",即谓此。同前

〔一〕"小",原作"少",依南图藏明钞本改。

大丞相刘公沆赴举,道过独木镇,有老人出曰:"知公赴举,有一联相赠。"曰:"今年直跨穷驴去,异日当乘宝马归。"公曰:"何以知之?"叟曰:"公自是罗浮山玉源道君。"公愧谢,叟乃去。《青琐集》

王仁裕尝养一猿,名之曰野宾。久而放之,因作诗曰:"放

尔丁宁复故林,旧来行处好追寻。月明巫峡堪怜静,路隔巴山莫厌深。栖宿免劳青嶂梦,跻攀应惬白云心。三秋果熟松梢健,任抱[一]高枝彻晓吟。"后入蜀,过嶓冢祠前汉水之阴,有群猿联臂而下饮清流。有巨猿舍群而前,从者指之曰:"此野宾也。"呼之犹应,哀吟而去。又作一篇云:"嶓冢祠边汉水滨,山猿连臂下嶙峋。渐来仔细窥行客,认得依稀似野宾。月宿应劳羁旅梦,松栖那复稻粱身。数声肠断和云叫,识得前年旧主人。"《睽说后集》

〔一〕"抱",原作"尔",依明钞本改。

东坡南迁,有侍儿王朝云请从行,坡佳之,作诗,有序曰:"世谓乐天有《鹦骆马放杨枝》词,佳其至老病不忍去也。然梦得诗云:'春尽絮飞留不得,随风好去落谁家?'乐天亦曰:'病与乐天相伴住,春同樊素一时归。'则樊素竟去也。余有数妾,四五年相继辞去。独朝云随余南迁。因读乐天诗,戏作此赠之:'不学杨枝别乐天,且同通德伴伶玄。伯仁络秀方同老,天女维摩总解禅。经卷药炉新活计,舞裙歌板旧因缘。丹成随我三山去,不作巫山云雨仙。'盖绍圣元年十一月也。三年七月,朝云卒,葬于西禅寺松林中,直大圣塔,和前诗曰:'苗而不秀岂其天,不使乌童与我玄。驻景恨无千岁药,赠行唯有小乘禅。伤心一念偿前债,弹指三声断后缘。归卧竹根无远近,夜灯勤礼塔中仙。'"《冷斋夜话》

杜甫赠高适诗云:"脱身簿尉中,始与捶楚辞。"韩退之《赠张功曹》诗云:"判司卑官不堪说,未免捶楚尘埃间。"杜牧《寄小侄阿宜》诗云:"参军与簿尉,尘土惊皇皇。一语不中治,鞭捶身满疮。"以此明唐之参军簿尉有过即受笞杖之刑,犹今之胥吏也。《遁斋闲览》

俗云:"槐花黄,举子忙。"谓槐之方花,乃进士赴举之时,而唐诗人翁承赞诗云:"雨中妆点望中黄,勾引蝉声送夕阳。忆得当年随计吏,马蹄终日为君忙。"乃知俗语亦有所自也。〔《遁斋闲览》〕

增修诗话总龟卷之三十　丁集

故事门

　　章圣朝,春月多召两府、两制、三馆,于后苑赏花钓鱼赋诗。自赵元昊背叛,西陲用兵,废缺甚久。嘉祐末,仁宗为修故事,群臣和御制诗。是日微阴寒,韩魏公时为首相,和诗卒章云:"曾参二十年前会,今备台司得再陪。"时内侍都知任守忠,常以滑稽侍上,从容曰:"韩琦讥陛下。"仁宗愕然,问其故。守忠曰:"讥陛下游宴太频。"仁宗为之笑。《闲居诗话》

　　唐制,礼部郎中掌省中文翰,谓之南宫舍人,百日内须知制诰。故王元之《赠宋给事诗》曰:"须知百日掌丝纶。"又谓员外郎厅为瑞锦窠。厅前有大石,诸州府送到废印皆于石上碎之。又祥瑞图亦掌于员外厅。令狐楚元和中任员外郎,有诗曰:"移石几回敲废印,开箱何处送新图?"《春明退朝录》

　　北都郡守有过马厅。按唐韩偓诗云:"外使进鹰初得按,中官过马不教嘶。"注云:"上乘马必令中官为驭以进,谓之过马,既乘之然后踥蹀嘶鸣也。"唐时方镇亦效之,乃有此名。同前

　　世传潘阆、安鸿渐《八才子图》,皆策蹇重戴。又王元之《赠崔遵度及第未脱白》诗云"且留重戴士风多",则国初举子犹重

戴矣。《青箱杂记》

新进士放榜后，翌日排光范门候见宰相。虽云排光范门，其实排建福门，集于四方馆。昔有诗曰："华阳观里钟声集[一]，建福门前鼓动时。"即其日也。《南部新书》

〔一〕"集"，原作"禁"，依明钞本改。

张燕公《守岁诗》云："竹爆好惊眠。"今人家祀毕始爆竹。《杂记》

宋次道尝为《西都诗》，以野狐落对五凤楼。野狐落，唐人名宫人所聚。同前

曲江会先牒教坊请奏，上御紫云楼观焉。时或拟作乐，则为之移日。故曹松诗云："追游若遇三清乐，行从应妨一日春。"旨下后，人置被袋，例以图障、酒器、钱绢实其中，逢花则饮。故张籍诗云："无人不借花间宿，到处常携酒器行。"其被袋，状元、录事同点检，缺一则罚金。曲江之宴，行市罗列，长安街[一]至半空。公卿帅以其月选东床，车马骈阗，莫可殚述。《摭言》

〔一〕"街"，明钞本、缪校本作"仅"，《唐摭言》卷三作"几"。

韩定辞，不知何许人，为镇州王镕书记，聘燕帅刘仁恭，舍于宾馆，令幕客马郁延接。马有诗赠韩曰："燧林芳草绵绵思，尽日相携涉丽谯。别后罍鳌山上望，羡君时复见王乔。"郁诗清丽，然意在试其学问。韩即席答之曰："崇霞台上神仙客，学辨痴龙艺最多。盛德好将银管述，丽词堪与雪儿歌。"座内诸宾，靡不钦讶，称为妙句，然亦疑其银笔之僻也。他日郁从容问韩以银管、雪儿之事。韩曰："昔梁元帝为湘东王时，好学著书，尝记录忠臣义士及文章之美者。笔有三品，以金银雕饰，或用斑竹为管。忠孝全者，以金管书之；德行精粹者，用银管书之；文章赡丽者，以斑竹管书之。故湘东王之誉，振于江表。雪儿，李密[一]之

爱姬,能歌舞。每见宾僚文章有奇丽中意者,即付雪儿叶音律以歌之。"又问痴龙出何处。曰:"洛下有洞穴,曾有人误坠于其中。因行数里,渐明旷,见有宫殿人物,凡九处。又有大羊,羊髯有珠,人取食之。不知何所,后出以问张华。华曰:'此地仙九馆也。大羊名曰痴龙耳。'"定辞复问郁:"巁嶅之山,当在何处?"郁曰:"此隋郡之近事,何谦逊而下问?"由是两相悦服,结交而去。《百斛明珠》〔二〕

〔一〕"李密",原作"孝密",下注"或作孝齐"四字,依清钞本缪校本删改。

〔二〕《太平广记》卷二百注《北梦琐言》。

世传王子敬帖有"黄柑三百颗"之语。此帖乃在刘季孙家,景文死,不知今在谁家矣!韦苏州有言:"书后欲题三百颗,洞庭须待满林霜。"盖苏州亦见此帖也。余亦尝有诗与景文云:"君家子敬十六字,气压邺侯三万签。"刘季孙,景文之子〔一〕也,慷慨奇士,博学能诗。仆荐之,得隰州以殁,哀哉!尝有诗寄仆曰:"四海共知霜鬓满,重阳能插菊花无?"死之日,家无一钱,但有书三万轴、画四百幅耳。《百斛明珠》

〔一〕"字",原作"子",误,据卷四十一校改。

退之诗曰:"百年未满不得死,且可勤买抛青春。"《国史补》云:"酒有郢之富水、乌程之若下、荥阳之土窟春、富平之石冻春、剑南之烧春。"杜子美诗亦云"闻道云安麹米春,"裴铏作《传奇》记裴航事亦有酒名松醪春。乃知唐人名酒多以春,则抛青春亦必酒名也。并同前

太祖问赵普:"男尊女卑,何故男跪而女不跪?"群臣无对者。惟王贻孙曰:"古者男女皆跪,至唐则天时始拜而不跪。"太祖曰:"何以为实?"贻孙曰:"古诗云:长跪问故夫。"遂得振学

誉。《玉壶清话》

《鸡鸣高树颠》说题辞曰：鸡为精[一]阳，南方之象；《离》为火，精阳之象。火阳精物炎上，故阳出鸡鸣，以类感也。古词云："犬吠深巷中，鸡鸣高树颠。"《乐府集》

〔一〕明钞本"精阳"皆作"积阳"，是。见《艺文类聚》卷九十一。

《东飞百劳歌》，《诗》"七月鸣鵙"，百[一]劳，鵙也。"东飞百劳西飞燕"，言其类不同而飞翔特异，无因以相逐。故其诗曰："春已暮，花从风，空留可怜与谁同！"

〔一〕"百"，原作"一曰"，依清钞本改。

《沧海雀》，《风土记》：六月东南长风，海鱼化为黄雀。又《礼记》：雀入大水化为蛤。故荀昶《黄雀诗》云："空城旧侣绝，沧海故交分。"

《兰若生春阳》，感时而思君子也。若谓杜若，亦香草名。左思《三都赋》曰：其草则有杜若蘅菊、石兰芷蕙。《枣下何纂纂》，潘安仁《笙赋》云："辍《张女》之哀弹，流《广陵》之清散。咏桃园之夭夭，歌枣下之纂纂。歌曰：枣下纂纂，朱实累累[一]，宛其落矣，化为枯枝。"释者谓之纂纂，枣花也。

〔一〕"累累"，《文选》卷十八作"离离"。

《西园游》，曹子建《公宴诗》云："清夜游西园，飞盖相追随。明月澄清影，列宿正参差。"并同前

京城街衢有金吾传呼，以禁夜行。至贞观，马周[一]上封事，每街隅悬鼓，夜击鼓以止其行，以备窃盗，时人遂呼为冬冬鼓。有道人裴俦然[二]雅有篇咏，善书画，好酒，尝戏为词："遮莫冬冬鼓，须倾满满杯。金吾若相问，报道玉山颓。"《古今诗话》

〔一〕"周"，原作"同"，依南图藏明钞本改。

〔二〕"俦"，原作"修"，依缪校本改。

青州隆兴寺殿前庑下西边有木台,台上以架悬二小鼓。相传寺乃孟尝君故宅,鼓乃集宾客食鼓。考究不然。而鼓南壁上有诗一绝云:"千载遗踪号鼓楼,不知谁是雍门周?区区此饭徒为尔,唯有鸣鸡客〔一〕可酬。"不题姓名,亦不知何谓。

〔一〕"客"原作墨钉,依缪校本补,南图藏明钞本作"便"。

唐开元、天宝间,承平日久,世尚轻微,多爱三花饰马。郭若虚家藏《贵戚阅马图》中有三花马,苏大参家有韩幹画三花御马,晏元献家藏一画《虢国出行图》,亦有三花马。三花者剪鬃为三瓣。白乐天诗云"舞衣裁四叶,马鬣剪三花"是也。

淮南蜀冈〔一〕者,维扬之地也。或曰势连蜀土,或以产茶味如蜀茶云。自蜀冈之南有竹西亭,修竹疏翠,后即禅智寺也。竹西取杜牧之诗"斜阳竹西路,歌吹是扬州"。自蜀冈以南,景气顿异,北风至此遂绝。

〔一〕"冈",原作"江",依缪校本改,后径改。

邺中铜驼乡,魏武帝立铜驼、石犬各二,古诗云:"石犬不可吠,铜驼徒尔为!"

吴宫有香水溪,俗云西施浴处,人呼为脂粉塘,吴王宫人濯妆于此溪。上源至今犹香。古诗云:"安得香水泉,濯郎襟上尘?"

兰溪自黄州麻城出,东南流入大江,有水极清冷,杜牧之诗云"兰溪春尽碧泱泱"是也。

磁湖镇道士矶即西塞山也。薛能诗有"西塞长云尽,南湖片月斜",正谓此处。南湖,臧质败走南湖,以荷自蔽,即此地也。

弹棋,今人罕为之。有谱一卷,盖唐贤所为。其局方二尺,中心高如覆盂,其颠为小壶,四角微起。李商隐诗云:"玉作弹棋局,中心最不平。"谓其中高也。乐天诗云:"弹棋局上事,最妙是长斜。"谓抹角长斜,一发过半局,今谱中具有此法。柳子厚《叙》用二十四棋者,即此谓也。

神龙以来,杏园燕后,皆于慈恩寺塔下题名。他时有将相则朱书之。及第后知闻或遇未及第时题名字添前字,故诗曰:"曾题名处添前字,送出城人乞旧诗。"

湘潭县唐兴寺有刘梦得撰《俨禅师碑》,孟宾于郑谷诗"湘水似伊水,湘人如故人"之句,乃此寺前江流也。〔一〕

〔一〕按郑谷《望湘亭》诗:"湘水似伊水,湘人非故人。"与孟宾于无涉,疑三字衍或下有脱文。

鹏鹈,水鸟也,其膏可以涂刀剑,令不锈。《尔雅》注云,膏玉莹剑。《续英华诗》云"马衔苜蓿叶,剑莹鹏鹈膏"是也。

《周礼》四时变火,春取榆柳之火,夏取枣杏之火。唐时惟春取榆柳之火以赐近臣戚里之家。故韩翃有曰"日暮汉宫传蜡烛,青烟散入五侯家"之句。

章圣尝宴群臣于太清楼,忽问:"市店酒有佳者否?"中贵人对唯南仁和酒佳。亟令沽赐群臣。又问近臣曰:"唐时酒每升价几何?"无有对者。唯丁晋公奏曰:"唐时酒每升三十钱。"章圣曰:"何以知之?"晋公曰:"臣尝记杜甫诗曰:'速来相就饮一斗,恰有三百青铜钱。'"章圣大喜曰:"杜甫诗自可为一代之史。"

礼部贡院试进士,设香案于阶前,试官与举人对拜,此唐故事也。列坐设位,供帐亦盛,乃具茶汤。至于试学究,则撤去帘幕,亦无茶汤,渴则饮砚水,皆黔其吻。非固困之,盖防毡幕中藏文字、供应人传经义尔,故事为之防。欧阳文忠公诗云:"焚香答进士,撤幕待经生。"并同前

诗病门

王靖学苏子美作壮语曰:"欲往海上吞鲸鲵。"又近有士人好为怪语,诗云:"比刘和尚小,师毕达犹卑。"刘贡父曰:"此乃番僧名号也。"又卢延逊《吊陈亡将诗》云:"自是硇砂发,非干炮[一]石伤。牒多身上字,碗大背边疮。"此乃打脊诗也。如"金同丁"、"银花合"之类皆语忌尔,作诗宜以为戒。《诗史》

〔一〕"炮",原作"礮",依明钞本改。

诗有语病,当避之。刘子仪尝赠人云:"惠和官尚小,师达禄须干。"全用故事,取孟子所谓"柳下惠不卑小官",仲尼曰"师也达","子张学干禄"。或有写此二句,减去"官"字示人曰:"是番僧达禄须干。"见者大笑。此偶自谐合,无如轻薄子,非刀笔过也。《古今诗话》

蔡居厚《诗史》不言刘子仪而谓刘贡父以为番僧名。《论语》只有"师也过","达"恐是"过"字。[一]章孝标登第后寄淮南李绅相诗曰:"及第全胜十考[二]官,金汤镀了出长安。马头渐入扬州路,为报时人洗眼看。"李答曰:"假金方用真金镀,若是真金不镀金。十载长安得一第[三],何须空腹用高心!"

〔一〕以上疑为上条注语,"章孝标"以下当另行。原未注出处,见《唐摭言》卷十三。

〔二〕"考",原作"改",依缪校本改。

〔三〕"一第",原作"第一",依明钞本乙。

圣俞尝云:诗句义理虽通,语涉浅俗而可笑者,亦其病也。如有赠渔父一联云:"眼前不见市朝事,耳畔唯闻风雨声。"说者云病肝肾[一]风。如"尽日觅不得,有时还自来",本谓诗之好句

难得耳。说者云,此是人家失猫儿诗[二],人以为笑。《欧公诗话》

〔一〕"肾"字原作墨钉,依南图藏明钞本补。

〔二〕"诗"字依明钞本补。

　　进士黄可字不可,深于雅道。诗句中多好用驴字,如《献高侍郎》云"天上传将五马赋,门前迎得跨驴宾"之类。

　　"昵昵儿女语,恩怨相尔汝。划然变轩昂,勇士赴敌场。"此退之《听颖师琴》[一]诗。欧阳文忠尝问仆,琴诗何者最佳,余以此答之。公言此诗最奇丽,然自是听琵琶诗,非琴诗。余退而作《听杭僧惟贤琴诗》云:"大弦春温和且[二]平,小弦廉折亮以清。平生不识宫与角,但听牛鸣盎中雉登木。门前剥啄谁叩门,山僧未闲君勿嗔。归家且觅千斛水,净洗从前筝笛耳。"诗成欲寄公而薨,至今以为恨。《纪诗》

〔一〕"师"字依明钞本补。

〔二〕"且",原作"旦",依南图藏明钞本改。

　　邯郸公《周陵诗》曰:"才及春高鼎祚移。"舒王云:"春高鼎祚不成诗语。"[一]〔《杂志》〕

〔一〕"舒王"下原有"诗"字,据《稗海》本江邻几《杂志》删。末"语"字据明钞本补。

　　诗人贪求好句而理有不通,亦语病也。如"袖中谏草朝天去,头上宫花侍宴归",诚为佳句矣。但进谏必以章疏,无用稿之理。唐人有云:"姑苏台下寒山寺,半夜钟声到客船。"说者亦云:"句则佳矣,其如三更不是撞钟时?"如贾岛哭僧云:"写留行道影,焚却坐禅身。"时谓之烧杀活和尚,此尤可笑。若"步随青山影,坐学白塔骨",又"独行潭里[一]影,数息树边身",皆是岛诗,何精粗顿异!《欧阳诗话》

〔一〕"里",清钞本作"底",胜。

285

西头供奉官钱昭度曾咏《方池诗》云:"东道主人心匠巧,凿开方石贮涟漪。夜深却被寒星映,恰似仙翁一局棋。"有轻薄子见而笑曰:"此正谓'一局黑全输'也。"《遁斋闲览》

增修诗话总龟卷之三十一

诗累门

隋炀帝善属文,不欲人出其右。薛道衡由是得罪,后因事诛之,曰:"更能作'空梁燕落泥'否?"尝为《燕歌行》,文士皆和之,著作郎王胄独不和焉,每衔之。终坐此见害,而诵其警句曰:"'庭草无人随意绿',复能作此耶?"《小说旧闻》

刘禹锡自屯田员外郎左迁朗州司马。凡十年,始召还。方春赠看花者云:"紫陌红尘拂面来,无人不道看花回。玄都观里桃千树,尽是刘郎去后栽。"不日传于都下。好事白执政,诬其怨愤。他日,见时宰,与坐,慰劳久之。既而曰:"近日新诗,未免为累。"不数月,迁连州刺史。其自叙云:"贞元二十一年春,余为屯田员外郎,时玄都观未有[一]花。是岁牧州,至荆南,又贬朗州司马。居外十年,召至京师。人言有道士手植仙桃,满观盛开,遂有前篇,以识一时之事。既出牧十四年,始为主客郎中,重游是观,再书二十八字以俟后游,时大和[二]二年三月也。""百亩庭中半是苔,桃花净尽菜花开。种桃道士归何处,前度刘郎去又来!"[三]《古今诗话》

〔一〕"有"字依南图藏明钞本补。

〔二〕"大和",原作"元和",据《刘宾客集》校改。

〔三〕"庭",原作"亭","净",原作"开","归何处"作"今何在",均依明钞本改。"去",南图藏明钞本作"今"。

唐左司郎中乔知之有婢名窈娘,艺绝当时。武延嗣闻之,欲一见,既见,即留之,无复还。知之痛愤,因为诗,赂阍者以达窈娘,窈娘系于裙带,赴井而死。延嗣见诗,使酷吏诬知之,破其家。诗曰:"石家金谷重新声,明珠百颗买娉婷。昔日可怜君自许,此时歌舞得人憎。"窈娘答曰:"公家闺阁不曾关,好将歌舞借人看。富贵英雄非分理,骄奢势力横相干。别公此去终不忍,徒劳掩袂伤红粉。百年离恨〔一〕在高楼,一代红颜为君尽。"载初元年三月也。四月,下狱死。同前

〔一〕"恨",原作"别",依明钞本改。

宣宗好文,尝赋诗有金步摇,未能对,令温岐卿即廷筠也续之,岐卿以玉跳脱应之。宣宗令以甲科处之,为令狐绹所沮,除方城尉。绹曾问其事于岐,岐曰:"出《南华真经》,非僻书也,冀相公燮理之暇,时宜览古。"绹怒甚。后岐有诗曰"悔读《南华》第二篇"之句,盖为是也〔一〕。《南部新书》

〔一〕四字依明钞本补。

《北梦琐言》载〔一〕廷筠事甚详,此独载玉跳脱事。又《琐言》以"跳"为"条",与此不同。《南华真经》无玉跳脱事,不知当时何所据也。

〔一〕"载"字依南图藏明钞本补。

刘希夷诗曰:"年年岁岁花相似,岁岁年年人不同。"其舅宋之问苦爱此两句,知其未传之〔一〕人,恳乞,许而不与,之问怒,以土袋压杀之。宋不得其死,亦其报也。并同前

〔一〕"传之",原作"乏传",依明钞本改。

薛令之,闽之长溪人,尝为右庶子。时开元东宫官僚清冷,令之作诗题于壁曰:"朝日上团团,照见先生盘。盘中何所有,苜蓿长阑干。饭涩匙难绾,羹稀箸易宽。无以谋朝夕,何由保岁寒!"明皇行东宫见之,题于其傍曰:"啄木觜距长,凤凰毛羽短。若嫌松桂寒,任逐桑榆暖。"遂谢病归。《古今诗话》

南唐徐融《夜宿金山诗》云:"维舟分蚁照,江市聚蛙声。"烈祖性严忌,宋齐丘潜之,以竹笼沉于京口。

开元间,禁中初重木芍药,植于兴庆池东沉香亭。会花盛开,明皇乘照夜驹,妃子步辇从之。诏选梨园弟子中尤者得乐十六色。李龟年以歌擅一时之名,手檀捧板,押众乐前〔一〕,将歌,明皇曰:"赏名花,对妃子,焉用旧词?"遽命李龟年持金花笺赐李白,立进《清平调词》三章。白承诏,尚苦宿醒〔二〕,遂赋词,其一曰:"云想衣裳花想容,清风拂槛露华秾。若非群玉山头见,定向瑶台月下逢。"其二曰:"一枝红艳露凝香,云雨巫山枉断肠。借问汉宫谁第一,可怜飞燕倚新妆。"其三曰:"名花倾国两相欢,常得君王带笑看。解释春风无限恨,沉香亭北倚栏干。"龟年遂以调进,令梨园弟子歌之。太真妃持七宝杯,酌西梁州葡萄酒,笑领歌意。明皇因调玉笛倚曲,迟其声以媚太真妃。自是,顾白尤异于诸学士。然高力士终以脱靴为耻。异日,太真妃重吟前词,力士曰:"始谓太真妃怨白入骨髓,翻拳拳如是耶?"太真妃因惊曰:"何翰林学士能辱人如此?"力士曰:"以妃子比飞燕,贱之甚矣。"太真妃颇深然之。明皇欲三命白官,卒为宫中所沮而止。

〔一〕"乐前",原作"前乐",依明钞本乙。

〔二〕"醒"当为"酲",或上脱"醒未"二字。

孟浩然游京师,张九龄王维雅称道之。维因邀入内省,俄而明皇至,浩然匿床下,维以实对。帝喜曰:"闻其名久〔一〕矣,而未之见也，何惧而匿！"诏出，问所为诗。浩然自诵云："不才明主弃。"明皇曰："卿自不求仕，非朕弃卿也，奈何诬我！"因放还。并同前

〔一〕"名久"二字原作"人"字，依明钞本改。

孟浩然曾谒华山李相不遇，因留一绝而去曰："老夫三日门前立，朱箔银屏昼不开。诗卷却抛书袋内，譬如闲看华山来！"一日，明皇召李对，说及浩然事，对曰："见在臣私第。"急召，俾口进佳句，孟诵："北阙休上书，南山归旧庐。不才明主弃，多病故人疏。"明皇不悦曰："未尝见浩然进书朝廷退黜，何不云'气蒸云梦泽，波动岳阳城'？"由此不遇。与前所言及《摭言》稍异。又《北梦琐言》载玄宗谓浩然何不道"气蒸云梦泽，波动岳阳城"，由是不遇，终〔一〕于布衣。

〔一〕"终"字依南图藏明钞本补。

襄阳诗人孟浩然，开元中颇为王右丞所知。有"微云淡河汉，疏雨滴梧桐"之句，右丞击节赏之。维侍金銮殿，一日召之，商较古今风雅。忽遇明皇幸维所。浩然错愕伏床下，维不敢隐，奏闻。明皇欣然曰："素闻其人。"因得召见。"卿将何诗来否？"浩然曰："偶不将来。"奉诏念诗，曰："北阙休上书，南山归旧闾。不才明主弃，多病故人疏。"明皇怃然曰："朕未曾弃人，自是卿不求进，奈何有此作？"因命归终南山。〔《摭言》〕

唐宣宗索赵嘏诗，其卷首有《题秦〔一〕》诗云："徒知六国随斤斧，莫有群儒定是非。"宣宗不悦。《北梦琐言》

〔一〕《北梦琐言》卷七"秦"下有"皇"字，当据补。

正讹门

宋谢朓诗云"芳洲采杜若"。贞观中，医局求杜若，度支郎

乃下坊州令贡。州司判报云:"本州〔一〕不出杜若,应由谢朓诗误也。"太宗闻之大笑,判司改雍州司法,度支郎免官。《小说旧闻》

〔一〕"本州"二字依明钞本补。

张安道云:"江邻几言'孟郊死葬北邙山'非退之诗也。'贺家湖上天花寺,一一僧窗向水开。不用闭门防俗客,爱闲能有几人来。'此吴文靖诗也。"《诗史》

《滟滪歌》,《水经》云:白帝山城门西,江有孤石,冬出二十馀丈,夏即没。去郡二十里,有瞿塘湍。言滟滪石与城郭门外石潜通。蜀人往烧火伏时,则滟滪边沸。王濬平吴,犹作预石,今讹曰滟滪。瞿塘湍水急,谚曰:"滟滪大如马,瞿塘不可下。"《古今诗话》

老杜有《社日》两篇,其一曰:"尚想东方朔,诙谐割肉归。"然而《汉书》所载事乃伏日。《王直方诗话》

山谷云:"老杜:'长镵短〔一〕镵白木柄,我生托此以为命。黄独无苗山雪盛,短衣数挽不掩胫。'往时儒者不解黄独义,改为黄精,学者承之。以余考之,盖黄独是也。《本草》诸〔二〕魁注:黄独,肉白黄色,汉人蒸食之。江东谓之土芋。余求之江西,江西谓之土卵,蒸煮食之,类芋魁也。"

〔一〕"短"杜甫《同谷七歌》作"长"。

〔二〕"诸",明钞本作"赭"。

老杜家讳闲,而诗中有云"翩翩戏蝶闲过幔",或云恐传者谬。又有《宴王使君宅》诗云:"泛爱怜霜鬓,留欢卜夜闲。"余以为当以闲为正,临文恐自不以为避也。

老杜《送贾阁老出守汝州》云"云山紫逻深"。世之注云:逻,塞也,取巡逻之义。而余观《九域图》,乃云汝州有紫逻山。

京师人呼大夫为大斧,呼承制为承池,盖语讹也。有人戏为句云:"大夫何尝斧,承制岂当池。"或云不当池。

旧以王维有诗名,而好取人章句,如"行到水穷处,坐看云起时",乃《英华集》诗也。"漠漠水田飞白鹭,阴阴夏木啭黄鹂",乃李嘉祐诗也。余以为有摩诘之才则不可,然是剽窃之雄耳。

刘贡父作《诗话》称:"杜甫云'功曹非复汉萧何'。按光武谓邓禹何以不掾功曹,谓曹参尝为功曹,云鄷侯非也。"雍丘江子载云:"《高祖纪》:'何为主吏。'孟康曰:'主吏,功曹也。'贡父之言过矣。"

贡父又云:"白乐天诗云'请钱不早朝',请作平声,唐人语也。"江子载亦云:"颜师古注《汉书》,请或音才性反,或不音,唐或以请作平声,误矣。"

舒王集中有《落星寺》诗,其末云:"胜概惟诗可收拾,不才羞作等闲来。"落星寺在彭蠡湖中。刘咸临尝亲见寺僧言,幼时目睹闽中章传道作此诗,其前六句皆同,其末云:"胜概诗人尽收拾,可怜苏石不曾来。"苏石谓子美并曼卿也。后人爱其诗者改末句作舒王诗传之,遂使一篇之意不完,其体与舒王所作诗语不同也。并同前

《庄子》曰"野马也,尘埃也",乃是两物,古人谓野马尘埃。吴融赋曰"动梁间之野马",韩偓诗云"窗里日光飞野马",恐不然。野马乃田野[一]间游气,远望如群马,又如水浪。《佛书》谓如热时野马阳焰,即此物也。《古今诗话》

〔一〕"野"字依明钞本补。

章圣朝试《天德清明赋》,有闽士破题云:"天道如何,仰之弥高读作歌。"会考试者亦闽人,遂中选。又荆南士人吟[一]《雪诗》,用先字韵,其末句云"十二峰前旋旋添添作天"。

〔一〕"吟",原作"今",依南图藏明钞本改。

守郡谓之建麾,盖用颜延年"一麾乃出守"之句,不知其误也。延年谓一麾之麾如"武王右秉白旄以麾"之麾耳。延年赠始平诗云:"屡荐不入官,一麾乃出守。"谓山涛荐咸为吏部郎,三上而武帝不用,其后一挤遂出始平,故有此句。延年被摈,以此自托尔。后杜牧之为《登乐游原》诗云:"拟把一麾江海去,乐游原上望昭陵。"遂为故事。

今〔一〕人不用厮字,唐人作斯音,五代时作入声。陶榖诗云"尖檐帽子卑凡厮"是也。乐天又云:"金屑琵琶槽,雪摆胡腾衫。"〔二〕琵琶胡语与今人同。

〔一〕"今"上明钞本有"乐天诗云'请钱不早朝',请作平声,唐人语也"十七字,当补,下文"乐天又云"始顺。

〔二〕"衫"字依明钞本补。

少陵诗云"皂雕寒始急",白公歌云"千呼万唤始出来",皆以为语病,其实不然。事之终始则音上声,有所宿留则音去声,二公诗非语病也。

宋景文言,大孤山以孤独为字,有庙在江壖乃为妇人形。陈简夫留诗曰:"山称孤独字,庙塑女郎形。过客须知误,行人尚乞灵。"时称佳句。

羊愔,太山人。尝游阮郎亭,崖下有篆字诗刻石,世传汉阮肇所书,验之,乃李阳冰为绪云〔一〕令时游此亭题耳。诗云:"阮客家何在,仙云洞口横。人间不到处,今日此中行。"

〔一〕"绪云"当为"缙云"。

杜少陵诗云:"家家养乌鬼,顿顿食黄鱼。"说者谓夔峡间有鬼户,乃夷人也,不闻有乌鬼。盖蜀人临水居者皆养鸬鹚,绳系其颈使捕鱼,得鱼则倒持出之。至今如此。

293

诗家用也字，本皆音夜。杜诗云"清袍也自公"[一]，元稹云"也向慈恩寺里游"，今人读为如字，非也。张端为河南司录，府当祭社，买猪呈尹，猪走入端家，即取杀之。吏以白尹，尹召端问。端对："按《律》云：猪夜入人家，主人登时杀之勿论。"尹大笑，令别市猪。并同前

〔一〕此五字原作"清绝也"三字，依明钞本改补。"清"当为"青"。

欧阳公记陶穀诗"末厥兵"[一]，不晓其意。余谓今人呼秃尾犬为厥尾，衣之短者亦呼为厥，然则此兵正谓其末贱耳。今人不以末厥相连言之，其义则是也；不然，则不可对卑凡厮。《贡父诗话》

〔一〕南图藏明钞本"末"字上有"尖檐帽子卑凡厮，短鞦靴儿"十一字，下句"其"字作"末厥兵之"四字。

世人语虚伪者为何楼，似泛滥之名。其实不然。国初，京师有何家楼，其下所卖物皆污滥者，故人以此目之，楼已废，语尚在也。俳优人言河市乐人，说者谓石驸马在南都，其家乐甚盛，诋诮南河市中乐人，故得此名。其[一]不然。唐元和时《燕吴行纪》已有河市字[二]，大抵不隶名军籍而在[三]河市者，散乐名也。又人谓事之陈久者为赘，本五代时有马赘者，为使府幕官，其人鲁戆，有所闻见，他人已熟而己方为新奇而道之。时人见有言事之陈者皆号赘云。

〔一〕"其"下当脱"实"字。

〔二〕明钞本"唐"上有"盖"字，"行"下有"役"字，"已"上有"其中"二字。与《贡父诗话》同。

〔三〕此六字原作"隶军中有"四字，依明钞本改补。

薛简肃公尹开封，以严为治，谓之薛出油。其后牧成都，岁丰，人乐其俗，与之游，作《春游好》十首，自号薛春游，欲换前称也。并同前

李文正进《永昌陵挽辞》云："奠玉五回朝上帝，御楼三度纳降王。"当时群臣皆进，惟文正词最为首出，所谓三降王者，广南刘铱，西蜀孟昶、江南李煜也。五朝上帝则误矣。建隆尽四年，明年初郊，改乾德，至六年再郊，改元开宝，五年又郊，而不改元。九年已平江南，四月大雩，告谢于西京，盖执玉祀天者实四也。李公当时人，必不缪，传者误为五耳。[一]《欧公诗话》

〔一〕"盖"上原有"欲"字，依明钞本删，"李公""不"三字依南图藏明钞本补。

古诗云："袖中有短书[一]，欲寄双飞燕。"以燕春来秋去，自可寄书，故寓言尔。今人驯养家鸽，携在外数千里，辄能还家。蜀人以事至京师者，以鸽寄书，不旬日而达，贾人舶船浮海，亦以鸽寄书，皆非虚言也。史以[二]陆机使黄耳寄书，此殆不然。自洛至吴，更历江淮，犬何能济？必从舟楫而渡，犬又岂能喻意于涉人？或者谓陆机有奴名黄耳，因此为狗也。《贡父诗话》

〔一〕"书"，原作"歌"，依南图藏明钞本改。
〔二〕"史以"二字依南图藏明钞本补。

淮南张佖知举，进士试《天鸡弄和风》，佖但以《文选》中诗句为题，未尝详究也。有进士白试官云："《尔雅》：螒，天鸡。鹠，天鸡。天鸡有二，未知孰是？"佖大惊，不能对。亟取《尔雅》，检《释虫》有"螒，天鸡。"小虫，黑身赤头，一名莎鸡，一名樗鸡。《释鸟》有"鹠，天鸡"。赤羽。《逸周书》曰：文鹠若彩鸡。成王时，蜀人献之。江东士人深于学问，有如此者。《谈苑》

李白《戏杜甫》云："借问别来太瘦生，只为从前作诗苦。"太瘦生，唐人语也。至今犹以"生"为语助，所谓"可怜生"、"作么生"、"何似生"之类是也。陶榖有诗云："尖檐帽子卑凡厮，短勒靴儿末厥生"，亦当时语也。余天圣[一]、景祐间已闻此语，时陶

295

公卒未久,人皆莫晓其义。王元叔博学多闻,见称于世,最为多识前言,亦云不知为何语也。第记之,必有知之者。[二]《欧阳诗话》 贡父谓末厥兵,今谓末厥生,姑存之。

〔一〕"圣",原作"章",据《六一诗话》校改。

〔二〕"皆""见称于世""前言""第"均依南图藏明钞本补"云"字依明钞本补。均与《六一诗话》同。

延州五城,说者以谓旧有东西二城,夹河对立。高方典郡,始展东西北三城。予读杜诗云:"五城何迢迢,迢迢隔河水。""延州秦北门,山川犹可恃。"乃知天宝间已有五城也。《笔谈》

茶芽,古谓之雀舌、麦颗,取其至嫩也。余谓茶之美者,其质素良,而所植之土又美,则新芽一发,便长寸馀,其细如针。惟芽长为上品,以其质干土力皆有馀也。如雀舌、麦颗极下材耳。乃北人不识,误为品题。予山居有茶峆,为《茶峆诗》曰:"谁把嫩香名雀舌,定知北客未曾尝。不知灵草天然异,一夜风吹一寸长。"同前

司马君实尝论九旗之名,旗与旂相近,缓急何以区别。《小雅·庭燎》"夜向辰","言观其旂"。《左传》"龙尾伏辰","取虢之旂",然则此旂[一]当为芹音耳。关中人言清浊之清则不改,言丹青之青为萋,又以中为蒸,虫为尘,不知旂本是芹,亦关中人语转丹青之青为[二]萋也。五方之人语言若是者多。闽人以高为歌,荆楚以南为难,荆[三]为斤。文士作歌诗亦多不悟也。向丞相敏中知长安,不敢卖蒸饼,云触讳,盖关中人以中为蒸也。《贡父诗话》

〔一〕"龙"字依清钞本补,"然则此旂"四字依南图藏明钞本补。

〔二〕"青为"二字原作"言"字,依明钞本改。

〔三〕"南为难,荆"四字原作"鸡",依南图藏明钞本补。

增修诗话总龟卷之三十二

道僧门

道士沈廷瑞,彬之子也。性坦率,一日[一],直造县宰之坐;宰方治讼而廷瑞至。宰戏之曰:"沈道士何时成道?"廷瑞应声曰:"何须问我道成时,紫府清都自有期。手握药苗人不识,体含仙骨俗争知!"宰惭。《江南野录》

〔一〕"一日"二字依南图藏明钞本补。

吴崇岳,泉州人也。为龙兴观道士,辟谷多年。常登其宫松梢礼拜,据松枝可六七十尺。福建漕使周谓因请随行,抵于德化县。县治之东有古松一株,高八九十尺,上有鹤巢,乃命崇岳登之。宛若猿狖,容易直上,出鹤巢之外,端身飞步,手无攀援,就纤枝拜如平地。其松枝柔软,随步低昂,略无损处。周谓乃为诗赠云:"楮为冠子布为裳,吞得丹霞寿最长。混俗性灵常乐道,出尘风格早休粮。《枕中经》妙谁传与,《肘后方》新自写将。百尺松梢几飞步,鹤栖枝上礼虚皇。"太平兴国中诏入。《郡阁雅谈》

楚郎中失其名,宦游江东,泊金陵岸下。子弟辈游茅山,见一老僧住一小庵,谓诸子曰:"何所至此?"告以"因游赏林泉而来,日晚欲丐宿,可乎?"僧曰:"舍陋不可相容。此二三里有寺可宿。"因指诸子令往,抵寺,已暮矣。寺僧问谁指来,诸子曰:"山下老僧。"寺僧曰:"闻此有老僧甚久,未之见也。"凌晨往,则庵中已无人,惟松上有诗云:"数株松桧食不尽,一沼芰荷衣有馀。刚被旁人相问讯[一],老僧今日又迁居。"《摭遗》

〔一〕"讯",原作"当",依清钞本改,南图藏明钞本作"道"。

僧无梦尝在府畿村落中求化,手持大木牌,题诗二绝曰:"心为车兮身为轼,车动轼随何意息。交梨火枣是谁无,自是不为荆与棘。""身为客兮心为主,主人和平客安堵。若还客主不康宁,精神必定随君去。"《翰府名谈》

景德中,日本僧照寂入贡,三司使丁晋公甚悦之。晋[一]为言姑苏山水奇秀,照寂心爱而留,因止于吴门寺。其徒不愿从者遣数人归本国。后以黑金水瓶寄晋公,并诗曰:"提携三五载,日用不曾离。晓井斟残月,春炉释夜澌。鄱银难免侈,莱石易成亏。此器坚还实,寄公应可知。"《谈苑》

〔一〕"晋"下当脱"公"字。

僧护国,江南人也。攻词翰,《题醴陵玉仙观》云:"白云至今凝不散,星坛松殿几千秋,往往笙歌生夜半。瀑布西行遇[一]石桥,黄精采根还采苗。路逢一人擎一碗,茶花夜来风吹满。又言家住在东坡,白大相逢邀我过。南山石上有棋局,曾使樵人烂斧柯。"此篇绝佳,诗僧中不可得也。

〔一〕"遇",明钞本作"过",似胜。

大历末,禅僧玄览住荆州陟岵寺,道高风韵,人不可亲。章璪尝画松于斋壁,符载赞之,卫象咏之,亦一时四[一]绝,览悉加垩焉。人问其故,曰:"无事疥吾壁也。"僧那即其甥,发瓦探鷇,坏墙熏鼠,览未尝责,弟子议论而[二]布衣一食,亦不称之。或怪问之。乃题诗于竹曰:"大海从鱼跃,长空任鸟飞。"《古今诗话》

〔一〕"章",《酉阳杂俎》卷十二作"张",是。"四",《酉阳杂俎》作"三"。

〔二〕"黻"字据《酉阳杂俎》校补。"议",明钞本作"义",《酉阳杂俎》作"义诠",无"而"字。

沙门贯休,钟陵人,精于笔札。荆州成中令〔一〕问其笔札法,休曰:"此事须登坛可授,安可草草而言?"成令衔之,乃递于黔中。因为《病鹤诗》见意曰:"见说气清邪不入,不知尔病自何来!"同前

〔一〕"令"字依明钞本补,下文"成令"钞本亦作"成中令"。

唐昭宗以钱武肃平董昌功拜镇东军节度使,自称吴越国王。贯休投诗曰:"贵逼身来不自由,几年勤苦蹈林丘。满堂花醉三千客,一剑霜寒十四州。莱子衣裳宫锦窄,谢公篇咏绮霞羞。他年名上凌烟阁,岂羡当时万户侯!"武肃爱其诗,遣谕令改为四十州,乃可相见。贯休性褊,答曰:"州亦难添,诗亦难改。闲云孤鹤,何天不可飞?"遂入蜀,以诗投孟知祥,诗云:"一瓶一钵垂垂老,万水千山得得来。"因号为得得和尚。〔一〕《古今诗话》

〔一〕七字依南图藏明钞本补。

温州雁荡山,自古图史不载。按西域书云:"诺矩罗居震旦东南大海际雁荡山芙蓉龙湫。"唐贯休作赞云:"雁荡经行云漠漠,龙湫宴坐雨濛濛。"此山南山有芙蓉峰,下有芙蓉驿,前瞰大海。山顶有大池,相传以为雁荡;有二潭,以为龙湫;又有经行台宴坐峰,皆以贯休诗得名也。〔《梦溪笔谈》〕

唐大兴善寺东廊之南,有僧不出院,转《法华经》三万七千部,夜常有貉〔一〕子来听。长庆初,庭前有牡丹一朵合欢。僧幽之诗曰:"三万《莲经》三十春,平生不踏院门尘。"

〔一〕"貉",原作"狐",依明钞本改。

杜牧之弱冠登第,再中制科。因与二三同年城南游览,至丈六寺,有禅僧拥褐坐,与之语,可佳,问杜姓名,具以对。又曰:"修何业?"旁人以累捷夸之。笑曰:"皆不知也。"牧之叹讶久之。作诗云:"家住城南杜曲旁,两枝仙桂一时芳。老僧都未知名姓,始觉空门气味长。"〔《本事诗》〕

蜀僧远国[一]《伤蜀诗》曰:"乐极悲来数有涯,歌声才歇便兴嗟。牵羊废主寻倾国,逐鹿奸臣尽丧家。丹禁夜凉空锁月,后庭春老谩开花。两朝基业都成梦,林木苍苍噪暮鸦。"〔《鉴戒录》卷五〕

〔一〕"远",明钞本作"还",《鉴戒录》卷五作"远公"。

南方浮屠能诗者多矣,往往多不显其名。福州有一僧作诗百馀篇,其中佳句有云:"虹收千嶂雨,潮展半江天。"又有诗云:"诗因试客分题僻,棋为饶人下子低。"不减于古人也。〔《古今诗话》〕[一]

〔一〕《苕溪渔隐丛话前集》卷五七引作《古今诗话》,郭绍虞先生《宋诗话辑佚》因据推前后七条皆为《古今诗话》。

闽僧怀濬有诗二绝云:"家在闽山东复东,其中岁岁有花红。而今再到花红处,花在旧时红处红。""家在闽山西复西,其中岁岁有莺啼。而今再到莺啼处,莺在旧时啼处啼。"人多诵之。〔《北梦琐言》〕[一]

〔一〕见《太平广记》卷九八、《唐诗纪事》卷七四。

大历中,泽潞间有僧号普满,或歌或笑,言事多验。建中初,潞州佛寺题诗一首而去,诗曰:"此水连泾水,双珠血满川。青牛将赤虎,方号太平年。"此水,泚字;泾水,自泾川兵乱;双珠,滔泚也;青牛,兴元二年乙丑;赤虎,是岁改元,元年丙寅,是年贼平。〔《太平广记》卷一百四十〕

陈文惠赴端州,舣舟庐陵。有胡僧叩舷谓公曰:"虎目凤鼻猿身,平地不能为也。当有攀附然后有所食,位极卿相。"僧为诗一绝曰:"虎目猿身形最贵,须因攀附即升高。知公今向端溪去,助子清风泛怒涛。"公后登庸,乃吕申公所荐引。[一]《青琐集》

〔一〕七字依明钞本补。

庐山佛手岩在绝顶,李氏有国日,行因禅师居焉。李氏诏居栖贤寺。未几,一夕大雪,逃居旧隐。尝煮茶延僧,起托岩扉立化。余作偈曰:"前朝诏住栖贤寺,雪夜逃居岩石间。想见煮茶延客处,直缘生死不相关。"

东吴僧道潜,经临平作诗云:"风蒲猎猎弄轻柔,欲立蜻蜓不自由。五月临平山下路,藕花无数满汀洲。"东坡见之大称赏。及坡守徐,潜访之,馆于逍遥堂。士大夫欲识之。坡馔客罢,俱而来[一]。坡遣一妓乞诗,诗曰:"寄语巫山窈窕娘,好将魂梦恼襄王。禅心已作沾泥絮,不逐春风上下狂。"一座大惊。然性偏,憎凡子,作诗云:"去岁春风上苑行,烂窥红紫厌平生。如今眼底无姚魏,浪蕊浮花懒问名。"士论少之。其作诗追法渊明,有逼真处。如曰"数声柔橹沧浪外,何处江村人夜归"是也。《冷斋夜话》

〔一〕"而",南图藏明钞本作"回"。《冷斋夜话》卷六三字作"与俱来",似胜。

西湖僧清顺[一],怡然清苦,赋《十竹诗》:"城中寸土如寸金,幽轩种竹只十个。春风慎勿长儿孙,穿我阶前绿苔破。"《林下诗》云:"久服林下游,颇识林下趣。从渠绿阴繁,不碍清风度。闲来石上眠,落叶不知数。山鸟忽飞来,啼破幽寂处。"荆公爱之。

〔一〕"清"字据《冷斋夜话》卷六校补。

301

陈莹中谪合浦,以书抵余,为负《华严经》入岭,有偈曰:"大士游方兴尽回,家山风月绝纤埃。杖头多少闲田地,挑取《华严》入岭来。"余和之曰:"因法相逢一笑开,俯看人世过飞埃。湘南岭内休分别,圆寂光中共往来。"闻岭外大雪,作二偈寄之曰:"传闻岭外雪,压倒千年树。老儿拊手笑,有眼未曾睹。故应润物材,一洗瘴江雾。寄语牧牛人,莫教头角露。"又曰:"偏〔一〕界不曾藏,处处光皎皎。开眼失踪由,都缘太分晓。园外忽生春,万瓦粲一笑。遥知忍冻人,未悟安心了。"〔二〕静禅师渡溪为涨流所陷,童子掖至岸,坐沙石间,垂头如雨鹤。忽指溪作诗曰:"春天一夜雨滂沱,添得溪流意气多。刚把山僧推倒却,不知到海复如何?"后无疾而化。

〔一〕"偏"当依《冷斋夜话》作"遍"。
〔二〕《冷斋夜话》卷七此则完,以下为卷六之文,当分。

余夜梦一道士,一奴负酒瓢随之。道士邀余坐茗坊,奴窃饮,瓢无有,乃笑。道士诟欲杖之。顾奴曰:"汝从觉范求诗。"曰:"难藏为香岬,易满坐遍〔一〕小。开口所有竭,馋奴法当笑。"句句皆讥其褊,可怪也。〔二〕

〔一〕"遍"疑当作"偏"。
〔二〕下则依明钞本、缪校本提行。

琏禅师工诗,舒王以其诗示欧公,公曰:"此道人〔一〕肝脏馒头,是中无一点菜气。"仁庙留住净因禅院,作偈进乞还山林,曰:"千簇云山万壑流,闲身归老此峰头。殷勤愿祝如天寿,一炷清香满石楼。"又曰:"尧仁况是如天阔,乞与孤云自在飞。"

〔一〕"人"下南图藏明钞本清钞本有"作"字。

桂林僧景淳工诗,福老衲为余言,淳意苦而深,世不可遽解。如曰:"夜色中旬后,虚堂坐几更。隔溪猿乍叫,当槛月初生。"

又曰:"后夜客来稀,幽斋独掩扉。月中无事立,草际一萤飞。"余时年方十六七,心不然之。

筠溪快山有虎,有牧童为虎逐,牛捍护之,竟死。石门老衲文公为余言之,为作诗以讽含齿被发而不义者。然余徒能讽之,其能已之哉!颂曰:"快山山浅亦有虎,时时妥尾过行路。一竖地坐牧两牯,以捶捶地不知顾。虎搏竖如鹰搦兔,两牛来奔虎弃去。因往疴痒挨老树,牯则喘视〔一〕同守护。虎竟不得此牧竖。竖虽不活牯无负。一村嚣传共鸣鼓,而虎已逃不知处。嗟乎异哉两大武,高谊可与贯高伍。今走仁义名好古,临事真情乃愧汝。此事可信文公语,为君落笔惊风雨。"并同前

〔一〕"视",原作"伺",依明钞本改,《冷斋夜话》卷九同。

增修诗话总龟卷之三十三

诗谶门上

太祖采听至明远,边事纤悉必知。有间者西蜀还,问剑外有何事,间者曰:"但闻成都满城诵朱山长[一]《苦热诗》曰:'烦暑郁蒸无所避,凉风清冷几时来?'"曰:"此蜀人思我来取也。"《古今诗话》

〔一〕"成都",原作"城郭",据《玉壶清话》卷六校改。"朱山长"《玉壶清话》作"朱长山"。

伪蜀每岁除日,诸宫门各给桃符,书元亨利贞四字。时昶子善书札,取本宫策勋府书云:"天垂馀庆,地接长春。"乾德中伐蜀,明年蜀降。二月,以兵部侍郎吕馀庆知军府事,以策勋府为治所。太祖圣节号长春,此天垂地接之兆也。〔《茅亭客话》〕

辛夤逊仕伪蜀孟昶为学士。王师将致讨之前,岁除,昶令学士作诗两句写桃符上。夤逊题曰:"新年纳馀庆,嘉节号长春。"明年蜀亡,吕馀庆以参知政事知益州;长春乃太祖诞圣节名也。《谈苑》二说不同,故两存之。

梁沙门宝志铜牌,多谶未来事,云:"有一真人在冀川,开口张弓在右边。子子孙孙万万年。"江南李璟,其子曰弘冀;吴越

钱镠诸子皆连弘字，期以应之。而真宗讳正当之。〔《谈苑》〕

江南将亡数年前，升元寺殿基掘得石记，视之诗也。辞曰："若问江南事，江南事不凭。抱鸡升宝位，走犬出金陵。子建居南极，安仁秉夜灯。东陵娇小女，骑虎渡河冰。"王师甲戌渡江；李煜以丁酉年生；曹彬为大将，列栅城南，乃子建也；潘美为副将，城陷恐有伏兵，命卒纵火，乃安仁也；钱俶以戊寅年入朝，尽献浙西之地，骑虎之谓也。〔《谈苑》〕

志公尝画鹿负按走山中，又云："两角女子绿衣裳，却背太行趋君王。一止之月必消亡。"后禄山乱，盖两角即鹿，绿即禄，女子即安字，太行即山名，一止之月，果正月败亡。《唐宋遗史》

翰林苏公绅，尝题润州金山一联云："僧依玉鉴光中住，人在金鳌背上行。"乃荣入玉堂之兆，已而果然。位止内相，亦诗之谶也。《青箱杂记》

李昪，徐温养子，冒徐姓，名知诰，为升州刺史，为童谣诗曰："东海鲤鱼飞上天。"后乃继温。〔《青箱杂记》卷七〕

江南李觏召试制科，尝作诗曰："人言落日是天涯，望断天涯不见家。已恨碧山相掩映，碧山更被暮云遮。"观此诗有重重〔一〕障碍，意恐时命不偶。果如其言。〔《青箱杂记》卷七〕

〔一〕依南图藏明钞本、缪校本补一"重"字。

孟东野《下第诗》曰："弃置复弃置，情如刀剑伤。"又《再下第诗》曰："两度长安陌，空将泪见花。"其后登第诗曰："昔日龌龊不足嗟，今朝旷荡思无涯。春风得意马蹄疾，一日看尽长安花。"进取得失，盖亦常事。而东野器宇不宏，偶下第则情陨获如伤刀剑，以至下泪，既登科则志意充溢，一日之间花即看尽，何其速耶。后授溧阳尉卒。(《唐宋遗史》）

寇莱公方贵时，送人使岭南，尝作诗云："到海止十里，过山

应万重。"及贬雷州,吏呈图经,问去海几里,吏曰:"十里。"是南迁之祸已见于诗也。〔《青箱杂记》卷七〕

张乖崖公守陈日,尝游赵氏西园,诗曰:"方信承平无事久,淮南闲杀老尚书。"后一年捐馆,亦诗之谶。〔《青箱杂记》卷七〕

苏缄字宣甫,性忠义,喜功名。皇祐中知英州,侬贼作过,以守御功换馆职,寻坐事贬房州司马。嘉祐中复官,知越州诸暨县。余与之同僚,尝赠诗曰:"燕颔将军欲白头,昔年忠勇动南州。心如铁石老不挫,功在桑榆晚可收。"十八年再知邕管。交趾叛,攻城,战没,朝廷悯之,赠奉国军节度使,谥忠勇,则忠勇之谥已见于余诗矣。〔《青箱杂记》卷七〕

许州临颍人成锐应制科,尝以诗三篇献丞相王文惠。《野菊》云:"彩槛应无分,春风不借恩。"《野花》云:"馨香虽有艳,栽植未逢人。"公谓辞虽绮靡,未有登科意。别有《赠裴员外》诗云:"凭高看渐远,更上最高楼。"公曰:"再举合践高第。"果符其言,其能品藻如此。

李璟游后湖赏莲花,作诗曰:"蓼花蘸水火不灭,水鸟惊鱼银梭投。满目荷花千万顷,红碧相杂敷清流。孙武已斩吴宫女,琉璃池上佳人头。"识者谓虽佳句,然宫中有佳人头非吉也。《摭遗》

廖融处士,衡山人,有诗云:"云穿捣药屋,雪压钓鱼船。"因自解曰:"屋破而云穿,其中无人也;船为雪压,无用也。"后六十日果卒。〔《摭遗》〕

余安道自番禺诏赴阙,过韶阳,《游龙光寺诗》云:"暂离人世界,且至佛家乡。"议者谓非吉兆,果卒于秦淮亭下。尝有日者谓曰:"到秦地当有灾。"果如其言。〔《摭遗》〕

苏子美《沧浪亭观鱼》诗云:"自嗟不及游鱼乐,虚作人间半世人。"非吉意也。又有云："山蝉带响穿疏户，野蔓蟠青入破窗。"虽佳句，然窗破野蔓蟠其中，似无人居矣。子美竟卒于谪籍。〔《摭遗》〕

王处厚字元美，益州华阳县人。尝遇一老僧论浮世苦空事。登第后出郭，徘徊古陌，轸怀长吟曰："谁言今古事难穷，大抵荣枯总是空。算得生前随梦蝶，争如云外指冥鸿。暗添雪色眉根白，旋落花光脸上红。惆怅荒原懒回首，暮林萧索起悲风。"及暮还家，心疾而卒。《洞微志》

杨贵妃尝以假髻为首饰而好服黄裙。天宝末童谣曰："义髻抛河里，黄裙逐水流。"《明皇杂录》

李遐周有道术，居玄都观，尝题诗数千言，皆记明皇巡幸西蜀及禄山僭窃之事，时人皆不之悟。诗曰"燕市人皆去"，禄山以蓟门之事而来也；"函关马不归"，哥舒翰败潼关也；"可怜山下鬼"，嵬也；"环子系罗衣"，贵妃小字玉环，及马嵬之死，高力士以罗衣缢焉。〔《太真外传》〕

崔曙尝作《明堂火珠》诗，其中有佳句曰："夜来双月满，曙后一星孤。"为文士推服。崔既夭殁，有一女名星而无男子，当时异之。〔《本事诗》〕

李煜暮岁乘醉书于牖曰："万古到头归一死，醉乡葬地有高原。"醒而见之大悔，不久谢世。《翰府名谈》

邵拙字拙之，雁门人，好学博通经史。水曹郎赵庆有诗赠之曰："迈古文章金鹫鹭，出群行止玉麒麟。"仕宦不达而卒。有诗传于时，其间有云："万国不得雨，孤云犹在山。"此其应欤！《江南野录》

何昌陵宰庐陵，郡有衙将杨克俭能媚州牧而移其权。昌龄〔一〕以兄事之。尝游其池馆，贻其诗曰："经旬因雨不重来，门有蛛丝径有苔。再向白莲亭上望，不知花木为谁开。"未几克俭连延范贷死而刑，其家破焉。议者以为其诗之谶也。

〔一〕"龄"与"陵"当有一误。

贾岛尝为《病蝉》诗曰："病蝉飞不得，向我掌中行。折翼犹能搏，酸音尚极清。露华应在腹，尘点误侵睛。黄雀并乌鸟，俱怀害尔情。"议者谓无抟风之意，果为礼闱所斥。

淳化中，崇文院直庐绝高处，有人题两句云："秋风送炎去，庭木叶齐落。"是年立秋日宋炎罢，来年立秋叶齐黜。〔《乘异记》〕

张退傅年七十八，除夜有诗云："八十光阴有二年，烟萝门户喜开关。近来无奈山中相，频寄书来许缀班。"后四年而薨，乃八十二之谶也。此答陈文惠之诗。《诗史》

沈询夜宴僚友，歌著辞令曰："莫打南来雁，从他向北飞。打时双打取，莫遣两分离。"是夕为奴归秦所杀，夫妻并死。〔《南部新书》庚〕

张忠定少年游华山，谒陈图南，遂欲隐华山，谓图南曰："欲就分先生山半住，可否？"图南曰："他人即不可，如公者，吾当分半山相奉。然公方有宦职，未可释此。其势如家人张筵，笙歌鼎沸，忽庖中火起，待公救之，岂可不赴！"赠之诗曰："自吴入蜀是寻常，歌舞筵中救火忙。乞得金陵养闲散，也须多谢鬓边疮。"始皆不谕。后忠定更镇杭益。晚年发疮于脑，不瘳，乞金陵，悉如其诗。大中祥符七年乙卯〔一〕七月二十日终。《古今诗话》

〔一〕按七年为甲寅，乙卯为八年，必有一误。

滕倪善诗，宗人滕郎中守吉州，往谒之，会秋试告别，为诗云："秋风江上别旌旗，故国无家泪欲垂。千里未知投足地，前程应是听猿啼。误攻文字身空老，却返渔樵计已迟。羽翼凋零归不得,丹青无路接差池。"守得诗云:"此生不与子相见。"别后卒于旅邸。倪又有诗云:"白发不知容相国,也同闲客满头生。"又《题鹭鸶障子》云:"映水有深意,见人无惧心。"同前

增修诗话总龟卷之三十四

诗谶门下

孟津诗人李渎[一]字长源。一日自孟津访魏仲先曰:"数宿前有人在床下诵曰:'行到水穷处,未知天尽时。'予斥其误曰,岂非'坐看云起时'耶?答曰:'此云安能起也?'兹必死期,故来相别。"痛饮数日而卒。《古今诗话》

〔一〕"渎",清钞本作"续",《玉壶清话》卷七作"渎"。

丁晋公总章圣陵事,翰林学士李维援其亲识为挽郎,恳请于晋公曰:"更在陶铸。"丁应声曰:"隔铸复陶铸,斋郎又挽郎。自然堪下泪,何必到斜阳!"未几丁败。

张唐卿进士第一人登科,期集于兴国寺,题诗句于壁曰:"一举首登龙虎榜,十年身到凤凰池。"有人续云:"君看姚晔并梁固,不得朝官未可知。"后果终于京官。

赵碬尝有诗云:"早晚粗酬身事了,水边归去一闲人。"止于渭南尉,以其精于诗,时谓之赵渭南,如韦苏州云。

孙秀既恨石崇不与绿珠,又憾潘岳昔遇不以礼。复遭遇晋惠帝[一],遂同日收石崇欧阳建[二]潘岳送市。石谓潘曰:"安仁复尔耶?"潘曰:"可谓'白首同归'也。"潘《金谷集》云:"投分寄石友,白首同所归。"亦其谶也。

〔一〕"惠帝",原作"武帝",依缪校本改。
〔二〕"建",原作"坚",依缪校本改。

庾亮出石头城,百姓歌于岸上曰:"庾公上武昌,翩翩如飞鸟。庾公还扬州,白马牵旒旐。"果寻卒。

来鹏诗思清丽,韦岫尚书常爱其才。游蜀,夏课卷中有云:"一夜绿荷风剪破,赚他秋雨不成珠。"识者以为不祥,是年果失志。

丁晋公自崖召还,有《寄友人》诗曰:"九万里鹏重出海,一千年鹤再归巢。"句健意清。然议者曰:谓鹏处于海为得地,出海则失水;鹤返其巢,则不能翱翔矣。卒如其说。又扈从东封,尝闻奈何黑水,人间阴狱也,感其事而为诗曰:"黑水溪旁聊驻马,奈何岸上试回头。高崖昏处是阴狱,须信人生到此休。"非佳兆也。

丁晋公为侍中时,尝作诗曰:"千金家累非良宝,一品官高是强名。"未几夺爵籍没。初释褐为饶倅,同年白稹为判官。稹一日以片纸假缗伍镮于公,公笑曰:"榜下新婚京国富室,岂无半千质物耶?惧我挠之故矫耳。"于简尾书一绝戏之曰:"欺天行止吾何有,立地机关子太乖。五百青蚨两家阙,赤洪崖打白洪崖。"朱崖之行兆于此。

苏子美失意,秋日登苏之阊门云:"年光冉冉催人老,云物涓涓又变秋。家在凤凰城阙下,江山何事苦相留!"又书其旁云:"江山留人也,人留江山也?"卒不用,亦诗之谶。

郑毅夫罢禁林,行次南都遇雨,为二篇曰:"雨声飘断忽南去,云势旋生从北流。应料凉风消息近,萧萧已在树梢头。"又曰:"榴火烧空未拟休,忽惊快雨破清秋。晚云淡淡趁落日,只

311

到楚江南岸头。"僧文莹见之,讶其气不振,解钱塘,赴青社,卒楚州。

崔玄谏议有子名勉,与赵叔平同年登第,转大理评事。过天津桥坠马。时集贤韩公与赵同为开封府推官。韩,崔婿也。闻其坠马,遽往视之,但呕血不止。数日馆于韩舍,因作诗曰:"身随花露重,命逐藕丝轻。明朝风雨霁,归路在三清。"明日果卒,时有微风细雨。

卢多逊方丱角,其父携就云阳观小学,与群儿见废坛上有古签一筒,竞往抽之为戏。多逊尚未识字,抽一签归示其父,词曰:"身出中书堂,须因天水白。登仙五十二,终为蓬岛客。"父见之,颇意以为吉兆。洎作相,与秦王事故败,始因遣堂吏赵白,遂窜南荒,卒于朱崖,年五十二。无一字之差。并同前

严恽字子重,善为诗,尝有诗云:"春光冉冉归何处,更向花前把酒杯。尽日问花花不语,为谁零落为谁开?"累举不第,卒于吴中。《南部新书》

汝州刘廷芝,字希夷,苦篇咏,善为闺帏之作。词哀多似古调,体势与时不合,遂不为人所重。希夷美姿貌,善弹琵琶,好酒色,落魄不拘常俗。为《白头吟》,忽作一联语曰:"今年花落颜色改,明年花开谁复在?"既而复叹曰:"我此语似谶。石崇曰'白首同所归',复何所异?"乃除之,复作二句曰:"年年岁岁花相似,岁岁年年人不同。"复叹曰:"死生有命,岂复由此!"乃并留前句作诗,后岁馀为奸人所害。〔《大唐新语》卷八〕

隋长寿年中,有郑州郑蜀宾,风流名士,颇善五言,蹉跎乡间,不求闻达。垂挂冠,选授江左一尉。临去,宾友祖饯,至上东门,留别曰:"畏途方万里,生涯近百年。不知将白首,何处入黄泉!"酒酣自咏,声调哀蹙,合坐呜咽,卒于官。时人比之刘廷

芝。同前

寇莱公初为密学,方年少得意,偶撰《江南曲》,其句有"江南春尽离肠断,蘋满汀洲人未归","日暮江头一望时,愁情不断如春水"之类,音皆凄怆。末年果南迁。《拾遗》

孙咸,不知何许人,而长于预知灾异,又善为诗。开宝初,客于九江,因游庐山,有诗留题九天使者庙云:"独入玄宫礼至真,焚香不为贱贫身。秦淮两岸沙埋骨,溢浦千家血染尘。庐阜烟霞谁是主,虎溪风月属何人?九江太守勤王事,好放天兵渡要津。"不逾数年,金陵板荡,九江重围,人受涂炭,并应此诗。咸后卒于南昌,众人弃尸于江中,溯流而上,咸异之。

苏易简罢翰林学士以礼部侍郎知南阳日,年未四十,屡有闲冷之叹。有老僧独处外城古寺,通儒术,能诗,故公与诗曰:"憔悴今年三十六,与师气味不争多。"未几而卒。

二宋以文章齐名天下。子京守蜀日作诗三百,名曰《猥稿》,有"碧云谩有三年信,明月空为两地愁,"后卒不入两地,人以为诗谶。

王元泽少时作《白苎行》,有云:"君心莫厌频欢乐,请看云间日西入。"议者谓美则美矣,然日西光景无多,近乎谶。果不永寿。

王鼎,湖湘人,字则之[一],多游江左,有《洪州西山诗》云:"林泉空有东西路,风月难寻十二家。"议者谓必无名第,后果然。尝作《鸂鶒》诗云:"栖息应难近小池,性灵闲雅众禽希。蒲洲日暖依花立,渔浦烟深贴浪飞。遗羽参差沾水沫,馀踪稠叠印苔衣。晚来林径微风起,何处相呼着对归。"

〔一〕"之"下原有"季父"二字,依清钞本删。

狄涣《孤雁》云:"更无声接续,空有影相随。"闻此句者皆云

必无后,果如其言。并同前

陈无己赋《高轩过》诗云:"晚知书画真有益,却怪岁月来无多。"不数月遂卒。《王直方诗话》

秦少游绍圣初请外,以校勘为杭倅,方至楚泗间,有诗云:"平生逋欠僧房睡,准拟如今处处还。"诗成之明日,以言者落职监处州酒,人以为诗谶。

东坡有《送戴蒙赴成都玉局观》诗云:"莫欺老病未归身,玉局他年第几人。"又有《过岭》一篇云:"剑南西望七千里,乘兴真为玉局游。"后卒于是观。

方元修字时敏,一日与杨信祖饶次守过余,坐中分题,人以姓为韵,而杨有"共约城南方"之句。后数日,录其唱和于前,忽有一同人读云"共钓城南方",盖钓字以约字草不相辨而读者误之。时敏大以为恶。不三日,其父省中归,暴卒。后数月,其母亦亡。并同前

范摅处士有子七岁,作《隐者》诗云:"扫叶随风便,浇花趁日阴。"方干闻之曰:"此可入室。"又作《夏景》诗云:"闲云生不雨,病叶落非秋。"干曰:"必不寿。"隔岁而[一]卒。后有欧阳彬之子稚齿作《田父》诗云:"桑柘残阳里,儿孙落叶中。"廖凝见之曰:"可惜天才,同范氏之子!"寻亦卒。《郡阁雅谈》

〔一〕"隔岁而"三字原作一"果"字,依明钞本改。

高若拙善诗,从海辟于幕下,尝作《中秋不见月》云:"人间虽不见,天外自分明。"从海览之,谓宾佐曰:"此诗虽好,不利于己,将来但恐丧明。"后果如其言。《大定录》

王元之尝作《病鹤》云:"埋瘥肯同鹦鹉冢,飞鸣不到凤凰池。"其文学才藻登金门玉堂不为难也。竟不至其地,见于是矣。《青琐集》

张□字退翁,都下人,有《言怀》诗云:"命交[一]随分乐,天赐一生闲。"场屋有声而不第,亦诗之谶。

〔一〕"交",清钞本作"教",似胜。

王寂,都下人,重信义,少然诺。尝抚剑铗为之歌曰:"人间冉冉混尘埃,身后身前事莫猜。早悟浮生都是梦,当时悔向梦中来。"又曰:"当年吁气谩如虹,回首都归冷笑中。翠玉峰前好归去,可怜三十二秋风。"时寂年三十二。明年,寂知事莫非前定,笑出都门而去,至太行驿舍暴卒。在仕者遂葬于西崦下。并同前

徐振甫,兴化军人,居朝京门外。未第时谶曰:"折着屋,烂着椽,朝京门外出状元。"振甫将第而门果坏。黄裳道夫,南剑州人,家居龙沟,未第间有谶曰:"掘龙沟,出龙头。"道夫将第而沟果修浚。兴化军有壶公山,谶云:"壶公山若断,莆田朱紫半。水绕壶公山,此时方好看。"蔡君谟兴水利灌民田,引水绕壶公山,登第者比,前在朝廷者半朱紫矣。《搜神秘览》

韩魏公起堂于北池上,效乐天,因名曰醉白堂。五月堂成,公赋诗二篇,其一卒章云:"《霓裳》时事非吾事,且学熏酣石上眠。"自尔寝疾,以六月二十五日薨,此诗遂为绝笔。既而神庙遣使特为石藏以葬,始悟"石上眠"之句若谶云。公薨,士大夫恨勋德之难名,知与不知,皆为泫然而叹曰:"天何不为我留欧阳公为魏公作志文而后死也!"《韩魏公别录》

郑毅夫守杭,题僧文莹所居壁云:"西湖频送客,绿波舟楫轻。春入萝径静,浪花翻远晴。"又云:"东风江云北飞燕,同寄青春不相见。"又《题杭郡阁》云:"雨影横残红,秋容阴映日。寒江带暮流,晓[一]角穿云出。峰藏翠如织,宿鸟去无迹。封书寄所怀,聊托金门翼。"时颇讶其气象不远。后解杭麾,将赴青社,以病泊舟楚州而卒。其语已兆于先矣。《玉壶清话》

〔一〕"晓",明钞本作"晚"。

郑毅夫登科,尝作诗曰:"春风得意马蹄疾,一日看尽长安花。"或人云:"一日长安花看尽,意已足矣。"毅夫终于内相,亦其谶也。《云斋广录》《青箱杂记》为孟东野作。

增修诗话总龟卷之三十五

纪梦门上

周琬,湘中人。舣舟长沙,梦二吏引入南岳庙内,升殿,王起接之曰:"知入京铨选,欲奉辟在此,亦与人世之乐不殊[一]。"琬曰:"名宦未达,且欲赴铨。"王曰:"如此,则不敢奉縻也。"乃作诗送琬曰:"住此既非乐,舍此去何图。若问青毡事,惟留一角书。"至京,调中牟尉,忽卧病旅中,且虑不起,作妻子书一角,封毕而卒。《洞微志》

〔一〕"殊",原作"疏",依明钞本改。

侯复字复之,世本三秦人,尝登乾陵赋诗曰:"势欲倾江移泰华,乾坤都在手心中。几时直欲更唐祚,不奈帘前有狄公。"又曰:"太宗蹀血平寰宇,何事高宗信女主[一]。当时朝端无正人,天下分毫皆姓武。"归寝,梦一朱衣人引至大宫阙,有一妇人坐殿上,衣王者服,侍立皆妇人,知其为唐天后也。问复曰:"前代帝可讥而陵寝可登乎?"复逊谢之,令升殿,与论当时事,酌以酒,再令赋诗曰:"堂殿无人古苑空,幽花尽日度春风。山莺海燕旧时在,时复飞来入故宫。""唐宫秦苑皆离黍,常遣诗人兴倍增。落日牛羊归已尽,朦胧初月上乾陵。"后览诗尤异,令呼杜夫人来。至即谓复曰："此如晦之远孙也,当时为第一色,帝欲见之多称疾,其强项与尔敌。"令与复饮。杜夫人赠复诗曰："深宫锁闭暗生尘,默默那知岁月新。泉室久无人气味,不知今日再逢春。"留数日而归,临行,复以诗别夫人曰:"丈夫刚铁肠,因花反柔弱。男子忠义心,于情安可薄！几有潋滟卮,席有燕赵姬。人生舍此外,万事俱不知。魂魄恍游仙,自信皆偶然。匆遽又分散,涕泪何流涟。从斯对佳景,萧索春风前。今夕天角月,光满人不圆。幽池双鸂鶒,日日浮清泉。霜鹤长天外,惊飞急似弦。一落江沙上,一堕古溪边。独行寒水畔,悲鸿谁见怜。何日再相遇,共戏复双眠。"复徘徊不忍去,因为执伞者击其脑,遂觉。《翰府名谈》

〔一〕"主",原作"王",依明钞本改。

明皇幸蜀回,居南内,尝梦中见妃子于蓬莱山〔一〕太真院,作诗遗之,使焚于马嵬山下云:"风急云惊雨不成,觉来仙梦甚分明。当时苦恨银屏影,遮隔仙姬只听声。"又作《妃子所遗罗袜铭》曰:"罗袜罗袜,香尘生不绝。细细圆圆地下得。琼钩窄窄弓弓,手中弄初月。又如脱履露纤圆,恰似同衾见时节。方知清梦事非虚,暗引相思几时歇？"

〔一〕"莱"字依明钞本补。

待制王公素仲仪任御史日,尝梦至玉京,黄阙殿上有绀服翠冠者:"吾东门侍郎,公则西门侍郎也。昔以奏牍玉帝前,语伤鲠讦,遂责于世。"公梦回题诗于书〔一〕窗曰:"似去华胥国里来,云霞深处见楼台。月光冷射鸡窗急,惊觉游仙梦一回。"公晚岁复思玉京之梦,作诗曰:"虚碧中藏白玉京,梦魂飞入黄金城。何时再步烟霄外,皓齿仙童已扫厅。"

〔一〕"书",清钞本作"西"。

卢绛字晋卿,因病痁,梦一白衣妇人令食蔗,遂愈。他日复梦白衣妇人曰:"太尉当富贵,时至可诣都下。妾有一诗一缯以助行,妾乃玉真也,他日孟家陂相见。"其诗曰:"清风明月夜深时,箕帚卢郎恨已迟。他日孟家陂上约,再来相见是佳期。"言讫而去。绛后赐死,呼延赞〔一〕视行刑。将至梁门,绛见拥一白衣妇人来,宛如前梦中所见。因嗟曰:"玉真,何至此乎?"延赞为问,玉真姓耿氏,夫死,与前〔二〕妇之子私,遂与绛同场斩首。此地果孟家陂。〔《江南野录》〕

〔一〕"呼",原作"郴",依缪校本改。

〔二〕"前"字依缪校本补。

丁咸序未第时,尝梦乘龙而起,回顾又有一骆驼在其后。后二十年方捷科举,作诗曰:"尝忆金陵应举时,壮心频往折丹枝。蹉跎二十年中梦,一度思量一泪垂。"殿试榜出,亚咸序之名者乃龙起,又亚之者乃骆起,方悟其梦。〔《青箱杂记》〕

郑颢尝梦中得句云:"石门雾露白,玉殿莓苔青。"续成长韵,此两句老杜诗也。《诗史》

蜀人任玠字温如,晚寓宁州府宅,一夕,梦一山叟贻诗曰:"故国路遥归去来。"玠和之曰:"春风天远望不尽。"既觉,自笑曰:"吾其死乎!"数日不疾而卒。《古今诗话》

金陵才士钟辐,少年气豪,一老僧见之,相曰:"公登第则家破。"时樊若水爱辐之才,以女妻之。及燕尔,应诏洛中,果中甲科。由是任放,携一女奴青箱,过华州蒲城。其宰乃辐故人,延留累日。一夕盛暑,登县楼痛饮而寝。梦妻樊氏以诗一首示生云:"楚水中如镜,双双白鹭飞。金陵几多地,一去不思归。"生梦中愧谢,答诗曰:"还吴东下过蒲城,城上清风酒半醒。想得到家春欲暮,海棠千树已凋零。"既悟,感其事,因趣装归。至采石渡,青箱心痛暴卒。生匆匆藁葬于新坟之侧。洎至家,庭户阒然,妻亡已数月。询之亲邻,樊亡之日,乃梦于登县楼之夕也。青箱葬处,乃樊之茔地尔。不植他木,惟海棠数株,正符诗意。钟叹曰:"老僧之说信哉!"终身不仕,隐于钟山,著书养气,年八十而终。《古今诗话》《脞说》[一]谓钟辐为苏检,青箱为小青。

〔一〕"脞",原作"臆",依明钞本改。

范阳卢献卿,大中年举进士,连不中第。薄游衡湘间,至郴而病。梦人赠诗曰:"玉筑郊原古,青山为四邻。扶疏绕台木,寂寞独归人。"逾旬乃卒。郴守为葬之近郊。果以夏初入窆矣。同前

许浑尝梦登山,有宫室凌云,人云此昆仑山也。既入,见数人方饮,招同饮,至暮而罢,赋诗曰:"晓入瑶台露气清,庭中帷有许飞琼。尘心未断俗缘在,十里空山下月明。"他日复梦至其处,飞琼曰:"子何题余姓名于人间?"改曰"天风吹下步虚声",曰:"善。"

池阳崔球为太学生,苦学不归。一日昼梦到其家,见其妻正写字,呼之不应,与之言,不答。视其所书,乃诗也,曰:"数日相望极,须知意思迷。梦魂不怕险,飞过大江西。"既觉,历历记之。数日书至,其妻寄此诗,一字不差。验其写诗日,乃球得梦之日也。

谢涛谏议临捐馆舍前一月,梦作《读史》一绝云:"百年奇特几张纸,千古英雄一窖尘。唯有炳然周孔教,至今仁义浸生民。"召其孙晏初录焉。〔《渑水燕谈录》〕

石曼卿尝于平阳会中代作《寄尹师鲁》一篇曰:"十年一梦花空委,依旧河山损桃李。雁声北去燕南飞,高楼日日春风里。眉黛石州山对起,娇波泪落妆如洗。汾河不断天南流,天色无情淡如水。"曼卿死后数年[一],关永言梦曼卿曰:"延年平生作诗多

矣,常以为《平阳代意》篇最得意,而世人少称之。能令余此诗传于世者在永言耳。"永言乃增其词为曲,度以《迷仙引》,于是人争歌之。他日,梦曼卿致谢焉。曲云:"春阴霁,岸柳参差,袅[二]金丝细。画阁昼眠莺唤起,烟光媚。燕燕双高,引愁人如醉。慵缓步,眉敛金铺倚。嘉景易失,懊恼韶光改,花空委。忍厌厌地,施朱粉,临鸾鉴,腻香销减摧桃李。独自个凝睇。暮云暗,摇山翠。天色无情,四远低垂淡如水。离恨托,征鸿寄。旋娇波,暗落相思泪,妆如洗。向高楼,日日春风里。悔凭栏,芳草人千里。"《古今诗话》

〔一〕"年"字依南图藏明钞本、缪校本补。

〔二〕明钞本重"袅"字,《钦定词谱》卷二十不重。

海州士人李慎言,尝言梦至一处,水殿宫,观女戏球,山阳蔡绳作传叙其事甚详,有《抛球词》十馀首,言皆清丽,今但记其两篇云:"侍燕黄昏晚未休,玉阶夜色月如流。朝来自觉承恩最[一],笑倩旁人认绣球。""堪恨隋[二]家几帝王,舞裀揉尽绣鸳鸯。如今重到抛球处,不是金炉旧日香。"〔同前〕

〔一〕"最",原作"醉",依南图藏明钞本改。

〔二〕"隋"原作墨钉,《苕溪渔隐丛话前集》卷五八补。

胥偃内相应举时,梦徐将军斩[一]下头项作诗云:"昔作树头花,今为冢下骨。"明年徐奭榜下第二人及第。《南部新书》

〔一〕"斩",原作"馘",依南图藏明钞本、缪校本改。

仆在黄州,参寥自武陵来访,馆之东坡,一日梦参寥诵作新诗,觉而记两句云:"寒食清明都过了,石泉槐火一时新。"后七年,出守钱塘,而参寥始卜居湖上智果院。院有泉出石缝间,其冷宜作茶。寒食之明日,仆与客泛舟自孤山来谒参寥,汲泉钻火,烹黄檗茶,忽悟所梦诗兆于七年之前,众客惊叹,知传记所载

盖不妄也。《东坡诗话》

仆泊船吴江,梦仲殊弹一琴十三弦,颇损,而有异声。余问云:"琴何为十三弦?"殊不答,但诵云:"度数形名不偶然,破琴今有十三弦。此生若见邢和璞,方信秦筝是响泉。"梦中了然谕其意,觉而识之。至晚到苏,殊当来见,即以示之。写至此,笔未绝,殊老叩船来见,惊叹不已,遂以赠之。去州五里〔一〕。

〔一〕明钞本无此四字,此亦东坡语,原无出处。

王平甫,熙宁癸丑岁直宿崇文院,梦人邀至海上,见宫殿甚盛,其中作乐,箫鼓之伎甚众,其宫曰灵芝,邀平甫俱往,有人在宫侧隔山水曰:"时未至,且令去,他时迎之。"恍然梦觉,时禁中已鸣钟。平甫颇自负非凡,为诗记之曰:"万顷波涛木叶飞,笙箫宫殿号灵芝。挥毫不似人间世,长乐钟声梦觉时。"后四年平甫卒,其家哭讯之:"尝梦灵芝宫,其信然乎?当兆告我。"是夕暮奠,若有声音接人,其家复卜之,果获兆。昔有人至海上蓬莱,见楼台中有待乐天之室,乐天自为诗以纪其事,与平甫之梦实相似。盖二人皆天才逸发,则其精神所寓必有异者。物理盖有之而不可穷也。《纪诗》

王仲简,潭州人,少修进士业,未谐随计,性宽厚,敦孝弟。周显德中摄长沙县丞,累任甚能为理。与潭州通判耿振相善。太平兴国二年忽染患而亡。兄仲伟夜梦庄客持书一封云:"评事差送来。"伟便开其书,乃诗一章,题云《赠耿郎中》,曰:"得接英贤喜可知,人生能得几多时!自从别后颜容改,恰似庭前雨泪碑。"仲伟梦觉而记分明,众叹讶。振不十年而终。《郡阁雅谈》

沈彬字子美,高安人。为诗天才狂逸,下笔成章。好神仙之事。少孤,西游以三举为约。尝梦着锦彩衣贴月而飞,识者言虽名播天下,身不入月,终不及第。洪州解至长安初举,行纳省卷,作《梦仙谣》云："玉殿大开从客入，金桃烂熟没人偷。凤惊宝扇频翻翅，龙误金鞭忽转头。"第二举《忆仙谣》云："白榆风占九天秋，王母朝回宴玉楼。日月渐长双凤睡，桑田欲变六鳌愁。云翻箫管相随去，星触旌幢各自流。诗酒近来狂不得，骑龙却忆上清游。"第三举《赠刘象》一首云："曾应大中天子举，四朝风月鬓萧疏。不随世祖重携剑，知为文皇再读书。十载战尘消旧业，满城风雨坏贫居。一枝何事于君惜，仙桂年年幸有馀。"刘象三举无成，孤寒，主司览彬诗，其年放象及第，五老榜即其数也。彬，乾符中值四方多事，遂南游湖湘及岭表二十馀年，却回吴中。过江南，受伪命，官至吏部侍郎致仕，退居高安。《雅言杂载》

杜牧之频干时宰，求小仪不遂；求小秋〔一〕又不遂。尝梦人谓曰："辞春不及秋，昆脚与皆头。"后果得比部员外郎。《睦说》

〔一〕"秋"，原作"秩"，依清钞本改。乃刑部郎之别称，见《容斋四笔》卷十五。

中书舍人崔嘏，娶李续女，为曹州刺史。令周邵南勾当障车。后邵南因睡，忽梦在厅中，女立床西，嘏立床东，女持红笺题诗一首笑投嘏，因高吟之云："莫以真留妾，从他理管弦。容华难久住，知得几多年？"一岁而嘏妻卒。〔《酉阳杂俎》续集卷三〕

余自蜀中应举京师，道过华清宫，梦明皇令赋《太真裙带词》，觉而记之，今书赠柯山潘大临邠老云："百叠漪漪水皱，六铢縰縰〔一〕云轻。植立含风广殿，微闻环佩摇声。"《百斛明珠》

〔一〕"縰縰"，原作"纵纵"，据《冷斋夜话》卷一校改。

元丰八年，正月旦日，子由梦李士宁草草为具，梦中赠一绝句云："先生惠然肯见客，旋买鸡豚旋烹炙。人间饮酒未须嫌，归去蓬莱却无吃。"明年二月六日为予道之，书以遗迟云。《百斛明珠》

增修诗话总龟卷之三十六

纪梦门下

狄遵度《纪梦》诗云:"佳城郁郁颓寒烟,孤雏乳兽号荒阡。夜卧北斗寒挂枕,木落霜拱雁连天。浮云西去伴[一]落日,行客东尽随长川。乾坤未毁吾尚在,肯与蟪蛄论大年。"狄遵度自儿童时已能属文,落笔有奇气。年十六,一夕梦杜子美诵平生诗,皆集中所未见者,觉而记两句云:"夜卧北斗寒挂枕,木落霜拱雁连天。"[二]后遂续成[三]之。《百斛明珠》

〔一〕"伴",原作"半",依南图藏明钞本改。
〔二〕"云"起十五字依南图藏明钞本补。
〔三〕"成"字依缪校本补。

张詧字隐之,本闽人,迁于成都数世矣。善属文,不仕,晚用太守王素荐,赐号冲退处士。一日梦有人寄书召之,云东岳道士书也。明日与李士宁游青城,濯足水中,始谓士宁曰:"脚踏西溪流水去。"士宁[一]答曰:"手持东岳寄书来。"詧大惊,不知其所自来。未几,詧果卒。其子禩亦逸民,举仕一命乃死。士宁,蓬州人也,语默不常,或以为得道者,百岁乃绝。尝见余于成都曰:"子甚贵,当策举首。"已而果然。

〔一〕"游"下二十一字依明钞本、缪校本补。

余尝梦见人云是杜子美,谓余曰:"今人多误会余《八阵图》诗云:'江流石不转,遗恨失吞吴。'世人皆以为先主武侯欲与关羽复仇,故恨不能灭吴,非也。我意本谓吴蜀乃唇齿之国,不当相图。晋之所以能取蜀者,以蜀有吞吴之意,故此为恨耳。"此理甚长,子美死仅四百年而犹〔一〕不忘诗,区区自列其意,书生之习气也。并同前

〔一〕"吞"下二十二字依明钞本、缪校本补。

东坡将亡前数日,梦中作一诗寄朱行中云:"舜不作六器,谁知贵玙璠。哀哉楚狂士,抱璞号空山。相如起睨柱,投璧相与还。何如郑子产,有礼国自闲。虽微韩宣子,鄙夫亦辞环。至今不贪宝,凛然照尘寰。"觉而记之,自不晓所谓。东坡绝笔也。《王直方诗话》

陈明信云:萧贯少时,尝梦至宫廷中,长廊邃馆,如王者所居,有千门万户,望之洞然,金碧烁耀。既过数门,见群妇人如神仙,视贯惊问何所从来。贯愕然,亦不知对。贯自陈进士,能为诗。中有一人授贯纸曰:"此所谓衍波笺,烦赋《宫中晓寒歌》。"贯援笔立成,既有奇语,其人甚赏之,因曰:"先辈异日必贵,此天上非人间也。"贯寤,尚能记所赋。俞秀老往尝得之于萧翰林之孙,其诗有云:"十二嶅关隐空绿,兽猊呼焰椒壁馥。渴乌涓涓不相续。辘轳欲转霏红玉,百刻香残陨莲烛。九龙吐水漫寒浆,红绡佩鱼无左珰。两两趋走瞻扶桑。红萍半圭山波面,回首觚棱九霞绚。鸣鞘〔一〕声从天上来,大剑高冠满前殿。"秀老诵之,尚有四五韵忘之。

〔一〕"鞘",原作"鞘",依明钞本、缪校本改。

王太初传言有焦仲先者,家于南徐。元丰元年,因诣京师访

知己，忽梦一妇人相顾遇，或以诗笔相往来。其一联云："吴王台下无人处，几度临风学舞腰。"又曰："吴山之北，会稽之阳，古木苍苍。"其最后一章云："仲冬之月，二七之间。月圆风静，车马相扳。"其人如病狂，缘太初而后愈。至秦少游书柳鬼事所载诗语前后皆同，但年月乃是熙宁九年，所病者乃是嘉兴令陶某[一]，而所谕者乃是天竺辩才法师。二者不知孰是。并同前

〔一〕"某"，原作"集"，依南图藏明钞本、缪校本改。

仆尝梦有客携诗文见过者，觉而记其一诗云："道恶贼其身，忠先爱厥亲。谁知畏九折，亦自是忠臣！"又有数句若铭赞者云："道之所以成，不以害其耕；德之所以修，不以贼其生。"《东坡诗话》

富郑公早年尝梦青州王相公以后事相托。公曰："相公德被生民，当延遐寿，何遽及此！"后二年罢相知郓州，辟郑公为倅。到任月馀，有大星陨于宅园。家人怪之，相告曰：后月当见。果至后月薨。郑公为治丧事。故郑公《挽词》曰"道德被生民"，与当年梦中符契。《古今诗话》

郑内翰獬，未贵时尝病瘟疫，数日未愈甚困。俄梦至一处若宫阙，有吏迎谒甚恭，公谓吏曰："吾病甚倦烦热，思得凉浴，以清其肌。"吏云："已为公办浴久矣。"吏引公至一室，中有小池，方阔数尺，甃以明玉，水光潋滟，以手测之，清冷可爱。公乃坐甃上，以水泛身，俄视两臂已生白鳞，视水中影则头已角出。公惊遽出。吏云："此玉龙池也，惜乎公不入其水中，入则为辅宰。"乃觉，少选出汗。公后登第为第一人，为诗戏友人云："文闱数战夺先锋，变化须知自古同。霹雳一声从地起，到头身是白龙翁。"〔《青琐高议》别集卷九〕

王仲举，营道人，母尝梦挟仲举入月。仲举修进士[一]业，长

兴化二年赴举,谒秦王,登第后有诗谢秦王曰:"三千里外抛渔艇,二十人前折桂枝。"太平兴国中,仲举有子曰嗣全亦中进士第,乃挟〔二〕两子入月之祥。《青琐集》

〔一〕"士"字依缪校本补,下文疑有讹脱或衍"化"字。
〔二〕"挟",原作"扶",依南图藏明钞本改。

湖州长兴县啄木岭金沙泉,即每年造茶之所也。湖常二郡接界于此。其上〔一〕有境会亭。每茶节,二牧毕至。斯泉处沙中,居尝无水,将造茶,太守具牺牲祭泉,顷之发源清溢。造御茶毕,水则微减;供堂者毕,水已半矣;太守造茶毕即涸矣。太守或行筛稽晚则有风雷之变,或见鸷兽毒蛇鬼魅之类焉。胡生者,即其居以钉铰为业,居霅溪而近白苹洲。去其居十馀步有古坟,胡生每因茶饭,必奠酹〔二〕之。尝梦人谓之曰:"吾姓柳氏,平生善诗而嗜茗,及死葬此室,乃子今居之侧也。常衔子之惠,无以为报,欲教子为诗。"胡生辞以不能。柳强之曰:"但率子意言之,当有致矣。"生既寤,试留思,果有冥助者,其后遂工焉。诗曰:"胡风似剑镂人骨,汉月如钩钓胃肠。魂梦不知身在路,夜来犹自到昭阳。"人谓之胡钉铰诗。

〔一〕"上",原作"土",依明钞本、缪校本改。
〔二〕"酹",原作"酬",依明钞本改。

金沙池泉在常州宜兴县罨画溪之东,有寺,寺有碑,载当时杭湖常三州贡茶唱和。乐天云:"十只画船何处宿,洞庭山脚大湖心。"常州太守忘其姓名,和云:"殷勤为报春风道,不贡新茶只贡心。"

韦检举进士不第,常有一美姬,一日捧心而卒。检追思痛悼,殆不胜情。举酒吟诗,悲怨可掬。吟曰:"宝剑化龙归碧落,嫦娥随月下黄泉。一杯新酒青春晓,寂寞书窗恨独眠。"一日忽梦姬泣涕潸然曰："当有后期，今和来篇。"即口占云："春雨濛濛不见天，家家门户柳如烟。如今肠断空垂泪，欢笑重追别有年。"检终日怏怏，后更梦姬曰："即遂相见。"觉来神魂恍惚，乃题曰："白浪漫漫去不回，浮云飞尽日西颓。始皇陵上千年树，银鸭金凫也变灰。"后数日，即符梦兆。《脞说前集》

晁奉礼简，故宫保内翰之次子也。于昆弟中最称奇秀。与梁固少小砚席至〔一〕善。大中祥符二年，固状元及第，授青州倅。时奉礼荣侍在阙下。是年冬末，梁方之任，去青两驿，夜梦晁来相谒，手携白扇，上有七言诗一首以赠梁云："死生离别最堪悲，相对无言泪满衣。叹我已归泉下去，羡君新向月中归。长鞭已见腾夷路，折翼终难继迅飞。珍重故人当圣代，早持钧轴入黄扉。"览诗起，执手悲泣而别。倏然惊〔二〕觉，大异之，叹晁必没故矣。乃急走仆录所得诗入京师，访其安否。宫保开读之，大恸曰："品格真吾儿作也。"梦之夕，乃简亡〔三〕之日也。

〔一〕"至"上原有"之"字，依明钞本删。
〔二〕"惊"字依明钞本补。
〔三〕"亡"，原作"忘"，依缪校本改。

李良弼，故给事中防之子，祥符元年应进士举，得同学究及第。二年，给事自南京移知郑州，以家在应天，良弼奏为本府司士参军，是年中赴。良弼随侍至郑，夜宿中牟驿，梦人持诗版跪而来献良弼，诗曰："九霄丹诏三天近，万叠红芳一旦开。日月山川须问甲，为君亲到小蓬莱。"觉而异之。旦遽起而白给事，喜曰："据此诗意，汝必有前程，慎勿废于笔砚，勉旃，勉旃。"至郑〔一〕而别。五年方归阙，授三司户部判官。五月已举张楚县丞事停任。六月十九日良弼卒于应天府。给事大恸，悲语张君房曰："梦之不诚如是。自此儿梦，必谓其前程而为词臣，一旦至是,苦哉!"君房但宽勉以慰之。是年秋,君房以诏鞫狱无状谪为宁海督邮。乃同给事舟抵应天府,且憩泊间,细诘良弼卒葬之日月及葬地之所。因而绎之,忽有数悟,乃省其诗尽得之。良弼丙戌生,年二十有七,即诗首句云"九霄丹诏三天近",三九二十七数,是年二十五,故云近也。"万叠红芳一旦开",方万叶之花一旦开尽,是近谢之意。次云:"日月山河须问甲。"其年六月十九日甲寅乃其卒日,殡是二十九日甲子,葬于府东甲地,即是"日月山川须问甲"也。盖六月天德月德俱在甲。末句云:"为君亲到小蓬莱。"即虚无冥漠之所。给事沉默曰:"君辨之矣。"《睦说前集》

〔一〕"郑",原作"郊",依清钞本改。

沈亚之尝言,邢凤寓居长安平康里第,昼梦一妇人自槛而来,古妆高髻,作《阳春曲》曰:"长安少女玩春阳,何处春阳不断肠。舞袖弓腰浑忘却,蛾眉空带九秋霜。"凤曰:"何谓弓腰?"曰:"昔年父母教舞,作此弓弯状。"舞罢辞去。凤亦寻觉。《睦说后集》

吴兴姚郃尝言,有友王生者,元和初,夕梦游吴宫。久之,闻宫中出辇,吹箫击鼓,言葬西施。王悲悼不止,立召门客作挽歌。生应声为词曰:"西望吴王阙,云书金字牌。连江张蕙帐,择土葬金钗。满地红心草,三层碧玉台。春风无处所,凄恨不胜怀。"及寤,复记其事。王生,太原人。〔《异闻录》〕

崇宁元年元日昏眠,梦中作一诗云:"无赖春风试怒号,共乘一叶傲惊涛。不知两岸人皆愕,但觉中流笑语高。"三月与陈莹中渡湘江,是日大风当断渡,小舟掀舞白浪中,两岸聚观胆落。莹中笑愈高。余以诗语莹中,莹中曰:"此公案后大行丛林。"

〔《冷斋夜话》卷四〕

329

东坡倅钱塘,梦神考召入禁中,宫女环侍。一红衣女捧红靴一只命坡铭之。其中一联云:"寒女之丝,铢积寸累;步武所及,云蒸雷起。"上极叹其敏捷。同前

山谷昼卧,梦与一道士升空。道士曰:"与公游蓬莱。"觉天风吹鬓。道士曰:"敛目。"俄有狗吠,开目不见道士,惟见宫殿。鲁直入,有两玉人导升殿,主降揖之。仙女侍之,中有一女云"整琵琶"。鲁直爱其风韵顾之,忘揖主者。主者色庄,故其诗曰:"试问琵琶可闻否,灵君色庄妓摇手。"与余亲言之。今《山谷集》语不同,盖更易耳。《冷斋夜话》

少游南迁,宿郴亭湖[一]庙下,侧枕视微波,月影纵横,追忆昔宿垂云老借竹轩,见西湖月色如此。梦美人自言:"我天女也。"以维摩象乞赞。少游爱其画,念曰:"非道子不能作此。"天女以诗戏少游曰:"不知水宿分风浦,何似秋眠借竹轩。闻道诗词妙天下,庐山对眼可无言?"少游梦中题其象曰:"竺仪华梦,瘴面囚首。口虽不言,十分似九。应笑舌覆大千作狮子吼,不如搏[二]取妙喜如陶家手。"同前

〔一〕"郴",原作"郡",缪校本作"宫",据《冷斋夜话》卷二及《苕溪渔隐丛话前集》卷五十校改。

〔二〕"搏"上原有"不"字,据《冷斋夜话》及《苕溪渔隐丛话》校删。

陈智夫,襄阳人,博学有才思,尤长于歌诗。尝遇异人授以吐纳之术,故佳句多于梦中得之,若:"花笑似留客,鸟声如唤人。"又"野花临水数枝恨,芳草连天千里情"之句,虽前辈不能远过。《遁斋闲览》

增修诗话总龟卷之三十七

讥诮门上

陈彭年,大中祥符中与晁文庄内翰等四人同知贡举。省试将出奏试卷,举人壅衢观其出省。诸公皆惨赧其容,独彭年扬鞭肆意,有骄矜之色。榜出,有甥不预选,怒入其第。会彭年未来,于几上得黄敕,乃题其背曰:"彭年头脑太冬烘,眼似朱砂鬓似蓬。纰缪幸叨三字内,荒唐仍在四人中。取他权势欺明主,落却亲情卖与公。千百孤寒齐下泪,斯言无路达尧聪。"彭年怒,抱其敕入奏,章圣见而不悦,然释其罪。《江南野录》

唐太宗燕近臣,长孙无忌嘲欧阳询[一]曰:"耸膊成山字,埋肩畏出头。谁言麟阁上,画此一弥猴。"询应声曰:"缩头连背耸,漫裆畏肚寒。只缘心浑浑,所以面团团。"太宗改容曰:"询岂不畏皇后闻耶?"无忌,长孙后之弟也。《小说旧闻》

〔一〕"询"下原有"更"字,依清钞本删。

唐相张延赏选婿,无可意者。其妻苗氏贤而知人,特选进士韦皋许之。皋性疏旷,不拘细行,延赏窃悔。由是婢仆颇轻慢,惟苗氏待之益厚。皋因辞东游,张氏馨奁具以治行,延赏幸其去,以七驮物为赆,皋行,翌日悉还之,惟留奁物及书册而已。后五年，皋拥节旄，会德宗幸奉天，持节西川替延赏，乃改姓名作韩翱，人莫敢言。至天回驿[一]，去府三十里，人有报延赏曰："替相公者，韦皋也，非韩翱。"苗氏曰："若韦皋，必韦郎也。"延赏曰："天下姓名同者甚众，彼韦生必填沟壑，岂能乘吾位乎？"次日果韦皋也，延赏惭惧，自西门潜遁。皋人见苗，礼奉过布衣之日，求前轻慢者皆杖死之。时泗滨郭圉因为诗曰："宣父从周又入秦，昔贤谁不困风尘！当时甚讶张延赏，不识韦皋是贵人。"《唐宋遗史》

〔一〕"天"，原作"大"，依缪校本改。

彭齐，吉州人，才辩滑稽，尝谒南丰宰而不礼之。一夕虎入县厅，噬所养羊，弃残而去，宰即以会客，齐预焉。翌日献诗于宰曰："昨夜黄班入县斋，分明踪迹印苍苔。几多道德驱难去，些子猪羊引便来。令尹声声言有过，录公口口道无灾。思量也解开东阁，留得头蹄待秀才。"览者绝倒。《青箱杂记》

景德初，河朔举人张存任弁，皆以防城得官，有无名子嘲曰："张存解放旋风炮，任弁能烧猛火油。"〔《青箱杂记》卷八〕

丘浚寺丞失意，遍游诸郡，至山阳，郡守屡召之夜饮。翌日作诗曰："丑却天下美人面，正得世间君子心。"郡将他日再为文字饮以谢之。至宜真，太守召看牡丹，作诗曰："何事化工情愈重，偏教此卉大妖妍。王孙欲种无馀地，颜巷安贫欠买钱。晓槛竞开香世界，夜栏谁结醉因缘。须知村落桑耘处，田叟饥耕妇不眠。"又至五羊赠太守诗曰："碧睛蛮婢头蒙布，黑面胡儿耳带环。几处楼台皆枕水，四周城郭半围山。"又诗曰："阶上腥臊堆蚬子，口中浓血吐槟榔。"又诗曰："风腥蛮市合，日上瘴云红。"太守见之大不怿。《翰府名谈》

天圣中修国史，王安简、谢阳夏、李邯郸、黄唐卿为编修官。

安简神情冲淡，唐卿刻意篇什。谢李尝戏为句曰："王貌闲如鹤，黄吟苦似猿。"《春明退朝录》

唐既平刘展江淮之乱，上元间租庸使元载以吴越虽兵荒后，民产犹给，乃辟召豪吏分宰列邑而重敛之，时人谓之"白著"，言其役敛无名，其所著者皆公然明白无所嫌避。一云，世人谓酒酣为白著，既为刻薄之役，不堪其弊，则必颠沛酩酊如醉者之著也。渤海高亭有诗曰："上元官吏称剥削，江淮之人皆白著。"

唐景龙中，洛下霖雨百馀日，宰[一]相不能调阴阳，乃闭坊市北门，卒无效，潦溢至甚。人歌曰："礼贤不解开东阁，燮理惟能闭北门。"《朝野佥载》

〔一〕"宰"上，明钞本有"以为"二字。

孙鲂沈彬李建勋好为诗什。鲂有《夜坐》诗，为时所称。建勋因匿于斋中，待彬至，乃问彬云："鲂之诗何如？"彬曰："田舍翁火炉头之语，何足道也！"鲂闻而出，诮彬曰："何诽谤之甚而比田舍翁，无乃过乎！"彬曰："子《夜坐》句：'划多灰渐冷，坐久席成痕。'此非田舍翁火[一]炉上作而何？"阖坐大笑。乃《题金山寺》云："万古波心寺，金山名日新。天多剩得月，土少不生尘。过橹妨僧定[二]，归涛溅佛身。谁言张处士，题后更无人？"莫不服其验[三]雅。《江南野录》

〔一〕"火"字依明钞本补。

〔二〕"定"，原作"艇"，依南图藏明钞本、缪校本改。

〔三〕"验"，清钞本作"俭"。

朝元龟，庐陵人。尝谒邑宰，见趋[一]伏生犷，欲穷以词学，因新画屏为戏珠龙，乃曰："请子咏之。"元龟应声而成，因讽宰受赂云："翻身腾白浪，探爪攫明[二]珠。"

〔一〕"趋"，原作"超"，依清钞本改。

333

〔二〕"明",原作"胡",依南图藏明钞本、缪校本改。

毛柄聚生徒于庐山白鹿洞,与诸生讲论,所获资锱,皆以市酒。洞有辨者嘲云:"彭生作赋茶三片,毛氏传《诗》酒半升。"尝自题于斋壁云:"先生不在此,千载只空山。"因大醉一夕而逝。

刘炎少负词学,晚为永新尉,拙于政治,遂有贪名。太守行邑,觊觎之意,而炎不悟,既行,以诗讽炎云:"未到桃源时,长忆出家景。及到桃源了,还似鉴中影。"炎乃和而复之,后因民诉受贿,遂按以法。炎复有诗云:"早知太守如狼虎,猎取膏粱以啖之。"

罗隐性傲睨,初赴举过钟陵,见营妓云英。一纪后下第又过,复见之,云英曰:"罗秀才尚未脱白。"隐以诗嘲之曰:"钟陵醉别十馀春,重见云英掌上身。我未成名英未嫁,可能俱是不如人。"隐与顾云同谒淮南相国高骈,云为人雅律,高公遂留云而远隐,隐欲归武陵,与宾幕酌饯于云亭,盛暑,青蝇入坐,高公命扇驱之,谑隐曰:"青蝇被扇扇离席。"隐声曰:"白泽遭钉钉在门。"偶见《白泽图》钉在门扇,乃讥云也。时高公欲继淮南王求仙方为妖乱,后为毕将军所害。隐作《妖乱志》以讥之,故有《题延和阁》云:"延和高阁势凌云,轻语犹疑太一闻。烧尽降香无一事,开门迎得毕将军。"僖宗在蜀,隐作诗数首以刺诸侯。及还梁,为朝贵所疾,乃谒钱武肃焉。献《僖宗在蜀诗》曰:"白丁攘臂犯长安,翠辇仓皇路屈蟠。丹凤有情云外远,玉龙无迹渡头寒。静思贵族谋身易,危惜文皇创业难。不将不侯何计是,钓鱼船上泪阑干。"又作《僖宗还京》曰:"马嵬杨柳尚依依,又见銮舆幸蜀归。泉下阿蛮应有语,这回休更怨〔一〕杨妃。"《鉴戒录》《郡阁雅谈》谓青蝇,白泽对句是寇弱谢观作。

〔一〕"怨",南图藏明钞本清钞本作"说"。附注"寇弱"卷四十六作

"寇豹"。

苏子美监进奏院,因赛神召馆中同舍,是时江南人李中舍因梅圣俞谒子美,且愿预此会。圣俞以为言。子美曰:"食中不设蒸馒饼夹,坐上安有国舍虞台。"李衔之,遂暴其事于言语,为刘元瑜所弹,子美坐谪。故圣俞有《客至》诗云:"有客十人至,共食一鼎珍。一客不得食,覆鼎伤众宾。"盖指李也。《诗史》

来鹄,洪州人,咸平中名振都下,然喜以诗讥讪当路,为人所恶,卒不第。《金钱花》云:"青帝若教花里用,牡丹应是得钱人。"《夏云》云:"无限旱苗枯欲尽,悠悠闲处作奇峰。"《偶题》云:"可惜青天好雷电,只能驱趁懒蛟龙。"《诗史》

唐湖州参军陆蒙妻蒋氏,善属文,然嗜酒。姊妹劝节酒强餐,蒋应声曰:"平生偏好饮,劳尔劝吾餐。但得尊中满,时亮度不难。"僧知业有诗名,与蒙善,一日访蒙谈玄,蒋使婢奉酒。知业云:"受戒不饮。"蒋隔帘谓曰:"上人诗云:'接岸桥通何处路,倚楼人是阿谁家?'观此风韵,得不饮乎?"知业惭而退。

濠州西有高唐馆,俯近淮水。御史阎钦授宿此馆,题诗曰:"借问襄王安在哉?山川此地胜阳台。今朝寓宿高唐馆,神女何曾入梦来!"有李和风者至此,又作诗曰:"高唐不是这高唐,淮上江南各异方。若向此中求荐枕,参差笑杀楚襄王。"〔《南部新书》庚〕

丁晋公为玉清昭应宫使,夏英公为判官。一日赐宴斋宫,优人有杂手藏擫者,晋公顾英公曰:"古人无咏藏擫诗,请赋一章。"英公为一绝云:"舞拂挑珠复吐丸,遮藏巧使百千般。主公端坐无由见,却被旁人冷眼看。"〔《倦游杂录》〕

杨砺[一]尚书以耳聋致仕,居雩县别业。同里高氏资厚,有二子小字大马小马。一日里中社饮,小马携酒一榼就杨公曰:

"此社酒善治聋，愿持杯酌之无馀〔二〕沥。"杨书绝句与之云："数十年来双耳聩，可将社酒便〔三〕能医？一心更愿青盲子，免见高家小马儿。"《倦游录》

〔一〕"砺"，原作"孺"，依明钞本、缪校本改。

〔二〕"馀"字依明钞本补。

〔三〕"便"，原作"使"，依清钞本改。

景祐初，诏先朝免解人候将来特与推恩。有无名子改王元之《升平词》以嘲曰："旧人相见问行年，便说真宗更以前。但看绿袍包裹了，这回冷笑入黄泉。"

永叔在政府将引去，以诗寄颍州常夷甫曰："笑杀汝阳常处士，十年骑马听朝鸡。"〔一〕致政归颍，又赠之诗曰："赖有东邻常处士，披蓑戴笠伴春锄。"明年，夷甫起授侍讲判国子监，有无名子改前诗作夷甫寄永叔曰："笑杀汝阴欧少保，新来处士听朝鸡。"又云："昔日颍阴常处士，却来马上听朝鸡。"

〔一〕"骑马"，明钞本作"马上"，"鸡"下有"及"字。

史沆〔一〕仕不得志，好持人长短，世以凶人目之，亦终以此败。尝过江州琵琶亭题诗云："坐上骚人虽有咏，江边寡妇不难欺。若使王涯闻此曲，织罗应过赏花时。"并同前

〔一〕"沆"，原作"流"，依南图藏明钞本、缪校本改。

邵安石，连州人。高湘侍郎南迁归朝，途经连江，安石以所业投之，遂见知，同至辇下。湘知贡举，安石擢第，诗人章碣赋《东都望幸》诗刺之曰："懒修珠玉上高台，眉目连娟幸不开。纵使东巡也无益，君王自带美人来。"《古今诗话》

泗州僧伽塔，人多云其下真身也。塔后有阁，记兴国中初塑事甚详。退之诗云"火烧水转扫地空"，则真身之焚久矣。塔本般匠所建，俗言塔顶为天门。苏国老有诗云："上到天门最高

处,不能容物只容身。"盖讥在位者。

孙皓为晋所灭,封归命侯。武帝问皓曰:"闻南人好作《尔汝诗》,尔颇能否?"皓被酒举觞曰:"昔与汝为邻,今与汝为臣。劝汝一杯酒,令汝寿万春。"帝悔之。

吴武陵有文而好评,尝以赃败广州,吏治殊不假贷。题诗路左壁曰:"雀儿来往飚风高,下视莺[一]鹯意气豪。自谓能生千里翼,黄昏依旧入蓬蒿。"

〔一〕"莺"当作"鹰"。

唐王铎杨收皆薛逢同年,收作相,逢有诗曰:"须知金印朝天客,同是沙堤避路人。威凤遇时皆瑞圣,应龙无水漫通神。"收闻之怒。王铎作相,逢又有诗曰:"昨日鸿毛万钧重,今朝山岳一毫轻。"铎又怒。

罗隐与桐庐章鲁风齐名。钱武肃崛起,以鲁风善笔札,召为表奏孔目官,鲁风不就,执之。后以罗隐为钱唐令,惧而受命,因宴献诗云:"一个祢衡容不得,思量黄祖谩英雄。"自是始厚之。

冯瀛王镇南阳,郡中宣圣庙坏,有酒户十馀辈投状乞修。瀛王未及判,有幕客题四句状后云:"槐影参差覆杏坛,儒门子弟尽高官。却教酒户重修庙,觉我惭惶也不难。"瀛王遽罢其请,出己俸重修。

孙仅给事镇永兴日,多作诗。时玉清昭应宫初成,孙作《骊山诗》云:"秦帝墓成陈胜起,明皇宫就禄山来。"有人传于京师,以为讥时政。

颜标,咸通中郑薰下状元及第。先是,徐寇作叛,薰欲激劝励烈,意标乃鲁公之后,故置之危科。既而询其庙院,标曰:"寒素京国无庙院。"薰始大悟。有无名子嘲曰:"主司头脑太冬烘,错认颜标作鲁公。"

337

光启中，蒋嶓以丹砂授韦中令，吴人张鹄有文而贫，或嘲之曰："张鹄只消千驮绢，蒋嶓惟用一丸丹。"并同前

王元之在朝，与执政不足，作《江豚诗》讥肥大[一]云："食啖鱼虾少肥腯。"又云："江云漠漠江雨来，天意为霖不干汝。"俗云："江豚出则风雨。"《古今诗话》

〔一〕缪校本删"讥肥大"三字。

增修诗话总龟卷之三十八

讥诮门中

苗台符十六岁,张读十八岁,同年登科,为郑宣州幕。尝列题于西明寺之东庑,或窃注之曰:"一双前进士,两个阿孩儿。"

李煜作江罗亭,四面栽江梅花,作艳曲歌之,韩熙载和云:"桃李不须夸烂漫,已输了风吹一半。"时淮南已归周。

赵暇,浙人。有美妾,泊计偕,母不许携行。会上元节为鹤林之游,帅见之,掩为己有。明年,暇荣归,以诗感之曰:"寂寞堂前日又薰,阳台去作不归云。当时闻说沙吒利,今日青蛾属使君。"帅闻遣归。

李商隐依彭阳令狐楚,以笺奏受知。后其子绚有韦平之拜,浸疏商隐。重阳日,义山造其厅事,留题云:"十年泉下无消息,九日樽前有所思。""郎君位重施行马,东阁无因得再窥。"绚见之惭恨[一],扃闭此厅,终身不处。

〔一〕"恨",原作"怅",依明钞本改。

袁筠婚萧楚女,言定未几,擢进士第。罗隐以一绝刺之云:"细看月轮还有意,定知青桂近嫦娥。"

林和靖傲许洞,洞作诗嘲之云:"寺里掇斋饥老鼠,林间咳嗷病猕猴。豪民送物鹅伸颈,好客窥门鳖缩头。"

章郇公性简静,尝为开封府试官,出《人为天地心赋》。举子曰:"先朝曾试。"遽别出一题曰《教犹寒暑》,既非致思,举子又上请:"此题出《乐记》,教乃乐教也。上在谅阴而用乐事,恐非便。"方纷纷不已,无名子作诗嘲曰:"武成庙里沽良玉,夫子门前卖簸箕。唯有主司章得象,往来寒暑未曾知。"时南庙试《良玉不琢》,国学试《良弓之子必学为箕赋》。并同前

韩退之《弥明传》云:尝与文友会宿,有老道士形貌怪异,自通姓名求宿,言论甚奇,既饮酒,众度其不能诗,因联句咏炉中石鼎将以困之。首唱曰:"妙匠琢山骨,刳中事调烹。"至弥明,自云不善俗书,人多不识,乃遣人执笔砚,吟曰:"龙头缩困蠢,豕腹胀膨脖。"坐客尽惊。会人思竭不能复续,弥明连促之。坐中有欲吟,其声凄苦;弥明句中侮之曰:"仍于蚯蚓窍,更作苍蝇声。"须臾倚壁睡,鼻息如雷,坐客异且畏之。《古今诗话》

光化中,罗隐佐两浙幕,同院沈崧得新榜,封示隐,隐批一绝于纸尾曰:"黄土原边狡兔肥,犬如流电马如飞。灞陵老将无功业,犹忆当时夜猎归。"

贞元中,太府卿韦渠牟、金吾李齐运皆宠贵,荐人多得名位。时刘师老、穆寂皆应科目,渠牟主穆寂,齐运主师老。会齐运对,顺宗嗟其羸弱,许以致仕而归,师老失据。无名子嘲〔一〕曰:"太尉朝天升穆老,尚书倒地落刘师。"刘禹锡曰:"名场嶮巇如此。"

〔一〕"嘲"字依明钞本补。

王文惠相府中病,尤好释氏,时有人作诗曰:"谁谓调元地,翻成养病坊。但见僧盈室,宁知火燎房。"

卢肇、黄颇皆宜春人,颇富于财而肇苦贫,与颇同赴举,复同日登途。郡守独饯颇于邮亭而遣肇。明年肇状元登第归,郡守

会肇看竞渡。肇即席作诗曰："向道是龙刚不信,果然夺得锦标归。"太守大惭。

韦蟾左丞至长乐驿,见李玚给事题名,因书其侧云："渭水春山照眼明,希仁何事寡诗情?只应学得虞姬婿,书字才能纪姓名。"

刘鲁风,江西投所知,为典谒所阻,因得一绝曰："万卷书生刘鲁风,烟波千里谒文公。无钱乞与韩知客,名纸生毛不为通。"

范鲁公质举进士,和相凝爱其程文,以自登第旧在十三人,谓鲁公曰："公之词业,合在甲选,暂屈十三人传〔一〕老夫衣钵可乎?"鲁公谢之,后果至宰相,亦且相继。门生有献诗者云："从此庙堂添故事,登庸衣钵亦相传。"

〔一〕"传"上原有"之"字,依清钞本删。

李郁尚书为荆南从事,有朝士寄书,字体殊恶,李寄诗曰:"华缄千里到荆门,章草纵横任意论。应笑钟张虚用力,却教羲献谩劳魂。惟堪爱惜为珍宝,不敢留传示子孙。深荷故人相爱处,天行时气许教吞。"言堪作符也。并同上

北齐卢思道聘陈,设宴联句作诗,先唱者讥北人云:"榆生欲饱汉,草长正肥驴。"谓北人食榆,吴地无驴,故有此句。思道即续之曰:"共甑分炊饭,同铛各煮鱼。"谓南人无义,同炊异馔也。吴人愧之。《谭薮》

洛阳有谭歌妇人杨苎萝,能辩〔一〕言,有才思,杨凝式侍〔二〕郎以侄女呼之,怜其聪慧也。时有僧云辩者,有文,善能讲经,善应对,若祀祝之辞,随名位高下对之三十字如宿思。少师尤重之。长寿二〔三〕年五月,云辩讲,对歌者,忽有蜘蛛于檐前垂丝而下,正对少师与云辩前。少师笑谓歌者曰:"试嘲得着,奉绢五

341

匹。"歌者不思，应声嘲之，意不离蜘蛛戏之云辩，云辩体充肚大不能行。少师见诗绝倒，大叫："和尚将绢五匹。"云辩惭且笑，与绢五匹。诗嘲蜘蛛曰："吃得肚罂撑，寻丝绕寺行。空中设罗网，只待杀众生。"《洛阳旧闻》

〔一〕"能辩"，原作"朝办"，依清钞本改。

〔二〕"侍"下原重一"侍"字，依清钞本删。

〔三〕"二"字依明钞本、缪校本补。

至和间，有数达官以诗知名，常慕乐天体多得于容易。曾有一联云："有禄肥妻子，无恩及吏民。"有人戏之曰："昨日通衢，遇一辐轾车载极重，羸牛甚苦，岂非足下妻子乎？"闻者传以为笑。《欧公诗话》

向文简在延州，尝有诗云："四时常有烟棚合，三月犹无菜甲生。"又有人《嘲同州》诗云："三春花发惟樗树，二月莺啼是老鸦。"《杂志》

徐州云水山人张天骥，不远千里见朱定国于钱塘，爱其中风物，遂欲徙家居焉。春尽思归，以诗戏之云："羡公飘荡一孤舟，来作钱塘十日游。水洗禅心都眼净，山供诗笔总眉愁。雪中乘兴真聊尔，春尽思归都罢休。何事却寻朱处士，种鱼万尾橘千头。"《纪诗》

闽人廖复，天禧二年求荐，天府下，挝鼓讼之，覆考再收，省试又下。湖人凌景阳因复讼之，亦再收高第，遂登科。士子作诗嘲复曰："细思堪恨廖贤良，论中科名属景阳。啼得血流无用处，为他人作嫁衣裳。"朱定国《续归田录》

景祐中，有轻薄子以古人二十字诗益成二十八字嘲诮曰："仲昌'故国三千里'，宗道'深宫二十年'。殿院'一声《河满子》'，龙图'双泪落君前'。"龙图，王博文也，尝更大藩，镇开封府,知三司使〔一〕。一日对上前,因叙扬历之久,不觉泪下。殿院,萧定基也,为殿中侍御史,与韩魏公、吴春卿、王君贶同发解。开封举人作《河满子曲》嘲之,因奏事,仁宗问之,令诵一遍。王宗道为诸王教授及讲书凡二十馀年,不求进用。仲昌者,章郇公之〔二〕仲从子,论科场不公,奏闻,牒归建州。当时以为虽用古人诗句,而切中一时之事,盛〔三〕传以为笑乐。《东斋录》

〔一〕"府知三",原作"知府王",依缪校本乙改。《东斋记事》卷三作"开封知府,三司使任使"。

〔二〕"之",原作"文",依明钞本改。

〔三〕"事,盛",原作"盛事",据《东斋记事》卷三校乙。

丁晋公与杨文公游处宴集,必有诙谐之语,复皆敏于应答。一日台谏攻文公,因晚候晋公之门,方伏拜,晋公亟谓文公曰:"内翰拜时髭击地。"〔一〕文公随声答曰:"相公坐处幕瞒天。"盖杨美髭髯而丁第方盛设帷幕,因互相讥〔二〕也。《有宋佳话》

〔一〕"髭",明钞本作"须","击"缪校本作"撇"。

〔二〕"讥",原作"议",依明钞本改。

太尉田重进起于戎行,晚年好道术,喜黄白〔一〕。有拣停兵士张花项衣道服,以其项多雕篆,目之为花项。又引道士为同志,前后所用钱帛悉资之无少违,久而无成。忽一日云出采药,八月当成。晚大醉归,重进问尊师从来,饮何遽醉。花项微笑:其实不饮,昨日见一仙流。向西顶礼。重进问何人。花项恭肃低言即吕洞宾。谓曰:重进武人,好事如此,此人有寿,今已有微疾,田微染风痫,某当暂屆少药疗之。田大喜曰:"重进粗人,何销神仙下降?"且曰:"何时至?"花项曰:"此月十五日夜三更必至。吕不欲多见人,望太尉于射亭张设,用好新裀褥,静室燃香,鲜果好酒。"后至五更,重进久患风,折腰艰难。重进方欲责花

343

项虚诞,外报尊师门大开,囊箧般运已尽。重进惭恨,鸣指曰:"无良汉,无良汉!"自是不复信。时有无名人献诗一首以笑之,永兴军人尚能念诵。诗曰:"或作黄金或作银,热人好[二]幸搏尖新。一朝狂惑田重进,半夜扳迎吕洞宾。呆汉出门时引领,黠儿得路已潜身。虽称两个无良汉,笑杀长安万万人。"《洛阳旧闻》

〔一〕"白",原作"老",依明钞本改。

〔二〕"好",清钞本作"奸"。

湖南徐仲雅与李宏皋、刘昭禹齐名,所业百馀卷并行于世。《耕夫谣》一首云:"张绪逞风流,王衍事轻薄。出门逢耕夫,颜色必不乐。肥肤如玉洁,力拗丝不折。半日无耕夫,此辈总饿杀。"《雅言杂载》

周颙处士,洪儒奥学,偶不中第,旅浙西,从事欢饮,惟昧于章程,座中皆戏之,有赠诗曰:"龙津掉尾十年劳,声价当时斗月高。惟有红妆回舞手,似持霜刃向猿猱。"周和曰:"十载文场敢惮劳,宋都回鹢为风高。今朝甘伏花枝笑,任道樽前爱缚猱。"《南唐近事》

庐山道士体貌魁伟,饮酒啖肉,居九天使者庙,有双鹤因风所飘,憩于庙庭。道士惊喜,自谓当赴上天命,令山童控而乘之,羽仪清弱,不胜其载,毛伤骨折而毙。翌日驯养者知,诉于公府。处士陈沆嘲之曰:"啖肉先生欲上升,黄云踏破紫云崩。龙腰鹤背无多力,传语麻姑借大鹏。"《南唐近事》

李山甫诗名冠于当代,过乌江《题项羽庙》云:"为虏为王尽偶然,有何惭见渡江船。平分天下犹嫌少,可要行人赠纸钱?"又《赠宿将》云:"校猎燕山经几春,雕弓白羽不离身。年来马上浑无力,望见飞鸿指似人。"

任谷富有经术,隐居于洛以俟召命。未降蒲轮,乃躬到京访知己，有朝官戏赠曰："云间应讶雁书迟，自到京中探事宜。从此见山须合眼，被山〔一〕相赚已多时。"后至补衮。（《幽闲鼓吹》）

〔一〕"山"，清钞本作"他"。

曹确、杨收、徐商、路岩同秉政，时有诗嘲之曰："确确无馀事，钱财总被收。商人都不管，货赂几时休？"《南部新书》

方干为徐凝所器重，尝有诗云"押得新诗草里论"，反语云"村里老"，所以诮凝。《古今诗话》

贾岛为长江簿，除一少年为代，而不欲赴。张蠙为诗刺之曰："少年为理但公清，鸿渐行中是去程。莫恨长江为短簿，可能胜得贾先生？"《鉴戒录》

晋宋以来，始置员外郎，掌省事，弥重其选，时议以比部郎中，虽品卑而望美。省中诸郎不自员外郎拜者，谓之"土山头"，言不历清资，便拜高品，有似长征兵士便授边远果毅。景云中，赵谦光自彭州司马入为大理正，迁户部郎中，不历员外郎。户部员外郎贺若涉曾戏之曰："员外由来美，郎中望不优。谁知粉省里，翻作土山头？"谦光答曰："锦帐随情设，金炉任意薰。惟愁员外置，不应列星文。"时人以为奇句。《雍洛灵异小录》

临海县渔人张仪于海上见铜莲花跌，送长安北寺，与大兴善寺阿育王金象大小正同。后有异僧云："天竺阿育王象忽失所在，时有僧梦云：'吾出河东，为高理所得。'僧在阿育王寺，故特远来寻理。"引僧入寺，僧故放光，僧云："有圆光，寻之必至。"咸安年间，合浦人董崇之因采珠见海底有异光，取获圆光奏上。晋简文帝使施象上，宛然正同。台上有西域古书，胡僧求那跋摩识之，梵书也。云是阿育王第四女所造。隋文帝〔二〕载入内道场，梁武帝太极殿寺遭火，东明观道士李荣戏咏曰:"道善何曾善,云兴又不兴。如来焚亦尽,唯有一群僧。"识者虽以荣诗为能,亦因减其声。
《闲居诗话》
〔一〕"隋"疑为"简"。

增修诗话总龟卷之三十九

讥诮门下

大中元年,魏扶知礼闱,入贡院题诗曰:"梧桐叶落满庭阴,锁闭朱门试院深。曾是昔年辛苦地,不将今日负前心。"及榜出,为无名子削为五言诗讥之。《南部新书》

先天中,王上客[一]为侍御史,自以才望当在前行,忽除膳部员外郎,微有恨惋,吏部郎中张思咏曰:"有意嫌兵部,专心望考功。谁知脚踜蹬,几落省桥东。"盖膳部在[二]省最东北隅也。

〔一〕"王上客",南图藏明钞本作"王上容",《南部新书》丁作"王主敬"。

〔二〕"在"字依明钞本补。

赵璘仪质幺陋,第名后赴姻礼,傧相以诗嘲之曰:"巡关虽傍樗蒲局,望月还登乞巧楼。第一莫教娇太过,缘人衣带上人头。"又曰:"不知元在鞍桥里,将谓空驮席帽归。"又曰:"火炉床上平躯立,便与夫人作镜台。"

崔立言高退,隐茅山,善谑浪,为诗赠营妓敦庞者曰:"瓦棺寺里逢行迹,华岳山头露掌痕。不须惆怅愁难嫁,待与将书问岳神。"瓦棺寺有大佛迹,岳神大人。又醉中谑浙西[一]廉使曰:"山夫

留意向丹梯,连帅邀来出药畦。常见浙东夸镜水,镜湖元在浙江西。"并同上

〔一〕"西",原作"江",依清钞本改。

《太平广记》言杜牧为宣州幕,有酒妓肥大,牧之赠诗曰:"盘祖当时有远孙,尚令今日逴家门。一车白土将泥脸,十幅红绡补破裈。瓦棺寺里逢行迹,华岳山头〔一〕见掌痕。不须啼哭愁难嫁,待与将书问岳神。"与此同,未知孰是。

〔一〕"头",原作"前",依明钞本改。

张唐卿进士第一人及第,期集于兴国寺,题壁云:"一举首登龙虎榜,十年身到凤凰池。"有人续云:"君看姚晔并梁固,不得朝官未可知。"后果终于京官〔一〕。《笔谈》

〔一〕"终于"二字依南图藏明钞本补。清钞本注"见前诗谶"四字,按已见卷三十四作《古今诗话》。

惠崇诗自负有"河分冈势断,春入烧痕青"。时人或有疑讥其犯古者,嘲之曰:"河分冈势司空曙,春入烧痕刘长卿。不是师兄多〔一〕古句,古人诗句似师兄。"《闲居诗话》

〔一〕"多",明钞本作"偷"。此事已见卷六《古今诗话》中。

元居中作宿守,郡有官妓小苏善歌舞,幼而聪慧,元守甚怜之。一日宴罢,令就座客关彦长求诗。关善诙谐,即当时名公也,得诗云:"昔日闻苏小,今朝见小苏。未知苏小貌,得似小苏无?"由是以此自负,相传以起声,士大夫从此作诗甚众。洎长大,数年间体丰修长,未免尚语此〔一〕。苏子瞻出知湖州,亦来乞诗。苏书与之云:"舞腰窈窕,影摇千尺龙蛇动;歌喉宛转,声散半天风雨寒。"此石曼卿《古松》诗,遂为〔二〕士大夫笑。《泗上录》

〔一〕"此",原作"比",依南图藏明钞本改。若作"比"即属下句。

〔二〕"为"字依明钞本、缪校本补。

曹唐、罗隐同时,才情不殊。罗曰:"唐有鬼诗。"或曰:"何也?"曰:"水底有天春寂寂,人间无路月茫茫。"唐曰:"罗有女子[一]诗。"或曰:"何也?"曰:"若教解语应倾国,任是无情也动人。"此盖罗《牡丹》诗也。卢瓌《抒情》

〔一〕"子"下当脱"障"字。

贾岛狂狷行薄,执政恶之,故不与选。裴晋公于兴化作池亭,岛诗曰:"破却千家作一池,不栽桃李种蔷薇。蔷薇花谢秋风起,荆棘满庭公始知。"人皆恶其不逊。《古今诗话》

胡旦秘监性褊躁,丧明,居襄阳,爱讥郡政。夏英公常师事之。及公贵达,胡尚以青衿视公。公出镇襄阳,时一造焉。一日谓公曰:"读书乎?"曰[一]:"郡事少暇,比只作得一《燕雀诗》。"胡曰:"试举之。"曰:"燕雀纷纷出乱麻,汉江西畔使君家。空堂自恨无金弹,任尔啾啾到日斜。"自尔少戢。

〔一〕"曰"字依明钞本补。

蔡君谟守福唐,会李太伯与陈烈于望海亭,以歌者侑酒,方举板一拍,陈惊怖越席,攀木逾垣而去。李作诗曰:"七闽山水掌中窥,乘兴登临到落晖。谁在画桥沽酒处,几多鸣橹趁潮归。晴来海色依希见,醉后乡心积渐微。山鸟不知红粉乐,一声檀板便惊飞。"盖讥其矫也。

梅圣俞过扬州,宋公序送鹅,作诗谢云:"尝游凤池上,曾食凤池萍。乞与江湖客,从交养素翎。"公序得诗不怪。(并)同前

乾符末,有客寓于广陵开元寺,不为僧所礼,以[一]笔题门而去:"尨龙去东海[二],时日隐西斜。敬文今不在,碎石入流沙。"僧众皆不能详之。独有沙弥能解,众问其由,则"尨"、"龙"去矣,有"合"字;"时"、"日"隐矣,有"寺"字;"敬"、"文"不在,

349

"苟"字也；"碎"，"石"入流沙，"卒"字也。此不逊之言，辱我曹也。众僧大悟。沙弥乃懿皇朝云皓供奉也。〔《桂苑丛谈》〕

〔一〕"以"，原作"一"，依明钞本、缪校本改。

〔二〕"海"字依南图藏明钞本、缪校本补。

《长沙六快诗》，致仕屯田王揆作也。六人谓帅周沆，漕赵良规，宪李硕、刘舜臣，倅朱景阳、许玄。诗略曰："湖外风物奇，长沙信难续。衡峰排古青，湘水湛寒绿。舟楫通大江，车轮会平陆。昔贤官是邦，仁泽流丰沃。今贤官是邦，剀哄人脂肉。怀昔《甘棠》化〔一〕，伤今猛虎毒。然此一郡内，所乐人才六：漕与二宪僚，守连两通属。高堂日暮会，深夜继以烛。帏幕皆绮纨，器皿尽金玉。歌喉若珠累，舞腰如素束。千态与万状，六人欢不足。因成《快活诗》，荐之尧舜目。"馀数联猥不可录。揆与樊太博立里闬交素，俱老于故乡而林泉相依，以二疏自高。谤诗既出，捕樊以胁之。樊义薄无守，悉以游从之事卖之，以求苟免而希赏。狱具谳谤削籍，立以告发加秩，昂然拜命，略无三褫之羞。训词云："为尔交者，不其难乎？"《湘山野录》

〔一〕"化"，原作"花"，依清钞本改。

皇甫松著《醉乡日月》三卷，自叙之云："松，丞相奇章公表甥，然不荐举。"因襄阳大水，遂为《大水变》〔一〕极言诽谤，有"夜入真珠室，朝游玳瑁宫"之句。丞相有爱姬名真珠。〔《摭言》卷十〕

〔一〕"遂为大水"四字依明钞本补。

张曙、崔昭纬，中和间西川同举，相与谒日者问命，时曙自恃才名籍甚，人皆呼为将来状元，崔亦分居其下。无何，日者殊不顾曙，惟目崔曰："将来万全及第。"曙有愠色，曰："郎君亦及第，但崔家郎君拜相，当于此时过堂。"既而曙果以怆恤不终场，昭纬首冠,曙以诗刺之曰:"千里江山陪骥尾,五更风水失龙鳞。昨夜浣沙溪上雨,绿杨芳草为何人!"崔不平之。会夜饮,崔以巨觥饮张,拒之,崔曰:"但吃,待我作宰相,与你取状元。"张拂衣而出,因不叶。后七年,崔自内大廷拜,张于后三榜裴公下及第,果于崔公下过堂。并同上 〔《唐摭言》卷十一〕

崔珏佐大魏公幕,与副车袁充不叶,公俱荐之于朝,崔拜芸阁校仇。纵舟江浒,会有客以丝桐诣公,公善之而迎珏至,公从容为客请一篇。珏方怀拂郁,因而发泄所蓄为诗:"七条弦上五音寒,此艺知音自古难。惟有河南房次律,始终怜得董亭兰。"公不怿,崔大惭恚。〔《摭言》卷十一〕

元微之在浙东时,宾府有薛书记,饮酒醉,因争令,以酒器击伤微之,由是遂去幕,乃作《十离诗》[一]为献。诗云:"驯扰朱门四五年,毛香足净有人怜。无端咬着亲情脚,不得红丝毯上眠。"《犬离家》"越管宣毫始称情,红笺纸上撒花琼。都缘用久锋头尽,不得羲之手里擎。"《笔离手》"云耳红毛浅碧蹄,追风曾到日东西。为惊玉貌郎君坠,不得华轩更一嘶。"《马离厩》"陇西独自一孤身,飞去飞来上锦茵。都缘出语无方便,不得笼中更唤人。"《鹦鹉离笼》"出入朱门未忍抛,有人常爱[二]语咬咬。衔泥秽污珊瑚簟,不得梁间更全巢。"《燕离巢》"皎洁圆明内外通,清光似照水晶宫。都缘一点瑕相污,不得终宵在掌中。"《珠离掌》"戏跃莲池四五秋,常摇朱尾弄轮钩。无端摆断芙蓉朵,不得清波更一游。"《鱼离池》"爪利如锋眼似铃,平原捉兔趁高晴。无端窜向青云外,不得而今臂[三]上擎。"《鹰离鞲》"蓊郁新栽四五行,常将贞节负秋霜。为缘春笋钻墙出,不得垂阴覆玉堂。"《竹离亭》"铸泻黄金鉴始开,初生三五月徘徊。为遭无限尘蒙污,不得华堂上玉台。"《鉴离台》元公诗曰:"马上同携今日杯,湖边还拂去年梅。

年年只是人空老，处处何曾花不开。歌咏每添诗酒兴，醉酣还命管弦来。樽前百事皆依旧，点检唯无薛秀才。"《摭言》《鉴戒录》有薛涛上连帅《犬离家》、《鱼离池》、《鹦鹉离笼》、《竹离丛》、《珠离掌》五诗。谓薛书记，不知孰是。〔四〕

〔一〕"诗"字依明钞本补。

〔二〕"爱"，原作"变"，依缪校本改。

〔三〕"臂"，原作"手"，依明钞本改。

〔四〕"孰"下原有"事"字，依明钞本删。

赵昌言为枢密副使，时陈仪与董俨俱为三司盐铁副使，胡旦知制诰院，尽同年生，俱少年，为一时之俊。梁颢又尝与同幕。五人者旦夕会饮于枢第，茶觞壶矢，未尝虚日。每乘醉，夜方归。金吾吏逐夜候马首声喏。仪以醉鞭指其吏曰："金吾不惜夜，玉漏莫相催。"都人谚云："陈三更，董半夜。"《玉壶清话》

张文潜尝作《齐安行》，词甚不美，末云："最愁三伏热如甑，北客十人九人病。百年坐死回〔一〕中州，千金莫作齐安游。"而潘邠老，黄人也，为作解嘲云："为邦虽陋勿雌黄，我曾侍立苏公旁。见公颜色不憔悴，不似贾谊来江湘。它州虽粗胜吾州，无此两公相继游。"《王直方诗话》

〔一〕"回"，明钞本作"向"。

王令逢原，广陵人，既见知于舒王，声誉赫然，时附丽之徒望风伺候，守牧冠盖日满其门，进誉献谄，初不及文字间也。逢原厌之，大署其门云："纷纷闾巷士，看我复何为？来即令我烦，去即我不思。"意有知耻者，而干谒不衰。

东坡号思聪诗为《水镜集》，又作序赠之云："聪能为水镜，以一含万，则书与诗当益奇。吾将观焉，以为聪得道深之候。"及聪来京师，种种不进，有人戏之云："水镜年来亦太昏。"

张文潜作《大旱诗》云："天边赵盾益可畏,水底武侯方醉眠。"时人以为几于"汤烊右军"也。并同上

晋刘道真遭乱,于河侧牵船,见一老妪摇橹,道真嘲之曰："女子何不调机弄杼,因甚旁河摇橹?"答曰："丈夫不跨马挥鞭,因甚旁河牵船?"又尝与人草中同盘共饮,见一妪将两小儿过,并着青衣,嘲之曰："青羊引双羔。"妇人曰："两猪共一槽。"道真〔一〕无以对。《因话录》

〔一〕"真"字依明钞本补。

唐宋国公瑀不解射,九月九日赐射,瑀箭俱不着垛,一无所获。欧阳询咏之曰："急风吹缓箭,弱手驭强弓。欲高翻复下,应西还又东。十回俱着地,两度并擎空。借问谁为此,只应是宋公。"萧瑀封宋国公。后帝见此诗,谓瑀曰："此乃四十字章疏也。"由是与询有隙。〔一〕《太平广记》

〔一〕"后"起二十二字依南图藏明钞本补。

东皋子王绩字无功,有《杜康庙碑》、《醉乡记》,备言酒德。广陵人刘虚白擢进士第,嗜酒,有诗云："知道醉乡无户税,任他荒却下丹田。"世之嗜酒者,苟为仲尼之徒,得无〔一〕为诰戒乎?《北梦琐言》

〔一〕"无"字依明钞本补。

李度,显德中举进士,攻诗,有"醉轻浮世事,老重故乡人"之句,人多诵之。王朴为枢密,以此一联荐于申文炳知举,遂擢为第三,人或〔一〕嘲曰："主司只选一联诗。"《玉壶清话》

〔一〕"或"字依清钞本补。

寇文公〔一〕尝与张洎同省,一日作《庭雀诗》讥洎曰："少年挟弹多狂逸,不用金丸用蜡丸。"盖讥洎顷在江南重围中而与〔二〕李煜草诏内于蜡丸中追上江救兵之事也。洎不免强颜附之,后

353

稍亲昵。同上

〔一〕"文",南图藏明钞本作"莱"。

〔二〕"与"字依明钞本补。

龚彦和谪化州,持不杀戒,日夜礼佛,对客虮虱满衣领,不恤也。邹志完嘲曰:"衣领从教虱子缘,夜深拜得席儿穿。道乡活计君知否,饥即须餐困即眠。"《冷斋夜话》

崔日用为御史中丞赐紫。是时佩鱼须有特恩,内宴,中宗命群臣撰词,曰:"台中鼠子直须谙,信足跳梁上壁龛。倚翻灯脂污张五,还来嚼带报韩三。莫浪语,其王相。大家必若赐金龟,卖却猫儿相报上。"中宗命以金鱼赐之。《本事诗》

秦韬玉,京兆人,父为左千牛将军〔一〕。韬玉有词藻,工长短歌,有《公子行》曰:"阶前莎绿毯不卷,银龟喷香挽不断。乱花织锦柳捻丝,妆点池台画屏展。主人功业传国初,六亲联络驰朝车。斗鸡走狗家世事,抱来皆佩黄金鱼。却笑儒生把书卷,学得颜回忍饥面。"为田令孜擢用,未几岁至丞郎。《摭言》

〔一〕"千牛"《唐摭言》卷九作"军"字。

陈文亮,闽人。少为浮屠,后入王氏幕下,终遇害。僧文彧有诗赠之曰:"闻学汤休长鬓髭,罢修禅颂不披缁。龙盂虎锡安何处?象简银鱼得几时!宗炳社抛云一榻,李膺门醉酒千卮。莫言谁管你闲事,今日尘中复是谁?"文亮为僧尝为诗云:"谁管你闲事,尘中自有人。"故文彧讥之也。及遇害,文彧复吊之云:"不知冥漠下,今似鹧鸪无?"为文亮尝《代迁客吟鹧鸪诗》云:"毛羽锦生光,江南是你乡。四山声欲合,迁客路犹长。相应隈丛竹,低飞近夕阳。就中泪

罗岸,非细断人肠。"《雅言系述》

　　王禹锡字玄圭,行第十六,与东坡有姻。尝作《贺知县喜雨诗》云:"打叶雨拳随手重,吹凉风口逐人来。"自以为得意。东坡见之曰:"十六郎作诗,怎得如此不入规矩?"禹锡云:"盖是醉中所作。"异日又将一大轴呈坡,坡读之云:"尔复醉耶?"〔《王直方诗话》〕

增修诗话总龟卷之四十

诙谐门上

太宗赐钱思公以下《孝经诗》,令次韵和进。晁文元迥首出四句云:"舍后信标名,风篁自有声。温柔敦厚教,仙果子难生。"思公即便对晁公:"今日须了。"晁大笑:"诸公不晓,今日《孝经诗》稽迟,戏以此督之尔。"四句盖次韵诗迟也。

祥符中,日本国遣使入贡,称国之东有祥光现,其国素传中原天子圣明则此光现。章圣[一]诏本国建寺,赐额曰神光。朝辞日,夷使乞令词臣撰一寺记。是时当制者虽中魁选,然词学不优赡,居常止以张君房代之,盖假其稽古才雅也。既传宣讫撰寺记,时张尚为小官,醉饮樊楼,遣人遍京城寻之不见,而夷人在阁门翘足以候文,中人三促之,紫微大窘。后钱希白、杨大年因玉堂暇日,改《闲忙令》,大年曰:"世上何人最号闲,司谏拂衣归华山。"盖种放得归山时也。希白曰:"世上何人最号忙,紫微失却张君房。"时传此事为雅笑。《湘山野录》

〔一〕"章圣",原作"圣章",依南图藏明钞本乙。

唐制:三班奉职月俸七百驿券,羊肉半斤。祥符中,有人题于驿舍曰:"三班奉职实堪悲,卑贱孤寒即可知。七百料钱消甚

使,半斤羊肉几时肥?"朝廷闻之,谓如此何以责[一]廉,遂议增俸。《古今诗话》

〔一〕"何以"依明钞本、缪校本补,"责"缪校本作"养"。

陈亚少卿,维扬人,善诗什,滑稽尤甚。尝与蔡君谟会于金山僧舍,酒酣,君谟题诗屏间曰:"陈亚有心终是恶。"即索笔对曰:"蔡襄无口便成衰。"少时为杭州於潜令,以利口谑浪,人或厌之。太守马忠肃因其趋府,戒之,陈[一]惧受教。俄有通刺[二]谒者称太祠郎李过庭。公骂曰:"何人家子弟?"亚率尔云:"李趋儿[三]。"马公徐悟之,大笑。《唐宋遗史》

〔一〕"陈",明钞本作"悚"似胜。

〔二〕"刺",原作"栗",依明钞本改。

〔三〕"儿",原作"见",依清钞本改,盖用《论语》"鲤趋而过庭"之谐音也。

陈亚卿著《药名诗》若"风月前湖近[一]前胡,轩窗半夏凉半夏";"棋为腊寒呵子下呵子,衣嫌春瘦缩砂裁缩砂";及《赠祈雨僧诗》云"无雨若还过半夏半夏,和师晒作葫芦巴葫芦巴"之类,最脍炙人口。又曾知祥符县,亲故多干托借车牛,因作诗曰:"地名京界足亲知荆介,托借寻常无歇时蝎。但看车前牛领上车前子,十家皮没五家皮五加皮。"尝言药名用于诗无不可,而斡[二]运曲折使各中理,在人之智耳。或曰:"延胡索可用乎?"曰:"可。"沉思久之,吟曰:"布袍袖里怀漫刺,到处迁延胡索人鳗鲤、延胡索。此可赠游谒措大。"闻者绝倒。与章郇公同年,将用之而为言者所沮,作《生查子》献之曰:"朝廷数擢贤蒴擢,旋占凌霄路凌霄花。自是郁陶[三]人桃仁,险难无夷处芜荑。也知没药疗孤寒没药,食药何须误石药[四]。大幅纸连粘大腹皮,甘草《归田赋》甘草。"又别作《闺情》《生查子》三首:其一曰:"相思意已深相思子、薏苡,白

357

纸书难足白止。字字苦参商苦参,故要檀郎读狼毒。分明寄得约当归当归,远志樱桃熟远志。何事菊花时菊花,犹未回乡曲茴香?"其二曰:"小院雨馀凉禹馀粮,石竹风生砌石竹。罗扇尽从容苁容,半夏纱厨睡半夏。 起来闲坐北亭中北亭,滴尽真珠泪真珠。为念婿辛勤细辛,去折蟾宫桂桂。"其三曰:"浪荡去来来莨菪,踯躅花频换踯躅。可惜石榴裙石榴〔五〕,兰麝香消半麝香。琵琶闲后理相思枇杷、相思,必拨朱弦断筚拨。拟续断朱弦续断,待这冤家看代赭。"又自为亞字谜曰:"若教有口便啞,且要无心为惡。中间全没肚肠,外面任生棱角。"虽一时谐谑之词,寄托亦有深意。又《岁旦示知己》云:"收寒归地底,表老向人间。"〔六〕《与人郊行》云:"马嘶曾到寺,犬吠乍行村。"《送归化宰赴阙》云:"吏辞如贺日,民送似迎时。"《怀旧隐》云:"排联花品曾非僭,爱惜苔钱不是悭。"自成一家体。《青箱杂记》

〔一〕"近",清钞本作"夜"。

〔二〕"斡",原作"乾",依明钞本、缪校本改。

〔三〕"陶",原作"桃",依明钞本改。

〔四〕七字依缪校本补,明钞本作"食蘗何须悟。"

〔五〕"石榴"二字依明钞本补。

〔六〕"收寒"二句,明钞本作:"馀寒归地尽,衰老向谁闲?"

魏仲先、寇莱公游陕郊僧寺,多留题,后同到,见莱公诗已用碧纱笼而仲先诗独尘昏在壁,时有从行官妓颇慧,以红衣袖拂之。仲先徐曰:"若得时将红袖拂,也应胜着碧纱笼。"莱公大笑。〔同前〕

西都应天院去府十里,每朔望,留守帅府官朝拜,未晓而往,时行十里不交谈,有人作诗云:"正梦寐中行十里,不言语处饮三杯。"有人送驴肉,复云:"厅前提到须依法,合内盛来定付

厨。"《春明退朝录》

李涛相国性滑稽,为布衣时往来京洛间,氾水关有僧舍曰不动尊院,院中有僧不出院十馀载。涛每过常谒其院,必省其僧。未几寺焚僧散,涛再过之,但有门扉而已,因题诗曰:"走却坐禅客,移将不动尊。世间颠倒是,八万四千门。"《谈苑》

韩浦、韩洎,晋公滉之后,咸有辞学。浦善声调,洎能为古文。洎尝轻浦,语人曰:"吾兄为文,譬如绳枢草舍,庇风雨而已。予之文是造五凤楼手。"浦性滑稽,窃闻其言,因有亲知遗蜀笺,浦作诗与洎曰:"十样蛮笺出益州,寄来新自浣溪头。老兄得此全无用,助尔添修五凤楼。"同上

内朝晨入庭内错立,至驾欲坐,即御史台知班唱班,欲依班立也。王彦和汾与刘贡父攽同趋朝,王戏刘曰:"内朝日日须呼汝。"刘应声曰:"寒食年年必上公。"〔《诗史》〕

王平甫博学耿介,语言轻肆,人或戏为心风。熙宁中乞郡得湖州。舒王以诗送之曰:"吴兴太守美如何?柳恽诗才不足多。遥想郡人迎下担,白蘋洲〔一〕上起沧波。"讥其风也。平甫知其意,即以"吴兴太守美如何"为破题作诗十首,其一曰:"吴兴太守美如何?太守从来恶祝鮀。生若不为上柱国,死时犹合作阎罗。"舒王闻之曰:"阎王见阙,请便赴任。"〔二〕

〔一〕"洲",原作"江",依明钞本改。
〔二〕明钞本"王"作"罗","请便"作"速请"。

方圭好为恶诗,宋公序知扬州日,圭来谒,宴于平山堂。圭诵诗不已,宋欲它辞已之,顾野外牛就木磨痒,谓坐客胡诙曰:"青牛恃力狂挨木。"诙应声曰:"妖鸟啼春不避人。"宋公大笑。圭悟其意,饮散,至客次欲奋拳击诙,众救而免。并同上

刘子仪三入玉堂望大用,颇不怿,作诗云:"蟠桃三窃成何

味,上尽鳌山迹转孤。"移疾不出。朝士问疾,刘云:"虚热上攻。"石文定在坐云:"只消一服清凉散。"谓两府方得凉伞。〔《侯鲭录》〕

王君贶送牡丹与永叔,答诗云:"最好花常最后开。"盖君贶同时辈皆入两府,永叔以最后戏之也。王得诗不喜,对来价掷之。永叔谓人曰:"好花不开也。"君贶闻之愈怒。《诗史》

李芸居于泗上,一日纳姬,友人钟公寄诗曰:"昨暮闲行泗水壖[一],绿杨堤上睹云軿。知君买得千金笑,只用何曾两日钱。"盖芸以二万钱置此姬也。[二]《诗史》

〔一〕"壖"字原空,依明钞本、缪校本补。南图藏明钞本作"端"。

〔二〕"盖"起十字依明钞本、缪校本补。

范希文以大理寺丞监西溪盐场。西溪素多蚊蚋,希文作诗曰:"饱去樱桃重,饥来柳絮轻。但知求旦暮,休更问前程。"〔《冷斋夜话》卷五〕

冯瀛王性仁厚,家有一池,每得鱼放池中。其子监丞每窃钓之,瀛王闻之不悦,于是高其墙垣,钥其门户,作一诗书其门曰:"高却垣墙钥却门,监丞从此罢垂纶。池中鱼鳖应相贺,从此方知有主人。"

吴善长郎中仪状魁伟,颇类富丞相,文学之誉则无焉。有轻薄子赠之诗曰:"文章却似呼延赞,风貌还同富相公。"国初有武臣呼延赞好吟恶诗,故云。〔《倦游杂录》〕

熙宁中,章子厚察访湖北,因以兵收辰溪之南江诸蛮,时有吴僧愿成亦在军中,自称察访大师,每出则乘大马以挝剑拥从呵殿而行。随兵官李资入洞,资为蛮人所杀,成亦被缚,既而放归,犹扬扬自得。诗僧文莹嘲之曰:"童头浮屠浙东客,传呼避道长沙[一]陌。宝挝青盖官仪雄,新赐袈裟椹犹黑。察车后乘从驱挈,庸夫无谋动蛮穴。暗滩夜被猿猱擒,缚入新溪哭残月。牂牁畏佛不敢烹,脱身腥窟存馀生。放师回目〔二〕不自愧,反以意气湘南行。我闻辛有适伊川,变戎预谶《麟经》编。《暌》车载鬼吁可怪,宜入《熙宁志怪篇》。"

〔一〕"沙",原作"以",依清钞本改。

〔二〕"回",清钞本作"面"。

京师优人以杂细物数十种布于地,使人暗记物色,然后遣沐猴认之。每沐猴得之,优人即曰:"道着也马留。"留盖优人呼沐猴之名。熙宁庚戌春,市井之人见举子往往亦以马留目之。其年状元叶祖洽赴宴于池上,有下第进士寄诗曰:"着甚来由去赏春,也应有意惜芳辰。马蹄莫踏乱花碎,留与愁人作醉茵。"紬而绎之,乃是"着也马留"四字,盖四句各取上一字。〔《倦游杂录》〕

郑君平性滑稽,及第后,有人以诗来镬钱,君平以诗答曰:"五贯九百五十俸,省钱请来足甚用。还债还负亦无馀,买酒买肉何曾梦!妻儿终日只愁饥,婢仆过冬犹受冻。更有不识事闲人,献诗献启觅甚瓮!"〔《笔谈》〕

张献图主簿,颍人,善嘲谑,以老榜得班行,寄书于家人曰:"汝作鸾孤,我为奉职,不忝矣。"又讥州县官之贪污者云:"棒头旧血添新血,箧里黄金压白金。"《古今诗话》

王丞相好嘲谑,初执政,对客怅然曰:"投老欲依僧。"再三言之。客应之曰:"急则抱佛脚。"丞相善之,复曰:"投老欲依僧是古人一句诗。"客曰〔一〕:"急则抱佛脚亦是俗谚全句。上去头,下去脚,岂不〔二〕是的对?"丞相大笑。〔《中山诗话》〕

〔一〕"曰"字依缪校本补。

〔二〕"不"字依明钞本补。

秘书省东即右〔一〕威尉营,荒芜摧毁,其大厅逼校正院,南对御史台。有人嘲之曰:"门缘御史塞,厅为校书侵。"〔《南部新书》甲〕

〔一〕"右",原作"石",据《南部新书》甲校改。

宋中道有俊才而身短小,人多戏之。苏子美与中道年相悬,然甚爱其才调,中道〔一〕亦倾心,作诗论交。子美长大魁伟,与中道并立,下视曰:"交不着。"此京师市井语也。号中道为宋锥,为其颖利而幺麽云,赠之诗曰:"譬如利锥末,所到物已破。"后中道通判洺州,洺州本赵地,有毛遂墓,圣俞作诗送行,举锥处囊事,亦所以戏之也。〔《中山诗话》〕

〔一〕"中"字依明钞本、缪校本补。

太宗时,进士同年有数人名似姓者,或有取以为诗云:"郭郑郑东东野络,马张张夏夏侯璘。"熙宁中有"崔度崔公度,王韶王子韶",皆的对也。又有章君陈、陈君章二人未有似者。唐东方虬欲为西门豹作对,亦当时好事者为此对耳。给事中马子山,穆王八骏有山子马,王丞相云:"马子山骑山子马。"莫有对者,相传久之。有姓钱人为衡水令罢归,或取以为对云:"钱衡水盗水衡钱。"钱闻之变色,或者对云:"吾正欲作对耳,非有实也。"《古今诗话》

咸通中,以举子衣车服侈异,下令不许乘马。时场中不下千人,皆跨长耳。或嘲之曰:"今年敕下尽骑驴,短帽长鞭满九衢。清瘦儿郎犹自可,就中愁杀郑昌图。"郑昌图魁伟,故有此句。〔《摭言》卷十二〕

开元中,宰相苏味道、张昌龄皆有诗名,暇日相会,互相嘲谑,昌龄曰:"某诗所不及相公者,为无银花合。"盖苏《元夕诗》有"火树银花合"之句也。味道曰:"某诗所以不及相公者,为无

今同丁。"盖张《赠张昌宗诗》有"昔日浮丘伯,今同丁令威"之句也。遂相对抚掌而笑。〔《本事诗》〕

武后朝,左司郎中张元一滑稽,时西戎犯边,武后欲武氏立功因行爵赏,命武懿宗统兵平之。寇未入境,懿宗才逾邠,畏懦而遁。懿宗陋短,元一嘲之曰:"长弓与短箭,蜀马临高踹。去贼七百里,隈墙独自战。忽然逢着贼,骑猪向南遁。"〔一〕天后闻之未晓,曰:"懿宗无马耶,何故骑猪?"元一解曰:"骑猪,夹豕也。"天后大笑。〔《本事诗》〕

〔一〕"遁",原作"迊",依明钞本改,缪校本作"窜"。

总章二年兴善寺火,塑象焚尽,道士李宗嘲之曰:"道善何曾善,言兴又不兴。如来烧亦尽,惟有一群僧。"〔一〕

〔一〕钞本见三十八卷《闲居诗话》,详。

文潞公常言:潞中有一士人,忧制中游处,坐中有人嘲,辄尝自云:"有年光德一王伸,恋酒贪歌不厌贫。三年得替归朝去,赢得髭须白似银。"其不羁检也如此。特好事,人有善,必优礼待之。僧乾康金仙皆以能诗登门。士儒阎羽卿通《尚书》、《春秋》,邓潜有词学,每接见则款〔一〕语忘倦,议者以此称之。《零陵总记》

〔一〕"款",原作"疑",依缪校本改。

雪峰悦禅师与兴化铣公友善。既老,迎送不已,悦戒曰:"公不袖手山林,尚忍垢乎?"铣一日送官堕马损臂,悦作偈戏云:"大悲菩萨有千手,大丈夫儿谁不有!兴化和尚折一支,犹有九百九十九。"〔《冷斋夜话》卷七〕

南华恭长老同嗣大愚少丛林,有书叙法乳,悦作偈曰:"与师瓶锡寄江湖,共忆当年在大愚。堪笑堪悲无限事,甜瓜生得苦葫芦。"〔《冷斋夜话》卷七〕

东坡宿曹溪，读《传灯录》，灯花堕卷上烧一僧字，以笔记于窗曰："曹溪夜岑寂[一]，灯下读《传灯》。不觉灯花落，茶毗一个僧。"〔《冷斋夜话》卷十〕

〔一〕此句原作"曹溪岑寂寞"，依明钞本改。

  王平甫俊逸，貌陋而黑肥，尝与余同官于洛下，谓余曰："子可作诗赠我。"余因戏之云："飞卿昔号温钟馗，思道通脱还魁肥。江淹善谈笔五色，庾信能文腰十围。只知外貌文采饰，谁料满腹真珠玑？相逢酒侣洛阳社，不管淋漓身上衣。"平甫由是不悦。《青箱杂记》

  文潞公初登第，以大理评事知榆次县。新鞔衙鼓来至，公戏书其上曰："置向谯楼一任挝，挝多挝少不知他。如今幸有黄绸被，拿出头来放早衙。"《诗史》

  赵叔平宅在旧东门里，后致政归睢阳，更为客邸，时谓之无比店。李君锡保釐西京时，驰马市中，有人新创酒楼，君锡过其下，悦其壮丽，名有巴。时人对曰："梁苑叔平无比店，洛阳君锡有巴楼。"《倦游录》

  欧阳景洗马素有轻薄名。一日，金銮长老乞书索米于玉泉长老。景授书，至玉泉开封，乃一绝云："金銮乃觅玉泉书[一]，金玉相逢价倍殊。到了不干藤蔓事，葫芦自去缠葫芦。"相视发笑而已。〔《倦游杂录》〕

〔一〕"书"，原作"言"，据《宋朝事实类苑》卷六十三校改。

  胡秘监旦自知制院落职为襄州通判，时谢学士泌知州事，常因过厅饮酒。胡面色发赤，谢戏曰："舍人面色如衫色。"胡应声曰："学士心头似幞头。"胡时衣绯。〔《倦游录》〕

  张涛自京东漕降通判太平州。葛元初授提举银铜坑冶，取涛脚色，欲发荐章。赠一绝云："提司坑冶是新差，职

比催纲胜一阶。若发荐章须脚色,下官踪迹转沉埋。"《倦游录》

曹琰郎中,滑稽之雄者。因食落一牙,作诗曰:"昨朝饭里有粗砂,打落翁翁一个牙。为报妻儿莫惆怅,见存犹可食浑家。"〔《倦游录》〕

杜祁公寓居华阴。有士巩汉卿明俊有才,常与之谈宴。因见鸭没池中,祁公曰:"鸭没池中。"巩即曰:"蝉鸣树上。"〔《倦游录》〕

木馒头,京师亦有之,谓之无花果,状类小梨,中虚[一]色微红,味颇甘酸,食之发瘴。岭外尤多,州郡待客取以为高饤。故人有诗云"公筵多饤木馒头"。或谓岭外诸郡刻木馒头状,底刻字云:"大中祥符年造到五十只。"谈者之过也。〔《倦游杂录》〕

〔一〕"中虚",《宋朝事实类苑》卷六十作"中空,既熟"。

增修诗话总龟卷之四十一　戊集

诙谐门下

兵部李内相涛,唐宗室子,自河阳令一举状登科,小字社翁,每于班行〔一〕中多自名焉,其坦率如此。翰林月给内酝,兵部尝因春社寄翰林一绝云:"社翁今日没心情,为乏治〔二〕聋酒一瓶。恼乱玉堂将欲遍,依希循到第三厅。"其笔札遒丽,自成一家之妙。俗传社日酒治耳聋,故有是句。〔三〕〔《古今诗话》〕

〔一〕"行"字依明钞本补。

〔二〕"治",原作"逃",依明钞本改。

〔三〕"其"下二十三字依南图藏明钞本补。

颜师古解霍去病"穿域蹋鞠"云:以皮为之,实以毛,蹴踏为戏也。颜时鞠乃如此,至后唐已不同。归氏子弟嘲皮日休曰:"八片尖斜砌作球,火灰挦了水中揉。一包闲气如常在,惹踢招拳卒未休。"

仁宗朝试《山海天地之藏赋》,长沙进士陈说同进士出身,谒乡人胥偃内翰,因举其赋。胥曰:"赋颇佳,但其间贴故事少耳。"说归作诗曰:"紫宸较艺集英聪,作赋方知尚欠功。事内少它些子铁,殿前赢得一堆铜。黄绸被下夫人暖,青琐窗中学士空。寄语交朋须细认,主司头脑太冬烘。"

卢延逊五举方登第,尝作诗云:"狐冲官道过,犬刺客门开。"租庸张相每诵之。又曰:"饿猫临鼠穴,馋犬舐鱼砧。"成中令激赏之。又曰:"栗爆烧毡破,猫跳触鼎翻。"王忠懿[一]爱之。卢尝谓人曰:"平生投谒公卿,不意得猫儿狗子力也。"

〔一〕"忠",原作"中",依明钞本改。

梅圣俞与谢氏世姻。师直小字锦衣奴,圣俞作诗戏之曰:"古锦裁诗句,班衣戏坐隅。木奴今正熟,肯效陆郎无?"师直方十岁,读诗而悟。

石曼卿登第,有人讼科场,覆考落者数人,曼卿在焉。方兴国寺期集,符至,追所赐敕牒,馀人皆泣而起,独曼卿解靴还使人,露体戴幞头,笑语终席。次日放黜者例受三班借职,曼卿作诗曰:"无才且作三班借,请俸争如录事参。从此免称乡贡进,且须走马东西南。"并同上

王梵志诗曰:"城外土馒头,馅草在城里。每[一]人吃一个,莫嫌没滋味。"且[二]为馅草,当使谁食之?为易其后两句云:"预先着酒浇,图教有滋味。"《东坡诗话》

〔一〕"每",原作"无",依清钞本改。

〔二〕"且"上当有"己"字,清钞本"且"作"但"。

冯衮牧苏州日,多纵饮博,因大胜,以所得均与座客,吟云:"八尺台盘照面新,千金一掷斗精神。合是赌时须赌物,不堪回首乞闲人。"《雅言杂载》

李绅相镇广陵,有少年甚疏简,来谒。晤对间言,白尚书先寄元相公诗云:"闷劝迂辛酒,闲吟短李诗。"且曰:"辛大性迂嗜酒丘度,李二十短而能诗绅。"少年,即丘度子也。谓李公曰:"小子每忆白廿二丈[一]诗曰:'闷劝平昔[二]酒,闲吟廿丈诗。'"李

曰："辛大有此狂儿，吾敢[三]不存旧乎？"《云溪友议》

〔一〕"廿"，原作"共"，依清钞本改。

〔二〕"昔"，原作"惜"，依明钞本改。

〔三〕"敢"字依清钞本缪校本补。

崔涯、张祜为一时狂友，好嘲谑，尝戏赠营妓曰："虽得苏方木，犹贪玳瑁皮。怀胎十个月，生下昆仑儿。"又曰："布袍披袄火烧毡，纸补筝篌麻接弦。更有一双皮履子，纥梯纥榻出门前。"又嘲李端端云："黄昏不语不知行，鼻似烟囱[一]耳似铛。犹把象牙梳插鬓，昆仑山上月初生。"端端得此诗而惭，遂往见二子，再拜请曰："端端祇候三郎六郎[二]，伏望哀怜。"乃重为一绝云："觅得[三]骅骝备绣鞍，善和坊里取端端。扬州近日浑成错，一朵能行白牡丹。"前嘲乃解。又尝为杂嘲曰[四]："二年不到宋家东，阿母深居僻巷中。含泪向人羞不语，琵琶弦断倚屏风。""日暮追来香阁中，百年心事一朝同。寒鸡鼓翼纱窗外，已觉恩情逐晓风。"又悼人诗云："赤板桥西小竹篱，插花还似去年时。淡黄衫子都无了，肠断丁香画雀儿。"

〔一〕"囱"，原作"窗"，依明钞本改。

〔二〕"惭"字起至"六郎"，原作"因出遇二子于道，再拜曰"，依南图藏明钞本改补。

〔三〕"觅得"，原作"不见"，依明钞本改。

〔四〕"曰"上原有"之"字，依清钞本删。

曹州酒纠云娘瘦瘠而善歌，李宣古嘲之曰："何事实堪悲，云娘只首奇。瘦拳抛令急，长嘴出歌迟。只怕肩侵鬓，唯愁骨透皮。不须当户立，头上有钟馗。"

复州凌岩梦《桂州筵上赠胡子女诗》云："自道风流不可扳，那堪蹙额更颓颜。眼睛深似湘江水，鼻孔高于华岳山。舞态岂

能安掌上,歌声应不绕梁间。孟阳死后今千载,犹有家人觅往还。"并同上

杨叔宝,强人也。尝为荆门幕,时虎伤人,杨就虎穴磨巨崖大刻《戒虎文》如韩文公《遣鳄鱼文》。其略曰:"呜呼尔彪,出境潜游。"改官于郁州,以书托知军赵定打《虎文》数本,书言岭俗庸犷,欲以化之,仍有诗曰:"日将先圣《诗》《书》教,暂作文翁守郁林。"守遣人打碑,次日本耆申:磨崖树下大虫咬杀打碑匠二人。荆门止以耆状报叔宝。《湘山野录》

薛逢晚年厄于宦途,策羸赴朝。值新进士缀行而出,时进士团所由数十人,见逢行李萧然,前道曰:"回避新郎君。"逢鞭然,即遣价语之曰:"报道莫贫相,阿婆三五少年时,也曾东涂西抹来。"《摭言》

许孟容进士及第学究登科,时人嘲之曰:"锦袄子上着蓑衣。"

张处士祜《柘枝诗》曰:"鸳鸯钿带抛何处,孔雀罗衫属阿谁?"乐天呼为问头诗。祜矛盾之曰:"鄙薄问头之诮,所不敢辞,然明公亦有《目连变》,《长恨歌》云:'上穷碧落下黄泉,两处茫茫都不见。'岂不是《目连变》耶?"并同上

王中令既平蜀,捕馀寇与伍队相远,饥甚,乃入一村寺中。僧醉甚箕踞,公怒欲斩之,僧应对不慑。公奇而释之,问求蔬食。云:"有肉无蔬。"公益奇之。馈以蒸豚头,食之甚美,公喜问僧:"止能饮酒食肉耶?为有它伎耶?"僧自言能诗,公令赋《蒸豚诗,操笔立成,诗云:"嘴长毛短浅含膘,久向山中食药苗。蒸处已将蕉叶裹,熟时更用杏浆浇。红鲜雅称金盘贮,软熟真堪玉箸挑。若把膻根来代并,膻根只合吃藤条。"公大喜,与紫衣师号〔一〕。乃蜀中诗僧。《百斛明珠》〔《冷斋夜话》卷二〕

〔一〕"公"下原有"内"字，依南图藏明钞本、缪校本删，"师号"二字依上两本补。《仇池笔记》卷下同。

韩玉汝治秦州尚严，去官，人语云："宁逢暴虎，莫逢韩玉汝。"孙临滑稽，尤善对。或问曰："莫逢韩玉汝当以何对？"临应声曰："可怕李金吾。"天下以为口实。"可怕李金吾"，乃杜诗全句。〔一〕同前

〔一〕十字依南图藏明钞本补。《仇池笔记》卷上无"天下"起十六字。

石介作《三豪诗》略云：曼卿豪于诗，永叔豪于文，杜默师雄豪于歌。永叔亦谓默云："赠之三豪篇〔一〕，而我滥一名。"默之歌少见于世，初不知之，后闻其篇云："学海波中老龙，夫子门前大虫。"皆此等语，甚矣，介之无识也。永叔不为嘲诮之者，此公恶争名且为介讳也。吾观杜默豪气，正是京东学究饮私酒，食〔二〕瘴死牛肉，醉饱后而发之者也。作诗之狂至于卢仝、马异极矣。若更求奇，便作杜默也。〔《仇池笔记》卷上〕

〔一〕"篇"字据《仇池笔记》卷上校补。

〔二〕"食"字据《仇池笔记》卷上校补。

幼时，里人程建用、杨咨、家弟子由会草舍，天雨，联句六言，程曰："庭松偃盖如醉。"杨曰："夏雨新凉似秋。"轼云："有客高吟拥鼻。"子由云："无人共吃馒头。"皆绝倒，已四十馀年矣。〔一〕同上

〔一〕"矣"字依南图藏明钞本补。不见于《志林》及《仇池笔记》。

聂宗义，建隆初为学官，河洛之师儒也，赵韩王尝拜之〔一〕。郭忠恕使酒咏其姓玩之曰："近贵全为聩，扳龙即是聋。虽然三个耳，其奈不成聪。"宗义应声答曰："勿笑有三耳，全胜畜二心。"忠恕大惭。《云溪友议》〔《玉壶清话》卷二〕

〔一〕"王"，原作"玉"，依南图藏明钞本改。"之"，原作"云"，据《玉

壶清话》卷二改。

赵成伯家宴,造之无由,辄欲效颦,而酒已尽,入夜不欲烦扰,戏作小诗求数酌而已。诗曰:"道士令严难继和,僧御帽小却空回。隔篱不欲邻公饮,抱瓮惟防吏部来。"

赵成伯家有姝丽,仆忝乡人,不肯开樽,徒吟春雪,谨依元韵以当一笑云:"绣帘朱户未曾开,谁见杨花落镜台。试问高吟三十韵,何如低唱两三杯?莫嫌衰鬓聊相映,须得纤腰妙共回。知道文君共青琐,梁园赋客敢言才?"俗云,检验雪压秀才,衣带上有《雪诗》三十韵。又世传陶穀学士买得党太尉家故妓,过定陶,取雪水烹团茶,谓妓曰:"党太尉应不识此。"妓曰:"彼粗人,安有此景?但能以销金暖帐下浅斟低唱吃羊羔儿酒尔。"穀愧其言。答来句罪过之义,取贷而已。《玉局遗文》

仆少好种松,过泗上,与杜子师出山中,子师求予种松法,欲之都梁山中,戏作二绝云:"露宿泥行草棘中,十年春雨养髯龙。如今尺五城南杜,欲问东坡学种松〔一〕。""君方扫雪收松子,我已开榛得伏苓。为问何如插杨柳,明年飞絮落浮萍?"同上

〔一〕"尺五",原作"五尺",据《诗集》校改。"问"字依缪校本补。

元丰中,晁无咎诗极有声,无己以诗戏之曰:"闻道新文能入样,相州红缬鄂州花。"盖是时方尚相州缬鄂州花也。晁尧民子损之云。《王直方诗话》

刘讽参军宿山驿,月明有女子数自屋后来,命酌庭中,歌曰:"明月清风,良宵会同。星河易翻,欢娱不终。绿樽翠杓,为君斟酌。今夕不饮,何时欢乐?"此《广记》所载诗也。山谷曰:"当是鬼中曹子建所作。"东坡亦以为然。又有一篇云:"玉户金釭,愿侍君王。邯郸宫中,金石丝簧。郑女卫姬,左右成行。纨绮缤纷,翠眉红妆。王欢转盼,为王歌舞。愿得君欢,长无灾苦。"苏

公以为"邯郸宫中,金石丝簧",此两句不唯人少能作,而知之者亦极难得耳。皆醉中为余书此。张文潜见坡谷论说鬼诗,忽曰:"旧时鬼作人语,如今人作鬼语。"二公大笑。

高愈主簿云:"东坡云,世间事勿笑为易,惟读王祈大夫诗不笑为难。祈尝谓东坡云:有《竹诗》两句最为得意,曰:'叶垂千口剑,干耸万条枪。'坡云:'好则极好,则是十条竹竿一个叶儿也。'"

以道云:"初见东坡词云:'素面常嫌粉涴,洗妆不退唇红。'便知此老须过海。"余问:"何耶?"以道曰:"只为古今人不曾道到此,须罚教远去。"

吴贺迪吉者,抚州人,一日载酒来余家,并召刘夷季、洪龟父、饶次守辈。酒酣颇纷纷,龟父先归,作一绝题于余书室曰:"再为城南游,百花已狂飞。更堪逢恶客,骑马风中归。"次守既醒,作十七字和云:"当时为举首,满意望龙飞。而今已报罢,且归。"盖龟父是年自洪州首荐,自今上初即位无廷试也。

山谷既饭素,在馆中时多食东华门碗脱蒸饼。后徙[一]黔南,王定国寄之以诗云:"北海未常尊有酒,冯驩何止食无鱼。黔州碗脱无蒸饼,自合官称削校书。"

〔一〕"徙",原作"从",依清钞本改。

张文潜在一时中人物最为魁伟,故陈无己有诗云:"张侯魁然腹如鼓,雷为饥声酒为雨。"又云:"要瘦君则肥。"山谷云:"六月火云蒸肉山。"又云:"虽肥如瓠壶。"而文潜卧病,秦少游又和其诗云:"平时带十围,颇复减臂环。"皆戏语也。

刘季孙景文公,顷年王安石使对"念兹在兹,释兹在兹,名言兹在兹。"季孙对之以"揭谛揭谛,波罗揭谛,波罗僧揭谛"。安石大笑。并同上往岁江行阻风,沿岸野步,望云岭而去,忽有兰若甚多,僧院睹客来皆扃门不纳。独有一院,大敞其户,见一僧翘足而眠,以手书空,顾客不介意。窃思曰:"书空有换鹅之能,翘足类坦腹之事。此必奇僧。"直入造之,僧虽强起,全不乐客。客不得已而问:"先达有诗曰:'书空翘足睡,路险侧身行。'和尚其庶几乎?"僧曰:"贫道不知许事,适画房门振匙样。"客不辞而去。《桂苑丛谈》

梁周翰在太宗朝为馆职,真宗即位,乃除知制诰。柳开赠诗曰:"九重城阙新天子,万卷诗书老舍人。"梁与朱昂、杨大年同在禁掖,大年年未满三十,而两公皆老,数见慢侮,不能堪。即好谓大年曰:"公毋侮我,此老亦将留与公耳。"朱闻之,背面摇手腋下谓梁曰:"莫与他。"〔一〕大年之没不及五十也。《闲居诗话》

〔一〕"下",原作"不",依清钞本缪校本改。"曰"、"他"二字依缪校本补。

晋郝隆为蛮府参军,三月三日作诗曰:"娵隅跃清池。"桓温问娵隅为〔一〕何物。答曰:"蛮名鱼为娵隅。"桓曰:"何为作蛮语?"隆曰:"千里投公,始得一蛮府参军,那得不作蛮语!"《世说》

〔一〕"娵隅为"三字依明钞本补。

卢家有子弟,年暮而犹为校书郎,晚娶崔氏女。崔有词翰,结缡之后,微有嫌色。卢因请诗以述怀为戏。崔立成曰:"不怨檀郎年纪大,不怨檀郎官职卑。自恨妾身生较晚,不见卢郎年少时。"《南部新书》

李建勋镇临川日,九江帅周宗以〔一〕书求日近器用仪注,或阙,欲辍临川者。李乘醉批一绝句云:"偶罢阿衡来典郡,固无闲物可应官。凭官为报周公道,莫作循州刺史看。"《南唐近事》

〔一〕"以",原作"一",依清钞本改。

373

李巽字仲权，累举不第，乡人侮曰："李秀才应举，空去空回。不知甚时席帽得离身？"巽亦不校。登第后，乃遗乡人诗曰："当年踪迹困泥尘，不意乘时亦化鳞。为报乡间亲戚道，如今席帽已离身。"盖因国初犹袭唐，士子皆曳袍重戴，出则席帽自随。《青箱杂记》

梅圣俞《河豚诗》曰："春洲生荻芽，春岸飞杨花。河豚于此时，贵不数鱼虾。"刘原甫戏曰："郑都官有《鹧鸪诗》谓之郑鹧鸪，圣俞有《河豚诗》当呼为梅河豚也。"《古今诗话》

《云台集》有郑谷《鹧鸪》全篇云："暖戏烟芜锦翼齐，品流应得近山鸡。雨昏青草湖边过，花落黄陵庙里啼。游子每闻征袖湿，佳人才唱翠眉低。相呼相唤湘江阔〔一〕，苦竹丛深春日西。"同上

〔一〕"阔"，明钞本作"曲"。

郑毅夫榜，明州人周师厚以名极低，只压得陈传一名，自赋诗曰："举眼不堪观郑獬，回头犹喜得陈传。"朱定国《诗话》

唐僧法轨形容短小，开讲于寺，与李荣议论，往来数番，僧旧作一诗咏李荣，于高坐上诵之云："姓李应须礼，名荣又不荣。"李应声曰："身长三尺半，头毛犹未生。"四坐伏其辩捷。《启颜录》

经生多不省文章。尝一邑有两人同官，其一或举杜荀鹤诗称赞"也应无处避征徭"之句。其一难之曰："此诗失矣，野鹰何尝有征徭乎？"举诗者解曰："古人有言，岂有失也？必是当年科取翎毛耳。"《贡父诗话》

颍州张龙图尝见州牒押字多团下拽一画。有人云："押字有如〔一〕蒸饼样。"张应声曰："为官怜似面糊团。"有同人自言近年云："须鬓恰如骢马色。"张曰："文章依旧草驴鸣。"《雍洛灵异记》

〔一〕"有如",原作"如有",依明钞本乙。

包贺多为鄙俗之句,至于"枯竹笋抽青橛子,石榴树挂小〔一〕瓶儿"。又云:"雾是山巾子,船为水鞹鞋。"又云:"棹摇船掠鬓,风动水搥胸。"虽好事者托以成之,亦空穴来风之意。

〔一〕"小",清钞本作"绿"。

王伸知永州,为人耽于酒色,其宴乐往往自早至暮不之止,忧制素冠,有素患六指者嘲之云:"鸳鸯未老头先白。"〔一〕应声曰:"螃蟹才生足便多。"时人以为名对。

〔一〕"止"起二十一字,原作"云鸳鸯未老头先白。嘲者素患六损忧制者"十七字,依清钞本改。

崔橹酒后于虔州陆郎中坐上甚狂,以诗谢之曰:"醉时颠蹶醒时羞,曲糵催人不自由。叵耐一双穷相眼,不堪花卉在前头。"

闽人黄通累举不第,后该恩历官数任,年六十犹欲锁厅,或嘲之曰:"剩员主〔一〕武艺,老妓舞《柘枝》。"

〔一〕"主",明钞本作"呈"。

李义府尝作诗曰:"镂月为歌扇,裁云作舞衣。自怜回雪态,好取洛川归。"有枣强尉张怀庆好窃人文章,有诗曰:"生情'镂月为歌扇',出性'裁云作舞衣'。照鉴'自怜回雪态',来时'好取洛川归'。"时人诮之曰:"活剥张昌龄,生吞郭正一。"

宋莒公判馆事,督诸馆职必至,而刁景纯数日不来,莒公使人邀之,加之诮让。王原叔改杜少陵《赠郑广文》诗云:"景纯过官舍,走马不曾下。蓦地称朝归,便遭官长骂。"

"柳州柳太守,种柳柳江边。柳馆依然在,千株柳拂天。"后南中丞至黔南,人嘲之曰:"黔南南太守,南郡在云南。闲向南亭畔,南风变俗谈。"并同上

增修诗话总龟卷之四十二

乐府门

鼓吹部中有拱辰管,即古人之叉手管也。太宗赐今名。边军捷回则连队抗声凯旋,乃古之遗音。其词往往皆市井鄙俚语。沈存中在鄜延时制十数曲,令士卒歌之,云:"先取西山十二州,别分子将到衙头。始看秦塞低如马,渐见黄河直北流。""天威卷地过黄河,万里羌人尽扑歌。莫堰横山倒流水,从教西去作恩波。""马尾胡琴随汉车,曲声犹自怨单于。彤弓莫射云中雁,归雁如今不寄书。""旗队浑如锦绣堆,银装背傀打球回。先教净扫安西路,待向河源饮马来。""灵武西凉不用围,番家总待纳王师。城中半是山西种,犹有当时干吃儿。"《古今诗话》

乾祐中,国乐有米嘉荣、何戡,近有陈不谦,不谦之子意奴。三十年中,绝不闻善唱,盛以拍弹行于世。拍弹起于李可及,懿宗朝有恩泽,曲子《别赵十》、《哭赵十》之名。刘梦得与米嘉荣诗云:"三朝供奉米嘉荣,能变新声作旧声。如今后辈欺前辈,好染髭须学后生。"又《自贬所归京闻何戡歌》云:"二十年来别帝京,重闻天乐不胜情。旧人唯有何戡在,更令殷勤唱《渭城》。"《卢氏杂记》

《搢绅脞说》载《卢氏杂记》曰："歌曲之妙，其来久矣。国乐有米嘉荣、何戡、田顺郎，妇人有永新娘[一]、御史娘、柳青娘、张红娘，皆一时之妙也。近有陈不谦子意奴。三十年来绝不闻善歌者，盛以拍弹行于世。拍弹起于李可及，懿宗恩泽最厚，有《别赵十哭赵十》之名。"又与田顺郎诗曰："清歌不是世间音，玉殿常闻称帝心。惟有顺郎皆学得，玉声尤出九重深。"与御史娘诗曰："天下能歌御史娘，花前月底奉君王。九重深处无人见，独把新声传顺郎。"白公《听田顺歌》曰："戛玉敲冰声未停，嫌云不过入青冥。安得黄金满衫袖，一时抛与断肠声。"〔《卢氏杂说》〕

　　〔一〕"娘"，原作"妇"，依缪校本改。

　　咸通中[一]丞相姑臧公拜端揆日，自梁移镇淮海。郡寡胜游之地，且风亭月观，既以荒凉，于戏马台连玉钩道开创池沼，建亭台既毕，号曰赏心。浙右小校薛阳陶监押度支，运米入城，公喜其姓名，试询之，果是旧人。及问往日芦管之事，因朱崖、陆畅、元、白所撰歌篇一轴，公益喜之。以芦管于兹亭奏之。其管绝微，每一筚篥管中常容三管，声声如天际自然来，大佳之，亦赠一篇，略云："虚心纤质雁衔馀，凤吹龙吟定不如。"赠与甚丰，授其子牢溢倅。[二]〔《桂苑丛谈》〕

　　〔一〕原接上条，依南图藏明钞本、缪校本另行。

　　〔二〕"溢"，《太平广记》卷二〇四作"盆"。清钞本"溢"上无"牢"字。

　　明皇乐工奔迫江潭间，于湘中采访使筵上唱云："红豆生南国，秋来发几枝。赠公多采撷，此物最相思。"又云："清风明月苦相思，荡子从戎[一]十载馀。征人去日殷勤嘱，归雁来时数寄书。"皆摩诘所作也，至今梨园歌焉。坐中皆惨然，时明皇思幸蜀也。《云溪友议》

　　〔一〕"戎"，原作"容"，据《云溪友议》卷中《云中命》校改。

377

《霓裳羽衣曲》，刘禹锡诗云："三乡陌上望仙山，归作《霓裳羽衣曲》。"王建诗曰："听风听水作《霓裳》。"乐天诗注云："开元中西凉府节度使杨钦远造。"郑嵎《津阳门诗》注云："叶法善常引明皇入月宫闻仙乐，及归但记其半，遂以笛写[一]之。会钦远进《波罗门曲》与声调相符，遂以月中所传为散序，钦远所进为腔，号《霓裳羽衣曲》矣。"

〔一〕"写"字依明钞本、缪校本补。

江南大理卿成文幼，精为词曲，尝作《谒金门》云："风乍起，吹皱一池春水。"李璟闻之，召而谓之曰："卿职在典刑，一池春水，干卿何事？"文幼顿首。〔《古今诗话》〕

江南冯延巳善为歌词，晏元献尤善[一]，公所为歌词不减冯也。乐府《木兰花》句都是七言，晏诗云："重头歌咏响璁琤，入破舞腰红乱旋。"重头、入破，皆弦管家语也。〔《中山诗话》〕

〔一〕"尤"字依明钞本补。《中山诗话》作"尤喜江南冯延巳歌词"。"善"当作"喜之"二字。

张子野郎中善歌词，常作《天仙子》云："云破月来花弄影。"士大夫皆称之。子野初谒欧公，迎之坐，语曰："好云破月来花弄影，恨相见之晚也。"有谓张子野曰："人皆谓公为张三中，即心中事，眼中泪，意中人也。"公曰[一]："何不目之为张三影？"客不谕。公曰："云破月来花弄影；娇柔懒起，帘押卷花影；柳径无人，坠风絮无影：此平生得意句也。"

〔一〕"公曰"二字依清钞本补。

林和靖工于诗文，善为词，尝作《点绛唇》云："金谷年年，乱生春色谁为主？馀花落处，满地和烟雨。　又是离歌，一阕长亭暮。王孙去。萋萋无数，南北东西路。"乃草词尔，谓终篇无草字[一]。〔《古今诗话》〕

〔一〕"无",南图藏明钞本作"不出一"三字。"乃"下明钞本有"咏"字。

鼎州沧水驿有《菩萨蛮》云:"平林漠漠烟如织,寒山一带伤心碧。暝色入高楼,有人楼上愁。玉梯空伫立,宿鸟归飞急。何处是归程?长亭更短亭。"曾子宣家有《古风集》,此词乃太白作也。《古今诗话》

古人饮酒,皆以舞相属。至于献寿樽者,往往亦舞。长沙王小〔一〕举袖,云:"国小不足回旋。"唐太宗自起舞属群臣。古人淳质,舞以达欢欣,不必臻妙合度,故人人可为之。张燕公曰:"醉后欢更好,全胜未醉时。动容皆是舞,出语总成诗。"李白诗曰:"要须回舞袖,拂尽五松山。""醉后凉风起,吹人舞袖寒。"今时舞者皆必欲曲尽奇妙,又耻效乐工艺,亦不复如古人常舞矣。〔二〕《贡父诗话》

〔一〕"小",原作"少",据《中山诗话》校改。

〔二〕"皆必"起原作"皆曲捐益尽奇妙,然非有诗,士人不为也"。依明钞本、缪校本改。

《水调》第五遍五言调声最愁苦,故乐天诗曰:"五言一遍最辛勤,调少情多似有因。不会当时翻曲意,此时肠断为何人!"旧说《水调河传》,隋炀帝将幸江都宫时所制。曲成奏之,声韵悲切,炀帝喜之,乐工王令言闻而止之,谓其弟子曰:"不返矣。"后竟如其说。或诘其何知,曰:"《水调》、《河传》但有去声。"《搢绅胜说》

何满子,开元中犯罪系狱中撰此曲。白乐天云:沧州人姓何名满子,鞫狱者愍而为奏之,明皇弗许,竟坐。白乐天曰:"世称何满是人名,临就罪时曲始成。一曲回音并八叠,从头总是断肠声。"《胜说》

商玲珑[一]，馀杭之歌者。白公守郡日与歌曰："罢胡琴，掩瑶瑟，玲珑再拜当歌出。莫为使君不解歌，听唱黄鸡与白日。黄鸡催晓丑前鸣，白日催人酉后[二]没。腰间红绶系未稳，照里朱颜看已失。玲珑玲珑奈老何，使君歌了汝更歌。"元微之在越州闻之，厚币来邀，乐天即时遣去，到越州住月馀，使尽歌所唱之曲，即赏之。后遣之归，作诗送行兼寄乐天曰："休遣玲珑唱我词，我词都是寄君诗。却向江边整回棹，月落潮平是去时。"〔《脞说》〕

〔一〕"商"，原作"高"，依缪校本改。
〔二〕"后"，明钞本作"时"。

秦少游在处州，梦中作长短句曰："山路雨添花，花动一山春色。行到小溪深处，有黄鹂千百。　飞云当面化龙蛇，夭矫转空碧。醉卧古藤阴下，杳不知南北。"后南迁北归，逗留藤州，终于光华亭。时方醉起，以玉盂汲泉欲饮，笑视而化。《冷斋夜话》

《华亭船子和尚偈》曰："千尺丝纶直下垂，一波才动万波随。夜静水寒鱼不食，满船空载月明归。"山谷改成长短句曰："一波才动万波随，蓑笠一钩丝。金鳞正在深处，千尺也须垂。　吞又吐，信还疑，上钩迟。水寒江静，满目青山，载月明归。"

东坡携妓谒大通禅师，大通愠色，坡作长短句曰："师唱谁家曲？宗风有阿谁？借君拍板与门槌，我也逢场作戏莫相疑。　溪女方偷眼，山僧已皱眉。莫嫌弥勒下生迟，不见老婆三五少年时。"僧仲殊和曰："解舞《清平曲》，而今[一]说向谁？红炉片雪上钳搥，打就金毛师子也堪疑。　已信身如梦，何须眼似眉？蟠桃已是结花迟，不向风前一笑待何时？"

〔一〕"今",原作"令",依明钞本改。

余登秋屏阁,浩然有归老之兴,作长短句寄意曰:"城里久偷闲,尘浣云山。此生已是再眠蚕。隔岸有山归去好,万壑千岩。　霜晓更凭栏,减尽晴岚。微云生处是茅庵。试问此行谁作伴?弥勒同龛。"

东坡与少游饮别维扬,作《虞美人》词曰:"波声拍枕长淮晓,隙月窥人小。无情汴水自东流,只载一船离恨向西州。竹阴花圃曾同醉。酒未多于泪。谁教风鉴在尘埃,酝造一场烦恼送人来。"世传贺方回作也。

余与渊材牛渚间见长短句曰:"牛渚天门险,限南北七英豪占。青烟雾敛,与闲人登览。　待月上潮平波滟滟,寒[一]管孤吟新系缆,风满槛,历历数西州更点。"渊材恨不得腔,乃撰其谱,盖贺方回作也。并《冷斋夜话》

〔一〕"寒",明钞本作"塞"。

增修诗话总龟卷之四十三

送别门

　　刘综学士出镇并门，两制馆阁皆以诗饯其行，因进呈。章圣深究诗雅，时方竞尚西昆体，垛裂雕篆，亲以御笔选其平淡者，得八联句云："凤驾都门晓，凉风苑树秋。"晁迥"秋声和暮角，膏雨逐行轩。"李维"置酒军中乐，闻笳塞上情。"钱惟演"关榆渐落边鸿度，劝到刘郎酒十分。"杨亿"塞[一]垣古木含秋色，祖帐行尘起夕阳。"朱巽"汾水泠光摇画戟，蒙山秋色锁层楼。"孙仅"河朔雪深思爱月，并门春暖咏《甘棠》。"王贻永"极目关河高倚汉，顺风雕鹗远凌秋。"刘筠章圣[二]谓综曰："并门，唐时皆将相出领，凡之官，遣从事以题咏作宠其行，多刻诸道宫佛寺，纂集编聚，久不闻有是作也。"后综写为《御选句图》立于晋祠。《古今诗话》

　　〔一〕"塞"，原作"寒"，据《玉壶清话》卷一校改。
　　〔二〕"章圣"，原作"圣章"，据《玉壶清话》卷一校乙。

　　王化基诗送梁助曰："文章换桂一枝秀，清白传家两弟贫。"人多诵之。《谈苑》

　　天祐中，毗陵有慎氏，本儒家女，三史严灌夫娶之。数年无子，因拾其过而出焉。慎氏慨然登舟，留诗一章为别曰："当时

心事已相关,雨散云飞一饷间。便挂孤帆从此去,不堪重过望夫山。"灌夫览而愧,乃留之。《唐宋遗史》

唐如意中有女子七岁能诗。则天命试之,皆应声而就。其兄别之而去,则天令作诗送兄,曰:"别路人[一]初起,离亭叶正飞。所嗟人异雁,不作一行归。"

〔一〕"人"当为"云"。

丞相刘沆与乡人尹鉴少同场屋。丞相既大拜,尹方以恩榜得官,公以诗送还曰:"少年相款老相逢,乡举虽同遇不同。我已位登三事后,公方名列五刑中。荣登莫计名高下,宦达须由善始终。若到乡关人见问,为言归思满秋风。"并同上

内侍裴愈字益之,作诗《送鲁秀才南游》,诗云:"东吴山水家家月,西楚江声浦浦风。"又《闻蝉》云:"杨柳影疏秋霁雨,梧桐叶坠夕阳天。"

唐子方以言事谪宜春监酒,待制李师中作诗赠别曰:"孤忠自许众不与,独立敢言人所难。去国一身轻似叶,高名千古重于山。并游英俊颜何厚,已死奸谀骨尚寒。天意若为宗社计[一],肯教夫子不生还?"《倦游录》

〔一〕清钞本"已"作"未","尚"作"已"。明钞本作"天为吾皇扶社稷"。

徐铉仕宦海州,蒯亮为录事参军,多与往还。未几,亮受代,徐饯之,诗曰:"昔年闻有蒯先生,二十年来道不行。抵掌曾谈天下事,折腰尤忤俗人情。老还上国风光薄,贫里归装结束轻。迁客临流重惆怅,晚风黄叶满孤城。"《诗史》

武元衡罢相出镇西蜀,柳公绰与裴度俱为判官。公绰先度入为吏部郎中,度有诗饯别云:"两人同日事征西,今日公先捧紫泥。"

景祐末,元昊叛,夏郑公出镇长安,梅昌言送诗云:"亚夫金鼓从天落,韩信旌旗背水陈。"是时士大夫诗甚多,郑公独刻昌言诗于石。〔《中山诗话》〕〔一〕

〔一〕已见卷十三,彼处误为"梅圣俞",注出《诗史》。

临川杨智坚嗜学居贫,妻厌其饘藿不足,求离。智坚以诗送之曰:"平生业在负琴诗,头上而今有二丝。渔父尚知溪谷暗,山妻不信出身迟。荆钗任意撩新鬓,鸾镜从他学画眉。今日便同行路客,相逢正是下山时。"妻持诣州,颜鲁公为内使,杖其妻而令嫁。自后莫有弃其夫者。《云溪友议》

崔涯别其妻诗曰:"陇上流泉陇下分,断肠鸣咽不堪闻。姮娥一入宫中去,巫峡千秋空白云。"〔《云溪友议》卷中〕

申国长公主为尼,掖庭随出者二十馀人,诏两禁送至寺赐斋,传旨令各赋诗,惟陈文僖公彭年〔一〕诗尚有记者,云:"尽出花钿散宝津,云鬟齐剪向残春。因惊风烛难留世,遂作莲池不染身。贝叶乍翻疑轴锦,梵音初学误梁尘。从兹艳质成空后,湘浦都无解佩人。"都下好事者以《鹧鸪天》歌之。《湘山野录》

〔一〕"年"上原有"乔"字,径删。

朱昂字举之,扬历清贵二十年,晚为工部侍郎,恳求归荆南,逾年方允。时方剧暑,恩旨曲留,许秋凉始行。吴淑赠行诗云:"汉殿夜凉初阁笔,渚宫秋晚得悬车。"锡宴玉津园中,传旨令赋诗为送。李维承旨云:"清朝纳禄犹强健,白首还家正太平。"陈文惠云:"部吏百衔通爵里,从兵千骑过荆门。"弟协亦同时隐,皆享眉寿,谓之渚宫二疏。并《古今诗话》〔一〕

〔一〕"并"字疑衍。

武公乾常事蒯希逸十馀岁,异常勤干。洎希逸擢第,乾辞归以亲在养父。坚留不住,以诗送之,其略云:"山险不曾离马后,

酒醒长见在床前。"《摭言》

张乖崖在蜀州,有录事参军老病废事。公曰:"胡不归?"明日参军求去,且以诗留别,其略云:"秋光都似宦情薄,山色不如归兴浓。"公惊曰:"同僚有诗人而吾不知。"留而荐之。元祐中老人守颍,有路都曹者以小疾求致仕,老人诵此诗以留之,不可,乃采前人之意作诗送之曰:"淮光酿山色,先作归意浓。恨无乖崖公,一洗芥蒂胸。"《百斛明珠》

张不疑帅鼎,文莹往谒。后帅辰,又谒之,既别,慨然以二诗赠行曰:"忆昔荆门屡过从,当时心已意冥鸿。渚宫禅伯唐齐己,淮甸诗豪宋惠崇。老格疏闲松倚润,清谈潇洒坐生风。使君不见高僧事,莫把名参伎术中。"又云:"碧嶂孤云苒苒归,解携情绪异常[一]时。馀生岁月能多少,此别应难问后期。"《玉壶清话》

〔一〕"常",原作"尝",依明钞本、缪校本改。

狄涣送人游邵云:"春江正渺渺,送别两依依。烟里棹将远,渡头人未归。渔家侵叠浪,岛树挂残晖。况入湖湘路,那堪花乱飞!"《雅言系述》

元丰三年,苏子由谪官筠州,张安道口占一绝送之云:"因嗟萍梗才名客,自叹匏瓜老病身。一榻从兹还倚壁,不知重扫是何人?"已而涕下。东坡云:"安道平生未尝出涕向人。"王崇拯字拯之,与先君同在熙河,先君自熙河入京,相别于中途,送先君云:"渭城杨柳已青青,强驻[一]行人听《渭城》。不问使车归路远,且从樽酒满杯倾。相逢洮塞休兵后,此去秦川[二]照眼明。若立螭头借前箸,且教充国事春耕。"先君诵于吴卿丞相,缘此知名于朝庭。

〔一〕"驻",原作"住",依缪校本改。

385

〔二〕"川",原作"州",依缪校本改。

洪驹父有诗送余赴官河内,末云:"眼中人物东西尽,肺病京华故倦游。"潘邠老每诵而喜之。李希声亦有诗送余云:"散尽平生眼中客,暖风晴日闭门居。"可以相上下也。是时绍圣改元之二月。并《王直方诗话》

李群玉好吹笙,常使家僮吹之;又善急就草,性喜食鹅。及授校书郎东归故里,卢肇送诗云:"妙吹应谐凤,工书定得鹅。"《南部新书》

乾祐三年,宣政殿试贤良方正直言极谏科下一十人登科。其后牛僧孺等四人皆相次拜相。先是白居易在翰林日为考覆官。其后僧孺罢相,出镇扬州,居易在洛中,有诗送曰:"北阙上东京,风光十六程。坐移丞相阁,春入广陵城。红旆拥双节,白髭无一茎。万人周路看,百吏立班迎。阃外君珍重,樽前我亦荣。何须身自得,将相是门生。"《卓异记》

仆去〔一〕钱塘十六年而又来,留二年乃去。平生自觉出处老少相似乐天,虽才名相远,而安分寡求亦庶几焉。二月六日来别南北山,惠净上人以天竺丑石见赠,乃作绝句三首以全乐天之好,曰:"当年衫鬓两青青,强说重临刷别情。衰发只今无可白,故应相对话来生。"其二曰:"出处依稀似乐天,敢将衰朽校前贤。便从洛社休官去,犹有闲居二十年。"其三曰:"在郡依前六百日,山中不记几回来。还将天竺一峰去,欲把云根到处栽。"《纪诗》

〔一〕"去"下原有"岁"字,依明钞本删。

唐节度使薛嵩,有人献小鬟十三岁,左右手俱有纹隐若红线,因号为红线。十九年方辞嵩去,不可留,乃饯别,请坐客冷潮阳作诗曰:"采菱歌罢木兰舟,送客魂消百尺楼。还似洛妃乘雾去，碧云无际水长流。"

江淮间有妓徐月英，作诗送人曰："惆怅人间万事违，两人同去一人归。生憎平望亭前月，忍照鸳鸯相背飞。"

韦相皋昔游江夏，止于姜使君之馆。姜氏子荆宝有小青衣曰玉箫，才十岁，常令侍韦。姜入关，家属不行，韦乃易居头陀寺，荆宝遣玉箫往来，年稍长，乃与韦欢。后为廉使陈常侍发遣归，舟人趣行，乃以书别荆宝，荆宝与玉箫同至，相约曰："远不逾六七年，当取玉箫归。"因留玉箫指环一枚并诗曰："黄雀衔来已数春，别时留解赠佳人。长江不见双鱼至，为遣相思梦入秦。"

李讷尚书夜登越城楼，闻歌曰："雁门山上雁初飞。"其声激切。公召至，乃去籍之妓盛小丛也，梁园供奉南不嫌女甥，所唱者，乃不嫌昔所授也。崔元范自幕府拜侍御史，饯于鉴湖光候亭，命小丛歌饯，坐客各赋诗送之。李尚书曰："绣衣奔命去情多，南国佳人敛翠娥。曾向教坊听国乐，为公重唱盛丛歌。"崔御史曰："羊公留宴岘山亭，洛浦高歌午夜清。独向柏台为老吏[一]，可怜林木响馀声。"杨判官曰："燕赵能歌有几人，落花回雪似含颦。声随御史西归去，谁伴文翁过九春！"彦升曰："莲府才为绿水宾，忽乘骢马入咸秦。为公唱作《西河调》，日暮偏伤去住人。"卢业支使曰："何郎戴豸别贤侯，更吐歌珠宴庾楼。莫道江南不同醉，即陪舟楫上京游。"举子高湘曰："谢安春渚饯名卿，千里仁风一扇清。歌黛惨时方酩酊，不知公子重飞觥。"卢澱处士曰："乌台上客紫髯公，共捧天书静鉴中。桃叶不须歌《白苎》，耶溪日暮起樵风。"崔下句云"独向柏台为老吏"，皆曰："御史即其任也，何老于柏台？"众请改之。崔曰："某但止于此任，宁望九迁乎？"是年秋鞫狱谯中而卒，是终于柏台之任也。并

《古今诗话》

〔一〕"吏",原作"使",据下文径改。

刘梦得《送人下第》诗云:"今此卜行日,高堂应梦归。莫将和氏泪,滴向老莱衣。"又有诗云:"新诗一联出,白发数茎生。"卢璨《抒情》

增修诗话总龟卷之四十四

怨嗟门

王元之精于四六，同时在玉堂而大拜者，元之启贺曰："三神山上，曾陪鹤驾之游；六学士〔一〕中，空有渔翁之叹。"以白乐天尝有诗云："元和六学士，五相一渔翁。"《青箱杂记》

〔一〕"士"，原作"之"，据《宋朝事实类苑》卷四十校改。

怨妇，不知其姓，既笄受币于姨兄马生。父没，继母渝其约，改适母之族兄，老而猥恶，居官纳贿，以罪犯为五羊民掾。舟过英州，庸良醉卧，妇因题三绝于驿亭。初与马绝，马作诗贻妇人曰："急水浮花入乱流，浓云遮月暗西楼。风流忿恨知多少，但看青春已白头。"妇答诗曰："金丸打折鹣禽翼，利刃偏伤连理枝。自古一床无两好，如今方信昔人词。"《题驿亭》曰："情远山云〔一〕归故国，梦随瘴月过梅峰。谁将此骨埋烟陇，寂寞魂游山雾中。"《翰府名谈》

〔一〕"情远山云"，原作"情若分满"，依南图藏明钞本改。

高蟾累举不第，有诗云："月桂数条楂白日，天门几扇锁明时。阳春发处无根蒂，凭仗东风次第吹。"怨而切。又《下第上王司马侍郎》诗云："天上碧桃和露种，日边红杏倚云栽。芙蓉

生在秋江上,独向秋风怨未开。"人颇怜其意。明年李昭知举,遂擢第。《诗史》

王元之以尼道安事谪黄州,盖为卢崖州所潜也。有诗云:"敢向台阶问罪名。"后有以事贬黄州者有诗云:"魏能下面看花衙。"魏能以军功升[一]黄州刺史。同上

〔一〕"升"字依南图藏明钞本补。

陈羽有诗百馀首,《古意》一篇集中所无,其词云:"十三学绣罗衣裳,自怜红袖闻馨香。人言此是嫁时服,含笑不刺双鸳鸯。郎年十九髭未生,拜官天下闻声名。车马骈阗贺门馆,自然不失为公卿。是时妾家犹未贫,兄弟出入双车轮。繁华全盛两相敌,与郎年少为婚姻。郎家居近御沟水,豪门客尽蹑珠履。雕盘酒器常不干,晓入中厨妾先起。姑嫜严肃有规矩,小娘娇侈[一]意难取。朝参暮拜白玉堂,绣衣着尽黄金缕。妾貌渐衰郎渐薄,时时强笑意索寞。知郎本来无岁寒,几回掩泪看花落。妾年四十丝满头,郎未五十封公侯。男儿全盛日忘旧,银床羽帐空飕飗。庭花红遍蝴蝶飞,看郎佩玉下朝时。归来略略不相顾,却令侍婢生光辉。郎恨妇人易衰老,妾亦恨深不忍道。看郎强健能几时,年过六十还枯槁。"《诗史》

〔一〕"侈"字依南图藏明钞本、缪校本补。

陕郊有唐昭宗诗曰:"何处有英雄,迎归大内中。"又曰:"纥干山头冻杀雀,何不飞去生处乐!"读之令人变色。昭宗在河东作《菩萨蛮》云:"登楼遥[一]望秦宫殿,茫茫不见双飞燕。渭水一条流,千山与万丘。 野烟生碧树,陌上行人去。何处有英雄,迎归大内中。"今云诗,未知孰是。

〔一〕"遥",原作"延",依明钞本改。

南唐元宗优待藩邸旧僚。冯延巳自元帅府书记至中书侍

郎，遂相，时论以为非才。江文蔚因其弟延鲁福州亡败，请从退削，乃出抚州，秩满还朝。因赴内宴，进诗曰："青楼阿监应相笑，书记登坛又却回。"

韩偓，天复中车驾幸凤翔，偓以扈从功，反正初，昭宗面许偓为相。偓奏云："运契中兴，宜复用重德镇风俗。"因荐右仆射赵崇。时梁祖在京，驰入请见，具言崇长短，昭宗曰："赵崇是韩偓所荐。"偓时在侧，梁祖叱之三，奏曰："臣不敢与大臣争。"偓寻出闽中。偓有诗曰："手风慵展八行书，眼暗休看九局图。窗里日光飞野马，案头筠管长蒲卢。谋身拙为安蛇足，报国危曾捋虎须。举世可能无默识，未知谁拟试齐竽？"并同上

孙定字至光，涪州大〔一〕戎之族子，长于储。定数举矣，而储方就贡，或访于定，定谑曰："十三仪表堂堂，好个将军，何须以科第为意？"储颇衔之。后储贵达，未尝言定长短。晚年丧志，放意酒杯。景福二年下第游京，西出开远门，醉中作诗曰："行行泣〔二〕血洒尘襟，事逐东流渭水深。私跨蹇驴风尚紧，静投孤店日方沉。一枝犹挂东堂梦，千里空驰北巷心。明月悲歌又前去，满城烟树噪春禽。"〔《摭言》卷十〕

〔一〕"大"，原作"犬"，依清钞本缪校本改。

〔二〕"泣"，原作"沉"，依明钞本、缪校本改。

《玉阶怨》，李词云："玉阶生白露，夜久侵罗袜。却下水晶帘，玲珑望秋月。"

《长相思》，《诗》云："悠悠我思。"又曰："靡日不思。"苏子卿诗云："生当复来归，死当长相思。"

《生别离》，《楚词》曰："悲莫悲于生别离。"《古诗》云："行行重行行，与君生别离。相去万馀里，各在天一涯。"

《怨歌行》，李白亦有此作。一云《长安见内人出嫁，令予代

为怨歌行》，其词曰："十五入汉宫，花颜笑春红。君王选玉色，侍寝金屏中。荐枕娇夕[一]月，卷衣恋春风。宁知赵飞燕，夺宠恨无穷！沉忧能伤人，绿鬓成霜蓬。一朝不得意，世事徒为空。鹔鹴换美酒，群衣罢雕笼。临寒不忍言，为君奏丝桐。肠断声已绝，悲心夜忡忡。"

〔一〕"夕"，原作"多"，依明钞本改。

《独不见》，李白云："白马谁家子，黄尘边塞儿。天山三丈雪，岂是远行时。春蕙忽秋草，莎鸡鸣曲池。风催寒梭响，月入霜闺悲。忆与君别年，种桃齐娥眉。桃今百馀尺，花落成枯枝。终然独不见，流泪空自知。"

《白头吟》，相如将聘茂陵女为妻，文君作《白头吟》以自绝，相如乃止。故李白辞云："头上玉燕钗，是妾嫁时物。赠君表相思，罗袖幸时拂。莫卷龙须席，从他生网丝。且留琥珀枕，还有梦来时。"此最为警策。

《藁砧》[一]，"藁砧今何在"，藁砧，砆也，问夫何处。"山上复有山"，重山为出字，言夫已出。"何当大刀头"，刀头有环，问何当来还。"破镜飞上天"，言月半当来也。

〔一〕"砧"下明钞本、缪校本并有"古诗"二字。

《七哀诗》，曹子建作[一]。释诗者谓病而哀、义而哀、感而哀、悲而哀、耳目闻见而哀、口叹而哀、鼻酸而哀也。

〔一〕"作"字依南图藏明钞本、缪校本补。

《巴东三峡歌》，三峡[一]七百里，两岸连山，略无阙处。重岩叠嶂，隐蔽天日，自非亭午夜分，不见日月。其《渔父歌》曰："巴东三峡巫峡长，猿啼声苦泪沾裳。"

〔一〕"峡"上原有"山"字，依明钞本删。

《别鹤操》，高陵牧子作也。娶妻五年而无子，父兄为之改娶；妻闻之，中夜起倚户而悲啸，牧子闻之，怆然而歌曰："将乖比翼隔天端，山川悠远路漫漫。揽衣不寝食不餐。"后人因为乐章焉。并见《乐府集》

刘子仪与夏英公同在翰林，子仪素为先达，章献临朝，子仪主文在贡院，闻英公为枢密副使，意颇不平，作《堠子诗》曰："空呈厚貌临官道，更有人从捷径过。"《闲居诗话》

周总，福州人，天禧二年，因事游京师，值诏下奔乡荐不及，有故人在谯郡守官，遂往投之，倚为拔解之地，而国家申严条约，不许寄籍。郡有司吏周吉者，颇殖涯产，总遂拜为父，吉欣然纳之，齿于诸子，三代名讳亦从而更焉。或人问吉，则对以此子当年与母氏俱斥，近始归。总亦以是对。秋预荐，未几达于乡，父乃驰诗一绝寄之，遂不敢南归，因此惭恨而卒。诗曰："文章不及林洪范，德行全亏李坦然。若拜他人为父母，直须焚却《蓼莪》篇。"

名族重京官而轻外任，故杨汝士建节后诗云："抛却弓刀上砌台，上方楼殿倚云开。山僧见我衣裳窄，知道新从战地来。"又云："如今老去骑官马，羞向关中道姓杨。"〔《南部新书》乙〕

杨行敏出使，驿骑到剑州，郡将轻忽，慊恨尤甚，题诗于冬青馆云："驽骀嘶叫知无定，骐骥低垂自有心。山上高松溪畔竹，清风才动是知音。"又云："杜鹃花里杜鹃啼，浅紫深红更傍溪。迟日霁光搜客思，晓来山路恨如迷。"《南部新书》

张又新郎中与杨虔州友善，杨妻李氏，即郦相之女，有德无色，杨未尝介意。张尝语杨曰："我少年擅美名，不复仕宦，惟得美室，平生足矣。"既成婚，殊失所望，乃作《牡丹诗》云："牡丹一朵直千金，将为从来色最深。今日满园开似雪，一生辜负看花心。"

唐女真蕙兰有才思，咸通中为李亿补阙侍婢，爱衰后隶咸宜观为女道士，有怨李诗曰："易求无价宝，难买有情郎。"又有云："蕙兰消歇归春圃，杨柳东西绊客舟。"

杨氏[一]为宋齐丘闭于泰州永宁宫，有诗曰："江南江北旧家乡，六十年来梦一场。吴苑楼台皆冷落，广陵宫阙亦凄凉。云凝远岫愁千片，雨打孤舟泪两行。兄弟四人三百口，不堪端坐更思量。"《江南野录》谓此是李煜所作，未知孰是。　并《古今诗话》

〔一〕原连上则，依南图藏明钞本、缪校本提行。

戴衢久不第，尝夜吟曰："扰扰东西南北情，何人于此悟浮生。还缘无月春风夜，暂得独闻流水声。"又云："坐落千门日，吟残午夜灯。"卢瓌《抒情》

郑还古为河中从事，为同院所诽谤，贬吉州掾，道中为《望思台》诗云："谗语能令骨肉离，奸情难测事堪悲。何因掘得江充骨，捣作微尘祭望思。"又云："吉州新置掾，驰驿到条山。薏苡殊非谤，羊肠未是艰。自惭多白发，争敢竞朱颜！苦有前生债，今朝不愫还。"同上

卢群玉落托江湖不第，纵情诗酒。有诗曰："酒泻银瓶到底清，夜深丝竹凤凰鸣。红妆醉起一花落，更引春风无限情。"又《投卢尚书》诗曰："无力不任为走役，有文安敢滞清平。从来若把耕桑定，免恃雕虫误此生。"《南部新书》

李山甫咸通中不第，后流落河朔为乐彦祯从事。尝有怨执政诗云[一]："劝君不用夸头角，梦里输赢总未知。"《南部新书》丁

〔一〕五字原作"薄怨执政曰"，依明钞本改。

有[一]郎中自瓜州宣事回，进合欢水果一器，炀帝以一双令小黄门驰赐绛仙，马急摇解，绛仙拜赐泫然，因附红笺小简进诗

云:"驿骑传双果,君王宠念深。宁知辞帝里,无复合欢心。"炀帝省之不悦,顾黄门,黄门惧,拜而言,意乃解。〔《隋遗录》〕

〔一〕"有"字依南图藏明钞本、缪校本补。

张安道举进士,再失意,而作歌曰:"休休,归去休。清风钓艇,明月酒楼。公不见寇相丁相,雷州崖州。休休,归去休。"景祐元年中茂才异等,后又中贤良方正。朱定国《续归田录》

杜牧舍人罢任浙西郡,道中有诗曰:"镜中丝鬓悲来惯,衣上尘痕拂渐难。惆怅江湖钓竿手,却遮西日向长安。"与杜甫齐名,时号大小杜。《郡阁雅谈》

唐文宗大和九年诛王涯郑注。后仇士良秉权,或登临游幸,往往独语,左右莫敢进问,因题诗曰:"辇路生秋草,上林花满枝。凭高何限意,无复侍臣知。"《古今诗话》

淮南有一士人高氏,尝作一绝云:"杨花日日常无定,海燕年年却有归。一瞬青春疾如电,等闲看尽缕金衣。"〔一〕

〔一〕自此以下六条明钞本在"韩偓"条后"孙定"条前。"韩偓"条注"《诗史》",疑亦出《诗史》。

刘宾不得预郡守宴,献诗云:"江上楼高十二梯,梯梯登遍与云齐。人从别浦经年去,天向平芜尽眼低。寒色不堪长黯黯,秋光无奈更凄凄。栏干曲尽愁无尽,水正东流日正西。"《倦游录》

宋之问,天后时求为北门学士,后不许。乃作《明河篇》以自见云:"明河可望不可亲,愿得乘槎一问津。更将织女檐机石,还访成都卖卜人。"天后闻之,谓崔融曰:"吾非不知之问,以其有口过耳。"之问有口齿疾故也。《古今诗话》

张祜,长庆中为令狐文公所知。公镇太平日,表荐以诗

395

三百首献于朝。祜至京,属元稹偃仰内庭,上因召问祜之词藻上下,稹对曰:"张祜雕虫小巧,壮[一]夫不为。若奖激太过,恐变陛下风教。"上颔之,由是寂寞而归。祜以诗自悼曰:"贺知章口徒劳说,孟浩然身更不疑。"同前
〔一〕"壮",钞本作"达",依缪校本改。

　　李延璧善为小诗,内子猜忌尤甚。尝以达州倅饮燕不归,内子欲刃之,李咏《愁诗》云:"到来难遣去难留,着骨粘心万事休。潘岳恨丝生鬓里,婕妤悲色上眉头。长途计尽空骑马,远雁声归独倚楼。更有相思不相见,酒醒灯背月如钩。"《唐贤抒情》

　　会昌四年,王起奏五人杨知至、源重、郑林、杨严、窦缄,令再送试杂文,翰林重声价。续奉旨,杨严与第,馀四人落下。时杨知至以长句呈同年曰:"由来梁燕与冥鸿,不合翩翩向碧空。寒谷谩劳邹氏律,长天独遇宋都风。此时泣玉情虽异,他日衔环事亦同。二月春光已摇荡,无能得醉杏园中。"《摭言》

增修诗话总龟卷之四十五

伤悼门

雷有终自平蜀后,人为立祠。又尝以私财犒士,贫不能足,贷钱以给,比捐馆舍时尚欠三万缗,章圣特出内帑钱偿之。故魏仲先悼有终诗曰:"圣代贤臣丧,何人不惨颜!新祠民祭祀,旧债帝填还。卤簿尘侵暗,铭旌泪洒斑。功名谁可继,敕葬向家山!"《青箱杂记》

杜子美自蜀走湘楚,卒于耒阳,时人谓以牛炙白酒胀饮而死,则非也。僧绍员诗曰:"贤人失志古来有,牛炙因伤是也无?"耒阳宰诗曰:"诗名天宝大,骨葬耒阳空。"耒阳有子美坟,时人谓聂令空堆土〔一〕也。唐人诗曰:"一夜耒江雨,百年工部坟。"《摭遗》

〔一〕"土",原作"士",依明钞本、缪校本改。

北虏多有文籍,亦以文雅相尚。王矩为工部郎中,本燕人,为虏将耶律忘其名书记〔一〕,常从其出入。耶律兄及其兄之子太平兴国中战没于大郡。后耶律经旧战处览其遗迹作诗,矩记其两句云:"父子尽从蛇阵没,弟兄空望雁门悲。"《谈苑》

〔一〕五字原作"志其名堂书记",依明钞本、缪校本"志"改"忘",删

"堂"字,依清钞本三字旁注。

徐寅,兴化军莆田人,以秘书省正字归老乡里。既死,节度使王延宾以诗哭之曰:"延寿溪头叹逝波,古今人事半销磨。昔除正字今何在?所谓人生能几何!"延寿溪,寅所居也。《诗史》

李远体物缘情,皆尽臻妙,尝有《赠筝妓伍卿》诗云:"轻轻没后更无筝,玉腕红纱到伍卿。坐客满筵都不语,一行哀雁十三声。"《咏鸳鸯》云:"鸳鸯离别伤,人意似鸳鸯,试取鸳鸯看,多应寸断[一]肠。"故人卢尚书哭李诗云:"昨日舟还浙水湄,今朝丹旐欲何为!才收北浦一竿钓,未了西斋半局棋。洛下已传平子赋,临川争写谢公诗。不堪旧里经行处,风木萧萧[二]邻笛悲。"《郡阁雅谈》

〔一〕"断"字依明钞本补。

〔二〕"萧萧",原作"潇潇",依明钞本改。

江邻几善为诗,清淡有古风。苏子美坐进奏院事谪官,后死吴中,江作诗云:"郡邸狱冤谁与辨,皋桥客死世同悲。"用事甚精。尝有古诗云:"五十践衰境,加[一]我在明年。"论者谓人莫不用事,能令事如己出,天然浑厚,乃可言诗。江天资淳雅,喜饮酒鼓琴围棋。人以酒召之,未尝不醉。已醉眠,人强起饮之,亦不辞也。或不能归,即宿人家,商度风韵,陶靖节之比云。江尝通判庐州,有酒官善琴,以坐局[二]不得出,江旦旦就之,郡中沙门道士及里亩能棋者数人呼与同往。郡人见之习熟,因画为图,前列驺导[三],一人骑马青盖,其后沙门、道士、褐衣数人,葛巾芒履,累累相寻,意思萧散。惜时无名手,此画不足传后。何减嵇阮也!《唐贤抒情》〔《中山诗话》〕

〔一〕"加",原作"如",依缪校本改。

〔二〕"局"原空,清钞本作"罪",据《中山诗话》校补。

〔三〕"驺导",原作"趋道",依明钞本、缪校本改。

窦巩工为绝句,尝从军,有《别家》诗云:"自笑儒生着战袍,书斋壁上挂弓刀。如今便是征人妇,好织《回文》寄窦韬。"又《悼妓东东》一篇云:"芳菲美艳不禁风,未到春残已坠红。惟有侧轮车上铎,耳边长似叫东东。"卢瓌《抒情》

令狐楚《宫人斜》诗云:"唯应四仲祭,使者暂悲嗟。"又《白时诗序》云:自刑部员外郎出,得累历方镇,携挈随逐。又有《茨菰花》、《芹花》诗,亦唐贤所罕咏者。《杂志》

李郢尝与贾岛、僧无可游。岛没长江,僧亦返初,郢感叹题曰:"却到京师事事伤,惠林归寂贾生亡。何人收得文章箧,独我来经苔藓房。一命未沾为逐客,万缘初尽别空王。萧萧竹坞斜阳在,叶覆空阶雪拥墙。"同前 《杂谈》

孟郊卒,韩吏部作志,谥曰贞曜先生,贾岛哭之,诗曰:"身没声名在,多应万古传。寡妻无子息,破宅带林泉。冢近登山道,诗随过海船。故人相吊处,斜日下寒天。"《摭言》

"荒凉城南奉先寺,后宫美人棺葬此。角楼相望高起坟,草间柏下多石人。秩卑焚骨不作冢,青石浮屠唱丘垄。家家坟上作享亭,朱门相向无人声。树头土枭作人语,月黑风悲鬼摇树。宫中养女作子孙,年年犊车来作主。废后陵园官道侧,家破无人扫陵域。官家岁给半千钱,街头买饼作寒食。"此张文潜《题奉先寺》诗。晁以道尝与江子之言文潜近来诗不甚〔一〕好,子之因诵此诗以对。以道云:"莫不是文潜诗否?"

〔一〕"甚",原作"堪",依明钞本改。

洪驹父有《过李公择尚书墓》一篇,其间云:"鹿场兔径白昼静,稻垄松竹青嶂深。"说者以为大逼老杜。

邢居实字惇夫,年少豪迈,所与游皆一时名士。方年十四五时，尝作《明妃引》，末句云："安得壮士霍嫖姚，缚取呼韩作编户？"诸公多称之。既卒，余收什其残章，编成一集，号曰《呻吟》[一]。惇夫自少便多憔悴感慨之意，其作《秋怀》云："高歌感人心，心悲将奈何！"其作《枣阳道中诗》云："有意问山仙，此生更来否？"已而果卒于汉东。惇夫之卒也，山谷以诗哭之云："诗到年来更老成，江山为助笔纵横。眼看白骨埋黄土，何况人间父子情？"盖惇夫与其父歆向也。蔡天启亦有诗云："人物于今叹渺然，孤坟宿草已生烟。日暮行人道旁会[二]，应逢年少共谈玄。"其馀作者甚众，皆载于《呻吟集》后。

〔一〕"呻吟"二字原缺，据明钞本补。

〔二〕"会"，南图藏明钞本作"舍"，按此条亦见本书《后集》卷三十五，正作"舍"，"仙"作"神"，"骨"作"璧"，"年来"作"随州"。

邵尧夫之弟名睦者，无疾而化。前此有《重九诗》云："拟问东篱事，东篱事渺茫。"后果殡于东篱之下。故尧夫哭之云："自兹明月清风夜，萧索东篱看断肠。"又云："肠断[一]东篱何所寻，东篱从此事沉沉。"

〔一〕"肠断"，原作"断肠"，据《击壤集》校乙。

余于一杂编中见有《书邮亭事》，既不晓其谁作，但观其诗有足哀者，故载之于此，其末云周仲美，不知何许人。自言世居京师，父游宦，家于成都，既而适李氏子，侍舅姑宦泗上，从良人赴金陵幕。偶因事弃官入华山，有长住[一]之意。仲美即寄身合淝外祖家，方求归未得，会舅遽调任长沙，不免共载而南。云水茫茫，去国益远，形影相吊，洒[二]涕何言，因书所怀于壁。诗曰："爱妾不爱子，为问此何理。弃官更弃妻，人情宁可已？永诀泗之滨，遗言空在耳。三载无朝昏，孤帏泪如洗。妇人义从夫，一节誓生死。江乡感残春，肠断晚烟起。西望太华峰，不知几千

里！"并《王直方诗话》

〔一〕"住"，清钞本作"往"。

〔二〕"洒"，明钞本作"泣"。

梅圣俞至宁陵寄余诗云："独护慈母丧，泪与河水流。河水冬有竭，泪泉常在眸。"彦献持国讥其作诗太早，余应之以《蓼莪》及傅咸《赠王何二侍郎》诗。《杂志》

刘洞，不知何许人。江南国破后题池州一亭云："千里长江唯渡马，十年养士得何人。"《诗史》〔一〕

〔一〕按诗已见前卷二十四，较此为详。

白乐天去世，人以诗吊之曰："缀玉联珠六十年，谁教冥路作诗仙。浮云不系名居易，造化无为字乐天。童子解吟《长恨》曲，胡儿能唱《琵琶》篇。文章已满行人耳，一度思卿一怆然。"〔《唐摭言》卷十五〕

韩文公少年受萧存吏部知赏，及自袁州回，入为〔一〕国子祭酒，道经江州，因游庐山，过吏部山居，知诸子凋零，惟二女在焉。作诗曰："中郎有女能传业，伯道无儿可保家。今日庐山过旧隐，空将衰泪对烟霞。"〔《因话录》卷三〕

〔一〕"为"字据明钞本补。

张祜性酷好太湖石，三吴太守多以赠遗之〔一〕。故陆鲁望以诗哭之曰："一林石笋散豪家。"〔《陈辅之诗话》〕

〔一〕"遗之"，原作"之遗"，依明钞本乙。

顾况字逋翁，暮年有一子，字非熊，忽暴亡，况哀悼不胜，乃作诗曰："老人丧爱子，日暮泪成血。老人年七十，不作多时别。"非熊冥间闻之，以情告冥官，冥官闵之，却令生于况家。三岁，能言冥间闻父苦吟求再生事历历然。长成应举擢第。〔《北梦琐言》卷八〕

401

卢延逊《哭李郢端公》诗曰："军门半掩槐花宅,每过犹闻哭临声。北固暴亡兼在路,东都权葬未归茔。渐穷老仆慵看马,着惨佳人暗理筝。诗侣酒徒消散尽,一场春梦越王城。"

刘梦得《虎丘山见元微之二年过题名怆然有感》云："沪水送君君不还,见君题字虎丘山。因知早贵兼才子,不得多时在世间。"又《有所嗟二首》云："庚令楼中初见时,武昌春色似腰肢。相逢相识空如梦,为雨为云今不知。""鄂渚蒙蒙烟雨微,女郎魂逐暮云归。只应长在汉阳渡,化作鸳鸯一只飞。"

石守道为国子监直讲,天下呼为徂徕先生。作《庆历圣德颂》,大为时所忌。会徐贼孔直温叛,搜其家有介书,坐贬而卒。时疑其诈死,欲剖棺验之。近臣言介实死得免。永叔以诗哭之曰:"埋犹不信死,终免断〔一〕其棺。"杨章安云章安或为章亦:"谁道盖棺人事定,是非犹及土中身。"〔《魏公别录》〕

〔一〕"断",缪校本作"斫",是。

刘梦得《伤友人亡姬》诗曰:"见学琵琶见艺成,今来追想倍伤情。捻弦花下呈新曲,放拨灯前谢改名。大抵好花终易落,从来尤物不长生。兰台夜直衣衾冷,云雨无因入禁城。"

刘得仁出入屋场三十年,卒无所成而逝。僧栖白〔一〕以诗吊之曰:"忍〔二〕苦为诗来到此,冰魂雪魄已难招。直教桂子落坟上,生得一枝冤始消。"〔《唐摭言》卷十〕

〔一〕"栖",原作"西",依明钞本改。

〔二〕"忍",原作"忽",依《唐摭言》卷十改。

张祎侍郎有爱姬早亡,念之不已。犹子为右补阙,因其入朝未归,为《浣溪沙》词置于几上曰:"枕帐薰炉隔绣帏,二年终日两相思。好风明月尔应知。　　天上人间何处去,旧欢新梦觉来时。黄昏微雨画屏垂。"祎见曰:"此必阿灰词。"阿灰,补阙小

字也。〔《北梦琐言》卷八〕

　　钱熙，泉南才士也。曾作《四夷来王赋》献，太宗爱其才。又尝撰《三酌酸文》[一]，世称精绝，后亦不达而故。乡人李庆孙以诗吊之曰："《四夷》妙赋无人继，《三酌酸文》举世传。"[二]〔《玉壶清话》卷七〕

　　[一]"酌"《玉壶清话》作"钓"。《宋朝事实类苑》亦然。
　　[二]原有"诗话"二字，据清钞本删，缪校本作小字旁注。

　　唐武宗有才人孟氏，尝对武宗泣下，作《何满子》而卒。张祜作诗云："偶因清唱咏歌频，奏入深宫十二春。却为一声《何满子》，下泉须吊孟才人。"《剧谈录》

　　秦国公主薨，神考赐挽词曰："海阔三山路，香轮定不归。帐深闲翡翠，佩冷失珠玑。明月留歌扇，残霞散舞衣。都门送车反，宿草自春菲。""晓发城西道，灵车望更遥。春风寒鲁馆，明月断秦箫。尘入罗衣暗，香随玉篆消。芳魂无北渚，那复可为招？"又曰："庆自天源发，恩从国爱深。歌钟虽在馆，桃李不成春。水折空还沁，楼高亦隔秦。区区会稽市，无复献珠人。"《冷斋夜话》

　　僖宗幸蜀，拾遗孟昭门上疏切直，蹈于非罪。时狄常侍归蜀，以诗悼之曰："一何罪死一何名，独向湘江吊屈平。从此蜀川春夜月，杜鹃啼作两般声。"卢瓌《抒情》

增修诗话总龟卷之四十六

隐逸门

　　章圣遣使召魏野。仲先闻使至，留诗一联于壁而遽去，云："洗砚鱼吞墨，烹茶鹤避烟。"〔一〕使还，以壁间诗对，章圣曰："野不求仕矣。"遂不召。《古今诗话》

　　〔一〕明钞本引魏野全诗："达人轻禄位，居处傍林泉。洗砚鱼吞墨，烹茶鹤避烟。闲唯歌圣代，老不恨流年。静想闲来者，还应我最偏。"

　　内侍孙可久赋性淡薄，年逾五十，即乞致仕。都下居第堂北有小园，城南有圃，每以小车载酒，优游自适。石曼卿尝过其居赠诗曰："南北占河润，幽深在禁城。叠山资远意，辞俸买闲名。闭户断蛛网，折花移鸟声。谁人识高意，朝野石渠生。"柳咏诗曰："孙侯幽隐直城东，草木扶疏一亩宫。曾珥貂珰为近侍，却纡绦褐作闲翁。高吟拥鼻诗怀壮，雅论盱衡〔一〕道气充。厌尽繁华天上乐，始将踪迹学冥鸿。"《青箱杂记》

　　〔一〕"盱"字原作墨钉，据《稗海》本《青箱杂记》卷十校补。"柳咏"作"柳永"。

　　刘素字仲华，好学不事科举，颇通迁固寿晔之书。尝有人贻之诗曰："不甘五等诸侯荐，直肯〔一〕九重天子知。"然卒不及仕。

《江南野录》

〔一〕"肯",缪校本作"欲"。

方干处士号缺唇先生,有司以唇缺不可与科名,遂隐居鉴湖。作《闲居》诗曰:"寒山压镜心,此处是家林。梁燕欺春醉,岩猿学夜吟。云连平地起,月向白波沉。犹自闻钟角,栖身可在深!"又曰:"世人如不容,我自纵天慵。落叶凭风扫,秋粳任水舂。花朝连郭雾,雪夜隔湖钟。身在能无事,头宜白此峰。"又《感怀》云:"事业不得力,至今犹苦吟。吟成五字句,用破一生心。世路屈声满,云溪冤气深。前贤多晚达,莫怕〔一〕鬓霜侵。"

《鉴戒录》

〔一〕"怕",明钞本作"恨"。

隐士张楚居洛阳平康之南,与李卫公别第为邻,山水奇秀。楚风韵高洁,卫公当轴,荐为左拾遗,不起。后出镇,过平康往访之,楚避于山谷。卫公叹恨久之,题其门曰:"昔日趣黄诏,余惭在凤池。今来招隐士,恨不见琼枝。"《诗史》

张齐贤相公,司空致仕归洛,康宁福寿,得晋公午桥庄,凿渠通流,栽花植竹,日与故旧乘小车携觞游钓,榜于门曰:"老夫已毁裂冠冕,或公绂垂访,不敢迎见。"尝以诗戏故人云:"午桥今得晋公庐,水竹烟花兴有馀。师亮白头心已足,四登两府九尚书。"慕唐李大亮为人,故字师亮。同前

康定间,益州书生张俞,尝献书朝廷,天下由是知其名,然不喜仕进,隐于青城山白云溪。时枢密田况守成都,与诗曰:"深惭蜀太守,不及采芝人。"《云斋广录》

程嵩字明甫,延津人,初举不第,遂不肯仕〔一〕场屋。年八十馀,尝作诗曰:"虽无事业传千古,却得安闲过一生。"同上

〔一〕"仕"疑当为"事"。

405

王鼎善歌诗,好神仙事,游心物外,时人或谓有所得,问之终不泄露。诗百馀篇传于人间。五言诗《赠程明甫》云:"古县枕前滩,官闲道自安。执杯山鸟唱,晒药野猿看。石缝横琴笔,槎根插钓竿。不知陶靖节,早晚入云端。"又《赠僧》云:"出斋猿献果,烹茗鸟衔薪。"又题云:"风落桂枝惊鹤去,水流山果向人来。"又《送僧》云:"孤云踪迹都无定,出个青山入个山。"(《雅言杂载》)

王易简,萧希甫下及第,名居榜尾,不看榜归华山。寻就山释褐,授华州幕官,后拜左拾遗,又辞官归隐,留诗曰:"汩没朝纲愧不才,谁能低折向尘埃!青山得去且归去,官职有来还〔一〕自来。"再入升朝官,位谏垣台阁三十年,官至八座。乞致仕归华山,十年而终。《郡阁雅谈》

〔一〕"还",原作"且",依明钞本改。

顾况志尚疏逸,近于方外。时宰招以好官,况以诗答之云:"四海而今已太平,相公何用唤狂生!此身还似笼中鹤,东望瀛洲叫一声。"《南部新书》

有一武士忘其姓名,志乐闲散,而家甚贫。尝作诗曰:"人生本无累,何用买山钱?"遂投檄而去。《古今诗话》

唐末蜀川有唐求,放旷疏逸,方外人也。吟诗有所得,即将稿捻为丸投大瓢中。后卧病,投瓢于江曰:"兹瓢〔一〕苟不沉没,得之者方知吾苦心耳。"瓢至新渠江,有识者曰:"此唐山人诗瓢也。"接得十才二三。《题郑处士隐居》曰:"不信最清旷,及来愁已空。数点石泉雨,一溪霜叶风。业在有山处,道成无事中。酌尽一杯酒,老夫颜亦红。"《赠如上人》云:"不知名利苦,念佛老岷峨。补衲云千片,焚香篆一窠。恋山人事少,怜客道心多。日日斋钟罢,高悬滤水罗。"《题青城山范贤观》:"数里缘山不厌难，为寻真诀问黄冠。苔铺翠点仙桥滑，松湿香梢古道寒。昼旁绿畦薅嫩玉，夜开红灶捻新丹。孤钟已断泉声在，风动瑶花月满坛。"《古今诗话》

〔一〕"瓢"，明钞本作"文"。

伪蜀辛酉岁有隐迹于陶沙者，不知所从来，戴破帽，携铁笆竹畚，多于观寺闲处坐卧。有文谷遇之，以礼接之。忽诵谷新诗数篇，又咏自作诗曰："九重天子人中贵，五等诸侯阃外尊。争似布衣云水客，不将名字挂乾坤？"〔《茅亭客话》〕

刘概字伯节，青社人。有气节，及第为幕僚，一任不得志，弃官隐居，富丞相器重之。有诗云："昔年曾作潇湘客，憔悴东秦归不得。西轩忽见好溪山，如何却有楚乡忆！读书误人四十年，有时醉把阑干拍。"《闲居诗话》

陈陶，剑浦人，好游学，善解天文，长于雅颂。有诗曰："中原莫道无麟凤，自是皇家结网疏。"与水曹任畹相善，寓之诗曰："好向明时荐遗逸，莫教千古吊灵均。"晚绝缙绅之望，以修养为事，有诗曰："乾坤见了文章懒，龙虎成时印绶疏。"又曰："蟠溪老叟无人用，闲把渔〔一〕竿教《六韬》。"又曰："近来世上无徐庶，谁向桑麻识卧龙！"陶隐西山，产药物数十种。开宝中，尝见一叟角发被褐与一炼师舁药入城鬻之，获资则求鲊就炉对饮，旁若无人。歌曰："蓝采和，尘事〔二〕纷纷事更多。争如卖药沽酒饮，归去深崖拍手歌！"疑其为陶夫妇〔三〕焉。或云得仙矣。《江南野录》

〔一〕"渔"字原空，依南图藏明钞本改。

〔二〕"事"疑为"世"。

〔三〕"夫妇"二字原空一格，依南图藏明钞本、缪校本补。

又陈陶诗有："江湖水清浅，不足掉鲸尾。""饮水狼子瘦，思日鹪鹋寒。""一鼎雌雄金液火，十年寒暑鹿麑衣。""寄语东流任

407

斑鬓,向隅终守铁蓑衣。"诸如此〔一〕,不可殚纪。《北梦琐言》

〔一〕"诸如此",明钞本作"诸皆如此",《北梦琐言》卷五作"诸如此例",似胜。

史虚白本山东人,唐晋之间,中原多事,见李昪屡陈治要而不用,遂隐庐山。煜徙南昌,至星子渚,召问曰:"处士隐居,必有所得。"曰:"近得《渔父》一联。"令诵之,曰:"风雨揭却屋,全家醉不知。"煜变色,时世宗已下淮南。《江南野录》

寇豹,不知何许人,与谢观同在唐崔裔孙相公门下,以词藻相尚。谓观曰:"君《白赋》有何佳语?"对曰:"晓入梁王之苑,雪满群山;夜登庾亮之楼,月明千里。"豹唯唯。观大言曰:"仆已擅名海内,子才调多,胡不作《赤赋》?"豹未搜思,厉声曰:"田单破燕之日,火燎平原;武王伐纣之时,血流漂杵。"观大骇。豹寻辞省别,观犹依托。时祖席多蝇,触目为令。观曰:"青蝇被扇扇离席。"豹举目见户上白泽,曰:"白泽遭钉钉在门。"不唯敏捷,俱有讥讽〔一〕。豹后不仕,隐南岳。《鉴戒录》谓青蝇、白泽是高骈罗隐诗。〔二〕〔《郡阁雅谈》〕

〔一〕自"豹寻"至"讥讽"五十一字依明钞本补。

〔二〕附注十四字依南图藏明钞本补,诗已见卷三十七"讥诮门"。

许坚,不知何许人,遇酒筵不问尊卑远近必到,乘兴只三五杯便去。性嗜鱼,将鱼火上旋炙,熟处即吃,生处复炙,殊不去其鳞肠。每和巾带入溪涧内浴度目浸身,出水即于风日中坐候干,其衣服多有𦡮气,人恶之。或有人与物,忻然而受,将散与贫者。多于梦中吟诗。宿溧阳县灵泉精舍。僧出白字韵,请留诗。其僧对榻,见熟睡至晚起,出七言诗云:"近枕吴溪与越峰,前朝恩锡云泉额。竹林晴见雁塔高,石室曾栖几禅伯。荒碑字没秋苔深,古池香泛荷花白。客有经年别故林,落日啼猿情脉脉。"太平兴国九年自茅山再游庐山,于方先生房内安下。至夜深,常与数人谈笑,人疑听,坚已知之,高声云:"不得来,不得来。"今在洪州西山或吉州玉笥山。《郡阁雅谈》

韩退,绛州人,放诞不拘,常跨一白驴,有诗云:"山人跨雪精,上便不论程。嗅地打不动,笑天休始行。"为人所称。好着宽鹤氅,醉则鹤舞。石曼卿赠诗曰:"醉狂玄鹤舞,闲卧白驴号。"《闲居诗话》

王冀公镇金陵,以书致钱塘讲师遵式,式将谒公,过林逋,逋以诗送云:"虎牙熊轼隐铃斋,棠树阴阴长碧苔。丞相望尊宾谒少,清言应喜道人来。"同前

谢逸字无逸,临川胜士也,工诗能文。鲁直读其诗曰:"晁张流也,恨未识耳。"无逸诗曰:"老凤垂头噤不语,枯木槎牙噪春鸟。"又曰:"贪夫蚁旋磨,冷官鱼上竿。"又曰:"山寒石发瘦,水落溪毛凋。"皆为鲁直称赏。朱世英以八行荐入学,不得已诣之,信宿而还。所居溪堂,号溪堂居士,有《溪堂集》行于世[一]。生涯如庞蕴。余尝过之,小君方炊,稚子宗野汲井,无逸诵书扫除,顾余放帚大笑曰:"聊复尔耳。"余作偈曰:"老妻营炊,稚子汲水。庞公扫除,丹霞适至。弃扫迎门,一笑相视[二]。不必灵照,多通道理。"朱世英亦作偈曰:"提篮灵照,扫地谢公。一般是面,做作不同。不假语默,通透玲珑。更若未会,换手捶胸。"《冷斋夜话》

〔一〕十二字依明钞本补。
〔二〕"视",原作"亲",依明钞本、缪校本改。

神仙门上

陈希夷先生每睡则半载或数月,近亦不下月馀。赠金励

《睡诗》曰:"常人无所重,惟睡乃为重。举世皆为息,魂离神不动。觉来无所知,贪求心愈用〔一〕。堪笑尘中人,不知梦是梦。"又曰:"至人本无梦,其梦本游仙。真人本无睡,睡则浮云烟。炉里近为药,壶中别有天。欲知睡梦里,人间第一玄。"又尝《题石水涧》曰:"银河洒〔二〕落翠光冷,一派回环湛晚晖。几恨却为顽石碍,琉璃滑处玉花飞。"又《冬日晚望》云:"山鬼暖或呼,溪鱼寒不跳。晚景愈堪观,危峰露残照。"《题西峰》曰:"为爱西峰好,吟头尽日昂。岩花红作阵,溪水绿成行。几夜碍新月,半山无夕阳。寄言嘉遁客,此处是仙乡。"又《华山》曰:"半夜天香入岩谷,西风吹落岭头莲。空爱掌痕侵碧汉,无人曾叹巨灵仙。"又《与毛女游》曰:"药苗不满筥,又更上危颠。回指归去路,相将入翠烟。"又曰:"曾折松枝为宝栉一作簪,又编栗叶作罗襦。有时问着秦宫事,笑捻仙花望太虚。"《翰府名谈》

〔一〕"用",原作"动",依缪校本改。

〔二〕"洒",明钞本作"泻"。

又,先生唐德宗时,至僖宗封清虚处士,赐宫女三人。先生贮之别室,以诗谢云:"雪为肌体玉为腮,深谢君王送到来。处士不生巫峡梦,虚劳云雨下阳台。"章圣累召不起,有学士讥之曰:"只是先生诏不出,若还诏出一般人。"先生答曰:"万顷白云独自有,一枝仙桂阿谁无?"后归华阴,令王睦令〔一〕饮之,起寝于溪岩,先生为诗曰:"华山高处是吾宫,出即凌空跨晚风。台殿不将金锁闭,来时自有白云封。"睦得诗愧谢。《青琐集》

〔一〕"令"字明钞本无。

张洎家居城外,有一隐士名乃吕仙翁姓名,洎倒屣见之,索纸笔八分书七言诗一章留与洎,颇言将作鼎鼐之意。其末句云:"功成当在破瓜年。"俗以破瓜字为二八,张果参政十六年卒〔一〕,

乃其谶也。仙翁诗多传人间,有《自咏》云:"朝游北海暮苍梧,袖里青蛇胆气粗。三醉〔二〕岳阳人不识,朗吟飞过洞庭湖。"又有"饮海龟儿人不识,烧丹符子鬼难看","一粒粟中藏世界,二升铛里煮山川"之句。大抵皆词句奇怪,世所传百馀首,人多诵之。《谈苑》

〔一〕八字原作"泪六十八而卒"六字,依明钞本改。
〔二〕"醉",原作"入",依清钞本缪校本改。

道士马自然有异术,饮酒至一石不醉。人有疾,以杂草木揉碎呵与人食,无不瘥。每自吟曰:"昔日曾随魏伯阳,经时醉卧紫金床。东君过我多慵〔一〕懒,罚向人间作酒狂。"广明中梓州上升。《续本事集》更有二首诗,其一曰:"省悟前非一息间,更抛人世弃尘寰。徒夸美酒如琼液,休恋娇娥似玉颜。含笑谩教心思苦,别离还使鬓毛斑。云中幸有堪归路,无限青山是我山。"其二曰:"何用烧丹学驻颜,闹非城市静非山。时人若觅长生药,对景无心是大还。"《诗史》

〔一〕"慵",原作"情",依明钞本改。

殷七七有异术,过润州与客饮,云:"某有一艺佐欢。"即顾屏上画妇人曰:"可歌《阳春曲》。"妇人应声遂歌,其音清亮,似从屏中出。歌曰:"愁见唱《阳春》,令人离肠结。郎去未归家,柳自飘香雪。"如此者十馀曲。同前

吕仙翁名岩,字洞宾,本关右人。咸通初,举进士不第,值〔一〕巢贼为梗,携家隐于终南山,学老子法,绝世辟谷,变易形骸,尤精剑术。今往往有人于关右途路间与之相逢,多不显姓名,以其趋舍动作异于流俗,故为人所疑,又为篇咏,章句间泄露其意。尝有诗《送钟离先生》云:"得道来来相见难,又闻东去幸仙坛。杖头春色一壶酒,顶上云攒五岳冠。饮海龟儿人不识,烧

山符子鬼难看。先生去后应难老,乞与贫儒换骨丹。"《赠薛道士》云:"落魄薛道士,年高无白髭。云中卧看石,雪里去寻碑。夸我吃大酒,嫌人念小诗。不知甚么汉,一任辈流嗤。"《雅言杂载》

〔一〕"值"字依明钞本补。

又,先生唐僖宗时人,避寇乱多游湖湘间,或梁魏之地。尝游大云寺,与寺僧多唱和。僧有诗赠翁,翁乃依韵和曰:"三千里外无家客,七百年前云水身。行满蓬莱为别馆,道成瓦砾是黄金。待宾榼里尝存酒,化药炉中别有春。积德求师何患少,由来天地不私亲。"一日游庐山真寂观〔一〕,淬剑于石。道士侯日晦问之曰:"先生剑何所用?"曰:"地上一切不平事,以此去之。"侯心异之,以酒果召饮,谓曰:"先生道貌清高,必非风尘中人。"洞宾曰:"且剧饮,无相穷诘。"既醉以箸头书《剑诗》一首于壁〔二〕曰:"欲整锋芒敢惮劳,凌晨开匣玉龙嗥。手中气概冰三尺,石上精神蛇一条。奸血默随流水尽〔三〕,凶膏今逐渍痕消。削除浮世不平事,与尔相将上九霄。"尝游长沙智度寺,《赠僧慧觉》诗曰:"达者推心兼济物,圣贤传法不离真。请师开诉西来意,七祖如今未有人。"临行题壁上云:"唐室进士,今时神仙。足斗紫雾,却归洞天。"众方知其为吕仙翁也。《摭遗》

〔一〕五字原作"寂简观"三字,依明钞本改。

〔二〕自"道士"至此七十一字原作"作诗赠道士侯日晦"八字,依南图藏明钞本、缪校本补。

〔三〕"概",原作"岸"。"默随流",原作"点流随",依明钞本改乙。

宿州天庆观西庑下有石刻二诗,盖至道中有卖墨人尝游于此,一日题诗曰:"秋景萧萧叶乱飞,庭松影里坐移时。云迷鹤驾何方去,仙洞朝元失我期。"又曰:"肘传丹篆千年术,口诵《黄

庭》两卷经。鹤观古坛槐影里,悄无人迹户长扃。"或以为名吕仙翁诗也。《古今诗话》

岳阳楼有碑极大,乃李观记吕仙翁笔迹。李知贺州日,有道士相访,自云吕先生,诵《过岳阳诗》云:"唯有城南老树精,分明知道神仙过。"李亦不晓。后知岳州,有白鹤寺僧见过,道及吕仙翁尝憩于寺前松下,有老人自松梢冉冉而下,致恭于先生之前曰:"某,松之精也,今见先生过,礼当致谒。"吕书一绝于寺壁而去:"独自行来独自卧,无限世人不识我。唯有城南老树精,分明知道神仙过。"后郡守为创亭于松下,名曰回先生云。《古今诗话》

孟㲄,连山人,性落魄,狂溺于歌酒赋咏,后捷名,不欲止江左,士人颇奇之。《赠史虚白》云:"诗酒独游寺,琴书多寄僧。"圣朝奄有金陵,孟宾于先居连上,㲄兴国中亦自吉水还故乡,逾年卒。书生成务崇因言,庐山与㲄有忘年之分。兴国中见㲄,且言自连上来游江左,时有诗送成务崇曰:"同呼碧嶂前,已是十馀年。话别非容易,相逢不〔一〕偶然。多为诗酒役,早免利名牵。幸有归真路,何妨学上玄。"务崇询于连上知交,皆言㲄卒已十馀年矣。《雅言杂载》

〔一〕"不",明钞本作"亦"。

许坚,江左人,为性数野,似非今之人。年高,绝不知晓人事,少言,人不问终日不启口。多居三茅山,不知年岁,形容不变。好餐鱼,能为诗,多谈神仙事。《题茅山观》曰:"尝恨清风千载郁,洞天今得恣游遨。松楸古色玉坛静,鸾鹤不来青帝高。茅氏井寒丹已化,玄宗碑断梦仍劳。分明有个长生路,休向红尘叹二毛。"早年,坚以时事干江南李氏,人讶其狂戆,以为风恙,莫与之礼。以〔一〕一绝上舍人徐铉云:"几宵烟日锁楼台,欲寄侯

413

门荐衸才。满面尘埃人不识,谩随流水出山来。"因拂衣归隐,今尚在,隐迹江淮间。(《雅言杂载》)

〔一〕"以"字依明钞本补。

沈廷瑞寄食阁皂山,举作异俗辈,盛夏向火,严寒单衣,问其故,终不答。与袁州陈智周相善。兴国中,无病卒于玉笥观。数年,有人于江筠路次见廷瑞,共语久之。令人将诗寄智周,智周得诗甚讶,驰出门求送诗者,已不知所在。诗曰:"名山相别后,别后会难期。金鼎销红日,丹田老紫芝。访君虽有路,怀我岂无诗!休羡繁华事,百年能几时!"智周于端拱二年登第,授衡阳尉卒。同前

沈道士,筠州高安人,故吏部郎中彬第二子也。性孤僻,形貌秀澈,初名有邻,弃妻入道,居玉笥山,易名廷瑞。每遇深山古洞,累〔一〕日不返。严寒风雪,常单衣危坐,或绝食经月,或纵酒行歌,缘峭壁,升乔木,若猿猱之状。骨肉相寻,便却走避,忘情混俗,人莫测之,往往为同道者困。雍熙二年正月内于玉笥山先不食七日,至上元日甲辰辞道侣归所居院集仙亭,念《人生几何赋》,无病而终。遗言于弟子将画者土宿一帧、《度人经》一卷随葬。后二年二月二十日有阁皂山僧昭莹于山门数里相遇。且阁皂山相去玉笥山一百六十里,僧昭莹问所往,云:"暂别庐山寻知己。"留下土宿一帧及《度人经》一卷、五言诗一首为别云:"南北东西路,人生会不无。早曾依阁皂,又却上玄都。云片随天阔,泉声落石孤。何期早相遇,药〔二〕共煮菖蒲。"后昭莹到玉笥山话及,方知沈道士已亡。具说途中相遇,并所留土宿及经、诗示于人,众皆骇异。遂往坟上看,见土交横拆裂,阔及尺馀,至今不敢发。质其文,验其事,即尸解而去。《郡阁雅谈》

〔一〕"累"字依清钞本补。

〔二〕"药",原作"乐",依明钞本改。

张白,邢州人。少应进士举不及第,入道,常挑一铁葫芦,得钱便饮酒,自称白云子。注《天尊升玄护命经》,著《武陵春色》三百首,略一两篇云:"武陵春色好,十二酒家楼。大醉方回首,逢人不举头。是非都不采,名利混然休。戴个星冠子,浮沉逐世流。"《赠酒店崔氏》一绝云:"武陵城里崔家酒,地下应无天上有。南游道士饮一斗,卧向白云深洞口。"又《哭陆先生》一绝云:"六亲恸哭还〔一〕复苏,我笑先生泪滴无。脱履定归天上去,空坟留入《武陵图》。"忽一日称患,至夜闭户,晓不开,问之不应,道众讶之,抉门见血满地,问之别无所苦,嘱身后勿烧焚,寻时而卒。酒户崔氏出木柜而葬于武陵城西。经半年,有鼎州官,忘其名,在扬州勾当公事,遇于酒肆,同杯数日。众闻之,道俗看验其坟,有一穴如碗大,深透其棺,敲之已空。

〔一〕"还",清钞本作"绝"。

陈省躬,金陵人,于伪朝颇历政事。显德中,出为临川宰,泛舟阙下,道经章江,泊女儿浦,抵暮,有书生不通姓名,登舟求见。与省躬语论甚奇,问今晋朝第几帝。省躬具以实对,微笑而已。坐间高吟云:"西去长沙东上船,思量此事已千年。长春殿掩无人扫,满眼梨花哭杜鹃。"省躬疑是神仙,再拜告问,无言而退。出船不见所之。

吴含灵,江西人也,为道士,居南岳六七年,俗呼为吴猱。好睡,经旬不饮食。常言曰:"人若要闲即须懒,如勤即不闲也。"素不攻文,偶作《上升歌》甚奇绝,云:"玉皇有诏登仙职,龙吐云兮凤着力。眼前蓦地见楼台,异草奇花不可识。我向大罗观世界,世界只如指掌大。当时不为上升忙,一时提向瀛洲卖。"清泰年羽化,后有客人于乾祐中在嵩山见之。

415

许鹊真人唐末游南岳招仙观,壁上题歌一首云:"洪炉烹锻人性命,器用不同分皆定。妖精鬼魅斗神通,只自干邪不干正。黄口小儿初学行,唯知日月东西生。还为万灵威圣力,移月在南日在北。玉是玉兮石是石,蕴弃深泥终不易。邓通饿死严陵贫,帝王岂是无人力!丈夫未达莫相侵,攀龙附凤损精神。"题后数日上升。

李梦符,不知何许人。梁开平初钟传镇洪州日,与布衣饮酒,狂吟放逸。尝以钓竿悬一鱼向市肆蹋《渔父引》,卖其词,好事者争买,得钱便入酒家。其词有千馀首传于江表。略其一两首云:"村寺钟声渡远滩,半轮残月落前山。徐徐拨棹却归湾,浪叠朝霞锦绣翻。"又曰:"渔弟渔兄喜到来,婆官赛了坐江隈。椰榆杓子木瘤杯,烂煮鲈鱼满案堆。"察考取状,答曰:"插花饮酒何妨事,樵唱渔歌不碍时。"遂不敢复问。或抱[一]冰入水,及出,身上气如蒸,钟氏亡,亦不知所在。俱同前

〔一〕"抱",原作"把",依南图藏明钞本改。

伊用昌游江浙间,散诞放逸,不拘细谨。善饮,每醉行歌市中,其言皆物外汗漫之辞,似不可晓。亦能为诗,《留题阁皂观》云:"花洞门前吠似雷,险声流断俗尘埃。雨喷山脚毒龙起,月照松梢孤鹤回。罗幕秋高添碧翠,画帘时卷对楼台。雨坛诗客何年去,去后门关更不开。"后入湖南谒马氏。时方设斋,独不请用昌,自造之,据其坐。泊食毕,则大声吟诗云:"谁人能识白元君,上士由来尽见闻。避世早空南火宅,植田高种北山云。鸡能抱卵心常听,蝉到成形壳自分。学取大罗些子术,免教松下作孤坟。"诗毕,拂衣而起,众讶奇异,乃逼问无对,出门不见。《雅言杂载》

石恪,西蜀人,善画,尤长于山水禽鱼,亦攻歌诗,言论粗暴,

多诮人短。开宝中,王师下西蜀,遣名画入京,恪在其数。宣于相国画壁,工毕上状乞归,奉敕任便,出京卒于道中。雍熙元年,殿直雷承昊奉命来衡阳,风土殊俗,恪痛勉之,为七言诗送承昊,迟暮与恪宿于公舍,达晓分携。承昊行经数里,思恪已卒数年,遽出所赠诗,多言衡阳风物,其诗曰:"衡阳去此正三千[一],一路程途甚坦然。深邃门墙三楚外,清风池馆五峰前。西边市井来商客,东岸汀洲簇钓船。公退只应无别事,朱陵后洞看神仙。"及到任,公宇一如恪言,诗章好事者争传之。同上

〔一〕"千",原作"年",依南图藏明钞本改。

黄觉仕宦不遂意,送客都门外,至则客已远,不及,旅舍中见一道士在侧,因取所携酒肉呼道士共饮食之。既罢,道士举杯撮水写"吕"字,觉始悟其为吕洞宾。道士曰:"明年江南相见。"觉果得江南官。及期见道士出俵大钱七文,其次十文,又小钱三文,曰:"数不可益也。"予药可数寸许,告曰:"岁旦以酒磨服之,可保一岁无疾。"觉如其言,至七十馀,药亦将尽,作诗曰:"床头历日无多子[一],屈指明年七十三。"果以是岁终。《贡父诗话》

〔一〕"子",原作"字",依明钞本改。

咸通中有进士张绰下第游江淮,养气耽奇,只以炉火为事。题壁曰:"争那金乌何,欲上飞不住。红炉谩烧药,玉颜安可驻。今年花落枝,明年花满树。不如且饮酒,莫管流年度。"人异之。不喜妆饰,多历旗亭而好杯,人召饮,若遂意则索纸剪蝴蝶三十二,以气吹之,成列而飞。如此累刻,以指收之,俄皆在手。见者求之,即以他事为阻。尝游盐城,多为酒困,非类相竞,留系邑中,醒乃课述为《陈情》二章献狄令,乃释之。诗云:"门风长有蕙兰馨,鼎族家传霸国名。容貌静悬秋月彩,文章高振海涛声。讼堂无事调琴轸,郡阁何妨醉玉觥。今日东流桥下水,一条从此

镇长清。"自后宰欲传其术,张云:"明府勋贵家流,年少而宰剧邑,多声色犬马之求,未暇思[一]味玄奥。"因赠诗云:"何用梯媒向外求,长生只[二]在内中修。莫言大道人难得,自是行心不到头。"去之日,乘醉因求捣网纸剪二鹤于厅前,俄而翔飞,乃曰:"汝先去,吾即后来。"时狄令亦醉,其所题云:"自不会,天下经书在腹内。身却腾腾处世间,心即逍遥出天外。"江南好事者尚记上升时事。《桂苑丛谈》

〔一〕"思",原作"忘",依明钞本、缪校本改。

〔二〕"只",原作"尺",依清钞本改。

崔存字存中,博州博平人。因游王屋,见二人坐于水滨,存曰:"愿闻二仙名号。"东坐曰:"岂不知世有石曼卿乎？西坐者即苏舜钦子美也。"存曰:"世传学士为鬼仙矣。"曼卿曰:"甚哉,二三子之妄也！夫纯阳即仙,纯阴即鬼;升于天者为仙,沉于幽者为鬼,处于中者为人;既为仙又为鬼乎？"存曰:"愿得一语以救尘骸。"曼卿作诗曰:"牛毛麟角成真少,莫道从来是壮夫。龟鹤性灵终好道,神仙言语不关书。不将青目观浮世,都把仙春驻玉壶。寄语世人无妄语[一],高真幽鬼适殊途。"子美作诗曰:"宿植灵根何太早,洞悟真风正年少。常令丹海飞日乌,又使玉液朝元脑。昆台气候四时春,紫府光阴夜如晓。来时不用五云车,跨着清风下蓬岛。"须臾有翠鸟飞下,衔书置于二子前,子美曰:"瀛洲有召。"遂飞逾山顶而去。《摭遗》

〔一〕"语",清钞本作"信"。

增修诗话总龟卷之四十七

神仙门中

有逸士衣破襕[一]衫,绿裤,黑束腰带阔三寸,一脚着一靴,一脚跣行。夏衣絮衫,冬卧冰雪,出气如蒸。自号蓝采和。尝舞拍板歌于市[二]曰:"踏踏歌,蓝采和,世界能几何?红颜三春树,流光一掷梭。古人混混去不返,今人纷纷来更多。朝骑鸾凤到碧落,暮见桑田生白波。长景明晖在空际,金银宫阙高嵯峨。"曳长绳穿钱拖行,纵钱散不收。后至濠梁飞升[三],冉冉而去。《续仙传》

〔一〕"破襕",原作"襕破",依明钞本乙。

〔二〕七字原作一"歌"字,依南图藏明钞本补。

〔三〕"升"上原有"上"字,依明钞本删。

任生隐于嵩山读书,夜有一女子来曰:"冥数合与子为姻。"生意其异,乃拒之。遂开帘而入,可二十许,冶容艳美,二青衣侍前,就案书一诗云:"我本籍上清,谪居游五岳。以君无俗侣,来劝神仙学。三日当来。"遂去。生览之愈疑妖怪,志不纳。又赠一篇云:"葛洪还有妇,王母亦从夫。神仙尽灵匹,君意合何如?"面墙不对。女子再赠一首:"阮郎迷不悟,何处伸情愫。明日海山春，彩舟却归去。"出门冉冉飞望而去。数月任大病，为黄衣吏摄去，来行十〔一〕里，忽见幢节不绝，有女仙乘翠辇，侍从数千人。黄衣吏曳任墙下避，仙笑曰："嵩山薄命汉，汝数尽，更与三年。"生果六十卒。后诗为雷电取去。卢肇《遗史》

〔一〕"来"字疑为"未"字，明钞本"十"下有"馀"字。

洞庭贾客吕卿云，以贸贩杂货逐什一之利，有羡施贫。善笛，遇好山水即留。中春月夜，泊君山，独饮，持一杯弄数曲。波上有渔舟冉冉而来。乃一父老皤然。贾置笛起立迎上舟，问所以。曰："闻子笛声非凡，我是以来对数杯。我少业笛，子有性可教。"父老于怀袖间出笛三管，其大如合拱，其次大如常人所蓄，其小如细笔管。卿云请父老一吹，曰："大者不可发，次者亦然；小者为子吹一曲，不知得终否？"卿云曰："愿闻其不可者。"曰："第一者对诸天帝合天乐，动天地，坏日月，五星失次。第二者对洞府诸仙合仙乐，飞沙走石，百兽脑裂，幼稚震死。第三者可与朋侪听之，未知可终否？"抽小笛，吹三声，湖上风动，波涛汹涌，鱼鳖跳喷，僮仆恐悚，君山鸟兽叫噪，舟楫大恐。父老不复吹，引满数杯，乃吟曰："湘中老人读《黄》、《老》，手捼紫藟坐碧草。春至不知湘水深，日暮忘却巴陵道。"又饮数杯曰："明年社期君于此。"遂棹渔舟而去，隐隐没于波间。《博异志》

卢生〔一〕李生隐居太白山，读书习吐纳。李生不甘苦贫，诀别，浪迹江湖。后之官漆园，人吏欺隐折官钱，羁縻不得东西，贫瘵日甚。扬州阿师桥逢人草履布衫，视之乃卢生昔号二舅者。李生与舅语，哀其褴缕。卢大骂曰："贫贱不畏，公弃身又有欠负，且被囚系，有面相见乎？"李生厚谢之，二舅笑曰："居处不远，来日以马来迎。"至日晚果有人〔二〕来云："屈郎君。"去来十里，朱门斜开，二舅出迎，云冠霞帔，容貌光泽，侍婢数百人，燕馔名果不可纪。求得一女子佐酒，善箜篌，容色极佳，上有朱字一行："云中辨江树，天际识归舟。"燕罢曰："莫愿作姻否？"又曰："所欠官钱二万贯，请以拄杖往波斯店取钱，可从此学道，无自秽身。"其年汴州行军陆长源以女妻之，宛类卢舅北亭善箜篌者，箜篌有诗二句。李具言旧事，女曰："少年时因兄弟戏，夜乃作梦入仙宫，如公所言者。"卢肇《遗史》

〔一〕"生"字依明钞本、缪校本补。

〔二〕"有人"二字依明钞本补。

茅蒙字初成，华阳人也。隐华山修道，当始皇三十一年九月十五日〔一〕白日上升。先是时有民谣曰："神仙得者茅初成，驾龙上升入太清。时下赤洲戏赤城，继世而往在我盈。"始皇闻之，问故老，曰："此仙之谣。"始皇于是有寻仙之意。蒙之玄孙盈得道于金陵勾曲山上升，为东岳上卿司命君太元真人，居赤城，时来勾曲。邦人改勾曲为茅君山。《摭遗》〔二〕

〔一〕"十五日"三字依明钞本补。

〔二〕"摭遗"，原作"拾遗"，依明钞本改。

神仙门下

庆历中有一闲人游岳，谒主簿郭及甫，既坐，视其刺乃罗道成也。询其乡里，言郴州人。及甫留饮，曰："久思东州之游，前日游太山已遍到佳处，旦夕回南方山。"索纸笔为诗曰："因思灵秀偶来游，碧玉寒堆万叠秋。直上太山高处望，根盘连接十馀州。"后自和云："水云踪迹自闲游，夏谷阴寒冷胜秋。猿鸟性情犹恋旧，翻身却去海边州。"及甫不胜叹羡。及去，令人送之，又得诗曰："白骡代步若奔云，闲人所至留诗迹。欲知名姓问源

421

流,请看郴阳山下石。"后问郴人,有成真君观,得道乘白骡行石壁上,其迹至今存焉。《古今诗话》

唐子正著作,桂州人。治平中赴举,至全州,途中雇一仆,负重担健若飞羽,虽鞭马疾递,常去马百步外,恐其逸去,遂〔一〕遣之。其仆即日自全州二千七百里日午已到唐州,留书驿吏曰:"候桂州唐秀才至,即投之。"唐月馀到驿,驿吏出书,题云:"呈桂州唐秀才,归真子封。"唯一诗曰:"袁州相见又之全,不遇先生道未员。大抵有心求富贵,到头无分学神仙。箧中灵药宜频施,鼎里丹砂莫妄传。待得角龙为宴会,好来黄壁卧林泉。"唐甚怪之,诘其状貌,乃全州仆也,留书之日乃全州所遣日也,始悟其为神仙。唐后为邕倅,熙宁丙辰,交趾寇邕,唐遇害,乃诗所谓角龙也。

〔一〕"遂",原作"逐",依明钞本改。

许宣平,新安人,常挂一花瓢及曲竹枝,每醉即独吟曰:"负薪朝去卖,沽酒日西归。路人莫问归何处,穿白云行入翠微。"好事者于洛阳、同、华间是处题之。李太白见曰:"此神仙也。"

韦七七名文祥,周宝旧于长安识之。及宝镇浙西,七七忽到,召之,益加礼遇。鹤林寺有杜鹃花,寺僧相传云贞元中外国僧自天台钵中以药养其根,来植于此寺。僧创饰花院,人或见女子红裳艳丽,游于花下,俗传花神也。一日宝谓七七曰:"鹤林寺天下奇绝,尝闻'能开顷刻花',此花能开赴重九乎?"曰:"可也。"乃前二日经鹤林寺宿,中夜有女子来谓七七曰:"妾为上苍所命下司此花,非久即归阆苑。今为道者开之。"晨起,寺僧讶花渐拆,至九日烂漫。后为兵火,其花遂亡,信归阆苑矣。

玄真子张志和,会稽人,守真养气,卧雪不冷,入水不濡。颜鲁公守湖州日,与宾客唱和为《渔父词》。志和曰:"西塞山前白鸟[一]飞,桃花流水鳜鱼肥。青箬笠,绿蓑衣。斜风细雨不须归。"坐客叹服不已。后果传之。

〔一〕"鸟",明钞本作"鹭"。

相州栖霞谷有乔顺二子服飞龙药,二子十年不饥。魏文帝诗曰:"西山有仙童,不饮亦不食。"谓此。俱同上

吴仁璧,关右人,学进士。游罗浮洞,学《老》、《庄》于张先生,得其大旨,辞归谋入京取应。先生曰:"观子气法可住此,吾授子长生之道。"仁璧辞以老母缺甘旨,俟名遂身退,学亦未晚。先生曰:"此去必遂其志,亦须早来。"是年中第,入浙谒钱武肃,殊礼之,累辟入幕,坚辞不就,以诗谢云:"东门上相好知音,数尽台前郭隗金。累重虽然容食椹,力微无计负焚林。弊貂[一]不称芙蓉幕,衰朽仍惭玳瑁簪。十里溪光一山月,可堪从此负归心!"武肃复遣人请撰《罗城记》,仁璧坚不从。武肃怒,沉于江,吴人惜之。仁璧有一女,有《闲居诗》云:"为惜苔钱妨换砌,因怜山色旋开尊。"又《赠道士》云:"五龙金角向星斗,三洞玉音愁鬼神。"又《题罂粟》云:"蒲草薄裁连蒂白,胭脂浓染半苞红。"又《游法华寺》云:"高阁烟霞禅客睡,满城尘土世人忙。"建隆初,广南刘隐遣中翁光普同礼丞宁昱就罗浮山设醮,醮毕,昱游诸岩洞至山顶,见一石门,有老叟衣薜萝据门而坐。昱问其由,云是罗浮先生宅。再问谁氏。叟低声对云:"吴先生也,名仁璧。"言讫户阖,了无所见。其后或有人于罗浮勾曲诸山见仁璧复引一十岁许女子,验是其女也。《雅言杂载》

〔一〕"貂",明钞本作"裘"。

有商客过海遇风,俄抵一所,门宇耸秀,珍器烂然,云是乐天之居。乐天闻之作二绝云:"近有人从海上回,海山深处是楼台。中有仙龛开一室,皆言此待乐天来。"又云:"吾学空门不学

423

仙，恐君此语是虚传。海山不是吾居处，归则惟归兜率天。"《古今诗话》

女真钱氏二姊妹依止陶隐居诵《黄庭经》，即茅山燕洞也。至今有紫菖蒲、碧桃焉。其姊披白练衣，得道入洞，及女弟至则户已扃矣。淳化五年，夏侯嘉正与道士五人往彼投龙，是夜雷震，其洞复开。有一吏深入，遇道士与林檎一枚食之，遂绝粒。田霖作诗题之曰："燕口龙泓气象清，钱真此处有遗灵。仙兄去后师犹在，女弟回时户已扃。云片尚如披白练，泉声长似诵《黄庭》。碧桃花发菖蒲紫，留与人间作画屏。"同上

唐仪凤中清城县横源翠围山下有民王仙柯，服道士所遗灵丹，拔宅上升，已具《仙传拾遗》。蜀州僧中寤释学道播于方州，偶于龙池山逢人精神爽朗，异于常叟，即王仙柯也。寤公曰："闻仙名已久，何幸相逢！飞升之后，胡为来此？"仙柯曰："吾等有灵药，止能飞步。今全家隐于后山，更修道法，遐举之事，吾何望焉。但长寿而已。"寤公以诗赠之曰："瞻思不及望仙兄，早晚遐飞入太清。手种一株松未老，炉烧九转药新成。心中已得《黄庭》术，头上应无白发生。异日却归华表语，待教凡俗普闻名。"自后不复遇。葆光子闻于真人曰："世人学道资一丹一药，聊固其命，何[一]以修道，未得证就，避忌尤多。三官巡逻，摄入鬼录，所以频改姓名，先用尸解。然后栖止灵岳，进取上法，或五岳授事，效职仙曹，优游人间，或至千岁，功德升闻，即朝玉皇。海岳之间往往遐举者，世人无由知也。今之初得道者，止于仙隐。有腾空者，服金丹也。遐举之事，未可希望。"《北梦琐言》[二]

〔一〕"何"，明钞本作"倚"。

〔二〕今本未见此条，当为佚文。

伊梦，不知何许人，因梦两日，遂立此名。唐末不仕，披羽

424

褐，游山水，《题攸县司空观仙坛》云："惟有松杉空弄日，更无云鹤暗迷人。"《题黄蜀葵》云："露凝金盏滴残酒，檀点佳人喷异香。"在醴陵何氏家，一日别去，作诗附铁匠回言在彼打剑。何氏发其冢，棺空惟剑耳。《青琐后集》

　　陈纯字元朴，莆田人。因游桃源，中秋夜遇玉源灵源桃源三〔一〕夫人。玉源令纯举《中秋月》诗，纯言一联云："莫辞终夕看，动是隔年期。"桃源曰："意虽佳，但不见中秋月，作七月十五夜月亦可。"玉源因作诗曰："金风时拂袂，气象更分明。不是月华别，都缘秋气清。一轮方极满，群籁正无声。晓魄沉烟外，人间万事惊。"灵源诗曰："高秋浑似水，万里正圆明。玉兔步虚碧，冰轮辗太清。广寒宫有路，桂子落无声。吾馆无弦弹，栖乌莫要惊。"桃源诗曰："金吹扫天幕，无云方莹然。九秋今夕半，万里一轮圆。皓彩盈虚碧，清光射玉川。瑶樽休惜醉，幽意正绵绵。"玉源谓纯曰："子能继桃源之什乎？"纯作诗曰："仙源尝误到，羁思正萧然。秋静夜方静，月圆人更圆。清尊歌《越调》，仙棹泛晴川。幽意知多少，重重类楚绵。"（同前）

〔一〕"三"，原作"王"，依清钞本改。

　　太原王世宁自言籍系第十八洞玉仙人。熙宁中以暴疾终于家，临终作诗曰："翠羽旌幢仙子队，紫云楼阁玉皇家。人间风雨易分散，回首武陵空落花。"（《青琐后集》）

　　韩湘字清夫，文公犹子也。落魄不羁，文公勉之学，湘曰："湘之所学，非公知之。"公令作诗以观其志，诗曰："青山云水窟，此地是吾家。后夜流琼液，凌晨咀绛霞。琴弹碧玉调，炉炼白朱砂。宝鼎存金虎，元田养白鸦。一瓢藏世界，三尺斩妖邪。解造逡巡酒，能开顷刻花。有人能学我，同共看仙葩。"公览而戏之曰："子能夺造化耶？"湘曰："此事甚易。"公为开尊，湘聚土

425

以盆覆之，良久花开，乃碧花二朵。于花间拥出金字诗一联云："云横秦岭家何在，雪拥蓝关马不前。"公未晓其句意，湘曰："事久可验。"遂告去。未几，公以谏[一]佛骨事谪官潮州。一日途中遇雪，俄有人冒雪而来，乃湘也。湘曰："忆花上之句乎？正今日事也。"公询其地即蓝关。嗟叹久之，曰："吾为汝足此诗。"诗曰："一封朝奏九重天，夕贬潮阳路八千。本为圣明除弊政，岂于[二]衰朽惜残年。云横秦岭家何在，雪拥蓝关马不前。知汝远来须有意，好收吾骨瘴江边。"公别湘诗曰："人才为世古来多，如子雄文世孰过。好待功名成就日，却抽身去上烟萝。"湘别公诗曰："举世都为名利醉，伊余独向道中醒。他时定是飞升去，冲破秋云一点青。"《青琐集》

〔一〕"谏"字依明钞本补。

〔二〕"于"，明钞本作"将"。

贾师雄郎中治平中通判邵武，尝收铁镜甚大，非常物也。久欲淬磨，未得其人。左右言近有回处士自言善磨镜。召至，风骨轩昂，非常人也。出示之，仍以酒饮[一]毕，堆药镜上，言药少当自取之。既去不回，询其宿在太平寺。留诗一绝而去曰："手内青蛇凌白日，洞中仙果艳长春。须知物外烟霞客，不是寻常磨镜人。"取镜视之，药已化去，所堆药处一点，表里通明如寒玉春冰。又尝有顾中谒故人季郎中至岳阳，投宿市邸唱新曲，有补鞋人问曰："此何曲？"中曰："都下新声也。"其人曰："吾不解书，子能为我书，当于此调顷一词。"中因为书之，乃今所传《沁园春》也。因问其姓，答曰："生于山口，长于江口，即今为守谷之客，姓名不知也。"中翌日见太守言之，追不复至，题诗一绝于邸中："腹内婴儿养已成，且居尘世暂娱情。无端措大刚饶舌，却入白云深处行。"中与太守深叹恨之。山口守谷乃仙之姓并字也。

426

〔一〕"酒饮",原作"饮酒",依明钞本乙。后半钞本文大异,见附一。

永叔登第后授洛阳节推,圣俞为洛阳簿,乃得友之初也。一日同游嵩山佳处,相对吟醉,遂望四峰巨崖之上有丹书四字云:"神清之洞",指示圣俞,圣俞曰不见。洎告老归颍,思前四字作一绝云:"四字丹书万仞崖,神清之洞锁楼台。烟霞极目无人到,鸾鹤今应待我来。"后数月薨。并同上

有道人过沈东老饮酒,用石榴皮写绝句壁上称回山人。东老送出门,渡桥不知所往。或曰此吕洞宾也。仆见东老子偕道其事,为和此诗。后复与偕遇钱塘,更为书之。回山人诗云:"西邻已富忧不足,东老虽贫乐有馀。白酒酿来缘好客,黄金散尽为收书。"东坡和曰:"世俗那知贫是病,神仙可学道之馀。但知白酒留佳客,不问黄公觅《素书》。""符离道士晨兴际,华岳先生尸解馀。忽见《黄庭》丹篆字,犹传青纸小朱书。""凄凉雨露三年后,仿佛尘埃数字馀。至用榴皮缘底事,中书君岂不中书?"《东坡诗话》

刘跛子,青州人,拄一拐,每岁一至洛阳看花,馆于范家园。大范见之即与二十四,〔一〕曰:"跛子吃半角。"小范见时止与十金,曰:"跛子吃碗羹。"以诗谢曰:"大范见时二十四,小范见时吃碗羹。人生四海皆兄弟,酒肉林中过一生。"张丞相召自荆南,时跛子与客饮市桥。客起观之,挽其衣使且坐饮,作诗曰:"迁客湖湘召赴京,轮蹄迎迓一何荣。争如与子市桥饮,且免人间宠辱惊。"余寓于兴国寺,戏之诗曰:"相逢一拐〔二〕大梁间,妙语时时见一斑。我欲从公蓬岛去,烂银堆里看青山。"计其寿百四十五矣。邸中无人识之。《冷斋夜话》

〔一〕《冷斋夜话》卷八"四"下有"金"字。

〔二〕"拐",原作"榻",依明钞本改。

427

周贯,不知何许人,自号木雁子,宿龙泉观,半夜捶道士门,道士问其故,曰:"偶得句,当奉告。"因吟曰:"弹琴伤指甲,盖席损髭须。"是夜贯以席自覆故耳。至袁州,见市井李生秀韵,欲携同归林下,李嗜酒色,意欲无行。贯指煮药铛作偈示之曰:"顽钝天教合作铛,从初〔一〕三脚岂能行!虽然有耳不听法,只爱人间恋火坑。"寻死于西山。将化,人问几岁。贯曰:"八十西山作酒仙,麻鞋纠〔二〕断布衣穿。相逢甲子君休问,太极光阴不计年。"后〔三〕有人见于京师,附书于李生云:"明年中秋夕当上谒。"至时,生以事出,贯乃以白土书门而去曰:"今年中秋夕,来赴去年约。不见折足铛,弹指空剥剥。"李生竟折一足。《冷斋夜话》

〔一〕"从初",缪校本作"从他",《冷斋夜话》卷八作"纵生",均较"从初"为胜。

〔二〕"纠",明钞本、缪校本作"踏",《夜话》作"轧"。

〔三〕"后"(後),原作"复"(復),依明钞本改。

刘野夫留南京,久未入都,彭渊才以书督之,野夫答曰:"跛子一生别无道路,展手教化,三饥两饱。目视云汉,聊以自诳。元祐新年,被刘法师徐神翁形迹得不成模样。深欲上京相觑,又恐撞着丈人涅陀佛蓦被干拳湿踢,着甚来由。"不羁如此。尝作长短句曰:"跛子年来,形容何似,俨然一部髭须。世间许大,拐上做工夫。选甚南州北县,逢着处,酒满葫芦。熏熏醉,不知明日,何处度朝晡。 洛阳花看了,归来帝里,一事全无。又还与瓠羹,再作门徒。蓦地思量下水,粮纲〔一〕上,芦席横铺。呵呵笑,睢阳门外,有个大南湖。"

〔一〕"纲",原作"网",依明钞本改。

有僧史宗着麻衣,加衲其上,号麻衣道士。坐广陵白土埭,讴歌自适。江都令檀祗与语，多无畔岸。索纸赋诗曰："有欲苦不足，无欲即无忧。未若清虚者，带索[一]披玄裘。浮游一州间，泛若不系舟。要当毕尘虑，栖息老山丘。"檀祗异之[二]。陶渊明记白土埭逢三异，比丘此其一也。观其诗句，脱去畛封，有超然自得之气，非寻常介夫所能作也。并同上

〔一〕"索"，原作"素"，据《冷斋夜话》卷八校改。
〔二〕"之"上原重一"异"字，依清钞本删。

崔中举进士，道过巴陵，投宿市邸，歌《沁园春》词。洞宾适以补鞋隐市井间，质其所歌曰："何曲也？"崔曰："东都新声也。"曰："吾不解书，子为书吾词。"崔为书其词曰"七返还丹，在人先须炼己"云云，崔问其姓名，答曰："吾生江口，长山口，即今为守谷之客，姓名不知也。"崔翌日访太守言之，曰："此吕洞宾也。"亟令召之。叩其声，应声渐远，再呼不应。排户而入，阒无人矣。壁有诗曰："腹内婴儿养已成，且居城市暂娱情。无端措大刚饶舌，却入白云深处行。"崔与太守深叹恨之。山口守谷，乃仙之姓并字也。《青琐集》

陈抟隐武当山，后居华州云台观，多闭户独卧，或累月不起。周世宗召入禁中，扃户试之，月馀始开，抟熟睡如故。尝对御歌曰："臣爱睡，臣爱睡，不卧毡，不盖被。片石枕头，蓑衣铺地。震雷掣电鬼神惊，臣当其时正酣睡。闲思张良，闷想范蠡；说甚孟德，休言刘备：三四君子，只是争些闲气。争如臣，向青山顶头，白云堆里，展开眉头，解放肚皮，但一觉睡！管什玉兔东升，红轮西坠！"《谈薮》

横浦大庾岭，有富家子慕道建庵，接云水士多年。一日众建黄箓大斋方罢，忽有一褴缕道人至求斋，众不之恤，或

加凌辱。道人题一词曰:"暂游大庾,白鹤飞来谁共语?岭畔人家,曾见寒梅几度花!春来春去,人在落花流水处;花满前溪,藏尽神仙人不知。"末书云:"无心昌老来。"五字作三样笔势。题毕,竟入云堂,良久不出,迹之已不见。徐视其字,深透壁后矣。始知昌字无心乃吕公也。众共叹惋。〔一〕

〔一〕此条在"岳阳楼"条后,前为《古今诗话》。

全州道士蒋晖,志行高卓,洞宾谒之,适蒋他出,洞宾题诗于壁曰:"醉舞高歌海上山,天瓢承露结金丹。夜深鹤透秋空碧,万里西风一剑寒。"书云:"无上宫主访蒋晖作。"遂去。晖归,大惊曰:"宫字无上,吕翁也。"追不可得。〔一〕

〔一〕此条在"马自然"条前,前为《诗史》。

率子连道士,衡山人,形容魁奇,发言孟浪,未始拘忌,而有膂力绝人,乡中谓率牛子。道路间人苦重,即代之,轻捷如飞鸟。善修禳,皆应验。开宝中,暮冬大雪,子连下山旬日,不知所之。有人自西灵观出,见子连卧松径,雪盛下,没手足。问之,言数日前从山下乘醉卧于此下,人皆异之。独住魏夫人观三十年,寂无黔䵮。开宝中,阁长王舍人祐,奉诏祷南岳,见子连,甚厚待,因为诗三绝并序。其一云:"下瞰虚空临绝涧,上排烟雾倚山颠。四边险绝无猿鸟,独卧深云三十年。"其二云:"古星当崖映日间,年年常伴白云闲。糇粮丹火何从出,四面无人见下山。"其三云:"心意逍遥物莫知,山中山下识人稀。想君绝虑离尘土,不是王乔即令威。"兴国中盛夏羽化。有岳门般若寺僧绍能,自关右永兴军乾祐县见子连,托伸意道众。《雅言杂载》

种放少与弟纹同谒陈希夷,宿戒厨仆曰:"来日有二客,一客饮于廊。"及旦果至,唯邀放升堂,以一绝赠之曰:"鉴中有客白髭少,鉴外先生识也么?只少六年年六十,此中阴德莫蹉跎。"放都不之知,但屈指以三语授之曰:"子贵为帝王友而无科名,若寡欲可满其数。"放不娶不媵,年六十一。《湘山野录》

吕诲为御史,出知安陆。一日燕坐,忽见一碧衣云:"不久玉帝南游炎洲,命子随行纠正群仙。炎洲苦热,上帝赐公清凉丹一粒。"吞之若冰雪下咽。公颇异其事,亦与所亲者言之。不久公捐馆。朱明复登第,自湖北渡湘江,道见吏兵数百人前导,次见公乘玉角青鹿,左右皆青衣童。明复拜曰:"公何之也?公其已仙乎?"公曰:"吾侍上帝南游,不得叙款曲。"口占一篇为别云:"功行偶然书玉阙,衣冠无限葬尘埃。我今从帝为司纠,更有何人直柏台?"数日,闻公谢世。《古今诗话》取自《宾退录》卷六

熙宁中,江南有李先生者,自号同客人,持蓑笠纶竿敲短板唱《渔家傲》,又为鸣榔之声以参之,音清悲激,如在青霄。其词曰:"二月江南山水绿,李花零落春无主。一个鱼儿无觅处。风和雨。玉龙生甲归天去。"人或与钱,不受;与酒即不辞。以甲辰二月终,瘗之无尸,始悟同客者即洞宾也。《青琐集》

增修诗话总龟卷之四十八

艺术门

钟传领江西日,客有以覆射[一]之法求见,传以历日包橘置袖中令射。客云:"太岁当头坐,诸神不敢当。其中有一物,常带洞庭香。"《唐宋遗史》

〔一〕"覆射"通称"射覆",疑倒。钞本无此条而为丁文果事,见附一。

何龙图中正初登第,闻西川郭从周精于卜,乃以缣素求筮,从周作一绝赠之云:"三字来时月正圆,一麾从此出秦关。钱塘春色浓如酒,贪醉花间卧不还。"公后宦达,以三月十五日授知制诰,以言边事忤旨,出知秦州,后移杭州而捐馆舍。从周之筮,何其验欤!《翰府名谈》

黄州东南三十里为沙湖,亦曰螺蛳店,予买田其间,因往相田得疾。闻麻桥人庞安常善医而聋,遂往求疗。安常虽聋而颖悟绝人,以指画字,不尽数字辄深会人意。余戏之曰:"余以手为口,君以眼为耳,皆一时异人也。"疾愈,与之同游清泉寺,在蕲水郭门外二里许,有王逸少洗笔泉,水极甘,下临兰溪,溪水西流。余作歌云:"山下兰芽短浸溪,松间沙路净如[一]泥。萧萧春雨子规啼。　谁道人生无再少,君看流水尚能西。休将白发

唱《黄鸡》。"是日极饮而归。《百斛明珠》

〔一〕"如",《东坡乐府》作"无",当据改。

王建《宫词》百首多言禁中事,皆史传小说所不载者,往往见于其诗,如"内中数日无呼唤,传得滕王《蛱蝶图》"之类。滕王元婴,高祖子,新、旧《唐书》皆不著其所能,惟《名画录》略言其善画,亦不言其工蛱蝶也,惟见于建诗耳。或闻今人家亦有得其图者。唐世一艺之善,如公孙大娘舞剑、曹刚琵琶、米嘉荣歌,皆见于唐贤诗句,遂知名于后世。当时山林田亩潜德隐行君子,不闻于世者多矣,而贱工末艺得所附托乃垂名不朽,亦各系乎幸不幸尔。

合淝人传论,言曹谷善星历衍数,谈事如神。为王冀公作命书云:"七十年中一一加,弄珠滩上事堪夸。碧油幢下闻鸣鸟,千日催还上汉槎。"公年七十二知襄阳,正得千日召还。又云:"周匝将临壬戌岁,定鼎门前春色异。一千日上少三环,再入和羹宜尽醉。"后冀公判西京,将七百日再入政府,壬戌岁也。又云:"临去尚犹闻禁漏,异姓佳名在史书。"冀公薨谢之夕漏将尽,无子,其婿张环掌丧事。并《古今诗话》

赵晋公在中书,闻丁文果善射覆,召至,函置一物令文果射。文果书四句云:"太岁当头坐,诸神列四旁。其中有一物,常带洞庭香。"发函视之,乃用历日第一幅裹霜橘一枚也。又太宗置一物于器中,令文果射之,亦书四句云:"蘤蘤华华,山中采花。虽无官职,一日两衙。"启之,乃蜂也。又取一物令射,云:"有头有足,不石即玉。欲要缩头,不能入腹。"乃压书石龟也。《玉壶清话》

俳优门

李家明，江南李璟时为乐部头，善滑稽为讽咏。璟游后苑，登台见牛晚卧，璟曰："牛且热[一]矣。"家明曰："臣不学，敢上绝句。"云："曾遭宁戚鞭敲角，又被田单火燎身。闲背斜阳嚼枯草，而今问喘更无人。"左右之臣皆免[二]冠谢罪。初[三]，李氏乃徐温养子，及僭号，迁徐氏于海陵。璟继统，用宋齐丘言，无男女少长皆杀之，今海陵州宅之东小坟十数，皆当时所杀徐氏之族也。宋齐丘只一子，辄卒，逾月恸哭不止。家明曰："惟臣能止之。"乃作大纸鸢，上大书曰："欲兴唐祚革强吴，尽是先生作计谟。一个孩儿拚不得，上皇百口合何如！"乘风吹之，度至齐丘家，遂绝其缕。齐丘见之惭感乃止。璟于后苑命臣僚临池而钓。诸臣屡引到数十巨鳞，惟璟无所获，家明乃进口号曰："新跋垂钩兴正浓，御池春暖水溶溶。凡鳞不敢吞香饵，知道君王合钓龙。"璟大喜，赐宴极欢。后从璟迁南都，时已失江北十四郡[四]，画江为界，舟楫多行南岸，至赵屯[五]，因辍乐停舣，北望皖公山谓家明曰："好青峭数[六]峰，不知何名。"家明应声曰："龙舟轻漾锦帆风，正值宸游望远空。回首皖公山色翠，影斜不到寿杯中。"璟俯首而过。[七]出《江南野录》 据《谈苑》云：璟引李继勋严续二相游后苑中，见牛喘，命乐人王感化赋诗云，因以讥二相也。至于张崇献马与舟次豫章诗皆感化所作，今云李家明。又纸鸢上诗或传云李挠所作，舟次赵屯，《谈苑》云："龙舟万斛驾长风，汉武浔阳事正同。珍重皖公山色翠，肜斜不到寿杯中。"所载不同，未知孰是也。[八]

〔一〕"且热"，原作"旦熟"，依南图藏明钞本、缪校本改。

〔二〕"免"字依南图藏明钞本补。

〔三〕"初"字依清钞本补。

〔四〕"大喜"至"郡"二十字原作"善之幸南都"五字,依南图藏明钞本补。

〔五〕"屯",原作"北",依明钞本改。

〔六〕"青峭数",原作"数青",依明钞本、缪校本改。

〔七〕五字依明钞本补。

〔八〕原注只作"互见《谈苑》,所载不同,未知孰是"十二字,依明钞本补。

江南李氏乐人王感化,建州人,隶光山乐籍。建州平,入金陵教坊。少聪敏,未曾执卷而多识,善为词,口谐捷急,滑稽无穷。时本乡节帅更代饯别,感化前献诗曰:"旌旆赴天台,溪山晓色开。万家悲更喜,迎佛送如来。"至金陵,宴苑中有白野鹊,李璟令赋诗,应声曰:"碧岩深洞恣游遨,天与芦花作羽毛。要识此来栖宿处,上林琼树一枝高。"又《题怪石》凡八句皆用故事,但记其一联云:"草中误认将军虎,山上曾为道士羊。"《谈苑》

杨叔宝郎中与〔一〕,眉州人,言顷眉守〔二〕视事后三日,作大排,乐人献口号,其末句云:"为报士民须庆贺,灾〔三〕星去了福星来。"守〔四〕喜,召优人问曰:"大排致语谁做?"对曰:"本州自来旧例只用此一首。"《湘山野录》

〔一〕《宋朝事实类苑》卷六十三作"杨叔贤郎中异"。宝(寶)、贤(賢),与(與)、异(異)形近。

〔二〕"守",原作"州",依清钞本改。

〔三〕"灾",原作"火",依缪校本改。

〔四〕"守"字依明钞本补。

丁晋公镇金陵,尝作诗有"吾皇宽大容尸素,乞与江城不计年"之句。天圣中,李文定公出镇金陵,一日郡宴,优人作语,意其宰相出镇所作,理必相符,诵至落句,顶礼〔一〕抗声曰:"吾皇宽

435

大容尸素，乞与江城不计年。"宾僚皆俯首，文定笑曰："是何，是何！"上闻见责。朱定国《续归田录》[二]

〔一〕"礼"，原作"望"，依清钞本改。
〔二〕原作《归田录》，依南图藏明钞本补。

赏花钓鱼会诗赋，往往有宿思者。天圣中，永兴军进山水石，适会宴，命赋《山水石歌》，盖出不意中生。优人入戏，各执纸笔作吟哦状。其一优人或仆于石上，众扶掖起，既起曰："累日来作一首《赏花钓鱼诗》准备应制，却被这石头擦倒。"左右皆大笑。翌日降出诗令中书铨定，内有鄙恶者落职与外任。《东斋记》

　　　　南汉考功员外郎钟允章，邕州人，乾祐初至广，燕射中的，伶人进诗有曰"金箭离弦三尺电，星骸[一]破的一声雷"之句，大喜赏。《古今诗话》

〔一〕"骸"字原空，依《全唐诗》第二十九册校补。《全唐诗》以为钟允章自作。

奇怪门上

王谢，金陵人，世以航海为业。一日于海中失舟，泛一板登岸，见一翁一妪皆衣皂，引谢至所居，乃乌衣国也，以女妻之。既久，谢思归，复乘云轩泛海至其家。有二燕栖于梁间，谢以手招之，即飞来臂上，取片纸书小诗系于燕尾曰："误到华胥国里来，玉人终日苦怜才。云轩飘去无消息，洒泪临风几百回。"来春燕回径飞来谢衣上，燕尾有一诗[一]云："昔日相逢冥数合，如今睽远是生离。来春纵有相思字，三月天南无雁飞。"至来岁燕竟不至，因目谢所居为乌衣巷。刘禹锡有诗曰："朱雀桥边野草花，

乌衣巷口夕阳斜。旧时王谢堂前燕,飞入寻常百姓家。"《摭遗》

〔一〕"一诗",原作"诗一",依明钞本乙。

彭城刘景直,雍熙间游华清宫,因题诗于门屏间[一]云:"天子多情宠太真,六宫专幸掌中身。渔阳鼓动长安破,从此香肌委路尘。"是夜梦明皇召去论当时事,妃子索景直有所赠,立作诗曰:"玉刻水中龙,云牌揭故宫。霓裳满天月,粉骨几春风。眉势从山尽,裙腰芳草空。共知千古事,凄恨与谁同。"岐王至,明皇曰:"来何晚?"王曰:"适杜甫到臣帐中,诵《哥舒翰诗》向臣似有德色,云:'日月低秦树,山河绕汉宫。'"明皇又曰:"常爱伊'夜阑更秉烛,相对如梦寐'之句。李白终无甫之筋骨。至如贾至、崔辅国亦阙自然之句,张老死把笔,无伊一字。"遂宴饮。忽闻宝云寺钟声方觉。

〔一〕"问",疑当为"间"。

郭平振武旧将士,分配于钱塘,给官屋居之。屋在修文坊,旧为白校书僦赁烧药丹,未欲往[一],而官吏丁竦[二]因逐之,乃破炉而去。白因召丁竦同饮,谓竦曰:"大药为吾子所破,有小戏术,子醒酒。"乃取盘一面置于膝上,以指敲两腕,出五色弹子两枚,化为双燕而飞。白曰:"仆射髭甚繁,燕好去可减些。"言未毕,二燕化为二小剑,长五寸馀,锋刃如雨交舞于竦之颐颔间,髭落如雪。竦惧甚,白呼剑下盘中,依前成二丸纳于左右腕而去。钱昭度赠白诗曰:"袖里青[三]锋秋水寒,谁疑双燕是金丸。出门风雨如何去,空有霜髭在玉盘。"

〔一〕"校",原作"板",依清钞本缪校本改。"僦",原作"尤","未",原作"朱",并依清钞本改。

〔二〕"竦",原作"疏",依缪校本改,下同。

〔三〕"青",明钞本作"神"。

437

无诸彭演西游鄠县,宿甘泉店,闲步原野,忽有一少年引至一古官舍,甚宏壮,梁上有红丝羯鼓绦数条垂于地,一老人杖而守之。演问曰:"此何处?"老人曰:"开元兴庆宫也。来此者二百年中十二人尔。去时莫不为诗。请书一绝,可乎?"演为诗曰:"长安宫阙半蓬蒿,尘暗虹梁羯鼓绦。惟有水天明月夜,一条空碧见秋毫。"演又曰:"十二人之咏可得闻乎?"老人举一〔一〕章曰:"'小小蓬山刻得成,宫帘不动结飞鲸。谁将八月天河水,泻到重楼无浪声。'此杨尚书所作也。"又诵一章曰:"'金人无路守琼山,坐见云生栋宇间。忽坠霜飞翠楼晓,不知龙尾许谁扳。'此裴中书所作也。"再询杨裴之名,则瞪而不答。

〔一〕"一"字依清钞本缪校本补。

钱仁沇,尚父之孙也,为元帅府中书检校司徒,与中军都虞候金沼邻居。沼所居堂东植牡丹花一本,着花三百朵,其色如血,加〔一〕之金含棱,每瓶子顶上有碎金丝如自然蛱蝶之状,一城以为殊异。每岁花开张宴,仁沇预焉。开宝七年春三月,花才一两朵开,仁沇一夕洪饮击剑,裎服中单,背负大篮,左手携锄,腰插匕首,逾墙而过,沼中外无知者。锄取牡丹置篮中,乃平其地,空中闻有呼叹之声,微细若游蜂音,辞曰:"一花三百朵,含笑向春风。明年三月里,朵朵断肠红。"仁沇异之,移植于亭后。明日沼觉失花,为非人力所及。来年花盛开,乃宴召沼,沼一见无语,得疾以归,至夜愤闷不已,以刀决肠而卒。肠皆寸寸断,果符空中之语。

〔一〕"加",原作"如",依清钞本改。

郑继超,广州人,赴官凤翔,道逢田参军同行,家累千馀人,言是东川替罢入西京。继超与款,自言洛下有庄在北邙山下。因问鞍乘极多何也,曰:"亡室人来多年,皆蜀中孤寡家子息,亦欲旋旋与人。"继超曰："愿得一人。"乃令妙香与之,是夕归继超家。数年,继超卜居西洛,一日忽谓继超曰："妙香非人也,今将归北邙山旧穴,愿乞同乘至北邙。"因问田参军何人,曰："狐也。"是夕作别,妙香歌以送酒曰："劝君酒莫辞,花落抛旧枝。只有北邙山下月,清光到死也相随。"翌日同至北邙山下老君庙后,妙香佯堕马,化为一狐迅走而去。并《洞微志》

唐王轩字公远,因游苎萝山,问西施之遗迹,留诗于石上曰："岭上千峰秀,江边细草春。今逢浣溪石,不见浣溪人。"回顾见一女子素衣琼佩,谓轩曰："妾自吴宫离越国,素衣千载无人识。当时心比〔一〕金石坚,今日为君坚不得。"轩知其异,又贻诗曰："佳人去千载,溪山久寂寞。野水浮白烟,岩花自开落。猿鸟旧清音,风月闲楼阁。无语立斜阳,幽情入天幕。"西子曰："子之诗美矣,不尽妾之所寄也。"乃答轩诗曰："高花岩外晓相鲜,幽鸟雨中啼不歇。红云飞过大江西,从此人间怨风月。"既暮已散,期来日会于水滨。翌日轩往,则西子已在焉,又相与饮,轩诗曰："当时计拙笑将军,何事安邦赖美人? 一似仙葩入吴国,从兹越国更无春。"西子见之,怨慕久之,又曰："云霞出没群峰外,鸥鸟浮沉一水间。一自越兵齐振地,梦魂不到虎丘山。"既夜乃散。异日又相遇,而留者逾月,乃归。郭素闻王轩之事,游苎萝,留诗于泉石间,莫知其数,寂无所遇。无名子嘲之曰："三春桃李苦无言,却被斜阳鸟雀喧。借问东邻效西子,何如郭素学王轩?"闻者大笑。《翰府名谈》

〔一〕"比",明钞本、缪校本作"志"。

朱休之家犬歌曰："言我不能歌,听我歌梅花。今年固自可,明年当奈何?"明年兵乱城陷,梁亡。《诗史》

杜少陵因见病疟者,谓之曰："诵吾诗可疗。"病者曰："何?"

杜曰:"夜阑更秉烛,相对如梦寐之句。"疟犹是也,又曰:"诵吾手提髑髅血模糊。"其人如其言诵之,果愈。言感鬼神亦不妄。《古今诗话》

石曼卿自少以诗酒豪放自得,其气貌伟然,诗格奇峭,又工于书,笔画遒劲,体兼颜柳,为世所好。余家尝得唐后主澄心堂纸,曼卿为余草书其《筹笔驿诗》,诗,曼卿平生所自爱者。至今藏之,号为三绝,真余家宝也。曼卿卒后,其故人有见之者云:恍惚如梦中,言我今为仙也,所主芙蓉城,欲呼故人往游不得,忿然骑一青骡去如飞。后又云降于亳州一举子家,其举子留不得,因留诗一篇与之,余亦略记其一联云:"莺声不逐春光老,花影常随日脚流。"仙事怪不可知,其诗颇类曼卿平时语,举子不能道也。《永叔诗话》

增修诗话总龟卷之四十九

奇怪门下

卖墨者潘谷,予不识其人,然闻其所为非市人也。墨既精妙而价不二,或不持钱米求墨,不计多少与之,此岂徒然者哉!予尝与诗云:"一朝入海寻李白,空看人间画墨山。"一日忽取欠墨钱券焚之,饮酒三日,发狂浪走,遂赴井死。人下视之,盖趺坐井中,手尚持数珠也。见张明言如此。《百斛明珠》

太子中允王纶,祥符中登进士第。有女子年十八岁,一日昼寝中忽魇声,其父与家人亟往问之,已起,谓父曰:"与汝有洞天之缘,降人间四百年矣。今又会此。"自是谓父曰清非生,自称曰燕华君。初不识字,忽善三十六体大[一]篆,皆世所未识。每与清非生唱和,及百馀篇。有送人诗云:"南去过潇湘,休问屈氏狂。而今圣天子,不是楚怀王。"又《赠清非生》末句云:"自有燕华无限景,清非何事恋东宫!"又《雪诗》云:"何事月娥期[二]不在,乱飞端叶落人间?"说与人云:"天上端木开花六出。"《赠清非生》云:"君为秋桐,我为春风。春风会使秋桐变,秋桐不识春风面。"《题金山》云:"涛头风滚[三]雪,山脚石蟠虬。"又诗云:"落笔非俗子,鼓吹皆天声。岂俟耳目既,慰予华燕情。"蒋颖叔以楷字释之刻于石。后嫁为吕氏妻,既嫁则懵然不复能诗。康定间进篆字二十四轴,仁宗嘉之,有《女仙传》行于时。

〔一〕"大",明钞本作"天"。

〔二〕"期",明钞本作"欺",《中山诗话》亦然。

〔三〕"滚",明钞本作"卷",《中山诗话》同。

天授二年腊,卿相等诈称上苑花开请幸。则天许之,乃遣使宣诏曰:"明朝游上苑,火急报春知。花须连夜发,莫待晓风吹。"于是凌晨名花瑞草皆发,群臣咸〔一〕服其异。《卓异记》

〔一〕"咸"上原有"并"字,依明钞本删。

唐太府寺,隋都水门之地,隋平陈,于此置叔宝。叔宝将亡,有飞鸟集于庭,以觜画地作诗云:"独足上高台,腐草化为灰。欲知我家处,朱门临水开。"《雍洛灵异集》

嗽金鸟出昆明国,形如雀,色黄。魏明帝时其国来献,饲以珍珠及兔脑。尝吐金屑如粟,宫人争取为钗钿,谓之辟寒金,以此鸟不畏寒也。宫人相嘲曰:"不服辟寒金,那得帝王心;不服辟寒钿,那得帝王怜?"《古今诗话》

西蜀张俞尝游骊山,题二绝云:"金玉楼台插碧空,笙箫递响入天风。当时国色并春色,尽在君王顾盼中。""玉帝楼前锁碧霞,终年培养牡丹芽。不妨野鹿逾垣入,衔出宫中第一花。"异日宿温汤,见二黄衣吏召其魂至一宫阙,见仙座殿上,问左右,曰唐太真妃也。与之论当时事甚详,觉又为诗曰:"梦魂飞入瑶台路,九霞宫里曾相遇。壶天晚景自愁人,春水泛花何处去?"俞尚留温汤,闲步野外,有牧童持书一纸,俞乃开封,乃仙所为诗云:"虚堂壁上见清词,似共幽人说所思。海上风烟虽可乐,人间聚散更堪悲。重帘透日温温晓,玉漏穿花滴滴迟。此景此情传不尽,殷勤嘱咐陇头儿。"俞询牧童从何得,对曰:"前日有一

妇人过此，遗我百钱授此书，云：'明日有衣冠独步野外，子与之。'"俞闻之愈感。俞多对士君子道此。《青琐集》

治平二年，长沙赵琪郎中作广东宪，公宇西轩有荔枝数本，盛夏方熟，召刺史燕赏。一夕皆空，皮核满地。轩之西壁有诗云："吾侪今日会嘉宾，满酌洪钟饮数巡。遍地狼藉不知晓，荔枝又是一番新。"二广人多传异之。（同前）

隋炀帝游广陵，恍惚见陈叔宝来谒曰："闻已开隋渠引洪河之水东游维扬。"因作诗献之曰："隋室开兹水，初心谋太奢。一千里力役，百万民吁嗟。水殿不复返，龙舟成火霞。惊流摧陡岸，浊浪喷黄沙。两堤人送客，三月柳飞花。日脚沉云表，榆梢噪暝鸦。如今疲子俗，异日便无家。且乐人间景，休寻汉上〔一〕槎。客喧舟舣岸，风细锦帆斜。莫言无利役，千古壮京华。"炀帝愠曰："尔多〔二〕知为后人之利耶。"同前

〔一〕"汉上"，原作"上汉"，依明钞本乙。
〔二〕"多"，明钞本作"亦"，似胜。

吴兴柳归舜泊舟洞庭君山，见鹦鹉数千翱翔其间，相呼姓字。有名清越者，名武游郎者，名阿苏儿者，名武仙郎者，名自在先生者，名踏莲路者，名凤凰台者，名戴蝉儿者，名多花子者。或有唱歌者曰："吾此曲乃汉武钩弋夫人常所唱者。"词曰："戴蝉儿，分明传与君王语。建章殿里未得归，朱箔金缸双凤舞。"名阿苏儿者曰："我忆得阿娇深宫唱曰：'昔请马相如，为作《长门赋》。徒使费千金，君王终不顾。'"归舜归舟，舟人云："相失已二日矣。"〔《幽怪录》〕

宝应中，有元无有，春末独行广陵郊野，夜入路旁村舍，宿北轩下。忽闻西廊有人行声，见四人出，衣冠各异，相与吟咏。一衣冠长人曰："齐纨鲁缟如霜雪，寥亮高声为子发。"一黑衣短陋

者曰:"家贫良会清夜时,荧煌灯烛我能持。"一故敝黄衣者曰:"清冷之泉俟朝汲,长绠相牵长出入。"一黑衣冠身亦短陋者曰:"爨薪煮水常煎熬,充他口腹我为劳。"迟明方散。起而视之,乃有一杵、烛台、水桶、破铛而已。《幽怪录》

彭州天台禅院,前致仕焦将军彦宾所创也。天台僧行灯掌之。刺史安思谦男守范与宾客游,联句以纪其来。守范出首句曰:"偶到天台院,因逢物外僧。"定武军推官杨鼎夫继曰:"忘机同一祖,出语离三乘。"前怀远军周述曰:"古德玄意远,外窗虚景澄。"前眉州判官李仁肇尾[一]联曰:"片时松影下,联续百千灯。"遂请闲僧教大师义西八分书于牌。翌日有贫子乞食于院,见而高声读之曰:"人道有初无尾,此则有尾无初。后五年首领俱碎,不如尾句者乎?"院僧驱逐,贫子曳杖四顾曰:"此后僧[二]不远千里,即欲到来。"人以为狂言。果五年诛思谦,守范伏法,鼎夫暴亡,此则首领俱碎之义也。行灯归寂,寺僧蜀王尽遣出之。后住[三]持院僧适自兴元归,则是不远千里之义也。贫子之说,一无谬焉。杨鼎夫,成都[四]人。尝游青城山,过皂江,溺而又出,登岸,遽有老人以杖接引且笑曰:"原是盐里人,本非水中物。"旋失老人所在,因作诗以纪之曰:"青城山峭江水寒,欲渡当时值急湍。棹急狂风趋远岸,舟逢怪石碎前湾。手攀弱杖仓皇处,命在洪涛顷刻间。今日深恩无以报,令人羞说雀衔环。"至成都,与知己言,竟莫究盐里人之义。后为居安思谦幕,判成都榷[五]盐院,感疾暴亡,以盐裹其尸,归于蜀。《野人闲话》

〔一〕"尾",原作"音",依清钞本改。
〔二〕"僧",原作"生",依明钞本改。
〔三〕"住",原作"主",依明钞本改。

〔四〕"夫成",原作"城郭",依明钞本改。
〔五〕"榷"字原空,依南图藏明钞本补。

海南城东有两井,相去咫尺而异味,号双井。井源出山源山石罅中。东坡酌水异之,曰:"吾寻白龙不见,今家此水乎?"同游怪问其故,曰:"白龙当为东坡出。"俄见其脊尾,如烂银蛇状〔一〕,忽水浑有气浮水面,举首如插玉箸,乃泳而去。余至〔二〕两井,太守张子修〔三〕为造庵井上,号思远,亭号洞酌。崖有怪树,树枝腋有诗曰:"岩泉未入井,蒙然冒沙石。泉嫩〔四〕洄为靥,石老生罅隙。异哉寸波中,露此横海脊。先生酌泉笑,泉香龙神蛰。举首玉箸插,忽去银钉掷。大身何时见,夭矫翔霹雳。谁言鹏背大,更觉宇宙窄。"字画如颜书,无名衔日月。此诗气格似东坡,而言泉嫩石老,似非东坡。又语散缓,疑学而为之也。龙为蛇形,小如玉箸。同上〔《冷斋夜话》〕

〔一〕"状",原作"伏",据《苕溪渔隐丛话前集》卷四十一校改。
〔二〕"至",原作"定",据前书校改。
〔三〕"修"字原空,依南图藏明钞本补。
〔四〕"嫩",原作"漱",依明钞本改,下同。

鬼神门上

大历十三年,李道昌为姑苏太守,忽一日城南虎丘山有鬼题二诗于石壁上,其一云:"青松多悲风,萧萧声且哀。南山接幽垄,幽垄空崔嵬。白日徒昭昭,不照长夜台。虽知生者乐,魂魄安能回?况复人所亲,恸哭心胆摧。恸哭复何言,哀哉复哀哉。"其二云:"神仙不可学,中化空游魂。白日非我朝,青松为我门,虽复隔幽垄,犹知念子孙。何以遣悲怨,万物归其根。寄

445

语世上人,莫厌临芳尊。庄生问枯骨,生乐徒虚言。"其词甚奇怆[一]。道昌录奏,准敕致祭,祭毕其诗乃灭。后数日又隐出诗一首曰:"幽冥虽异路,平昔忝攻文。欲知高卧[二]处,山北两孤坟。"寻于山后得两坟极高广,荆榛丛蔚,询诸耆老,莫知何人所葬[三]。至今存焉。《唐宋遗史》

〔一〕五字依明钞本补。

〔二〕"高卧",明钞本作"潜寐"。

〔三〕十四字依明钞本补。

许周士泊舟淮阴,醉题淮阴庙曰:"脱身仗剑归明主,授钺登坛是得人。千骑争驰擒虎口,万囊不断堰龙津。拔旗破赵如摧朽,一鼓抢齐速若神。功业盖时虽不赏,威名震主即危身。时来且佩三齐印,势去翻输一妇人。得意不思防后患,穷居何用结边臣。名留青史成何事,血污西钟几掬尘。遂使后来征战者,却愁他日似将军。"还舟方寐,梦介士拥见侯,侯[一]曰:"足下诗固好,然未合于理也。信去楚归汉,起自行伍,高祖结坛授钺,虽立功名,一旦自蕴忿躁之气,外结边臣,内谋大叛,死为万世丑。吾今血食于此,亦出望外,而子之诗,重吾过焉。儒[二]无所守,将安用也?"《摭遗》

〔一〕"侯侯",原作"周士",依明钞本改。

〔二〕"儒",原作"懦",依明钞本、缪校本改。明钞本"儒"上有"为"字。

贾魏公尹京日,忽有人来展刺谒曰"前江南国主李煜",相见则一清瘦道士尔。公曰:"太师已物故,何得及此?"曰:"某幼探释氏未达,误有所见,今为师子国王。偶思钟山而来。"怀中取一诗授公,曰:"异国非所志,烦劳殊清闲。惊涛千万里,无乃[一]见钟山。"公读之,随身灰灭。

446

〔一〕"乃",南图藏明钞本作"面",似胜。

张孝和,关中人。淳化壬辰年游淮南,在寿春,与张李二生被酒及淮溽,入就龙女祠,取桐叶写诗两句云:"我是梦中传彩笔,欲书花叶寄朝云。"投于帐中而去。一旦独至其祠,忽帘中有妇人邀而置酒,赠孝和诗一绝曰:"落帆且泊小沙滩,霜月无波淮上寒。若向江湖得消息,为传风水到长安。"孝和告去,行数十步,忽小女奴叫曰:"娘子令还桐叶,勿复置念。"孝和得之,回顾惟古祠败舍而已。〔并《洞微志》〕

李珣字温叔,都官外郎之幼女也。八岁能诗,尝作《榴花》一绝云:"烈火真红轻皱面,晨霞碎剪贴枝条。金刀剌出猩猩血,溅落芳丛久不销。"后适江夏人王常,同泛舟射利江湖间。娄彻为《江州清风亭记》,常方〔一〕叹美,珣曰:"未之尽也。何不云好山渌水,万里有尽处;清风明月,千古无老时!"一日举其文于彻,彻卒用其言为破题。不久常死而珣溺舟于三山矶下。后三日,尸忽出于水中,士人异之,为立庙。熙宁间都人张芝过庙作三绝焚于庙中,一云:"风软潮生江水平,遥峰隐隐浸寒青。自从香骨沉波底,独我为诗吊尔灵。"二云:"轧轧橹声离远浦,萧萧帆影落寒涛。殷勤滴酒陈佳果,将此深心慰寂寥。"三云:"江雨初晴远岸低,心因啼鸟陡思归。尔如会我题诗意,魂梦相求一处飞。"既夜,一青衣召云:"娘子奉俟久矣。"芝曰:"娘子为谁?"青衣曰:"早来献诗与谁耶?"芝乃悟。见一妇人谓芝曰:"早来佳章,欲托以梦寐,是或不真,不能尽所怀,故求面见。妾溺此时,水官令赋诗及校《九江会源录》,一夕而毕;水官大悦,令江神出其尸显其灵,今有祠在此,血食于人。谢子之诗,意所不敢当。"答以诗曰:"梅天半霁江水涨,水摇花影红荡漾。东风抛雨过江西,截江一瞬生银浪。阒然不见鸥鹭飞,渔唱四沉烟暝荡。忽然晴霁碧虚阔,水色天光月下上。柳风和软浪无声,客橹呕轧中流鸣。两岸沙头拾翠女,嬉笑携手相将行。秋入空江潦水静,澄江一碧如寒镜。远帆灭没入云中,菱唱微茫晚风暝。西风脱木露三山,隐隐樵归乱石间。霜猿哀落岩前月,杜宇枝间更啼血。蓬窗风紧客衣单,中夜危肠几欲绝。我本名家闺中女,聘得良人共途路。相将云水二十年,所得欢心亦无数。岂其天祸及一身,夫死身沉大江去。猛风吹云无定踪,尽日阴愁难得雨。秋高水冷白骨寒,孤儿稚女归何处?因公遗我白玉篇,慰此穷泉生和煦。明朝仙舸宿何州,回首寒江烟雨暮。"芝见诗,叹赏久之。又出白金二百星赠芝曰:"烦砻一石载妾前事,亦有奉报,如何?"芝受其金。送芝出幄,则已五鼓矣。芝后因循不能为立石,舟再过三山下,几至倾覆,是夜又梦其女深诟,责之负其事。

《翰府名谈》

〔一〕"方",原作"万",依明钞本改。

李群玉校书过二妃庙题诗曰:"小孤洲北浦云边,二女明妆共俨然。野庙向江春寂寂,古碑无字草芊芊。东风近墓吹芳芷,落日深山哭杜鹃。犹似含颦望巡狩,九嶷如黛隔湘川。"《题黄陵庙》诗曰:"黄陵庙前芳草春,黄陵女儿茜裙新。轻舟小楫唱歌去,水远山长愁杀人。"又曰:"黄陵庙前春已空,子规啼血滴春风。不知精爽落何处,疑是行云秋色中。"群玉自以第三篇春空便到秋色,踟蹰欲改,二女俄出焉。群玉悉其所陈而题于后。涉重湖,至浔阳,太守段成式索为诗酒侣,具述其事。后二年而群玉逝。故哭李诗曰:"酒里诗中三十年,纵横唐突世喧喧。明时不作祢衡死,傲尽公卿归九泉。"又曰:"曾说黄陵事,今为白日催。老无男女累,谁哭向泉台?"

虔州布衣赖仙芝言连州有黄损仆射,五代时人,仆射盖仕南汉也。未老退归,一日忽遁去莫知所在,子孙画象事之。凡三十三年乃归,坐阼阶上呼家人,其子不在,孙出见之,索笔书壁上云:"一别人间岁月多,归来人事已销磨。惟有门前鉴池水,春风不改旧时波。"投笔而去不可留。子归问其状貌,云:"甚似影堂中人也。"连州相传如此,其后颇有禄仕者。

艾子病热稍昏,梦中神游阴府,见阎王升殿治事,有数鬼招一人至,一吏前白曰:"此人在世惟务持人阴事,思于财物。虽无过者必巧造端以诱陷之,然后摘抉。准法合以五百亿万斤柴于镬汤中煮之。"王曰:"可令赴狱。"有一牛头捽执之而去。其人私谓牛头曰:"君何人?"曰:"吾镬汤狱主,狱之事皆吾主之。"其人又曰:"既为狱主,固首主也。而豹皮裩〔一〕若是弊?"鬼曰:"冥中无此皮,若阳人焚化方得。吾名不显于人间,故无焚贶者。"其人又曰:"某之外氏,猎徒也,家常有此皮。若蒙主见悯,少减柴数,得还,即焚化十皮为狱主作裩。"其鬼喜曰:"为汝去亿万二字以败其徒,则汝得速还,兼免沸煮之苦。"二三人于是又入镬煮之。其牛头者时来相问。小鬼见如此必欲庇之,亦不敢令火炽,遂报柴足。既出镬束带将行,牛头曰:"勿〔二〕忘皮也。"其人乃明顾曰:"有诗一首奉赠。"云:"牛头狱主要知闻,权在阎王不在君。减刻官柴犹自可,更求枉法豹皮裩!"牛头大怒,又入镬汤,益薪煮之。艾子既寤,语于徒曰:"须信口是祸之门。"并《百斛明珠》

〔一〕"裩",原作"袄",依明钞本改。

〔二〕"勿",原作"忽",依缪校本改。

周祖起于邺。范鲁公遁迹民间,执纸扇,偶题云:"大热去酷吏,清风来故人。"坐茶肆中,忽一形貌怪陋者前揖之曰:"相公,相公,勿虑,勿虑。"挥〔一〕其扇曰:"轻重无准,吏得舞文,何止大热耶？公当深究狱弊。"持扇急去。公惘然，后至一庙，见一土木短〔二〕鬼手中持其扇，乃茶肆中见者。未几，周祖果得公于民间，遂大用焉。公〔三〕忆陋鬼之言，首议刑典，疏曰："先王所恤，莫重于刑。今繁苛失中，轻重无准，民罹横刑，吏得舞法。"周祖从其言，命公与知杂张湜等刊定，五年书成，目曰《刑统》。《玉壶清话》

〔一〕"挥"，原作"律"，依清钞本改，明钞本作"及观"二字。

〔二〕"公惘"起十一字原作"后一日于祓庙后门"八字，依明钞本改。

〔三〕"焉，公"二字依明钞本补。

增修诗话总龟卷之五十

鬼神门下

余与鲁直寿朋天启会于[一]伯时斋看诗卷,皆仙鬼作或梦中所作也。又记《太平广记》中有人为鬼物所引入墟墓,皆华屋洞户。忽为劫墓者所惊出,遂失所见,但云:"芜花半落,松风晚清。"吾每爱此两句,故附之书末。〔《东坡题跋》卷三〕

〔一〕"于",原作"子",依清钞本缪校本改。

王著,洛阳人也。七岁能属文,十四进士及第。初依师冤句县张嘏东京应举,久不知消息。赁居相国寺东,因出通衢,忽遇张嘏,遂邀茶肆叙阔,云子[一]《蝴蝶诗》最嘉,云:"今夜君栖芳草里,为传消息到王孙。"嘏无言,忽然不见。著惊问乡人,云卒已半年。著自及第便历华省,至翰林学士。只及中年而终。《郡阁雅谈》

〔一〕"云",原作"至",依清钞本改。"子",原作"乃才"二字,依南图藏明钞本改。

西川宰相高骈版筑罗城日,有守御指挥使姜知古分得西南赵波块,即赵㲱相公坟也。知古号令候晓开之。是夜有人黄衣束带瘦骨长身[一]卓立于知古前曰:"赵相公使上书。"知古惊,览

书末后有诗一首，顷之鬼不见。诗云："我昔胜君昔，君今胜我今。人生一世第，何用苦相侵。"〔《鉴戒录》卷一〕

〔一〕"身"字依缪校本补。

保大中，广陵理〔一〕城隍，因及古冢，得石志一所云："日为箭兮月为弓，四时射人兮无穷。但得天将明月化〔二〕，不觉人随流水空。山川秀兮碧穹窿，崇夫人墓兮直其中。猿啼乌啸烟蒙蒙。千年万年松柏风。"或云李白词。《南唐近事》

〔一〕"理"，原作"里"，依明钞本改。

〔二〕"化"，原作"花"，依清钞本改。

甘露寺僧话，吴王收得浙右之明年夏，中夜月莹无云，长江如昼，有僧持课。俄数人自西轩领仆厮辈挈酒上江亭〔一〕，坐定，命酒罗列果肴〔二〕。窃窥之，思中夜禁行，从何而至，必是幽虚。于窗隙俯伏伺之。东向一人衣南朝衣，西向一人北房衣，北向一人衣缝掖衣，指南向者设礼而坐。南〔三〕向一人衣朱衣霜简，清瘦多髯。飞杯之次，东向者曰："今日恣纵江南之游，皆不乏风流矣。仆尝记公云：'何人种得西施花，千古春风开不尽。'可谓越古超今矣。"酒至西房服曰："各述曩〔四〕日临危一言以代丝竹，自吟自送可乎？"众曰："可。"房服乃执杯而言〔五〕曰："赵壹能为赋，邹阳〔六〕解献书。可惜西川水，不救辙中鱼。"次至缝掖举白而歌曰："伟哉横海鳞，壮矣垂天翼。一旦失风水，翻为蝼蚁食。"巡至东向云："功遂侔昔人，保退无智力。既涉太行险，兹路信难陟。"〔七〕次至朱衣乃高吟曰："握里龙蛇纸上鸾，逡巡千幅不将难。顾云已往罗隐耄，更有何人逞笔端！"吟罢，东楼晨钟遽鸣，僧户轧然而启，忽尔而散。《桂苑丛谈》

〔一〕"亭"下原有"而止梦明月宰相遇"八字，依明钞本删。

〔二〕"果肴"，原作"昊"字，依明钞本、缪校本改。

452

〔三〕"南",原作"东",依明钞本改。

〔四〕"曩"上原有"旦"字,依明钞本删。

〔五〕"以代"起二十字依明钞本补。

〔六〕"壹",原作"台","邹",原作"邢",并依明钞本改。

〔七〕"陟",原作"涉",依明钞本改。

秦太虚言宝应民有嫁娶会客者,有客径起出门,若醉甚将赴水者,人急持之。客曰:"有妇人以诗招我,其词云:'长桥直下有兰舟,破月冲烟任意游。金玉满堂何所用,争如年少去来休!'仓皇就之,不知其为水也。"然客亦无他。夜会说鬼与参寥,参寥举此,聊为记之。《东坡诗话》

唐丞相马植弟固,武威太守,固弟西河太守。二弟闻植罢安南都护又除黔南,不得意。维舟峡中古寺前,夜月如昼,见白衣人缓堤上吟曰:"截〔一〕竹为筒作笛吹,凤凰池上凤凰飞。劳公更向黔南去,即是陶钧万类时。"历历可听。遣人寻访已失之。后黔南去,再入为大理卿,迁刑部侍郎,判盐铁,遂大拜。〔《本事诗征异》〕

〔一〕"截",原作"栽",依清钞本改。

大历元年〔一〕,元载因早朝有人献诗,载令左右收之,候入中书看,其人曰:"若不能读,请自诵一篇。"曰:"城东城西旧行处,城里花飞柳如絮。海燕衔泥欲下来,屋里无人却飞去。"吟毕不见,乃知其非人也。载后败,家破,妻被戮。〔《玄怪录》〕

〔一〕"元年",《太平广记》卷三三七作"九年",是。

冯翊夏阳县据大河,有冀河清澈可鉴。大和中,县尉赵生一夕与同辈联步望月于冀泉上。忽有人貌甚黑,绿袍,自泉中出,徐吟曰:"夜月明皎皎,绿波空悠悠。"生且惊其水溺。明日生再游冀水,见庙中土偶人被绿袍,视之,其貌乃昨日吟诗人也。

453

元和中，有陆桥家于丹阳，居有池塘亭树，一夕有人叩门，急视，见一人仪状秀逸，自称曰沈约："闻公雅好诗，故来奉谒。"既而呼左右曰："召青箱来。"有一儿年可十岁。约曰："此吾子也，欲使绍吾学，故名青箱。然亦能诗，从吾与范仆射过台城曾作《感旧》诗。"令讽之。曰："六代旧山川，兴王几百年。繁华今寂寞，朝市昔喧阗。夜月琉璃水，春风柳絮〔一〕天。伤时为怀古，垂泪国门前。"忽不见。〔《宣室志》卷四〕

〔一〕"絮"，原作"色"，依明钞本改。

唐燕士，晋昌人，隐于九华。晚步山下，见一白衣少年闲步自若曰："涧水潺湲声不绝，溪垄茫茫野花发。自来自去人不知，归时长对空山月。"归问里人，曰："是吴氏子，善诗，卒仅数年矣。"〔《宣室志》卷六〕

钱起寓宿驿舍，闻窗外有人曰："曲终人不见，江上数峰青。"起怪之。十年后就试，座主李时试《湘灵鼓瑟诗》，落句意久不属，遂以此一联续之，乃中魁选。诗全篇云："善鼓云和瑟，常闻帝子灵，冯夷空自舞，楚客不堪听。雅调凄金石，清音发杳冥。苍梧来慕〔一〕怨，白芷动芳馨。流水传湘浦，悲风过洞庭。曲终人不见，江上数峰青。"〔《古今诗话》〕

〔一〕"慕"，原作"暮"，依明钞本改。

刘山甫随侍官于岭外，北归泊舟洞庭，登岸见有北方毗沙门天王庙祠，因谒之。见庙宇颓圮，乃题云："坏墙风雨几经春，草色盈庭一座尘。自是神通〔一〕无感应，盛衰何得却由人。"是夜梦神责曰："我，南岳神也，汝何相侮！"俄而风涛大作，舟几覆。悔谢彻去诗牌乃止。《古今诗话》

〔一〕"通"，原作"仙"，依明钞本改。

长安中秋望夜有人闻鬼吟曰："六街鼓歇行人绝，九衢茫茫

454

空有月。"又闻有和者云:"九衢生,何劳劳,长安土尽槐根高。"俗云务本西门是鬼市,或风雨瞑晦,皆闻其喧聚之声[一]。《南部新书》

〔一〕"声"字依明钞本、缪校本补。

开元中,有幽州衙校姓张,妻孔氏生五子而卒。后娶李氏,妒悍狠戾,虐遇五子,鞭捶不堪其[一]苦,哭于孔氏之坟。母忽于冢中出,抚其子悲恸久之,因以白布巾题诗赠张曰:"不分成故人,泣涕每盈巾。死生今有隔,相见永无因。盒里残妆粉,留将与后人。黄泉无用处,浪作冢中尘。有意怜男女,无情亦任君。欲知肠断处,明月照孤坟。"五子得诗以呈其父。其父诉于连帅,连帅上闻,李氏流岭南。〔《本事诗征异》〕

〔一〕"堪其",原作"其甚",依明钞本改。

建隆初,有人行于巴峡,夜泊舟于江涘。忽有人讽咏曰:"秋径填黄叶,悬崖露草根。猿声一叫断,客旅数重魂。"其音苦切激昂而悲,如是通宵,凡吟百遍。初疑舟行秀士也。及晓访之,其所泊岸殊无舟舸,但空山邃林,溪谷绝幽尔。沿岸寻访,数处有二脚迹长二尺许。〔《摭绅脞说》〕[一]

〔一〕《类说》卷五十作《摭绅脞说》,《太平广记》卷三二八作"调露年中",注出《纪闻》。

荆南复州门街东有刘氏旧宅,宇舍横断敝坏,鲜有人居。梁太保震有远房弟伯升秀才请居之,贵其幽致而肆业。既憩驭月馀,晨夕甚安。一日昼寝梦魇,久之方寤。乃曰:"适梦一女子,绿裙红袖,自东街而来,泣而呼曰:'听妾幽恨之句。'"诗曰:"卜得上峡日,秋江风浪多。巴陵一夜雨,肠断《木兰歌》。"梁因称叹而觉,竟无他说。《脞说后集》

鬼仙诗曰:"仙人未必便仙去,还在人间人不知。手把白须

455

从两鹿,相逢却问姓名谁。"又云:"江上樯竿一百尺,山中楼台十二重。山僧楼上望江上,指点樯竿笑杀侬。"〔二〕又云:"爷娘送我青枫根,不记青枫几回落。当时手刺身上衣,今日为灰不堪着。"又曰:"酒尽君莫沽,壶倾我当发。城市多嚣尘,还山弄明月。"又云:"浦口潮来初渺漫,莲舟溶漾采花滩。芳心不惬空归去,会得潮平更折看。"〔二〕又曰:"忽然湖上片云飞,不觉舟中雨溅衣。折得荷花浑忘却,空将荷叶盖头归。"又曰:"寒花白露里,乱山明月中。是夕苦吟罢,寒烛与君同。"

〔一〕明钞本下有"湖上老人读《黄》、《老》"一首。

〔二〕明钞本无此首,"滩"疑为"难"。《苕溪渔隐丛话前集》卷五十八首作"东坡云",而将上则及此则数诗杂引一处,疑此亦出《脞说》。

黄鲁直登荆州亭,柱间有词曰:"帘卷曲栏独倚,银屏暮天无际。泪眼不曾晴,家在吴头楚尾。数点雪花乱委,扑漉沙鸥惊起。诗句欲成时,没入苍烟丛里。"鲁直曰:"似为予发。笔势类女子,又有'泪眼不曾晴'句,即鬼也。"是夕有女子绝艳,见梦于鲁直曰:"我家豫章,附舟堕水死于此,登亭感而作,不意公能辨之。"鲁直觉曰:"此必吴城小龙女事。"〔一〕同前〔《冷斋夜话》〕

〔一〕"事",明钞本作"辈",出处见《苕溪渔隐丛话前集》卷五十八,今本《冷斋夜话》未见。

佞媚门

陈瓘太师任西川,有爱姬徐氏,郫城令之女也。令欲求彭牧,以红绢数寸作二十八字遣其妻私示其女曰:"深宫富贵事风流,莫忘生身老骨头。因与太师欢笑处,为吾方便觅彭州。"人皆鄙之。《鉴戒录》

短李[一]镇扬州,请章孝标赋《春雪》。孝标作诗曰:"六出花飞处处飘,粘窗拂砌上寒条。朱门到晓难盈尺,尽是三军喜气消。"〔《摭言》卷十三〕

〔一〕"短李"二字据《唐摭言》卷十三校补,《唐诗纪事》卷四十一作《李绅》。

唐李峤少负才华,参知政事,封郑国公。长寿中,则天铸八棱铜柱题曰"大周万国述德天枢",纪革命之功,贬皇家之德。天柱下置铁山,翁仲[一]、师子、琪璘围绕。武三思为文,朝士献诗,不可胜纪。惟峤诗冠绝当时,曰:"辙迹光西崦,勋庸纪北燕。如何万国会,讽德九门前。灼灼临黄道,迢迢入紫烟。仙盘正下露,高柱欲乘天。山类丛云起,珠疑大火悬。声流尘作劫,业固海成田。圣泽倾尧酒,薰风入舜弦。忻逢下生日,还遇上皇年。"后宪司发附会韦庶人,左授滁州别驾。《大唐新语》

〔一〕"仲",原刻无,据《大唐新语》卷八补。

琢句门

唐僧多佳句,其琢句法,比物以意而不指言一物,谓之象外句。如无可上人诗曰:"听雨寒更尽,开门落叶深。"是落叶比雨声也。又曰:"微阳下乔木,远烧入秋山。"是微阳比远烧也。用事琢句妙在言其用而不言其名耳。此法唯荆公山谷东坡知之。荆公曰:"含风鸭绿鳞鳞起,弄日鹅黄袅袅垂。"此言水柳之用而不言水柳之名。坡别子由曰:"犹胜相逢不相识,形容变尽语音存。"此用事而不言其名。山谷曰:"管城子无食肉相,孔方兄有绝交书。"又曰:"语言少异无阿堵,冰雪相看有此君。"又曰:"眼看人情如格五,心知世事等朝三。"格五是蹙融法[一]也。《后汉注》云："常置人于险处。"然句中眼者，世尤不能解。王荆公欲新政，作《雪诗》曰："势合便疑包地尽，功成终欲放春回。农家不念丰年瑞，只欲青云万里开。"

〔一〕"蹙"字据《冷斋夜话》校补。南图藏明钞本作"博法"。

韩魏公罢政判北京，作《园中行》诗曰："风定晓枝蝴蝶乱，雨匀春圃橘槔闲。"意趣所至，多见于嗜好。

欧阳文忠公喜士为天下第一，好诵孔北海"座上客长满，尊中酒不空"之句。

范文正公清严而喜论兵，好诵"兵卫森画戟，燕寝凝清香"之句。

李师中送唐介谪官诗曰："去国一身轻似叶，高名千古重如山。并游英俊颜何厚，已死奸谀骨尚寒。"已而闻介趁月首上任，大悔，乃以书索诗。唐公笑曰："吾正不用此无对属落韵诗。"送还。李乃悟"一身""千古"非协对，与荆公措意异矣。〔一〕

〔一〕末三字据南图藏明钞本补。李诗参见卷四十三。

东坡《游罗浮》诗曰："潜鳞有饥蛟，掉尾取渴虎。我来方醉后，濯足聊戏侮。"想见海上超放之类。然蛟疑不能掉尾，雪里芭蕉也。

王荣老渡观江，风作不得济。父老曰："公箧中蓄奇物，此江神极灵，献之当得济。"荣老有玉麈尾、端石砚、宣包幛，献之皆不验。有鲁直草书扇头子题韦应物诗曰："独怜幽草涧边生，上有黄鹂深树鸣。春潮带雨晚来急，野渡无人舟自横。"取视惝恍之势〔一〕曰："我犹不识，鬼识之乎？"持以献之，香火未收，天水相照如镜，南风徐来，帆一饱而济。余谓神必元祐仙客，不然何嗜之深也？

〔一〕"势",《冷斋夜话》卷一作"际"。

李白诗曰:"昔日芙蓉花,今为断肠草。以色事他人,能得几时好?"陶宏景仙方注曰:断肠草不可食,其花美好,名芙蓉花。

柳子厚诗曰:"渔翁夜傍西岩宿,晓汲清湘然楚竹。烟消日出不见人,欸乃一声山水绿。回看天际下中流,岩上无心云相逐。"东坡评诗云:"以奇趣为宗,反常合道为趣。熟味之此诗有奇趣。其尾两句虽不必亦可。"欸乃,三老〔一〕相呼声相应也。(并)《冷斋夜话》

〔一〕"三老"原空,依清钞本补。

杜牧《华清宫》诗云:"长安西望绣成堆,山顶千门次第开。一骑红尘妃子笑,无人知道荔支来。"尤脍炙人口。据《唐纪》明皇常以十月幸骊山,至春即还宫。是未尝六月在骊山也。然荔枝盛暑方熟,词意虽美而失事实。〔《遁斋闲览》〕

唐人《题西山寺》云:"几夜碍新月,半江无夕阳。"或谓冠绝古今,以其尽得西山之景趣也。金山寺题者甚多,而绝少佳句,惟"树影中流见,钟声两岸闻",又"天多剩得月,地少不生尘",最为人传诵,要亦未为至工。若用于落星寺有何不可乎?熙宁中,介甫有句云:"天末海门横北固,烟中沙岸似西兴。"尤为中的。《遁斋闲览》

山谷寄傲山〔一〕林而不忘江湖。作诗曰:"九陌黄尘乌帽底,五湖春水白鸥前。"又云:"九衢尘土乌靴底,相见沧洲白鸟双。"又曰:"梦作白鸥去,江湖水拍天。"《演雅》曰:"江南春水碧于天,中有白鸥闲似我。"

〔一〕"山"《冷斋夜话》卷五作"士",是。

荆公曰:"前辈诗云'风定花犹落',静中见动意;'鸟鸣山更幽'，动中见静意。"山谷曰："此老论诗不失解经旨趣，亦可怪。"唐诗曰："海日生残夜，江春入暮年。"置早意于残晚中。有曰："惊蝉移别柳，斗雀堕闲庭。"置静意于喧动中。东坡作《眉子研诗》略曰："君不见，长安画手开十眉，横云却月争新奇。游人指点小擘处，中有渔阳胡马嘶。"用此微意。

集句诗，山谷谓之百家衣体，其法贵拙速而不贵巧迟。如前辈曰："晴湖胜镜碧，衰柳似金黄。"又曰："坐持闲景象，摩捋白髭须。"又曰："古瓦磨为砚，闲砧坐当床。"人以为巧，然疲费精力，积日月而后成，不足贵也。

荆公宿金山寺，一夕而成集[一]句妙绝，如"天多剩得月，月落闻津鼓"；又曰"乃知象教力，但度无所苦"之类，如生成也。

〔一〕"集"，原作"长"，依文义径改。

山谷赋《快轩诗》，点笔就，其略曰："吟诗作赋北窗里，万言不及一杯水。愿得青天化作一张纸。"想见高韵，笔端三昧，游戏自在也。

诗到李义山，谓之文章一厄，以其用事僻涩。荆公或喜之，而字字有根蒂。如《雪诗》："借问火城将策探，何如云屋听窗知！"又曰："未爱京师传谷口，便知乡里胜壶头。"其用事琢句，前辈无犯者。

老杜诗曰："白鸥没浩荡，万里谁能驯？"今误作"波浩荡"，非惟无气味，亦闲置波字。舒王曰："道人北山来，问松我东冈。举手指屋角，云今如许长。"今误曰"问松栽东冈"，与"波浩荡"当并案。并《冷斋夜话》

林逋诗云："草泥行郭索，云木叫钩辀。"钩辀格磔，谓鹧鸪声也。诗话、《笔谈》皆美其善对。然鹧鸪未尝栖木而鸣,惟低飞草中。及孙莘老作《荔支十绝》云:"儿童窃食亦不禁,格磔山禽满院飞。"盖言荔支未经人摘,百禽不敢近;或已经摘,禽鸟蜂蚁,竞来食之。或谓鹧鸪既不能登木,又非庭院之禽,性又不嗜荔支,夏月即非鹧鸪之时,语意虽工,亦诗之病。《遁斋闲览》